读客科幻文库

跟着读客读科幻，经典科幻全看遍。

BLACK
LEOPARD
RED
WOLF

BLACK LEOPARD
RED WOLF

黑豹
红狼

MARLON
JAMES

[牙买加] 马龙·詹姆斯 著

姚向辉 译

上海文艺出版社

图书在版编目（CIP）数据

黑豹红狼 /（牙买加）马龙·詹姆斯著；姚向辉译
. -- 上海：上海文艺出版社，2021.5
（读客外国小说文库）
ISBN 978-7-5321-7881-0

Ⅰ.①黑… Ⅱ.①马… ②姚… Ⅲ.①幻想小说—牙
买加—现代 Ⅳ.① I754.45

中国版本图书馆 CIP 数据核字 (2020) 第 264837 号

BLACK LEOPARD, RED WOLF
Copyright © 2019 by Marlon James
Simplified Chinese edition copyright © 2021
By Dook Media Group Limited
Published by agreement with Trident Media Group, LLC, through The Grayhawk
Agency Ltd.
Photograph of the Author: © MARK SELINGER
ALL RIGHTS RESERVED

中文版权 © 2021 读客文化股份有限公司
经授权，读客文化股份有限公司拥有本书的中文（简体）版权
著作版权合同登记号 图字：09-2020-1173

责任编辑：毛静彦
特邀编辑：徐陈健　　武姗姗　　王　品
封面插画：PABLO GERARDO CAMACHO
封面设计：陈艳丽　　HELEN YENTUS

黑豹红狼

［牙买加］马龙·詹姆斯　著
姚向辉　译

上海文艺出版社出版、发行
地址：上海绍兴路7号
电子信箱：cslcm@publicl.sta.net.cn
网址：www.slcm.com
新华书店经销　北京中科印刷有限公司印刷
开本 880毫米×1230毫米　1/32　21印张　字数 562千字
2021年5月第1版 2021年5月第1次印刷
ISBN 978-7-5321-7881-0/I.6250
定价：112.00元

如有印刷、装订质量问题，
请致电010-87681002（免费更换，邮寄到付）

献给杰夫，为了四分之一个月和一百万件其他的事物

目录

沙海

1. 法西西
2. 曼萨
3. 紫城
4. 朱巴
5. 库
6. 甘加通
7. 卢阿拉卢阿拉
8. 孔谷尔
9. 米图
10. 马拉卡尔
11. 都林戈
12. 卡林达
13. 瓦卡迪殊
14. 尼基奇
15. 利什

北地 ⑭

N

出场角色

在朱巴、库和甘加通

克瓦什·达拉：克瓦什·奈图之子；北方王国之主，别称蜘蛛王

追踪者：猎手，人们不知道他其他的名字

追踪者的父亲

追踪者的母亲

可敬的叔叔：库族的一名大酋长

库：一个河流部落和一个地区

甘加通：一个河流部落和一个地区，库的敌人

卢阿拉卢阿拉：一个河流部落和一个地区，位于库以北

阿伯亚米：一位父亲

阿约得勒：阿伯亚米的儿子

巫师：库的通灵术士

伊塔其：河流巫师

卡瓦/阿萨尼：库的男孩

黑豹：会变形的猎手，另外还有几个名字

云波：森林精灵，孩童的守护者

桑格马：反女巫

敏吉：这个名字是：长颈鹿男孩、烟雾女孩、白化病人、皮球男孩、连体双生子

阿桑波撒：吃人肉的畸形巨怪

甘加通酋长

在马拉卡尔

阿依西：克瓦什·达拉的首相

邦什/坡佩勒：河中精怪，人鱼，变形者

索戈隆：月亮女巫

萨多格：一名奥格，强壮高大的男人，并非巨人

阿玛都·卡萨武拉：奴隶贩子

比比：阿玛都·卡萨武拉的男仆

恩萨卡·奈·瓦姆皮：雇佣兵

尼卡：雇佣兵

弗米利：黑豹的持弓人

大块贝勒昆：一位肥胖的长者

智者阿达加其：一位睿智的长者

滑头阿玛奇：一位没人认识的长者

努雅：被闪电鸟附体的女人

布尔吞吉：复仇者

佐格巴奴：源自血沼的巨怪

维宁：当作佐格巴奴的食物被养大的女孩

奇普法兰布拉：一条大鱼

戈密德：有时友好的森林怪物

艾韦勒：一个凶狠的戈密德

艾格贝里：艾韦勒的表兄弟，饥饿时变得凶狠

安乔努：会读心术的暗土精灵

疯猴：一只癫狂的猴子

在孔谷尔

巴苏·福曼古鲁：北方王国的长者，被谋杀

巴苏·福曼古鲁的妻子：被谋杀

巴苏·福曼古鲁的儿子们：被谋杀

七翼：一群雇佣兵

卡夫塔：一幢屋子的主人

瓦妲妲小姐：一家妓院的主人

艾科伊耶：一名娼妓，喜爱麝猫香

水牛：一头非常聪明的水牛

孔谷尔酋长卫队：当地治安队伍

阿扎尔的莫西：孔谷尔酋长卫队的第三长官

马扎姆贝齐：一名治安官

红奥格：另一个奥格

蓝奥格：另一个奥格

娱乐场主人：奥格对战的经营者

拉拉：娱乐场主人的奴隶

玛瓦娜女巫：泥土人鱼，又名烂泥精怪

托克洛希：能隐身的小妖怪

在都林戈和姆韦鲁

老人：一间茅屋的主人，南方吟游诗人

都林戈女王：如其名

都林戈女王的首相

都林戈奴隶男孩

白科学家：最黑暗的死灵巫师和炼金术士

坏伊贝基：一对畸形的双胞胎

杰克乌：巴图塔王的白人卫兵

伊鹏都鲁：吸血的闪电鸟

阿德洋：吸血的虫群

萨萨邦撒：阿桑波撒的有翼兄弟

伊洛克：吃人的草木巨魔

阿库姆的丽思索罗：克瓦什·达拉的姐姐，神圣修女会的修女

影灵：侍奉阿依西的夜魔

在米图

伊克德：一名南方吟游诗人

卡曼古：一个儿子

尼古力：一个儿子

科苏：一个儿子

洛姆比：一个儿子

恩坎加：一个儿子

凯姆辛：一个女儿

在马兰吉卡和南部王国

一名年轻的女巫

一个人贩子

人贩子的妻子

人贩子的儿子

卡米夸约：变成怪物的白科学家

狗、猫、狼和狐狸

A DOG, A CAT, A WOLF, AND A FOX

Bi oju ri enu a pamo.

那孩子死了。其他没什么可说的。

听说南方有个女王会杀死带来坏消息的人。因此假如我带去孩子的死讯，岂不是会搭上自己的性命？真相吞噬谎言，就像鳄鱼吞噬月亮，而我的证言今天如此，明天同样如此。不，他不是我杀的。尽管我或许也希望他死。我渴望这个结果，就像贪食者渴望羊肉。天，我想弯弓搭箭，射穿他的黑心，望着它爆出黑色的血液，望着他的眼睛停止眨动，只是看但不再能看见，我想听着他的声音变得嘶哑，听见他的胸膛起伏，发出濒死的咯咯声，仿佛在说，看，我卑鄙的灵魂离开了这具最卑鄙的躯体，我为这个消息微笑，我为这场丧失跳舞。对，我贪婪地享用其中美妙的含义。但是，不，我没有杀他。

Bi oju ri enu a pamo.[1]

眼睛见到的，嘴巴并非都该说出来。

这个牢房比前一个大。我闻到被处决者干结的鲜血。我听见他们的鬼魂还在惨叫。你的面包里有象鼻虫，你的水里有十二个看守和他们当消遣搞的山羊的尿。我该给你讲个故事吗？

我只是一个被叫作狼的男人。那孩子死了。我知道老妇人的说法和

---

1 作者据非洲各语言创造的新语言，为保留原文阅读感受，不作翻译。——编
 注（若无特别标注，本书中注释均为译注）

我不一样。就叫他杀人犯吧，她说。尽管我唯一惋惜的是她没有死在我手上。红发人说恶魔在孩子的脑袋里滋生。前提是你相信世上有恶魔。我相信祖传的坏血。你看着像个从没放过血的人。但你的手指依然黏糊糊地沾着血。你环切的一个男孩，一个女孩年纪太小，受不住你的大……看看你，这话让你兴奋。你看看你。

我讲个故事给你听。

故事始于一头黑豹。

还有一个女巫。

大审讯官。

拜偶像的祭司。

不，你别叫看守。

在他们用棍棒叫我住口前，我的嘴巴也许会吐露太多的秘密。

至于你自己。一个人有两百头牛，从男孩的一小块皮肤和女孩的隐秘之地里得到快乐，他不该被男人当作女人。因为那些就是你的追求，对吧？一点黑暗的小乐趣，在三十袋金币或两百头牛或两百个妻子那儿都找不到。那是你已经失去的东西——不，被人夺去的东西。那种光，你见过，你想拥有——不是太阳的光，也不是夜空中雷神的光，而是没有瑕疵的光，是对女人毫无了解的男孩心中的光，是你买来成婚的女孩心中的光，你买她不是因为你需要妻子，因为你有两百头牛，而是要一个能被你撕裂的妻子，因为你要在洞里寻找吸血鬼渴求的那种光，而你必将得到它，你会在仪式上把它打扮得漂漂亮亮，环切男孩，完整女孩，走向柄桑树，使用你能找到的任何一个洞。

那孩子死了，所有人都一样。

我走了许多天，穿过血沼里的蚊蝇大军和岩石能划破皮肤的盐碱平原，穿过白昼和夜晚。我向南一直走到奥莫罗罗，既不知道也不在乎。人们当我是乞丐而阻拦我，当我是窃贼而捉拿我，当我是叛徒而折磨我，孩子死去的消息传到你们王国后，又当我是杀人犯而逮捕我。你知道我的牢房里曾经有五个人吗？那是四个夜晚之前。我脖子上的围巾属于唯一一个还能两只脚站着的家伙。有朝一日他的右眼说不定又能看见东西了呢。

另外四个。你一个一个记清楚，听我说。

老人说夜晚是傻瓜。夜晚没有判断力，无论来的是什么，都不会提前警告你。第一个人扑到我床上。我自己濒死的咯咯声惊醒了我，来的是个男人，扼住我的喉咙。他比奥格矮，但比马高。闻着像是杀过一头羊。他掐住我的脖子，把我举到半空中，另外几个人默不作声。我想扳开他的手指，但他的巴掌里有魔鬼。踢他的胸膛就像踢石块。他举起我，就像在欣赏一件珍贵的珠宝。我用膝盖撞他下巴，这一下非常重，他的牙齿划破了舌头。他扔下我，我像公牛似的扑向他的下体。他倒下了，我抢过他的刀，像剃刀一样锋利的刀，抹了他的脖子。第二个来抓我的胳膊，但我没穿衣服，滑不留手。那把刀——我的刀——从他肋骨之间捅进去，我听见他心脏爆裂。第三个用他的脚和拳头跳舞，像夜晚出没的苍蝇，嘴里像蚊子似的嘶嘶出气。我先给他一拳，然后竖起两根手指，就像兔子的耳朵。闪电似的插进他左眼，把一整坨东西全扯出来。他惨叫。我看着他趴在地上号哭，寻找自己的眼睛，我忘记了另外两个人。我背后是个胖子，他挥拳，我弯腰，他被绊了一下，他倒下，我跳起来，我抓起我当枕头的石块砸他脑袋，直到他的脸闻着像肉酱。

最后一个还是个孩子。他惊叫。他太害怕，忘记了求我饶命。我对他说，下辈子当个男人吧，因为他这辈子连条虫子都不如，然后我一刀插进他脖子。他的膝盖还没落在地上，血已经溅了满地。我饶了半瞎男人的命，为了活下去，我们需要有人讲故事，对吧，祭司？审讯官。我不知道该怎么称呼你。

但他们不是你的人。很好。那你就不需要唱哀歌给他们的寡妇听了。

你来听故事，我愿意开口，因此诸神对你我都露出了笑容。

紫城里有个商人，他说他妻子丢了。她和五个金戒指、十二对耳环、二十二只手镯和十九只脚镯一起失踪。据说你鼻子灵，能找到情愿不被找到的东西，他说。我快二十岁，被父亲赶出家门很久了。商人当我是什么猎狗，可我说对，据说我鼻子确实灵。他把妻子的内衣扔给我。她的踪迹已经很淡，几乎无法追踪。也许她知道有朝一日男人会来追捕她，因为她在三个村庄都有住处，谁也说不清她住在哪儿。每幢屋子里都有个姑娘长得很像她，听见她的名字甚至会应声。第三幢屋子的姑娘请我进门，指着一张凳子让我坐。她问我渴不渴，我还没说渴，她就拿起了一罐糖李酒[1]。允许我插一句，我的眼力很普通，但据说我鼻子很灵。因此她把那罐酒拿过来的时候，我已经闻到了她加在里面的毒药，妇人喜欢用这种毒药，名叫眼镜蛇唾液，混在水里就尝不出来了。她把酒罐递给我，我接过来，抓住她的手，把她胳膊拧到背后。我把酒罐压在她嘴唇上，硬要从她牙关之间灌进去。她的眼泪淌下来，我拿开酒罐。

她带我去见女主人，她住在河畔的小屋里。我丈夫打我打得太厉害，我的孩子掉了出来，女主人说，我有五个金戒指、十二对耳环、二十二只手镯和十九只脚镯，我全给你，外加我床上的一夜。我收下四个脚镯，带她回去找她丈夫，因为我更想要他的钱，而不是她的珠宝。然后我告诉她，可以让第三幢屋子的女人给他做糖李酒。

第二个故事。

一天晚上我父亲回家，身上一股渔女的味道。他身上有她的味道，还有巴沃棋盘的木头味道。还有我父亲之外的一个男人的鲜血味道。他和一位宾加，也就是巴沃大师下棋，结果输了。宾加要他赢的赌注，我父亲抓起巴沃棋盘砸烂在大师的脑门上。他说那家酒馆很远，所以他可以随便喝酒、逗弄女人和玩巴沃。我父亲揍得那男人没法动弹，然后离开酒馆。但他身上没有汗臭味，没多少灰尘，呼吸里没有酒味，什么都

---

1 糖李酒：Masuku, Uapaca kirkiana在齐切瓦语里的叫法。

没有。他没去过酒吧，而是待在一个鸦片僧侣的窝点里。

于是父亲回到家里，喊我从谷仓里过去，我住在那儿，因为这时候他已经把我赶出家门了。

"过来，儿子。坐下，跟我玩巴沃。"他说。

棋盘在地上，缺了许多个球。球缺得太多，没法好好下棋。但我父亲想要的不是下棋，而是胜利。

你肯定知道巴沃是什么吧，祭司？要是不知道就听我解释。棋盘上有四排洞眼，每排八个，两个玩家，一人两排。每个玩家有三十二粒种子，但我们手头的数量不足，我也记不清究竟有多少了。每个玩家在nyumba[1]洞里放六粒，但我父亲非要放八粒。我本来会说："父亲啊，你难道要像南方人那样玩吗，放八粒，而不是六粒？"但我父亲能动拳头的时候从不动嘴，他会因为更琐碎的小事揍我。每次我放下一粒种子他就会说"逮住了"，拿走我的种子。不过他嘴巴干，要棕榈酒喝。我母亲拿水给他，他揪住她的头发，扇她两个耳光，说，你的脸皮到日落就会忘记这些印子。我母亲不肯用眼泪让他开心，于是出去拿酒回来。我闻到毒药，我本来不想管。他揍我母亲，因为她使用巫术，不是减缓她的衰老就是加速他的，他扔下了游戏。我播下我的种子，在棋盘一侧最右面的洞里下了两个球，顺便逮住他的种子。这么一来我父亲不高兴了。

"你把这盘棋带到了mtaji[2]阶段。"他说。

"没有，咱们才刚开始下。"我说。

"你怎么敢不尊重我？对我说话要叫我'父亲'。"他说。

我没吭声，在棋盘上堵截他。

靠近他的一排没种子了，他没法下了。

"你作弊，"他说，"你棋盘上的种子比三十二粒多。"

我说："要么你喝酒喝瞎了眼睛，要么你不识数。你播种，我逮住。

1　Nyumba：斯瓦西里语、齐切瓦语、祖鲁语中的House，在这里是棋盘双方的大本营。

2　Mtaji：斯瓦西里语，意思是高级、重要。

我沿着我那一排播种，筑起一堵墙，你没有种子能攻破。"

没等我再多说一个字，他的拳头就落在了我嘴巴上。我从凳子上掉下去，他抓起巴沃棋盘想砸我脑袋，就像他揍那位宾加一样。但我父亲喝醉了，动作缓慢，而我经常在河边看恩戈洛[1]大师磨炼战技。他挥动棋盘，种子飞上了天。我学着战士的样子，连续三个后空翻，像猎豹等待猎物那样俯下身子。他左顾右盼找我，就好像我突然消失了。

"滚出来，胆小鬼。你和你母亲一样胆小，"他说，"所以我羞辱她才会有乐趣。首先我要揍你，然后我要揍她，因为她养大了你，然后我会留下印子，让你们两个记住她养了个给男人当娘们的小子。"他说。

愤怒就像乌云，让我大脑变空，心变黑。我跳起来，使出旋风似的连环踢，一脚比一脚踢得高。

"看，他像动物似的蹦跶。"他说。

他向我扑来，但我不再是孩子了。我在狭小的屋子里扑向他，俯下去双手撑地，把手变成脚，整个人弹起来，我的身体像轮子似的旋转，两条腿在半空中飞向他，双脚锁住他的脖子，把他重重地摔倒在地。他脑袋咣当一声撞在地面上，我母亲在外面都听得清清楚楚。她跑进来，尖叫："放开他，孩子。你毁了咱们两个。"

我望着她，啐了一口。然后我起身离开。

这个故事有两个结局。第一个，我的两条腿锁住他的脖子，把他摞倒在地的时候拧断了他的脖子。他当场送命，我母亲给我五个货贝[2]和用棕榈叶包着的高粱团子，叫我快离开。我说我不会带着他的任何东西走，甚至包括衣服。

第二个结局，我没拧断他的脖子，但他依然脑袋着地，他脑袋裂了，流血不止。他醒来后变成傻瓜。我母亲给我五个货贝和用香蕉叶包着的高粱团子，说，离开这个地方，你的叔叔伯伯比他还坏。

1　恩戈洛：Ngolo，非洲库内纳河流域地区的一种战斗仪式。
2　货贝：宝贝科海洋腹足纲软体动物的统称，在南亚和非洲部分地区曾充当货币。

我的名字是我父亲的财产，因此我把它留在了他家门口。他穿漂亮的袍子，丝绸来自他从未见过的国度，他穿欠他钱的人们供奉的凉鞋，这些东西使他忘记了他出身于河谷里的一个部落。我离开我父亲家，没拿会让我想起他的任何东西。古老的生活方式在召唤我，我还没出门就想脱掉我的所有衣物。闻着像个男人，带着体味和臭味，而不是城市女人和阉人的香水味。人们会用他们留给沼泽地野人的眼神看我。我会走进城市，或者闯进寝宫，不顾后果，就像一头珍稀野兽。狮子不需要袍子，眼镜蛇也一样。我要去库，那是我父亲的故乡，尽管我不知道该怎么去。

我叫追踪者。我曾经有个名字，但早就忘干净了。

第三个故事。

西面一个国家的王后说只要我能找到她的国王，就会付我丰厚的报酬。她的朝臣认为她疯了，因为国王五年前就淹死了，但找死人这事对我来说不成问题。我收下她的酬劳，前往溺死者生活的地方。

我一直一直走，直到在河畔遇到一位老妇人，她坐在河岸上，有一根长棍。她侧面的头发是雪白的，头顶没有头发。她脸上的皱纹就像森林里的小径，黄色的牙齿说明她的呼吸很难闻。据说她每天早晨醒来时年轻貌美，中午时成熟艳丽，日暮时衰老丑陋，午夜时死去，在下一个小时内重生。她背上的驼峰比脑袋高，但眼睛闪闪发亮，因此她思路敏捷。鱼会游到长棍顶端的位置，但绝不继续前进。

"你为什么要来这个地方？"她问。

"这是去莫诺诺的路。"我说。

"你，一个活人，为什么要来这个地方？"

"生命是爱，我已经没有爱了。我心里的爱已经干涸了，流进一条像这样的大河。"

"你失去的不是爱，而是血。我可以让你通过。但我有七十个月没和未死的男人睡过了。"

于是我睡了这个老丑婆。她躺在河岸旁，脚泡在河水里。她浑身上下只有骨头和羽毛，但我充满活力。我的双腿间有东西在游动，感觉像是鱼。她用手抚摸我的胸膛，我用白土画的条纹变成环绕心脏的波浪。我不停动作，她的沉默让我不安。黑暗中我觉得她变得越来越年轻，但同时又变得越来越老。火焰在我体内扩张，烧到了我的指尖和我在她身体里的顶端。空气聚拢在水周围，水聚拢在空气周围。我从头到脚哆嗦，一连五次。她依然是个老丑婆，但我不生气。她从她胸口处舀起我的雨露，挥手甩进河里。鱼儿立刻跃起又落下，然后再次跃起。这个夜晚的黑暗吞噬了月亮，但鱼儿的身体里有光。那些鱼有女人的头部、手臂和胸脯。

"跟着它们走。"她说。

我跟着它穿过白昼和黑夜，然后再一个白昼。河水有时候低得只淹到脚踝，有时候高得能淹到脖子。河水冲掉了我身上所有的白垩，只剩下我的脸。鱼女人，女人鱼，带我沿河而下，走了一天一天又一天，最后来到一个我无法描述的地方。这里也许是河水筑成的墙，稳固地立在地上，但我的手能穿过去；也许是河流在此处向下弯折，但我依然能行走，我的脚底踩在地面上，我的身体直立着没有坠落。

有时候想前进就只能穿过去。于是我走了进去。我不害怕。

我没法告诉你我究竟是停止了呼吸还是能在水下呼吸。总之我一直向前走。河里的鱼围着我，像是在问我有何贵干。我继续向前走，包围我的水拨弄我的头发，洗干净我的腋下。然后我见到了我在所有王国都从未见过的东西。一座城堡，坐落于一片开阔的草地上，它是用石块垒砌的，有二、三、四、五、六层高。每个拐角都有一座拱顶的塔楼，同样是石块垒砌的。每一层楼上都有从石块里切割出来的窗户，窗户底下是带金色栏杆的楼板，这个部分叫梯台。一条走廊把这座建筑物和另一座连接起来，另一条走廊又连接着另一座建筑物，因此这儿一共有四座彼此连接的城堡组成一个方形。

其他城堡都不如第一座巨大，最后一座已经变成废墟。河水消失之后，剩下的是我无法向你描述的石块、青草和天空。树木排成一条直线，延伸到我的视线之外，方方正正的花园，种成环形的花卉。连诸神都没有这样的花园。现在是下午，天国空荡荡的。傍晚来得很快，清风起起落落，风粗暴地从我身旁挤过去，就像匆匆忙忙的胖子。日落时分，男人女人和兽类走进走出我的视线，在阴影中浮现，在夕阳中消失，随后重新出现。我坐在最大的城堡的台阶上望着他们，太阳逃离夜晚的黑暗。男人走在女人身旁，孩子长得像男人，女人看着像孩子。男人是蓝色的，女人是绿色的，孩子是黄色的，他们眼睛是红色的，颈部有鳃缝。动物的毛发像青草，马有六条腿，成群的阿巴达[1]长着斑马的腿和驴子的背，额头有犀牛的角，和更多的孩子一起奔跑。

一个黄衣服的孩子走到我面前，问："你是怎么来这儿的？"

"穿过河水进来的。"

"伊塔其允许你进来了？"

"我不认识什么伊塔其，只见过一个闻着像青苔的老妇人。"

黄色的孩子变成红色，眼睛变成白色。他父母过来带走了他。我起身爬上二十英尺高的台阶，走进城堡，更多的男人、女人、孩子和兽类在这里欢笑、交谈、闲聊、传闲话。大厅另一头有绘制着战争的墙板和青铜的勇士塑像，我认出其中一幅画是四千人丧命的中土之战，另一幅是半瞎王子的战役，他将悬崖误认为山丘，率领整支军队跳了下去。那面墙底下是个青铜宝座，把坐在上面的男人衬托得像个婴儿。

"这双眼睛不属于畏惧神灵的男人。"他说。我知道他是国王，否则还能是谁？

"我来带你回生者的世界。"我说。

"追踪者，连死者的国度也听说过你。但你冒着生命的危险，徒劳

1　阿巴达：Abada，刚果等地区的神话动物，类似欧洲的独角兽。

地浪费时间。我没有任何理由要回去，对我来说没有，对你来说也没有。"

"我做任何事都没有理由。我寻找失踪的人，而你的王后失去了你。"

国王大笑。

"我们在莫诺诺，你是唯一活着的灵魂，但整个宫廷死气最重的人就是你。"他说。

审讯官，我希望大家明白，我没时间吵这种架。不存在我搏命争取的东西，不存在我愿意为之搏命的东西，因此我不会浪费时间去开启战端。你举起拳头，我就打断你胳膊。你乱动舌头，我就把它从你嘴里割掉。

王座所在的房间里没有保护国王的卫兵，于是我一步一步走向他，望着人群，人群盯着我。他既不激动也不害怕，只是用面无表情告诉我，这些事情从没发生在你身上过。四步，我来到王座所在的平台前。他脚边有两头狮子，一动不动，因此我无从分辨它们是血肉、精魂还是石像。他有一张圆脸，下巴底下还有一层下巴伸头探脑，他有两只大大的黑眼睛，扁平的鼻子上穿了两个环，他嘴唇很薄，像是有东方人的血统。他戴着金色的王冠，底下是白色的头巾，盖住他的头发，他穿绣着银色飞鸟的白色长衣，长衣外面罩着紫色的背心。我用手指就能把他挑起来。

我径直走到他的王座前。狮子毫无动静。我抚摸铸造成上翻狮爪模样的黄铜扶手，头顶上响起隆隆的雷声——沉重，迟缓，听上去很阴沉，在风中留下腐烂的气味。我望向天花板，什么都没有。我的视线还没放下来，国王就把匕首插进了我的手掌，他用力极大，匕首扎进扶手，卡在那里。

我惨叫；他大笑，躺回王座上。

"你大概以为阴间会信守它的承诺，是没有疼痛和受苦的土地，但这个承诺是说给死人听的。"他说。

没人陪着他笑，但他们都望着我。

他用怀疑的眼神望着我，揉了揉下巴，我抓住刀柄，拔出匕首，疼得我尖叫。我抓住国王，他吓了一跳，但我只是撩起他的长衣，从下摆处割下一块布。我用布裹住手，他放声大笑。我一拳打在他面门正中，人群这时才开始交头接耳。我听见致命的脚步声冲向我，连忙转过身。人群停下了。不，他们犹豫不前。他们面无表情，既不愤怒也不害怕。随后人群整齐划一地后退，视线越过我，望向国王，他站起来，手里拿着沾血的狮爪。国王把狮爪扔上半空，径直扔向天花板，人群哦哦惊呼。狮爪再也没有掉下来。后排有人开始逃跑。人群里有人大喊，有人尖叫。男人踩在女人身上，女人踩在孩子身上。国王一直在大笑。然后是吱嘎声，然后是撕裂声，然后是折断的声音，就仿佛天上的诸神扯开了天花板。奥默卢祖，有人叫道。

奥默卢祖。屋顶行者，来自这个纪元之前一个纪元的夜魔。

"他们尝过了你的血，追踪者。奥默卢祖不会停止追杀你。"

我抓住他的胳膊，划破他的手。他叫得像河边的小女孩，天花板开始移位，听声音像是在开裂、折断和咝咝冒气，但看上去一动不动。我握住他的手，收集他的血液，他拍我打我，像个小男孩，企图抽出胳膊。我把国王的血洒到半空中，这时第一个黑影刚从天花板上冒出来。

"现在你我的命运都注定了。"我说。

他的笑容消失了，他的下巴耷拉下去，他的眼珠鼓出来。我拖着他走下台阶，天花板隆隆作响，咔咔开裂。人们从天花板上拔出身子，就像爬出地洞，他们身体漆黑，脸漆黑，应该是眼睛的部位也漆黑。他们爬出来之后站在天花板上，就像我们站在地面上。奥默卢祖手持光刃，它们形状像剑，像燃烧炭块似的冒烟。国王尖叫着逃跑，扔下了他的剑。

奥默卢祖冲锋。我逃跑，听见他们在天花板上弹跳。他们跳起来，但不会摔在地上，而是落回天花板上，就仿佛我才是上下颠倒的。我跑向外面的庭院，但两个奥默卢祖比我快。他们跳下来，挥舞长剑。我的矛挡住了两次袭击，但冲力把我撞倒在地。其中一个向我挥剑，我向左躲闪，让开光刃，把长矛刺进他的胸膛。长矛插进去的势头很慢，像是在捅沥青。他向后跳开，带走了我的长矛。我抓起国王的剑。两个敌人从背后抓住我的脚踝，把我扔向天花板，黑暗在那里翻搅，就像夜间的大海。我挥剑划过黑暗，割断他们的手脚，像猫一样落回地面。另一个奥默卢祖企图抓住我的手，但我抢先抓住他，把他拽到地面上，他像一股烟似的消失了。一个从侧面扑向我，我弯腰躲开，但他的光刃砍中我的耳朵，疼得我火烧火燎。我转身，拿着我的剑扑向他的剑，黑暗中火花迸射。他退缩。我手脚的动作仿佛一名恩戈洛大师。我打滚，翻跟头，手换脚换手落地，直到我在靠近外面厅堂的地方找到长矛。那儿点着许多火把。我跑向第一个火把，用矛尖蘸油和火焰。我头顶上有两个奥默卢祖。我听见他们挥动光刃，打算把我切成两半。但我拿着燃烧的长矛跳开，径直从他们中间跑过去。他们两个爆成两团火球，火焰传到天花板上。奥默卢祖四散奔逃。

我跑过外面的厅堂，穿过走廊，冲出大门。外面，月光暗淡，就像隔着起雾的玻璃。矮小肥胖的国王甚至没有逃跑。

"奥默卢祖只在有天花板的地方出现。他们没法在开阔的天空中行走。"他说。

"你妻子会多么喜欢这个传说。"

"一个人对另一个人的爱你又知道多少？"

"咱们走。"

我拖着他走，但必须经过一段长约五十步的通道。走了五步，天花板开始撕裂。十步，他们跑过天花板，和我们在地上奔跑一样快，矮小肥胖的国王落在后面。十五步，我缩起脖子躲过挥向我脑袋的一剑，这一剑打飞了国王的王冠。十五步以后我就忘记数了。跑过通道的一半，我抓起一支火把扔向天花板。一个奥默卢祖炸成火球掉下来，但没碰到地面就化作黑烟消散。我们继续向外跑。通道尽头是大门，还好石砌的拱门不够宽，奥默卢祖没有地方现身。但就在我们跑出拱门的时候，两个奥默卢祖跳下天花板，其中一个划破了我的后背。在跑向河流和穿过水墙之间的某个时候，我同时失去了那些伤口和它们位置的记忆。我找过，但我的皮肤上没有印记。

记住这一点：去他的王国比去他的死亡之地要远得多。我们走了许多天，终于遇到河岸上的伊塔其，但这次她不是老妇人，而是一个小女孩，正在水里蹦跳，她看我的狡黠眼神属于比她年龄大四倍的女人。王后见到她的国王，她又叫又骂，使劲揍他，我知道用不了几天他就会再次溺水自杀。

我知道你脑子里刚闪过什么念头。这几个故事全是真的。

咱们头顶上是屋顶。

02

　　我离开我父亲的屋子，一个声音——也许是魔鬼——叫我快跑。我跑过住宅、酒馆和客栈，疲惫的行路人在客栈里休息，泥巴和石块砌成的墙壁有三个人那么高。大街通往小巷，小巷通往音乐、喝酒和打架，然后又转为打架、喝酒和音乐。开店的女人在打烊，收拾货摊。男人挽着男人走过，女人头顶篮子走过，老人坐在门口，像消磨白天一样消磨夜晚。我撞进一个男人怀里，他没有骂我，而是笑得露出了金牙。你漂亮得像个姑娘，他说。我沿着引水管逃跑，想找到向东的大门，那条路通向森林。

　　白昼的骑手拿着长矛，红袍在风中飞舞，他们身穿黑色甲胄，金冠顶上插着羽毛，胯下的骏马同样身披红衣。大门口，七名骑手正在接近，风号叫如野狼。白昼的争斗已经结束，他们的骏马从我身旁跑过，留下漫天灰尘。哨兵开始关城门，我跑出去，经过有名字但连老人也不知道的桥。没人注意我。

　　我走过像沙海一样延伸的开阔土地。那晚我走过一个死镇，墙壁正在风化崩落。我在空荡荡的大厅里睡觉，这儿没有门，有一扇窗。我背后是许多房屋的瓦砾堆成的小山。没有吃的，陶罐里的水发臭。我躺在地上，睡意袭来，听着小镇各处泥墙崩落的声音。

　　而我的眼睛？它怎么了？

哦，但那是一张嘴，审讯官，它会说故事给你听。你第一次见到它眨动，你的嘴唇就裂开了。你把你看见的写下来；说是巫术也行，说是白科学也行，你觉得我的眼睛是什么它就是什么。我没有伪装。我没戴面具。我脸上的额头又宽又圆，就像我脑袋的其他部位。眉骨在眼睛上面伸出来，远得能用阴影盖住眼睛。鼻子的坡度像一座山。嘴唇感觉和我手指一样粗，我给它们抹上红色或黄色的灰土。一只眼睛是我的，另一只不是。我自己给耳朵打洞，想着我父亲戴头巾以遮挡耳洞。但我没戴面具。这就是人们看见的。

离开我父亲家十天后，我来到一座山谷，一个月前下过雨，它现在还湿漉漉的。树木的叶子比我皮肤还黑。地面会支撑你走十步，再迈腿说不定就会吞了你。蠕行者、眼镜蛇与蝰蛇的巢穴。我是个傻瓜。我以为你会通过忘记新路来了解旧路。穿过树丛时我告诉自己，尽管每个声音都是从来没听见过的，但没什么可害怕的。树木不会出卖我，揭露我企图躲藏的地方。我脖子底下的高热不是在发烧。藤蔓没有企图突然缠住我的脖子，把我勒死。还有饥饿和可能是饥饿的东西。疼痛从内部撞击我的肚皮，直到它厌倦了撞击。寻找浆果，寻找嫩树枝，寻找猴子，寻找猴子吃的东西。疯狂再上一个台阶。我企图吃土。我企图跟着蛇追老鼠穿过树丛。我感觉到有什么巨大的东西跟着我。我爬上一块石头，滴水的树叶拍打我的脸。

我在一间茅屋中醒来，凉得像河水。但我内部在燃烧，我身体里在发热。

"河马在水里是看不见的。"一个声音说。

茅屋里黑洞洞的，或者我瞎了，我不知道究竟是哪个。

"Ye waren wupsi yeng ve. 你为什么不把警告放在心上？"他说。

茅屋依然阴沉沉黑洞洞的，但我的眼睛稍微能看见一点东西了。

"蝰蛇从不和人争吵，连最傻的孩子也不会。Oba Olushere，冷淡而温和的蛇，那是最危险的。"

我的鼻子带着我走进森林。我没有见到蝰蛇。两天前的夜晚，他在哭泣的大树下发现我在发抖，他确定我濒临死亡，甚至挖好了墓穴。但我彻夜咳嗽，咳出绿色的汁液。此刻我在闻着像紫色枯枝的茅屋里，躺在垫子上烧得发烫。

"答案来自心里。你在茂密的树林里干什么？"

我想说我来这儿寻找自己，但那是傻瓜才会说的话。或者我父亲有可能说的，但那时候我还以为我有个能够失去的自我，不知道一个人绝不可能拥有自我。但这话我已经说过了。于是我什么都没说，希望我的眼睛能开口。尽管在黑暗中，但我还是能感觉到他盯着我。我和我关于树丛的疯狂念头，人们在那儿跟随狮子奔跑，吃大地赐予的东西，在树底下拉屎，彼此间不存在诡计。他从黑暗的角落里出来，扇我耳光。

"我只有切开你的脑袋往里看才能知道里面装着什么，要么你自己说出来。"

"我以为——"

"你以为我们是树林和河流的野人，像狗一样哼哼和汪汪叫。以为我们拉屎不擦屁股。也许是蹭在你身上了呢。我像人对人那样和你说话。"

审讯官，你是一个搜集词句的人。你搜集我的。你有诗歌颂扬凉爽的清晨，有诗歌颂扬热死人的正午，有诗歌颂扬战争。但日落不需要你的诗歌，奔跑的豹子同样不需要。

这位智者不住在村里，而是住在河边。他用草木灰和乳酪涂白头发。我只见过一次我父亲脱掉衣服，我看见他后背上仿佛星辰的疤痕围成一个圈。这个男人则在胸口有一圈星辰。他单独住在茅屋里，他用树枝搭墙，用灌木搭屋顶。他用黑色石屑抹墙，直到墙壁闪闪发亮，然后在上面绘制图案和画像，其中有个白色的怪物，它高如大树，有手有脚。我从未见过这种东西。

"这倒是一件好事，因为你不会活下来，和我说那些话。"他说。

我睡着了，我醒来，我睡着了，我醒来，我见到一条白色巨蟒缠绕树干，我醒来，见到大蛇隐没在墙壁中。阳光射进来，照亮墙壁，我发现我们在洞窟里。墙壁像蜡烛熔化了凝固在蜡烛上。昏暗的光线中，它有些地方像一张尖叫的脸，或者大象的腿，或者少女的缝。

墙壁，我抚摸墙壁，感觉像山药的皮。洞口附近比较光滑，灌木像乱发似的向外支棱着。我爬起来，这次没有倒下。我摇摇晃晃，像是泡在棕榈酒里的人，但我走了出去。我脚步踉跄，靠在岩石上保持平衡，但那不是岩石。根本不是石头。树皮。但太宽了，太大了。我尽可能高地向上看，尽可能远地向前走。不但枝叶始终遮挡着阳光，而且这棵树根本没有尽头。我绕着它转圈，却忘记了起点在哪儿。顶上只能看见枝杈，又短又粗，就像婴儿的手指，从嫩枝和树叶织成的网里支棱出来。树叶很小，厚得像皮肤，果实比脑袋还大。我听见小脚爬上爬下的声音，那是一只母狒狒和它的孩子。

"猴面包树曾经是大草原上最美丽的，"巫师在我背后说，"这是诸神第二个黎明之前的事情。何等的造物啊——猴面包树知道她很美丽。她命令所有的歌曲作者歌颂她的美丽。她和她的妹妹比诸神还美丽，甚至比头发化作一百种风的碧琪丽-莉莉丝还美丽。结果怎么样？诸神诞生了愤怒。祂们到地上来，拔起所有的猴面包树，把它们倒着插进地面。树根花了五百个纪元才长出叶子，又花了五百个纪元开花结果。"

一个月之内，村里的所有人都来过树旁。我看见他们躲在枝杈和树叶背后望着他。有一次，村里的三个强壮男人来了。他们都很高大，肩宽体阔，胖子大腹便便之处是起伏的肌肉，腿和牛腿一样健壮。领头的男人从头到脚涂着草木灰，白得像月亮。第二个在身上画满了斑马似的白色条纹。第三个没有颜色，皮肤黝黑而有光泽。他们戴项链，腰部缠着链子，除此之外不需要更多的饰物。我不知道他们为什么来，但我知道我愿意把自己托付给他们。

"我们在树丛里看了你很多次，"有条纹的男人说，"你爬树和狩猎。没有能力，没有技术，但也许诸神给了你勇气。你多少个月大了？"

"我父亲从不数月份。"

"这棵树吃了六个处女。整个儿吞下去。夜里你能听见她们惨叫，但传出来的只是一声耳语。你会以为只是风声。"

他盯着我看了一会儿，然后放声大笑。

"你要跟我们去参加泽里巴成人仪式。"有条纹的男人说。

他指了指白如月光的男人。

"一条蛇就在雨季前杀死了他的伙伴。你要和他一起去。"

我没有说我从蛇咬中被救了回来。

"我们下次日出时见面。你应该知晓战士之道，而不是娘们的。"白如月光的男人说。

我点头接受。他看着我，时间比其他人久。有人在他胸口刻了一颗星。他双耳各挂一个耳环，我知道耳洞是他自己打的。他比两名同伴高至少一个头，但此刻我才注意到。另外，这些男人在朱巴不可能依然是孩子。

"你要和我走。"我听见他说，但我没有用耳朵听见他这么说。

泽里巴成人仪式上没有女人，但你必定依然知道她们对男人的用处。泽里巴在你的心里；泽里巴是在森林里从日出走到月升的旅程。你抵达英雄的殿堂，那里有陶土的墙壁和茅草的屋顶。还有木棍和空地供人搏斗。男孩走进去，向所有村庄和所有山川里最强壮的斗士学习。你用草木灰涂满身体，在夜里看上去你就像来自月亮。你吃高粱粥。你杀死现在是你的这个男孩，成为未来你是的那个男人，但一切都必须学习。我问白如月光的男孩，没有女人可以让我学习，我该如何学习有关女人的事情。

审讯官，你还想听下去吗？

一天早晨，我闻到相似的气味跟着我走到河边。一个男孩以为我是他叔叔的儿子。我在抓鱼。他来到岸边，跟我打招呼，就好像他认识我，直到发现他并不认识我。我没说话。他母亲肯定给他讲过阿巴拉，这种恶魔会变成你认识的人来找你，一模一样，只是没有舌头。他没有逃跑，只是慢吞吞地从岸边走开，坐在一块石头上。他望着我。他顶多不过八九岁，脸上从左耳到右耳越过鼻子用白色黏土画了一条杠，胸口满是豹斑似的白点。我是城里长大的孩子，没有能抓到鱼的运气。我把双手泡在水里，默默等待。鱼径直游进我手里，但每次我想抓住就会滑脱。我等待，他观望。我抓住一条大鱼，但大鱼拼命挣扎，吓了我一跳，我被绊倒在水里。小男孩大笑。我望向他，也笑了，但这时从森林里飘来一股味道，离我们越来越近。我闻到了——赭石、乳木果油、腋下的臭味、奶味——他也闻到了。我们都知道风吹来了某个人的气味，但他知道那是谁。

她走出树林，像是从树木里迸发出来的。她个子高，比较老，面容已经变得凌厉和粗糙，她的右乳还没有干瘪，一块搭在肩膀上的布裹着左乳。她头上扎着一条带子，红绿黄三色。五颜六色的项链一条摞一条直到耳垂，唯独没有蓝色。用贝壳装饰的山羊皮裙，隆起的肚皮里怀着孩子。她看着孩子，指指她背后。然后她望向我，指指同一个方向。

太阳偷懒的一个早晨，巫师一巴掌拍醒我，转身走出茅屋，一言不发。他把长矛、凉鞋和缠腰布放在我身旁。我飞快地爬起来，跟他出去。河流下游方向，茅屋铺展在田野里，村庄像花朵般绽放。我们先经过干草垒起的小丘，尖尖的顶端像乳头。然后我们经过用黏土和泥巴建造的圆形茅屋，红色和棕色的墙壁顶上是茅草和灌木的屋顶。村庄中央的茅屋比较大。五六座圆形的茅屋簇拥在一起，看上去仿佛城堡，墙壁彼此连接，宣告这些茅屋属于同一个人。茅屋越大，墙壁就越光亮，因为富人花得起钱用黑石擦墙壁。但绝大多数茅屋都不大。除非一个人拥有许多头牛，否则就不会用一座茅屋装粮食，用另一座煮饭。

最大的茅屋的主人有六个妻子和二十个孩子，其中一个儿子都没有。他正在物色第七个妻子，希望她终于能给他生个儿子。他是极少数从茅屋里出来见我的人之一。两个男孩和一个女孩，裸体，没有涂抹颜色，跟着巫师和我走，直到一个女人恶狠狠地吼了句什么，他们跑向我背后的一座茅屋。我们来到村庄中央，站在这个男人连接成片的茅屋外。两个女人在谷仓外涂抹新一层黏土。三个与我年龄相仿的男孩打猎归来，抬着一头死羚羊。我没看见白如月光的男人。

猎手归来唤醒了村庄。男人和女人，女孩和男孩，全都跑出来欣赏胜利果实，但看见我就纷纷停下脚步。巫师说了个我没听过的名字。有六个妻子的男人出来，径直走到我面前。他很高，大腹便便。后脑勺有个灰黄两色的陶土头饰，顶上插着五根鸵鸟羽毛。头饰说明他是男人，一根羽毛说明他杀过一次大猎物。黄色黏土在他颧骨上画了几道，胸部和肩膀遍布凯旋的疤痕。这个男人杀过好几个人、好几头狮子和一头大象。甚至可能还有一头河马。他的两个妻子跟着出来，其中就我在河边见过的女人。

巫师对他说："命令鳄鱼在雨季不会吃我们的父亲啊，请听我说。"然后他对男人说了些我不懂的话。

男人打量我，从头到脚、从脚到头。他走到近处，然后说："阿伯亚米的儿子，阿约得勒的兄弟，这条路是你的路，这些树是你的树，这个家是你的家，而我是你可敬的叔叔。"

我没听过这两个名字。它们也许只是与我毫无关系的陌生人的名字。家族并不永远是树林里的家族，朋友并不永远是朋友。甚至妻子也未必永远是妻子。

他领着我穿过大门，走进院子，孩子在院子里追逐小鸡。他们有黏土、花粉和脚底下的鸡屎的气味。屋子有六个大房间。隔着窗户，两个妻子在磨面粉。谷仓旁边的厨房散发粥的甜香，一个妻子在厨房旁清洗身体，就着从墙上涌出的水流。再过去是一面长长的黑墙，点缀着黏土做的乳头。然后是茅草屋顶下的一块开阔空间，有凳子和毯子，背后是最长的一面墙。我叔叔的卧室，睡觉用的毯子上方有一只巨大的蝴蝶。他发现我在看，说中央的圆环是水波的涟漪，既记录每个潮湿季节的周而复始，也记录他插进新娶妻子湿润下体的时间。他的房间旁边是储藏室和孩子们的卧室。

"这个家就是你的家，这些毯子就是你的毯子。但这些妻子是我的。"他说，吃吃笑。我微笑。

我们在开阔空间坐下，我坐在毯子上，他坐在椅子上，椅子很深，他躺在那儿，而不是坐着。椅座有弧线，适应他的屁股，椅背坚硬，三条横档雕刻得像是三排鸡蛋。我记得我父亲靠在这么一个椅背上时如何揉着脊梁长吁短叹。弯曲的头靠仿佛巨大的带角头饰。宽阔的靠背和结实的支撑腿使得它很像一头丛林野牛。我叔叔躺在那儿，变成一头强壮的动物。

"你的椅子。我见过类似的，可敬的叔叔。"我说。

他坐了起来。他似乎很生气，这样的椅子居然有两把。

"是你的人制作的吗？"我问。

"洛比人，城市里的木匠大师，声称他们只制作了一把。但城里人爱撒谎，那是他们的天性。"

"你了解城市的街道？"

"我走过许多条。"

"为什么回来？"

"你怎么知道我离开村庄去城市，而不是离开城市来村庄？"

我答不上来。

"你在哪儿见过这样的椅子？"他问。

"我家。"

他点点头，大笑。"即便被沙漠隔开，血脉依然表现得就像血脉。"他说，猛拍我的肩膀。

"拿我该死的棕榈酒和烟草来。"他朝一个妻子喊道。

这些人称他们和他们的村庄为库。他们一度控制河流的两岸。后来敌人，甘加通人，变得越来越强盛，许多人加入他们的行列，把库驱赶到了日落的这一侧岸边。库族男人擅长弓箭，会领着牛只去没放牧过的草原，喝牛奶，睡觉。女人擅长拔草做茅草屋顶，用陶土或牛粪糊墙，建造篱笆关山羊和追山羊玩的小孩，取水，洗奶皮，挤奶，喂孩子，煮汤，洗葫芦果，搅奶油。男人在附近的田里播种和收割庄稼。他们挖井取水。我险些掉进他们挖的一口井，那口井非常深，你能听见老魔鬼在底下睡觉，庞大如树木的身体发出飒飒声。白如月光的男孩说很快就要收高粱了，女人会拎着篮子去田里捡走庄稼。

一天我看见九个男人回到村里，他们很高，其中几个刚抹上的涂料闪闪发亮，另外几个涂着红色的赭石和乳木果油，他们看着像是刚诞生的战士。

夜晚，他们唱歌、跳舞、搏斗，然后重新唱歌，戴上亨巴面具，面具看上去像黑猩猩，但卡瓦说那是所有逝去长者的相貌，戴上是为了与在灵魂之树里的他们交谈。他们戴着亨巴面具唱歌，打破许多个月狩猎运气不佳的诅咒。鼓点敲出嗑嗑嗑。风声之下的砰砰砰，拉卡拉卡拉卡拉卡。

村庄在新出现的气味中醒来，气味飘得到处都是。新的男人和新的女人成熟得即将爆裂。我从即将成为我叔叔的男人家里望着他们，他望着妻子，挠着肚皮。

"一个孩子说他要带我参加成人仪式。"我说。

"一个孩子答应你参加泽里巴？谁下的命令？"

"他自己选的。"我说。

"他这么跟你说的？"他问。

"对，还说我将成为他的新伙伴，他以前的伙伴被蛇咬死了。我现在用你们的语言说话。我了解你们的风俗，可敬的叔叔。我有你们的血脉。我准备好了。"

"你说的是哪个孩子？"我叔叔说。

但我不知道这个孩子住在哪儿。我叔叔揉着下巴看我。"你被发现的时候才算出生，到现在还不到一个月。别这么快就急着去死。"他说。

我没说我已经是个男人了。

"你见过他们。跑来跑去的孩子，比回到村里来的男人要小。"

"什么孩子？"

"红嘴唇的孩子，从雄性身上割掉了雌性。"

我不明白他在说什么，于是他领我出门。天空是灰色的，等待落下的雨水把它撑得大腹便便。两个男孩跑过去，他喊住个子比较高的那个，他的脸涂成红色、白色和黄色，黄色是头部正中间从上到下的一条线。记住，我叔叔是个非常重要的男人，他的牛比酋长的还多，甚至有黄金。男孩跑过来，身上亮晶晶的全是汗。

"我在追狐狸。"他对我叔叔说。

我叔叔招手让他过来。他大笑，说孩子知道他拥有少年期结束的标记，希望整个村庄都知道。我叔叔抓住他的下体，像是在估摸分量，男孩吓得畏缩。看，他说。颜料几乎掩盖住了被切掉的皮肤，膨大的顶端露在外面。我们生下来都是两者兼备，他说，你是男人也是女人，就像女孩是女人也是男人。这个男孩会成为男人，因此拜物祭司割掉了女人的部分，他说。

这小子一动都不敢动，但他尽量昂首挺胸。我叔叔继续说下去。"而女孩必须让男人深入身体，为她割掉neha，才能成为女人。就像最初的造物那样彼此独立。"他揉了揉男孩的脑袋，打发他离开，然后回到屋里。

男人们在一块石头上集合。高大、强壮、黝黑，长矛闪亮。我望着他们站在那儿一动不动，直到太阳拖长他们的影子。我叔叔转向我，几乎用耳语对我说话，就好像在陌生人身旁告诉我可怕的消息。

"地球绕着太阳每转六十圈，我们就要庆祝死亡和重生。最早出生的是双胞胎，但只有在神圣的男性在土地里播撒他的种子后，世上才有了生命。因此同时也是女人的男人和同时也是男人的女人很危险。太晚了。你已经长得太大，将永远会既是男人也是女人。"

我望着我，直到他的话进入我的心灵。

"我将永远不会成为男人？"

"你将成为男人。但另一个性别也在你身体里，会让你成为另一个人。就像那些男人，他们游历四方，教我们的妻子学习女性的秘密。你会知道他们知道的东西。诸神在上，你也许会像他们那样和别人睡觉。"

"可敬的叔叔，你让我感到非常悲伤。"

我没有告诉他，女性已经在我身体里兴风作浪，我渴求她的欲望，但除此之外，我感觉我并不是女人，因为我想猎鹿，想奔跑和游乐。

"我希望现在能受割礼。"我说。

"你父亲应该为你行礼的。但现在太晚了。你会永远留在两者之间的界线上。你将永远同时走双方的路。你将永远感觉到一者的力量和另一者的痛苦。"

那天夜里，月亮没有出来，但那个男孩出现在茅屋外时，他依然散发辉光。

"来看看新成人的男女在做什么。"他说。

"你必须告诉我你叫什么。"我说。

他没有回答我。

我们穿过树林，来到鼓手向天际的诸神和地下的祖先报告消息的地方。月光男孩走得很快，从不等我。我依然害怕踩在蟒蛇身上。他钻进浓密如墙壁的枝叶消失了，我停下脚步，不知道该往哪儿走，直到一只白色的手从浓密的枝叶间伸出来，抓住我的手，把我拽了进去。

我们来到一块林间空地，鼓手在这里敲鼓，其他人击棍，还有人吹口哨。两个男人走过来开始举行仪式，我们躲在树丛里。

"邦班吉，法官和食物的提供者。同时也是偷窃者。你看他戴着姆伟卢面具，面具上插满羽毛，有个巨大的犀鸟长喙。你看他旁边，马卡拉，魔法与咒语之主。"卡瓦说。

新成人的男人肩并肩站成一排。他们全都穿着上等布料做的筒裙，我只在我叔叔身上见过，他们都戴着插鸵鸟毛和鲜花的黏土头饰。然后他们开始蹦跳，上上下下，越来越高，他们在空中停留，然后重重地落回地上。下来的时候脚步重了，地面都在颤抖。他们不停地跳，砰咚、砰咚、砰咚、砰咚。这里没有孩童。也许他们和月光男孩还有我一样，也躲在树丛里。然后新成人的女人走进空地。两个女人径直走向男人，跟着他们一起跳。砰咚、砰咚、砰咚。男人和女人跳得越来越靠近，直到皮肤彼此摩擦，胸部贴着胸部，鼻尖触碰鼻尖。月光男孩依然抓着我的手。我让他抓着我。其他人加入队伍，起跳和落下掀起的尘云笼罩了林间空地，年纪更大的女人开始跳舞，进进出出人群，神圣的烟雾控制她们的身体。

邦班吉一遍又一遍咏唱：

男人有阴茎
女人有阴户
你们现在不认识彼此
因此还不会建造房屋

男孩拉着我钻进更浓密更凉爽的树丛。我刚听见他们就闻到了他们。甜丝丝的体味蒸腾而起，在风中扩散。女人在男人之上，蹲下去，起来，再下去，起来，下去。我使劲眨眼，直到我拥有夜间视力。她的乳房在抖动。两人都发出声音。在我父亲家里，只有他发出声音。男人不动。在我父亲家里，只有他动。我看见女人做十个动作，男人才做一个。月光男孩的手伸到我两腿之间，捋动我的皮肤，跟随她起起落落的节拍。神灵进入我，使我迸发和喊叫。女人尖叫，男人跳起来，推开她。我们逃了。

我父亲说他离开他的出生地，因为一位智者告诉他，他置身于落后的人们之中，他们从不创造东西，不知道该怎么把文字写在纸上，仅仅为了繁育而性交。但我可敬的叔叔说并非如此。听一听你现在居住之地的树木怎么说，因为你的血脉就在那里。我一根枝杈一根枝杈、一片树叶一片树叶听过来，却没听见先祖说的任何话。一天后的夜里，我听见我祖父的声音从外面传来，他误以为我是他儿子。我走出去，抬头看顶上的枝杈，却只见到了茫茫黑暗。

"你什么时候才会向杀死你父亲的凶手复仇？我无法安息，正义在等待伸张。"他说。他又说："阿约得勒被杀后，你是我的长子，也是兄弟中最年长的。诸神的计划遭到亵渎，必须向凶手复仇。我软弱的儿子啊，我的怒火还没有平息。"

"我不是你的儿子。"我说。

"你的兄长阿约得勒，我的长子，他和我在一起，同样无法安息。我们在等待仇敌之血的香甜气味。"祖父说，依然误以为我是我叔叔。

"你的儿子不是我。"

我看上去就那么像我父亲吗？在我长毛之前，他的毛发已经灰白，我从没在他身上见过我的影子。除了固执。

"争斗仍未平息。"

"我不和鳄鱼争斗，不和河马争斗，不和他人争斗。"

"杀死你兄长的人也杀死了他的山羊。"我祖父说。

"我父亲离开是因为杀戮已经过时，是信奉次等神灵的次等人的行为。"

"杀死你兄长的人还活着，"我祖父说，"唉，多么大的耻辱啊，一个人家里的男人离开了村庄。我不愿提到他的名字。唉，何等耻辱的事情，比鸟儿还弱小，比猫鼬还胆怯。是牛首先告诉我的。那天他发现我在他复仇前不会安息，就把牛群扔在树丛里逃跑了。牛自己找到路回家。他忘记了他的名字，他忘记了他的生活、他的族人，我们用弓箭狩猎，保护高粱地不被鸟类糟蹋，照顾牲畜，避开洪水留下的泥塘，因为那是鳄鱼睡觉纳凉的地方。而你，会成为一百个月以来唯一被鳄鱼憎恶的孩子吗？"

"我不是你的儿子。"我说。

"你什么时候才肯为你的兄长复仇？"他问。

我绕到屋后，发现我叔叔在用羚羊角吸鼻烟，就像城里的有钱人。我想知道他为什么像我父亲一样离开村庄去城里，又为什么不像我父亲那样留下不回来。他刚见了一位拜物祭司回来，那位祭司去河口预见了未来，刚回到村里。我从他脸上看不出祭司预见了什么，是更多的牛只、一个新妻子还是某位恶神要降下饥馑和疾病。我在他身上闻到了达加[1]的气味，他嚼这东西是为了二次预见，意味着他不信任祭司转达的消息，想自己确认一下。听着就像我叔叔会做的事情。我父亲是个聪明人，但从来都比不上我叔叔。他指着额上的白线给我看。

"来自狮心的粉末。祭司把它和女人的经血还有桃花心木的树皮混在一起，咀嚼后预见未来。"

"而你抹在头上？"

"你会怎么选，吃掉狮心还是抹在身上？"

我没有回答。

"祖父的幽灵是个疯狂的鬼魂，"我说，"他一遍又一遍问我什么时候去杀害死我兄长的凶手。我没有兄长。另外，他以为我是我父亲。"

---

1 达加：Dagga，非洲南部地区对大麻的俗称。

我叔叔大笑。"你父亲不是你父亲。"他说。

"什么？"

"你是一个勇士的儿子，但也是一个懦夫的孙子。"

"我父亲和长者一样衰老和虚弱。"

"你父亲是你祖父。"

他甚至不需要看这话让我多么惊诧。寂静变得无比浓重，我能听见轻风晃动树叶。

"你只有几岁大的时候——不过我们不按年份计算岁数——甘加通部落过河杀死了你的兄长。当时他刚从泽里巴成人仪式上归来。他在自由土地狩猎，那里不归任何部落所有，他遇到了一群甘加通人。各方一致同意在自由土地上不该有杀戮，但他们用利刃和斧头砍死了他。你真正的父亲，我的兄长，是全村最厉害的弓箭手。一个人必须知道他在向谁复仇，否则就会遇到攻击神灵的危险。你父亲不听任何人的，甚至包括他父亲。他说他身体里流的是狮子的血，肯定来自他母亲，她一直在哭喊要求复仇。因为她对复仇的呼声，她被赶出了她丈夫的家。她不再涂绘她的脸，再也没有梳理过头发。有人认为杀死另一个人的儿子来为一个儿子之死复仇是愚蠢的，但这时候要的就是愚蠢。他为死亡复仇，但他们也杀死了他。你父亲带着弓和六支箭。他瞄准河对岸，发誓要杀死他见到的六个活人。中午之前，他杀死了两个女人、三个男人和一个孩子，每个都来自不同的家庭。现在有六家人仇视我们了。想要我们死的人家又多了六个。他们在自由土地杀死你父亲，住在那儿的一个人说他从你父亲那儿买的皮子在两个月后开裂了。你父亲去处理他的怨气，维护他的好名声。但那个人两个月前就把他出卖给了三个甘加通战士。一个男孩用弓箭从背后瞄准他，射穿他的心脏。坏皮子是甘加通人的主意，因为那个人没有脑子，想不出这么狡猾的诡计。这是我割断他喉咙前他告诉我的。"

不止如此，我叔叔告诉我。我祖父厌倦了杀戮，带着我母亲和我离开村庄。扔下牛群逃跑的是他。这就是我很小但我父亲很老的原因，他老得就像这儿已经驼背的长者。逃跑使得他很瘦，皮包骨头。他看上去总像是时刻准备逃跑。我想从我叔叔这儿跑去找我父亲。不，祖父。大地此刻不再是大地，天空不再是天空，谎言是真相，而真相是个滑溜溜的多变怪物。真相让我反胃。

我知道我叔叔还有话要对我说，这些话能让我恢复理智，因为我的头脑变得愚蠢，无法相信自己的祖先。也可能我什么都肯相信。我相信一个老人他不是我父亲，一个比较年轻的女人她是我母亲。也许她不是我母亲。他们在同一个房间、同一张床上睡觉，他像丈夫一样骑上她的身体。我见过。也许我的家不是我的家，也许我的世界不是这个世界。

这棵树高处枝杈里的鬼魂是我父亲，他对我说话。叫我为了我自己的兄长去杀人。整个村庄都知道。他们来我叔叔家打听。老妇人派孩童带话，你什么时候才肯为你兄长复仇？其他孩子教我捕鱼时也问我，你什么时候才肯为你兄长复仇？每次有人问我，这个问题就重获新生。多年来我不想变得和我父亲一样，现在我想成为他了。然而他是我祖父；我想变得像我祖父。我祖母因为渴望复仇而发疯。

"她住在哪儿？"我问我叔叔。

"大鸟建造并抛下的一幢屋子，"他说，"沿着河岸走，离村庄半天路程。"

我坐在谷仓背后。

我在那儿待了几天。

我不和任何人说话。

我叔叔知道应该让我一个人静静。我想到我祖父和我叔叔，努力在脑海里想象我父亲的模样。但我总是失败，只能看见我祖父和我母亲，两人都赤身裸体，但相互并不接触。承受者该如何处理他无法承受之物，直接扔掉？听凭自己被压垮？他们全知道我是个傻瓜。我是个动物，会杀死第一个向我提起父亲和祖父的人。我更加厌恶我父亲了。不，我祖父。因此许多个月我告诉自己，我不需要我父亲。我们曾彼此拳打脚踢，我和我父亲。现在我对他一无所求了，现在我知道他要是给我生个妹妹，她同时也是我姑姑，我想杀死他。还有我母亲。愤怒，也许愤怒会让我起来，让我站直，让我行走，但我还是待在这儿，靠着谷仓一动不动。我依然没法动弹。眼泪来了又去，我自己都不知道，等我发现了，我拒绝承认事实如此。

"操他妈的诸神，因为现在我觉得我能踩着空气跳起来。"我大声说。血脉是边界，家族是绳索。我是自由的，我告诉自己。我要没日没夜地对自己说整整三天。

我终究没去找我祖母。除了告诉我更多的我不想知道的事情，她还能做什么呢？这些事情能让我了解过去，但只会带来更多的眼泪和悲痛。悲痛让我难过。我去找他，他正在茅屋外生火。他的茅屋、他的谷仓、他的火为什么全都没有女人的陪伴？我没问他。因为男孩还不是男人，他得自力更生。

"我会带你参加泽里巴，你会成为男人。但你必须在下个月之前杀死敌人，否则我就杀死你。"他说。

"我在心里叫你月光男孩。"我说。

"为什么？"

"因为我第一次见到你的时候，你的皮肤既黑又白，就像月光。"

"我母亲叫我卡瓦。"

"她在哪儿？你父亲、妹妹、兄弟在哪儿？"

"夜晚的疾病，他们全都死了。我妹妹是最后一个。"

"什么时候？"

"从那时起，太阳已经绕着世界转了四圈。"

"提到父亲让我不舒服。还有母亲。还有祖父。所有血亲。"

"像我一样，冷却你的愤怒。"

"我希望血液能燃烧。"

"冷却那种愤怒。"

"我有过他们，我失去了他们，我拥有的是个谎言，但真相更加可怕。他们害得我的脑袋像是着了火。"

"你要和我一起参加泽里巴。"

"我叔叔说我不适合参加泽里巴。"

"所以你还是听你血亲的话。"

"我叔叔说我不是男人。说我这东西顶上的女人部分还没割掉。"

"那就把那块皮翻起来。"

他茅屋背后不远处就是河流。我们走到河岸边。他拿着一个葫芦。他用手舀起水，倒进葫芦里，然后浇在我身上。我站着一动不动，他抓起白色湿黏土涂在我脸上。他涂白我的脖子、我的胸膛、我的大腿、我的小腿和我的臀部。然后他用手蘸水，在我皮肤上勾出蛇一样的蜿蜒线条，我觉得痒，我哈哈笑，但他犹如磐石。他在我背后画线，向下到我的腿上。他揪住我的包皮，使劲向后翻，说我们该拿这个皱巴巴的foro怎么办？树上高处的鬼魂在说话，但我不去理会。卡瓦说："我希望我有个敌人，能让我为母亲和父亲复仇。但难道曾经有谁杀死过空气吗？"

03

以下是我的亲身经历。

我在卡瓦家待了三个白天和四个夜晚。我叔叔没有大惊小怪。他无论在阳光下还是月光中都是家里的男人，觉得我看他妻子时就像她们看我一样张口结舌。没错，我叔叔家非常宽敞，两个人在里面走四分之一个月也不会碰到彼此。但我能闻到他藏起来不让女人知道的东西——从城里来的昂贵毯子藏在便宜毯子底下，大猫的昂贵皮子藏在斑马的廉价皮子底下，金币和物神藏在钱袋里，钱袋散发着出产皮料的动物的臭味。他的贪婪促使他逼迫自己藏匿所有东西，因而尽管他肚皮很大，人却渺小。

但卡瓦的茅屋不一样。

他的布匹和皮料扔在地上，我捡起来就能当衣服穿。一个葫芦瓢里盛着黑色尘土，用来让墙壁光亮如新。盛水的罐子、搅奶油的罐子、用来放牛血的葫芦瓢和刀。这是一个依然由母亲操持的家。我没问他父母是否就葬在脚下，或者他父亲和他母亲一起离开，他于是学会了女人的活计，因为他从未外出狩猎过。

我不想回我叔叔家，我也不想和树上的声音说话，他们除了要我做事，从不给我任何东西。于是我待在卡瓦的茅屋里。

"你怎么一个人过日子？"

"小子，问你想问的吧。"

"操他妈的诸神，那就告诉我我想知道的。"

"你想知道我没有父母怎么过得这么好。诸神为什么对我的茅屋微笑？"

"不。"

"同一阵风带来消息，你父亲说他死了。我没法——"

"那就别想了。"我说。

"而你祖父是撒谎的父亲。"

"是。"

"就像任何一个父亲。"他说，大笑。他还说："这些长者，他们用臭嘴说得比唱得还好听，说一个人除了他的血脉什么都不是。长者很愚蠢，他们的信仰过时了。你试试新的信仰。我每天都试一个新的。"

"什么意思？"

"守着家人和血脉会出卖你。没有甘加通人在找我。但我嫉妒你。"

"操他妈的诸神，这有什么可嫉妒的？"

"家人离去后了解他们也比看着他们离去好。"

他转向他茅屋的黑暗角落。

"你怎么知道女人和男人相处之道？"我问。

他大笑。

"在树丛里看新成人的男女。卢阿拉卢阿拉，甘加通上游的人，他们有男人像女人一样和男人同住，女人像丈夫一样和女人同住，还有男人和女人没有男人或女人，他们选择怎么过就怎么过，在这些方式之间不存在敌视。"他说。

他都还不是男人，但他怎么会知道，我没有问。每天早晨，我们到河边的石滩上涂抹身体，汗水到了夜晚就会把颜料全冲掉。夜晚，他想睡觉时，我熟悉他就像他熟悉我，他呼吸时，肚皮会碰到我的后背。或者脸挨着脸，直到闪电在我们身体里划过。

你是懂得欢愉的男人，审讯官，尽管你看上去对你的欢愉很自私。你知道那是什么感觉吗？不在肉体里，而是在心里，让一个男人像被闪电击中，或者一个女人，因为我和许多女人也做过。一个女孩内在的男孩没被割掉，还藏在血肉的褶皱里，她就受到了欢愉之神的加倍祝福，甚至更多。

这是我相信的。第一个男人嫉妒第一个女人。她的闪电过于强大，她的尖叫和呻吟响亮得足以唤醒死者。那个男人无法接受诸神会赐予更弱小的女人以如此丰饶之物，因此在每个女孩成为女人之前，男人必须想办法夺走它，割掉它，把它扔进树丛。但诸神把它藏在那儿，藏得很深，男人无权去那儿找它。男人会为此付出代价。

我见过的远不止这些。

天亮了，但太阳躲了起来。卡瓦说咱们去林子里，一个多月不要回来。我觉得挺好，因为我身体里的一切都越来越厌烦家这个东西。或者与库有关的任何东西。我觉得要是我再待下去，我会把自己变成一个甘加通人，开始杀人，直到全村变成一个洞，这个洞和我闭上眼睛见到的黑洞一样大。死物不会撒谎、欺骗和背叛，而家是什么？无非是这三者如苔藓般滋生的地方。"随便多久都行，只要我叔叔不想我。"我说。

我希望我们是要去打猎。我想杀戮。但我依然害怕蝰蛇，卡瓦走在鞠躬的大树、跪拜的草木和跳舞的花朵之间，就好像他知道该去哪儿。我迷路两次，他的手两次穿过浓密的枝叶，抓住我的胳膊。

"一直走，蜕下你的负担。"卡瓦说。

"什么？"

"你的负担。不要让任何东西拦住你，你会像蛇蜕皮一样蜕下它。"

"那天我听说我有个兄弟，同一天我失去了一个兄弟。那天我听说我有过一个父亲，同一天我失去了一个父亲。那天我听说我有过一个祖父，同一天我听说他是个懦夫，睡我的母亲。而我没听说她的任何事情。我该怎么蜕下这样的皮？"

"一直走就是了。"他说。

我们穿过灌木丛、沼泽和森林，我们穿过广阔的盐沼平原，踏着灼热开裂的白色泥土，直到白昼从我们身旁溜走。在灌木丛里的每一个瞬间都在刺激我，我睡着了，一整晚不断惊醒。第二天，长时间行走之后，我抱怨走得太久了，我听见头顶上的树木里有脚步声，于是抬头看。卡瓦说自从我们转向南方，他就在跟踪我们。我不知道我们在向南走。头顶上的枝叶间是一只黑豹。我们走，他就走。我们停，他就停。我攥紧长矛，但卡瓦抬起头，吹口哨。黑豹跳下来，落在我们面前，恶狠狠地盯着我们看了很久，咆哮一声，然后跑了。我没说话，因为你该对一个刚和黑豹交谈过的人说什么呢？我们继续向南走。太阳走到灰色天空的中央，但丛林里有着密密麻麻的枝叶和灌木，冷飕飕的。鸟在树上叫，哇咔咔咔，呱呱呱呱。我们遇到一条河，和天空一样是灰色的，流得很慢。一棵倒伏的大树架在小河两岸，新生的植物从树干上长出来。走到一半，从河里升上来两个耳朵、两只眼睛、两个鼻孔和一个有小船那么宽的脑袋。河马的眼睛跟着我们转。她上下颚张得很大，脑袋裂成两半，她咆哮。卡瓦扭头对她发出嘶嘶声。她沉回了水里。有时候我们会赶上黑豹，他就会在森林里跑远。但要是我们落下太远，他就会停下来等待。尽管灌木丛里越来越凉，我出的汗却越来越多。

"我们在向上爬。"我说。

"太阳开始往西走的时候，我们就在向上爬了。"他说。我们在一座山上。

你只需要他告诉你"下"就是"上"，因为"下"不一样了。我不是在向南走，而是在向上走。雾气落向地面，在空气中飘荡。我两次以为那是鬼魂。水从树叶上滴下来，地面感觉湿漉漉的。

就在我开口问他之前，他说："我们不远了。"

我以为我们在找一块林间空地，但我们走向了树丛的更深处。枝杈摆动，打在我脸上，藤蔓缠住我的腿脚，把我往下拽，树木弯腰打量我，树皮上的每根线条都是一道皱纹。卡瓦开始和枝叶交谈。还有咒骂。月光男孩在生气。不，他不是在和枝叶，而是和藏在枝叶下的人们交谈。一个男人和一个女人，肤色像卡瓦的草木灰，头发像银色的泥土，但个头还不到从你胳膊肘到中指的长度。云波[1]，当然了。栖息于枝叶间的好精灵，但当时我还不知道。他们在树杈上行走，卡瓦抓住一根树杈，他们沿着他的手臂爬上他的肩膀。他们俩背部有毛发，眼睛闪闪发亮。男云波坐在卡瓦的右肩上，女云波坐在左肩。男云波从袋子里掏出一根烟管。我走在后面，直到下巴能合拢回去为止，我望着高大的卡瓦和两个半身人，其中一个拖着一条粗大的烟尾巴。

"一个男孩？"

"对。"男云波说。

"他饿了吗？"

"我们喂他吃浆果和猪奶。还有一点血。"女云波说。他们说话声音像孩童。

我们走了很久，我眼前只有卡瓦的后背。他还没见到婴儿，我就闻到了婴儿呕吐物晒干的气味，婴儿坐在被放弃的蚁丘上，嘴里咬着花朵，嘴唇和面颊红通通的。卡瓦在婴儿面前跪下，矮小的男人和女人从他肩膀上跳下来。卡瓦抱起婴儿，然后要水。水，他重复道，望向我。我想起来我背着他的水袋。他倒了些水在手掌里，喂婴儿喝。矮小的男人和女人一起拿来葫芦瓢，里面盛着一点剩下的猪奶。我站在卡瓦的肩膀后面，看见婴儿笑了，它有两颗耗子般的上牙，其他地方都还是牙龈。

"敏吉。"他说。

"什么意思？"

他抱着孩子向前走，没有回答我。他随即停下。

"诸神不照顾他，"矮小的男人说，"我们没法……"他没有说完。

1　云波：Yumboes，西非沃洛夫人传说中的善意精灵。

我甚至都没看见，直到我们经过了那股甜腥的气味。两只小脚从树丛里伸出来，脚底发青。苍蝇群集，合奏刺耳的音乐。上一顿饭威胁着从我嘴里冒出来。我们走到很远处，甜腥的臭味还跟着我们。可怕的气味和好闻的气味一样，都能跟随你来到明天。后来下了一点雨，树木散发出的果香味笼罩我们。卡瓦用手挡住孩子的脸。我还没问他就开口了。

"你没看见他的嘴巴吗？"

"他的嘴巴就是婴儿的嘴巴，和其他婴儿的没有区别。"

"你不小了，不该这么傻。"卡瓦说。

"你既不知道我的年纪也不——"

"闭嘴。这个男孩是敏吉，死去的女孩也是。你在他嘴里看见两颗牙，但它们在上排，而不是下排，所以他是敏吉。上牙比下牙先长的孩子是个诅咒，必须被杀死。否则诅咒就会蔓延到母亲、父亲和家族身上，给村庄带来干旱、饥馑和瘟疫。我们的长辈这么声称的。"

"另一个呢？他的牙齿也——"

"敏吉有很多。"

"这是老太婆的说法。不是城市人的说法。"

"城市是什么？"

"其他的敏吉呢？"

"咱们走。咱们继续走。"

"去哪儿？"

黑豹跳出树丛，矮小的人们躲到卡瓦背后。他低声吼叫，向后看，然后咆哮。我觉得他要卡瓦把婴儿交给他。

黑豹趴在地上，然后翻过来，伸展四肢，抖动身体，像是得病了。他再次低吼，像狗被石块打中。他前腿变长，但后腿变得更长。他后背变宽，收起尾巴。皮毛消失，但他依然毛发茂密。他继续翻滚，最后我们看见了一张人脸，但眼睛依然是透亮的黄色，仿佛遭到雷击的沙地。他脑后的黑色毛发乱蓬蓬的，长到太阳穴和面颊上。卡瓦看着他，就仿佛一个人活在世上每天都能见到这种事。

"我们动作太慢就会发生这种事。"黑豹说。

"就算我们跑着来，婴儿依然会死。"卡瓦说。

"我说的是按天算的迟到。我们晚了两天。那条命要算在我们手上。"

"救这条命更加重要。咱们行动吧。绿蛇已经闻到他的气味。鬣狗闻到了另一个的。"

"绿蛇。鬣狗。"黑豹大笑，"我会埋葬那个孩子。该追赶你的时候我再追赶你。"

"用什么埋葬她？"卡瓦问。

"我会找到东西的。"

"那我们等你。"卡瓦说。

"别为了我而等待。"

"我等待不是为了你。"

"五天，阿萨尼。"

"我来的时候自然回来，大猫。"

"我等了五天。"

"你应该再等一等。"

黑豹怒吼，响亮得我以为他会变回去。

"去埋葬那个女孩吧。"卡瓦说。

黑豹望着我。我觉得这是他第一次注意到我在场。他闻了闻，转过头去，重新钻进灌木丛。

卡瓦在我提问前先回答了一个问题。

"他和树丛里的其他生物一样。诸神造了他，但人们忘了诸神先造的是谁。"

但他回答的不是我想问的问题。

"你们怎么会认识的？"

卡瓦依然望着黑豹钻进树丛消失的地方。

"在泽里巴之前。我必须证明没有母亲的孩子也配成为男人，否则到死都是孩子。他必须穿过灌木丛，从开阔地上的甘加通战士身旁溜过去。他回来时不能不带着一张大猫的皮。你听着接下来发生了什么。我在黄色的树丛里。我听见树枝折断的咔嚓声和婴儿的哭声，我看见那头黑豹咬着一个婴儿的后颈。他用牙齿叼着婴儿。我拔出矛，他低吼，扔下婴儿。我以为我在救婴儿的命，但婴儿开始哭号，不肯安静，直到黑猫又用牙齿叼起他。我扔出长矛，我扔偏了，他扑到我身上，我一眨眼，只看见一个男人要用拳头揍我。他说，你只是个孩子。你给我抱着这个婴儿。于是我抱着他。他给我找了一张死狮子的皮，我带回去交给酋长。"

"一头野兽叫你抱着这个敏吉孩子，你就抱着他了？"我问。

"敏吉是什么？我都不知道，直到我们遇到她。"卡瓦说。

"这不是……等一等，她是谁？"

"她是我们要去见的人。"

"然后你每个月快结束的时候就偷偷溜走，把敏吉孩子带给这个她？你的回答引出了更多的问题。"

"想知道什么就问吧。"

我安静了。

我们一直等到黑豹回来，他以人形出现，不再皱着眉头。现在他走在我们背后，有时候拉开很远一段路，我以为他自己走了；有时候凑得很近，我能感觉到他在闻我。我在他身上闻到了他跑过的枝叶和新鲜的露水、死去女孩的气味和他指甲下坟墓泥土的新鲜腥味。太阳几乎要落山了。

卡瓦和大多数男人一样，有两种气味。一种是汗流浃背后被晒干的气味，辛苦劳作流汗的气味。另一种藏在腋下、双腿之间、屁股缝里，你凑近到能用嘴唇品尝的时候才会闻到。黑豹只有第二种气味。我以前也没见过这样的男人，他的毛发犹如黑色丝绵。他从我身旁走过，接过卡瓦怀里的婴儿，我看见他后背和腿部的毛发。他的胸部是两座小山，他臀部硕大，腿部粗壮。他看上去像是要把婴儿碾碎在怀里，实际上却舔掉了孩子额头的灰尘。只有鸟儿在说话。你看我们，一个男人白如月光，一只黑豹直立如人，一男一女高如灌木，一个婴儿比他们都大。黑暗在自己扩散。矮小的女人从卡瓦跳到黑豹身上，坐在他的胳膊上，跟着婴儿嬉笑。

我身体里有个声音说他们算是某种血亲，而我是陌生人。卡瓦没告诉任何人我是谁。

我们来到一条荒凉的小溪前。大小石块圈出河岸，青苔像地毯似的覆盖石块。小溪咯咯笑，溅起水雾飘向树枝、蕨草和弯垂的竹子。黑豹把婴儿放在一块石头上，然后在岸边趴下舔水喝。卡瓦灌满水袋。矮小的男人逗婴儿玩。婴儿醒着，我很吃惊。我站在黑豹身旁，但他对我依然视而不见。卡瓦站在下游方向的河水里，寻找鱼儿。

"咱们要去哪儿？"我问。

"我告诉过你。"

"这里不是山上。我们绕了半圈，刚才向下走了一段。"

"我们再走两天就到了。"

"到哪儿了？"

他蹲下，用手舀水喝。

"我想回去。"我说。

"不可能回去。"他说。

"我想回去。"

"那就去吧。"

"黑豹是你什么人？"

卡瓦看着我，大笑。这个笑声在说，我都还不是个男人，你却要塞给我男人的难题。也许我身体里的女人在冒头。也许我该揪起我自己的包皮，用石块把它砸掉。这就是我应该说的话。我不喜欢这个豹人。我不了解他，没理由不喜欢他，但就是不喜欢。他闻着像老人的屁股缝。这就是我该说的话。你们能不开口就交谈吗？你们像兄弟一样熟悉彼此吗？你睡觉时会把手搁在他双腿之间吗？我是不是应该一直醒着，等到满月，甚至夜晚的野兽都睡了，看他会不会去找你——或者你去找黑豹，趴在他身上，或者他趴在你身上，或者他像城市里我父亲喜欢的那些人，把男人放进他们的嘴巴？

矮小的男女做鬼脸，像猴子似的跳上跳下，婴儿坐起来，看着他们大笑。

"给他起名。"

我转过身——是黑豹。

"他需要一个名字。"他说。

"我甚至不知道你叫什么。"

"我不需要名字。你父亲怎么给你起名？"

"我不认识我父亲。"

"连我都认识我父亲。他和鳄鱼搏斗，还有蛇和鬣狗，只是被男人的嫉妒逼得发狂。他会追逐羚羊，比猎豹还快。你做过这种事吗？用你最尖利的牙齿咬进去，热血在你嘴里爆炸，肌肉依然搏动着生命？"

"没有。"

"那么你和阿萨尼一样。"

"我叔叔叫他卡瓦，村里的其他人也一样。"

"你烧食物，然后吃掉。你吃的是灰。"

"你今晚会离开吗？"

"我感到应该离开的时候自然会离开。今晚我们在这里睡觉。早晨我们带婴儿穿过新的土地。我去觅食，但没什么能吃的，因为所有野兽都听见了我们的到来。"

我知道夜里我会一直醒着。我看见卡瓦和黑豹走开，火焰腾起，遮蔽我的视线。我对自己说我要一直醒着，盯着他们。我做到了。我凑到火焰前，近得几乎烧掉了眉毛。我走到河边，河水现在冷得让骨头发抖，我舀水浇在脸上。我盯着黑暗，视线跟随卡瓦皮肤上的白点。我拢起手指，握成拳头，力量大得指甲插进了手掌。无论他们两个做什么，我都要去看，都要喊叫，或者嘶嘶威胁，或者咒骂。因此当黑豹摇醒我的时候，我跳了起来，震惊于我居然睡着了。我爬起来，卡瓦用水浇灭火焰。

"咱们走。"黑豹说。

"为什么？"

"咱们走。"他说，从我面前转开。

他变成大猫。卡瓦用布包裹婴儿，把婴儿斜挎在黑豹背上。他没有等我。我揉揉眼睛，重新睁开。矮小的男人和女人回到了卡瓦的肩膀上。

"一只猫头鹰和我交谈，"矮小的女人说，"我们在树丛里耽搁了一天。据说你懂风的语言？不是？他说你鼻子很灵？"

"我不明白。"

"有人在跟踪我们。"他说。

"谁？"

"阿萨尼说你鼻子很灵。"

"谁？"

"阿萨尼。"

"不，我是说谁跟踪我们？"

"他们夜里行动，不是白天。"卡瓦说。

"他说我鼻子很灵？"

"他说你是追踪者。"

卡瓦已经向前走了，嘴里说：咱们出发。更远处的黑暗中，黑豹在树与树之间跳跃，婴儿绑在他背上。卡瓦叫我过去。

"我们必须快走。"他说。

周围只有黑暗，夜晚的蓝色、绿色和灰色，连天上都没有几颗星星，但很快我看懂了树丛。树木是手拱出泥土，张开弯曲的手指。蜿蜒的巨蛇是一条小径。拍打的暗夜翅膀属于猫头鹰，而不是恶魔。

"跟着黑豹走。"卡瓦说。

"我不知道他去哪儿了。"我说。

"不，你知道。"

他用右手揉了揉我的鼻子。黑豹就在我面前活了过来。我能看见他和他的轨迹，清楚地见到他的毛皮穿过树丛。我抬手一指。

黑豹向右边走了，朝山下走了五十步，从一棵树跳到另一棵，借此越过小溪，然后向南而去。他在四棵树下停步撒尿，混淆跟踪者的方向。我知道我鼻子很灵，卡瓦没说错，但我从来不知道它能如此追踪。尽管黑豹已经走远，但依然就在我鼻子底下。还有卡瓦，我闻到他的气味，还有矮小的女人，她揉在皮肉褶皱里的玫瑰花、矮小的男人、他喝的花蜜、他吃的甲虫，他需要甜味，吃到的却净是苦味，还有水袋，水袋里的水依然有水牛的气味，还有小溪。还有更多的气味，比这些更多，比加起来还要多，多得足以让我陷入某种疯狂。

"呼出所有东西。"卡瓦说。

"呼出所有东西。"

"呼出所有东西。"

我缓缓地吐出一口长气。

"现在吸入黑豹的气味。"

他按住我胸口，揉了揉我胸口。我希望我能在黑暗中看见他的眼睛。

"吸入黑豹的气味。"

于是我用鼻子再次看见了他。我知道他往哪儿去了。让黑豹担忧的人也开始让我担忧。我指向右方。

"咱们走这条路。"我说。

我们跑了一整夜。我们越过小溪和跨在小溪上的枝杈，我们跑过根系庞大的树林，树根爬出地面，彼此纠缠，蜿蜒蛇行。即将破晓时，我误以为一截树根是沉睡的蟒蛇。参天大树比十五个人脚踩肩膀摞在一起还高，天色刚开始转变时，树叶变成鸟儿飞走。我们来到草原上，灌木和杂草高过我们的膝盖，但没有树木。我们来到低谷里的盐沼平原上，白色泥土反光，照得我们什么都看不见，在脚底下嘎吱嘎吱响，视线内见不到任何动物，意味着跟踪者能看见我们。我没有说话。草原从黑夜的尽头延伸到白昼的开始，万物都是灰色的。黑豹的气味在前方，像一根线，或者一条路。我们两次靠近得看见他，他四肢着地奔跑，婴儿绑在背上。有一阵，三只豹子和他一起奔跑，扔下我们不管。我们经过象群和狮群，惊吓了几匹斑马。我们经过树叶稀少的茂密树丛，它们就像树木的骨头，飒飒的声音更加响亮。而我们依然在奔跑。

旭日在云缝里偷窥，像是打算改变心意。这是卡瓦和我出发后的第四天。矮小的女人说跟踪者白天睡觉，夜晚狩猎。于是我们改跑为走。我们经过被杀死的树木的森林，空气重新变得潮湿，浓烈的气味从鼻孔涌入胸膛。树木又开始有树叶了，树叶变得越来越暗、越来越大。我们来到一片树林里，我在世上从未见过这么大的树。我都算不出需要多少人去计数。它们甚至不是树木，而是被埋葬的巨人的弯曲手指，它们从泥土里伸出来，覆盖着野草、枝杈和青苔。庞大的树干从土里勃然迸发，直插天空，庞大的树干蜷曲钻进地面，就像张开的拳头。地面有些丘陵和小山；没有任何平地。无论往哪儿看，似乎都有巨人的手指即将破土而出，紧随其后的是手和胳膊，然后是比五百幢房屋还要高的绿色巨人。翠绿、棕绿和墨绿，近乎蓝色的绿色，近乎黄色的绿色。一整个森林的巨树。

"这些树发疯了。"我说。

"我们很近了。"卡瓦说。

雾气把光线分成蓝色、绿色、黄色、橙色、红色和我不认识的紫色。一百或一百零一步之后，树木全都向着一个方向弯曲，几乎交织在一起。

树干向南向北生长，向东向西，直上，俯下，扭曲钻进另一棵树再穿出来，然后重新回到地面，仿佛一个疯狂的笼子，想要囚禁什么东西或不让什么东西进来。卡瓦跳上一棵树的树干，它弯曲得几乎与地面平行。枝权像小径一样宽阔，青苔上的露水在脚下滑溜溜的。我们在一棵树的树干上走到头，跳到底下另一棵树的弯曲树干上，我们继续向上走，从一棵树跳到另一棵树上，向上走得很高，然后向下走得很低，然后拐了许多个弯，转到第三圈，我才注意到我们上下颠倒，但没有掉下去。

"所以这些树有魔力。"我说。

"这些树脾气暴躁，你最好闭上嘴巴。"他说。

我们经过三只猫头鹰，它们站在一根树枝上，朝矮小的女人点头致意。我们终于走出枝叶，见到天空，我的腿酸得像是着了火。云很淡，像冷天的吐息。太阳黄色而贫弱，悬浮在我们前方的雾气中。事实上，它屹立于枝权上，外墙贴着树干，覆盖着同样的花朵和青苔。一幢屋子，修建在树上，颜色犹如山脉。我分不清是他们围绕这些枝权培育树木，还是枝权为了保护它而如此生长。事实上，一共有三幢屋子，都是木头和黏土造的，上面是茅草屋顶。第一幢小如茅屋，不比六头身的一个男人高。孩童在它周围跑来跑去，爬进屋前的一个小洞。台阶绕过这幢屋子，通往它顶上的另一幢。不，不是台阶。长得笔直的枝权组成台阶，就好像树木在履行职责。

"这些树有魔力。"我说。

枝权台阶通往第二幢屋子，它比较宽敞，一个大大的门洞代替了门，上面是茅草屋顶。台阶从屋顶出来，通往一幢比较小的屋子，这幢屋子既没有门洞也没有门。孩子进进出出第二幢屋子，有的在笑，有的在叫，有的在哭，有的在喊，哦哦啊啊。他们赤身裸体，脏乎乎的，有些涂着黏土，有些裹着大得过分的长袍。黑豹在第二幢屋子的门洞口向外看。一个裸体的小男孩抓住他的尾巴，他转身吼了一嗓子，然后舔舔男孩的脑袋。更多的孩子跑出来迎接卡瓦。他们同时扑向他，抓住他的胳膊或腿，有一个爬上他滑溜溜的后背。他大笑，伏在地上，让他们爬遍他的身体。一个婴儿趴在他脸上，擦掉了白色黏土。我觉得那是我第一次见到他的面容。

"这样的一个地方是北方国王用来流放生不出男孩的妻子的。这里的每个孩子都是敏吉。"他说。

"假如你母亲相信古老的传统，你也会是其中之一。"她说，这时我还没看见她。她的声音响亮而嘶哑，就仿佛她的喉咙是黄沙。几个孩子和黑豹一起跑开。接下来我看见她的长袍。自从离开城市，我再没见过这样的衣服，黄色的下垂长袍上绣着绿蛇的图案，绿蛇看上去像是活物。她走下台阶，来到房间里，这个房间更像一个大厅，本身是个开阔的空间，前后各有一面墙，左右向着枝杈、树叶和云雾敞开。长袍只到她丰满的乳房底下，一个婴儿在吸她的左乳。红黄二色的缠头布使得她的脑袋显得像一团火焰。她看上去年纪比较大，但她走到近处，我见到了我将不止一次见到的一张面容，它的主人是个未曾衰老但饱受摧残的女人。婴儿闭着眼睛，使劲吸奶。她捏住我的下巴，望着我的脸，她侧着头，盯着我的眼睛深处。我想和她对视，但还是转开了视线。她哈哈一笑，松开手，但还是看着我。珠串叠着珠串，山谷般的项链一直垂到她的乳头。她的下嘴唇打过孔，挂着一个唇环。她的左脸有双生的点状疤痕，蜿蜒爬上眉头，然后沿着右脸下去。我认识这个标记。

"你是甘加通人。"我说。

"而你不知道你是谁。"她说。她低头看我的脚，从下到上一直看到我的头，我的头发乱蓬蓬的，但远不如黑豹的毛发那么乱。她看着我，就仿佛我即使不开口也在回答问题。

"但你和这两个小子跑来跑去，又能知道什么呢？"

她微笑。他们两个还在和孩子们玩耍。一个婴儿骑在黑豹背上，卡瓦发怪声，挤对眼，他面前的女孩比河畔黏土还要白。

"你没见过这样的人。"她说。

"白化病人？从没见过。"

"但你知道这个名称。城里学到的。"她气呼呼地说。

"我身上有城市的臭味？"

"你来的那个地方，孩子生下来没有颜色就是诸神的诅咒。疾病降在家人身上，不育降在女人身上。最好把她送给鬣狗，祈祷诸神再赐下一个孩子。"

"我不属于任何地方。你们这些树丛里的人，狩猎的鳄鱼都比你们更有善心。"

"善心存在于哪儿呢，孩子，城市里吗？"

"只有我父亲才叫我'孩子'。"

"诸神之母啊，我们这儿有个男人了。"

"没人把孩子送给鬣狗或秃鹫。叫征收人来就行。"

"在你们了不起的城市里，征收人会怎么做呢？他们会怎么使用她这么一个女孩？"她指着那个女孩说，女孩咯咯笑。"他们首先发出消息，用天上的鸟儿和地上的鼓声，也许还有树叶或纸上的文字，供那些识字的人看。说看哪，我们逮住了一个白化病孩子。这些人是谁？告诉我，小男孩。你知道是哪些人吗？"

我点点头。

"术士，还有和术士做买卖的商人。完整的孩子，征收人能谈个好价钱。但想挣真正的大钱，他会拍卖每个部件，卖给出价最高的人。脑袋卖给沼泽女巫。右腿卖给不育女人。骨头碾成粉，手指做成护身符，头发干什么你随便问个巫师就知道。厉害的婴儿征收人靠卖部件挣的钱比整个卖掉能高五十倍。白化病孩子再翻倍。征收人会自己把婴儿分割成小块。女巫知道婴儿切块时还活着就愿意付更多的钱。恐惧之血给她们的药剂增加力量。这样你们城市里的高贵女人就能把高贵男人拴在身边，这样妍头就永远不会怀上主人的孩子。你从城市里来，城市里就是这么处理她这种小女孩的。"

"你怎么知道我从城市里来？"

"你的气味。和库一起生活也掩盖不了。"

她没有笑，尽管我以为她会笑。为那座城市辩护非我所愿。那些街道和那些厅堂带给我的只有厌恶，但我不喜欢她说话的语气，就仿佛多年来她一直在等待一个可以供她嘲笑的人。这种事越来越让我厌倦，男人和女人看我一眼，就以为他们了解我这类人，而我这类人也没什么值得了解的。

"卡瓦为什么带我来这儿？"

"你以为是我叫他带你来的？"

"捉迷藏是孩子的游戏。"

"那就走吧，小男孩。"

"只可能是你叫他带我来的。你到底想要什么，女巫？"

"你叫我女巫？"

"女巫，老太婆，疤痕点缀的甘加通娘们，随便你自己选吧。"

她飞快地用微笑掩饰怒容，但我看见了。

"你什么都不在乎。"

"一个老太婆抱着一个孩子，吸她没有奶水的奶子，也无法改变这个事实。"

她脸上的笑容消失了。她皱起眉头，我愈加大胆，抱起手臂。喜欢，我喜欢。讨厌，我热爱。嫌弃，我能感觉到。憎恶，我能攥在掌心里使劲捏死。而仇恨，我可以泡在仇恨里活许多天。但一个人脸上不以为然、沾沾自喜的假笑就让我想把它一刀砍掉。卡瓦和黑豹都停止嬉戏，望向我和她。我以为她会扔下孩子，也许会扇我耳光。但她紧抱着他，他依然闭着眼睛，嘴唇吸吮她的乳头。她微笑，转身走开。但在此之前我的眼睛说：这样最好，你我之间有个共识。你了解我，但我也了解你。你还没走下台阶，我就闻到了有关你的一切。

"也许你把我弄来是为了杀死我。也许你叫我来是因为我是库，而你是甘加通。"

"你什么都不是。"她说，踏上台阶回去了。

黑豹跑到屋子边缘，跳进树里消失了。卡瓦盘腿坐在地上。

接下来的七天，我躲着那女人，她也躲着我。但孩子依然是孩子，不可能是其他东西。我找到为孩子剪裁的宽松布料，把它裹在腰上。事实上，我觉得城市回到了我身体里，变成丛林之子的努力已经失败。其他时候我诅咒我的瞎折腾，琢磨有没有其他男人或孩子这么折腾布料。第五天夜里，我告诉自己，问题不在于我穿不穿衣服，而在于我想做什么和不想做什么。第七天夜里，卡瓦诉我敏吉的事情。他指着每一个孩子，解释他们的父母为什么选择杀死他们或扔下他们等死。他们很幸运，因为他们只是被抛弃，等待被发现。有时候长者会要求你确保孩子的死亡，于是父亲或母亲在河里溺死孩子。他说这些的时候在中间那幢屋子里席地而坐，孩子们躺在垫子或兽皮上睡觉。他指着白色皮肤的女孩。

"她拥有恶魔的肤色。敏吉。"

一个大脑袋男孩在尝试抓蝴蝶。

"他先长上牙而不是下牙。敏吉。"

另一个男孩已经睡着了，但一下又一下地伸出手抓空气。

"他的双胞胎兄弟被饿死了，我们没来得及救他。敏吉。"

一个残疾女孩原地蹦跳，左脚弯曲的方向不对。

"敏吉。"

卡瓦挥舞双手，没有指特定的任何人。

"有些孩子的母亲没结婚。除掉敏吉就除掉了耻辱。你依然能嫁给一个有七头牛的男人。"

我望着孩子，他们大多数在睡觉。风小了，树叶摇曳。我说不清黑暗吞噬了多少月亮，但月光足以让我看见卡瓦的眼睛。

"那些诅咒去了哪里？"我问。

"什么？"

"这些孩子全都是被诅咒的。既然你把他们养在这儿，就等于把诅咒叠在诅咒上。那女人是巫师吗？她有能力去除诅咒，从娘胎里带来的诅咒？还是她仅仅把它们蓄积在这儿？"

我无法描述他脸上的表情。但我祖父总是这么看我，从早到晚，包括我离开那天。

"愚蠢也是一种诅咒。"他说。

04

卡瓦和黑豹救助敏吉孩子已经十九个月。

黑豹不睡在屋里的地上，哪怕变成男人的时候也一样。每天傍晚他都爬到树上的更高处，在两根枝杈之间睡觉。他在睡梦中变回男人——我亲眼见过——但不会掉下来。然而有些夜晚他会外出觅食。一个满月的夜晚，我离开库已经二十八天了，我等黑豹走远，跟随他的气味出发。我沿着向北弯曲的枝杈爬行，翻下向南扭曲的枝杈，跑过从东向西像道路一样平坦的枝杈。

我找到他了，他刚拖着猎物爬到枝杈之间，他的头部从未显得这么强健过。他用爪子杀死的羚羊依然被他抓着脖子。空气中有着浓烈而新鲜的死亡气味。他咬住羚羊的后腿根，撕开羚羊的身体，吃靠近腹部更柔软的肉。血溅在他鼻子上。黑豹咬掉更多的肉，咀嚼，吞咽，快极了，就像一条鳄鱼。他看见我，尸体险些从他手里滑出去，我们彼此看了很久，我甚至开始想这会不会是另一只黑豹了。他的牙齿撕开红色的血肉，但他的眼睛始终盯着我。

夜里女巫会去最顶上的茅屋，也就是没有门的那幢小屋。我确定她从屋顶的翻板门进屋，但我想亲眼看见。黎明即将来临。卡瓦被一堆沉睡的孩童压在底下，他自己也睡着了。黑豹出去吃剩下的羚羊了。雾气今夜格外浓重，我看不见脚下的台阶。

"这些事情必定会发生在你身上。"一个我没听见过的声音说。一个小女孩。

我吓了一跳，但我面前和背后都没人。

"你最好还是上来一趟。"另一个声音说。那个女人。

"上面没有门。"我说。

"是你没有眼睛。"她说。

我闭上眼睛，重新睁开，但墙依然是墙。

"你走。"她说。

"但没有——"

"走。"

我知道我会撞到墙上，我会咒骂她和很可能还在吸她乳头的婴儿，因为他根本不是婴儿，而是个吸血的奥巴伊弗[1]，光从他腋窝和屁眼射出来。闭上眼睛，我向前走。两级台阶，三级，四级，没有墙碰到我的额头。睁开眼睛，我已经站在房间里了。它比我想象中大得多，但比底下那间小。木头地板上到处刻着东西，印记、咒语、符咒、诅咒。我现在知道了。

"一个巫师。"我说。

"我是桑格马[2]。"

"听着像巫师。"

"你认识很多巫师？"她问。

"我知道你闻着像女巫。"

"Kuyi re nizesasayi."

"我在世上不是孤儿。"

"但你是一个没有男人愿意养的男孩，过着艰难的日子。听说你父

---

1 奥巴伊弗：Obayifo，西非民间传说中的吸血鬼。
2 桑格马：Sangoma，南非传统医术医师，在恩古尼人、聪加人和索托-茨瓦纳人传统中，医师通常有Sangoma（占卜师）和Iyanga（药草师）两种。——编注

亲死了，你母亲对你来说也死了。所以你算什么？至于你祖父嘛……"

"我向神灵诅咒你。"

"哪个神灵？"

"我受够了斗嘴。"

"你斗得像个孩子。你来这儿一个多月了。你学到了什么？"

我在她和我之间挂起寂静。她依然没有现身。她在我的脑海里，我知道。女巫一直在其他地方，只把她的声音投向我。也许黑豹终于一路吃到了羚羊的心脏，承诺把它给她。也许还有肝脏。

一个柔软的东西打在我头上，一个人咯咯笑。一个小球打在我手上又弹开，但我没听见它落在地上。另一个打在我胳膊上，然后再次弹起，弹得很高，却没有声音。太高了。地板看上去干干净净。第三个打中我右臂，我及时抓住它。孩子又咯咯笑。我张开手，一小坨羊屎跳出来，飞得很高，没有下落。我抬起头。

有人用石墨把黏土天花板擦得锃亮。女人倒挂在天花板上。不，站在上面。不，连接着天花板，俯视着我。尽管轻风吹拂，她的袍子依然裹在身上。她的衣服盖住了乳房。事实上，她站在天花板上，就像我站在地板上。还有孩子，所有孩子都躺在天花板上。或者站在天花板上。彼此追逐，上下翻腾，一圈一圈转，嘶嘶威胁，哇哇叫，跳起来，但依然落回天花板上。

而那是什么样的孩子？双生男孩，每个都有一个头部、一只手和一条腿，但左右连在一起，共用一个腹部。一个小女孩，蓝色烟雾组成她的身体，一个男孩在追她，他的身体又大又圆，像个球，没有腿。另一个男孩，有个光亮的小脑袋，打卷的头发像一个个小点，身体很小，但腿长得像长颈鹿。另一个男孩，皮肤白得像前几天的女孩，但眼睛又大又蓝，就像浆果。还有一个女孩，左耳后面有一张男孩的脸。还有三四个孩子看着就像任何一个母亲的孩子，但他们上下颠倒站在天花板上，俯视着我。

女巫走向我。我抬起手就能摸到她的头顶。

"也许是我们站在地板上，而你站在天花板上。"她说。

她话音刚落，我就从地板上飞了起来，我连忙伸出双手，免得脑袋撞上天花板。我觉得天旋地转。烟雾孩子出现在我前方，但我既不害怕也不吃惊。没时间思考，但我还是心想：就连鬼魂孩童也首先是个孩童。我的手径直穿过她，带起她的一部分烟雾。她皱眉，踩着空气跑开。连体双生子从地上爬起来跑向我。和我们玩吧，他们说，但我一言不发。他们站在那儿看我，一条斑纹缠腰布裹着两个人的身体。右边的孩子有条蓝色的项链，左边的，绿色。长腿男孩向我俯身，双腿笔直，下垂的宽松长裤和我父亲穿的一样，长裤的颜色我不认识。就像深夜的红色。紫色，她说。长腿男孩用我不懂的语言对双生子说话。他们三个一起大笑，直到女巫叫他们走开。我知道这些孩子是什么人，我把这话说给她听。他们是诅咒完全生效的敏吉。

"你去过智慧殿堂吗？"她说，一条胳膊垂在身体侧面，另一条抱着一个不想吸她乳头的孩子。我每天都会经过这座殿堂，曾经不止一次走进去。它的大门永远敞开，意思是智慧向所有人开放，但我太年轻，没法学习那里的课程。不过我还是说："这座殿堂在哪儿？"

"殿堂在哪儿？就在你逃离的城市里，孩子。学生在那里思考世界的真正本质，而不是老朽的愚蠢念头。他们在殿堂建造抵达星空的梯子，创造与美德或罪孽无关的技艺。"

"不存在这样的殿堂。"

"连女人都可以去，学习师长的智慧。"

"正如天上有诸神，世上不存在这样的地方。"

"可怜。接受一天智慧的教育，你就会知道孩子并不带有诅咒，甚至鬼魂附体、死而复生的也没有。诅咒来自巫师的嘴巴。"

"你是巫师吗？"

"你害怕巫师？"

"不怕。"

"可惜你撒谎撒得太差劲。就凭你这张盐腌的嘴巴，能说服什么样的女人脱衣服呢？"

她盯着我看了很久。

"我以前怎么会没发现？见到肖加[1]男孩，我的眼睛都要瞎了。"

"我的耳朵听够了巫师的词语。"

"他们应该受够了你这么一个傻瓜。"

我向她走了一步，孩子们停下来，瞪着我。所有笑容都消失了。

"孩子生下来什么样就是什么样，他们没有选择。而你选择当个傻瓜……"

孩子们重新变成孩子，但我在嬉戏的噪声中也听见了她说话。

"假如我是女巫，我会化作一个标致的男孩来找你，因为这就是你内心的欲望，不对吗？假如我是女巫，我会召唤一个托克洛希[2]，骗他说你是女孩，让他每晚隐身去强奸你。假如我是女巫，这些孩子每一个都会被杀，切成碎块，在马兰吉卡的巫师市场出售。傻瓜，我不是女巫。我杀巫师。"

第一个月后过了三晚，我在茅屋里被暴风雨惊醒。但没有下雨，风从房间的一角扑向另一角，撞倒瓶罐和水碗，晃动架子，吹起高粱粉，吵醒了几个孩子。地毯上，烟雾女孩在改变形态。她轻轻呻吟，她的脸实在如皮肤，然后化作烟雾，即将消失。另一张脸陡然在她的脸旁边出现，这张脸完全是烟雾，有着惊恐的眼睛和尖叫的嘴巴，颤抖着龇牙咧嘴，像是在把自己从自我里面赶出去。

"恶魔扰乱她的睡眠。"桑格马说，跑向烟雾女孩。

桑格马两次捧住她的面颊，但皮肤都随即化作烟雾。她再次尖叫，但这次我们听见了。更多的孩子醒来。桑格马还在努力捧住她的面颊，

1　肖加：Shoga，斯瓦西里语，男性伴侣中偏弱势的一方。
2　托克洛希：Tokoloshe，祖鲁神话中类似矮人的顽皮精灵，会隐身。

喊叫着要她醒来。她扇女孩的耳光,希望面颊从烟雾化作皮肤的时间能足够长。她的手打中女孩的左脸,女孩醒来,开始号哭。她径直跑向我,跳到我的胸口上,假如她比空气稍微重一点,这一下就足以撞倒我了。我轻拍她的后背,手却穿过了她的身体,于是我再次轻拍,动作更温柔。有时候她比较稳固,能感觉到。有时候我能感觉到她的小手抱着我的脖子。

桑格马朝长颈鹿男孩点点头,他也醒了,他跨过几个还在睡觉的孩子,走到墙边,桑格马用一块白布盖着某些东西。他拿起那东西,桑格马递给我一个火把,我们一起走到屋外。女孩睡着了,依然抱着我的脖子。外面一片漆黑。长颈鹿男孩把那东西放在地上,掀开白布。

它立在那儿看我们,就像一个孩子。它用最结实的硬木雕成,穿着青铜的衣物,一枚贝壳是它的第三只眼睛,羽毛在后背根根竖起,数以百计的钉子嵌在它的颈部、肩膀和胸口上。

"恩基希[1]?"我问。

"有人给你看过。"桑格马说,但不是在提问。

"男巫的树上。他告诉我它们是什么。"

"这是追猎恩基希。它会追猎并惩罚邪恶。异界的力量被引入它,而不是我,否则我会发疯,与魔鬼合谋,就像女巫。它是医治脑袋和肚皮的良药。"

"那女孩?她只是被打扰了睡眠。"我说。

"对,我要给打扰者送个信。"

她朝长颈鹿男孩点点头,男孩拔出插在地上的一枚钉子。他拿起锤子,把钉子钉进恩基希的胸口。

"Mimi waomba nguvu. Mimi waomba nguvu. Mimi waomba nguvu. Mimi waomba nguvu. Kurudi zawadi mari kumi."

---

1 恩基希:Nkisi,中非地区的魔力雕像或栖息其中的精灵。Nkondi,恩基希中的追猎者。

"你在干什么？"我问。

长颈鹿男孩用白布盖上恩基希，我们把它留在室外。我搂着女孩，安慰她，我手指下的她很坚实。桑格马看着我。

"知道为什么没人攻击这个地方吗？因为没人能看见它。它就像毒雾。研究邪恶的人知道有个地方收留敏吉。他们不知道这个地方在哪儿。但不等于他们无法凭空发送魔咒。"

"你干了什么？"

"我把礼物还给了赠予者。十倍奉还。"

从那以后，我经常会在蓝色的烟雾中醒来，女孩躺在我胸口上，从我的膝头滑到我的脚趾，坐在我的脑袋上。她喜欢在我走路时坐在我脑袋上。

"你弄得我看不见了。"我会这么说。

但她只是咯咯笑，听着像是轻风吹过树叶。我刚开始有点恼火，但很快不了，很快接受了现实，现实就是几乎永远有一团蓝色烟雾罩着我脑袋或者坐在我肩上。

有一次，我、烟雾女孩和长颈鹿男孩走进森林。我们走了很久，我都没意识到我们已经不在树上了。事实上，我在跟着男孩走。

"你去哪儿？"我问。

"找花。"他说。

"到处都有花。"

"我要找到那朵花。"他说，开始跳跃。

"你小跳一步等于我们大跳两步。慢着点儿，孩子。"

男孩小步行走，但我还是必须加快步伐。

"你和桑格马住了多久了？"我问。

"我不知道多久。我以前会数日子，但日子太多了。"他说。

"当然了。大多数敏吉出生后，或者刚长出前几颗牙齿就被杀死了。"

"她说你会想知道的。"

"谁，桑格马？"

"她说你会想知道我作为敏吉怎么会长到这么大。"

"你怎么回答呢？"

他在草地上坐下。我弯下腰，烟雾女孩从我脑袋上跑下去，像一只耗子。

"找到了。这就是我的花。"

他拈起一个黄色的小东西，尺寸和他的眼睛差不多。

"桑格马从一个女巫那儿救了我。"

"一个女巫？女巫怎么会没在你小时候杀死你？"

"桑格马说很多人会想买我的腿做邪恶的勾当，而男孩的腿比婴儿的粗大。"

"当然了。"

"你父亲卖了你？"他说。

"卖？什么？不，他没有卖我。他死了。"

我望着他。我感觉到向他微笑的欲望，但同时又觉得不该这么做。

"所有父亲都该我们一出生就死掉。"我说。

他奇怪地看着我，眼神像是孩子听见父母说了不该说的话。

"咱们找块石头，以他命名，诅咒它，然后埋了它。"我说。长颈鹿男孩微笑。

你说孩子是怎么一回事吧。他们总能在你身上找到一个用途。孩子还有一个特点。他们无法想象存在一个你不爱他们的世界，因为你除了爱他们还能怎么样呢？皮球男孩发现我鼻子很灵。他总是滚过来扑进我怀里，几乎撞倒我，嘴里喊着"来找我！"然后滚着逃跑。

"不许睁眼——"他喊道，"睛"字没说完，自己的嘴巴就滚到了地上。

我不需要用鼻子。他在风干的泥土小径旁留下一道灰尘的印子，还蹍平了树丛里的青草。他藏在一棵树背后，但这棵树太窄，挡不住他球形的宽阔身体。我跳到他背后，说，看见你了，他看着我睁开的眼睛，开始哭号和喊叫。他号啕大哭，我说真的，就是号啕大哭。我以为桑格马会念着咒语跑过来，黑豹会冲上来把我撕成碎片。我摸摸他的脸，我揉揉他的额头。

"不不不……我会……你再藏一次……我给你……一个水果，不是鸟……别哭了……你别哭了……否则我……"

他在我的声音里听见了仿佛威胁的东西，哭得更大声了。他哭得太响了，比魔鬼更让我害怕。我想用耳光扇得他不敢再哭，但那么做我就变成我祖父了。

"求求你，"我说，"求求你，我把我的高粱粥全给你。"

他立刻不哭了。

"全给我？"

"我都不会用手指蘸一下。"

"全给我？"他重复道。

"你再藏一次。我发誓这次只用鼻子。"

他开始笑，和先前开始哭一样突然。他用脑门蹭蹭我的肚皮，然后飞快地滚开，就像蜥蜴跑过滚烫的黏土。我闭上眼睛，闻他的气味，但五次径直从他身旁走过，大呼小叫，这孩子在哪儿呢？他咯咯笑，听着我大喊，我能闻到你。

再过七天，我们在桑格马这儿就住满两个月了。我问卡瓦，库不会有人来找我们吗？他看着我，仿佛眼神就是答案。

你听好了，祭司。黑豹的三个故事。

第一个。一天夜里特别热。有时候我醒来会闻到男人的气味变得浓烈，他们来自一个我待过的地方，我知道他们在接近，骑马、徒步或在一群豺狼之中。有时候我醒来会闻到一股气味变淡，我知道他们在离开、逃跑、走远或寻找地方躲藏。卡瓦的气味变淡了，黑豹的也一样。

夜里没有月亮，但有些杂草点着了，在黑暗中组成一道轨迹。我跑下树木，脚碰到一根枝杈。枝杈碰到我的屁股，碰到我的脑袋，我翻滚，翻跟头，往下掉，像一颗滚落的石头。往树丛里走二十步，他们在一棵小柄桑树底下。黑豹平趴在草地上。他不是人形；他的皮肤黑如毛发，尾巴拍打空气。他也不是黑豹；他用双手抓住树枝，两人纠缠一体。

我多么憎恨卡瓦，让我憎恨他的不是我男性物体顶端的女性洞眼，就算我两腿之间是根树枝也一样，我的憎恨与女性无关，因为我的身体顶端不是女性，那只是老一辈的智慧，纯属胡说八道，连男巫都这么说。

我多么想伤害黑豹，想成为黑豹。我闻到动物的气味，这股气味越来越强烈，人们憎恨、交媾、流汗和逃离恐惧时气味会改变，尽管他们介图掩盖，我却依然能闻到。

你今天行的是什么巫术，审讯官？你能知道什么？

肖加？我当然知道。这么一个男人难道不总是知道的吗？这是我第三次说这个名称，但你还是不知道？对我们肖加男人来说，我们在心里找到一个无法被割除的女人。不，不是女人，是诸神忘记了祂们曾经创造过的东西，或者忘记了告诉人类，也许是为了他们好。你愿意听我说吗，审讯官，每次他触碰它，无论软硬揉搓它，或者在我身体里射出它，我就会定在那儿，把精液喷得满墙都是。落在天花板上。落在树顶上，飞过河流落在对岸，落进一个甘加通人的眼睛。

随便你怎么笑，审讯官。

这不是你第一次听说肖加男人。你可以像我们北方人那样，给他们诗意的说法，说是有着第一欲望的男人。就像乌尊都战士，他们异常凶猛，因为他们眼中只有彼此。你也可以像你们南方人那样，给他们粗俗的说法。例如穆加维男人，他们穿女性的袍子。你看着像个巴沙[1]，花钱买男孩的。有什么不好的？男孩是漂亮的生物，反正你钱包里的金币说

1　巴沙：Basha，斯瓦西里语，男性伴侣，尤指偏强势的一方。

了算。

肖加为你们打仗，肖加保护你们成婚前的新娘。我们教她们各种本领，做妻子、建房屋、打扮、取悦男人。我们甚至教男人该如何取悦妻子，让她怀上他的孩子，他的牛奶每天夜里洒遍她全身，而她挠着他的后背，蜷起她的脚趾。有时候我们用科拉琴、金贝鼓和说话鼓演奏塔拉比音乐[1]，我们中的一个像女人似的躺下，另一个扮演男人，我们向他展示取悦情人的109种姿势。你们没有这样的风俗？也许这就是你喜欢年轻妻子的原因，因为就算你是个差劲的情人，她们也不可能知道？我和卡瓦只用我们的手。我觉得并不奇怪，也许因为我顶端带着女人的那部分。我叔叔拒绝我之后，我曾经请男巫割掉它。他看着我，全部的智慧都不见了，剩下的只有困惑，眉毛之间皱成一道沟，眼皮挤得像是失去了视力。他说："你是不是还要挖掉一只眼睛，或者切掉一条腿？"

"不是一码事。"我说。

"假如大神奥玛——祂创造了人——想要你割掉一块皮，露出里面那块肉，祂一开始为什么不让它露出来？"他说，"你需要割掉的也许是还在用牛粪筑墙的那种人的愚蠢。"

第二件。第二天黑豹一脚端在我脸上，叫醒了我。我睁开眼睛，看着他的脸、蓬乱如灌木的头发、正中央有个小黑点的白色大眼。我害怕人形的他更甚于黑豹。他偌大的头部和肩膀像是在警告我，他依然能扛着比他重两倍的猎物爬树。他一只脚踩住我胸口，右肩挎着一把弓，左手里的一把箭在微微颤动。

"醒醒。今天你要学习使用弓箭。"他说。

他领着我走出屋子，爬下蜿蜒扭曲的树干，走进感觉很遥远的另一

1　塔拉比音乐：Tarabu是在坦桑尼亚和肯尼亚地区流行的音乐风格，受到东非、撒哈拉以南非洲、北非、中东和欧洲音乐的影响。科拉琴、金贝鼓和说话鼓都是非洲特有的乐器。

片林地。我们经过那棵小柄桑树，他在此处和卡瓦纠缠。过了这里，来到小河潺潺声音的另一侧，我们走进另一片树林，这些树真高，它们摩擦天空，蜘蛛腿似的枝杈全纠缠在一起。他后脑勺上的毛发长到脖子上，越过后背，到一个位置后消失在臀部上方。毛发在大腿上重新萌发，向下一直到脚趾。

"卡瓦说他第一次见到你的时候，企图用长矛杀死你。"

"他可真会讲故事。"黑豹说，继续向前走。

我们在一块空地上停下，五十步开外有一棵树。黑豹取下他的弓。

"你是他的，而他是你的吗？"我问。

"桑格马说你说得没错。"他说。

"那个女人可以去舔麻风病人的屁股缝。"

他大笑。

"接下来你要打听爱不爱的了。"他说。

"好的，你爱男人，而男人爱你吗？"

他直勾勾地看我。有可能他刚长出了唇须，也有可能我刚看见。

"没人爱任何人。"他说。

他转过身，朝那棵树点点头。树展开手臂欢迎他，露出应该是心脏部位的地方，那儿有个洞，我的视线能穿过这个洞。黑豹用左手拿着弓，右手钩住弓弦，手指之间夹着一支箭。我都没看清他如何举起弓、拉动弓弦、松开箭，而箭刚无声无息地穿过树上的洞，他就已经拔出另一支箭射了出去。他又拔出一支箭射出去，然后把弓递给我。我以为弓很轻，但它和森林里的婴儿一样重。

"跟着我的手做动作。"他说，把手举到我鼻子前。

他移动左手，我的视线跟着他。他的手臂伸得太远，我扭头去看他是不是要扇我，或者那儿是不是还有个小恶魔。然后他的手向右转，我继续用视线跟着他，直到看不见为止。

"用你的左手抓着弓。"他说。

"你的箭头。"我说。

"怎么了？"

"像铁一样反光。"

"就是铁。"

"库的箭都是骨头和石英。"

"库还杀上牙先长出来的孩子呢。"

黑豹是这么教我用弓箭杀生的。从你较少用的那只眼睛一侧举弓，从你较多用的那只眼睛一侧开弓。两脚分开与肩等宽。三根手指固定弓弦上的箭。举弓，开弓，把弓弦拉到贴上下巴，动作一气呵成。瞄准目标，松开弓弦。第一支箭飞上天空，险些击中一只猫头鹰。第二支插在洞上方的一根树枝上。第三支不知道去了哪儿，但我听见有东西怪叫一声。第四支插在靠近地面的树干上。

"她对你很生气。"他说，指着那棵树。他要我去取回那几支箭。我从树枝上拔出第一支，小洞在我眼前合上。我太害怕了，不敢去拔第二支，但黑豹咆哮一声，我连忙把它拔出来。我转身想跑，但一根树枝正正地拍在我脸上。这根树枝刚才还不在这儿。黑豹放声大笑。

"我没法瞄准。"我说。

"你看不见。"他说。

我不眨眼就看不见，不颤抖就没法开弓，不换到错误的支撑腿上就没法瞄准。我可以射出长箭，但就是卡不准他下令的时间，箭一次也没有射中我瞄准的目标。我考虑要不要瞄准天空，这样箭总会落在地上。事实上，我不知道黑豹原来会笑得这么开心。但他不肯放过我，除非我射出的箭能穿过树上的洞，每次箭插在树身上，它就用早就在那儿或者一直不在那儿的一根树枝抽我耳光。我射出的一支箭终于穿过了目标，这时夜色已经浓重。他收起箭，转身就走，他就这么表示今天结束了。我们走下一条我不认识的小径，潮湿的青苔覆盖着岩石、沙粒和石子。

"这里曾经是条河。"他说。

"它发生了什么？"

"它厌恶人类的气味，每次我们接近，就改道从地下流淌。"

"真的？"

"假的。雨季已经结束。"

我正要说他和桑格马待在一起太久了，但忍住了。我说："你是能变成人的黑豹还是能变成黑豹的人？"

他向前走，在曾经是条河的山谷里穿过泥地，爬上岩石。枝杈和树叶遮住了星辰。

"有时候我忘了变回去。"

"变成人。"

"变成豹。"

"你忘记了会发生什么？"

他转过身看着我，抿紧嘴唇，叹了口气。

"你这个形态没有未来。太小。太慢。太弱。"

我不知道该怎么回答，除了"你看上去更快、更强壮、更聪明"。

"和什么比？你知道真正的豹子会怎么做吗？早就吃掉你了。吃掉所有人。"

他没有吓住我，他也不想吓唬我。他搅动的情绪全在我的下半身。

"女巫说的笑话比较好玩。"我说。

"她告诉你她是女巫？"

"没有。"

"你知道女巫怎么行事？"

"不。"

"所以你要么是在用屁眼说话，要么是在用嘴巴放屁。安分点，孩子。你这顿饭好吃不到哪儿去。我父亲变形后忘记了怎么变回来，在这个形态中痛苦地过余生。"

"他现在呢？"

"他们把他关在疯人的监狱里，这时一个猎人遇到他，那人是个玩猎豹的男人。他逃出去，登上一艘船，去了东方。至少我是这么听说的。"

"你听说的？"

"豹类非常狡猾，孩子。我们只能单独生活。要是待在一起，我们会抢夺彼此的猎物。自从我能自己杀死羚羊后就再也没见过我母亲。"

"但你不杀孩子。真是让我吃惊。"

"那样我岂不就和你们一样了？我知道我母亲守在哪儿。我见过我的兄弟，但他们去哪儿是他们的事情，我去哪儿是我的事情。"

"我没有兄弟。我来到村里，听说我有过一个，但甘加通人杀了他。"

"而你父亲成了你祖父，阿萨尼告诉我的。你母亲呢？"

"我母亲煮高粱粥，两腿总是分开。"

"你就算有个家，也会被你弄得各分东西。"

"我不恨她。我对她毫无感觉。她死了我不会哀悼，但也不会大笑。"

"我母亲哺育了我三个月，然后喂我肉吃。这就够了。不过话也说回来，我是野兽。"

"我祖父是个懦夫。"

"你祖父是你能活着的原因。"

"还不如给我一点能够骄傲的理由。"

"因为你已经没有骄傲了。即使是诸神又能怎么说？"

他走到我面前，近得我能感觉到他吐出的气扑在我脸上。

"你的脸色变难看了。"他说。

他深深地望着我，像是在搜寻那张失去的脸。

"你离开是因为你祖父是懦夫。"

"我为了其他原因离开。"我说。

他转过身，边走边张开双臂，像是在对树木说话，而不是我。

"当然。你离开是为了寻找目标。因为醒来、吃喝、拉屎和性爱虽然都很好，但没有一个是目标。因此你到处搜寻目标，而目标带你去了库。但库给你的目标是杀你甚至都不认识的人。我的话没错。你这个形态没有未来。你看看我们。你们是这样的，甘加通的女人在河对岸给孩子洗澡，你可以杀死几个人，纠正错误，甚至取悦诸神和他们卑劣的所谓平衡。"黑豹说。

"你亵渎诸神？"

"亵渎意味着你相信。"

"你不信神？"

"我不相信信仰。不，那是假的。我相信森林里有羚羊，河里有鱼，人总想做爱——人的所有目标里，只有这个能取悦我。咱们说说你的。你的目标是杀甘加通人，然而你离开村子，来到一个甘加通女人的家里，和敏吉孩子一起玩。有朝一日我能看懂阿萨尼，而你呢？你对我来说是个谜。"

"你在阿萨尼身上看懂了什么。"

"你可以放手离开了。"

"我已经放手离开了。"

"但你内心依然纠结。别人杀死了你的父亲和兄长，但让你愤怒的仍旧是你自己的家人。"

"我受够了人们企图看懂我。"

"那就别像张卷轴似的全摊开。"

"我只有我自己。"

"感谢诸神，否则你的兄长就会是你的叔叔。"

"我不是那个意思。"

"我知道你什么意思。你只有你自己。因此你的心灵厌倦了孤独。这一点你我没有共通之处。你要学会不需要他人。"

我能闻到我们头顶上的茅屋。

"你做爱时喜欢当人还是当野兽？"我问。他微笑。

"这个问题话里有话！"

我点点头。

"我喜欢他的胸膛贴着我的胸膛，他的嘴唇亲吻我的脖子，享用我的时候我看着他。他喜欢我的尾巴拍打他的脸。"

"这就是你在他身上读到的？"

"我读到双脚带着他走到了他能去的最远的地方。"

"他对你有爱，你对他也一样？"

"爱？我知道饥饿、恐惧和激情。我知道你一口咬开刚杀死的猎物，热血会喷进你嘴里。阿萨尼，他只是一个人，偶尔走进我的领地，我可以随便杀死他。但他遇到我的那个夜晚有一轮红月。"

"我不明白。"

"对，你不明白。说到领地……"他从一棵树走到另一棵，然后下一棵，用尿在地上做标记。他走到能带我们走向高处的那棵树，尿湿了树根。

"鬣狗。"他说。

我吓了一跳："鬣狗来了？"

"鬣狗就在这儿。它们在远处看我们。你难道……哦，对，你不认识它们的气味。它们知道谁住在树上。所以你的鼻子是这样的？一旦你认识了一个气味，就可以跟着它去任何地方？"

"对。"

"我？"

"对。"

"多久了？"

"我现在就能找到我祖父，闭着我的眼睛都行，哪怕他在六七天的路程之外。还有他三个情妇里的任何一个，包括搬去另一个城市的那个。有时候气味太多，我的脑袋忽然熄火，一切变黑，等我恢复过来，所有气味会同时涌进来，就好像我在城市广场上醒来，所有人都在用我不懂的语言朝我尖叫。我小时候不得不捂着鼻子，气味过于喧嚣的时候我恨不得自杀。现在我有时候依然会发疯。"

他盯着我看了很久。我望向在黑暗中发光的杂草，尝试从中分辨出形状。我转过去看他，他依然盯着我。

"你不认识的气味呢？"他说。

"一个屁其实也许是花香。"

第三个故事。

我花了一个晚上才明白我们在桑格马这儿已经待了两个月。

"我修习伊思瓦沙[1]足足十七年，那是成为桑格马的第一步。"她说。

这天早晨，还有我感觉到她在召唤我的每一个早晨，我来到最顶上的茅屋。烟雾女孩跑上我的腿和胸膛，坐在我头顶上。皮球男孩绕着我弹跳。桑格马在感觉三晚前埋下的项链上的珠子，轻声吟唱。她先前哺育的男孩总是跑过去撞墙，退回来，再跑过去撞墙，一次又一次，她也不拦住他。前一天她请黑豹带我出去，教我箭术。我只学到了一点，那就是我该试试别的。现在我在练飞斧。甚至能一下丢两把。

"十七年的守贞，谦恭地侍奉先祖，学习占卜和我称之为伊扬加[2]的尊师的技能。我学习闭着眼睛寻找藏起来的东西。去除巫术的药物。这里是圣屋。先祖居住在此处，先祖和孩童，有些是重生的先祖。有些只是天赋异禀的孩童。就像你，一个天赋异禀的孩童。"

"我不是——"

"很谦虚，没错。这一点很明显，孩子。你没有耐心和智慧，也不太强壮。"

"但你还是叫卡瓦和黑豹把这个缺乏品质的孩子带到这儿来。我该

1　伊思瓦沙：Ithwasa，桑格马的学徒。南非人为了成为桑格马，必须远离家庭，过禁欲的生活，作为伊思瓦沙向桑格马学习。——编注
2　伊扬加：Iyanga，南非传统医学中的药草师。——编注

离开吗？"我转身要走。

"不！"

这一声她不想喊得这么响的，而我和她都知道。

"你愿意怎样就怎样吧。回去找假装是你父亲的祖父。"她说。

"你到底要干什么，巫——桑格马？"

她朝长腿男孩点点头。他走到房间的另一头，捧着一个竹编托盘回来。

"在我当伊思瓦沙期间，我的尊师说我会看得很远。甚至太远。"桑格马说。

"那就闭上眼睛呗。"

"你必须学会尊重长辈。"

"我会的，等我遇到了值得尊重的长辈。"

她大笑："你肚子里的东西全从前面的洞喷出来了，难怪你希望有东西从后面的洞填进去。"

她不会见到我被惹怒。或者听见，或者闻到。或者把消息传给月光男孩和黑豹。我甚至连眼睛都不会眨一下。

"你要什么？"

"看看那些骨头。我每天夜里扔它们，已经一个月又二十晚了，落下来的方式永远相同。首先落下的是鬣狗骨头，意味着会有猎人来。还有盗贼。就在你来的第一晚之后。"

"我不知道这个。"

"诸神为什么要赐你眼睛？我认识两个比你更会用它们的人。"

"女人——"

"先听我说完。用诸神赐予你的鼻子，否则你下次还是注意不到蝰蛇。"

"你要我的鼻子？"

"我要找一个男孩。他已经失踪了七个晚上。骨头告诉我，但我以为孩子不会跑得太远，离开好吃的食物。"

"好吃可未必是——"

"别惹我发火，小子。他不再像孩子那样相信我，不再相信这么多月来我告诉他的话。他叫我'偷小孩的'！但我也不怪他——哪个孩子愿意相信亲生母亲把他留给野狗？他叫我偷小孩的，然后去找他母亲了。我不肯让开，他甚至打了我。我的孩子们过于震惊，否则当场就会杀了他。他跳下树，向南跑了。"

我环顾四周。我知道这些孩子里有几个一眨眼就能杀了我。

"你想找回那个男孩。"

"那个男孩要爬进他老妈皱巴巴的阴户、把生命之带再缝回他肚皮上我也不在乎。但他偷走了对我来说很宝贵的东西。"

"珠宝吗？证明你是个女人？"

"等你的脑子赶上你的嘴巴，那时候怕是要天崩地裂了。我入会仪式上献祭的那头山羊的胆囊。一直藏在我的头发里，他在早晨离开，但前一天夜里趁我睡觉偷走了它。"

"从你本人的脑袋上。"

"我说过了，我在睡觉。"

"我以为有魔力的生物都睡得很浅。"

"你对有魔力的生物都知道些什么？"

"有点响动就会醒。"

"难怪你半夜三更瞎转悠。"

"我没——"

"希望你找到了你在找的。够了。我要拿回那东西。你总在说巫师。没有他，巫师就会知道这个地方。你也许不在乎这些孩子，但金币你总会在乎吧。"

"村里用不上金——"

"你不会回那个村庄了。"

她看着我，眼睛周围的疤痕图案衬托得她目光凌厉。

"拿上金币，找到男孩。"她说。

"我为什么不拿了——"

她挥起一块缠腰布，打在我脸上。我还没吸气，体臭就钻进了鼻孔。

"因为我知道你的鼻子是怎么一回事，孩子。你永远不会停止寻找留下气味的人，否则它会活活逼疯你。"

她说得对。我此刻憎恨她到了极点。

"拿上金币，找到男孩。"

她派黑豹和我去。他鼻子也很灵，她说。我本以为她会派我和卡瓦去。黑豹显得既不高兴也不生气。但就在我们离开前，我看见他们在第三幢茅屋的顶上，卡瓦像疯子似的上下挥舞双手，黑豹看上去还是平时那样。卡瓦扔出一根棍子，黑豹像闪电似的扑倒他，手捏住卡瓦的喉咙。黑豹放开他，转身走了。卡瓦大笑。

没过多久，我见到卡瓦时他对我说："瞅着点该死的大猫带你去哪儿。"

我正在河边灌水袋。事情是这样的。灌满水袋后，我四处寻找红色泥巴和白色黏土。我找到了黏土，在脸上画一条白线，分开左右脸。然后沿着眉骨又画一道。然后在面颊上以及沿着肋骨画红线，我的肋骨越来越突出，但我不怎么担心，我又不是我母亲。

"他不会带我去任何地方。我会找到那个男孩的。"我说。

"瞅着点该死的大猫带你去哪儿。"他重复道。

我没吭声。我试着在膝盖背后画线。卡瓦从我背后过来，他抓起白色黏土，涂在我的臀部上，然后一路向下，经过膝盖，直到小腿。

"豹子很狡猾。你了解它们的风格吗？你知道它们为什么单独行动吗？因为它们甚至会背叛同类，仅仅为了连鬣狗都不肯碰的猎物。"

"他背叛了你吗？"

卡瓦抬头看我，但没说什么。他在涂抹我的大腿。我希望他停下。

"你们找到男孩之后，他会继续去南方的土地。草原正在干枯，猎物异常稀少。"

"随他便。"

"他当人的时间太久。猎人两个晚上就会杀死他。猎物也比以前凶猛，野兽会把他撕成两半。外面的猎人用毒箭，连孩子都杀。有些野兽比这棵树都巨大，有嗜血的锯齿草叶，野兽会——"

"把他撕成两半。你希望他怎么做？"

卡瓦洗掉手上的黏土，开始在我腿上绘制图案。

"他该和我一起走，忘记这个女人和她被诅咒的孩童。救他们，把他们留在这儿，全是他的主意，不是我的。他们的死活是诸神的事。谁住在那上面？"他问。

"我不——"

"她每天带食物上去。现在她也带你上去。"

"嫉妒。"

"嫉妒你？我的血是酋长之血！"

"我不是在问你。"

他哈哈一笑："你想跟着她玩黑巫术，随你的便。但黑豹要和我走。我们要回村子去。我告诉你，我们要杀死为我母亲之死负责的人。"

"你说风杀了你的亲属。你说——"

"我知道我说过什么，说话的时候我就站在那儿。黑豹说你们找到男孩后他就会出发。告诉他你不会去。"

"然后呢？"

"我会让他明白的。"卡瓦说。

"你这个形态没有未来。"

"什么？"

"几天前有人这么对我说。"我答道。

"谁？没人路过这个地方。你变得和那个婊子一样疯。我见过你，在那个茅屋的顶上，抱着空气和空气玩，就像个孩子。她污染了这个地方。关于那个男孩，你是怎么听说的？他逃跑是因为他不知感恩？她说她是盗贼？甚至是杀人犯？"

他直起腰，看着我。

"她就是这样。你像一个男人似的思考，还是她统治了你的全部思想？那个男孩是逃跑的。"他说。

"这儿不是监狱。"

"那他为什么跑掉？"

"他认为他母亲在夜里为他哭泣。他认为他不是敏吉。"

"而谁说他在撒谎呢？桑格马？这儿没有一个孩子知道区别。桑格马在树上住了许多年，那么长大成人的孩子都在哪儿呢？你和大猫去找到他，把他带回来。要是他说不，我不回去，你会怎么做？"

"我听懂你的意思了。你认为黑豹也是个被她迷住的傻瓜。"

"黑豹不是傻瓜。他只是不在乎。她说往东他就往东，只要有鱼和肥疣猪就行。他那颗心里什么都没有。"

"但你心里有火在烧。"

"你们两个在树林里做爱。"他说。

我盯着他。

"他说他教你箭术。该死的野兽喂我瞎话。"

我考虑是留给他一个谜团，还是告诉他我们过去没有，以后也不会有，让他心安，但转念一想，操他妈的诸神，也去他妈的心安。

"他永远不会爱你。"卡瓦说。

"没有人爱任何人。"我说。

他一拳打在我脸上——正中面颊——把我打倒在烂泥里。我还没起身，他就跳到了我身上。膝盖抵着我胳膊，让我无法起身，他又给我脸上一拳。我用膝盖撞他肋骨。他惨叫，翻下去。我咳嗽，喘息，哭得像孩子，他再次跳到我身上。我们翻滚，我的脑袋撞在一块石头上，天空变成灰色和黑色，烂泥向下沉，他的唾沫落在我眼睛里，但我听不见他，只能看见他的喉咙深处。我们滚进河里，他的手掐住我脖子，把我按在水底下，把我拉上来，把我按下去，水流进我的鼻孔。黑豹扑到他背上，咬住他的脖子。力量把他们两个都撞进了河里。我爬起来，看见黑豹还咬着卡瓦的脖子，打算把他像玩偶似的甩起来，我大喊。黑豹扔下他，低声吼叫。卡瓦踉跄退进河里，摸了摸后脖颈，手拿回来，上面沾着血。他看我，然后看黑豹，黑豹在河里兜圈，标出禁止他逾越的界线。卡瓦转过身，爬上河岸，跑进树丛。响动引出了桑格马，她和长颈鹿男孩还有烟雾女孩下来，烟雾女孩在我眼前出现，随即消失。黑豹变回人形，从桑格马身旁走过，回到茅屋里。

"别忘记我为什么叫你来。"她对我说。

我从河里出来，她扔给我一块厚布。我以为她要我擦干身体，但布上充斥着男孩的气味。

"男孩会在我鼻子里停留几个月。"

"那你最好快点出发找到他。"她说。

我们带上一把弓、许多箭、两把匕首、两把短斧和一个葫芦瓢，葫芦瓢挂在我大腿上，里面有一小块厚布，我们在第一缕晨光前出发。

"我们要找男孩还是要杀了他？"我问黑豹。

"他领先七天。先找到他再考虑这些。"他在我背后说，他信任我的鼻子，尽管我并不。虽然男孩的轨迹就摆在我眼前，但他的气味在一个地方过于浓烈，在另一个地方又过于微弱。两晚过后，他的痕迹依然遥遥领先。

"他为什么不往北走，返回村庄？他为什么往西走？"我问。

我停下，黑豹超过我，转向南方，十步后停下。他趴下，使劲闻草地。

"谁说他从你们村子来？"他问。

"他没有往南走，还是说你不是在找那男孩？"

"他是你的任务，不是我的。我在闻我们的晚饭。"

我还没说下去，他就四爪着地，跳进了灌木丛。这是片干旱的区域，树木瘦弱如草秆，像是在渴求雨水。红色的地面硬邦邦的，晒干的泥地处处开裂。大多数树没有叶子，枝杈萌发出的枝杈萌发出的枝杈太细了，我误以为那是荆棘。水似乎与此处为敌，但不远处有个水洞在散发气味。相当近，我能听见溅水声、咆哮声和一百只蹄子踏着地面离开的声音。

我还没走到河边，黑豹就找到了我，他依然四爪着地，嘴里叼着一只死羚羊。那天夜里他厌恶地看着我烹制我那一份肉。他恢复两腿形态，但依然生吃羚羊腿，他用牙齿撕开羚羊皮，牙齿咬进肉里，舔掉嘴唇上的鲜血。我想学他享用生肉。我烧过熏黑的羚羊腿同样让我反胃。他的眼神在说他永远也无法理解这些土地上的任何一个动物为什么要烧熟了猎物再吃。他的鼻子闻不出香料，我也没有香料可以放在肉上。羚羊有一部分还没烧过，我吃了些，我慢慢咀嚼，思考这是不是就是他吃生肉时尝到的：温暖，容易撕开，是不是对他而言，这种像铁水洒在嘴里的感觉是美妙的。我永远不会喜欢。他的脸埋在那条腿里。

"这里的树不一样。"我说。

"森林的种类不同。这里的树很自私。它们在地面以下不分享任何东西，它们的根不向其他根输送任何东西，无论是食物还是消息。它们永远学不会一起生存，因此除非下雨，它们就会一起灭亡。男孩呢？"

"他的气味在北面。既不变浓也不变淡。"

"不动了。在睡觉？"

"有可能。假如他停下，我们明天就会找到他。"

"比我想象中更早。假如你愿意，这可以成为你的生活。"

"等我们找到他，你打算继续走？"

他扔掉骨头，看着我。"阿萨尼企图淹死你之前还说了什么？"

他说。

"你会打发我和男孩回去，但自己不会。"

"我说过我也许不会回去，没说肯定不会。"

"到底是哪个呢？"

"取决于我找到什么。或者什么找到我。对你来说有什么区别？"

"没什么，完全没有。"

他咧嘴笑，起身，走到我身旁。篝火在他脸上映出无情的线条，照亮他的眼睛。"你为什么要回去？"

"她要她的胆囊。"

"不是该死的桑格马，我说的是村子。你为什么要回村里去？"

"我的家人在那儿。"

"你在那儿没有家人。阿萨尼告诉我，等待你的是血仇。"

"血仇终归是存在的，不是吗？"

"不。"

他看着篝火。见到烤肉他会反胃，但依然生了这堆火。我从葫芦瓢里拿出带有男孩气味的那块布。他不喜欢在地面上睡觉，但附近没有能让他睡觉的大树。

"跟我走。"他说。

"去哪儿？"

"不，我说的是这件事结束后。我们找到男孩之后。她对男孩没有兴趣，只要她发臭的胆囊藏在她发臭的头发里。我们找到他，吓唬他，送他回去。然后咱们向西走。"

"卡瓦要——"

"阿萨尼是你或者我的主子吗？"

"你和他之间发生过什么。"

"我和他之间什么都没发生过。这是你和我之间的问题。他比你大几岁，但无论怎么看他都比你幼稚。拿生命赌博，为了取乐而杀戮。你这个形态令人厌恶的特性。"

"那就别变成这个形态。你那些令人厌恶的行为可没有让你怒吼。"

"我那些是哪些?你以为在这种月光下,小男孩,你就能随便评判我了?有些地方,爱男人的男人会被割掉那活儿,扔在那儿流血至死。另外,诸神怎么做我就怎么做。在所有你们形态糟糕的特性里,羞耻是最差劲的。"

我知道他在看我。我盯着火焰,但能感觉到他转过了头。晚风吹来我不认识的一种香味。也许是水果成熟的气味,但这片树丛里没有能结果子的灌木。我不禁想起来一件事,我很吃惊,因为我居然直到现在才想起来。

"跟踪我们的那些人后来如何了?"

"哪些人?"

"我们来找桑格马的那天夜里。矮小女人说有人跟踪我们。"

"她总是害怕有东西或者有人跟踪她。"

"你同样也相信。"

"我不相信恐惧,但我相信她相信的。另外,至少有十六种魔法可以摆脱猎人和游荡者。"

"例如蝰蛇?"

"不,蝰蛇毕竟是真实的。"他坏笑道。

他伸手抓住我肩膀。

"去做快乐的梦吧。明天我们会找到那男孩。"

我跳出梦境,蹿起来,渴求空气。不,不是空气。我左冲右突,像是丢掉了什么,像是有人偷走了我的什么。黑豹被我吵醒了。我向左走、向右走、向北走、向南走,捂住鼻子,深深呼吸,但依然什么都没有。我险些踩上快要熄灭的火堆,黑豹一把抓住我的手。

"我的鼻子瞎了。"我说。

"什么？"

"他的气味，我闻不到了。"

"你的意思是他——"

"对。"

他坐在土地上。

"我们还是要找到胆囊，"他说，"咱们继续向北走。"

我们直到黎明才走出那片树林。灌木丛闻到我们新鲜的体味，不肯放我们离开，枝条抽打和鞭笞我们的胸膛和腿脚，细小的树杈揪住我们的头发，散落在泥土中的尘埃刺痛我们的脚底，呼唤飞过我们头顶的秃鹫俯冲低飞。我们，两个动物，新鲜的血肉，无法勾起秃鹫的兴趣。我们穿过草原，羚羊、白鹭和疣猪都对我们不理不睬。我们走向又一片灌木丛，它里面似乎空荡荡的。没有动物向里走，盯着黑豹点头致意的两只狮子也不例外。

这片灌木丛阴森森的。树木又高又细，枝杈向上伸展，无法承担黑豹的体重。树皮脱落，显现年龄。我们踩着满地的骨头向前走。气味钻进我的鼻孔，我几乎跳起来。

"他在这儿。"黑豹说。

"我不认识他的死亡气味。"

"有其他办法可以知道。"他说，指着地面。

脚印。有些很小，像是属于孩子。有些很大，仿佛留在草地和泥地上的掌印。但有些印记非常凌乱，像是本来在走，突然开始跑，继而变成狂奔。黑豹从我身边走出去几步，然后停下。我以为他要变身，但他打开背囊，把短斧抛给我。他抽出一支箭，取下他的弓。

"这些全都是为了一个发臭的胆囊？"

黑豹大笑。说真的，他比卡瓦更令人愉快。

"我开始觉得卡瓦对你的形容是正确的了。"我说。

"谁说他说得不对了？"

有道理，我闭上嘴，只是盯着他，希望他能改变他说出口的话。

"男孩是被绑架的。桑格马亲自抓的他。她从她姐姐那儿偷走了他。对，这里有个故事，小男孩。知道她为什么那么仇视女巫吗？她姐姐就是个女巫。也许现在还是。我说不准。她姐姐的说法是桑格马偷孩子，从母亲手上夺取婴儿，训练他们学习邪恶的术法。桑格马的说法是她姐姐是个堕落女巫，孩子根本不是她的，因为堕落女巫要喝各种药剂以获得力量，因此全都无法生育。她姐姐偷来那个孩子，打算拆成零件，在女巫的秘密集市马兰吉卡贩卖。很多巫师愿意用大笔金钱换取当天宰杀的婴儿的心脏。"

"你相信哪个说法？"

"我肯定不会选有孩子死去的那个。不过无所谓。我去转一圈。他逃不掉的。"

我还没来得及说我不喜欢这个计划，他就已经跑掉了。正如人们所说，我确实鼻子很灵。然而假如我不知道我在闻什么气味，这个天赋就毫无用处。

我走向一片茂密的灌木丛，钻了进去。向灌木丛深处走了几步，地面逐渐变干，沙子和尘土黏在我的脚上。我爬过一具庞大的骨架，它的长牙告诉我那是一头年轻的大象，它的四根肋骨向内折断。回去，让他把男孩赶出来，我的心对我说，然而我依然继续向前走。我经过一堆骨头，它们仿佛搭成祭坛；我又经过一个阶梯状的小丘，我拨开两棵小树，挤过缝隙。这里没有任何动静，没有禽鸟，没有蛇，没有猴子。寂静是声音的反面，而不是缺少声音。但这里就缺少声音。

我向背后看，但不记得我是从哪儿进来的了。我绕着树走，踩过灌木丛和疯长的树丛，背后忽然传来咔嚓一下断裂声。除了气味什么都没有，刺鼻的恶臭。这是腐烂产生的恶臭。人体腐烂。但我前方什么都没有，背后也一样。我感觉到男孩就在这儿。我想喊他的名字。

又是咔嚓一声，我扭头看，但没有停步。一个湿乎乎的东西碰到我的太阳穴和面颊。一股气味，就是那股气味——腐烂。我摸了一下面颊，手上沾了东西，血和黏液，也许是唾液。内脏像绳子似的垂下来，另一段在肋骨底下蜿蜒向上，散发人体腐烂和粪便的气味。皮肤遍布撕裂的痕迹，像是参差不齐的刀具割掉了下半截身体。他身体侧面的一部分皮肤被剥掉，肋骨戳在外面。藤蔓从他胳膊底下穿过，缠着他的脖子，支撑他的身体。桑格马说他右边乳头周围有一圈小疤痕。是那个男孩。这棵树上还有其他男人、女人和孩童，全都死了，大多数缺少半截身体，有些缺少头部，有些缺少手和手指，内脏全都悬在外面。

"萨萨邦撒，同一个母亲的兄弟，他喜欢鲜血。阿桑波撒，那就是我，我喜欢吃肉。对，人肉。"

我跳起来。这个声音听上去仿佛恶臭。我向后退。这里是被遗忘的古老诸神之一的巢穴，来自诸神还粗野和不洁的时代。说是魔鬼也行。我周围全都是死尸。我的心脏，我身体里的小鼓，它敲得那么响，我自己都能听见。我的鼓声从胸膛里传出来，我的身体在颤抖。恶臭的声音说："诸神送给吾一个肉多的，没错，肉多的。他们送给吾一个肉多的。"

> 我喜爱人肉
> 还有骨头
> 萨萨喜爱喝血
> 还有精液。他把你送给吾。
> Ukwau tsu nambu ka takumi ba.

我转过身。没人。我向前方看，男孩。男孩睁着眼睛，先前我没注意到。他眼睛圆睁，对着虚无尖叫，尖叫着说我们来迟了。Ukwau tsu nambu ka takumi ba. 我懂这种语言。死物不会缺少贪食者。我背后的风向突然改变。我转过身。他倒挂在那儿。灰色的巨手抓住我脖子，钩爪插进我的皮肤。他掐得我无法呼吸，把我拽上那棵大树。

我不知道我失去了多久的意识。一根藤蔓像蛇似的爬过我的胸口，绕过树干，绕过我的双腿，绕过我的前额，露出我的脖子和腹部。男孩就挂在正前方，他盯着我，眼睛圆睁，搜寻着什么。他的嘴依然张着。我以为那是他临终的姿势，他没有喊出口的最后一声尖叫，直到我看见他嘴里有东西，一个透着绿色的黑东西。胆囊。

"吾折断了一颗牙，而吾想要的只是尝一小口。小小、小小的一口。"

我知道他的气味，我知道他在我上方，但这股气味捉摸不定。我抬起头，看见他坠落，手贴着身体，像是一个猛子扎向地面。灰色，紫色，黑色，恶臭，巨大。他掠过一根树杈，用脚钩住，树杈上下弹跳。他的脚很长，脚腕上有鳞片，脚跟长着一个钩爪，该长脚趾的地方是另一个，它们像铁钩似的握住树杈。他放开树杈，坠落，抓住另一根树杈，这根离地面比较近，因此他的脸正对着我。他头部中央长着一绺紫色毛发，颈部和肩部的肌肉层层堆叠，就像一头野牛。他胸部仿佛鳄鱼的下腹部。而他的脸，眼睛上方有鳞片，鼻子扁平，但鼻孔粗大，紫色硬毛戳在外面。颧骨很高，像是他永远饥饿，灰色的皮肤长满肉赘，不说话的时候也有两颗亮闪闪的尖牙戳在嘴角外面，就像一头野猪。

"吾听说在不下雨的土地上，母亲用吾来吓唬孩子。你听说过吗？告诉吾那是真的，美味，真美味啊。"

他的呼吸比尸体腐烂还臭，比病人的粪便还臭。我的视线扫过他胸部和皮肤底下隆起的骨头：左边三根，右边三根。他大腿粗壮，肌肉虬结，皮包骨头的膝盖之上仿佛树干。他把我捆得结结实实。我听祖父说过，若是见到死神来了，他会扑向死神的怀抱，但此时此地我知道他是个傻瓜。说这种话的人希望死神到睡梦中去接他。我要大喊，喊这样不对，太不公平，我不该看着死神走近，我会在永恒的悲伤中号哭，因为他选择慢慢地杀死我，刺穿我的血肉，同时告诉我他从中得到了多少乐趣。他要咬开我的皮肤，剁掉我的手指，每扯掉一块我的血肉都制造一个新的伤口，每一种疼痛都是一种新的疼痛，每一次恐惧都是一次新的恐惧，而我只能望着他享乐。我会乞求一个痛快的死亡，因为我受了太多折磨，但同时我又不想死。我不想死。我不想死。

"你不想死？少年人，你没听说过吾？很快、很快、很快、很快、很快、很快你就会求我杀死你了。"他说。

他抬起手——长满肉赘，指节有毛，指尖是尖钩——抓住我的下巴。他扳开我的嘴，说："牙齿很漂亮，孩子，牙齿很漂亮嘛。"

上方的一具尸体把某些液体滴在我身上。这是我第一次想到黑豹。黑豹，他说他要绕着树丛走一圈，但没人知道这片树丛有七个月那么广阔。鬼祟的杂种黑猫，他扔下我不管了。阿桑波撒荡上去，跳着离开。

"他会对吾生气，肯定的。生气，生气，非常生气。在我喝血前不许碰肉，他说。我是老大，他说。他会狠狠地鞭打吾。狠狠地。非常狠。但他走了，而我很饿。你知道哪一样比较可怕？哪一样更加可怕？最好的肉也归他吃，例如脑袋。公平吗？我问，公平吗？"

他荡回来面对我，他嘴里叼着一只手，黑色皮肤腐败成绿色的一只手。他咬掉手指。他向我伸出左手，钩爪插进我的额头，鲜血涌出。

"好多天不吃鲜肉了。"他说。他的黑眼睛瞪得很大，像是在恳求我。

"好多、好多天。"

他把那条胳膊放进嘴里，一口一口咬掉咀嚼，直到肘部的皮肉挂在嘴唇上。

"他说他要你的血，他这么说，也会这么得到。我要他们活着，他说。"

他盯着我，眼睛再次瞪大。

"但他没说过要一个完整的你。"

他把细细的那一条人肉吸进嘴里。

"割一小块肉——"

第一支箭砰然插进他的右眼。第二支插进他尖叫的嘴巴，从他的后脖颈穿出来。第三支击中他胸口弹开。第四支直插进左眼。第五支扎穿他伸向眼睛的手。第六支插进他身体侧面的柔软处。

他带爪的双脚松开树杈，我听见他落在地上。黑豹在树枝间飞跃，在脆弱的树枝折断前跳起来，落在一根粗壮的树枝上。他坐在树干变成枝杈的分支处，盯着那些尸体，尾巴卷着一把枯叶。没等我发火埋怨他来得太晚，他已经变成了人形。我号啕大哭。我讨厌自己还是个孩子，我的声音这么告诉我，可惜你就是个孩子。他俯身从背囊里取出一把短斧。我扑进他怀里，抱住他不放，哭个没完。他拍拍我后背，摸我的脑袋。

"咱们快走。他们这种东西，两个一组行动。"黑豹说。

"他哥哥？"

"他们住在树上，从头顶发动攻击，但我没听说过他们会跑到离海岸这么远的地方来。他是阿桑波撒，吃肉的。他哥哥萨萨邦撒，是吸血的，也是比较聪明的那个。咱们必须现在就走。"

"胆囊。"

"我拿上了。"

"在哪儿？"

"咱们快走。"

"我没看见你——"

他推了我一把。

"萨萨邦撒很快就会回来。他有翅膀。"

05

　　黑豹剁掉阿桑波撒的脑袋，用苏库苏库树的叶子包起来，然后塞进背囊。我们从我来的路返回，手持武器，准备应付在黑夜中扑向我们的任何凶兽。

　　"你打算怎么处理那个脑袋？"我问。

　　"钉在墙上，我屁股痒了就用它蹭。"

　　"什么？"

　　他没再说什么。我们步行了四天四夜，绕过直穿会走得更快的树林，以免两面三刀的动物闻到阿桑波撒的血肉味，通知他的兄长。离桑格马的茅屋还有一个上午的距离时，我闻到了一股气味，黑豹也闻到了。烟雾、灰烬、脂肪、皮肤。他咆哮，我大喊，快走。我抓着弓、其他武器和背囊，拔腿狂奔。我跑到小溪旁，看见一个小男孩面朝下漂过。黑豹跳进水里，把他捞出来，一支箭早已刺穿他的心脏。我们认识这个孩子。不是最顶上那个茅屋里的，但也是敏吉。没时间埋他了，黑豹把他放回河里，面朝上，合上他的眼睛，放手让他漂走。

　　小径上有两具尸体堵在路上，一个男孩和白化病女孩，后背都插着一根矛。孩童的鲜血染红了所有地方，茅屋在燃烧。最底下的茅屋已经塌成袅袅冒烟的一堆灰烬，中间那座被烧断了房梁，裂成两半。一半落进底下茅屋的废墟里。大树在晃动，树干被熏黑了，树叶被烧得精光。

最顶上的茅屋冒出熊熊火焰。半个屋顶在燃烧，一半墙壁被熏黑，在冒烟。我跳上第一级台阶，它在我脚下断裂。我翻滚着掉下去，黑豹跳上更牢靠的台阶，径直冲向茅屋。后墙还没着火，他在上面踹出一个窟窿，他又踹了几脚，直到窟窿大得足够他钻进去。他以豹形钻出来，咬着一个男孩的衬衣衣领，但男孩一动不动。黑豹朝茅屋摆摆头，意思是里面还有人。

茅屋里，火焰在尖啸，在狂笑，从树叶跳向树叶，从树枝跳向树枝，从布料跳向布料。地上，没有腿的男孩抱着长颈鹿腿的男孩，尖叫着要他动一动。我指着门口，抱起长颈鹿男孩。没有腿的男孩滚出门口，我环顾四周，寻找我看漏了的人。

桑格马躺在天花板上，一动不动，她睁着眼睛，嘴巴发出无声的尖叫。长矛刺穿她的胸膛，某种力量让她平躺在天花板上，就仿佛那是地面，这种力量并非来自长矛。巫术。我只能想到一个人能够施行巫术。有人打破她的魔咒，一路冲到她所在的房间。烈火跳上她的衣物，她爆发成一团火球。

我和男孩一起跑出去。

双生子从树丛里钻出来，他们瞪大眼睛，合不拢嘴巴。我知道这个表情永远不会离开他们了，无论时间过去多少个月。黑豹扒开一个男孩的尸体，看见另一个男孩被压在底下，是个白化病人，还活着。他尖叫，想逃跑，但被绊倒在地，黑豹抓住他。我把长颈鹿男孩放在草地上，蓝色的烟雾女孩陡然出现，她颤抖得太厉害，分裂成两个、三个、四个女孩。然后她逃跑，消失，随即在森林边缘现身。她再次消失，在我面前重新出现，无声地尖叫。她再次逃跑，停下，逃跑，消失，出现，停下，然后看着我，直到我明白她要我跟她走。

我先听见声音，然后才看见它们。鬣狗。

三只鬣狗在一棵倒伏的大树背后争抢一块肉，它们怒目而视，互相撕咬，囫囵吞下肉块。我关闭思路，不去想它们有可能在吃什么。另外四只鬣狗把一个小男孩赶上一棵树，它们咆哮，狂笑，在杀戮前先调戏猎物。烟雾女孩在男孩身前现身，四只鬣狗吓了一跳。它们慢慢后退，但没有走远，男孩无法逃跑。我爬上五十步外的一棵树，学着黑豹平时的样子，从一根树杈跳上另一根、一棵树跳上另一棵。我从高处的一根树杈跳到低处的一根上，然后荡回高处的一根树杈。我爬下一根树杈，跳上另一根，滑下像弹弓似的一分为二的一棵树，穿过打在我脸上的枝叶，跳起来抓住另一根树杈，树杈被我的体重压弯，然后将我抛了出去。

鬣狗咯咯笑，在排座次，决定谁去杀死男孩。那棵树很高，枝杈却很细，它不和四周的其他树交流。我从顶上的一根树杈跳下来，另一根，荡起来，落回树上，碰断了我周围的所有树杈，刮破了双腿和左脸，咬了一嘴树叶。四只鬣狗凑近猎物，烟雾女孩试图保护男孩。它们体形巨大，兽群中最大的几只。雌性。我扔出匕首，却差了一爪的距离。一只鬣狗向后跳，我扔出的第二把匕首刚好插在她脑袋上。一只鬣狗跑了，另外两只留下，咆哮，讥笑。

我双手各拿一把短斧，嘴里咬着匕首，我从高处跳下去，落在剩下两只鬣狗中一只的面前，将两把短斧砍进她的面门，拔出来，砍下去，拔出来，砍下去，直到血肉溅满我的脸，遮蔽我的视线。她撞倒我，咬住我的左手，撕扯，碾磨，我疼得咬紧牙关，男孩吓得无法动弹。第二只鬣狗企图咬我的脚。我用匕首刺进前一只鬣狗的脖子。拔出来，再刺进去。再刺进去。再刺进去。它倒下了。对我的脚龇牙的鬣狗扑上来咬我。我挥动没受伤的手，匕首划破她的面门，一只眼睛爆开了。她尖叫逃跑。另外两只鬣狗叼起其他鬣狗吃剩下的一点肉块，跟着离开。

我的左手鲜血淋漓，被咬开的肌肉挂在那儿，它无法活动了。男孩过于惊恐，从我面前后退逃开。烟雾女孩跑向我，招呼他归来。男孩刚开始跑，一只鬣狗忽然扑向他。她的尸体落在男孩身上，两支箭射穿了她的颈部。我把男孩拽出来，他叫个不停。黑豹又杀死了两只鬣狗，剩下的落荒而逃。

黑豹从茅屋里救出来的小男孩再也没有苏醒。我们埋葬六具尸体后停下了，因为死者太多，每一个都让我们心碎。我们又找到四具尸体，随便找了些布料或皮子裹起来，放进河里，让水流带他们前往冥界。他们看上去像是在飞向女神的召唤。我们摘浆果和烤肉给孩子们吃，他们睡着了，等他们不再在睡梦中哭泣和尖叫后，黑豹领着我走进森林。

"该有人为这罪负责。"我说。

"什么？你知道是谁干的。"

"你能闻到他吗？"

"我能闻到他们所有人。"

"还会有更多的来。"

"我知道。"

烟雾女孩不肯放我走。她跟着我来到空地边缘，走出曾经被魔咒保护的区域，直到我呼喝着命令她回去。黑豹带着活下来的孩子——从鬣狗嘴里救下的男孩、白化病男孩、皮球男孩、双生子、长颈鹿男孩和她。有太多的尸体要埋葬，大部分已经焚毁。我转身离开的时候，最顶上那间茅屋的屋顶塌了，白化病男孩开始哭泣。黑豹不知所措。他用爪子抚摸男孩的脸，直到男孩爬上他的背，把脑袋搁在他的肩膀上。

"应该我去。"他说。

"你找不到他们。"

"你杀不死他们。"

"我会带上短斧和匕首，还有长矛。"

"我现在也能跟踪他们。"

"他们用过河掩盖踪迹。你找不到他们的。"

"你只有一条胳膊。"

"我只需要一条。"

他用阿索奥克布[1]包扎我的胳膊，我知道那是桑格马的缠头布。那些人的气味本来在消散，但黄昏后变得浓烈。他们停下来过夜了。他们一步一步踏着我们走的同一条路走向茅屋。我就算不用鼻子也能找到他们。他们发现桑格马的符咒分文不值，于是一路乱扔各种小饰品。我在深夜前找到了他们和我叔叔，他们正在用扦子烤肉。烤肉的浓烟赶走了所有猫科动物。半个月亮投下暗淡的光芒。我叔叔之所以会来，大概是为了证明他还能用刀。用刀杀死孩童。他们围在两棵马鲁拉树[2]之间，有说有笑，其中一个展开手臂，鼓着眼睛，吐出舌头，用乡村方言说女巫如何如何。另一个在吃地上的水果，醉醺醺地走来走去，自称是一头犀牛。还有一个说女巫给他肚皮下了咒，他要去拉屎。我跟着他走出树林，来到象草比他脖子都高的地方。这儿足够远，他能听见其他人嘻嘻哈哈，他们听不见他嗯嗯啊啊。男人撩起缠腰布蹲下。我踩在一截朽烂的树枝上，引他抬头看。我的长矛一下刺穿他的心脏，他的眼睛顿时翻白，他两腿一软，倒在草丛里，没发出任何声音。我拔出长矛，高声咒骂，其他人跑了过来。

我爬上另一棵树，再次发出声音。一个男人走近我，他绕着树干摸索，但光线暗淡，他什么都看不见。我认识他的气味。我用双腿夹住一根树杈，在他头顶上倒挂下去，我抡起斧头，他刚开口喊阿尼库约，我就挥动手臂，砍中了他的太阳穴。我认识他的气味，但不记得他叫什么，我浪费了太多时间思考这个问题。

一根棍子打中我的胸口，我掉了下去。他的双手掐住我脖子，使劲用力。他要杀死我，他要把我的生命赶出身体，他会到处夸耀，说他亲手杀了我。

卡瓦。

我认识他的气味，他也知道这是我。月亮的朦胧光线照亮他的笑

1　阿索奥克布：Aso Oke，西非约鲁巴人制作的手工布。
2　马鲁拉树：又名非洲漆树。

容。他一言不发，压住我的左臂，放声大笑，我吞下一声惨叫。有人高喊，问他是不是发现了我，我的右手从他膝头滑下去，他却没有注意。他更加用力地掐我脖子；我的脑袋很沉重，光线和我能见到的一切都变成血红色。我都不知道我摸到了地上的匕首，直到我抓住刀柄，看着他大笑，说，你和黑豹睡过吗？然后把匕首捅进他的脖子，鲜血像热水涌出地面似的喷出来。他陡然瞪大双眼。他没有倒下，而是慢慢地趴在我的胸口上，热血顺着我的皮肤流淌。

这就是我想对男巫说的。

他之所以在黑暗中看不见我，听不见我在树丛中移动，闻不到我紧追不舍，我跟着他，他在逃跑，因为他知道某种厄运像恶风似的落在他的人身上；他之所以磕绊跌倒，他捡起石头或误以为是石头的豺狼粪便，扔出去却没有一块击中我；桑格马的巫术之所以依然在保护我，哪怕他已经用咒语定住她，把她杀死在天花板上，这些都因为那根本不是巫术。我想把这些话全说给男巫听。但我没有，我只是把匕首从他脖子西面插进去，割开他的喉咙，一直到最东面。

我叔叔朝他们喊叫，命令他身边的最后两个人别跑。他会加倍给他们酬劳，三倍，这样他们就有钱雇人与血仇作战了，或者买个更漂亮的妻子。他坐在土地上，以为他们会盯着树丛，但他们在看肉。右边那个先倒下，我的短斧从中切开他的鼻子，劈裂他的颅骨。第二个想逃跑，却撞在我的矛尖上。他倒下，死得可不快。我把长矛捅穿他的腹部，插在地上，去掐他的喉咙。我叔叔有足够的时间以为他还有希望。他还能逃跑。

我的匕首插进他右大腿的背面。他重重地倒下，惨叫，祈求诸神救他。

"我的叔叔，你先杀的是哪个孩子？"我问他，来到他身旁。他五体投地，但不是向我恳求。

"黑夜盲目的神啊，请听我的祈求。"

"哪一个？是你亲自拿着匕首，还是雇人动手的？"

"地上和天上的诸神啊，我总是向你们奉献贡品。"

"有孩子惨叫吗？"

"地上的神和——"

"他们有人惨叫吗？"

他不再企图爬开，而是翻身坐在地上。

"他们全都惨叫了。我们把他们关在茅屋里，点火烧了茅屋时，他们全都惨叫了。但后来就没有声音了。"

他这么说是为了撼动我的心神，也确实做到了。有些人听到这种消息可以不为所动，我不想成为这种人。

"还有你。我知道你是个诅咒，但没想到你会窝藏敏吉。"

"你敢再叫——"

"敏吉！孩子，你见过下雨吗？感觉到雨点打在皮肤上。眼看无数鲜花一夜之间绽放，因为大地吸饱了雨水？要是你再也不能见到这样的景象呢？牛和猫瘦骨嶙峋，肋骨紧贴皮肤？这些事情你全都见过。你会苦思冥想许多个月，诸神为什么忘记了这片土地。让河流干涸，女人生下死婴。那就是你想带给我们的？一个敏吉孩童足以诅咒一个家。但十四个呢？你没听我们说过狩猎很艰难，而且越来越困难吗？邦班吉可以戴上愚蠢的面具，跳舞献给愚蠢的神；但只要存在敏吉，诸神就不会听我们祈祷。再过两个月，我们就会饿肚子。难怪大象和犀牛都在逃离，只有蝰蛇愿意留下。而你，一个傻——"

"是卡瓦在保护他们，不是我。"

"听听他在怎么撒谎！卡瓦就说你会这么做。他跟踪你和什么黑豹，你居然和那东西睡觉。一个孩子身上到底能沾染多少邪恶的习惯？"

"我想让卡瓦证明他的话，可惜他已经没有喉咙了。"

他吞口唾沫。我走近他。他瘫软着后退。

"我是你可敬的叔叔。我是你仅有的家人。"

"我宁可住在树上，去河边拉屎。"

"你以为鼓声不会被人听见吗？人们会闻到血腥味，把罪责归在你身上。他是谁，没有家的那个人？他是谁，没有孩子的那个人？他是谁，那个卡瓦回到村里告诉人们，说他诅咒自己族人的人？你杀死的这些人，他们的妻子会唱什么？你，选择邪魔附生的孩子，诅咒这片土地，现在又夺走他们的父亲、孩子和兄弟。你死定了；你还不如拿起匕首，割了自己的喉咙呢。"

我打个哈欠。"还有话要说吗？是不是该说愿意出什么价码了？"

"拜物祭司——"

"哦，现在要说拜物祭司如何了？"

"拜物祭司，他说过会有东西像暴风雨似的落在我们头上。"

"而你以为是闪电——假如你真的想过。"

"你不是闪电，你是瘟疫。你看着我，你像恶风一样在夜里袭击我们，降下不定的诅咒。你应该去杀甘加通人。而你做了他们想做的事。连他们都不会向自己人下手。你没有自己人，也不会亲近任何人。"

"你现在成了占卜者？你不如算算，自己还有明天吗？可敬的叔叔，我只有一个问题。"

他瞪着我。

"甘加通人杀死我的父亲和兄长，害得我祖父逃进城市。但是啊，可敬的叔叔，他们为什么一直没有找上你？"

"我是你可敬的叔叔。"

"而我问你怎么知道城里的生活方式，你说你和你兄长去过城里，也就是我父亲——"

"我是你可敬的叔叔。"

"但我父亲死了。你和我祖父一起逃进城市，对不对？你像娘们一样给自己买了那种椅子。我家里有两个懦夫，不是一个。"

"我是你可敬的叔叔。"

"谁敬爱你？"

他扔出我的匕首，而我抢先躲开。匕首击中我背后的树，落在地上。他跳起来，尖叫，像野牛似的冲向我。第一支箭贯穿了他的左右面颊。第二支插进他脖子。第三支穿透他侧肋。他瞪着我，失去两腿的支撑，跪倒在地。第四支贯穿他的脖子。可敬的叔叔脸朝下倒在地上。黑豹在我背后放下弓。他背后是白化病男孩、皮球男孩、双生子、长颈鹿男孩和烟雾女孩。

"不该给他们看见这些。"我说。

"不，应该。"他说。

日出时，我们带着孩子去投奔唯一有可能接纳他们的人群，对于这个人群来说，没有任何孩子能构成诅咒。甘加通村民见到我们接近，纷纷拿起长矛，黑豹大声说我们带来了给酋长的礼物，于是他们放我们过去。酋长很高很瘦，更像斗士而非统治者，他走出茅屋，隔着战士的人墙打量我们。他转向黑豹，但藏在眉骨阴影中的深陷双眼始终盯着我。他双耳各戴一个耳环，脖子上挂着两个珠串项链。他的胸膛犹如疤痕之墙，那是数十上百次杀戮的勋章。黑豹打开背囊，倒出阿桑波撒的头颅。连战士都吓得向后跳。

酋长盯着那颗头颅看了很久，久得足以让苍蝇聚拢过来。他穿过战士的人墙，捡起头颅，放声大笑。

"食肉者和他喝血的兄弟劫走我妹妹，他们只吸了她的一部分血，留下她的性命，喂她喝下许多污秽之物，因此她成了他们的血奴。她住在他们的树底下，吃死尸的碎肉。她跟随他们走过所有土地，最后连他们都厌倦了她。她跟着他们走进河流，越过高墙，钻进火蚁的巢穴。一天，萨萨邦撒抓起他兄弟，飞下一道悬崖，知道她会紧随其后。"

他拎起头颅，再次大笑。村民欢呼。然后他盯着我，笑声戛然而止。

"那么，黑豹，你是过于勇敢还是愚蠢？居然带一个库人来这儿？"

"他也带来了礼物。"黑豹说。

我拉开我叔叔的羊皮披风，他的脑袋掉了出来。酋长的战士走近细看。酋长一言不发。

"但你不是他的血亲吗？"

"我不是任何人的血亲。"

"无论你拒绝还是承认，我都能在你身上看见和闻到。我们杀过很多男人和几个女人，大多数来自你们部落。但我们不杀自己人。你以为这能给你带来什么荣耀？"

"你刚说你们杀过几个女人，居然还来跟我谈荣耀？"

酋长再次凝视我："我想说你不能留在这儿，但你来不是为了留下。"

他望向我们背后。

"也是礼物？"

我们把孩子们留给他。两个女人抬起长颈鹿男孩，一边屁股瓣一个，带他走进她们的茅屋。一个年轻男人说他父亲看不见，很孤独，不会介意照顾连体的双生子。他们这个样子，他永远不需要担心他会搞丢一个。一个头上插着尊贵羽毛的男人当天就带着皮球男孩去打猎。几个男孩和女孩围住白化病男孩，抚摸他，戳弄他，最后一个孩子给他端来一碗水。

黑豹和我在日落前离开。我们沿着河岸走，因为我希望能瞥见哪怕一眼库族的人，我将再也不会见到的那些人。但库族没有人敢来河边，免得成为甘加通长矛的目标。黑豹转身返回密林，而我背后的树叶飒飒作响。大多数时候她像鬼魂似的游荡，但要是害怕或高兴或生气了，就会摇动树叶或碰翻水碗。烟雾女孩。

"告诉她。她不能跟着我们。"我对黑豹说。

"她跟着的不是我。"他答道。

"回去，"我转身说，"回去，当一个母亲的女儿，或者一个兄弟的姐妹。”

她的脸从烟雾中浮现，她皱着眉头，像是听不懂我的话。我指了指村庄，但她不为所动。我挥手赶她走，转过身去，但她跟了上来。我以为要是我不理她，也不理会这么做对我心跳的影响，她就会走开，但烟雾女孩跟着我走到村庄边缘，一直跟着我离开。

“快回去！”我说，“回去，我不要你。”

我迈步向前走，但她再次出现在我前方。我正要喊叫，却见到她在哭。我转过去，她再次出现。黑豹开始变形，低声吼叫，她吓了一跳。

“快回去，否则我要诅咒你了！”我喊道。

我们在甘加通领地的边缘，向北走进自由土地，再向前就是卢阿拉卢阿拉。我知道她在我背后。我捡起两块石头，朝她扔了一块。石头径直穿过她的身体，但我知道她会因此感到惊骇。

“快回去，该死的鬼魂！”我喊道，扔出第二块石头。她消失了，我再也没有见过她。黑豹已经走出去很远，我这才意识到我始终站在原处，没有动弹过。要不是他对我低吼，我会一直站在那儿。

我和黑豹来到法西西，北方王国的都城，遇到很多丢失了物品和人的男女，他们用得上我的鼻子。黑豹厌倦了高墙，两个月后离开，我一个人待了许多个月。

我再次见到黑豹时，已经过去许多年，我成了一个男人。法西西有太多怀恨在心的人认识我，于是我搬到了马拉卡尔。他来到马拉卡尔后过了四晚，这才请我的女房东转告我说他想见我，我觉得这是明摆着的事情，因为除此之外他没有理由要进这座城市。黑豹依然英俊，下颚强健，他以人形进来，身穿罩衫和斗篷，否则野兽会被城里的人杀死。他的腿变得更加粗壮，面部周围的毛发更加蓬乱。他留着唇须，然而在这座城市里，男人可以爱男人，祭司可以娶奴隶，棕榈酒和马苏库啤酒可以冲走悲伤。他走进市的那天夜里我就闻到了，即便那天夜里下着雨，唤醒了古老的气味，也依然没有削弱他的体味。他依然闻着像个只有碰巧要过河时才会顺便洗澡的男人。我们在库里库洛酒馆碰面，这是我做生意的地方，胖子老板供应汤和酒，没人在乎进门的是谁或什么。他拿着一罐啤酒，请我喝他自己不肯喝的棕榈酒。

"你看上去很好，完全不一样了，已经是个男人。"他说。

"你看上去还是老样子。"我答道。

"你的鼻子怎么样？"

"这个鼻子会为这杯酒付钱，因为我没看见你带着钱袋。"

他大笑，说他要请我帮个忙。

"我要你帮我找到一只苍蝇。"他说。

马拉金

MALAKIN

Gaba kura baya siyaki.

马拉卡尔

去往魔魅山

大北门

悬崖

贩奴之路

第四道墙

北岗哨

第三道墙

瞭望台

第二道墙

第一道墙

盐之路

南岗哨

南门

瞭望台

古马拉卡尔废墟

N

去往
乌沃莫沃莫沃莫沃
山谷

1. 北堡垒
2. 无门之屋
3. 大块贝勒昆之家
4. 东兵营
5. 西堡垒
6. 追踪者的旅店
7. 垮塌的塔楼
8. 总督府
9. 南堡垒

06

这个。

你希望我读这个。

你自己看这篇叙述，你说。要我在它与事实相左之处留下标记。我不需要读；你按阿什的意愿写下文字。阿什是万物，生命与死亡，白昼与黑夜，好运气与坏消息。你们南方认为它是个神，但实际上是诸神的起源。

我相不相信？

问得很聪明。好吧，我来读。

　　追踪者在第九天上的证词。向长老们致以一千次鞠躬。这份证词是写下的证言，献给天上的诸神，祂们用闪电和蝰蛇的毒液作出裁决。同样向长老们致意，追踪者给出的叙述既宽且广，因为自从那个孩子的丢失到同一个孩子的死亡，中间隔着许多年和许多月。这是追踪者讲述的诸多事情其中的一段，意味其真假只能留给长老们在诸神的帮助下作出决断。追踪者后续的叙述甚至让那些头脑非凡之人也感到困惑。他深入奇异的土地，他的经历就像夜里说给孩子听的故事，或者伊法[1]占卜时向

1　伊法：Ifa，约鲁巴人的信仰和占卜体系。

拜物祭司讲述的噩梦。然而依照长老们的旨意，一个人应该可以畅所欲言，一个人应该可以一直说下去，直到诸神的耳朵充满真相。

他进入一段记忆的景象、气味和味道，他完全记得一个男人屁股缝里的气味，记得他走过马拉金处女的卧室时从窗户里飘出来的香气，记得灿烂阳光标记出季节缓慢变化的景象。但关于那几个月、一年、三年间的事情，他什么也不肯说。

我们知道的是这样的：追踪者在一行九人的陪伴下前去搜寻一个男孩，其中包括依然活着的那个人和无法陈述的那个人。据称那个男孩是被绑架的。当时男孩据称是马拉卡尔一名奴隶主的儿子或受监护人。

我们知道的是这样的：第一次，他们在旱季开始时从马拉卡尔出发。对男孩的搜寻耗费了七个月。他们成功地找到男孩并返回，但四年后男孩再次失踪，第二次搜寻的队伍比较小，用去一年时间，以男孩的死亡而告终。

在长老们的要求下，追踪者详细讲述了他的成长历程，也口齿清楚、脸色平静地描述了第一次搜寻的诸多细节。但对于第二次搜寻，他只肯讲述最终的结局，拒绝为其间的四年作证，据说那段时间里他居住在米图之地。

于是我，您的审讯官，抛出了另一个诱饵。第九天上午，他松口讲述他与雇佣兵黑豹重聚的那一年。事实上，之前他说过是黑豹主动来找他，请他帮忙搜寻男孩。然而谎言就像小心翼翼地修建在朽烂支柱上的房屋。撒谎者编造故事，往往在说到结尾前忘记了开头，我打算要他讲述故事的另外一个部分，从而打破他的空中楼阁。因此我没有问他第一次或第二次搜寻，而是两者之间的四年时间。

审讯官：说说我们的国王去世的那一年。

追踪者：你们的疯王。

审讯官：我们的国王。

追踪者：就是发疯的那个吧？请原谅，他们全都是疯子。

审讯官：说说我们的国王去世的那一年。

追踪者：他是你的国王。应该你告诉我。

审讯官：说说——

追踪者：那就是一个年份，就像过去的许多年。一年里有白昼也有黑夜，白昼结束时就是黑夜。月份、季节、暴雨、干旱。审讯官，你难道不是一位专门报告这种消息的拜物祭司吗？你的问题一天比一天奇怪；这句是实话。

审讯官：你记得那一年吗？

追踪者：库族人不给年份起名。

审讯官：你记得那一年吗？

追踪者：那一年你们最杰出的国王在最杰出的屎坑里拉完了他最杰出的生命。

审讯官：在南方王国，说国王的坏话会被处以死刑。

追踪者：他已经是一具尸体，不是一位国王。

审讯官：够了。说说你的那一年。

追踪者：那一年？我的那一年。我过够了那一年的日子，它结束时我就把它全抛在脑后了。还有什么可问的？

审讯官：没有其他可说的了吗？

追踪者：审讯官，你去问我们死去的同伴，也许能找到更恢宏的故事。至于那几年，我没有任何可说的，除了一成不变和无聊，还有愤怒妻子寻找不满丈夫的请求，没完没了——

审讯官：那几年你没有退隐吗？

追踪者：对我的经历记得最清楚的应该是我自己。

审讯官：说说你在米图的四年时间。

追踪者：我没有在米图待四年。

审讯官：你第四天的证词说第一次搜寻后你去了甘加通村庄，然后从那里去米图。你第五天的证词开头说，他在米图找到我的时候，我正准备离开。其间的四年你只字未提。那段时间你难道不是住在米图吗？

（注：我提出这个问题时，沙漏离倒空还有三分之一。他望着我的眼神是一个人在思前想后，即将爆发时的。他拱起眉毛，面有怒容，随后忽然变得茫然，嘴角向下垂，眼睛变得湿润，就仿佛他刚开始被我的问题激怒，想到答案后却产生了其他的情绪。等他再次开口，沙漏已经倒空。）

追踪者：我不知道有个地方名叫米图。

审讯官：你不知道？鼎鼎大名的追踪者，据说去过无数王国，去过飞行野兽的国度，去过会说话的猿猴的土地、人类地图未曾记载过的土地，却不知道那么大的一片国土？

追踪者：把你的手指从我伤口里拿出来。

审讯官：你忘记了你我之间有资格下令的是谁。

追踪者：我从未踏上过米图的土地。

审讯官：这和"我不知道有个地方名叫米图"是两回事。

追踪者：告诉我，你希望我怎么讲这个故事。从它的黄昏到它的黎明？或者上一堂课，唱一首颂歌？或者我的故事应该像螃蟹一样，从一侧横行到另一侧？

审讯官：告诉长老们，他们将把这份证词当作你本人的陈述，你在米图的四年究竟发生了什么？

允许我不带主观印象和判断地描述他的面容。他的眉毛挑得比先前还要高，他张开嘴巴，但没有说话。就我的印象而言，他在低声怒吼，或者在用某种北方河流区域方言咒骂。然后他从椅子上跳起来，撞翻椅子，踢到一旁。他扑向我，尖叫嘶喊。我还没来得及叫警卫，他的双手就掐住了我的喉咙。说真的，我深信他会活活扼死我。他用上了更大的力气，把我从椅子上向后推，直到我们都摔在地上。我不得不说，他的呼吸带着恶臭。我用写字棍扎他的手背和肩膀顶端，但我敢发誓我正在离开这个世界，而且走得飞快。两名警卫从背后跑过来，用棍棒打他的后脑勺，两下他就倒在我的身体上，即便如此他也没有松手，直到他们打了他第三下。

　　我必须说你的陈述挺准确，尽管我记得我的肋骨被你的人踢得到处都疼，他们把我绑起来之后又给了我几脚。我的后背被山药袋打得现在还在疼。另外：我的双脚挨了那么多下鞭子，能自己走进这个房间我自己都很吃惊。我的记忆在骗我，是他们把我拖进来的。不，这还不是最糟糕的，最糟糕的是你让他们给我穿上供奴隶穿的袍子，我触犯了什么法律才会受到这样的惩罚？

　　再看看你我。哪怕白天我也在黑暗中，你却坐在高脚凳上。把纸和写字棍放在大腿上，尽量不踢翻脚边的墨水瓶。还有你我之间的铁栏杆。我旁边的男人每晚呼唤爱神，自从我去妓院找我父亲——不，我祖父——我就再也没听见过这种声音。我跟你说实话，真希望爱神能回应他，因为他一天天夜里叫得越来越响。

　　好吧。我父亲和我兄长死了，我叔叔死在我手上。回去找我祖父？向他报告什么消息？你好啊，父亲，尽管你和我母亲一起对我撒谎，但现在我知道你是我祖父了。我杀死了你的另一个儿子。这其中没有荣耀，但你本来就是个丧失荣耀的人。你很狡猾。审讯官，你确实很狡猾，彻底激怒我，让我对他们说话，而不是你。这算什么证词？

　　自从我上次见过你，你清洗过身体。用泉水和宝贵的盐、香料和芬芳的花朵。那么多香料，我都要怀疑你十岁的妻子是不是想把你做成菜了。但是，祭司，我闻到了你背后右侧的水疱，她把滚水浇在那儿，烫伤了你。诸神在上，她确实想煮了你。当然你揍了她，扇她大耳刮子。以前你身上也沾过她的鲜血。

　　接下来发生了什么来着？你的警卫用棍棒打我后脑勺之后，把我拖到底下这儿来之前。我险些活活掐死你的那段。警卫扇你耳光，就像你是个在麻药馆里吸多了鸦片的傻瓜那段。别再问我米图了。

还有一点。你们什么时候把我送到尼基奇来了？我问是因为这是尼基奇奴隶袍。另外，无论我朝哪个方向转，都能闻到盐矿的气味。你们在夜里搬动我？用奇异的药剂让我昏睡？人们说尼基奇的牢房比孔谷尔的宫殿还要奢靡，但这些人肯定没进过这个牢房。你们也送走了她，还是只送走了你们亲爱的、难搞的追踪者？

上次我在这座城市同样锁链缠身。

听我说这个故事。

我让别人把我卖给尼基奇的一位贵族，因为奴隶一天能吃四顿饭，不需要自己掏腰包，而且住在宫殿里。所以为什么不当奴隶呢？哪天若是想要自由了，我杀死我的主人就行。但这位贵族拿着你们那位疯王的耳朵呢。我之所以知道，是因为他会告诉任何一个愿意听的人。由于我在玩这个新游戏，也就是完全服从另一个人，我就成了他倾诉的对象。南方王国禁止转卖奴隶，在尼基奇尤其不行，但他就这么做了，因此能发财致富。有些奴隶是被抢夺来的自由民。

这位奴隶主是懦夫和强盗。他夜里鞭笞妻子，白天对她拳打脚踢，让奴隶知道没有任何男人或女人能凌驾于他之上。有一次他不在的时候我对她说：假如能让女主人高兴，我有五个肢体、十根手指、一条舌头和两个肉洞，全部由她支配。她说，你闻着像野猪，但整个尼基奇也许只有你不散发出一股盐味儿。她说，我听说过你们北方男人的事迹，你们会用嘴唇和舌头服侍女人。

她从不允许我把舌头之外的任何东西放进她身体，因为这样她依然是女主人。

"一个人怎么能和野猪睡觉呢？"她会这么说。

你等着听这件事如何结束。你等着听我有没有分开她袍服的大海，不征求她的同意就占有她，因为你们南方老爷就会这么做。或者你等着听我如何杀死她丈夫，因为我的故事不都是结束于泼洒鲜血吗？

很快我对那位贵族说，还不到一个月，但我已经厌倦了当你的奴隶。连你的残忍也都没滋没味的。我说再见，用嘴唇和舌头对女主人打个下流的信号，然后转身离开。

对，我就是这么离开的。

好吧，要是你非得知道个究竟，我用一把长剑的剑身拍在他后脑勺上，命令一个奴隶在他嘴里拉屎，用绳子扎紧他的脑袋，固定住他的下巴。然后我才离开。

那些孩子？

那有什么关系？

我尝试过去看那些孩子。不止一次两次。我们把孩子留给甘加通人之后四分之一个月，我沿着两姊妹河偷偷摸摸向上游走。这时候村庄应该已经在风里闻到了卡瓦、巫师和我可敬的叔叔。我走在甘加通那一侧河边，长矛随时都有可能插进我的胸膛，杀死我的人说"看，我杀死了一个库族人"可不算撒谎。我从一棵树跳到另一棵树上，一片树丛跳到另一片树丛里，很清楚我不该来的。时间才过去四分之一个月。但也许白化病人碰到一个男孩用刀捅他，只是为了看他的血是不是白色。也许村里的女人害怕烟雾女孩不安稳的睡眠，需要有人告诉她们不必为此害怕，否则她们怎么可能知道？还有，也需要有人告诉他们，要是她想坐在你头上就让她坐好了。也许以为自己是皮球的男孩滚到一个男人身上，因为他只会用这种方式表达：哎，我在这儿，和我玩吧，我已经是个玩具了。还有绝对不要叫长颈鹿男孩"长颈鹿"，一次也别这么叫他。还有双生子，他们的脑子特别好，心里充满欢乐，一个会在你右肩背后问你东边是哪儿？另一个偷偷喝你的高粱粥。

另外，现在没有黑豹给我撑腰了，他在法西西找到了工作和乐趣。这条河穿过两片土地，树木彼此疏远。我在一棵树下站住，准备跑向十七步外的另一棵树，箭忽然擦着我飞过去。我向后跳，三支箭钉在树上。是库族人的喊叫声，来自河对岸，他们以为杀死了我。我趴在地上，像蜥蜴似的爬开。

两年后，我去看我的敏吉孩子们。我从马拉卡尔来，走库族人不走的另一条路。长颈鹿男孩现在有真的长颈鹿那么高了，腿超过我的头顶；他的面容老了一些，但依然年轻。我走进甘加通人的镇子，他首先看见我。白化病男孩，我不知道他是最年长的，直到我看见他成长得最多，他肌肉发达，个头高了一些，而且非常英俊。我不确定是他成长得特别快还是我直到此刻才注意到。甚至在他跑向我的时候，附近的女人们也紧盯着他。双生子去树林里打猎了。无腿男孩变得更胖更圆，不管去哪儿都滚着去。打仗的时候你会很有用，我对他说。你们现在都是战士了吗？白化病男孩点点头，无腿男孩咯咯笑，滚过来撞倒我。我没看见烟雾女孩。

一个月后，我和长颈鹿男孩散步，我问他，烟雾女孩还恨我吗？他不知道该怎么回答，因为他从不知道恨是什么。走进她生命中的每一个男人都离开了，他说，我们返回他的家。来到门口，抚养他的女人们说，酋长快死了，即将接任酋长的男人仇视所有库族人，甚至包括与其他人在石砌房屋里居住的那些。

你不需要知道他们的名字。

至于黑豹，五年后我和他在库里库洛酒馆碰面。他在一张酒桌前等我。

"我要你帮我找到一只苍蝇。"他说。

"那你该去找蜘蛛。"我答道。

他大笑。岁月改变了他，尽管他看上去还是那个样。他的下巴依然强健，他的眼睛是两个光池，你能在其中见到自己。唇须和蓬乱的毛发让他更像狮子而非豹子。不知道他是不是还那么敏捷。我经常琢磨他像豹子还是像人类那样衰老。马拉卡尔是个文明人互相屠戮的地方，不是适合变形人来去的城市。但库里库洛酒馆从不靠一个人的形态或衣着评判他，只要这个人能像流水似的掏出硬邦邦的钱币，哪怕他只裹着尘土或牛油调的赭石粉末也无所谓。话虽如此，黑豹却从背囊里取出了兽皮，他用某种毛茸茸的粗糙东西裹着臀部，背后披着亮闪闪的羽毛。真是新鲜。动物通晓了人类的羞耻心，这个人曾经说过，假如黑豹应该穿皮裙，那他生下来就该带着那东西。他要酒和能杀死野兽的烈性饮料。

"这个人救你命的次数比苍蝇眨眼都多，不拥抱一下他吗？"

"苍蝇会眨眼？"

他又大笑，从座位上跳起来。我抓住他的手，但他甩开我的手，搂住我，紧紧地拥抱。我想说感觉怎么像东方的男孩情侣，直到我觉得自己在他怀抱中软了下去，我浑身无力，无力得甚至无法拥抱他。我想哭，像孩子那样号啕，我使劲甩头，摆脱这种情绪。我首先从他怀中挣脱。

"你变了，黑豹。"我说。

"从我坐下到现在？"

"从我上次见到你。"

"哎呀，追踪者，险恶的时刻会留下印记。你的日子就不险恶吗？"

"我的日子让人发胖。"

他大笑："但你看看你，却说猫变了。"他的嘴唇在颤抖，像是还有话想说。

"怎么了？"我问。

他指着我。"你的眼睛，傻瓜。那是什么样的魔法？不想说一说吗？"

"我忘了。"我说。

"你忘记你脸上有一只豺的眼睛了？"

"野狼的。"

他凑近我，我闻到啤酒的气味。于是我深深地看着他，而他也深深地看着我。

"我早就在等你终于能直接告诉我的那一天了——是和我一样渴望。或是恐惧。"

我想念他的笑声。

"我说，追踪者。我发现在你这座城市里没有能解闷的男孩。你怎么解决你夜晚的渴望？"

"我熄灭我的欲念。"我说，他大笑。

没错，这些年我活得像个僧侣。除非旅程带我去远方有标致男孩的地方，或者不怎么标致的阉人，他们不够好看，但更擅长寻欢作乐。有时候女人也行。

"追踪者，最近这几年你都干了什么？"

"太多了，也太少了。"我说。

"跟我说说。"

库里库洛酒馆里，我喝葡萄酒，他喝马苏库啤酒，我讲了这些故事给黑豹听。

我在马拉卡尔住了一年，然后我搬去卡林达，与南方王国有边境争端的那个王国。养马大户的家园。没错，那地方更像是一大片马厩，有些附属的房屋供人们做爱、睡觉和密谋。无论你从哪个方向去他们的城市，都必须艰难地在陆地上跋涉很长一段距离。他们是热爱战争的人们，脾气暴烈，面对仇恨时热衷于报复，面对情爱时充满激情和活力，他们鄙视诸神，经常挑战他们。因此我当然把它当成了家。

卡林达有个没有领地的王公，他声称北方剪径的盗匪绑架了他女儿。他们索要的赎金是与十七匹马等重的白银。听到消息，王公派仆人去找我，那家伙跟我摆谱，还想维持王公的愚蠢脸面。我打发他回去，留下他两根手指。

王公的第二个仆人来了，鞠躬，央求我去一趟，王公会不胜感激。于是我去他的宫殿，他那儿只有五个房间，一个摞一个，小鸡在院子里跑来跑去。但他有黄金。他把黄金镶在牙齿上，穿在眉毛上，伺候他如厕的男仆经过，他拎着纯金打造的马桶。

"你，取走我侍卫的手指的男人，我有事情要你办。"他说。

"我找不到你尚未失去的王国。"我说。卡林达不存在双关语，因此这句话犹如石沉大海。

"王国？我要找的不是王国。五天前盗匪绑架了我女儿，你的公主陛下。他们要我付赎金，与十七匹马等重的白银。"

"你愿意付吗？"

王公揉了揉下嘴唇，目不转睛地盯着镜子。

"首先，我需要信得过的证据，证明你的公主陛下还活着。据说你鼻子很灵。"

"确实如此。你希望我找到她，带她回来？"

"听听他是怎么和王公说话的！不。我只希望你找到她，回来仔细说给我听。然后我会做出决断。"

他朝一位老妇人点点头，老妇人把一个玩偶扔向我。我捡起玩偶，闻她的气味。

"价钱是七十枚金币。"我说。

"价钱是我宽恕你的傲慢，饶你一命。"他说。

这位没有领地的王公有多么可怕呢？就好像一个把屎拉在身上的婴儿在哇哇大哭，不过我还是出发去寻找公主了，因为有时候工作本身就是酬劳。尤其是这次，她的气味没有将我引向北方的道路，或者盗匪聚居的村镇，或者地上的一个浅坟，而是她父亲那小小宫殿仅仅一上午步行距离之外的某处。那幢茅屋附近曾经有个出售水果和肉类的繁忙集市，不过现在只剩下了野生的树丛。我在夜里找到了她。除了她，还有绑架她的几名盗匪，其中之一的脑袋侧面吃了我一掌，打得他晕头转向。

"十七匹马？我对你们来说就值这么多，十七匹马？而且只是白银？你们的出身真的这么卑贱，以为我的价值只有这么一丁点？"

她咒骂和咆哮了很久，听得我开始厌烦，而她依然骂个不停。我看得出绑架者在想也许他该给王公钱，让他把公主收回去。我闻到他身上有变形者的天赋，和黑豹相似的一只大猫。也许是狮子，躺在四周的其他男人是他的狮群，炉火旁对他们怒目而视的女人曾经是他的伴侣，直到这个公主出现。他们全都挤在一个房间里，公主吱吱喳喳叫得像只鹦鹉。计划是这样的：狮子和他的狮群绑架公主，索要赎金。她父亲会乐意付出这笔钱，因为他女儿比白银和黄金都要宝贵。公主会用收到的赎金聘请雇佣兵，推翻这位没有领地可供颠覆的王公。刚开始我以为她就像那些很小就被绑架的少男少女，被囚禁得太久，对绑架者产生了忠诚之情，甚至是爱，但她随即说：“我该选择豹族的，至少他们很狡猾。”狮子首领咆哮如雷，吓坏了街上的行人。

“我觉得我能猜到这个故事如何结束，”黑豹说，“也许是因为我了解你。你把女儿的计划告诉王公，然后像来时一样无声无息地溜走。”

“我的好豹子，这么做有何乐趣可言？另外，我的时间太缓慢，生意太清淡。”

“你过得很无聊。”

“就像等待人类给祂惊喜的神祇。”

他咧嘴笑笑。

“我回去找王公，向他报告消息。我说，尊敬的王公，我尚未找到盗匪，但我经过了旧市场附近的一幢屋子，那里有些人在密谋夺取您的王冠。”

“什么？你确定吗？什么样的人？”他问。

“我没仔细看。因为我急着回来报信。现在我要去找您的女儿了。”我说。

“我该怎么处理这些人？”

“派你的人悄悄摸近那幢屋子，就像黑夜里的盗贼，然后一把火将它烧成白地。”

黑豹瞪着我，像是要把故事从我嘴里扯出来。

"他这么做了？"

"天晓得。但下一个月，我看见他女儿站在窗口，脑袋变成了一团黑炭。随后我诅咒卡林达，搬回了马拉卡尔。"

"这就是你的故事？再给我讲一个。"

"不，你讲你的旅程给我听。黑豹来到他无法狩猎的新土地会做些什么？"

"黑豹会在他能找到血肉的地方找到血肉。另外那儿有的是他爱吃的血肉！不过你了解我的品性。我们这样的野兽不会在一个地方长久停留。没有人像我那样去过远方。我登上一艘船，我怀着渴望。我出海，然后登上另一艘船，它朝着大海深处航行了许多许多个月。"

他爬上椅子，蹲在座位上。我知道他喜欢这样。

"我见过巨大的海兽，其中之一长得像鱼，但能吞下一整艘船。我找到了我父亲。"

"黑豹！可你以为他死了啊。"

"他也这么以为！他现在是个铁匠，住在大海中央的一个岛屿上。我忘记了名字。"

"不，你没有。"

"操他妈的诸神，也许是我不想记住。他不再是铁匠了，只是个在等死的老人。我和他一起待在那儿。看着他为了记住而遗忘，又看着他忘记他会遗忘。听我说，他身上已经没有了豹子——他完全忘记了那一面，和他年轻的妻子还有全家人住在一个屋顶底下，那可不是豹子的天性。诅咒你和你的唇须，他对我说过许多次。但有些日子他会看着我，低声吼叫，他该看看他是多么震惊，琢磨那个吼声来自何方。有一次我在他面前变身，他尖叫得就像老人在尖叫，无法发出任何声音。他大喊，看，有一只野猫，他要吃了我！但没人相信他。"

"这个故事太让人悲伤了。"

"还会更加悲伤的。他的孩子住在那幢屋子里，我的兄弟姐妹，全都带有猫类的特征。最小的一个后背遍布斑点。他们没有一个喜欢穿衣服，哪怕是在河里的这个小岛上，那里的男男女女习惯遮住全身，只露出眼睛。他临终前在睡垫上不停地变身，从人到豹又到人。这个景象吓坏了孩子，他的妻子伤心欲绝。最后房间里只剩下我、我最小的弟弟和他，因为除了我最小的弟弟，其他人都认为这是巫术。我最小的弟弟看着父亲，终于看清了他自己。我和他一起变成豹子，我舔父亲的脸，安慰他。他陷入无尽的长眠，我离开了他。"

"这是个悲伤的故事。但其中也有美感。"

"你现在成了美的爱好者？"

"假如你见到今天早晨从我床上下去的人，就不会问这个问题了。"

我想念他的笑声。黑豹大笑的时候，整个酒馆都听得清清楚楚。

"追踪者，我成了一名流浪者。我从一片土地走向另一片，一个王国走向另一个。有些王国的居民，他们的皮肤比沙子还白，每七天就吃一次他们膜拜的尊神。我当过农夫和刺客，我甚至有过名字：科伟西。"

"什么意思？"

"操他妈的诸神，我怎么知道。我甚至当过淫秽艺术的表演者。"

"什么？"

"够了，朋友。我找你的原因——"

"操他妈诸神的原因，我要详细听听那些淫秽艺术。"

"追踪者，我们没那么多时间。"

"那就快点说，但别漏掉细节。"

"追踪者。"

"否则我站起来就走，科伟西，留下你付账单。"

听见我这么说，他几乎缩成一团。

"好吧。我服了。当时我是个士兵。"

"怎么不像淫秽故事的开头。"

"操他妈的诸神，追踪者。故事也许始于一个男人找到了一支军队——"

"北方还是南方？"

"操他妈的南北两方。我要说的是，这个男人找到了一支军队，这支军队需要一个箭术超卓的人。这个男人发现他来到了没有食物更没有娱乐的土地。这个男人也许很擅长屠杀敌人，但不擅长和同僚保持友好的关系——尽管其中有一两个俊俏的还能派上他们的用场。"

"还是那个老黑豹。"

"事情是这么发生的。我们攻打一个村庄，他们除了割肉的石刃没有任何武器，我们焚烧他们的茅屋，而女人和孩子都还在里面。情况就是这样。我说，我不杀女人和孩子，哪怕肚子再饿也不杀。指挥官的小婊子说，那就用你的弓箭杀。我说他们不是战场上的战士，他说这是给你的命令。我走开了，因为我不是战士，而这场仗给我钱我都不打。

"然后情况是这样的。小婊子高喊叛徒，他的手下立刻扑向我；另一方面，士兵还在焚烧有孩子困在里面的茅屋。四个士兵扑向我，我射出的四支箭插进四双眼睛之间。小婊子又想叫喊，但我的第五支箭径直穿过他的喉咙。然后就不必多说了，追踪者，我不得不离开，借着浓烟的掩护。然后我流浪了许多天，发现我置身于没有任何生命的沙海之中。四天四夜不吃东西不喝水，我开始看见肥胖的女人在云端行走，狮子只用两条腿走路，还有轮子不沾沙地的篷车队伍。车队的人救了我，把我扔进车厢。

"我醒来时一个母亲叫他儿子用水泼我的脸。车队在瓦卡迪殊把我扔在一户人家的门口。"

"从沙海到瓦卡迪殊要走几个月啊，黑豹。"

"那个篷车队走得很快。"

"所以现在你是个雇佣兵了。"我说。

"你看看，一个麻风病人指控另一个病人有麻风病。"

"但我只找人，不杀人。"

"当然了。你一次次从头盔上抹掉的也只是牛血。咱们为什么要在这儿抠字眼？追踪者，你快乐吗？"

"我过得算是挺满足。这个世界从来不给我任何东西，但我已经有了我想要的所有东西。"

"白痴，我问你的不是这个。"

"野兽现在也在寻求快乐了？人的成分比较少，豹子的比较多，这就是你想成为的那种人吗？"

"操他妈的诸神，追踪者，这是个很简单的问题。最长的答案也只要一个词。"

"会影响你的邀约吗？"

"不会。"

"那这就是给你的答案了。我很忙，我宁可忙，也不想觉得无聊，可以了吧？"

"我在等——"

"等什么？"

"等你说悲伤不是缺少快乐，而是快乐的反面。"

"我说过这种话？"

"你说过差不多的话。另外，你的心属于谁？"

"你曾经说过，没有人爱任何人。"

"我那时候大概还年轻，爱着自己的下体。"

"Jakrari mada kairiwoni yoloba mada."

"大猫听不懂这种语言。"

"你的下体对你来说就像骆驼。"

我开始说胡话，只是为了听黑豹大笑。

"我不信任踏上旅程一去不回的人，这样的人没有根基。就这么说吧，了无牵挂的人曾经让我失望。"

“你快乐吗？”我问。

“你用问题回答问题？”

“因为咱们就坐在这儿哀叹，像两个已经不被丈夫宠爱的大老婆。我从小到大没人抚养，而你只要觉得合适就假装是人类，然而世上有很多会说话的魔法动物。无论你找我想干什么，我都越来越不感兴趣了。”

“追踪者，我的邀约都还没有离开我的嘴唇呢。”

“对，但你正在想方设法试探我。”

“请原谅，追踪者，因为我有许许多多个月没见过你了。”

“大猫，是你来找我的。现在却在浪费我的时间。这枚金币是买生猪肉的，其余的买他们给你留下的全部热血。”

“见到你我很高兴。”

“我正想说同样的话，你却开始琢磨我的心。”

“天哪，兄弟，我一直在琢磨你那颗心。另外也替你担心。”

“这也是一部分。”

“一部分什么？”

“你该死的试探。”

“追踪者，我们是自由民。我在和另一位自由民喝酒吃肉。就算你不肯吃东西，至少坐着陪我一会儿。”

我起身离开。我走出去好几步了才开口：“假如我通过了你为我准备的试探，记得传话告诉我一声。”

“你认为你通过了？”

“我走进那扇门的时候就通过了。否则你不可能等四天才联系我。黑豹，你见过一个人不知道他不快乐？去他女人脸上的伤疤里找。或者去他卓越的木工或打铁手艺里找，或者在他给自己戴上的面具里找，因为他禁止世界见到他本来的面目。我不快乐，黑豹。但我并非不乐于知道这个。”

“我带来了孩子们的话。”

他知道这话能让我停下。

"什么？怎么可能？"

"追踪者，我还在和甘加通人来往。"

"把他们的话告诉我。快。"

"现在还不行。相信我，你的姑娘挺好，尽管她依然会气急败坏，失控时化作蓝色烟雾，而且经常这样。你后来见过他们吗？"

"不，再也没有。"

"哦。"

"这个哦是什么意思？"

"你脸上的奇怪表情。"

"我的表情哪里奇怪？"

"追踪者，你的表情除了奇怪还是奇怪。你的脸上什么都藏不住，无论你花了多大力气去隐藏。你和别人在一起的时候，我就是这么判断你的心在哪儿的。你是全世界最差劲的撒谎者，也是我唯一信任的一张脸。"

"我想听听孩子们的话。"

"当然。他们——"

"他们没人提过我去看过他们吗？一个也没提过？"

"你刚刚说过你再也没有见过他们。再也没有，这是你的原话。"

"说再也没有也未必不对，假如他们说他们没见过我的脸。"

"更加奇怪了，追踪者。孩子们长胖了，笑嘻嘻的。白化病人很快将成为他们最厉害的战士。"

"女孩呢？"

"我刚说过女孩的情况。"

"吃。"

"我们还有其他事情要讨论，追踪者。怀旧暂时到此为止。"

他咬下第一口肉，开始咀嚼。盘子里有血。他看着血，我看着血，然后他抬头看我。

"天哪，黑豹，你就当一个该死的野兽吧。你这么等待人类的准许，我看了都心疼。"

他露出他灿烂的笑容，把盘子举到面前，舔干净那些血。

"不是刚杀的。"我说。

"也凑合。言归正传。我为什么来找你。"

"关于一只苍蝇什么的？"

"那是我在耍嘴皮子。"

"你为什么问我快不快乐？"

"因为我邀请你走上的那条路。唉，追踪者，因为它将要求你付出代价。你最好一开始就什么都没有。"

"你刚说过我最好不是了无牵挂。"

"我说过了无牵挂的人曾经让我失望。某些人。但我认识的那个追踪者不但了无牵挂，而且不会寻求牵绊。这一点改变了吗？"

"假如改变了呢？"

"那我就问其他的问题。"

"你怎么知道我……"

黑豹猛地转身，想看是什么打断了我的话头。

"没什么，"我说，"我以为我看见……以为它消失了又回来……它……"

"什么？"

"没什么。脑筋搭错了。没什么。快说吧，大猫，我要失去耐心了。"

黑豹从椅子上起身，舒展双腿。他重新坐下，面对着我。

"他自称小苍蝇。他这么做我觉得很奇怪，尤其是他说话声音更像老妇人而不是男人，我猜大概是因为他很喜爱苍蝇吧。"

"重新说一遍，说点我能听懂的。"

"我只能告诉你别人告诉我的。他说得很清楚——给我下命令，他说。操他妈的诸神，你们不会直截了当说话的人类。也他妈操你——我看见那个表情了。朋友，这是我知道的。有个孩子失踪了。治安官说他很可能被河水卷走了，也可能被鳄鱼抓走了，或者河畔居民，因为你们饿了什么都吃。"

"去你妈的一千遍。"

"一千零一遍也无所谓，"他说，大笑，"这是我知道的。治安官认为孩子或者被淹死或者被杀或者被野兽吃掉了。但这个人——人们用阿玛都·卡萨武拉这个名字称呼他——他拥有财富和好品位。他相信他的孩子，他的小苍蝇，还活着，有可能在向西走。追踪者，他家里有些很令人信服的证据，你不得不相信他的说法。另外，他有钱，非常有钱，给我们每一个人的酬劳都不会低。"

"我们？"

"他召集了九个人，追踪者。五男三女，希望还有你。"

"所以他的钱包大概是他身上最鼓的东西。那个孩子是他自己的？"

"他没说是不是。他是奴隶贩子，把黑种和红种的奴隶卖给大船，那些船上的人跟随东方之光。"

"奴隶贩子除了敌人什么都没有。也许有人杀死了那个孩子。"

"也许，但他忠诚于他的欲念，追踪者。他知道我们也许会找到骸骨，但那样他至少会知道真相，而知道真相当然好过一年一年遭受折磨。我省略得太多了，这个使命——"

"使命，真的吗？咱们现在变成传教士了？"

"我是一只猫，追踪者。你指望我认识多少个字？"

这次轮到我放声大笑。

"我把我知道的告诉你。总之有个奴隶贩子花钱请九个人去找那个孩子，或者是个活人，或者是死亡的证据，他不在乎我们用什么手段找到他。他也许就在两座村庄之外，也许在南方王国，也许已经变成一堆骨头，埋在姆韦鲁。你鼻子很灵，追踪者。你也许几天就能找到他。"

"既然搜寻起来这么轻巧，他为什么需要九个人？"

"聪明的追踪者，这不是明摆着的吗？那孩子并非主动离开，而是被劫走的。"

"被谁？"

"最好听他告诉你。要是我说了，你未必愿意来。"

我瞪着他。

"我认识这个表情。"他说。

"什么表情？"

"就这个。你岂止感兴趣，简直恨不得把这个主意吞下去。"

"你过度解读我的面容了。"

"不只是面容。你肯定愿意加入，因为某些因素会吸引你，而那不是金币。既然说到了欲望——"

我望着这个男人，日落前不久他说服酒馆老板给他一块泡在血里的生肉当晚餐。这时我闻到了某种气味，和先前一样，在黑豹那里但又并非在他身上。我们走出酒馆，这股气味变得浓烈，但随即变淡。一时间又变浓，更加浓，然后变淡。每次黑豹转身，气味就会变淡。

"跟着我们的男孩，他是谁？"我问。

我的声音很响，男孩肯定能听见。他从暗处闪到暗处，从柱子投下的黑影躲进火把射出的红光，然后钻进一幢闭门房屋的门洞，离我们不到二十步。

"我想知道的是，黑豹，在你告诉我他是你的什么人之前，我能不能扔出一把短斧，把他的脑袋切成两半。"

"他不是我的，诸神在上，我也不是他的。"

"但我们在酒馆里的时候，我一直能闻到他的气味。"

"他是个烦人精。"黑豹说，看着男孩溜出门洞，他太羞怯了，不敢看我们。他个子不高，但皮包骨头，所以让人觉得挺高。他皮肤黑得像影子，长到大腿的红袍在颈部系紧，他胳膊肘之上扎着红色圈带，手腕上戴着金镯子，腰上缠着条纹筒裙。他抱着黑豹的弓箭。

"我第三还是第四次出海的时候从海盗那儿救了他。现在他怎么都不肯放我一个人待着。我发誓，是风不停地把他吹到我身边来。"

"事实上，黑豹，我说我一直能闻到他，意思是在你身上闻到。"

黑豹哈哈一笑，但声音很小，就像孩子想做坏事时被当场抓住。

"我丢掉武器时他捡起了我的弓，无论我去哪儿他都能找到我。真是天晓得。等我离尘世，他大概会讲述有关我的传奇故事。我在他身上撒尿，把他标记成我的。"

"什么？"

"开玩笑的，追踪者。"

"玩笑不等于假话。"

"我不是动物。"

"从什么时候开始的？"

我忍住了没有问这是你引入歧途的第五还是第六个孩子，让他毫无希望地等待你永远不会给予他的东西，因为这就是你的馈赠，对不对，你的眼睛看着他的眼睛，你的耳朵听着他说的每一个字，你的嘴唇寻求他的嘴唇，全都是你能给予也能夺走的东西，而不是他想要的。还是说他是你的第十个？不，我没这么说，而是说："奴隶主在哪儿？"

奴隶主来自北方，与尼基奇人做非法生意，他和他满载新奴隶的篷车队在乌沃莫沃莫沃莫沃山谷扎营，骑马从马拉卡尔去用不了四分之一天，直接沿着山坡下去就更快了。我问黑豹，这个人是不是不怕盗匪。

"有一次，一伙盗贼企图在暗土附近抢劫他。他们用刀抵着他的喉咙，嘲笑说他只有三名护卫，他们轻而易举就能杀死他们，他带着这么值钱的货物，身上为什么没有武器？盗贼骑马逃跑，奴隶主用说话鼓传话出去，盗贼还没赶到要去的地方，消息就已经进了城门口。等奴隶主来到城门口，三名盗贼被钉在大门上，开膛破肚，肠子挂在外面供众人观看。现在他只带着四个人旅行，他们在去海岸边的路上喂奴隶吃喝。"

"我已经深深地爱上了这个人。"我说。

我们来到我的住地，我蹑手蹑脚从店主门口溜过去，两天前她说我的租金已经晚了一个月，她用双手托住巨大的奶子，说还可以用其他办法还债。我在房间里拿了一条山羊皮斗篷、两个水囊、一袋坚果和两把匕首。我跳窗而去。

黑豹和我走着去。从我住的客栈出发，我们穿过第三道城墙，从瞭望哨底下出来，走向第四道也就是外城墙，它环绕整座大山而建，厚度犹如一个人平躺。我们从南堡垒大门出城，进入岩石群山，然后沿着山坡向下走进山谷。黑豹绝对不肯骑着其他动物上路，而尽管我偷过几匹马，却从来没有拥有过马匹。我在城门口注意到男孩跟着我们，他依然从一片树荫跳向另一片树荫，还有早在马拉卡尔成为马拉卡尔之前修建的古老塔楼残破废墟的阴影。我曾经在那儿睡过一次觉。幽灵态度友善，也可能根本不在乎我。留下那些废墟的人发现了金属的秘密，有能力切开黑色燧石。墙壁上没有灰泥，仅仅是砖块垒着砖块，有时候弯曲成拱顶。懂得计算纪元的沙海居民会说老马拉卡尔建自六个纪元之前，甚至更久。那个时代的人们修建墙壁既为了不让外面的人进来，也为了不让里面的人出去。防御、财富、权力。我在那个夜晚读懂了旧城。朽烂的木门、台阶、小巷、通道、废水和净水的管道，全都在七十步高二十步厚的墙壁里面。后来有一天，老马拉卡尔的居民全都消失了。死了，逃了，没有一个吟游诗人记得或知道。如今砖块已经崩裂成瓦砾，往日的小巷扭来转去，前后回旋，上上下下，钻进一个死胡同，除了后退无处可去，但往回走又能去哪儿呢？一个迷宫。男孩落后太远，一时间迷失了方向。

"说真的，你一口就能撕掉一个人的脑袋，但他更害怕我。他叫什么？"

黑豹和以前一样走在前面。"我没费神问过。"他说，哈哈一笑。

"操他妈的诸神，你真是最恶劣的一只猫。"我说。

我放慢脚步，落后了几步，直到我自己也消失在暗影中。我看见男孩努力从残垣到残垣、废墟到废墟、崩落墙壁到崩落墙壁穿行。说真的，只要没有光线，我很容易就能看见他。他落入废墟深处，实际上并不算很深，正在尝试自己走出来。他开始奔跑，气味有了微妙的改变——恐惧或喜悦占据上风时就会这样。他被我的脚绊倒，摔倒在泥土里。也许是我的脚在等他。

"你叫什么？"我问。

"不关你事。"他说，爬起来。他吸气鼓起胸膛，望向我背后。他看起来比先前年长了，也许有十五岁，但脑袋依然只有十岁。我看着他，思考等他对黑豹来说失去了用处，他还能剩下什么。

"我可以把你留在这片废墟里，你会一直迷路到天亮。到时候你亲爱的黑豹会在哪儿，告诉我？"

"只是没人想要的砖头和屎尿而已。"

"当心点。祖灵会听见的，然后你就再也无法离开了。"

"他的朋友都和你一样傻吗？"

我随手捡起一个东西扔向他。他立刻接住。很好。但他发现那是个骷髅头，连忙丢掉。

"他不需要你。"

我转过去，走向我知道城门应该在的方向。

"你去哪儿？"

"回去喝一个坏婆娘煮的好汤。告诉你的——随便他是你的什么人——你说他不需要我，所以我走了。前提是你能找到路走出废墟。"

"等一等！"

我转过身。

"我该怎么走出这地方？"

我从他身旁走过，没有等他跟上来。我踩着冰冷的灰烬，篝火已经熄灭了很久。灰土里露出小块白布、烛蜡、烂水果和或许曾经是条项链的绿色珠子。一个多月前，有人尝试过联系祖灵或诸神。我们走出废墟和山谷边缘前的最后一片树林。又是一个无月的夜晚。

"他们怎么称呼你？"我问。

"弗米利。"他对着地面说。

"弗米利，保护好你的心。"

"这话什么意思？"

我坐在石头上。天色这么黑，下坡往山谷里走纯属犯傻，但我能闻到黑豹已经走完一半路程了。

"咱们睡觉，直到天亮。"

"但他——"

"他会在底下睡得很香甜，直到我们明早叫醒他。"

那晚我睡觉时有两个念头。

黑豹说了太多的事情，话从他嘴里滑出来，就像油之于水，但沉淀在我心里就像污渍。事实上，有时候我觉得我该把他洗个干净。见到他我总是很高兴，但他离开时我一向不悲伤。他问我快不快乐，我依然不理解这个问题，也不知道他从答案中能够得到什么。没人像黑豹那样永远笑容可掬，但他无论快乐还是悲伤都是相同的语气。我觉得两者都是他在事物影响心灵前戴上的面具。快乐？只要有马苏库啤酒，谁还需要快乐呢？还有芬芳的鲜肉、好成色的金币、能够一起睡觉的温暖肉体。另外，身为我的家族的一员，就等于放弃了快乐，那依赖于太多我无法控制的因素。

是有东西要捍卫还是了无牵挂，哪一样能让你成为优秀的战士？我无从回答。

我想到那些孩子，比我想象中更加频繁。很快这个念头就变得像是脑袋里的轻轻撞击或者心脏的加速跳动，即便我告诉自己那些都是往事了，没什么需要担心的，我把那些孩子处理得很好，至少我尽到了我的一份力量，但感觉依然是我辜负了他们。黑暗的夜晚变得愈加黑暗。不知道这是桑格马在我身上留下的洗不掉的标记之一，或仅仅是某种轻度的疯狂。

我醒来时男孩在弯腰看我。

"你的另一只眼睛在黑暗中放光，像狗那样。"他说。要不是他右眼上方有一道新伤口，鲜血在微微发亮，我肯定会扇他耳光。

"这些石块早晨肯定很湿滑。尤其是你还不知道路。"

男孩嘶嘶威胁我。他捡起黑豹的弓和箭袋。黑豹居然能让这个孩子如此激动，我思考着有没有人曾经让我变成这样。

"另外，我不打呼噜。"我说，但他已经开始跑下山谷，直到累了停下。

他走了一会儿，坐在一块石头上沉思，他等待着，直到我来到他背后几步之外，然后再次出发。但他没走多远，因为他不知道该去哪儿。

"揉他肚子，"我说，"会给他带来快乐。极大的快乐。"

"你怎么知道？你肯定摸过各种各样的男人。"

"他是一只大猫。猫喜欢被揉肚皮。就像狗。你脑袋里难道什么都没装？"

地面变得湿润和发红，绿色的灌木像肿包似的冒出来。我们越往下走，山谷看上去就越辽阔。它一直延伸到天空的尽头和更远的地方。智者说山谷曾经仅仅是一条小河，一个忘了自己是神祇的女神。小河蜿蜒流过山谷，冲刷土地，带走一团又一团泥土、一块又一块石头，变得越来越深，直到人类活动的这个纪元，她离开山谷时已经挖得很深，人们能够看见对面，但对面不是陷得那么深的土地，而是升得那么高的山峰。我们往下走时往上看，视线穿过天空和云雾，见到山峰紧挨着山峰，每一座都比城市更庞大。它们高极了，带上了天空的颜色，而不是树丛的。这景象足以让你盯着天上，而不是地下。土地继续变红，灌木变成了树木，河流清澈如玻璃，河里有肥胖的水妖，它们宽头阔嘴，大白天也不躲起来，知道自己不是篷车队狩猎的猎物。

我们刚爬下山，男孩——我已经忘了他叫什么——就奔向了黑豹。事实上，我知道他不是他的黑豹，我知道男孩会惹得大猫非常生气。他抓住黑豹的尾巴，黑豹猛地转身，咆哮，蹲伏，扑向男孩。第一辆篷车附近响起另一声咆哮，按住男孩的黑豹快步跑开。男孩跳起来，拍干净身上的土，希望没被人看见，他跑向他的黑豹，黑豹以人形坐在草地上望着河面。他转向我，微笑，但一个字也没对男孩说。

"你的弓和箭袋，我拿来了。"男孩说。

黑豹点点头，望向我，说："咱们去见奴隶主？"

奴隶主的帐篷搭在篷车队前面。车队和马拉卡尔的一条街道一样长。四辆大车，我只在沙海以北那些王国的边境上见过这种车，它们周围的人四海为家，从不扎根。前两辆车由马拉，后两辆是公牛。紫色、粉色、红色、蓝色，就仿佛是最幼稚的女神为它们涂抹了颜色。大车背后是许多手推车，平板车厢是用木条钉成的。女人坐在手推车上，她们有胖有瘦，有些用赭石涂成红色，有些用乳木果油或脂肪涂得亮晶晶的。有些只戴着小首饰，有些戴项链，穿黄色和红色的羊皮衣服，有些穿全套袍服，但大多数赤身裸体。全都是被虏获和出售的，也有从河畔土地绑架来的。没有人身上带着库或甘加通人的伤疤，或者磨尖的牙齿。东方的男人不认为这些东西很美丽。手推车背后是男人和孩子，他们又高又瘦，就像信使，下巴底下没有肥肉，全身只有皮肤和肌肉，手臂和腿都很长，许多人非常俊美，肤色比午夜还黑。他们体型像战士，因为大多数是小型战争的失败一方，现在只能遵从输掉战争的战士的命运。他们的脖子和双脚都戴着镣铐，每个男人都和前后的同伴锁在一起。我见到的带武器的人比我想象中少。七个或八个男人带着长剑和匕首，只有两个背着弓箭，还有四个女人带着短剑和短斧。

"等一等。他在开庭审理违法者。"黑豹说，他的微笑让我觉得这是个玩笑。

篷车队的另一侧立着一项巨大的白色帐篷，它有着拱顶和飘拂的下摆，奴隶主坐在帐篷前。一个男人单膝跪在他右边的地上，手持一根细长的烟杆，大腿上是一块叠好的毯子。他右边是另一个男人，和跪着的男人一样不穿上衣，手持金碗和一块布，像是准备为奴隶主擦脸。他背后还有一个男人，手持阳伞为主人遮阴，阴影中的他显得黑乎乎的。另一个男人捧着一碗椰枣，准备喂给主人吃。奴隶主不看我们，而我望着他像王公似的端坐，事实上他多半就是个王公。卡林达出了名的满是王公，但没有领地的王公同样在马拉卡尔滋生，据说是因为克瓦什·达拉吝于施恩。随从把长袍披在他左肩上，右肩裸露在外，一如王公的风俗。另一件白袍在底下伸头探脑，那是用来遮盖他的权球和权杖的。金镯包裹他的手臂，就像两条缠绕在猎物身上的长蛇。肮脏的脚上穿着皮凉鞋，带丝绸帽舌的编织帽盖住他阔脸左右的耳朵，他的面颊太胖了，笑起来会挡住他的眼睛。他依然不看我们。

他面前跪着一男一女，看押他们的两名女护卫从背后踢得他们跪下。男人在哭，女人沉默如石像。女人是个红皮奴隶，不像背后的男人们那么黑，牙齿和眼睛都雪白，没有任何缺陷。非常美丽。她会成为另一名奴隶主的小姜，甚至进入东方某位贵族的后宫，姜室在那里也会拥有自己的宫殿。她是从卢阿拉卢阿拉或者更北的地方被虏获的，鼻梁挺直，嘴唇很薄。男人肤色更黑，亮晶晶的，然而是因为出汗，而不是为了卖个好价钱而搽在奴隶身上的油脂。男人赤身裸体，女人穿着袍服。

"如实告诉我，立刻告诉我，现在就告诉我。"奴隶主说。他的声音比我想象中尖细。像年幼的孩童或衣衫褴褛的女巫。"男人天生要劫掠，客人攻击主人，但你这个男人活在锁链底下。一个ira wewe的人。被能够折断腿骨的沉重镣铐与二十一个男人锁在一起。他们不走，你就不能走；他们不来，你就不能来；他们不坐，你就不能坐，所以请告诉我，你又怎么能够爬上这位未来的贵妇人的大腿呢？"

男人一言不发。我猜他听不懂中土的各种语言。他看上去像是居住在两姊妹河河畔的那种人，头顶上没有君主，身强力壮，但他的强壮来自耕种土地，而不是狩猎或在军队和勇士之间战斗。

女人背后的护卫说是女人找上他的，至少他们背后风传的流言这么说。说她和他睡觉，其他男人保持安静，希望她也能和他们睡觉。她确实和另外一两个睡过，但以这个男人为主。

女人大笑。

"如实告诉我，立刻告诉我，现在就告诉我。我该怎么处理怀着黑种奴隶孩子的红种奴隶？不会有商人想要你，谁也不会要你成为他的妻子和女主人。你比你身上的袍子还不值钱。脱掉衣服。"

护卫从背后抓住女人，扒掉她的袍服。红皮奴隶看着奴隶主，啐口唾沫，放声大笑。

"衣服可以洗干净，穿在另一个人身上。但是你……"

喂他吃椰枣的男人凑到他耳边说了些什么。"你比我病得最重的公牛还不值钱。向你的河流女神祈祷吧，你很快就要见到她了。"

"你最好砍掉我的脑袋，把我烧成灰。"

"你要选择自己的死法？"

"我选择不做你的奴隶。"

我比奴隶主更早看懂她真正的意图。她怀上黑奴的孩子是因为她想这么做。她脸上的笑容说明了一切。她知道奴隶主会杀死她。她宁可去见先祖，也不愿受缚于他人脚下，他人有可能仁慈，有可能残忍，有可能让你拥有许多奴隶，但依然是拥有你的主人。

"跟随东方之光的人们会善待你。你没听说过有个红皮奴隶当上了皇后吗？"

"没有，但我听说有个胖子奴隶主闻上去像牛粪，有朝一日他会被自己的呼吸憋死。以正义与复仇之神的名义，我诅咒你。"

奴隶主变了脸色。"给我宰了这个婊子。"他说。

护卫带走她时她仰天大笑。她消失后我依然能听见她。奴隶主看着男人，说："我如实告诉你，立刻告诉你，现在就告诉你。只有一样东西比毫无瑕疵的女人更能让北方的主人们高兴。毫无瑕疵的阉人。带下去，炮制他。"

两名护卫去抓男人。他无力地号啕大哭，两名护卫各抓住一根锁链，拖着他下去了。

奴隶主这才望向我，就仿佛我是他今天要见的第一个人。他盯着我的眼睛，和其他人一样，我早就不认为这值得一提了。

"你肯定就是那个鼻子很灵的。"他说。

07

他们带走女人，淹死她；带走男人，割掉整个雄性器官。

"你就是带我来看这个的？"我对黑豹说。

"世界并非永远只有黑夜与白昼，追踪者。你还没学会这个道理。"

"奴隶主这东西我该知道的全知道。我告诉过你吗？有一次我诱骗一个奴隶主把自己当奴隶卖掉。他花了三年才说服主人相信他也是个奴隶主，在此之前主人已经割掉了他的舌头。"

"你嗓门太大了。"

"够大就行。"

他的手下在地上铺了许多毯子，层层叠叠，有些毯子无疑来自东方，还有一些的颜色我连名字都叫不出来，你会觉得他贩卖的是地毯，而非人口。他用毯子筑起隔墙，黑色的毯子上绣着红色的花朵和外国语言的文字。帐篷里太暗，始终点着两盏灯。奴隶主坐在一张凳子上，一个男人为他脱鞋，另一个捧来一碗椰枣。他或许确实是王公，至少是个非常富有的人，但他的脚非常臭。打伞的男人想帮他脱帽，却挨了奴隶主一巴掌，这一下并不重，而是像在嬉闹，过于像在嬉闹了。许多个月之前，我就决定不再注意人们的微小动作。打伞的男人转向我们，说："尊贵的阿玛都·卡萨武拉阁下，低地的狮子和人们的主人，将在日落前接见你们。"

黑豹转身要走，但我说："他现在就见我们。"

持伞人的下巴险些掉在地上。捧椰枣的人转过来，像是要说，这下我们有闲话可传了。我觉得他似乎在微笑。这是奴隶主第一次正眼看我们。

"我觉得你不懂我们的语言。"

"我觉得我很懂。"

"尊贵的——"

"尊贵的阁下似乎忘记了怎么和自由人说话。"

"追踪者。"

"黑豹，闭嘴。"

黑豹翻个白眼。卡萨武拉放声大笑。

"我回库里库洛酒馆了。"

"没人能不打招呼就走。"奴隶主说。

我转身离开，就快走到门口了，三名护卫冒了出来，手握尚未出鞘的武器。

"护卫会误以为你是逃跑的奴隶。先解决你，再问问题。"卡萨武拉说。护卫攥紧武器，我从背后拔出两把短斧。

"谁先来？"我问。

卡萨武拉笑得更响了："这就是你说时间冷却了他的热血的那个人？"

黑豹喟然长叹。我知道这是个测试，但我不喜欢被测试。

"我的名字就是我的能力，所以请快点做出决定，不要浪费我的时间。"

另外，我憎恨奴隶主。

"给他拿吃的和喝的来。给科伟西一条生羊腿。一定要是刚宰杀的，还是你要一头活羊自己杀？先生们，请坐。"他说。

持伞人闻言挑起眉毛，抿紧嘴唇。他把一个金杯递给奴隶主，奴隶主又递给我。

"这是——"

"马苏库啤酒。"我说。

"都说你鼻子很灵了。"

我喝了一口。我从没喝过这么好的啤酒。

"你是个有财富和好品位的人。"我说。

奴隶主挥挥手，表示不值一提。他站起身，朝我们点点头，让我们坐着别动。他稍微一动，仆人就忙这忙那，连他都觉得厌烦。他拍了两下手，仆人全都离开了。

"你不想浪费时间，那么我也不浪费时间了。三年前他们带走了那个孩子，一个男孩。他刚开始走路和叫妈妈。有人在一个夜晚带走了他。他们没留下任何线索，也没人索要任何赎金，无论是通过信件、鼓声还是巫术。我知道你此刻在想什么。也许他们在马兰吉卡卖掉了他，一个小男孩会给巫师换来大量金钱。但我的篷车队得到一位桑格马的保护，就像那位死后依然用护佑在束缚你的桑格马。你肯定知道，对吧，追踪者？黑豹认为铁箭会被你弹开，因为它们害怕。"

"回头我有话要跟你说。"我用眼神对黑豹说。

"我们把这个孩子托付给孔谷尔的一位主妇。那天夜里有人割了屋子里所有人的喉咙，只偷走那个孩子。屋子里有十一个人，全都被杀。"

"三年前？这场游戏他们不但遥遥领先，而且很可能已经获胜。"

"这不是什么游戏。"他说。

"老鼠永远不会这么认为，但猫不一样。你还没说完，听上去已经不可能做到了。但你还是说下去吧。"

"谢谢。我们收到报告称几个男人和一个孩子——也许还有一个女人——在魔魅山附近的一家客栈开了个房间。他们挤在一个房间里，因此有一位客人才会记得。我们知道这个消息是因为他们离开后过了一天，其他人找到了客栈老板。听我说——他死得像块石头，肤色惨白，因为身体里的血完全被放掉了。"

"他们杀了他。"

"谁知道呢。但十天后我们又收到了两个消息。四个男人和那个孩子再次出现在向南一直到利什境内的两幢屋子里。他们离开后屋子里的人也全死了。"

"但是从那些山丘到血案地点至少要步行两个月，甚至两个半月。"

"说点我们没想过的。然而杀戮的手段完全相同，所有人都死得像块石头。近一个月后，卢阿拉卢阿拉的居民从茅屋里跑出来不肯回去，说什么有夜魔出没。"

"他和一群杀人狂旅行，但他们没有杀他？他有什么特殊之处？奴隶主的自由民孩子？他是你亲生吗？"

"他对我来说很宝贵。"

"你没有回答我。"我站起身。"你的故事听到这儿，有肉的地方你不肯说，肯说的地方只有骨头。他对你来说宝贵在哪儿？"我问。

"你只是为我做事，有必要知道吗？你说实话。"

"对，没必要。"黑豹说。

"不，有必要。你要找一个三年前失踪的孩子。他有可能在沙海的另一头，有可能早就变成粪便，被血沼的鳄鱼拉出去了，也有可能迷失在姆韦卢。他就算还活着，也不是被偷走的那个孩子了。他有可能住在另一个屋顶下，叫另一个男人爸爸。或者四个男人。"

"我不是他父亲。"

"随你怎么说。也许他现在是个奴隶。"

他在我面前坐下："你就希望我们谈不成对吧。跟我说实话。你存心用语言攻击我。"

"为什么？"

"这儿每个男人都是战争中倒霉的一方。每个女人都会被买去过上更好的生活。说到底，假如他们的生活非常美好，就不会坐上奴隶的大车了。"

"他什么都没说，阿玛都阁下，他就是这个脾气。"黑豹说。

"黑豹，别替他说话。"

"对，黑豹，别替我说话。"

"你曾经当过奴隶不成？"阿玛都阁下说。

"我不用把鼻子插进屎里也知道屎是臭的。"

"有道理。然而你是什么人，我有必要向你证明我过得堂堂正正吗？就算一个妻子被丈夫挖掉了眼睛，你也会去找到她，把她带回家。这个房间里的每个人都有价码，我的好追踪者，而你多半很廉价。"

"你有他的什么东西吗？"

"不，别这么着急。我必须知道这个差使是否让你心动。我们见过面了，一起喝过啤酒，将会做出决定。你该知道这个。我还邀请了另外几个人。八个，或许九个。有些人愿意和你一起做事，有些人不愿意。有些人会想办法先找到他。你还没问过我愿意出多少钱呢。"

"我不需要知道。因为他对你来说那么宝贵。"

黑豹闹了起来。他不知道有些人会自己去找男孩。现在轮到我让他闭嘴了。

"追踪者，这样难道不让你生气吗？"他说。

"生气？我甚至都不吃惊。"

"我们的好朋友黑豹还不明白，人不分黑白，只有深浅不一的灰色。我母亲不是个仁慈的女人，更不是个好女人。但她对我说过，阿玛都，既要向诸神祈祷，也要锁好你的门。男孩被掳走已经三年了。"

"黑豹，你想一想。假如我们找到他，那就是你我平分报酬，而不是九个人。"

奴隶主拍拍巴掌，三个人立刻跑进帐篷，依然做先前那些事情，按摩他的脚，喂他吃椰枣，盯着我看，仿佛我也会变成一只豹子。

"我给你们四个晚上做出决定。这趟旅程不可能轻松。存在一些力量，追踪者。存在一些力量，黑豹。他们在早晨乘风而来，有时在太阳最高之时，巫师光芒炫目的时辰。正如我希望他被找到，无疑也有人希望他被永远藏匿。从未有人向我索要赎金，但我知道他还活着，之后拜物祭司才去询问更古老的诸神，而袖们告诉他确实如此。然而二位要知道，存在一些力量。恶风在炽热的季节刮过城市，带走不属于它们的东西。白昼的劫匪，夜晚的盗贼，我说不清你们会发现什么。我们说得太多了。我给你们四个晚上。假如你们答应，就去盗匪之街尽头的坍塌塔楼那儿见我。知道那个地方吗？"

"知道。"

"日落后去那儿见我，去就表示你们答应了。"

他转过去背对我们。我们和他暂时谈完了。这时我忽然想到他杀死的女人和割成阉人的男人。

"愚蠢的追踪者啊，你当然知道阉人是如何炮制的。那男人必死无疑。"黑豹说。

我知道女房东那儿有个空置的房间，我请她允许黑豹住进去。和她交谈时我一丝不挂，因此她说行啊，没问题，但房租翻倍，否则等你下次出去，回来时就会发现房间已经搬空。可我什么都没有啊，我说。我对黑豹说，要是他变成野兽睡在树上，肯定会有人弯弓搭箭，轻而易举射穿他的胸口，于是他乖乖地住进那个房间。另外，城里的猎物不是属于这个谁谁谁就是那个谁谁谁，因此你不能跑来跑去随便杀死。再另外，要是你实在忍不住杀了别人的羊或鸡，也千万别带回这个房间来。再再另外，就算你真的带回了房间里，也千万别把哪怕一滴血洒在房间里。

黑豹听得很恼火，但他明白这么做有道理。我知道他会在房间里蹿来蹿去，明白他不能吼叫咆哮。他会尝试在窗台上睡觉，但明白自己做不到，他会闻到底下兽栏里的猎物，明白它们皮肤下的血流在加速。于是他领着男孩上楼回房间。第三天，他来到我的房间，笑嘻嘻地搓着肚皮。

"你似乎把一头黑斑羚偷偷运进了房间。"

"安安静静地待着呢。晚些时候我就可以大吃一顿了。"

"整个客栈都知道你的胃口。"

"你大概是妓院里唯一的修女。了不起的野兽，追踪者，了不起的欲望。你今天去哪儿？我该看看你的城市。"

"你已经见过这座城市了。"

"我想通过你的眼睛看，或者你的鼻子闻。我知道这座城市里有东西在等我们。"

我直视他的眼睛："大猫，用你自己的时间去嫖吧。"

"追踪者，谁说咱们不能一起玩了？"

"随你便。去洗洗吧。"

他伸出像小蛇一样长的舌头，舔干净两条胳膊。

"好了，"他说，咧嘴笑笑，"咱们去见谁？欠你钱的人，活该被打断两条腿？咱们一人一条！"

人们说马拉卡尔是盗贼修建的城市。马拉卡尔是群山，而群山就是马拉卡尔。从来没有人征服过这个地方，因为没人敢尝试征服这座城市。光是爬上群山就足以耗尽人和马匹的力气。这儿几乎每个男人都是天生的战士，大部分女人也一样。这里是国王抵挡你们南方马赛金人的最后一个据点，我们就是在此处扭转战局，打得你们南方佬露出娘们本相，落荒而逃溜回家去了。和谈是你们的主意，不是我们的。几乎每座城市都是水平铺展的，唯独马拉卡尔向天空伸展，屋子建在屋子的顶上，塔楼造在塔楼的顶上，有些塔楼又细又高，忘了修建阶梯，你只能通过绳索爬到顶端。塔楼彼此挨得太近，看上去像是坍塌成了一团，靠近第一道城墙南端的塔楼确实如此，不过依然在使用。四道城墙包围城市，每一道都修建在其他几道之内，四个圆环围绕山峰，每一个都在另一个之内拔地而起。四百年前，老马拉卡尔化作废墟后，人们修建了第一道城墙。第四道也是最后一道城墙依然在修建之中。走到它底下，马拉卡尔看着像是四座堡垒，每一座都从底下一座之中冉冉升起，而塔楼叠放在塔楼之上。从鸟儿的角度望去，你会看见巨大的城墙犹如螺线，道路从山峰到平原如蜘蛛腿般伸展而出，城市里有驻扎战士的瞭望塔，有供弓箭手使用的射击口，有住宅和客栈，有作坊和商店，有救济院，有黑街暗巷，死灵法师和盗贼在其中出没，寻找欢乐的男人和提供欢乐的男孩与女人在其中活动。从我们的窗口能看见魔魅山，诸多桑格马的居住之处，但他们住得离我们很远。市民早就学会了圈起空地当院子，养鸡吃肉，修建栏杆阻拦野狗和山区野兽。想去山谷里的贩奴之路和前往海边的黄金与盐之路，最快的办法是沿着山坡向下走。马拉卡尔只出产黄金，买卖任何能被奴役的东西，向过路者收取贡税，因为假如你住在北方，这就是前往海边的唯一通道。

当然了，我说的是九年前。马拉卡尔现在已经和这些都不沾边了。

"我没法告诉你最近待在城里是好是坏，因为国王要来了。"我们出门时我对黑豹说。

他的车队还有两天路程，整个马拉卡尔都在准备庆祝他即位十周年，他是克瓦什·达拉，北方国王，克瓦什·奈图之子，瓦卡迪殊和卡林达的伟大征服者。他之所以要来这座城市庆祝，当然是因为它在拯救他神圣的屁股中扮演了至关重要的角色，否则他现在也没法让仆人擦干净他神圣的屎尿了。然而吟游诗人已经在高唱：赞美国王，是他拯救了群山之城。马拉卡尔的战士甚至都不在他的军队里，他们是雇佣兵，要是马赛金人先拿出合适的价码，他们早就为后者打仗了。不过，管他妈的诸神，总之这座城市会换上最好的衣服，饮酒欢宴。克瓦什·达拉黑金双色的旗帜已经到处都是。连孩子都把脸涂成了金色和黑色。女人把左乳涂成金色，右乳黑色，两边都绘出犀牛的图案。织工赶制衣服，男人穿袍服，女人把脑袋缠成大大的花朵，依然全都是黑色与金色。

"你的城市正在戴上黄金面具。"他说。

"一位长者告诉我，和平只是谣言，我们用不了一年就会和南边重新开始打仗。"

"无论是打仗还是和平，妻子都会想知道是谁操翻了她们的丈夫。"

"黑豹啊，你难得说这么有道理的话。"

我住在城市里，对我来说是件新鲜事。我一向行走在边缘上，总是住在海岸边，总是靠近边境。这么做就不会有人知道我是刚来还是正要走了。我只保留能塞进一个背囊的财产，沙漏翻转一次的时间内就可以离开。然而在这么一个人们总是来来去去的地方，就算你待在永不变动的人群中心，也同样能够消失得无影无踪。对于一个招人恨的人来说，这就再合适不过了。我住的客栈在很西面，第三道城墙的边缘处。人们往往以为住在第三道城墙内的都是有钱人，然而事实并非如此。有钱人大多数住在第二道城墙内。勇士、士兵和过夜的商人待在第四道城墙内，特别是内城四个角上抵御外敌的堡垒里。我之所以告诉你这些，审讯官，是因为你不可能去过那儿，而你们这些人永远也不会去。

我领着黑豹走过时高时低的街道，蜿蜒崎岖的街道通往山巅上的最后一座塔楼。我环顾四周，转过身，发现他看着我。

"他没跟上来。"他说。

"谁？你的小情人？"

"随便你怎么叫他，除了这个。"

"他会跟着你跳进鳄鱼的大嘴。"

"得等肿包消了才行。"我说。

"肿包？"

"昨天夜里企图揉我的肚皮。操他妈的诸神，我他妈死也不肯相信。谁会揉一只猫的肚皮？"

"误以为你是一条狗了。"

"我汪汪叫吗？我闻男人的下体吗？"

"这个嘛……"

"你给我闭嘴。"

我再也憋不住笑声了。

黑豹皱起眉头，随即也大笑。我们向山下走。周围没几个人，出门的人见到我们也立刻逃回家里。我应该以为他们害怕了，然而在马拉卡尔，谁也不会害怕。不，他们知道有事情即将发生，不希望被卷进去。

"黑暗在这条街上走得很快。"黑豹说。

我们来到欠我钱但总是编故事搪塞的那个人的家门口。他请我们进去，请我们喝李子汁和棕榈酒，但我说不要，黑豹说要，我说他的意思是不要，罔顾他瞪我的眼神。男人又开始讲故事，钱如何正在从暗土附近的一座城市送到这儿来，天晓得发生了什么，也许是遇到盗匪了，不过送钱来的是他的亲兄弟，他母亲正在烤甜点心，我能吃多少他就愿意给我多少。这个故事里唯一新鲜的就是他母亲烤的甜点心。

"是我倒霉还是商路现在真的都不如战争期间安全了？"他对我说。

我在考虑该折断他的哪根手指。上次讨债时我威胁他要折断一根手指，要是不这么做，我岂不成了一个言而无信的人？我可不想让这种名声在城市里流传开。然而这时他忽然瞪着我，眼睛睁得那么大，我以为我把这番话说了出来。男人跑进他的房间，拿着一个沉甸甸的装满银币的钱袋回来。我更愿意收金币，每次我出发去寻找前都会这么告诉客户，但这一口袋银币比他欠我的多一倍。

"全拿走。"他说。

"你给多了，我敢确定。"

"全拿走吧。"

"你的兄弟刚从后门进来不成？"

"我家的事不关你事。全给你，快走吧。"

"要是不够，我会——"

"保证足够。快走吧，免得我妻子知道两个肮脏的男人来过她的家里。"

我拿着钱走了，这个男人让我困惑。另一方面，黑豹笑得怎么都停不下来。

"是只有你和诸神知道这个笑话，还是也想让我听一听？"

"欠你钱的人。你那位老兄。他在另一个房间里把屎拉在身上了。"

"真奇怪。我本来要像上次说过的那样折断他一根手指。但他看着我，像是见到了复仇之神的真身。"

"他看的不是你。"

问题刚离开我的嘴巴，答案就钻进了我的脑袋。

"是你……"

"我在你背后开始变身。他吓得当场尿了出来。你没闻到吗？"

"也许他在标领地。"

"你就这么感谢刚帮你填饱钱袋的人？"

"谢谢。"

"说的时候带点感情。"

"别测试我的耐心，大猫。"

他陪我去见一个女人，她想送信给她在阴间的女儿。我说我只会寻找丢失的事物，而她没有丢失。另一个男人要我去找他以前的一个朋友，那个朋友偷了他的钱，现在死了，无论尸体躺在哪儿，底下都压着一袋又一袋的金币。他说，追踪者，我给你第一个口袋里的十枚金币。我说，前两袋金币归我，剩下的全归你，因为你朋友还活着。要是只有三袋怎么办？他说。我说，你应该在你让我闻汗液、尿液和他睡衣上的精液前说这句话。黑豹大笑，说你比两个坎帕拉戏子假装用木阳具互捅还有看头。他几步蹿到我前面去，消失在黑暗中，我这才注意到太阳已经下山。他的眼睛在黑暗中闪烁，就像两盏绿灯。

"你的城市里就没什么乐子吗？"他说。

"你过了这么久才发现？当心点，应该由女人给予的欢愉在这座城市里早就变成了男孩。那儿什么都没有，除了阉人的伤疤。"

"呕，阉人。宁可当个没有肉洞、没有眼睛、没有嘴巴的abuka，也好过一个阉人。我以为一个人当阉人是为了戒除性爱，但真是该死，他们却在每一家妓院里滋生，让每个只想躺下来换换口味的男人兽血沸腾。真希望咱们现在就能找到那个孩子。"

"我知道咱们现在能找到谁。"

"什么？谁？"

"奴隶主。"

"他去海边卖他新到手的奴隶了。"

"他离这儿还不到四百步，而且只带着一名男仆。"

"操他妈的诸神。好吧，你的鼻子果然——"

"别说了。"

我们钻进一条小巷，拿起两个小火把。

他跟着我走过一座茅草屋顶的七层塔楼，然后是一座三层和另一座四层的。我们经过一幢小屋，那里住了个女巫，没人愿意住在女巫的楼上或楼下。三幢大宅，墙上画着富裕人家的格子图案，还有一栋建筑物，用途神秘莫测。我们离开了道路，朝着西北方向而去，来到第四道城墙的边缘处，距北堡垒不远。我是一条草原野狗，见识了太多的肉味，无论是死是活还是被闪电焚烧过。

"这儿。"

我们在一幢四层房屋前停下，它旁边更高的建筑物在月光中投下暗影。它正面没有门，最低的窗户也和三个男人脚踩肩膀摞在一起一样高。靠近屋顶的正中间有一扇窗户，黑洞洞的，但能看见闪烁的火光。我指了指那幢屋子，然后是窗户。

"他就在这儿。"

"追踪者，你有个问题，"他说，指着高处，"我是豹子，而你成了乌鸦？"

"十三个王国有那么多鸟，你却叫我乌鸦？"

"好吧，鸽子，雄鹰——猫头鹰怎么样？你最好赶紧飞起来，因为这屋子没有门。"

"当然有门。"

黑豹使劲瞪我，然后绕到屋后去看了一眼。

"不，没有门。"

"不，是你没有眼睛。"

"哈，你没有眼睛。我看你开口，却听见她的声音。"

"谁？"

"桑格马。你的语气完全和她一样。你的思路也很像她，以为你很聪明。她的巫术还在保护你。"

"就算是巫术，它也没有在保护我。她对我施了某种能够束缚法术的邪法，这是一个企图用钢铁杀死我的巫师说的。我无法在皮肤上或骨头里感觉到它。即便她已经死去，邪法依然留在我身上，因此再次证明了那不是巫术，因为女巫的魔咒会随她一起死去。"

我径直走向墙壁，像是要亲吻它，悄声念出一句咒语，我的声音很低，连黑豹的耳朵都听不见。

"或许这也算巫术。"我说。

我打个寒战，后退一步。喝咖啡豆的汁液时我总有这种感觉——就像皮肤底下的荆棘在向外长，夜晚的力量在搜捕我。我对墙壁悄声说，这幢屋子有门，长着狼眼的我能打开它。我向后退，我的火把没碰到墙，墙就着火了。白色火焰朝着四个直角疾驰，画出一扇门的形状，这个方形被火焰吞噬，噼啪作响，火焰随即熄灭，露出一扇简单的木门，门上连个灼痕都没有。

"住在这儿的人懂得巫术知识。"我说。

灰泥和黏土的阶梯带我们走上一楼。这个房间缺少人的气味，有一道拱门通向黑暗。蓝色月光从窗户照进来。我会潜行，但大猫太安静了，我忍不住扭头张望了两次。

顶上有人在恶狠狠地交谈。上面一层楼有一道上锁的门，但我闻到门里面没有人。楼梯爬到一半，气味飘了下来：灼烧的血肉、晾干的屎尿、兽类与鸟类的尸臭。来到阶梯尽头附近，声音传了下来——低语声、吼叫声，一个男人，一个女人，两个女人，两个男人，一只动物——真希望我的耳朵和鼻子一样灵。房间里亮起蓝光，随后闪烁着熄灭。爬上最后几级台阶必定会被看见或听见，因此我们待在阶梯的半中腰。不过我们依然能看见房间里面，我们看见了是什么在闪烁蓝光。

一个女人，脖子上套着铁环和锁链，头发几乎全白，但在照亮房间的闪烁光芒中显得像是蓝色。她尖叫，使劲拉扯脖子上的铁环，蓝光从她体内迸发而出，沿着她皮肤底下的枝杈游走，你切开一个人的身体就会见到那些枝杈。在她身体里流淌的不是鲜血，而是蓝光。然后她重新变暗。我们只能凭借她的光芒分辨出身穿黑袍的奴隶主、喂他椰枣的男仆和另外一个人，我记得这个人的气味，但不知道具体是谁。

这时另外那个人摸了摸一根棍子，棍子像火把似的冒出火苗。被缚的女人向后跳，一直退到墙边。

拿火把的是个女人。我从没见过她，哪怕在黑暗中也敢肯定，但她闻起来很熟悉，异常熟悉。她比房间里的其他人都高，头发浓密而蓬乱，就像来自沙海之上的一些女人。她用火把指着地面上发臭的半具狗尸。

"给我说实话，"奴隶主说，"你是怎么把一条狗弄进这个房间的？"

被缚的女人从齿缝里嘶嘶威胁。她赤身裸体，肮脏得几近白色。

"靠近点，我跟你说实话。"她说。

奴隶主走近她，她张开双腿，手指分开下体，喷出一股尿，他还没来得及后撤，就浇湿了他的凉鞋。她正要大笑，但他攥紧拳头，指节咔咔作响，一拳打得她的笑声灰飞烟灭。黑豹跳起来，我抓住他的胳膊。她似乎笑了好一会儿，直到高大女人的火把再次照亮她，她的眼睛里充满泪水。她说："你你你你你们全都走。你们全都必须走。立刻走，跑跑跑跑跑因为上父要来了，他乘风而来，你们没听见马蹄声声声吗，

144

他不会亲吻你们的头顶，因为你们这些孩子不洁净，去洗洗洗洗洗洗洗——"

奴隶主点点头，高大女人把火把捅到她面前。她再次向后跳，咆哮吼叫。

"没人来！没人来！没人来！你们是谁？"女人说。

奴隶主上去要揍她。被缚的女人畏缩，遮住脸，恳求奴隶主别再打她了。打她的人太多了，他们每时每刻都在打她，而她只想搂着她的孩子，第一个和第三个和第四个，除了第二个，因为他不喜欢别人抱，连母亲都不行。我始终抓着黑豹的手臂，能感觉到他的肌肉在移动，毛发在我的手指下生长。

"听够这些了。"高大女人说。

"你就是这么让她开口的。"奴隶主说。

"你大概以为她是你的某个妻子。"她说。

黑豹的手臂停止扭动。她穿北方国度的黑袍，长得拖到地面，但贴身裁剪，显示出她很瘦。她俯身凑近被缚的女人，女人依然遮着脸。我看不见，但知道被缚的女人在颤抖。她颤抖时锁链叮当响。

"你本来可以不用过这种日子的。来，给我说说她。"高大女人说。

奴隶主朝喂椰枣的男仆点点头，椰枣男仆清清喉咙，开始讲述。

"这个女人，她的故事，非常奇异和悲伤。此刻是本人在讲述，我将——"

"别演戏，蠢驴。直说就好。"

真希望我能看见他的怒容，可惜他的脸隐藏在黑暗中。

"我们不知道她叫什么，而她的邻居，她吓得他们全逃跑了。"

"不，她没有。是你的主人花钱让他们离开的。别浪费我的时间。"

"你的时间不比耗子摇两下屁股对我来说更重要。"

她愣住了。我看得出没人猜到他会说出这种话。

"他总这么说话？"她对奴隶主说，"奴隶贩子，还是你讲给我听吧，免得我割掉他的舌头。"

椰枣男仆从袖子里拔出匕首，转过来把刀柄递给她。

"咱们练练？刀子给你，你试一试。"他说。

她没有接过匕首。被缚的女人依然缩在角落里捂着脸。黑豹一动不动。高大女人瞪着椰枣男仆，露出奇异的笑容。

"这位老弟，他很会说话嘛。行了，讲你的故事吧。我洗耳恭听。"

"她的邻居，洗衣妇，说她叫努雅。没人认识她或认领她，于是努雅就成了她的名字，然而这么叫她她没反应。除了她，没一个活人能讲当时的事情，而她不肯开口。我们知道的就这些。她和丈夫还有五个孩子住在尼基奇。萨杜克、马克杭、弗拉——"

"长话短说，喂椰枣的。"

高大女人指着他，但眼睛一直盯着被缚的女人。

"一天，太阳过了中午，开始下降，一个孩子敲响她的门。一个男孩，看上去大概五加四岁。"

"我们北方有个专门的数字。我们说他九岁。"高大女人说。

她微笑。椰枣男仆怒目而视，说："一个男孩敲门，咣咣咣咣咣，像是要砸倒那扇门。他们在追我，他们来抓我了，救救这个男孩！他说。救救这个男孩，救救他，他说。救救我！"

被缚的女人甩过来一个眼神。"救救救救救救救这个孩孩孩孩孩孩孩孩孩。"她说。

"小男孩叫了又叫，一个母亲能怎么做？这个母亲自己有四个儿子。她打开门，男孩跑进来。他一头撞在墙上，摔倒在地，但依然停不下来，直到她关上门。是谁在追你？努雅问。你在躲避你的父亲？努雅问。你的母亲？对，母亲有可能严格，父亲有可能残暴，但他的眼神，他眼睛里的恐惧，并非来自责骂或鞭子。她伸手去摸他，他立刻跟跄后退，动作太快，脑袋碰到碗柜的侧面，他跌倒在地。

"男孩不肯点头，男孩不肯开口，他只会哭泣、吃东西和盯着房门。她的四个儿子，马克杭和萨杜克就在其中，他们说，这个奇怪的孩子是谁，母亲，你在哪儿找到他的？男孩不肯和他们玩，于是他们就不管他。他每天除了哭就是吃。努雅的丈夫在盐矿工作，每天天亮才回家。她答应明早给他吃加蜂蜜的黍米粥，他总算不哭了。那天夜里，马克杭在睡觉，萨杜克在睡觉，另外两个男孩在睡觉，连努雅也睡着了，除非她的孩子都在同一个屋顶下，否则努雅肯定睡不着。接下来的事情你可听好了。他们之中有一个人没睡。有一个人从垫子上起来，尽管没人敲门，但他打开了门。那个男孩。男孩打开没人敲的门。男孩开门，他进来了。一个英俊的男人，长脖子，头发有黑有白。黑夜遮住他的眼睛。厚嘴唇，方下巴，白皮肤，白得像瓷土。他太高了，房间容不下他。他用黑白双色的披风裹着身体。男孩指着屋子深处的房间。英俊男人先去男孩睡觉的房间，从第一个儿子杀到第三个，鲜血浇湿了地板。小男孩看着。英俊男人掐住母亲的喉咙，唤醒她。他把母亲举过头顶。男孩看着。他把母亲摔在地上，她疼得没法动弹，她哭泣、喊叫、呛咳，但没人听见。她看着他把第四个儿子带出来，她最小的儿子，小睡鼠，抬起他睡得迷迷糊糊的脑袋。母亲想喊不，不，不，但英俊男人大笑，割了他的喉咙。她尖叫，不停地叫，他扔下第四个儿子，走向母亲。男孩看着。

"太阳爬得很高了，父亲才回到家。他回到家，又累又饿，知道太阳下山前他还要再出门。他放下锄头，放下长矛，脱掉罩衫，没解缠腰布。我的吃食呢，女人？他说。午餐应该摆在桌上，还有早餐。母亲走出房间。母亲赤身裸体。头发蓬乱。房间的空气感觉湿漉漉的，父亲说闻着像是要下雨了。他听见她从背后走近，想知道早餐在哪儿，孩子们又在哪儿。她就在他背后。房间忽然变暗，房间里电光闪烁，他问，暴风雨来了？亮得像阳光似的。他转过身，浑身电光闪烁的是他妻子，就像她现在这样。他低头，看见第四个儿子死在地上。她丈夫向后跳，抬起头，她用双手抓住他脑袋，折断了他的脖子。她身体里的闪电慢慢熄

147

灭，脑袋恢复正常，她在屋子里找了一圈，发现所有人都死了，四个儿子和丈夫，她忘记了男孩和英俊男人，因为他们早已离开。只剩下她和尸体，她以为是她杀死了他们，没人能证明事实上不是，闪电在她脑袋里作祟，她发疯了。她杀了两个男人，弄断了另一个的双腿，这才被抓住。他们把她锁进地牢，因为她杀了七个人，尽管没人相信她能折断一个能单独在田地里劳作的壮汉的脖子。在牢房里，每次她想起来事实上发生了什么就企图自杀，因为她宁可相信是她杀了他们，也不愿意相信是她放进家门的小男孩干的。但绝大多数时候她并不记得，只会像猎豹落入陷阱似的嘶喊。"

"真是个漫长的故事，"高大女人说，"那个男人是谁？"

"哪个？"

"高大的白肤男人。他是谁？"

"没有一个吟游诗人记得他的名字。"

"他在她身体里留下了什么魔法，为什么会发生这种事？"

女人的身体又开始发光。每当这种时候她就会颤抖，像是身体在抽风。

"没人知道。"椰枣男仆说。

"有人知道，但不是你。"

她望向奴隶主。

"你是怎么把她弄出监狱的？"她问。

"并不困难，"奴隶主说，"他们早就想处理掉她了。连男人见到她都害怕。每天只要她醒来，就会说主人去东面或西面或南面了，然后朝那个方向跑，直挺挺地撞在墙上或铁门上，两次磕掉了牙齿。然后她会想起她的家人，又开始发疯。我说我会把她卖给一位贵妇，他们就把她卖给了我，只收我一枚金币。我把她关在这儿，等待她能派上用场的那一天。"

"用场？你就站在她的屎尿里，还有她吃的死狗长出的蛆虫。"

"你完全不明白。那个白肤人。他没杀她，无论他做什么，都是对其他人做的。这些土地上有很多她这样的女人在到处乱跑，还有很多男人。甚至一些孩童，我听说还有个阉人。他夺走那些女人的一切，让她们一无所有，但一无所有对任何一个女人来说都巨大得难以承受，因此她搜索、乱跑和寻觅。看看她。即便到了现在，她依然想去找他，想待在他身旁，除此之外什么都不想要，她会允许他吃了她，永远不会放他离开。她永远不会停止跟随。他现在是她的鸦片了。你看看她。"

"我在看。"

"假如他向南方移动，她就会跑向南方的那扇窗户。假如他换到西方，她也会跟着改变方向奔跑，直到脖子上的锁链把她拽回去。"

"他是谁？"

"就是他。"

"你这个故事的獠牙越来越长了。那个男孩呢？"

"男孩怎么了？"

"尊敬的阁下，你知道我在问什么。"

奴隶主一言不发。高大女人再次望向被缚的女人，后者从肮脏的手臂中抬起头。高大女人仿佛在对她微笑。被缚的女人朝她的脸啐了一口。高大女人一巴掌扇在她脸上，这一下又狠又快，打得被缚女人的脑袋撞在墙上。锁链吱嘎作响，随后叮当碰撞，因为它先被拉直，随后松弛下去。

"假如这个故事有翅膀，这会儿早就飞到东方去了，"她说，"你想追寻一个失踪男孩的足迹？先从法西西那些强奸孩童的老者开始。"

"我要你去追踪这个男孩，这个女人见到的白肤男人的同伙。就是他。"

"母亲用来吓唬孩子的古老传说。"高大女人说。

"告诉我实话——你为什么怀疑？你从未见过她这样的女人？"

"我甚至杀过几个。"

"从尼基奇一直到紫城，人们都在说见过一个皮肤白如黏土的男人带着一个男孩。其他地方的人也一样。有很多人声称见过他们走进城市的大门，但没人目睹过他们离开，"椰枣男仆说，"我们曾——"

"没有意义。话来自一个失去了她的小睡鼠的疯女人。时间很晚了。"高大女人说。

我抓住黑豹的手，他的胳膊依然毛茸茸的，他依然即将变形，我朝底下一层楼摆摆头。我们蹑手蹑脚地下去，躲在空房间的黑暗中向外看。我们看着高大女人下台阶。她走到一半停下脚步，望向我们的方向，黑暗如此浓重，但你依然能感觉到她的视线落在你的皮肤上。

"明天告诉你我们的决定。"她对另外两个人说。

门在她背后关上。奴隶主和椰枣男仆很快也走了。

"咱们该走了。"我说。

黑豹转身想上楼。

"大猫！"

我抓住他的手。

"我要释放那个可怜的女人。"

"闪电在身体里游走的那个女人？吃狗尸体的那个女人？"

"她不是动物。"

"操他妈的诸神，大猫，这会儿你想吵架？别动这个念头。明天见到奴隶主的时候问他这个女人的事情。另外，仅仅一晚之前你对女人戴镣铐还没什么意见呢。"

"不一样。那些是奴隶。这个是囚徒。"

"所有奴隶都是囚徒。咱们走。"

"我要释放她，你不能阻止我。"

"我才不阻止你。"

"谁在叫喊？"她说。

女人听见了我们。

"会是我的孩子们吗？我可爱的孩子们在闹腾？你们离开得太久了，我还没做黍米粥呢。"

黑豹上了一级台阶，我又抓住他的手。他推开我。女人看见他，跑回她的角落。

"平静。平静与你同在。平静。"黑豹一遍又一遍说。

女人扑向他，然后扑向我，然后又扑向他，锁链勒得她难以呼吸。我待在远处，不希望她认为我们两个人在包围她。她又捂住脸，开始哭泣。

黑豹转过身，望向我。他的脸几乎消失在黑暗中，但我看见他挑起眉毛，在恳求我。他感受到的太多了。他一向如此。然而平时全都是肉欲。加速的心跳，色欲的肿胀，顺着脖子流淌的汗水。我们跨过几块石头，爬上最后几级台阶。

"黑豹，她没法照顾自己。让——"

"他们要我的孩子。每个人都夺走我的孩子。"她说。

黑豹走下几级台阶，拿着一块松脱的砖头回来。他走到墙边她够不到的地方，用砖头砸砌在灰泥里的锁链的尽头。刚开始她企图逃跑，但他用"嘘——"的一声安慰她。黑豹使劲砸锁链，她望向别处。锁链铿锵作响，不肯断裂，但墙没那么结实，灰泥渐渐开裂，最终黑豹拔出了销子。

铁链落在地上。我在黑暗中看见她起身，听见她拖着脚行走。她停止颤抖，抬起头，黑豹就站在她面前。她含泪的眼睛里泛起点点微光。黑豹向她脖子上的铁环伸出手，她吓得退缩，但他指着墙上的裂缝摆摆头。她没有点头，只是垂下脑袋。我看见了黑豹的眼睛，片刻之前房间里还很暗，我无法看见它们。他眼睛里闪烁的光线来自她。

电光从她的头部点亮，顺着四肢向下蔓延。黑豹向后跳，但她抓住他的脖子，举起他，把他摔在墙上。她的眼睛变成蓝色，她的眼睛变成白色，她的眼睛像闪电似的噼啪炸裂。我跑向她，像蛮牛在冲锋。她一脚踢在我胸口，我向后飞出去，磕到了脑袋；黑豹在我身旁翻过身来。她抓住黑豹的肘弯把他甩出去，他飞向房间对面的墙壁。她释放闪电，灼烧空气。她抓住黑豹的左腿，把他拽回来，拧他的脚踝，他疼得惨叫。他企图变形，但做不到。闪电流过她的全身，从她的孔窍冒出来，让她惨叫和尖啸。她踢黑豹，反复地踢，我跳起来，她盯着我。然后她忽然望向别处，像是有人在喊她。然后她又望向我，然后再次转开。黑豹，我了解他，我知道他会生气，黑豹扑向她，从背后扑倒她，但她翻个身，一脚踹开黑豹。女人跳起来，蓝色电光像雷暴似的在她身体里闪耀。她想冲向我，但黑豹抓住锁链使劲一拽，她又摔倒在地。她翻个身，跳起来，扑向黑豹。女人再次尖叫，举起双手，但就在这时，一支箭插在了她肩膀上。我以为她会喊得更响亮，但她没有发出声音。黑豹的小跟班弗米利站在我背后。他又射出一箭，几乎插在她肩膀上中箭的同一个地方，她号叫起来。闪电流遍她全身，整个房间被照成蓝色。她朝弗米利号叫，但男孩又抽出一支箭，顺着箭杆望向她。他能瞄准她的心脏，而且不会射偏。她向后退，像是知道这个事实。闪电女人跳向窗户，没有成功，她抓住窗台，指甲抠进墙壁，把身体拽上去，几拳捶开栏杆，跳出窗口。

黑豹跑过弗米利和我，冲下阶梯。

"他教过你怎么——"

"没有。"弗米利说，跟着黑豹跑了。

我跑到外面，黑豹和弗米利已经领先我许多步了，他们跑进一条狭窄的小巷，左右两侧没有一扇窗户透出灯光。我追上他们的时候，他们放慢步伐在走。

"你找到她了吗？用你的鼻子？找到她了吗？"黑豹说。

"不是这个方向。"我说，拐进一条向南延伸的小巷。这条街盛产乞丐，他们躺满了地面，我们踩在几个人身上，他们喊叫和咒骂。她像个疯子似的狂奔，我能从她的踪迹中闻到。我们向右拐，跑进另一条小巷，这条满地坑洞，积着臭水，一名卫兵躺在地上颤抖，口吐白沫。我们很清楚这是她干的，因此我们谁也没说出口。我们跟着她的气味走。她在我们前方奔跑，掀翻平板车，撞倒昏昏欲睡的骡子。

"这条路。"我说。

我们在一个路口追上她，右边的路拐回城区，左边的路通向北大门。城门口拿木棍或长矛的哨兵不可能挡住她。我从未见过没有得到恶魔帮助的活人能跑这么快。两个拿盾牌和长矛的哨兵看见她，迈步上前，把长矛举过头顶。两人还没来得及投矛，她就高高跃起，像是跑上了空气的台阶，重重地撞在城墙上。她在坠落前把手指插进灰泥，几下就爬到了城墙顶上，在其他卫兵有机会抓住她之前跳了下去。两个哨兵举着长矛，准备投向尾随而至的我们。

"好人，我们不是马拉卡尔的敌人。"我说。

"但也不是朋友。还有谁会在午夜时分来烦扰我们？"第一个哨兵说，他比较高大，比较胖，铁甲已经不再闪闪发亮。

"你也看见她了，别否认。"黑豹说。

"我们什么都没看见。我们只看见三个巫师在行夜晚的魔法。"

"你们必须放我们过去。"我说。

"我们必须个屁。快滚，免得我们送你们去你们不会喜欢的地方。"另一个哨兵说，他比较矮，比较瘦。

"我们不是巫师。"我说。

"猎物都睡觉了。你们就饿着吧。或者去找点能让男人晚上不睡觉的乐子。"

"你难道要否认你们刚刚看见的东西？"

"我什么都没看见。"

"你什么都没看见。操他妈——"

我打断黑豹的话头。"我们无所谓，卫兵。你们什么都没看见。"

我从胳膊上摘下一个镯子扔给他。上面的图案是彼此衔尾的三条蛇，马拉卡尔酋长的标记，镯子是他送给我的礼物，因为我帮他找到了某件连诸神都说已经遗失的东西。

"我侍奉你们的酋长，但那算不了什么。我有两把短斧，他有弓箭，但也算不了什么。也没有任何东西从两个男人面前跑过，他们没有像小孩子似的看着那东西跳过城墙，就像城墙只是一块堤石。打开门锁，让我们三个出去，我们会确保你们没看见的那东西再也不会回来。"

这是北城墙。外面全是岩石，离峭壁只有两百步，这一段悬崖最为陡峭。她在一百步之外，向左跑几步，然后向右，然后又向左。她似乎在闻什么气味。随后她趴在地上闻石块。

"努雅！"黑豹喊道。

她转过身，像是一个人听见了异响，她知道那声音不是自己弄出来的，她又开始奔跑。她奔跑时，闪电在她体内炸裂，她随之惨叫。弗米利边跑边拿起弓箭，但黑豹咆哮了一声。我们沿着悬崖跑向它的顶端。我们离她越来越近，尽管她比我们快得多，但她无法跑直线。她跑到悬崖边，毫不犹豫地跳了出去。

三年前男孩化作空气。走向坍塌塔楼的路上，我思考一个人在三年间能改变多少。十六岁的孩子与他十三岁的时候有着天壤之别，说是两个不同的人都行。我见过许多这样的例子。一个母亲总是在哭泣和寻找，给我金币，请我找一个被偷走的孩子。找到被偷走的孩子，这从来不是什么问题，这是天底下最容易的事情。问题在于孩子已经完全不是被偷走时的那个孩子了。他对偷走他的人往往有着深厚的感情，对母亲却连好奇心都没有。母亲接回了那个孩子，但他的床依然是空的。绑架者失去了孩子，但继续活在孩子的渴望中。一个丢失后被找到的孩子亲口说过：没人能改变事实，我爱选择了我的那位母亲，没有任何东西能让我爱我仅仅从她身体里掉出来的那个女人。世界很奇怪，而人们一直在把它变得越来越奇怪。

我和黑豹都只字不提那个女人。那天夜里我只说了一句话："感谢一下那个孩子。"

"什么？"

"谢谢他。谢谢男孩，因为他救了你的命。"

我走回城门。我知道黑豹做不到，就自己在经过男孩时对他说了声谢谢。

"我那么做不是为了你。"他说。

行吧。

此刻我们走向坍塌的塔楼。我们一起走，但不交谈。黑豹领头，我殿后，男孩在我们之间，拿着黑豹的弓和箭袋。我们没有谈过，因此没有达成一致意见，我还有一半心思打算拒绝。因为黑豹在这件事上没说实话，你在战争中落败、出身卑贱或天生为奴是一码事，而把一个女人锁起来当囚徒是另一码事，哪怕她明显被某种闪电恶魔占据了身体。我们没有谈那个女人，我们什么都没谈。而我想扇男孩的耳光，因为他挡在我前面。

坍塌的塔楼位于第一道城墙之南。这些街道、这些小径、这些巷弄都空无一人，仿佛他们都知道国王即将到来。我在马拉卡尔待的这几年里，从未踏上过这条街道。我没找到过理由要去古老的塔楼、越过山巅、前往阳光普照之地以下。或者以上，因为山坡刚开始非常陡峭，铺黏土的街道变成狭窄的小巷，继而成为阶梯。越过山巅，道路又变得陡峭，我们经过废弃已久的房屋的窗户。小巷左右两侧的另外两条小巷似乎存在邪恶的活动，因为墙上满是符号和图画，描绘形形色色的兽类做形形色色的淫邪勾当。即便在向下走，我们依然位于高处，能看见整座城市和城市外的平原。我听说过这座城市最早的修建者——当时这里还不是一座城市，而他们不完全是人类，仅仅想修建足够高的塔楼，返回天国，在诸神的领地挑起战争。

"我们到了。"黑豹说。

坍塌的塔楼。

这几个字本身就不够确切。因为它尚未坍塌，而是四百年间一直在坍塌。按照老人家们说的，当初双塔是与马拉卡尔其余地方分开修建的。建筑师从某一天出了差错，他们把塔建在下山而非上山的路上。双塔，一座粗大，一座细长，建造用途是关押奴隶，等待船只从东方来带走他们。细长的一座将是所有土地上最高的塔楼，有人说它高得能看见南方王国的地平线。两座塔楼都有八层，但高的一座要直插天空，仿佛为巨人准备的灯塔。有人说首席建筑师得到了天启，也有人说他是个疯子，喜欢和鸡睡觉，然后剁掉它们的脑袋。

所有人见到的却是这个。经过四年的修建，奴隶死于灾祸、钢铁和烈火，他们放下最后一块石头的那天，举办了一场庆祝仪式。统治要塞的军阀——当时的马拉卡尔仅仅是个要塞——带着妻子来了。在场的还有莫凯王子，国王克瓦什·莱昂戈的长子。和鸡睡觉的首席建筑师即将把鸡血洒在基石上，以此求得诸神的祝福，就在这时，细长的高塔开始摇晃和开裂，喷出灰土和摆动。它前后摇摆，东西晃动，摆动的幅度太大，甩飞了未完工的屋顶上的两个奴隶。细长的高塔倾斜、倒下，甚至从中弯曲，直到撞上粗短的塔楼，就像一对情人扑进彼此怀中拼命亲吻。这个吻惊天动地，轰然巨响仿佛雷声。矮塔像是要坍塌，但一直没有倒下。双塔就这么纠缠变成一座塔，但既没有塌，也没有倒。十年后，人们发现两座塔楼都不会倒下，甚至开始搬进去居住。它成为款待疲惫旅人的客栈，后来成为奴隶主和奴隶歇脚的堡垒，后来细塔的三个楼层塌了，于是荒弃至今。这些事情无法解释奴隶主为什么要选择那儿见面。最顶上的三层楼，许多台阶已经损坏。男孩留在外面。几层楼之下传来隆隆的声响，就像地基即将散架。

"这座塔最后会带着咱们一起倒下去。"我说。

我们爬上一层楼，我从未见过这么一个地方，周围的花纹仿佛肯特织布[1]，由黑白圆圈和箭头组成，尽管一动不动，看上去却像在旋转。我们前方是一个没有门的门洞。

"三只眼睛，似乎在黑暗中发光。黑豹和半狼。所以你的鼻子才那么灵？你像大猫一样喜欢鲜血？"奴隶主问。

"不。"

"进来谈谈吧。"奴隶主说。

1　肯特织布：Kente，非洲阿坎人的传统织物，有方形的交错图案，色彩艳丽。

我正要对黑豹说些话，但他改变形态，四足着地跑了进去。房间里，火把将光线投向白色天花板和深蓝色墙壁。这儿看着像是夜间的河流。地上放着软垫，但没人坐在上面。一个老女人盘腿坐在地上，棕色的皮衣看着闻着都像牛皮。她脑袋最顶上的白发编成长辫，其余头发全都剃光。和唇盘一样大的银耳环挂在耳朵上，用肩膀托着。她脖子上有好几个项链，是用红、黄、白、黑色的珠子穿成的。她嘴巴在动，但没有发出声音；她不看我也不看大猫，大猫绕着房间踱步，像是在找食物。

"我的斑点野兽，"奴隶主说，"在里屋。"

黑豹跑出房间。

我认出了椰枣男仆。他站在主人身旁，时刻准备填满主人的嘴。房间里还有一个男人，他太高了，要不是他把重心换到左腿，我会以为他是撑起天花板的柱子，只是雕刻成了人形。他使劲跺跺脚，塔楼大概就会终于坍塌。他皮肤黝黑，但不如我黑，更像尚未风干的泥巴。尽管光线昏暗，但他的衣服依然闪闪发亮。我看见他额头有美丽的点状疤痕，排成一条线顺着鼻梁蜿蜒而下，扩展到左右面颊。他没穿罩衣或长袍，赤裸的胸口挂着许多条项链。他腰间缠着似乎是紫色的筒裙，左右耳朵各挂一颗野猪獠牙。他没穿凉鞋或皮鞋或靴子，不会有人为他这个尺码的大脚制作鞋子。

"从没在这么西面的地方见过奥格。"我说。他点点头，我至少知道他是个奥格，来自山区的巨人。但他一言不发。

"我们叫他萨多格。"奴隶主说。

奥格一言不发。他对飞向房间中央那盏灯的蛾子更感兴趣。每次他一迈步，地板就会颤动。

那天夜里见过的高大瘦削的女人坐在角落里的凳子上，身旁是一扇紧闭的窗户。她的头发依然蓬乱，就好像没有母亲或男人曾叫她把头发梳理整齐。她依然身穿黑袍，脖子上有个白圈，向下延伸到双乳之间。她手里放着一碗李子。她似乎随时都会打哈欠。她望向我，对奴隶主说："你没告诉过我他是个河畔人。"

"我在朱巴城长大，不在任何一条河流。"我说。

"你有库族的特征。"

"我来自朱巴。"

"你穿得像个库族人。"

"这是我在这儿找到的布料。"

"像库族人一样偷窃。你甚至带着他们的气味。我都要觉得我在穿过沼泽了。"

"按你对我们的了解，也许是沼泽穿过了你。"我说。

奴隶主大笑。她狠狠地咬着李子。

"你是库族人吗，还是想成为他们？说个睿智的河畔谚语吧，比方说踩着大象脚印走的人永远不会被露水打湿。好让我们夸耀说河畔小子连拉屎都能拉出智慧来。"

"我们的智慧对蠢人来说过于愚蠢。"

"有道理。换了我是你，带着那东西肯定不敢这么放肆。"她说，开始吃另一个李子。

"我的脑子？"我问。

"你的气味。"

她起身走向我。

她很高，比大多数男人高，甚至比大草原上跳向天空的狮皮流浪者高。她的衣服拖到地面铺开，因此她像是在地面上滑行。另外，她非常美丽。黝黑的皮肤，毫无瑕疵，散发着乳木果油的芬芳。嘴唇的颜色更暗，像是小时候被喂过烟草，眼窝很深，几乎全黑。一张果决坚毅的脸，像是用石头雕刻出来的，但光滑得仿佛出自大师之手。蓬乱的头发朝着四面八方勃发，似乎想逃离她的脑袋。乳木果油的芬芳，我已经说过了，但还有另一种气味，那天夜里我就闻到过，但它在我面前隐匿了身份。那是我认识的某种东西。不知道黑豹去哪儿了。

椰枣男仆递给奴隶主一根权杖。他用权杖顿地，我们抬起头。好吧，除了奥格，他没必要抬起头去看奴隶主。黑豹回来了，散发羊肉的气味。

奴隶主说："我跟你们说实话，我跟你们说明白。三年前一个孩子被偷走，一个男孩。他刚开始走路，顶多只会叫妈妈。半夜从他就在这儿的家里被偷走。没人留下任何线索，没人传话来索要赎金，没有通过信件，没有通过鼓声，甚至没有通过巫术。也许他被卖给了秘巫市场，一个小男孩能给巫师换来许多金钱。这个孩子和他姨妈住在孔谷尔城。一天夜里孩子被偷走，姨妈的丈夫被割了喉咙。她全家的十一个孩子统统被杀。我们天亮后出发去那幢屋子。我为会骑马的人准备了马匹，但你们必须绕过白湖和暗土，穿过米图。等你们抵达孔谷尔——"

"你为什么觉得这幢屋子很重要？"黑豹说。

我没看见他变身，此刻他坐在老妇人不远处的地上，老妇人依然不说话，但睁开了眼睛，左看看右看看，然后又闭上眼睛。她在空中挥动双手，就像老年男人在河畔摆姿势。

"他们在这幢屋子最后一次见到那个男孩。你们不想从起点开始征程吗？"奴隶主说。

"那应该从男孩出生的屋子开始才对。"我说。

"最后一次见到男孩的'他们'是谁？你从事的行当是奴役丢失的孩子，而不是找到他们。"黑豹说。真是有意思，他填饱了肚子居然会这么质问雇主。

奴隶主大笑。我盯着他，希望我的视线能替我开口：你到底在玩什么把戏？

"他是谁，他是你的什么人？"黑豹问。

"那个男孩？他父亲是我已经死去的朋友。"奴隶主说。

"男孩多半也遭受了同样的命运。你为什么非要找到他不可？"

"我的理由属于我自己，黑豹。我花钱请你找到他，不是盘问我。"

黑豹站起身。我认识他脸上的表情。

"那位姨妈是谁？为什么男孩和她在一起，不在母亲身边？"

"我正要告诉你们。他母亲和父亲死了，死于河流疫病。长者说父亲在错误的河里打鱼，取走了供河神享用的鱼，在水下游动和守护的比辛比仙灵就用疾病惩罚他。他把病传给男孩的母亲。父亲是我的老朋友和生意伙伴。他的财产由男孩继承。"

"像你一样有钱的奴隶主需要自己打鱼？"我说。

奴隶主一时语塞。我说："阿玛都大人，你知道谎话怎么说比较可信吗？我知道怎么说会不可信。人们说假话的时候，应该清楚的地方往往含糊，应该含糊的地方往往清楚。某些地方听上去有可能是真的，但往往就是假的。你刚刚说的那些话，你以前都说过不一样的内容。"

"真相不会改变。"他说。

"一个人说两遍同样的事情，真相都会改变。我相信确实有个男孩。我相信有个男孩失踪了，他失踪了好几年，有可能已经死了。但四天前你说男孩和一个主妇住在一起。今天你说是姨妈。等我们到了孔谷尔，说不定会是一只被阉割的猴子。"

"追踪者。"黑豹说。

"你别管。"

"让他说完。"

"好，好，非常好，很好。"奴隶主说，举起手。

"但你别撒谎了，"黑豹说，"你一撒谎他就能闻出来。"

"三年前一个孩子被抢走了。一个男孩，他刚开始走路，顶多只会叫爸爸。"

"对孩子来说有点迟了，甚至是个男孩。"我说。

"我跟你们说实话，我跟你们说明白。半夜从他就在这儿的家里被偷走。没人留下任何线索，没人传话来索要赎金。也许——"

我从背后抽出两把短斧。黑豹眼睛变白，唇须变长。高大女人站起身，走向奴隶主。

"你听见他说的了？"我问黑豹。

"听见了。同一个故事，几乎一个字都不变。几乎。但他忘词了。操他妈的诸神，奴隶主，你排练过，但依然忘词了。你要么特别不会撒谎，要么在重复一套差劲的谎言。假如这是一场伏击，我会在他把你脑袋劈成两半前撕开你的喉咙。"黑豹说。

黑豹和我肩并肩站立。奥格在房间一侧看着我和黑豹，奴隶主和高大女人在另一侧，他一动不动，眼睛藏在蓬乱如树丛的眉毛底下。老妇人睁开眼睛。

"这个房间太小，容不下这么多傻瓜。"她说，坐在垫子上一动不动。

她肯定是个女巫。她有女巫的风貌和气味——柠檬草和鱼、少女的经血、不洗手臂和腿脚的体臭。

"他是信使，只是个信使。"她说。

"第一次说的时候，他带的信是一头猪。这次是一头羊。"我说。

"桑格马。"老妇人说。

"什么？"

"你用谜语打比方，就像一个桑格马。你和桑格马住在一起？谁教你的？"

"我不知道她的名字，她没有教我任何东西。那位桑格马来自魔魅山。她拯救敏吉孩童。"

"她也给了你那只眼睛。"她说。

"我的眼睛不关你的事。这是针对我们的什么阴谋吗？"我问。

"你们什么都不是。为什么有人要策划阴谋针对你们？"老妇人说，"你们到底想不想帮忙找那个男孩？直截了当回答问题，否则也许……"

"也许什么？"

"也许女人依然是男人的一部分。没人给你行过割礼。难怪你这么反复无常。"

"那我岂不是就像你们，你这是在夸奖你们自己吗？"

她微笑。她乐在其中。那股气味又出现了，这次更加强烈，也许是因为房间里的紧张气氛，但同时也与此无关。我无法形容，但我认识它。不，那股气味认识我。

"掳走男孩的那些男人，你对他们有什么了解？"我问。

"你为什么会认为他们是男人？"高大女人说。

"你叫什么？"

"恩萨卡·奈·瓦姆皮。"

"恩萨卡。"我说。

"恩萨卡·奈·瓦姆皮。"

"随你便。"

"我跟你们说实话，我们什么都不知道，"她说，"他们在夜晚到来。几个人，也许四个，也许五个，也许六个，但他们相貌奇特而可怕。我认识字——"

"我也认识。"

"那就去孔谷尔的历史殿堂自己查吧。没人见到他们进来。没人见到他们离开。"

"就没人叫喊吗？"黑豹说，"房子没有窗户和门？"

"邻居什么都没看见。女人的黍米粥和面饼卖得很贵，就算她家传出了怪声音，他们凭什么要仔细去听？"

"孔谷尔有那么多孩子，为什么偏偏选这个？"我问，"说真的，孔谷尔热衷于培育勇士，想找个女孩反而比较困难。孔谷尔的一个男孩和其他男孩没什么区别。为什么选他？"

"到孔谷尔之前，我们只能说这么多了。"奴隶主说。

"还不够。连一半都不够。"

"奴隶主说完了他的话，"恩萨卡·奈·瓦姆皮说，"你们有两个选择，答应或者不答应，快点决定吧。我们天亮就骑马出发。就算骑最快的马，去孔谷尔也要走十二天。"

"追踪者，咱们走吧。"黑豹说。

他转身离开。我望着奥格望着他从身旁走过。

"等一等。"我说。

"怎么了？"

"你还没画完你的符咒吗？"

"什么？追踪者，说明白点。"

"没说你，我说她。"

我指着依然坐在地上的老妇人。她看着我，面无表情。

"自从我们走进房间，你就在画秘符了。凭空书写，这样房间里的人都不会知道。但它们就在这儿，围绕着你。"

老妇人微笑。

"追踪者？"黑豹悄声说。我知道他什么都不明白的时候会如何反应。他会变形，准备战斗。

"老太婆是个女巫。"我说，黑豹背后的毛发开始疯长。我抚摸他的后脖颈，他没有继续变化。

"你书写秘符不是为了引什么人进来，就是为了拦住什么人。"我说。

我向前走，环顾四周。

"现身吧，"我说，"从我走进这个房间，这里就弥漫着你的恶臭。"

门口，液体顺着墙壁流淌，在地上蓄成一摊。黑色、闪亮，仿佛油脂，缓缓扩散，就像鲜血。它类似硫黄的气味，充满了房间。"看。"我对黑豹说，从腰间拔出匕首。我抓住刀尖，把匕首投向那摊液体，液体唰的一声就吞掉了匕首。再一眨眼，匕首从液体里射出来。黑豹在它插进我左眼前的一瞬间抓住匕首。

"恶魔的行径。"他说。

"我见过这个恶魔。"我说。

黑豹望着那摊液体移动。我想看看其他人的反应。奥格俯身，但依然比其他人高。他继续弯下腰。他从没见过这样的东西。老妇人不再凭空书写秘符。她早知道事情会这样。恩萨卡·奈·瓦姆皮站得笔直，向后退去，缓缓迈出一步，然后又一步。她停下了，但某种因素促使她继续后退。她为了此事来到这里，但等待的恐怕不是这个。有些怪物能自己走进大门。有些怪物必须从地底下被唤醒，有些则是从天上招来的，就像精怪。奴隶主转开视线。

而这摊液体——它停止扩散，重新收缩，凝成一团，开始抬升，就像看不见的手在揉面团。闪亮的黑色面团抬升、扭曲、聚集、扩散，同时变得越来越高和越来越宽。它自行扭曲，中段变得极细，像是要折断成两截。它继续增长。细小的团块像水滴似的弹出去，然后飞回去融入大团物质。黑豹低吼，但没动。奴隶主依然不肯看。黑色物质低声说着什么我不懂的话，但不是对我说，而是对空气。黑色物质顶端浮现出一张脸，随即把它吸回去。脸在它的中段重新浮现，再次消失。黑色物质顶端长出两根枝杈，化作肢体。它的底部裂开，扭曲，变成双腿和脚趾。它塑造自己，雕刻自己，幻化出宽阔的臀部、丰满的胸部、善跑者的大腿、投枪手的肩膀、没有毛发的头颅和明亮的白色眼睛，她微笑时，露出耀眼的白色牙齿。她似乎在嘶嘶发声。她走动时留下黑色的液珠，但它们跟随她的脚步。她的头部也散发出一些液珠，它们同样跟随着她。事实上，她像是在水下行走，就仿佛我们的空气是她的水，她的一举一动都是舞蹈。她抓起奴隶主身旁的斗篷，披在自己身上。奴隶主依然不看她。

"黑豹，火把，"我说，"那儿的那个火把。"

我指着墙壁。黑色女人望着黑豹，微微一笑。

"我不是你以为的那个人。"她说。她的声音很清晰，但消散在空气中。她不愿提高嗓门，让我们听得更清楚。

"我认为你就是我认为的那个人。"我说。我接过黑豹手里的火把。"我猜你和火焰之间的仇怨就有应该的那么多。"

"追踪者，她是谁？"黑豹问。

"狼眼，我是谁？告诉他。"

她转向我，但对黑豹说："狼害怕，以为说出名字就会招来他们。追踪者，要是我撒谎，那就说我在撒谎吧。"

"谁？"黑豹说。

"我什么都不怕，奥默卢祖。"我说。

"他们从天花板上掉下来，而我从地板上升起来。他们不会说话，而我能够开口。你却还要叫我奥默卢祖？"

"每个怪物都有比较好看的一面。"

"我在北方是邦什。西方的人称我坡佩勒。"

"你肯定是一个低等的神灵，小神，丛林精怪，甚至小魔怪。"我说。

"我听说过你的鼻子如何如何，但没人提到过你的嘴巴。"

"提到过他总能把臭脚塞进嘴巴？"恩萨卡·奈·瓦姆皮说。

"你知道我？"

"每个人都知道你。被欺骗的妻子的好友，出轨的丈夫的敌人。你母亲夸耀你的嗓门不可能更响亮。"邦什说。

"你是什么，神的尿？神的唾沫，甚至神的精液？"

我周围的空气变得越来越沉重。每个动物都知道就算不下雨，空气中也有水。某些东西在我鼻子四周凝结，我难以呼吸。空气变得浓密、湿润，包裹我的头部。我以为是整个房间，然而仅仅是我的脑袋出了问题，一个水球逐渐成形，尽管我不呼吸，它依然企图钻进我的鼻孔，企图淹死我。我倒在地上。黑豹变身，扑向女人。她化作一摊液体落在地上，随即在房间另一头升起，刚好落入奥格手里，奥格力大无穷的手扼住她的脖子。她尝试滑出去，但无法变形。他的触碰有某种力量。他朝我点点头，把她像玩偶似的举起来，水球立刻散入空气。我使劲咳嗽。奥格扔下那女人。

"黑豹，你愿意留下就留下，我走了。"我说。

老妇人开口了。

"追踪者，我是索戈隆，奇路亚的女儿，来自尼基奇第三姐妹帝国，而你没说错。这个故事还有更多的内情。你想听下去吗？"老妇人说。

"追踪者？"黑豹说。

"好吧，我听。"我对她说，站住不动。

"那就说吧，女神。"索戈隆对邦什说。

邦什转向奴隶主，说："请离开。"

"假如你的故事和他的一样，或者甚至更无聊，我就拿着这把匕首坐下，在地板上刻下流的景象。"我说。

"你对你的国王知道些什么？"她说。

"我知道他不是我的国王。"黑豹说。

"也不是我的，"我说，"但我挣的每一枚金币，马拉卡尔酋长都要收一半，然后进贡给国王四分之一，所以说他是我的国王也行。"

邦什坐进奴隶主的椅子，姿势像个男人，她靠向一侧，左腿挂在扶手上。恩萨卡在门口向外看。奥格一动不动地站着，老妇人不再凭空书写秘符。我觉得我们就像一群孩童，等待祖父讲述曾经是人类的蜘蛛魔怪南-西的新故事。这提醒了我：绝对不要认为任何一个神祇、精怪或魔法生物讲述的故事是完全真实的。既然诸神创造了万物，真相难道不只是一个造物吗？

"这是很久以前的事情，克瓦什·达拉还是个王子，他有很多朋友和他嬉戏、奸淫、饮酒和战斗，和他那个年纪的孩子没什么区别。有一个朋友玩得比他凶、睡得比他猛、喝得比他多、打架比他厉害，然而即便如此，他们还是像亲兄弟一样来往。老国王生病，加入先祖的行列后，他们依然是朋友。

"巴苏·福曼古鲁以能够向王子说悄悄话的人而出名。当时长老会也死了一个人。克瓦什·达拉从小就憎恨长老会。他们为什么总要带走少女？他问他母亲。我听说他们用自己的手，把精液带上河中岛屿，献给某个神，他说。他这位国王，当王子的时候在智慧殿堂学习，如饥似渴地吞噬知识和学问，他不会简单地相信事物，而是会衡量和判断。巴苏·福曼古鲁也一样。克瓦什·达拉知道巴苏各方各面都像他，因此喜爱巴苏。他说，巴苏，你各方各面都像我。因此等我登上王座，希望你能登上长老的位置。巴苏说他不想要这个位置，因为长老的驻地是马拉卡尔，从法西西骑马去要五到六天，而他出生在法西西，生活在法西西，他知道的一切都在法西西。另外，他还年轻，担任长老意味着要和许多东西断绝关系。王子当上国王，说，你太老了，不适合鬼混，我们都太老了，不适合嬉戏。现在该把其他事情都放下，为王国谋福利了。巴苏始终反对，直到国王扔下权杖，说，诸神在上，我是克瓦什·达拉，这是我的命令。于是巴苏·福曼古鲁来到马拉卡尔，坐上长老会的位置，作为国王的耳目向他报告。

"然而这时发生了最奇异的转折。巴苏爱上这个位置。他变得虔诚而尽责，娶了一个美丽而纯洁的妻子。他们生了许多孩子。国王派他去那里是为了确保长老们的智慧与皇家的欲望保持一致。结果却反了过来，巴苏认为皇家的欲望应该与长老们的智慧保持一致。一切都变成了斗争，斗争和斗争。他用鼓声传递异议，挑战国王的权威；他派人步行或骑马送交信件和许多文书，挑战国王的权威。他亲自前往御前，甚至在国王的私密房间里争辩，挑战国王的权威。国王说就这么定了，因为我是国王，巴苏·福曼古鲁会把辩词送上马拉卡尔的街道，消息比疫病传得还快，很快就会抵达朱巴的街道、卢阿拉卢阿拉的小径和法西西的大道。巴苏会说，你是国王，但你没有神性，除非你像你父亲那样加入先祖的行列。

"后来有一天，克瓦什·达拉下令从长老之地征税，没有一位国王做过这种事。长老们拒绝缴税。国王下令把他们关进监狱，不缴税就不放出来。他们被关起来后过了两晚，大雨开始袭击整个北方王国，怎么都不停，所有河流发洪水，淹死了许多人，而且不仅是住在大河边的库族和甘加通人。有些地方的水位涨得太高，彻底吞噬了村镇，鼓胀的尸体漂得到处都是。大雨不肯停止，直到国王释放巴苏·福曼古鲁。情况却继续恶化。

"要知道，最初那几年，长老会与国王发生冲突时，人民的意愿都在长老们这一边，因为国王过于专横。国王并没有因此变得虚弱，因为他在战争中征服了许多国家。然而在他自己的国家，人民开始疑问：我们到底有一个国王还是两个？我跟你说实话。有些人更害怕福曼古鲁，而不是国王，因为他各方各面都让他害怕。其中倒是也有正当的理由。然而后来一切都变了。长老们本来已经很肥，变得越来越肥。他们习惯于别人服从他们的意愿，若是人们忤逆他们、交租交得太晚、没能给出足够的贡品，他们就开始自行审判决断，而不是把这些事务交给国王任命的治安官。他们捉拿公路劫匪，斩首示众。他们吊死非法侵入者，吃掉罪犯土地的果实。他们不再尊崇诸神，而是勾搭操弄符法和诅咒的巫师。税赋到不了国王的手上，让他们变得越来越肥。

"然后你们看。有些人仇恨国王，但很快，所有人都仇恨除巴苏外的每一个长老。人们会说，长老夺走了我的牛，说这是国王收的税，但收税官七天前就来过了。某个长老会说，把你这次庄稼的收成交给我们，我们会确保诸神让你下次加倍丰收。但下次没有丰收，枯萎病杀死了庄稼。另一个人会说，他们什么时候才能不来索要我们的姑娘？他们要走的姑娘越来越年轻，而且没有任何男人愿意娶她们。在马拉卡尔和法西西以下的所有土地，他们就是法律；假如他们不在议事会碰面，就分散到各自的城市里，用腐败侵蚀每一个地方。但是国王亲自颁布过法令，能够审判长老的只有诸神，而不是人类。

"巴苏不肯与他们同流合污。他没有当上长老会的首领，国王没有守住这个承诺，但长老们尊重他这个曾经的勇士，他和他腐化的亲兄弟起了冲突。人们说，要是长老抢走你的庄稼，那就去找巴苏；要是巫师诅咒你，那就去找巴苏；去找巴苏，因为他是讲道理的人。人们都这么说。有一次一个长老在第四道城墙见到一个姑娘，下决心要占有她。她才十一岁。他对她父亲说，送你的孩子去担任水神的女仆，否则任何风和阳光都无法阻止你的高粱田枯萎。你和你的妻子还有你的许多儿子会饿死。长老懒得等女孩被送来，他直接去带走了她。接下来的事情是这样的。巴苏正在收拾物品，准备去树林里的圣地隐居，寻求诸神的旨意，这时听见了姑娘的叫声，长老压在她身上。愤怒冲昏了他的头，巴苏不再是巴苏了。他抓起用来求问精怪意愿的伊法占卜金碗，砸在长老的脑袋上。他打了一下，一下，又一下，直到长老咽气。巴苏的处境于是彻底改变。他的兄弟们恨他，国王和宫廷的所有人也恨他。他应该知道他的末日快到了。福曼古鲁带着全家逃去了孔谷尔。

"然后一天夜里，他们来了。追踪者，你知道我说的是谁。那是骷髅之夜，一个强大的预兆。"

"你的兄弟们？"

"我们没有血缘关系。"

"你没有血。"

她转开视线。黑豹圆睁双眼倾听，像是孩子被扔进了幽灵出没的树丛。她继续道："召唤他们有许多方法。假如你有某个人的血，念一个咒语，把血抛向天花板就行。但你首先必须受到巫师魔咒的保护，否则他们现身就会杀了你。你也可以找个女巫替你召唤。他们在天花板上现身，人们叫他们屋顶行者，无论他们是女巫召唤来的还是被你的血吸引来的，他们身体里的饥渴都会变得无比强烈，会像饿疯了的狗一样追杀你。而咒语永远不会离开你。没人能逃脱他们的追杀，就算你这次逃掉了，只要你来到屋顶底下，哪怕只是一眨眼，他们也会重新现身。许多男人、许多女人、许多男孩和女孩在星空下睡觉，因为他们永远无法摆脱奥默卢祖。

"你在思考，追踪者，他们为什么没有跟着你来到这儿？你在屋顶下睡了多久了？"

"快一年。"我说。

"假如他们在冥界找上了你，那就不可能跟着你离开那儿。假如他们在这儿找上你，也不可能跟着你去那儿。不过假如我是你，就绝对不会抛洒血液。"

"奥默卢祖会做什么？"黑豹说。

邦什站起身。尽管没有风，但她的袍服在翻腾。外面霹雳一声，有人喊叫，有人尖叫。人们饮酒嬉闹，国王即将到来，兴奋让人们沉醉。克瓦什·达拉，她故事里的那位国王。

"就像我说过的。他们在骷髅之夜到来。福曼古鲁的七个儿子在沉睡，时间快到深夜，亡灵的正午。所有人都睡着了，包括最小的孩子，他也叫巴苏。田地和园圃里的奴隶都睡了，只剩下厨子在磨面，巴苏最年轻和最年长的妻子还醒着，巴苏在书房里读来自智慧殿堂的典籍。这是接下来发生的事情。一个在宫廷里有朋友的长老派来一名女巫，对那幢屋子施行了黑魔法，然后买通一个奴隶，采集了最年轻的妻子的经血。奥默卢祖的饥渴极为怪诞，吸引他们的是血的气味，而不是喝在嘴里的味道。奴隶找到她女主人染血的月经带，把它们缠成一团，在黑夜中趁其他奴隶沉睡之时，把月经带扔向天花板。女巫没说过她应该逃跑，于是她也去睡了。黑暗中，天花板上的隆隆声听上去就像远处在打雷，就连睡眠最浅的人也没被那雷声惊醒。

"追踪者知道他们是谁。他们从天花板上落下来，就像我从地板上升起来。他们在天花板上奔跑，仿佛拴在了天空中。他们跳跃时几乎碰到地面，重新落回天花板上时脚步沉重，你不禁怀疑他们其实站在地上，而你在半空中。他们带着并非用尘世材料制作的匕首。他们升腾，显形，砍死所有活着的奴隶，只有一个尖叫着跑出去，说黑暗来屠杀我们了。追踪者没说错，我很像他们。但我不是他们。然而我能感觉到他们，我感觉到他们要来，知道他们接近，但不知道他们究竟在哪一幢房屋出现，直到听见巴苏本人喊叫。奥默卢祖追赶那个奴隶，她跑向巴苏的妻子。妻子抓起火把，以为光明击败黑暗的古老传说是真的，但他们包围了她们，砍掉两个女人的脑袋。

"奥默卢祖出现在谷仓里，杀死了烹饪的奴隶。他们出现在孩子们的卧室里，孩子们还没醒来，就被他们开膛破肚。他们没有放过任何一个人。等我爬进那幢屋子，已经来不及了，杀戮还在继续。我走进满地鲜血的走廊。一个男人抱着一个婴儿跑向我，那是巴苏抱着小巴苏。他看上去就像一个知道死神在追赶他的人。我能听见死亡在天花板上仿佛雷声的隆隆脚步声，就好像灰泥正在崩裂。黑色掠过天花板，从背后扑向他，仿佛黑暗降临。我说，想让你儿子活下来就把他交给我。他说，我是他父亲。我说，我不可能救你们两个人，同时和他们战斗。他说，你和他们完全一样。我说，但我们没有共同的母亲或父亲。我没时间说服他相信我是好是坏。我看见黑暗在他背后成形，变成三个、四个，最后六个奥默卢祖。把孩子给我，我说。他盯着孩子看了很久，终于把他递给我。孩子出生才一年，我看得出来。我和他都抓着孩子，他不肯松手。

"'他们要来了。'他说。

"'已经来了。'我说。

"他看着我，说，这是国王做的。克瓦什·达拉。这是朝廷做的，这是长老会做的，我的儿子是见证者。

"你的儿子不会记得，我说。

"但国王会记得，他说。

"我晃动食指，它变成一把刀。我把它插进我的肋部之下，切开我的身体。父亲很害怕，但我说你不必恐惧，我在为孩子做一个子宫。我切开我的子宫，婴儿还没出生母亲就死了时，接生婆也必须这么做。我把孩子塞进去，我的皮肤把他封在我身体里。父亲惊恐万状，但他看见我的肚皮鼓得很高，像是在怀孕，稍微平静了一些。他在你身体里会憋死吗？他问，我说不会。你当过母亲吗？这个叫巴苏的男人问我，但我没有回答。我跟你们说实话，我感觉到沉甸甸的。我从未怀过孩子，但也许每个女人都有母亲的一面。"

"你又不是女人。"我说。

"闭嘴。"黑豹说。

"桑格马说你嘴巴很坏。"她说。

我没问她是怎么知道的。

"奥默卢祖有匕首。我也有匕首。"

"你当然有。"

"追踪者，够了。"黑豹说。

"有一个扑向我，挥舞他的一把匕首，但我有两把。"

"吟游诗人会喜欢这个场景，一个看似怀孕的女人用两把匕首和暗影恶魔战斗。"

"确实是个好场景。"黑豹说。我开始为他担心。他囫囵吞下她的故事，就像一个人饥不择食，但也可能就是天生贪吃，我说不清楚。

"他朝我挥刀，我弯腰躲开。我跃起跳向天花板，也就是他们的地板，用我的双刀砍掉他的脑袋。但我不可能抵挡他们所有人。巴苏·福曼古鲁很勇敢。他抽出一把刀，但匕首从他背后插进去，刺穿他的肚皮戳出来。然而他们对鲜血的渴望还没被满足。尽管男孩在我身体里，他们依然能闻到家族血脉的气味。一个怪物朝我挥刀，砍伤我的肩膀，我及时转身，劈开他的胸膛。我跑了几步，跳出我进屋时用的那扇窗户。"

"我在任何地方都没听过这么一个故事。雄鹰没说过，甚至犀牛也没说过。"黑豹说。

"真是一个好故事。故事里甚至有怪物。但没有任何地方能让我想帮助你。"我说。

她大笑："假如我想找高贵的好心人来帮助一个孩子，我绝对不会考虑召唤你。我根本不在乎你要什么。这是一项任务，你的报酬会比你收取过的最高费用还要高三倍。付你金币。你的喜好和欲望，你脑袋里的所有东西，对我来说都毫无意义。"

"我……"我没话可说了。

"那孩子如何了？——我指的是后来。"黑豹问。

"我没有把他带给他姨妈。奥默卢祖能闻到血里的血，召唤者一声令下，他们就会去追杀任何一个家族。我把他托付给米图的一个盲眼女人，她曾经忠于古老的神祇。没有视力，她不可能知道这个孩子的身份，或者想办法调查他是谁。她本来就有个孩子，因此可以同时哺育这个男孩，抚养他一年。"

"曾经忠于？"

"她在紫城的奴隶市场卖掉了男孩，那里离阿巴尔湖不远。一个婴儿在孔谷尔之外能换来一大笔钱，尤其是男孩。我用这根手指划开她的喉咙时，她告诉了我这些。"

"你选人的眼光倒是非常睿智。"

我知道恩萨卡·奈·瓦姆皮在房间另一头翻白眼。我没看，但我知道。

"我跟着男孩追查到一个贩卖香水和银器的商人，他打算带男孩去东方。我花了一个月，找到他时已经晚了。他的银器交货太晚，米图的商人派雇佣兵去找他。你知道他们在哪儿找到他吗？米图的边境上。他们找到了苍蝇，但没有死亡的恶臭。有人洗劫车队，杀死了所有人。凶手没碰麝猫香、银器和没药。他们没找到男孩，男孩被劫走了。"

"国王？"我问。

"国王会杀死他。"

"所以他不见了？为什么不放着不管？"

"你愿意放一个孩子和杀人犯同行？"老妇人说。

"一个孩子与女巫为伍就会活得很好？"我说，"男孩对杀人犯来说有什么用处？"

"他们会找到用处的。"邦什说。

我记起了椰枣男仆在关押闪电女人的塔楼里对奴隶主说的话。一个小男孩敲开女人的家门，哭着说有怪物在追他，但她全家人刚睡着，他就把他们放进了门。我朝黑豹点点头，希望他能领会他们没说出口的内容。

我不知道我该坐下，该站着，还是该离开。

"一个小男孩从屋顶行者手上活下来，却被卖作奴隶，然后不知被谁劫走。他们是巫师？魔鬼？喜爱男孩，从小培育孩子的精怪社团？接下来会发生什么？他们穿过树丛时，沼泽巨龙宁奇南卡闻到气味，把他们全吃掉了？"

"你不相信这些生物真的存在？"邦什说，"尽管你见过那么多，听说过那么多，甚至与之战斗过？尽管有那么一只动物陪着你？"

"男人都敢剥掉自己老婆的人皮的现在，根本不用去相信邪恶生物的存在。"我说。我转身望向黑豹，黑豹依然沉醉在这个故事里。

"但你确实相信说俏皮话是明智的。很好。我花钱不是买你的信仰，而是你的鼻子。把男孩带回来给我。"

"或者证明他已经变成了尸体？"

"他活着。"

"假如我们找到他，然后呢？你要我们违抗国王？"

"我花钱给你们是为了揭露国王的恶行。"

"证明国王主使了一起血案。"

"国王的故事还有很多你们不知道的。假如你们知道了，会感到无法承受。"

"当然了。"

"她花钱不是为了请你们提问或思考，而是请你闻气味。"恩萨卡·奈·瓦姆皮说。

"你怎么知道他们没有杀死男孩？"

"我们知道。"邦什说。

我几乎要说我也知道，但我望向黑豹。他看着我，点点头。

一扇门打开又关上。我以为是弗米利，但来的不是他的气味。恩萨卡·奈·瓦姆皮走到门口，向外张望。她说："两天后，我们骑马去孔谷尔。你们来不来，我无所谓。想叫上你们的是她。"

她指着邦什，但我一直盯着她背后。我甚至没去听她还说了什么，因为那股气味在上楼。早些时候我闻到过这股气味，我以为它来自邦什，但我以前没见过她，而且她说得对，她的气味确实不像奥默卢祖。这股气味越来越近，有人带着它，我知道我憎恨它，比我这些年憎恨过的任何东西都要憎恨它，比我憎恨我认识但被我杀死的那些人还要憎恨它。他爬楼梯上来了，越来越近，我听见他每一步脚掌拍地的声响，我的仇恨爆发成了火焰。

"你来迟了，"恩萨卡·奈·瓦姆皮脱口而出，"所有人——"

我扔出的短斧打断了她的话头，短斧擦着她的脸飞过去，剁在门板上。

"天了个操！朋友，你险些打中我。"他说，走进房门。

"我没打算失手的。"我说，第二把短斧飞向他的面门。他躲闪过去，但短斧擦伤了他的耳朵。

"追踪者，这他妈——"

我跑过去扑向他。我们倒在楼梯上，顺着台阶滚下去。我双手掐住他脖子使劲捏，要他脖子折断或者呼吸断绝。我们滚下台阶，皮开肉绽，鲜血淋漓，他的，我的，台阶，剥落的灰泥。我失去血肉，他失去声音，我们不停翻滚，直到摔在底下一层的楼板上，撞击的力量加上他猛踢我的胸膛，我向后倒下，他扑在我身上。我把他踹下去，拔出一把匕首，但他打掉我的匕首，挥拳打我腹部，然后面部，然后脖子，然后胸口，但我挡住他的手，收起指节，一拳打在他下巴上，再一拳打在左眼上。黑豹跑下来，也许是豹身，也许是人身，我没去看，我的眼睛只盯着他。他助跑，起跳，飞踹，我躲闪，抢起手肘，砸中他的面门，他倒下，脑袋先着地。我扑到他身上，挥拳打他左脸，然后右脸，然后左脸，他打我的侧肋，两次，我摔下去，但一骨碌滚开，他的匕首戳在地面上。我踢他的腿，接着又踢他的腿，他手忙脚乱爬起来，我也手忙脚乱爬起来，黑豹知道最好别来拉开我或阻止我，我扭头去找黑豹，没看见他从我背后扑上来，挥拳打我后脑勺，他打中了，我后脑勺出血，我跪倒在地，他收回胳膊，打算继续打我，我一脚踹在他腿上，他倒下去。我再次扑到他身上，收回胳膊，给他一记重拳，他满脸流血，看着像个多汁的黑色水果被碰破了，一把刀抵住我的喉咙。

"我要砍掉你的脑袋去喂乌鸦。"恩萨卡·奈·瓦姆皮说。

"你全身上下都是他的气味。"我说。

"松开他的脖子。快。"她说。

"不——"

一支箭穿过她的头发。黑豹的男孩在底下一层楼，弓上搭着另一支箭，弓已经拉满，箭准备离弦。恩萨卡·奈·瓦姆皮举起双手。蓝色的狂风猛地击中地板，立刻吹得我们彼此分离。黑豹和我重重地摔在墙上，恩萨卡·奈·瓦姆皮就地滚开。

尼卡的笑声盖过了喧器，他试图爬起来。他朝风吐唾沫，风咆哮得更响了，把我按在墙上。她的声音——老妇人的声音——盖过了喧器。一个咒语施行在地面上。风像出现时一样陡然消失，我们彼此分离，待在房间的两侧。邦什踩着阶梯下来，但老妇人留在上面。

"你指望靠他们找那个男孩？"索戈隆说。

"你们两个认识。"邦什说。

"黑色夫人，你没听说吗？我们是老朋友了。更确切地说，老情人，因为我在他的床上睡了六个月。但什么都没发生，追踪者，对吧？我有没有告诉过你，我非常失望？"

"这男人是谁？"黑豹问我。

"黑豹，他跟我说了很多你的事。他一个字也没提到过我？"

"这个麻风病豺狼娘养的狗屁不是，有些人叫他尼卡。我向所有能听见我祈祷的诸神发过誓，要是我再见到你，只要那一天有可能到来，我就会杀了你。"我说。

"那一天不是今天。"恩萨卡·奈·瓦姆皮说，她手持两把匕首。

"连他的精液都是毒药。"我说。

"看来这次团圆不怎么美满。你的眉毛底下在打雷。"尼卡说。

"追踪者，咱们——"

"大猫，咱们怎么？"

"无论你想找什么，今天显然都找不到。"他说。

我愤怒之极，能感觉到的只有灼热，能看见的只有血红。

"你那么做甚至不是为了金币。甚至不是银币。"我说。

"你怎么还这么傻？有些任务本身就是奖赏。没有任何事情有意义，没有人爱任何人，这不是你的口头禅吗？但拥有这么多感情的人也是你，而你相信它们超过了相信其他东西，甚至包括你的鼻子。投入爱的傻瓜，投入恨的傻瓜。还以为我那么做是为了钱？"

"你给我走，否则我发誓无论我必须杀了谁，都要弄死你。"我说。

"不，你走，"老妇人说，"黑豹，你留下。"

"他去哪儿我就去哪儿。"黑豹说。

"那你们两个都走。"老妇人说。

恩萨卡·奈·瓦姆皮带着尼卡上楼，她的眼睛始终盯着我。

"出去。"邦什说。

"我还没加入呢。"我说。

深夜，我在自己的房间里醒来，周围依然漆黑。我以为是不安稳的睡眠惊醒了我，但实际上是她潜入我的梦境唤醒我。

"你知道你会跟我走。"她说。

她黏稠的形体从窗台滴淌到地上。她隆起变成一个小丘，伸展到天花板的高度，然后重新化作女人。邦什站在安装在窗框里的窗户旁。

"所以你确实是个神。"我说。

"告诉我，你为什么希望他死。"

"你会准许我实现愿望？"

她盯着我。

"不，我不希望他死。"我说。

"是吗？"

"我希望能杀死他。"

"我想听你的故事。"

"哦，你会的，对吧。很好。这是我和尼卡之间发生的事情。"

尼卡这个男人，就像是从我尚未经历的事情中走回来的。我最后一次见到黑豹之后过了两年，我住在法西西，接我能找到的所有活儿，甚至替以为自己能养狗的笨小孩找狗，我把刚被掩埋的动物尸体带回给杀死它们的父亲，孩子哭得伤心欲绝。说真的，找个屋顶遮风挡雨是我和女人睡觉的唯一原因，因为女人比男人更愿意让我过夜，尤其是我还在帮她们找丈夫。

有一个贵妇人，活着就是为了等待她受召入宫的那一天，与此同时，她每在丈夫的呼吸中闻到七个女人的气味就会睡一个男人，那天我正在她的婚床上从她背后发起冲击，心里想着乌沃莫沃莫沃莫沃山谷里皮肤光滑的男孩，她忽然对我说：听说你鼻子很灵。男人和妻子都在毯子上洒香水，掩盖他们带上床的其他人的气味。事后她看着我，我说，别担心，就当我自娱自乐。你问我的鼻子干什么？我问。我丈夫有七个情妇。我不想抱怨这个，因为他是个让人痛苦的糟糕情人。但他最近变得越来越奇怪，而他本来就够奇怪的了。我觉得他搭上了第八个情人，那个情人不是男性就是动物。他有两次回家时带着我不认识的气味。某种浓烈的气味，就像花朵燃烧。

我没问她从哪儿听说我的，也没问要是我找到那个情人，她打算怎么做，我只问她愿意出多少钱。

"与一个男孩等重的白银。"她说。

我说，听着像桩不错的交易。我哪儿知道一桩交易是好是坏啊？我还年轻。给我找些他身上的东西来，因为我从未见过你丈夫，我说。她拿来一块白布，说这是他在衣服底下穿的东西。你嫁给了一个男人还是一座山？我问。这块布比我展开双臂还宽一倍，依然沾着他的汗液和屎尿。我没说这块布上有两种粪便，一种来自他，另一种来自令他愉悦的某个人。我刚闻到他的气味就知道他在哪儿了。不过，她说花朵燃烧的时候我其实已经知道了。

"当心点。很多人误以为他是奥格。"她说。

闻着像花朵燃烧的东西只有一样。闻着像浓烈事物焚烧的东西只有一样。

鸦片。

它是东方的商人带来的。如今每座城市都有秘密巢穴。据我所知，任何人沾了它就都不会有明天。或者昨天。只剩下此刻，待在烟雾腾腾的巢穴里，我不禁思考这个男人是鸦片的卖家还是奴隶，或者盗贼，专偷吸了鸦片的男人。

丈夫和鸦片的气味带着我来到艺术家和匠人聚居的街道。法西西的街道毫无规划。一条宽阔的街道七扭八歪，钻进一条狭窄的小巷，走着走着忽然被河流截断，只有一条索桥连接对面的小巷。大多数房屋是茅草屋顶和黏土墙壁。皇宫坐落于三角洲最高的丘陵上，哨兵把守着厚实的院墙。实话实说，北方各城市里最不富丽堂皇的一座为什么会成为帝国的首都，这真是一个谜。尼卡说这座城市能提醒国王，记住我们永远无法回归的故土，然而连他都不怎么相信这个说法。法西西的匠人尽管缺乏礼数，却都是铁艺大师。正是钢铁让这个落后城镇在两百年前征服了整个北方。

我在一家酒馆门口停下，它的名字在我的母语里意味着"从女人屁股里射出来的光"。窗户紧锁，但大门敞开。里面的地上平躺着许多人，他们的眼睛在这儿毫无用处，他们的嘴巴在流口水，他们的主人不在乎余烬从烟斗里掉出来，烧穿他们的袍服。角落里有个女人站在一个大陶罐前，陶罐散发着缺少胡椒和香料的汤的气味。事实上，它的气味更像用来给动物剥皮的滚水。有几个男人轻轻呻吟，但绝大多数安静得就像睡着了。

我经过一个在火把下抽烟草的男人。他坐在凳子上，背靠墙壁。瘦削的面颊，两个大耳环，果决的下巴，不过这长相也有可能是被光线塑造出的。他头部的前半截剃光头发，后半截的头发留长。他披着山羊皮的斗篷。他不看我。从另一个房间传来音乐，有点奇怪，因为大厅里的人根本不会注意。我跨过一动不动的男人，他们能看见我，但眼睛里只有烟斗。花朵燃烧的气味过于浓烈，我不得不屏住呼吸。谁知道鸦片的烟雾会有什么坏处呢。楼上有个男孩尖叫，一个男人咒骂。我跑上楼。

这个丈夫虽然不是奥格，但体形和奥格一样庞大。他站在那儿，比门框还高，比最高大的骑兵马匹还高。他赤身裸体，在对一个男孩施暴。我只能看见男孩的双腿在晃动，毫无生气。但男孩在号哭。妻子不希望他死，我心想，但没说要他整个儿回去。

我掏出两把飞刀，比较小的那种，掷向他的后背。一把飞刀横向切开他的肩膀。丈夫惨叫，扔下男孩，转过身。男孩后背着地摔下去，一动不动地躺着。我望着他，等待了太长的时间。丈夫扑向我，他身上只有肌肉和皮肤，他的臂膀和猿猴的一样强壮，他一只手就抓住了我整个脑袋。他把我像玩偶似的拎起来，扔向房间的另一头。他号叫得像是还在施暴。男孩翻个身，抓住一块毯子。男人像水牛似的冲向我。我侧身闪过，他径直撞上墙壁，墙被撞裂，他险些穿过去。我抓起·把短斧，剁他脚后跟，但他一回神，一脚把我踢到了房间对面的墙上。这一下撞得我没法呼吸，我倒在地上。男孩慌慌张张地跑出去，踩在我腿上。男人从墙里拔出脑袋。他黝黑的皮肤被汗水打湿，像野兽似的毛发蓬乱。他一巴掌拍飞靠在墙边的一排长矛。说真的，我见过块头大的男人也见过动作快的男人，但没见过两者兼备的。我爬起来，想逃跑，但他的手又扼住了我的脖子。他掐得我不能呼吸，但这还不够。他要压断我的骨头。我摸不到匕首和短斧。我打他，踢他，挠他胳膊，但他放声大笑，就好像我是被他施暴的那个男孩。他盯着我，我看着他的黑眼睛。我眼前变暗，口水顺着他的手淌下。他甚至把我从地上拎了起来。血液随时会喷出我的眼睛。我几乎没看见楼下那个男人把一个陶罐砸在男人的后背上。丈夫转过身，男人把某种恶臭的黄色粉末撒进他的眼睛。仿佛奥格的男人扔下我，跪倒在地，惨叫着揉眼睛，恨不得把眼珠抠出来。空气涌入我的喉咙，我跟着跪倒在地。男人抓住我的胳膊。

"他瞎了吗？"我问。

"也许眨几次眼就好，也许要瞎四分之一个月，也许永远，蝙蝠尿这东西谁也说不清楚。"

"蝙蝠尿？你难道——"

"小男孩，瞎眼的巨人也同样危险。"

"我不是男孩，我是男人。"

"那就像男人一样去死吧。"他说，跑了出去。我跟上他。他一路大笑着跑出店门。

他说他叫尼卡。没有姓氏，没有族裔，没有他称之为家的地方，也没有要逃离的故乡。就是尼卡。

我们一起打食了一年。我擅长找到任何东西，除了生意。他擅长找到任何东西，除了人。我早该知道他说得对，我只是个男孩。他逼我穿袍服，我不喜欢，因为衣服使得我难以战斗，但假如我只缠一块布，有些城市的居民就会以为我是他的奴隶。在我们去的大多数城镇，没人认识这个尼卡。但无论我们去哪儿，只要有人认识他，就会有人想杀他。在乌沃莫沃莫沃莫沃山谷的一家酒吧，我看见一个女人径直走到他面前，扇了他两个耳光。她还想扇第三个，但他抓住了女人的手。她用另一只手拔出匕首，划破他的胸膛。那天夜里晚些时候，我听着他们在房间另一头交媾，我的手埋在双腿之间。

有一次我们去找一个女孩，人们以为她死了，其实没死。绑架者把她装进坛子，埋在他家背后的土里，每次想找乐子了就挖出来。他塞住她的嘴，绑住她的手脚。我们找到他时，他刚哄他的孩子睡下，甩开妻子，绕到屋后去对这个女孩做这做那。他拔掉插在土里的植物，扒开泥土，抽出插在坛子顶上供女孩呼吸的空心木棍。但那天夜里待在坛子里的不是她，而是尼卡。他一刀捅在男人的侧腹部，男人踉跄后退，喊叫起来。我一脚踹在他背上，他倒地不起。我抓起木棒，打得他不省人事。他醒来时被绑在他埋女孩之处旁边的一棵树上。她很虚弱，站不起来。我用手掩住她的嘴，叫她别出声，然后给她一把刀。我们扶住她的手，她把刀插进男人的肚皮，然后胸口，然后反复捅他肚皮。他惨叫，可惜嘴被塞住了，直到再也无法喊叫。我满足了女孩的心愿。匕首从她手里滑落，她躺在死人身旁痛哭。尼卡内心的某种东西从此改变。我们曾经是骗子和盗贼，但从不杀人。

我告诉你这些，是希望你能像我一样看清楚他。以前的他。

法西西的生意越来越清淡。我厌倦了这个地方和每七天想念一次丈夫的妻子。我们在我们平时去的那家酒馆，分我们挣到的钱。我们喝棕榈酒或马苏库啤酒或色如琥珀的烈酒，它能在胸膛里燃起烈火，让地板变得滑溜。胖子老板眉头的疣子之上皱成深沟，她走了过来。

"给我们倒上瓶装烈火。"尼卡说。

她拿出两个大杯，各倒满半杯。她一言不发，哪怕转身走回柜台时尼卡拍她屁股也是。

"马拉卡尔城等着咱们去挣大钱呢，或者乌沃莫沃莫沃莫沃山谷以南。"我说。

"你只想挣大钱？要是我渴望冒险怎么办？"

"北边？"

"我想去见我母亲。"他说。

"你以前说过，你们能给彼此的第二好的东西就是距离。你还说过你没有母亲。"

他大笑："这么说依然没错。"

"怎么说？"

"你喝了多少瓶装烈火？"

"哪个杯子是你的？"

"你喝的那杯？"他问，"很好。上次咱们谈到父亲，你说你和你父亲争吵。一天我父亲回到家，那一整天他不务正业，只会盘算和筹划，但什么都不做。打我们是他的消遣。有一次他用手杖打我兄弟的后脑勺，我兄弟从此就变傻了。我母亲做高粱面包。他也打她。有一次他用手杖抽她，她单脚蹦跶了两个月，从此就瘸了。所以是的，就这么说吧，那天夜里他喝完酒回到家，挥舞手杖，打我后脑勺。我倒在地上，他踢我揍我，打掉了又一颗牙齿，吼叫着让我起来再吃他几下。追踪者，咱们哪天该好好谈一谈父亲。所以是的，就这么说吧，他朝我脑袋挥舞手杖，但他太慢而我太快，我抓住了手杖。我从他手里抢过手杖，抡圆了打他脑袋。他直挺挺地倒在地上。我抓着手杖，一下一下打他，他举起双手，我打断了他所有手指，他举起胳膊，我打断了他两条胳膊，他昂着脑袋，我打破他的脑袋，听见咔嚓、咔嚓、咔嚓的声音也不停手，然后我听见嘎吱嘎吱，然后啪嗒啪嗒，我母亲尖叫。你杀了我丈夫，你杀了你兄弟的父亲。我们该吃什么？我在我们家的茅屋背后烧了他。没人问起他，因为没人喜欢他，闻到他血肉燃烧的气味，人们只感到高兴。"

"然后你母亲呢？"

"我熟悉我的母亲。她就在我离开她的那个地方。追踪者，但我要去见她。我两天后出发。然后无论你想去哪儿冒险，我都跟你走。"

"总想去冒险的人是你。去马拉卡尔找我吧。"

"去你能闻到我气味的地方找我吧。像这么懒洋洋的一个晚上，咱们已经干掉四分之一了。来，继续喝。"

我往下灌，他也往下灌，我们把烈火关进胸膛，然后继续要酒。他说，好朋友，咱们忘记父亲不父亲的吧。然后他亲吻我的嘴巴。这没什么，尼卡亲吻每一个人，无论见面还是分开。

"咱们十天后再见。"我对他说。

"八天更有可能，"他说，"和我母亲待得超过七天，我只能勉强克制住自己不杀了她。来，继续喝。"

某种温暖的东西，首先浇在我头上，然后顺着我的脖子流淌。我睁开眼睛，尿浇在我脸上，我什么都看不见了。我不假思索地去揉眼睛，我的右手却牵动了左手。我的右手戴着镣铐，铁链连着我左手上的镣铐。我面前，一条腿抬得老高，尿浇在我脸上。黑暗中传来响亮的笑声。我向前扑，铁链拦住了我。我想站起来，我想尖叫，黑暗中的几个女人笑得更响了。那只动物，不，野兽，不，狗，它对着我撒尿，就像我是个树桩。刚开始我以为我喝醉了，尼卡把我扔在小巷里，让狗在我身上撒尿。或者某个人，某个疯子或奴隶主——他们在这些小巷里滋生——或者某个不想被我找到的丈夫反而找到了我。我意识混乱，觉得三个或四个或五个男人在小巷里发现我，说，这不是那个从我们生活中夺走了快乐的家伙吗？但男人不会像女人那样狂笑。狗放下腿，跑掉了。地上湿漉漉的，我渐渐地分辨出墙壁。我的意识又变得混乱。我想问，很快就会被我宰掉的家伙，你们是谁？但我的嘴巴被堵住了。

黑暗中首先冒出来的是两只红眼睛。然后是牙齿，白色的长牙，蓄势待咬。我头顶上有光线，我抬起头，光线从盖住坑洞的树枝之间漏下来。我掉进了陷阱。一个早被遗忘的陷阱，连设置者都不可能知道我会死在底下。但是谁堵住了我的嘴呢？否则我为什么无法喊叫？而且还有东西在咬我，撕掉我的血肉。我还没看到它的脸，仅仅瞥见了眼睛和牙齿，尿味就告诉了我一切。一条鬣狗在黑暗中倒退，然后径直冲向我。另一条鬣狗从侧面蹿出来，撞在她的侧腹部，两条鬣狗在黑暗中滚成一团，怒吼，咆哮，吠叫。然后它们停下，又开始咳咳怪笑。

"西方人叫我们复仇者。你和我们有事情尚未了结。"她在黑暗中说。

我很想说我和浑身斑点的魔鬼毫无瓜葛，想说欺骗成性的食腐动物拉不出美丽的花朵，但我的嘴巴被塞住了。另外，据我所知，鬣狗并不排斥活物的血肉。

三个人走出黑暗：一个女孩；一个比女孩年长的女人，也许是她母亲；还有一个更老的女人，瘦削，后背挺直。女孩和老妇人赤身裸体。女孩的胸部像大李子，臀部宽阔。她母亲的黑毛像蓬勃的树丛。老妇人，一张脸几乎全是颧骨，手臂和身躯没什么肉，乳房瘦长。年龄居中的女人，头发编成辫子，身穿满是破口和污垢的红色博博袍[1]。污垢可能是酒，可能是泥土、血液或屎尿，我无从分辨；我能闻到她们三个人的气味。另外还有人。我在黑暗中寻找在我身上撒尿的男人，但没有男人出现。两个裸体的女人走到微弱的光线下，我在两人身上都看见了。长长的阳具，或者像极了阳具的东西，它们很粗大，在两人的双腿之间快速摆动。

"看哪，它盯着我们。"中间的女人说。

"看看这鬣狗女人，比你更长更硬。"年轻女人说。

"咱们现在就吃了它？把他吞下去？一条肢体一条肢体地分了？"

---

1 博博袍：Boubou tuni，非洲传统服饰，宽松肥大，无袖、无领或矮领，式样简单，穿着凉爽舒适。

老妇人说。

"男人，你会使劲闹腾吗？对我们来说，活物和死肉毫无区别。"中间的女人说。

"来吧，别闹腾了，撕碎他的肉，放光他的血，吃了它，咱们。"老妇人说。

"我说咱们现在就宰了他。"年轻女人说。

"不，不，慢慢吃，从脚开始，珍贵的脚。"老妇人说。

"现在。"

"等着。"

"现在！"

"等着！"

"闭嘴！"中间的女人吼道，抡起双臂揍另外两个人。

年轻女人首先变形，一眨眼，她的鼻子、嘴巴和下巴从脸上突出来，眼睛变白。她肩膀上的肌肉鼓胀隆起，手臂上从腋窝到指尖的肌肉纷纷活过来，就像群蛇在皮肤下蠕动。老妇人的胸部陡然扩张，就仿佛新的血肉从粗糙的旧皮肤下破茧而出。她的面部同样改变。她的手指此刻成了黑色的钩爪，顶部犹如钢铁。比起我的形容，这些事情发生得迅速无数倍。老妇人咆哮，年轻女人咳咳咳怪笑，但实际上那并不是笑声。老妇人扑向中间的女人，中间的女人像拍苍蝇似的打飞了她。老妇人刨着地面，考虑要不要再次冲锋。

"上次你的肋骨花了五个月才长好。"中间的女人说。

"取出他嘴里的东西，好让我们消遣一下。"老妇人说。年轻女人变回女孩。她走到我身旁，她的气味太难闻了。天晓得她上一顿吃的是什么，总之肯定是几天前吃的，食物残渣在她身上某处腐烂。她的双手摸到我的后脑勺，我考虑用脑袋撞墙，随便干点什么，就连最微不足道的反抗也是反抗。她怪笑，恶臭的呼吸飘过我的鼻子。她取出塞在我嘴里的东西，我咳出呕吐物。她们齐声大笑。她凑近我的脸，像是要舔掉呕吐物，或者亲吻它。

"一个标准的畜生，我说这是个。"她说。

"就男人而言，他不会是吃进我肚子的最差劲的一个。"老妇人说。

"腿太长，肌肉太瘦，肥肉太少，他当不了一顿好饭。"老妇人说。

"用他的脑子腌制他，在他的肉里加猪油。"年轻女人说。

"不过我要夸奖他一句，"中间的女人说，"对男人来说唯一重要的那东西，他让我吃了一惊。它吊在那儿垂得那么低，他到底该怎么跑步呢？"

我使劲咳嗽，直到喉咙生疼。

"也许他该喝点水。"老妇人说。

"我身体里有些带劲的水。"年轻女人说，大笑。她抬起左腿，抓起晃晃悠悠的阳具，还好她没有撒尿，而是放声大笑。老妇人跟着大笑。

中间的女人走上前。她说："我们是布尔吞吉，你和我们有事情尚未了结。"

"我会用我的斧头了结尚未了结的事情。"我咳嗽着说。她们齐声大笑。

"把它割下来，扔进另一个房间，咔嚓！男人表现得就好像他依然能甩起来。"老妇人说。

"老婊子，我根本都听不懂。"年轻女人说。

中间的女人站在我面前。"你不记得我们了？"她说。

"鬣狗这种野兽，很难给人留下什么印象。"

"让我给他点能记住的东西吧。"年轻女人说。

"说真的，谁会记得鬣狗呢？你们看着像狗头从倒着走的猫的屁眼里挤了出来。"

老妇人和中间的女人大笑，但年轻女人暴怒。她改变形态。她依然双腿着地，扑向了我。中间的女人踢在她腿上，她摔倒在地。年轻女人重重地跌倒，下巴着地，还滑出去半步。她蹲在地上，朝中间的女人低吼，绕着后者转圈，像是要为猎物斗个你死我活。她再次低吼，中间的女人依然是女人形态，却发出了比咆哮更响的一声吼叫。也许是房间为之颤抖，也许是年轻女人被吓住了，总之连我都感觉到了某种变化。年轻女人低声呜咽，嗬——嗬——嗬。

"你上次见到我们的姐妹是多久以前？"

我又咳了几下。

"我远离半死的野猪和腐烂的羚羊，这样就不必看见你的姐妹了。"

她离我很近，这时我才注意到她的眼睛同样全白。老妇人走到了暗处，但眼睛在黑暗中更加显眼。

"另外，什么姐妹？你们这些会变成女人的雄性野兽，你们是谁？"

她们齐声大笑。

"你当然认识我们。在我们这些野兽里，女人分配任务，男人负责执行。既然男人认为最大的阳具应该统治尘世和天空，女人拥有最大的阳具岂不是理所当然？"中间的女人说。

"这个世界归男人统治。"

"你们统治出了什么好结果？"老妇人说。

"我们有猎物，有树丛，河里没有毒素，孩子不会因为父亲贪吃而饿肚子，因为我们给了男人应有的位置，这是诸神的意愿。"中间的女人说。

"他完全不记得了。也许咱们可以哭几声。也许咱们该让他哭。"年轻女人说。

"我愿意告诉你那是多少个月之前的事情，但我们并不畏惧头发变成灰色、脊背变得弯曲，因此我们不会计算月份。还记得魔魅山吗？一个持双斧的男孩伏击了一群我们的同胞，杀死三个，致残一个。再也无法狩猎的同伴只能成为猎物。"

另外两个齐声哀叹。

"女人做她们做的事情。保护幼崽。哺育，养家——"

189

"喂他们吃你们吃得再也吃不下的孩童。"

"这就是丛林的法则。"

"要是你们遇到我咬着半只你们的幼崽，你们也会告诉自己说这是丛林的法则吗？操他妈的诸神，你们难道不是最善变的畜生？既然你们活在树林里，靠树林为生，我他妈为什么会在城市里闻到你们的臭味？你们就像长疥疮的母狗，在街道上打滚，讨好女人，然后在夜里夺走她们的孩子。"

"你没有任何尊严。"

"你们这些婊子把我弄进这个地洞，这儿到处都是人骨，还有你们杀死的孩子的尸臭。你们有一群同伴仅仅二十个晚上就在拉贾尼杀了十七个女人和婴儿，直到被猎人宰杀干净。他们一直以为他们在猎杀野狗，直到我凑巧路过，问为什么到处都是鬣狗尿的臭味。我能看见你们如何下手。你们改变形态，在孩童之间钻来钻去，对不对？然后把他们拖到僻静处咬死。连最劣等的变形者也不可能这么堕落。尊严。虫子都比你们有尊严。"

"他总说我们是狗。"年轻女人说。

"我们跟踪了你一年。"中间的女人说。

"为什么现在才抓我？"

"我说过，时间对我们毫无意义，因此没必要着急。浪费了一年的是你的朋友。"

"哇哈！姐姐，你看他的脸。你提到他的朋友，看见他怎么脸色大变了吗？你的心灵之眼还没看清他是怎么出卖你的吗？"

"尼卡。这就是他的名字。你和他之间有强烈的感情吗？你以为他永远不会为了金银出卖你，但你说我们怎么会知道他叫什么？"

"他是我的朋友。"

"任何人都不可能被敌人出卖。"

"他说不出话来了。现在他说不出话来了。看看他的脸。他的脸吊得更长了。什么样的刺痛能和被出卖的刺痛相提并论？看看他的脸。"年轻女人说。

"变成了一张……一张……怒容？妹妹们，这是怒容吗？"老妇人问。

"你从暗处出来，自己好好看清楚。"

"我觉得这孩子要哭了。"

"伤心欲绝吧，孩子。他一年前把你卖给了我们。这段时间里，我觉得他很可能都开始喜欢你了。"

"但他更喜欢金币。"

"你希望我们杀死他吗？"中间的女人问，在我面前弯下腰。

我扑向他，可惜锁链不允许我继续前进，但她连眼皮都没抖一下。

"我可以替你做到。就当是临终心愿。"她说。

"我确实有个心愿。"我说。

"姐妹们，这男人有个心愿。是咱们派个代表听，还是三个人一起听？"

"三个人一起听。"

"说出你的心愿，好让我们听见。"老妇人说。

我望着她们。中间的女人微笑，仿佛她是要来摸我额头的女治疗师，老妇人看着我，手拢在耳朵上，年轻女人啐口唾沫，转开视线。

"我希望你们能保持鬣狗的形态，因为尽管你们是可憎的动物，呼吸永远带着尸体腐烂的恶臭，但至少我不需要忍耐你们变成女人的嘲讽形态。你们这样的女人会让我好奇，什么样的女人会散发出用嘴巴拉屎的气味。"

老妇人和年轻女人号叫，再次变形，但我知道中间的女人不会允许她们碰我。现在还不行。

"在我挨个杀死你们的时候，我希望能见到诸神的圣容。"

中间的女人扑向我，像是要亲吻我。她抓住我的脑袋，像是要亲吻我，分开她的嘴唇。姐妹们，她说，另外两个变成女人跑过来，抓住我的手臂。她们都很强壮，无论我怎么挣扎，都死死地按住我。她凑近我，像是要亲吻我的嘴，她的嘴唇却向上走，碰到我的鼻子，蹭过我的面颊，停在我的左眼前。我在她伸出舌头舔之前闭上了眼睛。她用手指掰开我的眼皮。她把嘴巴贴在我脸上，舔那只眼睛。我号叫，挣扎，挺起胸膛，企图把脑袋甩出她的双手。在知道她要干什么之前，我已经开始惨叫。她收回舌头，开始吸吮。她把嘴唇贴在眼窝周围，使劲吸吮，我能感觉到眼珠从脑袋里被吸了出去，被吸进她的嘴巴。我叫了又叫，另外两个只是笑了又笑。她不停吸吮，我的眼睛四周只剩下黑暗和灼热。眼珠离我而去，它在离我而去。它忘记了它应该待在哪儿，离开我去了她的嘴里。我的眼珠啊，她使劲吸吮，直到它整个掉出我的眼皮，落进她的嘴里。她慢慢把它拔出来。她舔它的四周，一圈，两圈，三圈，我好像在说不，求求你，不要。然后她咬掉了它。

我在彻底的黑暗中醒来。她们举起我的胳膊，我的脸贴在右臂上。我没法去摸我的脸，刚才那肯定是做梦对吧？我不想去摸。我没法摸我的左眼，于是我闭上右眼。一切重归黑暗。我再睁开眼睛，地上有光亮。我又闭上眼睛，一切重归黑暗。眼泪淌下我的面颊，我甚至都没想到要哭。我尝试抬起膝盖，我的脚踩在它上面，滑溜溜，软乎乎。她们把它扔在那儿，存心给我看。女神听见男人的哭号，回应以相同的哭号，嘲讽我。

我醒来，感觉到布盖在我脸上，包住我的眼睛。

"现在你还想说你会杀死我们这些嘲讽女人的怪物吗？"中间的女人说，"我想听到你的暴怒，听你粗野的辱骂。让我感到快乐。"

我没话要说，没话想说。我甚至懒得向她发泄敌意，因为我也不想那么做。我什么都不想要。这是第一天。

第二天，老妇人一耳光扇醒我。

"你看看，我们只喂你吃了一点东西，你依然在身上拉屎撒尿。"

她说。

她扔给我一块还带着毛的肉。你就庆幸这是刚打的猎物吧，她说。但我还是没法吃生肉。想着他吃吧，她说，然后回到黑暗中。她慢慢变形，声音像是骨头折断、关节脱臼。她又扔给我一块肉。小半个疣猪脑袋。

第三天，年轻女人跑进来，像是有人在追她。她是三个人里最不喜欢变成女人形态的。她径直走到我面前，舔我的肩膀，我向后畏缩。我知道咳咳咳的怪笑并不是笑声，但感觉依然像嘲笑。她发出我从未听到过的声音，有点像呜咽，像孩子在咿咿呀呀。她张开嘴，放平耳朵，向一边侧头。她露出牙齿。另一只鬣狗走出黑暗，它比较小，身上的斑点更大。她再次咿咿叫，另一只鬣狗走近。这只鬣狗闻我的脚趾，然后小跑离开。年轻女人变成女人，对着黑暗吠叫。我大笑，但发出的声音像病人在笑。她狠狠给我左脸一拳，然后一拳接一拳，直到我的脑袋重新失去知觉。

第四天，两个人在黑暗中争吵。把他交给部落，老妇人说，我已经熟悉她的声音了。把他交给部落，让他们裁决他。部落里的每个女人都有资格咬他一口肉。我的姐姐不叫每个女人，中间的女人说。每个女人不会像我抚养亲骨肉那样抚养她的孩子，她说。当然应该复仇，但不该仅仅为了你，老妇人说。但我有资格复仇，中间的女人说。没有其他女人比我更渴望这一天，绝对没有。老妇人然后说，那你为什么不杀了他，现在就杀了他？你应该把他交给部落，我再说一遍。

夜里，洞里一片漆黑，我能闻到中间的女人的气味。

"怀念你的眼睛吗？"她说。

我一言不发。

"怀念你的家吗？"

我一言不发。

"我怀念我的姐姐。我们是流浪者。我的姐姐对我来说就是家的一切。唯一的家。你知道她能变身但选择不变身吗？她只变过两次，第一次那会儿我们还是幼崽。我和她都是部落最高首领的女儿。只有一个形态的其他雌性憎恨我们，总是找碴儿和我们打架，尽管我们更强壮，拥有更多技艺。但我姐姐没兴趣比其他同伴更聪明或敏捷，只想当一个东西奔忙的普通兽类。她想泯灭在群体之中。尽管她有选择，但宁可一辈子四肢着地行走。很奇怪吗，追踪者？我们部落的女性天生不同寻常，但她只希望活得和其他同伴一样。既不高，也不低。你们种类也有这样的吗，拼尽全力让自己不存在，泯灭在你们的群体之中？单血统者憎恨我们，憎恨她，但她希望他们能爱她。我从不渴望她们的爱，但记得我希望自己能够渴望。她希望他们来舔她的皮肤，告诉她该朝哪个雄性吼叫，希望她们称她为姐妹。然而她不想要名字，甚至不想要姐妹这个称谓。我用名字称呼她，她却不肯回应，我用那个名字一遍又一遍叫她，直到她变身，但只是为了阻止我那么称呼她，我们以后再也不是姐妹了。她永远不会再变成女人了。我忘记了那个名字。

"她以她希望的方式死去，也就是在兽群中战斗至死。为了兽群而战。不是与我一起奋战。你从我身边夺走了她。"

第五天，她们扔生肉给我。我用双手抓起生肉大嚼。吃完后我号叫了一整夜。我从不使用我父母给我起的名字，但在此之前我依然记得它。

第六天，她们再次用尿浇醒我。年轻女人和老妇人，依然都赤身裸体，再次在我身上撒尿。我觉得她们这么做是想看她们能不能让我嘶喊、尖叫或咒骂，因为我确实听见年轻女人在夜里说，他不再说话了，这比他叨叨个没完更让我烦恼。她们在我身上撒尿，但放过我的脸。她们在我肚皮上和腿上撒尿，我根本不在乎。我甚至不在乎我会不会早死。今天、明天和后天，我根本不在乎她们打算如何消遣我。三天前出现过的鬣狗走出黑暗。他一寸一寸挪近我。

"动作快点，小傻瓜。你只是第一个。"年轻女人说。

"也许咱们该帮帮他们。"老妇人说，咧嘴怪笑。

年轻女人咯咯笑。她抓住我左脚，老妇人抓住我右脚，抬起我双腿，把它们完全分开。我太虚弱了。我叫了又叫，但他们每次都用号叫淹没我的声音。那只鬣狗走出黑暗。雄性。他径直走向我，闻她们的尿。鬣狗跳到我双腿之间，一次一次变形，直到他湿漉漉臭烘烘的身体在我体内。被像奥格一样的肉山施暴的男孩对我说过，最痛苦的莫过于诸神给你新的视角，你看着自己，说这就是发生在你身上的事情。鬣狗不停变形和抽插，享受从我嘴里出来的所有声音，然后继续推进。他忽然从我身上跳起来。他结束后，又一个男人进来。然后又一个。然后又一个。

第七天，我发现我依然是个孩子。有些男人比我强壮，女人也一样。有些男人比我聪明，女人也一样。有些男人比我敏捷，女人也一样。永远有一个或两个或三个人要抓住我，把我像棍子似的掰断，当我是湿抹布，把我身体里的一切拧出来。世界就是这么运转的。每个人的世界都是这么运转的。我，以为有利斧和诡计护体，但迟早也会被抓住，扔来扔去，丢进屎坑，挨揍，被摧毁。我，现在需要拯救，但不会有人来救我，不可能有人来，然而我确实需要拯救，我在世间挣扎前行，以一个卑微男人的形态和脚步。强壮雌性的尿让他们全都误以为我是雌性。气味散去时，最后一个雄性依然在我身上。他扑向我的喉咙，却被她们踢开。

洞里有人。在黑暗中靠近我。我能看见诸神眼中的我自己，抖缩，怯退，然而我无法改变自己。有人把什么东西拖过地面。还是白昼，微弱的亮光从上方照下来。中间的女人来到光线下，拖着一具尸体的后腿。潮湿的皮肤在光线下闪闪发亮。半个身体依然是兽类，左半边是鬣狗的腿，右半边是女人的脚。腹部是带斑点的毛皮，毫无生气的双臂摊开，右手依然是爪子，而不是指甲。鼻子和嘴巴依然在年轻女人的脸上向外拱起。中间的女人依然抓着她的后腿，拖着她回到黑暗中。

第八或第九或第十天，我数不清日子了，也不知道该怎么计数。她们在开阔的大草原上放了我。我不记得她们如何放我出去，总之我出来了。野草长得很高，已经变成棕色，准备迎接旱季。随后我远远地看见了年老的和中间的那两个，我知道就是她们。我听见了其他的，他们隆隆跑过树丛，然后开始冲锋。整个部落。我逃跑。我每迈出一步，我的脑子都会说一句停下。这是你的末日。只要能结束，随便怎么结束都行。哪怕是这样。他们会先扼死猎物再撕碎。他们会在动物还活着的时候把它变成尖叫的碎肉。我不知道哪个说法是真的，也许这就是我逃跑的原因。他们追赶我的隆隆声越来越近了，我浑身灼痛，血流到了腿上，而我的腿忘记了该怎么奔跑。三条雄性鬣狗跳出树丛，撞倒我。他们的吼叫钻进我的耳朵，他们的唾液灼烧我的眼睛，他们的牙齿咬进我的双腿。更多的鬣狗跳进战团，用黑暗遮蔽天空，这时我醒了。

我在黄沙中醒来。太阳已经在天上走了一半路程，所有东西都是白热的。没有地洞，没有树丛，周围没有白骨，附近没有鬣狗的气味。四面八方只有黄沙。我不知道该怎么办，于是我背对太阳向前走。我怎么会出现在那儿，鬣狗为什么放我走？我始终没搞明白原因。我以为我在做梦，或者过去这几天是做梦，直到我抬起手摸左眼，碰到的却是布。然后我想到，他们也许从一开始就没想过要杀死我，只是想伤残我，因为死亡之中存在尊严，而甚至都不配被杀就是一种羞辱。太阳灼烧我的后背。她很生气，因为我背对着她？那就杀了我好了。我厌倦了这一切，人和野兽威胁我的生命，消耗我的求生欲望，但就是不杀我。我向前走，我除了向前走之外也没有其他事可做。我走过白昼和夜晚。冷风吹过黄沙，我睡着了。我在运送猪和鸡的大车车厢里醒来。我们去法西西，一位老人说，鞭打他的两头驴。也许他天性善良，也许他打算把我当奴隶卖掉。天晓得他为什么发善心，总之我从车上跳了下去，大车行驶在坑洼不平的粗糙道路上，我望着他继续前进，甚至都没注意到我不见了。

我知道尼卡不在法西西。他的气味早就离开这座城市，在许多天的里程之外，有可能已经到了马拉卡尔。他没动我的房间，我吃了一惊，他甚至没拿我的钱。我带上必需品，留下了其他所有东西。

我越靠近马拉卡尔，气味就越浓烈，但我告诉自己，你没有在找他，等你发现了他，你不会杀死他。不，我要做更可怕的事情。我要找到他母亲，他声称憎恨但话不离口的母亲，我要杀死她，用羚羊的脑袋替换她的脑袋，把两个脑袋缝在彼此的脖子上。或者做些更邪恶的复仇勾当，连我自己都无法想象。或者我先晾着他，离开几年，让他慢慢发胖，以为我早就死了，然后再收拾他。然而，我刚踏上他走过的街道，在他停留过的地方停留，我就知道他确实在马拉卡尔。一天之内我找到了那条街道。太阳还没下山我就知道了是哪幢房屋。夜幕降临前连房间都搞清楚了。

我默默等待，直到我强壮起来。剩下的力量来自仇恨。他花钱请客栈老板为他撒谎，教老板制作毒药。我走进客栈的厨房，老板企图假装并不吃惊。我没问尼卡在哪儿，而是对老板说，我要上楼去宰了他。你要是去拿柜子里的毒药，还没拿到我就会杀了你。他大笑，说，你想做什么就做什么，我不在乎。但他从头发里抽出飞镖扔向我。我躲开，飞镖击中我背后的墙壁，开始冒烟。他想逃，但我抓住他的头发，把他拽回来。你再给我拿拿看，我说，把他右手按在案台上，一斧头剁掉。老板惨叫，逃跑。他刚跑到门口，门都打开了一半，我的短斧就劈进他的后脑勺。我把他扔在门口，自己上楼。到处都能闻到他的气味，但就是不见他的人影。尼卡也许是贼，是骗子，背信弃义，但他不是懦夫。碗橱里的气味最浓烈，但不是尸臭味。我打开碗橱，尼卡就挂在一个钩子上。他的整张皮。但只有他的皮，他只留下了这东西。尼卡蜕了一层皮。我见过拥有奇异天赋的男女和兽类，但从未见过能像蛇一样蜕皮的。蜕下这层皮，他也抛弃了他的气味。天晓得他是怎么做到的，但他已经变成了另一个人。

"那你怎么知道是他走上了楼梯？"邦什问。

"他总在嚼恰特叶[1]。他说能帮他续命。你也许想问我有没有思考过鬣狗为什么放了我。不，我没有。因为要思考就要想到他们，要不是你钻进我的窗户，我都根本不会想到他们。他甚至没注意我的眼睛。我的眼睛，他甚至都没发现。"

"向前是鬣狗，向后是狐狸。"邦什说。

"鬣狗是更忠实的朋友。"

"然而是他对我说的，只有追踪者能找到这个男孩。要找到男孩，你必须找到追踪者。我不想侮辱你，把更多的钱币扔到你脚下。但我需要你帮我找到这个男孩；国王的密探已经开始追杀，因为有人告诉他，男孩很可能还活着。而他们只要死亡的证据。"

"三年太久了。无论是谁抓走了他，现在他只听他们的话。"

"开个价吧。我知道你的价码不是钱。"

"哦，不，就是钱。四倍于四倍你承诺的价码。"

"你的语气让我不得不问：还有呢？"

"他的脑袋。割下来，使劲插在木棍上，让棍尖戳爆他的头顶。"

她在黑暗中望着我，点了一下头。

1　恰特叶：Khat，学名巧茶，分布于东非和阿拉伯半岛，常青灌木，含兴奋物质卡西酮。

09

审讯官，所有人都知道你们的疯王。我必须说，疯狂的国王好过软弱的，但软弱的也好过糟糕的。哪个更邪恶呢？是被恶魔篡夺了意志力的可悲灵魂，还是一个认为在他母亲的所有孩子之中，只有他最爱他自己的人？你想知道既然我刚说过我失去了一只眼睛，为什么现在依然有两只？讲到这儿，我猜你大概会竖起耳朵仔细听了，因为咱们伟大的克瓦什·达拉即将进入故事。

你认识邦什吗？她从不撒谎，但她的真话和她的皮肤一样滑不留手，她会扭曲事实，塑造事实，把事实拉直了铺在你身旁，就像蛇在判断她能不能吃掉你。我说真的，我不相信国王会派人杀死一位长老的全家。我想回到我的房间里，问客栈老板有没有听说过骷髅之夜和巴苏·福曼古鲁发生了什么，但我还欠她的租金。另外，如我所说，关于我如何用钱币之外的东西付账，她有很多其他的想法。

然而话也说回来，邦什所说国王的行径符合我所知道和耳闻的那一丁点情况。他对本国和外国人都加税，对高粱、黍米和黄金流转加税，对象牙加两倍税，对进口棉布、丝绸、玻璃和科学与数学用具同样加税。养马人每六匹马抽一份税，干草要花钱买。最让男人龇牙咧嘴和女人愁眉苦脸的是aieyori，也就是土地税。原因并不是它太高了，因为它总是很高；而是因为这些北方国王的做事方式从不改变，每个决定都能告诉敏锐的观察者，下一个决定会是什么。国王征土地税只会出于一个原因，那就是为战争筹款。仿佛水和油的各种事情搅和起来，真相就是这两者的混合物。国王要抽战争税，税款其实用在雇佣兵身上，而他的头号反对者——也许甚至是敌人，能够扭转人民的意志来对抗他的人——已经死了。三年前遇害身亡，从人们的书籍中消失。连吟游诗人都没有骷髅之夜的歌谣。

你看着我，像是我知道你要问的问题的答案似的。我们的国王为什么想打仗，尤其是最后挑起战端的还是你们自己人，南方的吃屎鬼？更聪明的人肯定能回答这个问题。现在你就听我说吧。

那天早晨，邦什离开后，我独自出发，走向第三道城墙的西北角。我没有告诉黑豹。我出发时太阳才刚升起，我看见弗米利坐在窗口。我不知道也不在乎他有没有看见我。许多长老住在东北角，我去找我的一个熟人，大块贝勒昆。这些长老喜欢描述自己，就好像他们的笑话无法影响他们自己。有一位智者阿达加其，他的愚钝无人能及；还有滑头阿玛奇，天晓得这个名字是什么意思。大块贝勒昆特别高，无论进哪个门都要低下头，而实话实说，那些门本身就已经很高了。他粗硬的白发像是脑袋上的一个盘子，还喜欢在顶上插几朵小花。三年前他来找我，说，追踪者，有个女孩你必须帮我找到。我们怜悯她，在一个雨夜收留了她，她却从长老的金库偷走了一大笔钱。我知道他在撒谎，不仅因为马拉卡尔快一年没下过雨了。邦什没告诉我之前，我就知道长老们如何对待年轻女孩。我在红湖附近的一间茅屋里找到那女孩，叫她快去中土某个与南方和北方都不结盟的城市，比方说米图或都林戈，长老的命令在那里的街道上找不到耳目。然后我回去找大块贝勒昆，告诉他鬣狗吃了女孩，秃鹫啃得只剩下骨头，我扔给他一根猿猴的长骨。他连忙跳开，敏捷得像个舞女。

因此，我记得他住在哪儿。他想掩盖见到我并不高兴的事实，但我在他微笑前看见了表情的变化，尽管迅速得像一次眨眼。

"白昼还没决定今天打算成为什么样的一天，追踪者就已经来了，他决定亲自光临我的家。事实如此，理当如此，也必——"

"贝勒昆，问候的话就留给那值得款待的客人吧。"

"我们应该有点教养，男婊子。我还没决定让不让你进门呢。"

"还好我懒得等你决定。"我说，从他身旁走进去。

"大清早你的鼻子领着你来到我家，何等的奇观。只是更进一步证明了你像狗多过像人。别把你难闻的屁股坐在我上好的毯子上，拿它蹭你臭烘烘的皮肤——神灵的乳头在上，你眼睛里的凶光是怎么回事？"

"你话太多了，大块贝勒昆。"

大块贝勒昆确实块头很大，腰身庞然，大腿松软，小腿却非常细。他还有一点是出了名的：暴虐，想到它，提到它，哪怕最细微的一丝怨恨，也会让他跟你红脸。我没能带着一个活生生的女孩回来，他几乎不肯付我钱，但我隔着他的袍子揪住他的下体，把刀刃压在上面，直到他同意付我三倍价码。他因此成了语焉不详的大师；我猜这么一来他就认为自己不需要为他花钱请别人去做的腌臜勾当负责了。众所周知，国王的眼睛从不看有钱人，而长老的身份就更是锦上添花。贝勒昆的会客室里有三把椅子，椅子带有靠背，看上去像是王座，还有各种图案和花纹的坐垫和色彩如虹蛇般缤纷的毯子，绿色的墙壁上画满图案和标记，立柱从地面一直通到天花板。贝勒昆的衣服就像墙壁，他穿亮晶晶的深绿色阿格巴达袍[1]，胸口的白色图案仿佛雄狮。袍子底下他什么都没穿，因为我能闻到他袍子后臀处的汗味。他脚上穿珠串凉鞋。贝勒昆一屁股躺进一堆坐垫和毯子，掀起粉红色的尘土。他依然没有邀请我坐下。他身旁的盘子上搁着山羊奶酪、神秘果[2]和黄铜酒杯。

---

1 阿格巴达袍：Agbada，西非传统男性服饰，袖子宽大的长袍。
2 神秘果：又名变味果，产于西非热带地区，果肉酸涩，但含有神秘果素，吃后半小时内再吃其他酸性水果，会觉得酸味不再是酸味，而变为甜味，故名神秘果。

"你现在确实是条猎狗了。"

他吃吃笑，然后大笑，然后剧烈地咳嗽。

"你试过先吃神秘果再喝酸橙酒吗？酒会变得特别甜，就像花苞在你嘴里绽放。"贝勒昆说。

"说说你的铜杯吧。不是从马拉卡尔来的？"

他舔舔嘴唇。大块贝勒昆是个演员，这场戏是专门演给我看的。

"当然不是，我的小追踪者。马拉卡尔刚从石器到铁器。还没时间享受精致的铜器。椅子来自沙海另一侧的土地。那些帷帐是珍贵的丝绸，跟随东方之光的商人卖给我的。倒不是想跟你掏心窝，但买它们的钱够买两个漂亮的奴隶少年了。"他说。

"你的漂亮少年在被你卖掉之前并不知道他们是奴隶。"

他皱起眉头。有人曾经提醒我，别去摘太靠近地面的果实。他在袍服上擦手。亮闪闪的，但不是丝绸，因为假如是丝绸，他肯定会向我夸耀。

"我想知道你们之中一员的消息，巴苏·福曼古鲁。"我说。

"长老的消息只有诸神才能听闻。凭什么要让你知道？福曼古鲁已经——"

"福曼古鲁已经？应该说他还如何才对。"

"长老的消息只有诸神才能听闻。"

"行啊，你必须告诉诸神他死了，因为鼓声还没有把消息送到天上。至于你，贝勒昆……"

"谁想知道福曼古鲁的消息？不可能是你，我记得你只是个信使。"

"我认为你记得的不止这个，大块贝勒昆。"我说，胳膊擦过我鼓胀的部位，抬手去拿我的手镯。

"谁想知道福曼古鲁的消息？"

"城市附近的亲友。他似乎有不少。他们会听说他的遭遇的。"

"嗯？家里人？农场老乡？"

"对，他们是老乡。"

他仰着脸看我，左眉挑得太高，山羊奶酪凝固在他的嘴角上。

"他的家里人在哪儿？"

"在他们应该在的地方。在他们一直在的地方。"

"也就是？"

"贝勒昆，你肯定知道的。"

"耕地在西面，而不是乌沃莫沃莫沃莫沃山谷，因为山里的盗匪太多。他们在山坡上种地？"

"长老，他们过什么日子和你有什么关系？"

"问问而已，这样就可以把贡税转给他们了。"

"所以他死了。"

"我从没说过他还活着。我说他已经死了。追踪者，在诸神的计划中，我们全都已经死了。死亡既不是结束也不是开始，甚至连第一次死亡都不是。我忘了你信哪个神。"

"因为我哪个都不信，长老，但我会向他们转达你美好的祝愿。另一方面，他们想要答案。被埋葬了或焚烧了？他和他的家里人在哪儿？"

"和祖先在一起。我们每个人都能分享他们美好的命运。但这不是你想知道的。不过，对，他们都死了。是的，全家。"

他又咬了一口奶酪，吃了几颗神秘果。

"奶酪加上神秘果，追踪者，就像吸山羊的乳头，流出来的是甜蜜的香料。"

"全家都死了？怎么会这样？为什么没人知道？"

"血疫，不，人们当然知道。说到底，毕竟是福曼古鲁以某种方式激怒了比辛比——肯定如此，不，必定如此，对，当然如此——他们诅咒他患上瘟疫。哦，我们找到了源头，他同样死了，但没人敢接近那幢屋子，因为人们害怕恶疾的精怪。你知道的，它们能凭空行走。是的，他们死了，他们当然死了。我们该怎么告诉全城人有人死于血疫，更何况是他们可敬的长老？街道上会爆发惊恐！女人会撞倒甚至踩着自己的孩子逃出城市。不，不，不，这是诸神的旨意。另外，没有其他人感染疫病。"

"或者病死，至少看起来如此。"

"看起来如此。但那又怎样呢？长老没有义务声张长老的命运。甚至是通报家人，甚至是报告国王。我们会通报他们的死讯，但仅仅出于礼节。一个人只要加入了这个光荣的兄弟圈子，他的家人就该认为这位长老已经去世。"

"也许你是这样，大块贝勒昆，但他有妻和孩子。他们和他一起去了孔谷尔。我听说是逃跑的。"

"没有一个故事能这么简单，追踪者。"

"不，每个故事都很简单。没有一个故事能阻止我把它简化成一句话，甚至一个字。"

"我迷糊了。咱们到底在谈什么？"

"巴苏·福曼古鲁。他曾经是国王的爱将。"

"我怎么不知道？"

"直到他激怒了国王。"

"我怎么不知道？不过另一方面，激怒国王永远很愚蠢。"

"我怎么觉得长老成天都在这么做？激怒国王——我的意思是，保护人民。街道上有标记，金色的，箭头指着国王会逗留的地方。你门外就有一个。"

"风大起来，甚至能吹断河流。"

"风大起来，能把屎吹回源头。你和国王现在是朋友了。"

"每个人都是国王的朋友。没有人真是国王的朋友。你还不如说你是某个神的朋友呢。"

"好吧，你和国王交好。"

"一个人为什么要当国王的敌人？"

"大块贝勒昆，我有没有说过我的诅咒？"

"你和我，我们没有交情。我们从来不——"

"血脉是根源。就像它在许多事情上一样，你我在谈的是家人。"

"我的晚餐在召唤我。"

"是啊，确实如此。当然，确实如此。吃些奶酪吧。"

"我的仆人——"

"血。我的血。别问我诅咒是怎么进去的，但假如我抬起我的手"——我拔出匕首——"切开我的手腕，不足以让生命流走，但足以积满一巴掌的鲜血，然后——"

我还没指那个方向，他就已经望向天花板。

"你的天花板很高。但我的诅咒依然是诅咒。也就是说，假如我把我的血抛上天花板，就会滋生黑色。"

"滋生黑色是什么意思？"

"来自最黑暗的黑暗的一些人，至少看着挺像人。天花板会放开约束，他们一个个冒出来。他们站在天花板上，就仿佛那是地面。你知道屋顶好像要裂开时会发出什么声音。"

"屋顶——"

"什么？"

"没什么。我什么都没说。"

贝勒昆被一颗神秘果噎住了。他灌下几口酸橙酒，清清喉咙。

"这东西，这个奥默卢祖，听着像是你母亲给你讲的传说。有时候你脑袋里的怪物会在夜里冲破你的头皮。它们到今天依然在你的脑袋里。是的。"

"所以你从没见过？"

"不存在奥默卢祖，我怎么可能见到。"

"奇怪。真奇怪啊，大块贝勒昆。整件事都很奇怪。"

我走向他，把匕首插回鞘里。他想翻身坐起来，但重重地倒下去，胳膊肘着地。他疼得龇牙，企图把这个表情变成笑容。

"我还没说天花板你就已经抬头看了。我没说奥默卢祖，是你自己说的。"

"有意思的交谈总会让我忘记饥饿。我刚想起来我饿了。"贝勒昆伸出胖手，拿起一个坐垫上的铜铃，摇了三下。

"你刚才说比辛比？"

"对，那些恶毒的小婊子，住在流动的水里。也许他选错了夜晚去河边占卜，惹怒了一个两个或三个她们。她们很可能跟着他回家。正如俗话所说，其余的就是历史了。"

"比辛比。你确定吗？"

"确定得就像你比我屁股沟里的痒痒还让我生气。"

"因为比辛比是湖泊精怪。她们憎恨河流，流水会让她们迷途，她们入睡后会被水流带得太远。另外一点，马拉卡尔和孔谷尔没有湖泊。奥默卢祖袭击了他家。他最小的儿子——"

"对，可怜的孩子。他刚到会像公牛跳一样撞向别人的年龄。"

"他太小了，没法像公牛那么跳，不是吗？"

"一个十五岁的孩子难道还不够大？"

"那个孩子刚出生不久。"

"福曼古鲁的孩子都早就出生了。最小的一个也是十五年前。"

"人们找到了多少尸体？"

"十一——"

"他们家有多少人？"

"人们在那幢屋子里该找到多少尸体就找到了多少。"

"你为什么这么肯定？"

"因为是我亲自数的。"

"相同血脉的有九个？"

"八个。"

"当然了。八个。"

"仆人也都清点了？"

"我们可不想付工钱给一具尸体。"

他使劲摇铃。摇了五次。

"你似乎坐立不安，大块贝勒昆。来，请让我帮你——"

我弯腰去抓他的胳膊，有东西贴着我的后脖颈嗖嗖两声掠过去。我卧倒，抬头看。第三根长矛从半空中飞过，和前两根一样迅疾，挨着前两根插进墙壁。贝勒昆慌慌张张企图爬开，他的脚滑了一下，我抓住他的右脚。他踢在我脸上，爬向房间的另一侧。我跳起来，摆出半蹲姿势，第一个卫兵从里屋跑向我。他的头发和筒裙一样鲜红，编成三条辫子，他手持匕首扑向我。他离我还有二十步，我已经拔出短斧扔出去，短斧正中他的双眼之间。两把飞刀掠过他的身体，我再次卧倒，另一个卫兵冲向我。贝勒昆还在爬向房门，但暴力让他紧张得手指僵硬，他几乎无法动弹，就像一条离水太久的疲累大鱼。我在看贝勒昆，另一个卫兵逼近我，他挥动巨斧劈向我，我翻身躲开，斧刃击中地面，激起细小的闪电。他把巨斧举过头顶，再次劈下来，险些剁掉我的脚。这家伙凶得像恶鬼。他挥动巨斧砍向我的脸，我用双肘撑起身体，向后弹开。他又朝我挥出一斧，我拔出我的第二把短斧，猫腰躲开他的攻击，抡起短斧劈进他的左胫。他惨叫，扔下巨斧。他重重地摔倒在地。我抓起他的斧头，抡起来砍中他的太阳穴。我眨眼，挡住溅在我脸上的鲜血。

大块贝勒昆爬了起来。他不知在哪儿找到了一把剑。光是握着剑就让他浑身颤抖。

"我让你一招，贝勒昆，因为我总是很尊重各位长老。你可以先攻击我。躲闪，劈刺，诸神叫你怎么做你就怎么做。"我说。他叽里咕噜说了句什么。我闻到尿味。

贝勒昆颤抖得太厉害，项链和手镯碰撞得叮当作响。

"举起你的剑。"我说。汗水从他额头淌到了下巴上。他举起剑，指着我。剑尖从他手里垂下去，我用脚挡住，把剑抬起来，直到它又指着我。

"我再让你一招，大块贝勒昆。我自己往剑上撞。"

我自己扑向利剑。贝勒昆惊叫。然后他望着我，我停留在半空中，他的剑在我底下，我和剑悬在半空中，就像互斥的两块磁铁。

"剑无法伤害你？"他问。

"剑无法碰到我。"我说。剑从他手里飞出去，我落下来。贝勒昆翻个身爬起来，跑向房门，嘴里喊着："阿依西，万军之主！阿依西，万军之主！"

我从墙上拔出一根长矛，助跑三步后扔出去。钢铁矛尖刺穿他的脖子，从他嘴里出来，插进门板。

六天后，黑豹和我在库里库洛酒馆碰头，我们来到了乌沃莫沃莫沃莫沃山谷。邦什不在，奴隶主在教少年弗米利骑马。弗米利抓缰绳抓得太紧，向马匹传达自相矛盾的信息，马匹当然用两条后腿站起来，把他扔在地上。另外三匹马在一棵树下吃草，全都披着北方养马人爱用的花纹棉布鞍座。两匹马用轭具连着一辆马车，马车漆成红色，描着金边，在稍远处等候，马匹挥动尾巴，赶开苍蝇。自从我在沙海最北面跟踪一群失窃马匹，就再也没见过这样的马了。马再次把弗米利掀翻在地。我大笑，希望他能听见。黑豹看着我，改变形态，我对他挥挥手，他小跑离开。我看见尼卡走出树丛，以为自己不会有任何感觉，恩萨卡·奈·瓦姆皮在他身旁，两人都穿深蓝色的吉拉巴长袍[1]，黑得仿佛夜色下的黑肤，他的头发紧紧地编成一根长辫，在脑后弯曲翘起，就像一根长角。她用头巾包着头发。他下嘴唇红肿，额头上缠着染血的白色布条。奴隶主留下了一辆篷车，那是车队里最漂亮的一辆，女巫索戈隆从

1　吉拉巴长袍：Djellaba，北非传统服饰，男女皆可穿着的连帽宽松长袍。

里面走了出来。阳光照进她的眼睛，她似乎很生气，不过也可能她这张脸看上去总是这样。

"狼眼，你在阳光下显得更年轻。"尼卡说。他微笑，摸了摸下嘴唇，做个鬼脸。

我一言不发。恩萨卡·奈·瓦姆皮盯着我。我以为她会点头打招呼，但她只是看着我。

"奥格在哪儿？"我问奴隶主。

"河边。"

"咦？没听说过奥格也会洗澡。"

"谁说他在洗澡了？"

奴隶主跑向弗米利，弗米利企图爬回马背上。

"年轻的傻瓜啊，别闹了。马踢你一脚，你倒下去就再也起不来了。我跟你说真的。"他说。

奴隶主挥手叫我们过去。喂他椰枣的奴隶走出篷车，肩上有个背囊，手里的银盘托着几个皮袋。奴隶主一个一个拿起皮袋扔给我们。我摸到银币的轮廓，听见它们叮当碰撞。

"这不是你们的赏金。这是我让会计给你们预提的开销，按你们各自的能力分配，也就是说每个人拿到的都一样多。孔谷尔没有任何不花钱的东西，尤其是消息。"

椰枣男仆打开一个袋子，取出几个卷轴，一一递给我们。尼卡拒绝了，恩萨卡·奈·瓦姆皮一样。我琢磨她拒绝是不是因为他拒绝了。几个晚上之前她的话很多，但今天她一言不发。弗米利为黑豹拿了一个，黑豹依然是豹形，但他在听。

"这是城市地图，根据我最精确的记忆绘制，但我好几年没去过那儿了。要当心孔谷尔。街道似乎笔直，小巷许诺会带你去它们声称的地方，但像蛇似的蜿蜒盘旋，拐进你并不想去的地方，去了就回不来的地方。好好听我说，我和你们说实话。去孔谷尔有两条路。追踪者，你明白我的意思。你们有些人不明白。向西走到达白湖，你们可以绕过去，行程会增加两天时间，也可以穿过去，只需要一天，因为湖面狭窄。你们自己选择。然后你们可以选择骑马绕过暗土，行程会增加三天时间，也可以骑马穿过去，但那毕竟是暗土。"奴隶主说。

"暗土是什么？"少年弗米利说。

奴隶主咧嘴笑笑，笑容转瞬即逝。"不是你的小脑袋能想象的东西。你们有谁曾经穿过暗土？"

尼卡和我点点头。多年前我和他曾一起穿过暗土，但我们谁也不会在这儿说起。我知道，无论其他人怎么选择，我肯定会绕着走。索戈隆也点点头。

"再说一遍。你们自己选择。骑马绕过暗土要走三天，但直穿只要一天。无论怎么走，到孔谷尔还有三天的路程。要是绕过去，你们将穿过没有任何国王占领的无名之地。要是穿过去，你们还必须经过米图，那里的人们已经放下武器，思考天与地的宏大问题。一块令人厌倦的土地，一群令人厌倦的人，无论有什么东西在暗土等着你们，你们都会发现米图人比它们更可怕。骑马一天就能穿城而出。但我再说一遍，这还是你们自己的选择。比比会跟着你们。"

"他？他能做什么？喂我们吃我们一伸手就能拿到的东西？"尼卡说。

"我去是为了保护。"他说。

他的声音让我吃惊，这个声音颐指气使，更像个战士的，而不是一个试图像吟游诗人那样歌唱的人。这是我第一次认真打量他。他和弗米利一样瘦削，穿过膝的白色吉拉巴长袍，拴着一根腰带。腰带上挂着长剑，前两次见到他的时候，他腰上可没这东西。他看见我在看，于是走向我。

"没想到会在离东方这么远的地方见到塔科巴剑[1]。"我说。

1　塔科巴剑：Takouba，非洲图阿雷格人使用的武器，通常长约一米，宽阔的双刃剑身上有三条或以上的血槽，剑锋呈圆形。

"那是因为它的主人不该来这么西面的地方，"他微笑道，"我叫比比。"

"这个名字是他给你的吗？"我问。

"假如这个'他'指的是我父亲，那么，对。"

"我认识的每个奴隶，主人都会逼着他们接受新的名字。"

"所以假如我是奴隶，那就肯定会有个新名字。你认为我是奴隶，因为我喂他吃椰枣？他那是在掩饰我的真实身份。人们对着一个还不如一面墙的人，什么话都能说出口。"

我转身背对他，但这么一来就必须面对尼卡了。他走开几步，知道我会跟过去。

"追踪者，你和我，咱们都在暗土留下了东西，对吧？"他说。

我盯着他。

"他应该留下他的女人末端。"恩萨卡·奈·瓦姆皮说，我内心暴怒，因为他把我的所有事情都告诉了她。进一步地出卖我。他们一起走开，但奴隶主的话还没说完。

"当然了，我实话实说，外面有些传闻。他最后一次被肉眼见到的地方甚至不是孔谷尔，但能看的不仅是肉眼。我早就说过。你们可以追寻死者的足迹，被发现死去并迅速下葬的人，像浆果一样被吸干了生命的人。据说一个男孩和另外四个人去过尼基奇，那是在孔谷尔之前很久了。你们要找到他，把他带回马拉卡尔给我，在——"

"你现在不要他的死亡证据了？"我问。

"我会在坍塌的塔楼等着。我想说的就是这些。索戈隆，咱们单独聊几句。"他说。

索戈隆自始至终一个字都没说过，她跟着奴隶主走向篷车。

"我知道你去孔谷尔不需要任何帮助。"尼卡说。

我已经望向西方了，我转过身，看着他的脸。他向来英俊，即便现在白色须发在他下巴底下伸头探脑，扫过他辫子的顶端，以及红肿的嘴唇。

"我有个问题，只有你才有资格回答。但你从来不擅长言辞，所以才会需要我。假如要你们去穿过暗土，你说有几个人能到达另一头？黑豹？狡猾得像猫，但暴烈得像人，脾气让他愚蠢。就像年轻时的你，对吧？和奴隶主说话那个老太婆？你们还没到湖边，她就会倒地而死。然后是那个小男孩，他和谁睡觉，你还是大猫？他连马背都爬不上去，更别说骑马了。还剩下你旁边那个奴隶——"

"他不是奴隶。"

"不是？"

"他说不是。"

"我没听见。"

"你没听。"

"所以还剩下那个不是奴隶的男人和奥格，你知道你能信任一个奥格到什么程度。"

"肯定超过对你的信任。"

"嗯。"他大笑。恩萨卡·奈·瓦姆皮没跟过来。她注意到我注意到了。我还注意到他说的是"你们"，而不是"我们"。

"你有其他打算。"我说。

"你了解我胜过了解我自己。"

"了解你，那肯定是什么诅咒。"

"没有谁比你更了解我。"

"那就根本不存在了解你的人。"

"所以你想现在就了解一下吗？就在这儿，如何？要么等到了湖边？还是我该指望你会在夜里摸过来，敏捷得像个情人？有时候我希望你确实爱过我，追踪者。我该如何安慰你的心灵？"

"我不要你的任何东西。包括安慰。"

他再次大笑，转身走开。他走了几步停下，再次大笑，走向一块脏兮兮的巨大挂毯，挂毯盖着底下的什么东西。恩萨卡·奈·瓦姆皮爬上马车，抓住缰绳。尼卡掀开挂毯，露出一个笼子，笼子里关着闪电女人。黑豹也看见了她。他立刻跑向笼子，低声吼叫。女人连忙爬向笼子的另一头，但她无路可退。她此刻就像个女人。她圆睁双眼，像是恐惧驻扎在了她的脸上，就像在战争中诞生的孩童。尼卡拉开笼子上的锁。女人继续后退，笼子被她压得变形。黑豹跑开，躺在尘土中，但依然盯着她。她闻了一圈，看了一圈，然后跳出笼子。她朝一个方向转圈，然后换个方向再转圈，她打量篷车、树木、黑豹、穿同样蓝袍的男人和女人，脑袋忽然向北一甩，像是听见了什么人的召唤。她拔腿就跑，两腿几乎不沾地，她跃过一个小丘，跳得和树一样高，立刻就消失了。尼卡跳上马车，恩萨卡·奈·瓦姆皮甩动缰绳，两匹马隆隆地跑出去。向北而去。

"那个湖，不是西面？"喂椰枣的比比说。

我没有回答。

男孩迟早会吓得他的马受惊，被马掀翻在地，摔断脖子。我没兴趣教他。黑豹派不上用场，他保持大猫形态，不和任何人交谈，尽可能远离我们，但留在能听见我们动静的范围内。我觉得索戈隆需要别人帮忙才能爬上马背。也可能她会拴上一张小床或一辆小车，或者取出女巫随身携带的道具，比方说婴儿的一条腿、处女的粪便、整头野牛的盐腌皮革或者其他什么用来变戏法的东西。然而她把一个鹿皮袋系在肩膀上，左手抓住鞍角，把身体向上一拽，稳稳地落在了鞍座上。连奥格也注意到了。奥格一屁股就能压烂十匹马，因此他只能奔跑。尽管他那么高那么重，但跑起来几乎无声无息，也没有让地面震动。我琢磨他的潜行天赋到底是从哪儿买来的，是桑格马、男巫、女巫还是恶魔。这些马很强壮，但一口气只能跑一个白天，因此去白湖需要两天。我把驮给养的第二匹马和我的坐骑拴在一起。索戈隆走在前面，但奥格还在等待。我猜他害怕女巫。比比跳下他的马，在他的鞍座和背给养的一匹马的马笼头之间系了一根麻绳，叫弗米利爬上去。

于是我们出发。邦什不和我们一起走。索戈隆在脖子上挂了个小瓶，小瓶的颜色与邦什的皮肤相同。她骑马经过我时我注意到了。她和我靠得很近，两匹马几乎贴在一起，她凑到我旁边说："那个男孩。他有什么用处？"

"去问用他的那个人。"我说。

她大笑，疾驰跑进大草原，留下我无法分辨的一条气味轨迹。我不急着去孔谷尔，因为失踪的男孩无疑死了，死人又不可能再死一次。他们一个个都让我烦恼——黑豹沉默不语；弗米利闹性子，我很想在他阴沉的脸上赏几个耳光，扇得他乖乖听话；喂椰枣的比比，他努力让我们觉得他不只是个往别人嘴里塞食物的仆人；还有索戈隆，她斩钉截铁地认为没有任何人比她聪明。要是不想他们，另一个选择是想大块贝勒昆，我打听失踪男孩的父亲，他企图杀死我。他知道奥默卢祖，也知道奥默卢祖杀死了男孩的父亲，但他未必知道要召唤他们，你必须满腹巨大的怨气。他管某个人叫万军之主。一个人有了信仰，就不可能变得更加愚蠢了。我们还没出发，队伍里已经有了我不想再见到的人。

哦，还有奥格。一个人块头越大，就越不需要言辞，或是越不懂得言辞，这是我多年来领悟到的。我放慢马匹的步伐，等他赶上我。他的气味确实挺清新，就好像先前他真的在河里洗过澡，连他腋下也不例外，尽管另一个巨人身上的气味可能能熏倒一头牛。

"我猜咱们能在两天内赶到白湖。"我说。他继续向前走。

"咱们能在两天内赶到。"我喊道。他转过身，哼了一声。唉，这趟旅行肯定会极为美妙。

倒不是说我在乎作伴什么的。尤其是这帮家伙。我的白昼基本上全是我一个人度过，夜晚总是和我绝对不想在早晨见面的人度过。我愿意承认，至少对我灵魂的最深处承认，世上最糟糕的事情莫过于你待在许多灵魂之中，哪怕是你认识的灵魂，却依然孤单一人。这话我以前说过。我遇到过男人和女人，他们认为是爱的东西包围着我，我却是全部十三个世界中最孤独的人。

"奥格。你是奥格，对不对？"

他放慢步伐，我的马在他身旁跨步行走。他又哼了一声，点点头。

"我看见你洗过澡后待在远处，跪在几块石头前。那是个神龛吗？"

"敬拜谁的神龛？"

"诸神，某个神。"

"我不认识任何神灵。"他说。

"那为什么要搭神龛呢？"

他茫然地看着我，像是不知道答案。

"你加入是为了奴隶主、半神还是女巫？"我问。

他继续向前走，眼睛看着我，说："奴隶主，半神还是女巫？哪个是哪个，我问你，哪个是哪个。你确定黑色那个是半神而不是真神？我见过她的其他同胞——一个是男人，至少外表像男人，但他是诸神制造的。南方人说半神是被诸神改变的人，不会经历死亡，而死亡是大事，让人恐惧的大事。我不喜欢死亡，我不喜欢亡灵的正午，我不喜欢食尸者，而我见过他们，老人，身穿扫着地面的黑衣，脖子上裹着白色毛皮，就好像他们披着秃鹫的皮。但她属于一个奇异的种类，你说某些动物是半象、半鱼，或者半人、半马，那就是她应该归属的地方。我加入是因为奴隶主，他来找我，说，萨多格我有个活儿给你，他知道我没有工作，因为在西面，有什么活儿能给奥格做呢？对，我没工作，我待在家里，我白天黑夜都敞着家门，因为只有傻子才会来抢劫奥格，谁没听说过我们是恐怖的野兽呢？我待在家里，其实就是间茅屋，奴隶主对我说巨人啊，我有个活儿给你，我说我不是巨人，巨人比我高一倍，双耳之间除了肉什么都没有，喜欢强奸马匹，因为他们认为动物只要毛长就肯定是雌性，马尥蹶子说明这场交配充满乐趣，于是他重新开口，说我有个活儿，我要你找到几个人，他们对我来说是邪恶，我说要是找到他们，我该怎么办，他说全杀了，只留下还不是男人的一个男孩，连他

215

的一根头发都别碰，除非他已经不是男孩了。他对我说，奥格，他有可能会变成的不是男人，而是其他什么东西，连诸神都会唾弃的可憎东西，然后我说，你要我去哪儿找这个男孩，他说我会找几个人和你一起去，还有女人，因为这个活儿说起来容易做起来难，我说听起来确实挺简单，没等我想念家里、庄稼开始枯萎，我就能办完事回来，但这时我想到我上次杀死的那个男人，他的家人很快会想念他的残忍，到处寻找他，假如他们成群结队而来，我会制造出许多寡妇和孤儿，于是我心想，管他这个任务会花多少时间呢，因为这儿没什么值得我回来的，他说那你和另外几个人就有了共同之处，因为这儿都没有值得你们回来的，我不知道这是不是真的，因为我不认识你们中的任何一个，但我听说过月亮女巫索戈隆，你不知道她吗？你怎么会知道她在书写秘符？她三百一十五岁了，这是她告诉我的，她还说了其他事情，因为人们总以为奥格头脑简单，你什么话都能对他们说，所以她就说了；这是她的原话：他们叫我索戈隆，而我从不回应其他名字。他们曾经叫我丑巫索戈隆，直到这么叫我的人都一样因为因喉咙哽噎而死。月亮女巫索戈隆，总是在黑暗中行巫术，其他人这么说。她说她来自西方，但我来自西方，我觉得她闻着像是西南土地的人，他们气味发酸，但那是好闻的酸味，混着汗味，有生命的火花，不过你当然知道，因为我听说你鼻子很灵。她总在书写秘符吗？她的手一刻也不安分，一刻也不静止。她这么老的女人肯定擅长保守秘密，因此我猜她还有其他她不肯说的理由，因为金钱对她来说没什么意义。另外她说话像猜谜，还押韵，但并不美妙。自始至终她身上都没有愤恨，但也没有喜悦或快乐。看她的样子，我曾经以为她会消失和显形。我知道的就这些。你必须原谅奥格。很少有人和奥格说话，所以奥格一开口就总是停不下来。另外……"

奥格萨多格就这么说了一夜。我们停下休息，把马匹拴在树上，他还在说。我们生篝火，煮粥，找不到指引我们向西走的星辰，他还在说；我尝试睡觉，睡不着，听着狮子在夜色中行动，等待篝火熄灭，最终落入某种睡眠，他依然在说，在睡梦中说。我不确定唤醒我的是阳光还是他的声音。弗米利睡得很香，比比躺在我旁边，他醒着，眉头紧锁。奥格的声音变得低沉，寂静吞没他每一句话的末尾。

"从现在开始我将闭上嘴巴。"他说。

我盯着他看了很久。比比大笑，走进树丛去撒尿。我翻身坐起来，打个哈欠。

"不，接着说，我的好奥格。萨多格。我爱听你的话。你让长途跋涉变得短暂。你认识尼卡吗？"

他灼人的视线很值得一看。"我认识你之前一个月认识了他。"他说。

"而他已经传过了其他人的闲话。"

"奴隶主来找我的时候，尼卡和恩萨卡·奈·瓦姆皮陪着他。"

"这就很新鲜了。他是怎么说我的？"

"奴隶主？"

"不，尼卡。"

"他说假如追踪者认为你很正直，你就可以把性命托付给他。"

"他是这么说的？"

"他说得不对吗？"

"这个问题不该由我回答。"

"为什么？我从不撒谎，但我看得出撒谎有时候确实有原因。"

"背叛呢？背叛除了背叛，还有可能有其他原因吗？"

"我不明白你的意思。"

"没什么。这个念头已经过去了。"

"当时他也在马车上。"他指着正在往回走的比比说。

我们给马匹上鞍，重新出发。我转向比比。"跟我说实话。关于那个男孩，你的主人对我们撒谎。真相是男孩对他无关紧要。但讨好邦什对他来说很重要。"

"诸神的沉默让他担忧，"比比说，"诸神的沉默降临到每个家族头上，他认为他让诸神不悦了。"

"他更该担心密谋反抗他的所有奴隶的沉默。"我说。

"啊哈，追踪者，我看见你的表情了。几天前，我从你的厌恶中得到了莫大的乐趣。我认为你对这门尊贵的生意过于严苛了。"

"什么？"

"追踪者——无论你真名叫什么。假如没有奴隶，东方的所有男人在结婚前都会是处男。我遇到过一位，我保证这是真的。他以为女人生孩子靠的是把乳房塞进男人的嘴里。假如没有奴隶，咱们的好马拉卡尔除了假黄金和廉价盐什么都不会有。我倒不是要给它正名，但我明白它为什么存在。"

"所以你赞同你主人的做事方式。"我说。

"我赞同他给我的钱，否则我拿什么养育孩子？看你的表情我就知道你没有孩子。是啊，我喂他东西吃，是因为他把其他活儿都交给了奴隶。"

"你还是个汉子的时候，就想成为他这样的人？"

"而不是我现在这么一个男婊子？再跟你说句实话吧。假如你称之为我的主人的那个人再蠢一点，我每四分之一个月就要给他剪枝浇水三次了。"比比吃吃笑道。

"那就离开吧。"

"离开？就这么简单？你当我是那只黑豹？什么样的人能随心所欲，轻巧地抛下一切？"

"不属于任何人的人。"

"也可能没有任何人属于你。"

"没有人爱任何人。"我说。

"教你这句话的混账东西肯定憎恨你。所以，如我主人会说的，如实告诉我，立刻告诉我，现在就告诉我。我背后那男孩跟的是你，还是有斑点的那家伙？”

“为什么每个投错胎的灵魂都要问我这个投错胎的小子？”

“因为大猫不肯开口。侍奉国王的其他人——提醒你一句，他们是奴隶——都在下注。谁是杆，谁是杖，谁的屁眼挨插。”

我大笑。“你怎么猜？”我问。

“嗯，既然他们俩都讨厌你，他们说两个睡的都是你。”

我又大笑：“你呢？”

“你走路不像。”他说。

“也许你不了解我。”

“我说的是不经常。”

我转身瞪着他。他也瞪着我。我先大笑。然后我们就停不下来了。然后弗米利说什么捅马不够有劲，我们笑得险些从马背上掉下去。

除了索戈隆，比比看上去是我们之中最年长的。当然了，目前也只有他提到过孩子。我不由得想到桑格马收养的敏吉孩童，我们把他们留给甘加通人抚养。黑豹本应该告诉我他们后来的情况，但他还没说。

“那把剑是从哪儿弄来的？”我问。

“这把？”比比拔出利剑，“我告诉过你，来自一个东面的山里人，他犯错来了西面。”

“山里人从来不往西面走。喂椰枣的，你给我说实话。”

他大笑：“你多少岁了？二十八？”

“二十五。我看着有那么老吗？”

“我还想再猜老一点呢，但对新朋友不该那么没礼貌，”他微笑道，“我已经两个二十又五岁了。”

“操他妈的诸神。我还没见过一个人能活这么久呢，除非他有钱、有权或者就是胖。意思是你年纪够大，见过上一场战争。”

“我年纪够大，打过上一场战争。”

他的视线越过我，落在草原上，这儿的草比先前矮，天上的云也比先前多，尽管我们还能感觉到阳光。气温也比先前凉了。我们早已离开山谷，踏上从未有人尝试居住的土地。

"我不认识见过战争还愿意谈论战争的人。"比比说。

"你是士兵吗？"

他笑了一声："士兵是傻瓜，甚至得不到足够的报酬。我是雇佣兵。"

"和我说说战争。"

"整个一百年？你说的是哪一场战争？"

"你打过哪一场？"

"阿莱利·杜拉之战。天晓得南方那些搞水牛的叫它什么，不过我听说他们叫它'北方挑衅之战'，真是可笑，因为首先投出长矛的是他们。最后休战之后过了三年你才出生。休的就是这场战争。一个非常奇怪的家族。他们近亲繁殖诞生了那么多疯王，你觉得有朝一日某个国王会说，咱们找点新鲜血液来拯救这条血脉吧，但是，没有。于是我们打赢了那场战争。这是真的。我没法说克瓦什·奈图是个罕见的好国王，或者马赛金人的新一代疯王比上一代还要疯狂，但他确实擅长打仗。他在打仗方面有天赋，就像一个人在陶器或诗歌方面有天赋一样。"

比比勒停坐骑，我也一样。我看得出弗米利在向上看，气呼呼的。空气潮乎乎的，但雨还不打算落下。

"咱们必须快点走。"弗米利说。

"好好歇着吧，孩子。等你最后找到机会坐在黑豹身上，他肯定会硬邦邦的。"比比说。

这话让我回头去看。弗米利的表情和我想象中一样震惊。我转向比比。

"我父亲从不谈论战争。他没打过任何一场仗。"我说。

"太老了？"

"也许。他也是我祖父。继续说你的战争。"

"什么？你……哦，好，战争。我当时十七岁，和父母一起住在卢阿拉卢阿拉。马赛金疯王入侵卡林达，行军赶到马拉卡尔需要一个半月，但还是太近了。离克瓦什·奈特太近。我母亲说，有朝一日人们会敲开咱们家的门，说你们被选中上战场了。我说，我去打仗也许能挽回父亲用美酒和女人碾碎的家门尊严。你凭什么去挽回尊严，因为你根本没有荣誉，她说。她当然说得对。没人雇我杀人，因为大家都被卷入战争，人们对私人寻仇的需求就减少了。而她完全没说错，战士头领来到我家，说，你，你年轻力壮，至少看上去是这样。现在该打发奥莫罗罗婊子国王夹着尾巴回他的穷乡僻壤了。我问，我该为了什么作战呢？他们被触怒了。你该为了伟大的克瓦什·奈图和帝国作战。我啐了一口，拉开袍子，给他看我的项链。我是七翼的人，我说。金钱的战士。"

"七翼是什么人？"

"雇佣兵，从还不起欠账的醉鬼父亲那儿抢来的孩子。擅长使用武器，都是刀剑大师。我们动作敏捷，像事后的悔恨一样无影无踪。我们的主人用蝎子磨炼我们，因此我们不知恐惧。"比比说。

"怎么磨炼？"

"他们让蝎子蜇我们，看谁能活下来。在战斗中，我们排出狂牛阵。我们是牛角，最凶暴的小队。我们首先进攻。大多数国王都雇不起我们。但克瓦什·奈图在战争方面确实相当有天赋。这是我从疯王那儿听说的：一位统治者不可能同时置身于两三个地方，因为他只是一个人。他坐镇法西西，放任我们攻打米图。于是马赛金人攻打米图，米图成了他的。他以为这是一场胜利，这个念头也未必没有道理，因为国王不可能同时置身于两个地方，因此他放任我们攻打他不可能去的一个地方。追踪者，这是他犯的错误。你听好了，但这并不是弱点。南方的军队被诱骗相信克瓦什·奈图无比伟大，因为他同时出现在许多地方。"

"巫术？"

"追踪者，并非所有结果都来自女巫的子宫。你们国王的父亲比他之前和之后的任何一位国王都懂得该如何快速调动军队。连孔谷尔人都需要走七天的路程，他的军队两天就走完了。他明智地选择在哪些地方开战，知道他不能在哪些地方开战，他花钱雇用最好的军队，为此向人民征收最狠的税。最好的军队是七翼。这话你就当是真理。疯王是个轻浮的傻瓜，见血只会大喊大叫，根本不知道自己的将军都叫什么，而克瓦什·奈图任命他信得过的人统领疆域，都是强大的人，他去其他城市或城邦打仗时，他们可以管好一个城市或一个城邦。你听说过妇人之战吗？"

"没有，快告诉我。"

"疯王的将军们对他说，圣上，我们必须撤出卡林达，我们的四个姐妹危在旦夕，国王同意了。但那天夜里，他因为要和他的军队待在一起而待在营地里时，听见两只大猫在交配，以为那是夜魔叫他懦夫，因为他竟然会撤退。于是他命令他们再次挺近卡林达，却被从泥砖塔楼上扔石头和粪便的女人和孩子挡住了。另一方面，克瓦什·奈图攻占了瓦卡迪殊。马拉卡尔的最后一批驻军甚至称不上军人。他们是被扔石头的女人击退的军队的残渣。战争的胜负已定。"

"嗯，马拉卡尔的学校里不是这么教的。"

"我听过歌谣，读过用皮革装订的书本，说什么马拉卡尔是克瓦什·奈图帝国之光明和马赛金人之黑暗之间的最后一个堡垒。傻瓜的歌谣。只有没打过仗的人才会看不到两者都是黑暗的事实。哎呀，没有战争的雇佣兵就是失业的雇佣兵。"

"既然你这么了解战争、将军和宫廷，又怎么会落到现在这步田地，靠喂肥猪吃椰枣为生？"

"追踪者啊，工作毕竟是工作。"

"而狗屁依然是狗屁。"

"战争的阴影迟早会笼罩每一个打过仗的人。我的需求很简单。其中之一是喂饱我的孩子，直到他们长大成人。骄傲并非其中之一。"

"我不相信你。听你说完这么多，我更不相信了。你说话做事都透着狡诈。你打算杀死他吗？我知道，某个敌人雇用你接近他，比情人还要接近他。"

"假如我想杀死他，四年前我就可以下手了。他知道我的本事。人们以为我是个傻乎乎的娘们小子，喜欢伺候他的嘴巴，我觉得他从中得到了莫大的乐趣。他认为这意味着我能看透他的敌人，想办法应付他们。"

"所以你是他的间谍。你来刺探我们？"

"傻瓜，那是索戈隆的任务。我在这儿是因为诸神给你们准备的天晓得什么惊喜。"

"我想再听听那些大战给你留下的东西。"

"但我不想再说下去了。战争就是战争。你想象你见过的最惨烈的景象吧。然后按照三步对四分之一个月行程的比例放大。"

我们已经来到草原深处，这儿比遍地棕色树丛的山谷更绿更湿润，马蹄在泥土里陷得更深。前方大约骑马走半天远的地方，树木耸立，四处铺展。山峰在四面八方的远处屹立。从马拉卡尔向西去的那个方向，山峰和森林看上去都是蓝色。顺着湿润的草地向前走，草本的巨大竹子拔地而起，一根，然后两根，然后一丛，然后一座森林，遮蔽了下午近傍晚的太阳。其他树木直插天空，蕨类挡住泥土。我闻到小溪的清爽气味，然后才听见和看见它。蕨类和球茎植物从倒伏的树木上萌发。我们顺着看似足迹的印记走，直到我闻到黑豹和索戈隆都曾从这条路上走过。我的右手边，隔着高处的树叶，能看见一道瀑布在冲刷石块。

"它们去哪儿了？"弗米利问。

"操他妈的诸神，孩子，"我说，"你的大猫只是——"

"不是他。动物去哪儿了？没有穿山甲，没有山魈，甚至连蝴蝶都没有。你的鼻子只能闻到这儿有的，闻不到这儿缺少什么吧？"

我不想和弗米利说话。无论他嘴里冒出什么没礼貌的话，我都想一拳打回去。

"我现在要叫他红狼了，这是他对我说的。"比比说。

"谁？"

"尼卡。"

"他是在嘲笑我以前涂在皮肤上的赭石，说只有库族女人才会用红色打扮。"我说。

"你觉得是真的吗？我从没见过男人涂那种颜色。"比比说。

比比忽然停下，皱起眉头看着我，像是想看清他遗漏了的什么东西，他摇摇头，甩掉这个念头。

"狼呢？"他问。

"你没见过我的眼睛？"

我认识他的表情。这个表情说：你不说我也注意到这个小细节了，但我没那么在乎你，懒得追问。

"女巫身上的那股气味是怎么回事？我说不清那究竟是什么。"我说。

他耸耸肩。

"萨多格，跟我说点什么吧。"我对奥格说。

事实如此：直到夜晚赶上我们，奥格都没有停止说话。然后他开始说夜晚如何赶上我们。若不是弗米利发出嘶嘶声，我都忘了他的存在；他第三次发出嘶嘶声，我这才望向他。我们来到一个三岔路口，前方向左向右各有一条小径。

"我们往左走。"我说。

"为什么往左走？因为科伟西选的是这条路？"

"因为我选的是这条路，"我说，"你爱走哪条路就走哪条路，从比比那儿解开你的马就行。"我听见马蹄踩烂泥的咚咚闷响和树枝折断的咔嚓声。

我没有等他再说什么。这条路很窄，但至少是一条路，阳光已经几乎消失。

"没有蝙蝠，没有猫头鹰，没有叽叽喳喳的动物。"弗米利说。

"你的屁眼里又插了什么小棍？"

"孩子说得对，追踪者，这片森林里没有活物在活动。"比比说。他一只手抓着缰绳，另一只手抓住剑柄。

"你了不起的鼻子去哪儿了？"弗米利说。

我把这句话记在了心里。这小子绝不可能再蒙对第二次了。然而他们两个都没说错。我认识山地草原的许多动物的气味，但今天没有一种进过我的鼻子。我确实闻到了森林动物的气味，大猩猩、翠鸟、蜷蛇的蛇蜕，但都隔得很远。周围没有任何活物，除了一圈一圈包围我们的诡秘树木和冲刷着石块的河水。奥格还在说话。

"萨多格，安静。"

"什么？"

"闭嘴。树丛里的动静。"

"谁？"

"没谁。我的意思就是这个，树丛里没有动静。"

"我是第一个说出来的。"弗米利说。

他值得让我转过身去，给他看看我的怒视吗？不。

"许多人说你鼻子很灵，我可没说过。你的宝贝鼻子这会儿闻到什么了？"

他的脖子那么细，就像个女孩，我轻而易举就能拧断。或者我可以请奥格把他撕成碎块。我深吸一口气，确实闻到了一些气味。有两种我认识的，有一种我许多年没遇到过了。

"孩子，拿起你的弓，搭上一支箭。"比比说。

"干什么？"

"别废话，"比比压低声音，严厉地说，"下马。"

我们把马留在小溪旁。奥格从背囊里取出一双闪闪发亮的铁手套，我只在国王的骑士身上见过这东西。他的手指变成了幽光闪烁的黑色鳞片，指节是五根尖刺。比比拔出剑。

"我闻到了篝火、木头和脂肪。"我说。比比捂住嘴，指指我们，指指他的嘴。

我没再说话，因为凭借那些气味，我知道我们会发现什么。毛发的酸臭味，血肉的咸腥味。很快我们看见了篝火和从枝叶间漏过来的光芒。就在那儿，穿在烤肉叉上，在篝火上炙烤，脂肪滴进火焰炸开。一个男孩的一条腿。男孩被吊在稍远一点的树上，眼巴巴地看着自己的腿，绳子拴着断腿的残桩。他们从大腿处砍断了他的右腿，从膝盖砍断左腿。他的左臂从肩膀砍断。他们用绳子把他吊在树上。树上还吊着一个女孩，四肢似乎还完整。他们三个人坐在远离篝火的地方，第四个蹲在不远处的树丛里拉屎。

在我们看见他们、他们看见我们之前，我们已经冲了过去。我拔出短斧，瞄准第一个的脑袋扔过去，但短斧被弹开了。弗米利射出四支箭，三支被弹开，一支插进第二个的面颊。奥格把第三个砸得嵌进了树里，然后一拳打穿了他的胸膛和那棵树。比比挥剑，砍中第三个的脖子，但剑锋被卡住了。他用脚把他从剑锋上踹开，然后捅进他的腹部。第一个径直冲向我，但双手空空。我弯腰闪开，有什么东西把他撞倒在地。我跳到他身上，一斧头砍进他脸上柔软的部位。鼻子。我接连几斧砍下去，直到他的血肉溅在我身上。撞倒他的东西咆哮一声，变回人形。

"科伟西！"弗米利喊道，跑到他身旁停下。弗米利抚摸他的肩膀。我想说，要是你愿意，就去树后面睡他吧。我们全都忘记了在树丛中拉屎的那个，直到被吊在半空中的女孩尖叫。他挥舞手臂扑向我们，钩爪在火光中闪光。他吼得比狮子还响，但叫声随即被什么东西切断。连他自己都很困惑，因为他的嘴巴居然不听使唤了，直到他低头看胸口，见到矛尖刺穿了他的身体。他发出最后一声哀叫，脸朝下扑倒在地。

索戈隆跨过他的尸体，走向我们。我点燃一根干木棍，挥着它走过最靠近篝火的怪物。咔嚓一声。奥格拧断了只剩一条胳膊的男孩的脖子。给他一个痛快对他只有好处，没人觉得不对。我们刚把女孩放下来，她就开始不停地尖叫，直到索戈隆扇了她两个耳光。她浑身绘制着白色条纹，我认识河流部落的所有标记，她身上这些不在其中。

"我们是供品。你们不该来的。"她说。

"你们是什么？"黑豹说。

我很高兴见到他变回人形，虽说不知道为什么。我还在生气，依然不肯和他说话。

"我们是献给佐格巴奴的光荣供品。他们会放过我们建在他们土地上的村庄，让我们种庄稼。我被养大就是为了——"

"没有任何女人被养大是为了让男人使用。"索戈隆说。

我从最后一个身上拔出长矛，用脚把他翻过来。他的头部和颈部长出弯曲的大角，顶端锐利如犀角，他的肩膀上长出比较小的角。这些角朝各个方向生长，就像乞丐被泥土弄得粗硬的乱发。有的角宽阔如孩童的头部，长如獠牙，有的角短而粗，有的角仿佛头发，灰白颜色犹如他的皮肤。两边眉骨都长成角，他的眼睛没有瞳仁。鼻子宽而扁平，鼻孔里长出来的毛发像树丛。厚嘴唇和脸一样宽，牙齿仿佛狗牙。他胸口遍布疤痕，也许是为了纪念他杀死的所有猎物。系住缠腰布的腰带上挂着孩童的颅骨。

"这是什么魔鬼？"我问。

比比蹲下，转动它的脑袋。"佐格巴奴。来自血沼的巨怪。我在战争期间见过很多。你们上一代国王甚至用他们当狂战士。每一个都比前一个更可怕。"

"这儿不是沼泽。"

"他们到处流浪。女孩也不是这附近的。姑娘，他们要去哪儿？"

"我是光荣的供品，献给耶——"

索戈隆扇她耳光。

"Bingoyi yi kase nan." 女孩说。

"他们吃人肉。"索戈隆说。

我们一起望向在火上烤的那条腿。萨多格一脚踢飞它。

"他们在旅行？"我问。

"对。"比比说。

"但她说她是祭品，这样他们就分享他们的土地了。"我说。

"不是流浪者。"黑豹说。

他径直走向我，但看着比比："他们也不是在旅行，而是在狩猎。什么人告诉他们说有肉会穿过这片树林。也就是我们。"

女孩尖叫。不，不是尖叫，其中没有恐惧。她在召唤。

"去牵马！"黑豹朝我们喊道，"堵住女孩的嘴！"

我们狂奔时都能听见树林里窸窸窣窣的声音。窸窣声响来自所有角落和所有方向，它们离我们越来越近。我猛拍弗米利那匹马的屁股，它跑了起来。索戈隆骑着她的马出现，大踏步跑开。我跟上去，用膝盖使劲顶我那匹马的侧肋。比比在我身旁，说了句什么，也可能大笑一声，一个佐格巴奴突然跳出黑乎乎的树林，一棍子把他打下马去。我没有停下，他的马也没停下。我只回头看了一眼，见到许多佐格巴奴压在他身上，直到变成一座肉山。他的叫声一直没有停止，直到被他们停下。我追上索戈隆，但他们赶了上来。一个怪物扑向我，没有抓住，他的角划破了我的马的屁股。马疼得跃起，险些把我掀翻在地。两个怪物跳出树丛，开始用爪子挠它。几支箭插进第一个的后背，又几支箭插进另一个的胸部和面部。黑豹和弗米利骑同一匹马，喊叫着要我们跟上。我们背后的佐格巴奴多得连眼睛都数不过来了，他们咆哮、怒吼，他们的角偶尔会纠缠在一起，导致其中几个摔倒在地。他们跑得和马一样快，飞也似的穿过茂密的灌木丛。其中一个从灌木丛里钻出来，面门刚好撞上我的斧头。真希望我有一把剑。索戈隆有剑，她在马上左劈右砍，像是在清除丛生的灌木。比比的马落在后面，因为没有骑手驾驭它。佐格巴奴扑向它，动作整齐划一，就像我见过的狮群袭击年轻的水牛。我用膝盖使劲顶我那匹可怜的马；追赶我们的怪物依然很多。这时我听见嗖嗖嗖的声音从身旁掠过。飞刀。这些怪物居然有武器。一把飞刀击中索戈隆的左肩。她闷哼一声，但继续用右手劈砍。我看见黑豹在前方，他前面有一片空地和粼粼波光。我们正要跑出树林，一个佐格巴奴跳上我那匹马，从背后把我撞了下去。我们在草丛中翻滚。他抓住我的喉咙，钩爪插进我的脖子。他们喜欢吃新鲜的肉，因此我知道他不会杀死我。他想让我失去知觉。他的呼吸带着恶臭，留下一团白色的雾气。他的角比其他怪物的小，他还年轻，企图证明自己。我摸索着拔出匕首，一把匕首捅进他的右肋，另一把捅进他左肋，反反复复地捅，直到他倒在我身上，压得我难以呼吸。黑豹拉开他的尸体，喊叫着叫我快跑。他变形，咆哮。我不知道他们有没有被他吓住。等我跑到湖边，所有人都登上了一个宽阔的筏子，包括女孩和我的马。我跟跟跄跄跑上去，黑豹从我身旁跳上去。佐格巴奴聚集在岸边，也许有十五个，也许二十个，他们挨得太近，看上去像一只宽阔的动物，浑身长满角和刺。

没人推动筏子，它自己开始行驶。筏子最前面，邦什坐在安静的小房间里祈祷，浑然不知整个世界都在他妈的燃烧。

"黑夜的婊子，你在测试我们。"我说。

"她不会做这种事的。"索戈隆说。

"我不是在问有没有！"

索戈隆不说话了，她坐在那儿像是在祈祷，我知道她其实不是。

"我们要回去救比比。"

"他死了。"邦什说。

"他没死。他们抓猎物总是抓活的，这样吃到的肉才新鲜。"

她起身，转过来面对我。

"没兴趣告诉你你不知道的事。你缺少的是关心。"我说。

"他是奴隶。他生来就要牺牲——"

"而你说不定是你老妈的亲姐妹。他的出身比你高贵。"

"你敢违抗水——"

邦什挥挥手，索戈隆安静下来。

"有更重要的事情——"

"比什么重要？一个奴隶？一个男人？一个女人？这个筏子上的人都在想，至少我比那个奴隶有身份。他们会花好几天杀死他，你很清楚。他们会把他切成肉块，用火烧封住伤口，免得他死于疫病。你知道他们怎么吃人。但你还是觉得有更重要的事情。"

"追踪者。"

"他不是奴隶。"

我跳进水里。

第二天早晨我在稀疏的棕色树丛中醒来，一只手按着我的胸膛。昨晚的那个女孩，她身上的一些黏土被洗掉了，她在抚摸我，感受触感，就好像在掂量铁块，因为她只见过黄铜。我推开她。她连滚带爬退到筏子的另一侧，贴着索戈隆的双脚。索戈隆像船长似的站在那儿，抓着长矛就仿佛那是权杖。太阳似乎已经出来一段时间了，因为我的皮肤热烘烘的。我跳了起来。

"比比在哪儿？"

"你不记得了？"索戈隆说。

她的话刚出口，我就想了起来。在水里往回游，感觉像是掉进了黑色的黏胶，岸边离我越来越远，但我的满腔怒火带着我爬上了岸。佐格巴奴已经回到了树丛中。我失去了短斧，匕首也只剩下一把。佐格巴奴的皮肤感觉像树皮，但侧肋和所有动物一样是柔软的，你抛出长矛就能刺穿。有人用衰老的手指抓住我。黑如深夜的手指。

"邦什。"我说。

"你的朋友死了。"她说。

"他不会因为你说死了就死了。"

"追踪者，他们在狩猎食物，而我们抢走了他们的最后一顿饭。他们不会吃男孩，因为他的脖子断了。"

"我还是要去。"

"哪怕去了就会死？"

"和你有什么关系。"

"你这个人还有很大的用处。那些怪物肯定会杀了你，两具死尸能派上什么用场？"

"我必须去。"

"至少别被他们发现。"

"你能给我施隐身咒吗？"

"我是女巫吗？"

我环顾四周，以为她走了，直到湿润的感觉渗入我的脚趾之间。是湖水被月亮拉向岸边，我很确定。然后水淹没了我的脚踝，但没有回到湖里去。不，那根本不是湖水，而是某种冰冷的黑色液体，它慢慢爬上我的双腿。我感到恐惧，但只持续了一眨眼的工夫，然后放任她覆盖我的身体。邦什抻开她的皮肤，沿着我的小腿来到膝盖，围绕膝盖，然后继续向上，她包裹我的大腿和腹部，浸没我的皮肤的每个角落。说实话，我并不喜欢这种感觉。她很凉，比湖水还凉，低头向下看，我很想走到湖边，看看我是不是变得和她一样了。她来到我的颈部，但包裹得太紧，我不得不拍了她一下。

"你这是想弄死我吗。"我说。

她松开了一些，继而包裹我的嘴唇和面部，最后整个头部。

"佐格巴奴在黑暗中眼神不好，但鼻子和耳朵都很灵，而且能感觉到你的热量。"

我以为她要领我去，但她一动不动。我们不需要走很远。

篝火已经闹哄哄地烧向天空。一个佐格巴奴抓住比比的脑袋，把他拽起来。他把半个比比举到半空中。比比的胸膛被剖开，掏空了内脏，他的肋骨向外展开，就像宴席上宰杀的母牛。他们把他架在烤肉叉上，火焰升上来拥抱他。

我从梦境中猛地退出来，俯身呕吐。我站起来。让我呕吐的不是梦境，而是筏子。这是个什么筏子？一个巨大的土丘，脚下是泥土和草地，看着像个小岛，不是人能制造的东西。黑豹坐在另一侧，跷着两条腿。他看着我，我看着他。我们谁也不点头。弗米利坐在他身旁，但不肯看我。背给养的马只活下来一匹，我们的食物只剩下一半。涂着条纹的女孩跪在站着的索戈隆身旁。小岛般的筏子在奥格脚下有点向下沉。我们到底在什么东西上？我想问，但知道他的回答能陪伴我们到深夜。索戈隆站在那儿，像是看见了我们看不见的土地，毫无疑问，她在用魔法驾驭这东西。涂着条纹的女孩盯着我，用兽皮包裹身体。

"你是野兽吗，就像他那样？"她指着黑豹问。

"你说这个？"我指着我的眼睛说，"这是一条狗的，而不是一只猫的。不，我不是动物，我是个男人。"

"男人是什么，女人又是什么？"女孩问。

"Bingoyi yi kase nan。"我说。

"这句话她在夜里对我说了三次，甚至在睡梦中。"她指着索戈隆说。

"女孩是被狩猎的动物。"我说。

"我是光荣的供品，献给——"

"对对对，你是。"

所有人都安静极了，我能听见水在筏子底下哗哗流淌。奥格转过身。他说："什么是男人，什么是女人？嗯，这是个简单的问题，答案也很简单，除非假如——"

"萨多格，现在别说了。"我说。

"你的名字？他们怎么叫你？"我问。

"头领叫我维宁。他们管所有被选中的人都叫维宁。他是维宁，她是维宁。尊贵的母亲和父亲在我出生前就选中了我，让我成为献给佐格巴奴的祭品。我从出生一直在祈祷，此刻我依然在祈祷。"

"他们为什么会来这么北的地方？"

"我被选中献给带角的诸神。我母亲和我母亲的母亲都是这样。"

"母亲和母亲的母亲……那怎么会有你？谁来提醒我一声，我们为什么要带上这个人？"我问。

"已经知道答案的问题又何必再问。"黑豹说。

"就这么简单？要是没了睿智的黑豹，我该待在哪儿啊？我已经知道了的那个答案是什么？"

"否则他们这会儿已经吃到了女孩和男孩的骨头。他们在等我们。"

"你的奴隶主通知他们我们要来。"我对黑豹说。

"他不是我的奴隶主。"他说。

"你们两个白痴。他为什么要派我们去做一件事，然后立刻阻止我们去做？"索戈隆问。

"他改主意了。"我说。

她皱起眉头。我并不想说，索戈隆，你的话挺有道理。黑豹点点头。

"奴隶主出卖我们毫无意义。"她说。

"当然了。佐格巴奴只是跟着多变的风走。也许是筏子上的某个人。或者不在筏子上的某个人。"

太阳就在我们头顶上，湖水的蓝色变得更深了。邦什在水里，我在蓝色的深处看见她；她的皮肤在夜里看上去是黑色的，此刻是靛青色。她像鱼似的飞快游动，时而跃出水面，时而潜入水底，时而去了最东面，时而最西面，然后回到筏子旁。她就像我在河里见到过的水生动物。她的头部和颈部背后长出鱼鳍，肩膀、胸部和腹部依然是女人的，但从髋部向下变成了左右摆动的鱼尾。

"她在干什么？"我问索戈隆，索戈隆直到现在都不肯用正眼看我。

前方什么都没有，除了天空和水面之间的分隔线，但她盯着看个不停。

"你没见过鱼吗？"

"她又不是鱼。"

"她在和奇普法兰布拉交谈。请求她再次开恩，带我们去湖对岸。我们来到这里毕竟没有得到允许。"

"来到哪里？"

"白痴。"她说，低头看脚下。

"这个？"我说，踢起一脚尘土。

她像首领似的站在那儿，我看了就心烦。我从她身旁走过，来到筏子的前面坐下。小丘在这儿形成缓坡，伸向湖水。我能看见筏子没在水下的其余部分。不，这不是个筏子，而是个漂浮的小岛，由风或魔法控制。和我一样长的两条鱼在前方游动。

我确定我没有真的看见我接下来看见的东西。就在我所坐位置的正前方，没在水下的小岛张开一道缝，吞掉了第一条鱼。第二条鱼的前半截留在外面，但开口嚼了几下，把它咽了下去。就在我的右脚底下，我看见奇普法兰布拉的眼睛望着我。我吓得跳起来。她的鳃开开闭闭。再往下看，她硕大无朋的鱼鳍在湖水中缓缓划动，每个都有一艘小船那么宽，在水下的部分是黎明天空的蓝色，在水上的部分是沙和尘土的颜色。

"人们请求代价收取者奇普法兰布拉的许可，送他们去湖对岸。她还没有回答我们。"索戈隆说。

"我们早就离开了陆地，这难道不是她的答案？"

索戈隆大笑。就在它的正前方——天晓得它究竟是什么——邦什跃出水面，又落回水里。

"奇普法兰布拉带你到深水区未必是为了送你去湖对岸。她带你出来是为了吃你。"

索戈隆很严肃。没人感觉到它在移动，但我们都感觉到了它忽然停下。邦什游到它的嘴部前方，我以为它会一口吞掉她。她潜下去，从它右鳍旁边浮上来。它拍开她，就好像人赶走黄蜂，她飞上天空，远远地掉进水里。她一眨眼就游了回来，爬回庞大的鱼鳍的顶上。她从我们身旁走过，站在索戈隆身边。大鱼重新开始移动。

"真该死，年纪越大脾气越差。"她说。

我走向黑豹。他依然坐在弗米利身旁，两个人都把膝盖抱在胸口。

"我想和你谈谈。"我说。

他站起身，弗米利跟着起身。两人都穿皮筒裙，但黑豹不像当初在库里库洛酒馆时那么不自在了。

"只有你。"我说。

弗米利不肯坐下，直到黑豹转身，朝他点点头。

"接下来要穿凉鞋了？"

"你要说什么？"黑豹问。

"你还有其他事情要赶时间？还要去鱼尾巴那儿见其他人？"

"你要说什么？"

"我去找一位长老打听巴苏·福曼古鲁的事情。就是想探探这些事情是不是真的。他说福曼古鲁全家得了瘟疫，什么河流恶魔传给他们的。但我说到割开手掌抛洒鲜血，我还没说完他就开始看天花板。他知道。而且他撒谎了。比辛比不是河流恶魔。他们对河流毫无感情。"

"所以你去干这个了？"

"对，我就是去干这个了。"

"这位长老现在呢？"

"去见他的先祖了。我说他在撒谎，他企图杀死我。但问题在于，我不认为他知道那个孩子活了下来。"

"所以？"

"他是个大长老，却不知道自己办的事？他说最小的孩子当时十五岁。"

"你说的话还是成谜。"黑豹说。

"我想这么说。男孩不是福曼古鲁的儿子，无论邦什、奴隶主或其他人怎么说。我确定长老知道福曼古鲁会被谋杀，说不定就是他下的命令。但他只数到八具尸体，他希望见到的也就是这么多。"

"他知道杀人的事情，但不知道那个孩子？"

"因为男孩不是福曼古鲁的儿子。或者受监护人、亲戚甚至客人。长老想杀我是因为他发现我知道他知道那起血案。但他不知道现场还有另一个男孩。杀人的主使者什么都没告诉他。"我说。

"而男孩不是福曼古鲁的儿子？"

"他为什么会有个秘而不宣的儿子？"

"邦什为什么会叫他儿子？"

"我不知道。"

"忘记金钱和货物吧。这些地方的人只交换谎言。"他这么说着，直视我的眼睛。

"或者，人们只告诉你他们认为你必须知道的事情。"我说。

他左顾右盼看了一会儿，打量鱼背上的每一个人，盯着又坠入梦乡的奥格想了好一会儿，然后回来看着我。

"就这些吗？"

"这些还不够？"

"看你怎么想了。"

"操他妈的诸神，大猫，咱们之间出了什么岔子。"

"随你怎么想了。"

"我知道得很清楚。而且事情发生得很快。我认为都怪你的弗米利。几天前他对你来说还是个玩笑，现在你们两个抱成一团，我成了你们的敌人。"

"我亲近他，如你所说，让你变成了我的敌人。"

"我没这么说。"

"但你就是这个意思。"

"也不是这个意思。你说话都不像你自己了。"

"我说话像——"

"他。"

他大笑，回去坐在弗米利身旁，像男孩一样，把双腿抱在胸前。

白昼从我们身旁溜走。我望着它渐渐地离开。维宁坐在索戈隆身旁看着她，有时候看水面，有时候意识到她坐在鱼身上而不是地面上就抬起双脚。其他人有的在睡觉，有的盯着水底下，有的看天空，有的想自己的心事。

我们在傍晚时分来到岸边。我不知道阳光还剩下多少时间。奥格醒了，索戈隆首先下去，牵着她的马。女孩跟着索戈隆，紧紧抓住她的袍子，甚至不敢离她一臂之远，也许主要是因为黑暗即将来临。奥格睡眼惺忪，摇摇晃晃下去。黑豹说了句什么，弗米利大笑。他左右摆动脑袋，用额头蹭男孩的面颊。他抓住男孩那匹马的缰绳，牵着它从我身旁走过。弗米利跟着他，说："还在找喂椰枣的？"

我攥紧拳头，放他过去。女孩维宁走在索戈隆身旁，邦什也一样，她脑后的鱼鳍已经消失。我们前方仅仅一百步的地方，沉重地压在地面上的浓雾之中，高大如山岭的树木拔地而起，枝杈像折断的手指一般肆意生长。它们挤在一起，分享秘密。它们的绿色太深，变成了青色。

暗土。

我来过这里。

我们站住，望着森林。暗土是母亲吓唬孩童的故事，是鬼魂和怪物出没的森林，其中既有谎言也有真相。我们和米图之间只有一天的路程。绕过暗土需要三四天，那条路也有自己的危险。森林里有一些东西，我绝对不会向打算进去的人描述。啄木鸟敲出节拍，把我们来了的消息告诉远处的鸟儿。一棵树推开其他树木，像是要追赶太阳。它似乎被重重围困。它的树叶比其他树木少，裸露的枝杈像扇骨似的展开，树干却很细。暗土已经开始侵染我了。

"臭木，"索戈隆说，"臭木，黄木，铁木，啄木鸟，臭木，黄木，铁木，啄木鸟，臭木，黄木——"

索戈隆向后倒下。她的脑袋猛地向左一摆，像是挨了一记耳光，然后又猛地向右一摆。我听见了抽耳光的声音。所有人都听见了。索戈隆倒下，抽搐，随后停下，又抽搐，再次抽搐，然后抱住肚子，用我在暗土听见过的一种语言咆哮。抓住她袍子的女孩跟着她摔倒。她望向我，眼睛圆睁，即将尖叫。索戈隆爬起来，但空气又一耳光扇翻她。我拔出短斧，奥格攥紧拳头，黑豹变形，弗米利弯弓搭箭。黑豹的弓。桑格马的魔咒依然陪伴着我，就像一个人感觉到风暴来临前的彻骨寒风，我也感觉到了它。索戈隆踉跄后退，险些再次跌倒。邦什和她一起后退。

"疯病抓住了她。"黑豹说。

"无法结合这些，掩盖那些。"索戈隆悄声说，但我们都听见了。

"她老了。疯病会抓住她，带她走。"弗米利说。

"假如她是个疯子，那你就是个弱智的小屁孩。"我说。

邦什想抓住她，但被她一把推开。索戈隆跪倒在地。她抓起一根木棍，在沙地上绘制秘符。一方面似乎有人在揍她，扇她耳光；一方面她在泥土中飞快地书写秘符。奥格忍无可忍，他戴上铁手套，大踏步走向她，但邦什拦住他，说他的拳头此刻帮不了我们。索戈隆又写又画，挖起泥土，用手指扫开，在泥土中绘制秘符，时而向后倒去和咒骂，直到在四周画出了一个圈。她起身，扔下木棍。有什么东西穿过空气扑向她。我们看不见，但能听见风声。我们还听见了什么东西撞击的声音，就像沙袋被抛向墙壁，一次，然后三次，然后十次，然后噼里啪啦像雨滴。撞击索戈隆周围看不见的墙壁。然后什么都没了。

"暗土就是暗土，"索戈隆说，"它们在这里似乎都更加强大。它们自由来去，就像逃出了冥界。"

"谁？"我问。

索戈隆正要回答，邦什却举起了手。

“不愿意死去的亡灵。认为索戈隆能帮助他们的亡灵。它们带着请求包围她，因为她的拒绝而暴怒。死者就该一直是死者。”

“它们就这么守候在暗土的入口？”我问。

“有很多事物守候在这里。”索戈隆说。能和她对视的人恐怕不多，但我属于不多的那种人。

“你在撒谎。”我说。

“他们死了，这不是谎言。”

“我见过渴求帮助的绝望者，死的活的都见过。他们也许会抓住你，抱住你，逼着你看他们，甚至拖着你去他们死亡的地点，但谁也不会像丈夫揍老婆那样扇你。”

“他们死了，这不是撒谎。”

“但女巫要为他们的死负责，这同样不是撒谎。”

“佐格巴奴在追杀你们。不止昨天那些。”

“但这边湖岸上的鬼魂在追杀她。”

“你以为你了解我。你什么都不知道。”索戈隆说。

“我知道下次你忘记在空中或地上书写秘符，他们会把你撞下马或推下悬崖。我知道你每天夜里都要画秘符。真不知道你是怎么睡觉的。Tana kasa tano dabo.”

邦什和索戈隆都盯着我。我望向其他人，说：“假如这是地面，那就是魔法。”

“够了。这么说下去，我们哪儿都去不了。你们必须去米图，然后孔谷尔。”邦什说。

索戈隆抓住马匹的缰绳，她先上马，然后把女孩拽上去。“咱们绕着森林走。”她说。

“那要走三天，逆风就是四天。”黑豹说。

“但我们还是要这么走。”

“没人拦着你。”弗米利说。

全世界我最想做的事情莫过于扇这小子耳光了。但另一方面，我也不想走进暗土。

"她说得对，"我说，"暗土有些东西会找上我们，哪怕我们不去找它们。它们会寻找——"

"穿过这片傻乎乎的树林都用不了一天。"黑豹说。

"但那里面什么都少不了。你从来没进去过。"

"你又来了，追踪者，觉得打倒过你的就一定会打倒我。"黑豹说。

"我们绕着走。"我说，转身走向我的马。黑豹嘟囔了句什么。

"什么？"

"我说，有人以为他能当我的主人。"

"我为什么有兴趣当你的主人？大猫，谁会有这种兴致？"

"我们穿过森林。不就是树林和灌木嘛。"

"你忽然间到底是中了什么邪？我说过我去过暗土。那地方充满了坏魔法。你变得不像你自己了。你甚至都不知道你自己是个什么样子。"

"自己是人们心目中的他们自己，而我只是一只猫。"

他的无礼简直蛮不讲理，而我见过他最鲁莽的样子。他太暴躁了，就像闷烧了好几年的一锅水陡然爆发。这时那锅祸水开口了。

"穿过暗土只要一天，绕过去需要三天。一个人只要有脑子就知道该怎么选。"弗米利说。

"行啊，男人和男孩，爱怎么选就怎么选。我们绕过去。"我说。

"追踪者，想前进就必须穿过去。"

他抓住马，开始向前走。弗米利跟着他。

"每个人都会在暗土找到他们想找的东西。除非你就是他们想找的东西。"我说。

但他们已经不看我了。然后奥格抬起腿跟上他们。

"萨多格，为什么？"我问。

"也许他觉得他厌倦了你的大言不惭，"弗米利说，"每个人都会在暗土找到他们想找的东西。你说话就像鸡皮鹤发的那些男人，他们以为自己说话睿智，其实只是年纪大了。"

奥格转身要回答，但我打断了他，其实我应该让他解释个一两天的。至少那么一来，他就不会跟着他们走了。

"算了，你爱怎么走就怎么走吧。"我说。

"看来那孩子找到了他的用场。"索戈隆说，带着女孩骑马出发。

我骑上我的马，跟着她走。身体涂抹花纹的女孩抱住索戈隆的身体，右脸贴着她后背。夜晚在追赶我们，而且脚步很快。索戈隆忽然停下。

"你那些人，他们有谁曾经穿越过暗土吗？"

"黑豹说那只是树林。"

"他们都没走过，包括巨人？"

"奥格。奥格不喜欢被称为巨人。"

"他的脑子太小，所以才救了他的命。"

"女人，你把话说清楚。"

"我的话清楚得就像河水。他们不可能走到森林的另一头。"

"只要沿着路走就可以。"

"你已经忘记了。森林就希望你们这么做。"

"等他们到了另一头，会有很多故事可以说给我们听。"

"他们不可能到另一头的。"

"这片树林是什么？"女孩问。

"你就没个名字吗？"

"维宁，我说过了。"

"你会回去找你的朋友们吗？"索戈隆问。

"他们不是我的朋友。"

我看看她和维宁，然后抬头看天。

"邦什呢？"

索戈隆笑道："你过了这么久才注意到有人不见了，你要花多久才能找到失踪的人啊？"

"我不会盯着看女巫的来来去去。"

"你会去追他们吗？"

"没人会为此感谢我。"

"你追求的是感谢吗？也未免太廉价了。"

她抓起缰绳。

"你想去救他们，那就去救他们。不去也行。这群伙伴变成了个什么样啊。邦什和追随她的男人们，难怪没开始就会失败。和男人没法搭伙做事。活着的男人就是碍事的男人。要是咱们没法在孔谷尔见面，那就在米图见吧。"

"你说得好像我肯定会回去。"

"我们也许会再见，也许不会。全看诸神的意思。"

索戈隆疾驰而去。我没有跟上她。

10

女巫说得对。还没有回到那条路上，我就拐进了树林。马驻足不前，我抚摸它的脖子。我们缓步穿过树林。我以为这里会有冰冷的雾气，但潮湿的热浪滚滚而来，逼着汗水淌出我的皮肤。白色的花朵有开有闭。树木伸向遥远的天空，奇异的植物从树干上绽放。有些藤蔓松垮垮地挂着，有些重新爬回树木之中，树叶遮挡了大部分天空，而天空看上去已经像是黑夜。没有任何东西在晃动或摇曳，但声音在树林里弹跳。水沙沙地落在我身上，但过于温暖，不可能是雨。远处有三只大象在啸叫，惊吓了我的马。你绝对不能信任暗土的动物。

头顶上有只啄木鸟在慢吞吞地啄树，在节拍上下敲出消息。有人穿过树林。有人正在穿过树林。有人此刻在穿过树林。

十九只猴子在我头顶上荡来荡去，很安静，没有恶意，也许有点好奇。但它们跟着我和马。大象再次啸叫。我没注意到我们走到了路上，直到在正前方看见它们。象的军队。它们啸叫，甩动长鼻，抬脚，落下，然后冲向我们。它们跺脚的声音比打雷还响，但大地没有晃动。我趴在马背上，遮住它的眼睛。它再次受惊，吓得它左右摆动，但若是见到大象，情况会更加糟糕。象群在我们身边经过，从我们身体里穿过。大象的鬼魂——或者大象的记忆，或者某处有个神梦到了一群象。在暗土，你永远说不清哪些是血肉，哪些是鬼魂。我们头顶上是彻底的黑暗，但光线从树叶之间漏下来，就仿佛来自小小的月亮。左方较远处，看似是清理干净的树丛，但实则不是，猿猴站立于其中，前排有三四只，它们推开大片的树叶。光线照亮了空地中的五只。它们背后还站着更多的，有一些正在跳下枝杈。一只猿猴张开嘴，露出能撕裂血肉的牙齿，长而尖锐的利齿，上颚两枚，下颚两枚。我没学过猿猴的语言，但我知道假如停下，它们就会向我们冲锋，然后跑开，然后再次冲锋，一次比一次更近，直到最后抓住我的马，把我们两个活活打死。它们不是猿猴的鬼魂或梦中的猿猴，而是真正的猿猴，它们喜爱生活在死者之中。我的脑袋擦过树叶，树叶分开，露出成串的浆果，它们很大，红如鲜血。只需要吃一个，我就能睡四分之一月。再吃三个，我就永远无法苏醒了。这片被神灵遗忘的森林，就连活物也在玩弄死亡和沉眠。头顶上，更多的鸟儿嘎嘎叫、哇哇叫、唧唧叫、吱吱叫，它们学舌、尖啸、嘶喊。两头长颈鹿从我们身旁跑过，它们娇小如家猫，追赶它们的疣猪庞大如犀牛。

我不该来这儿的。是的，你不该来的，一个声音说，既在我的脑袋里，也在我的脑袋外。我没有四处张望。在暗土，无论你寻找什么，都永远会得偿所愿。我前方挂着纤细的丝线，几百、几千根地垂向地面。

来到更近处，我发现那不是丝线。上方，我从未见过的怪兽在睡觉，它们像蝙蝠似的倒挂着，和戈密德一样小、一样黑，但倒挂在树上，脚像钩爪似的握住枝杈。丝线来自它们张开的嘴巴。口水。异常黏稠口水，我策马穿过时都能用刀割开。是的，它们成群结队，挂在每一棵树上。有一只挂得很低，我经过时它睁开了眼睛。白色，然后黄色，然后红色，然后黑色。

反正也该离开小径了，我的马很渴。现在离开，或者留下，一个柔和的声音在我脑袋里说。就在马喝水的时候，池塘变得透亮如白昼。我抬头看天，依然是黑夜。我牵着马从水边走开。池塘里的蓝色并非天空的倒影。这股风来自其他地方，不是某个水下王国，否则我肯定会觉察到。这是一个梦的镜像，在这里我是梦中人。我蹲下，向前探身，远得几乎掉进去。地面上的图案犹如星辰，白色、黑色、绿色的闪亮宝石，柱子升出地面，高得超出了池塘。一间宽阔的厅堂，这间厅堂的主人拥有巨量财富，比酋长或王公更有钱。我看清了是什么在像星辰似的闪闪发亮。地面的灰浆里嵌着金条，绕着柱子盘旋的是金丝，风中飘荡的帷幔上挂着金叶。

一个男人走进厅堂，他的短发红如浆果。男人穿下摆拂过地面的黑色阿格巴达袍和能够唤醒风神的斗篷。黑色的翅膀在他背上显现，转瞬间又消失，我都没完全看清。他抬起头，像是见到了我身后的什么东西。他开始走向我。随后他直勾勾地看着我的脸，眼睛对眼睛。他的袍子像先前一样如翅膀般张开，他的注视变成怒视。他喊了句什么，我没有听见，他抓过一根护卫的长矛，后退一步，准备投向我。我从池塘向后跳，摔倒躺在地上。

就在这时，黑豹的话在我脑海里闪过：想前进就必须穿过去。但说话的不是黑豹的声音。我转向东方。至少我的心告诉我那是东方；现在我不可能知道究竟是不是。东方正在变得昏暗，但我依然能看见。我上次来到暗土，鬼魂光明正大地宣布自己的存在，就像凶手绑住受害者，嘴里说着他会怎么做，手里做着那些事情。森林太浓密了，枝杈悬得太低，我无法待在马背上，于是我跳下马，牵着马走。我闻到他们烧灼的臭味，然后才听见他们的声音，于是我知道他们在跟踪我。

"无论是他还是大个子都不合适，咱们说。"

"大个子的一块儿？一块儿就过得去了。"

"他会跑，她会跑，他们都会跑，咱们说。"

"除非咱们逼着他们穿过死溪。毒气乘着夜风来。毒气直接流进鼻子。"

"嘿嘿嘿嘿。但剩下的咱们该怎么办？咱们吃饱了，剩下的留在那儿，会变坏和腐烂，秃鹫会饱餐一顿，直到吃得胖起来，等饥饿下次再找上咱们，肉早就不见了。"

这两个家伙忘记了我和他们打过交道。艾韦勒，红皮，一身毛，黑眼睛小得像种子，像青蛙似的跳着走。他嗓门比较大，一肚子愤怒和恶毒，要不是他蠢得像一头惊呆的山羊，他的满脑子坏主意肯定会搞出什么大事。艾格贝里，比较安静的那个，只会发出呜咽声，边吃那些可怜的人边哭哭啼啼，因为他实在太抱歉了，他对任何一个愿意听的神祇诉说心事，直到下次又感到饥饿。到时候他会比他的表兄弟更加凶狠。艾格贝里，光线照到他的时候他是蓝色，否则就是黑色。他没有毛发，光秃秃的，但他的表兄弟浑身长毛。两个家伙说话都像豺狼暴操时的吼叫。他们闹闹哄哄，扭打成一团，等他们想起来要吃我了，我早就翻滚爬出他们的陷阱，那是用巨蜘蛛的蛛丝做的罗网。

桑格马没教过我怎么念咒，但她施法时我就在旁边看着，学会了咒语里的每一个字。对他们施咒简直是浪费时间，但等着他们密谋出个结果来，我会浪费更多的时间。我对着天空低声念出她的咒语。两个小戈密德在我头顶上的枝杈间跳跃，同时争吵不休。但忽然：

"他去哪儿了？他跑哪儿去了？他上哪儿去了？"

"谁谁谁？"

"他他他！看看看！"

"他去哪儿了？"

"白痴，我已经说过了。"

"他不见了。"

"屎是臭的，尿是臊的，傻瓜是傻的，就像你。"

"他不见了，他不见了。但他的马。他还在这儿。"

"那是个她。"

"谁是个她？"

"马。"

"马，那匹马，咱们去抓那匹马。"

他们从树上跳下来。两个家伙都没带武器，但张开的大嘴就像从左耳到右耳的一个大口子，里面的牙齿又长又尖，而且不计其数。艾格贝里扑向马，想跳上马背，却撞在我飞起的一脚上，我的脚后跟捣烂了他的鼻梁。他向后倒下，尖叫起来。

"卖淫的半猫养大的，你为什么踢我？"

"我在你背后，傻瓜，怎么可能踢你——"

我抡起短斧，砍中艾格贝里的前额，这一下砍得很深，我拔出短斧，又一下砍进他的脖子。我一下一下挥动短斧，直到他的脑袋和身体分家。艾韦勒一声一声尖叫，风在杀他的兄弟，风在杀他的兄弟。

"他不是你的表兄弟吗？"我说。

"你是谁，是哪个天空的魔鬼杀了我的兄弟？"

我很熟悉戈密德。他们激动起来就会失控。他会没完没了地喊下去。

"你杀了我的兄弟。"

"闭上你的鸟嘴。七天后他的脑袋会长回来。除非伤口感染，那样长出来的就是一个大脓包了。"

"你给我现身！我饿到迫不及待地想杀了你。"

"地精，你在谋杀我的时间。"

你没有时间，有人在我的脑袋里说。这次我听见了他。说话的是个"他"，他对我说话的语气就像我认识他，带着老朋友的亲切，但只有语气是这样，因为它让我感觉比死者国度的最深处还要冰冷，而我曾经在梦中造访彼方。这个声音破除了我的咒语，艾韦勒扑向我。他尖叫，嘴巴张到最大，尖牙伸展，他整个儿变成一张大嘴，牙齿就像我在深海见过的大鱼嘴里的。他变得更加强壮、更加疯狂。我从面前推开他，但他的毛发滑溜溜的。他咔嚓、咔嚓乱咬，忽然径直飞上半空，消失得无影无踪。我的马一脚踢飞了他。我上马逃跑。

你为什么回来？他说。

"我没有回来。我只是经过。"

经过。但你就在路上。

"马在树丛里跑不了太远。"

我知道你会回来的。

"操他妈的诸神,你知道个屁。"

我知道你会回来的。

"操他妈的诸神。"

吟游诗人会如何传唱你的故事?不,你没有故事。你对任何人都没有用。没有人依靠你,没有人信任你。你像鬼魂和魔鬼似的漂泊,但就连它们的漂泊也有目标。

"所有人不都是这样吗?他们有什么目标?有什么用处?"

你没有目标。没有人爱你。等你死了,谁会为你哀悼?你还没有出生,你父亲就忘记了你。你被抚养长大的屋子,他们在那里屠杀记忆。你是个什么样的英雄?

"你想要的就是这个?成为英雄?"

我有你父亲和你兄长的消息。

我勒停我的马。

"他们又一次失望了吗?他们在冥界羞愧得垂下脑袋吗?我父亲和我兄长,他们似乎永远不会改变。"

我有你妹妹的消息。

"我没有妹妹。"

自从你单独离开你母亲的屋子,后来又发生了许多事情。

"我没有妹妹。"

而她也没有哥哥。但她有父亲,他同时也是她的祖父。还有母亲,同时也是她的姐姐。

"而你说是我给他的家门带来了耻辱?"

你想要什么?

"我要你要么杀了我,要么闭嘴。"

什么样的男人没有品质？

"就鬼魂而言，你太在乎普通人的看法了，在乎得让我震惊。你谈论目标，像是诸神从神圣的屁眼里把那玩意儿拉出来然后赐予人类，就仿佛他们有可能知道其中的区别。我有目标，那是我的血脉——我父亲和我祖父——赋予我的。我有目标，我叫他们拿上它去搞自个儿吧。你说'目标'这个词的语气，就好像这东西有什么尊贵之处，来自至善的诸神。目标是诸神说的话，国王想统治的时候也会对凡人这么说。行吧，操你的目标一千遍。你想知道我的目标是什么？我要杀死杀了我兄长和父亲的那些人，是他们留下一个睡我亲生母亲的祖父。我要杀死杀了我兄长的那些人，因为他们为了他杀死他们当中的一个而杀死他。别人杀死他们当中的一个，他们就会杀死对方当中的一个，就这么周而复始，到最后连诸神都会丧命。我的目标是为我的血脉复仇，这样有朝一日他们也会来向我报复。所以，不，我不需要什么目标，我也不要从血里诞生的孩子。你想知道我要什么？我要杀死这条血脉。这种疾病。终结这种毒药。我的姓氏随我一起灭亡。"

我是你的——

"你是一个安乔努[1]，你让我厌倦。"

树丛里传来像是尖叫的声音。同样的树叶擦过我的手臂，同样的气味从我身旁溜过。我来到我刚刚穿过的一片林间空地。在这些角落，树木会欺骗你的感官。

你关闭你的心智，就像愤怒的孩子握紧拳头。

我们来到另一片林间空地，这里的草很矮，风属于夜晚。不，傍晚。暗土永远黑暗，但永远不是夜晚。不会进入深夜，亡灵的正午永远不会到来。空地里有一座茅屋，它环抱一棵山茱萸树，用牛粪糊墙。牛粪已经干了，但它散发着新鲜的臭味。茅屋背后，奥格平躺在地上，双

---

1 安乔努：Anjonu，约鲁巴传说中的鬼魂。

腿张开。

"萨多格？"

他死了。

"萨多格？"

他在睡觉。

"萨多格。"

他呻吟一声，但还没醒来。

"萨多格。"

他再次呻吟。

"疯猴，是疯猴。"他说。

"萨多格，快醒醒。"

"没，没，睡……没……我没睡。"

确实如此，我认为他在睡觉，他因此像是生气了。也可能是最可怕的噩梦，噩梦中他不知道他在睡觉。

"疯猴……"

"疯猴，他做了什么？"

"疯……疯……他吹骨粉。"

骨粉。安乔努曾经企图用这东西成为我的主人，但桑格马在保护我，哪怕是来到了这片森林里。他后来研习了更多的邪法，企图找到桑格马的魔法未曾涵盖的漏洞，他说他对你的头脑说话，甚至对你的灵魂说话，但他其实只是低等的妖魔，厌恶自己的形态，向任何与他相遇的倒霉蛋施行奥古都魔咒。他对你吹骨粉，你的身体陷入沉睡，但头脑清醒，遭受恐吓。

"萨多格，你能坐起来吗？"

他尝试起身，但又倒了下去。他再次抬起胸膛，用手肘撑住地面。他停下，头部倒向后方，就像一个沉睡的孩童，直到最后猛地甩头，让自己清醒过来。

"翻个身，爬起来。"我说。

骨粉能把奥格弄得像是酩酊大醉，那么另外两个肯定睡得比死人还踏实。萨多格尝试爬起来。

"慢慢来……慢慢来……好巨人。"

"我不是巨人。我是奥格。"他说。

我知道说他是巨人会激怒他。他爬起来，坐在地上，但脑袋又开始摇晃。

"巨人，大家不就是这么叫你的吗？巨人！"

"我不是巨人。"他想喊叫，但不听使唤的嘴巴吞掉了字词。

"你什么都不是，口水都流到地上了。"

他站起来，下盘不稳，不得不抱住旁边的树。要是不得不跑，我们恐怕没法离开这片森林。他摇摇脑袋。此时此刻，他怎么看都像个醉汉。要是实在不行，就让他倒在敌人的身上好了，我这可不是在开玩笑。

"疯猴……骨粉……里面……把他们放……进——"

"其他人在里面。"

"嗯。"

"茅屋里面？"

"我已经说了。"

"巨人，你别拿我撒气。"

"不是巨人！"

这话让他立刻站直了。然后他又软下去。我过去抓住他的胳膊。他向下看，脑袋转来转去，像是世上最奇怪的东西落在了他的胳膊上。

"骨粉是安乔努最喜欢的把戏，但沙漏翻不了五次你就会恢复原状。你中他的邪法肯定有一段时间了。"

"骨粉，疯猴……"

"萨多格，你一直在说这个。安乔努是个邪恶、丑陋的精怪，但他不是猴子。"

一个念头跳进我的脑海。安乔努喜欢折磨人，但他总是用血脉和家族折磨人。他为什么会向奥格、黑豹甚至那个男孩施法呢？暗土有死者，有未生者，有各种精怪，还有冥界释放出的那些东西。然而由于我见过的太少，我忘记了所有天生失常的邪恶怪物也都在此处滋生。它们比沉睡着流口水的蝙蝠人更加可怕。

"你能进去吗？"

"能。我本来想逃跑，但倒……倒……倒下——"

"奥格，用不了多久的。"

茅屋里的气味不像牛粪，而是像盐腌的肉。茅屋里的亮光像是白昼照进房间，但光线并非来自外部，光线照亮房间中央的一块红色毯子，还有满墙的匕首、锯子、箭头和弯刀。黑豹面朝下趴在毯子上，后背布满斑点，手臂背面的毛发根根竖起。他企图变身，但奥古都的力量太强。他的牙齿已经变长，伸到了嘴唇外面。弗米利仰面躺在泥土地面上。我在黑豹身旁弯腰，抚摸他的后脑勺。

"大猫，我知道你能听见我。我知道你想动，但做不到。"

我在脑海里看见了他，他想动，想偏转下巴，想仅仅动一下眼睛。奥格穿过房门，他走路还摇摇晃晃，一下子撞到了脑袋。

"牛粪糊的茅屋，居然还有门？"他说。

"我知道。"

"你看，还有……一个。"

茅屋对面还有一扇门，与这一扇遥遥相对。奥格向前探身探得太远，失去了平衡，他靠在墙上，重新站稳。

"谁锁了这扇门？谁给它上了……这么多把锁？"

这扇门像是从别人的茅屋上偷来的。门的一侧，从顶部一直到最底下的地上密密麻麻全都是锁和插销。

那是——

"那是什么？"

"什……什么是什么？"

"萨多格，我没说你。"

"那为……我的脑袋一直在往海里滚。"

你认识这扇门。

"闭嘴，别和我说话。"

"我没……和你说话……"

"萨多格，我没说你。"

在所有的土地上，一共只有十九扇这样的门，其中一扇就在你称为暗土的这片森林里。

"萨多格，你能带上黑豹吗？"

"我能——"

"萨多格！"

"能，能，能，能，能。"

"我带上男孩。"

十九道门，你当然听说过它们。

"又是一个花招。"

"你在和谁说话？"萨多格问。

"一个不肯住嘴的小妖魔。"

"我曾经为奴隶主们效劳。"萨多格说。

"萨多格，这会儿别唠叨了。"

"我……不知道为什么……我的脑袋一直在往海里滚。但我见证过许多个为奴隶主效劳的日子。有一次我一个人阻止了一场奴隶暴动，就用你看见的这双手。他们说我可以杀五个，不会影响收益，于是我就杀了五个。我不知道我为什么那么做。我知道我为什么杀他们，但……我的脑袋总往海里滚，我不知道我为什么接受奴隶主的雇用……你知道吗，不存在女性的奥格……至少我在我见过的所有土地上都没找到……你要知道，追踪者……我为什么想告诉你，我为什么想对你说这些？我从没……从没……从没和女人好过，因为奥格用这东西交配只会杀了她们……要是这个杀不了她……"

他掀起皮裙。那东西又长又粗，比得上我的整条胳膊。

"要是这个杀不了她，生下奥格婴儿也肯定会。我不认识我的母亲，没有一个奥格认识。南方国王曾经企图培育一族奥格，参加最后一次战争。他绑架女孩……有些非常年轻……有些都没到能生孩子的年纪……邪恶、巫术、至高的魔法。他连一个奥格都没生出来，只得到了四处漫游的怪物。我们不是一个种族……我们是灾祸。"

"萨多格，你带上黑豹。"我说。

奥格弯下腰，还有点晃晃悠悠的，他从腰部抓起黑豹，把黑豹扛在右肩上。弗米利和我想象中一样轻，我把他扛在右肩上，捡起他的弓。奥格走向房门，忽然停下。

"疯猴……"

"萨多格，不存在什么疯猴。安乔努企图欺骗你。"

Kafin ka ga biri, biri ya ganka.

"疯猴……"

"萨多格，你别——"

"疯猴……在外面。"

你还没看见猴子，猴子就看见你了。

又是一声尖啸。长长的"咿——"的尖锐怪叫，穿过树叶陡然传来。我跑到门口。怪物离我们大约两百步，但动作快极了。比骏马奔驰还要快，朝着房门而来。他胡乱挥舞手臂，他撒开双腿，迈出大步，膝盖几乎碰到下巴。他偶尔停下，把鼻子向前伸，捕捉风中的气味，然后望向我们，继续狂奔，咬牙切齿吐口水。他粗壮的尾巴在摆动，像鞭子似的抽打。他的皮肤像是人类的，但绿得像腐败物。他头前脚后奔跑，两只眼睛鼓出来，右眼比较小，左眼比较大，而且在冒烟。他再次尖啸，惊走了群鸟的鬼魂。他太快了。扯破的衣服裹着他的身体，在风中飘飞。

"门，萨多格，关门！"

萨多格扔下黑豹，砰的一声摔上门，插好门上的三个插销。门上轰隆一声，像是遭到雷击。萨多格向后跳开。那怪物再次"咿——"地狂叫，几乎震聋了附近的所有生灵。

"妈的。"我说。

茅屋的墙壁是带树叶的木棍和风干的牛粪做的。等怪物发现他能一拳打穿，就会立刻挥动拳头。它砰砰砸门，古老的木板开始皲裂。他一次又一次"咿——"地怪叫。萨多格抓起黑豹。

"门。"他说。

我以为他在说前门，但他在朝后门摆头。怪物打穿了前门，把脸压在窟窿上。这张脸像是人和魔鬼交配的产物。他的左眼真的在冒烟。鼻子像猿猴的鼻子似的凹陷，底下是朽烂的长牙。他隔着窟窿咆哮和吐口水，然后退开。我能听见的脚步声，他在奔跑，脚步声比先前更快更响，径直撞在门上。铰链断了，但门没有掉下来。他的脸又压在窟窿上。咿——。他转身跑远，再次冲锋。

萨多格抓住一个个门锁，把它们从后门上扯下来。疯猴撞上木门，整个脑袋砸进房间。他企图把脑袋拔出去，但他卡住了。他抬起头看我们，号叫，尖啸，咆哮，我听见他的尾巴抽打茅屋。我们转向后门，萨多格扯掉的门锁全都重新出现了。

"他第三次肯定能撞穿门。"我说。

"这是什么魔法……什么魔法？"萨多格说。

我站在萨多格身旁，仔细观察那扇门。确实有魔法，但我的鼻子帮不上忙，无法解开它的奥秘。我低声念出一段咒语，我不记得我曾经听到过它。没用。马拉卡尔那幢屋子里没有这种东西，它来自桑格马的母语，而不是我的。我再次低声念诵，这次贴得更近，嘴唇吻上了木门。门的右上角燃起火苗，很快扩散到整个门板上。等火苗熄灭，那些锁也消失了。

萨多格从我身旁挤过去，推开后门。一道白光照进房间。疯猴再次咿咿怪叫。我想留下，和他搏斗，但我有两个同伴在沉睡，还有一个眨眼间就会倒下。

"追踪者。"萨多格说。

那道光把整个房间照得雪白。我抓起弗米利。奥格抱着黑豹，首先穿过那扇门，我蹒跚而行，紧随其后。背后的哗啦巨响使得我转身看，见到前门终于被撞破了。疯猴尖啸着冲向我，但他破损的尖牙刚碰到后门，后门就自己砰地关上了，把我们留在寂静的黑暗中。

"这是什么地方？"萨多格问。

"森林。我们在森——"

我回到我们背后的门口。这么做有可能酿成大错，但我还是打开了门，但仅仅是一条缝，我向内望去。一个积灰的房间，地上铺着石板，到处堆放着书籍、卷轴、纸张和羊皮纸。没有破损的前门。没有发狂的猴子。这个新出现的房间的另一头还是一扇门，萨多格推开了它。

阳光。孩子跑来跑去偷东西，集市上的女人吆喝叫卖。商人在搜寻好买卖，奴隶主在揉捏红皮奴隶的身体，有低矮肥胖的建筑物，有瘦削高耸的建筑物，远处有一座我认识的巨塔。

"我们到米图了？"萨多格说。

"不，我的朋友，这是孔谷尔。"

六个之外的
那个男孩

ONE CHILD
MORE THAN SIX

Ngase ana garkusa ura a
dan garkusa inshamu ni.

孔谷尔

尼姆贝

塔罗贝

边界路

①

②

③

④

⑤

边界路

边界路

边界路

⑥

⑦

宁姆贝

⑧

加隆科贝/
马特约贝

老塔罗贝（已淹没）

⑨

N

11

"把死者留给死者。这就是我对他说的。"

"在咱们走进暗土之前还是之后？"

"之前，之后，死者就是死者。诸神叫我等待。而你看——你活着，毫发无损。要相信诸神。"

索戈隆看着我，既不微笑，也不嘲讽。她不可能比现在更加不在乎了。

"诸神非得叫你等待？"

我醒来时太阳已经走到天空当中，逼着阴影躲在脚下。苍蝇在房间里嗡嗡飞舞。我睡着醒来三次，此后黑豹和弗米利终于醒来，奥格这才甩掉了奥古都咒法留下的呆滞。房间昏暗而简朴，墙壁是新鲜鸡屎的棕绿色，袋子一个叠一个一直堆到屋顶。高大的雕像彼此偎依，分享有关我的秘密。地面散发谷物、灰尘、遗失在黑暗中的香水瓶和耗子屎的气味。左右两侧的墙上，织锦一直垂到地面，蓝色的乌库鲁布，情人与树木的白色图案。我躺在地上，身体上下是色彩缤纷的盖毯和地毯。索戈隆站在窗口向外看，身穿她总是穿着的棕色皮革衣物。

"你把你的整个头脑留在了森林里。"

"我的头脑就在这儿。"

"你的头脑还没到这儿呢。我对你说过三次，绕过暗土走需要三天，但我们花了四天。"

"在森林里只度过了一个夜晚。"

索戈隆的笑声像喘气。

"所以我们迟到了三天。"我说。

"你们在森林里迷失了二十九天。"

"什么？"

"自从你们走进树林，一整个月已经来了又去。"

也许前两次听见她这么说的时候，我也像这样，听到这儿就重新倒在了地毯上，惊诧得目瞪口呆。没有死的东西都有二十九天——也就是一整个月——来成长，包括真相与谎言。远航的人早已归来。在世的动物有的变老，有的死去，死去的在这段时间内化作尘土。我听说过有些巨兽会在睡眠中度过寒冷的季节，有些人会一病不起，但此刻我觉得像是被人偷走了时光和我应该与其同在的一些人。我的生命、我的呼吸、我的行走，我想到了我为什么憎恶巫术和所有魔法。

"我以前也来过暗土。那次时间并没有停止。"

"谁会为你计算时间？"

我明白她这巫师的玄虚词句背后是什么意思。她在说——但不是大声说出来的，是话中之话——世上有谁在乎我，会计算我逝去的时光？她看着我，像是想知道答案。哪怕是个半通不通的答案，好让她用全部的智慧嘲笑我。但我只是瞪着她，直到她转开视线。

"自从你们走进树林，一整个月已经来了又去。"她重复道，但声音轻柔，像是并非对我说话。她望着窗外。

"相信诸神，这是我在孔谷尔待了一个月的唯一原因。假如我的意志能够胜过诸神，这整个城市和其中所有的男人都该被烧成灰。在孔谷尔不能相信任何男人。"

"在任何地方都不能相信任何男人。"我说。她意识到我听见了，不由得背脊一抖。

"你在这座让你痛苦的城市里等了一个月，请接受我的感谢。"
我说。

"我不是为你而等的，甚至不是为了女神。"

"允许我问一下是为了谁吗？"

"孔谷尔有太多孩童的故事没有结局。那是两百年以前了，比我还是个孩子的时候还早。因此就让这个孩子的故事能得到一个结局吧，无论这个结局是多么残酷，不要让他成为又一具落潮时被冲上岸的无头尸体。"

"你失去了一个孩子？还是说你就是那个孩子？"

"我应该在我和这座城市之间保持距离。你们没有露面后，再过四晚我就该离开。上次我走在这些街道上，一个好出身的男人雇了五个男人劫持我，好向我展示一个丑陋的女人能有什么用处。就在那儿的托罗贝。他不能打老婆，因为她有皇家血统，于是为此劫持了我。"

"孔谷尔的奴隶主向来残酷无情。"

"低能的蠢驴，那男人不是我的主人，而是绑架我的罪犯。任何人都该知道这个区别。"

"你可以跑去找官员。"

"那是个男人。"

"治安官。"

"还是个男人。"

"一位生性仁慈的长者，一位审判官，一位先知。"

"男人。男人。男人。"

"正义能够惩罚绑架你的罪犯。"

"正义确实惩罚了他。后来我学会了咒语，他妻子孕育的东西从身体里吃空了她。另一件东西从底下钻进那男人的身体。"

"咒语。"

"我的匕首。"

"你最后一次经过孔谷尔是什么时候？"

"光是要我回来，阿玛都就必须付我双份的钱。"

"索戈隆，上次是什么时候？"

"我已经告诉你了。"

嘈杂的声音弹起来飞向窗户，但声音里有秩序和节拍，击打声和脚步声，凉鞋和皮靴的橐橐声响，蹄子在干土上小跑的声响，人们哦哦应和其他人的啊啊。我走到窗口，和她一起向外看。

"来自北地的所有角落，有些来自南方边境。边境男子的左臂上扎着红巾。看见了吗？"

几层楼的高度底下，街道在屋子背后绵延伸展。和孔谷尔的大多数房屋一样，这幢屋子用泥巴和石块垒砌，用灰泥阻止雨水冲垮墙壁，但侧墙看上去像是得过痘病的人的脸。屋子高六层，横向开了十二扇窗户，有些窗户拉着木制遮光帘，有些敞开着，有些外面搭着露台，露台不是供人站立的，而是用来摆放植物的，但很多露台上还是有站着或坐着的孩子。事实上，整幢屋子看上去像个巨大的蜂窝。和孔谷尔的所有房屋一样，它像是工匠用手建成的。墙壁由巴掌和手指抹平，度量交给古老的技巧，也就是将衡量合适的重量和高度的任务托付给技能与创造之神。有些窗户不在一条直线上，而是像图案似的上下波动，有些比其他的更高，形状也不完美，但线条异常流畅，体现出主人的关注或主人的噼啪鞭策。

"屋主是个宁姆贝区的人。他亏欠我许多东西和许多条命。"

索戈隆在窗口向下看，我顺着她的视线望过去。像蛇一样蜿蜒的街道上，人们正在接近。他们三个四个成群结队，看步伐像是在行军。他们从东方而来，骑着白色与黑色的马匹，挽着红色的缰绳，马匹不像朱巴的种马那样从头到尾遮得严严实实。两个男人肩并肩从我们底下经过。靠近街道的男人戴狮尾头盔，穿镶金边、两侧有开缝的黑色外套，底下是白色的长袍。他的腰带上挂着长剑。另一个男人剃光头，黑色披肩从肩膀垂下去，盖住宽大的黑色上衣和白色长裤，亮红色的刀鞘里是一把半月弯刀。三个骑马的人沿着蜿蜒小街向前走，三个人都用黑色头巾遮挡面部，身穿锁子甲，黑袍盖住穿护甲的腿部，一手持长矛，另一只手抓缰绳。

"谁的军队在集结？"

"不是军队。不是国王的人马。"

"雇佣兵？"

"对。"

"谁的人？我在孔谷尔只待过很短的时间。"

"他们是七翼的战士。外面穿黑衣，里面穿白衣，就像他们的标志：黑雀鹰。"

"他们为什么集结？没有战争，也没有要打仗的消息。"

她转开视线。"暗土没有。"她说。

我依然望着正在集结的雇佣兵，说："我们走出了森林。"

"森林并不通往这座城市。森林甚至不通往米图。"

"世上有一种门，女巫，也有另一种门。"

"听着很像我知道的那些门。"

"睿智的女人，你岂不是什么都知道？什么样的门会自己关闭，然后化为乌有？"

"十九道门之一。你在睡梦中提到过。我不知道其中的一扇在暗土。你用鼻子闻出来的？"

"这会儿你倒是会笑了。"

"你怎么知道暗土有一扇门？"

"我就是知道。"

她低声说了句什么。

"什么？"我问。

"桑格马。你身上肯定还有桑格马的巫术，因此就算眼睛瞎了，也还是能看见。没人知道那十九道门的来历。但年长的吟游诗人说每一扇都由诸神建造。连长者中的长者都会看着你说，傻瓜，天上和天下的所有世界里，绝不可能发生这样的事情。其他人——"

"你在说巫师？"

"其他人会说那是诸神的通道，祂们借此走遍世界。走进一扇门，你来到马拉卡尔。走进暗土的另一扇，抬头一看：你来到了孔谷尔。走进另一扇，你甚至会来到某个南方王国，例如奥莫罗罗，或者来到茫茫大海上，甚至不属于这个世界的一个王国。有些人到处寻找一扇门，找到头发灰白也找不到，而你只需要用鼻子闻一闻就行了。"

"比比是七翼的人。"我说。

"他只是一名护卫。你闻到了没人在玩的一场游戏。"

"谁出钱，七翼就为谁效力，但没有人会比我们伟大的国王更加慷慨。而此刻他们正在这个观察所外集结。"

"你只会追查琐碎的小事，追踪者。大事就留给世上的大人物去操心吧。"

"假如我就是为了这个弄醒自己的，那我还是回去接着睡吧。黑豹和奥格怎么样了？"

"诸神赐予他们好运气，但他们恢复得很慢。这个疯猴是什么东西？他强奸了他们？"

"真是奇怪，我怎么就忘记问他了呢？也许他会吸走他们的灵魂，舔干净他们的感情。"

"呸！我受够了你的烂嘴巴。奥格当然站着，因为他永不倒下。"

"这才是我的好奥格。女孩还和你同行吗？"

"对。我扇了她两天的耳光，才让她打消跑回佐格巴奴身边的愚蠢念头。"

"她是个该死的拖累。把她留在这座城市好了。"

"今天是什么日子？一个男人也敢教我怎么做事。你不能说说那个孩子吗？"

"哪个？"

"我们来孔谷尔的原因。"

"哦。过去的二十九天里，你问到了那幢屋子的什么消息？"

"我们没去打听。"

我只和这个"我们"分开了一天。"我不相信你。"我说。

"今天是什么日子？我居然会在乎一个男人相不相信。"

"等这种日子来到面前，你自然会知道今天是什么日子。但我累了，暗土夺走了我的斗志。你到底有没有去那幢屋子？"

"我安抚一个女孩，魔物喂养她，要拿她的血肉当早餐。然后我等待你能派上用场。男孩不再杳无音信了。"

"那咱们就该出发了。"

"很快。"

我正想说似乎没人特别想完成使命，找到这个男孩，而"没人"指的就是她，但她转身走向门口，我注意到那儿没有门，只有一道布帘。

"这幢屋子属于谁？是客栈或者酒馆？"

"我说过了。一个男人，他的钱太多，欠我的人情更多。他很快就会来见我们。这会儿他像没头小鸡似的到处乱跑，尝试再建造一间房、一层楼、一扇窗或一个笼子。"

她已经走到帘子外了，忽然回头看我。

"这个白天就快过去。孔谷尔到了晚上是另一个城市。看好你的大猫和巨人。"她说。这时我的脑袋终于想了起来，她说过她已经三百多岁。一个认为她比实际上还老的老女人，没有什么比她嘴里说出来的话更老了。

奥格坐在地上，忙着调整他的铁手套，他用拳头打左掌，力量很大，手里迸发出了火花。他满脸漠然。他击打手掌，内心掀起的愤怒迫使他从牙缝里出气。然后他又变得漠然。我站在他面前，他坐在那儿，我们的眼睛第一次平行对视。阳光正在远离正午，他的房间里昏暗得像傍晚。这个房间里储存着各种东西。我闻到了可乐果、麝猫香和铅，还有两三楼之下的鱼干。

"萨多格，你坐在这儿就像士兵，心痒难耐想打仗。"

"我心痒难耐想杀人。"他说，再次击打手掌。

"也许很快就有机会了。"

"我们什么时候回暗土？"

"什么时候？我的好奥格，永远不回去了。你就不该跟着黑豹走的。"

"要不是有你，我们会在那儿长眠的。"

"或者成为疯猴肚子里的肉。"

萨多格像狮子似的咆哮，用拳头砸地。房间随之颤抖。

"我要从他沾屎的屁股上撕掉他的尾巴，看着他吃下去。"

我摸摸他的肩膀。他畏缩了一下，然后平静下来。

"当然了。当然了。如你所说，奥格，会有那么一天的。你还是会和我们去的对吧？去那幢屋子。找到那个男孩，无论为此要去什么地方？"

"对，当然了，我为什么不去？"

"暗土会改变很多东西。"

"我已经改变了。你没发现吗？墙上的那东西。"

他指着一把刀，刀身长而厚，覆盖着棕色的铁锈。宽阔的刀柄供双手掌握，厚而直的刀锋半截笔直，然后像残月一样弯曲。

"认识这东西吗？"萨多格说。

"从没见过这种刀。"

"恩贡贝的恩古卢刀。第一次我去抓奴隶。主人蓄养红皮奴隶。有一个逃跑了。诸神索要祭品。他打了主人。于是我押他到处决场前。三根竹竿立在地上。我按倒他，强迫他靠着一根竹竿坐下，从背后捆住他的双手。有比较小的两根竹竿，我压弯拉到他脚边，捆住脚腕。还有两根小竹竿，我压弯拉到他膝盖边，捆住膝盖。他浑身僵硬，假装勇敢，实际上并不勇敢。我从树上砍了一根树枝，剥掉树叶，压得像弓一样弯曲。树枝很生气，它想摆脱束缚，重新变直，但我用草绳捆住了它，然后我把它绑在奴隶的脑袋周围。我的恩古卢很锋利，太锋利了，你光是看它，眼睛就会流血。我的刀锋反射阳光，像闪电似的耀眼。奴隶开始喊叫。他呼唤先祖。他开始乞求。他们全都会乞求，知道吗？男人都爱说有朝一日去见先祖，他们会多么欣喜，但等那一天真的到来，没有人会欣喜若狂，只会哭叫和吓得失禁。我抡起长刀，然后我吼叫一声，挥动手臂，从脖子砍掉他的脑袋，树枝获得自由，把脑袋抛出去。我的主人很高兴。我杀了一百七十一个人，包括几名酋长和贵族。其中也有女人。”

“你为什么告诉我这些？”

“不知道。树林。和树林有关系。”

然后我去看黑豹。他的房间里，他躺在地毯上，蜷成一团，像猫似的酣睡。弗米利不在，也许已经走了，随他的便。我根本没想到他，我忽然意识到，我甚至没问索戈隆他的情况。黑豹想翻身起来，左右转动他的脖子。

“地上有窟窿，烧过的黏土，像竹子似的中空。”

“黑豹。”

“你方便后把瓮里的水倒进窟窿，它们会带走你的屎尿。”

“孔谷尔对待屎尿和其他的城市不一样。尸体也——”

“谁把我们放在这儿的？”他说，用胳膊肘撑起身体，因为我看着他而皱起眉头。

“去问索戈隆吧。这儿的主人似乎欠她很多人情。”

“我想离开。”

“如你所愿。”

"今晚。"

"今晚我们不能走。"

"我没说过'我们'。"

"离开？你都没法站起来。你敢变形，一个半瞎的弓箭手都能杀死你。你先恢复力量，然后想去哪儿就去哪儿。我会告诉索戈隆——"

"追踪者，你别替我说话。"

"那就让弗米利替你说话呗。他还有什么不替你做的？"

"你再说一遍我就——"

"你就怎么样，黑豹？你到底是中了什么毒药？所有人都看着你和你那个像男孩的小婊子。"

这话让他更生气了。他从地毯上起身，但晃晃悠悠的。

"你笑成这样干什么？没什么好笑的。"

"没有人爱任何人。还记得吗？这句话是你教给我的。我听说过战士、术士、阉人、王公、酋长和他们的儿子，全都因为徒劳地爱上了黑豹而憔悴。但最终究竟是谁抓住了你的下体？这个小崽子，就算他是船上的最后一个男人，那也不值得拯救。听清楚了，屋子里的每一个人。听清楚了，你的小婊子如何把了不起的黑豹变成一只街巷小猫。"

"但你只能看着这只街巷小猫全靠自己找到那个男孩。"

"又是一个了不起的计划。你的上一个计划怎么样了？到最后还是我骑马进森林去救你，而你早已忘记了你对我的爱。我不但救了你，还救了你的小婊子，但我失去了我们所有的马匹。也许我救错了动物。"

"你想要什么？感谢？"

"我知道真相。去找尼卡和他的女人会合吧，或者带着你的小婊子上路。"

"你再那么叫他……以诸神的名义发誓，我就……"

"攒点力气滚蛋吧。要么留下也行。你的坏脾气对我来说再也不神秘了。你永远是那只黑豹。然而离开了树林，你也许就不知道自己是谁了。下次你再遇到危险，我可不会来救你了。"

弗米利站在门口。他拿着弓和箭袋，站得笔直，努力鼓起胸膛。我不知道我应该大笑还是扇他。于是我从他身旁挤过去，近得足够撞开他。奥古都咒法还在他身上，剩下一丝尚未散去，他踉踉跄跄跌倒。他大喊科伟西，黑豹跳起来，晃晃悠悠地蹲伏在地上。

"干掉他。"弗米利说。

"好的，黑豹，干掉我。"

我怒视男孩。

"要么他在给房间做记号标地盘，要么他甚至爬不起来，去别的地方撒尿。"我说。

来到走廊里，女孩走向我。她找到了白色黏土，红黄两色的裙子底下，她在身体上画满了图案。头饰从她头上垂下来，细小的绳索挂着贝壳和铁环，两边太阳穴一边一枚象牙。邪恶的念头爬进脑海，说什么吞噬男人和女人的东西。但她只是看穿了衣服、长牙和气味，在其中找到她自己。思想是个狂野的动物。

孔谷尔的夜晚。这座城市对战斗和鲜血有着最厚颜无耻的热爱，人们聚集起来观看男人和兽类撕扯血肉，看见一个人露出皮肤却会震惊战栗。有人说这受到了东方的影响，但孔谷尔的位置在最西面，这儿的居民什么都不相信。除了谦逊，这是一件新事物，我希望它永远不要传到内陆王国，至少请放过库和甘加通。我房间的地上有一堆乌库鲁布，我抓起长长的一条，在腰上缠了几圈，然后在肩膀上绕了一圈，就像女人的裹身布，最后用腰带系牢。我的短斧丢在了暗土，但我还有两把匕首，我在两条大腿上各绑了一把。没人看见我离开，因此没人知道我去哪儿。

这座城市，它几乎完全被大河包围，根本不需要城墙，只在河岸边设立了岗哨。河上还有渔民、商船和货船，它们来自南方和北方，前往帝国码头。人们会乘坐任何一艘愿意搭客的船离开。每年年中到了雨季，洪水会涨得很高，孔谷尔有四个月成为孤岛。城市比河水高，但南面有些道路太低，旱季你能用脚走，到雨季就只能乘船经过了。这儿的人吃鳄鱼，库族见到了会尖叫，甘加通人会厌恶地唾弃。

下台阶，走出建筑物，我回头看这位地主的屋子。孩子们已经离开，没一个窗口有人站立。七翼的人马不再集结在街道上。他住在宁姆贝区的南部。旋风卷起来吹过道路，尘霾笼罩整座城市。

我抓起肩膀上的布头，像兜帽似的包住脑袋。

孔谷尔分为四个区域。各个区域的面积不尽相同，划分的因素是职业、生计和财富。西北方的街道最宽阔和空旷，那里是贵族居住的塔罗贝区。他们旁边是宁姆贝区，正如后者侍奉前者——居住着艺术家和手工艺人，为贵族的房屋制作器物——同样很美丽。这儿还居住着金属工匠、皮革工匠和铁匠，能制作各种有用的东西。西南方是加隆科贝/马特约贝区，居住着为主人效劳的自由人和奴隶。东南方是尼姆贝区，那里的街道供行政人员、书记官和记录与档案的管理者使用，正中央是存放档案的大厅。

我走过一条宽阔的街道。左手边的一家肉铺企图用尸体的气味围困我，羚羊、山羊、羔羊，但死肉闻起来都一个味。一个女人看见我接近，连忙走进她的屋子，叫她的儿子立刻回家，否则她就叫他父亲来抓他。孩子盯着我经过，然后跑进屋里。我忘了孔谷尔最贫困的人家也有两层楼。屋子挨得很近，在墙壁背后留出一点空间充当院子。还有，每幢房屋都有自己的大门，由你雇得起的最优秀的匠人制作，还有两根巨大的廊柱和用来遮蔽阳光的篷子。两根廊柱经过底层一直伸到屋顶，大门口的遮阳篷正上方有一扇小窗。小窗上方的墙上伸出一排五根或十根托伦木条。屋顶上的塔楼仿佛一排箭头。夜晚还没降临，傍晚甚至都没过去，街道上却几乎没有行人。但音乐和喧嚣声从四面八方传来。

"大家都去哪儿了？"我问一个男孩，但他没有停下。

"宾因衮。"

"什么？"

"假面狂欢。"他说，摇摇头，因为他不得不和一个白痴交谈。年轻人都有这个毛病。我没问在哪儿，因为他连蹦带跳地跑向南面。

孔谷尔也有这个特点。一切都和你上次离开时一个样。

至高神祇之一的神庙仍在原处，但此刻暗沉沉空荡荡的，大门洞开，像是还希望能有人进来。屋顶上原先有青铜的雕饰，大蟒、白蜗牛、啄木鸟，但早已被窃贼偷走。神庙外不到十步就完全是另一个世界了。

"哎呀呀，漂亮的孩子，你们怎么穿成这样？老奶奶的裹尸布包着你们的身体，我怎么分得清哪个是哪个？"她说，几个男人在她背后点亮墙上的火把。

她依然和门洞一样高，依然因为吃多了鳄鱼肉和玉米粥而肥胖。她依然在腰间围着一条长缠布，胸脯挤得快要爆出来，肉乎乎的肩膀和后背裸露在外。她依然剃着光头，这是孔谷尔人讨厌的事情。她依然散发着昂贵熏香的气味，因为"咱姑娘们必须有一件其他姑娘想要也得不到的东西"。每次我说她像是刚从女神的河流里捞出来，她就会这么回答。

"我可以直接告诉你我想要什么，瓦姐姐小姐。"

"哦，不，我的天我的天我的天。我宁可看见你另一副样子，你的追踪者大玩意儿硬起来，抬头指着你喜欢的那一个。我不知道你裹着那块帘子干什么。我感觉到的惨绝人寰你自己也该感觉到了。"

瓦姐姐小姐的喜悦物品与服务之家不接待表里不一的那些人。幻象是为抽鸦片的人准备的。有一次她允许一名变形者以狮身睡她的一个姑娘，结果他在狂喜中一巴掌打断了她的脖子。我解开帘布扔在地上，跟着她号称来自东方之光国度的男孩上楼，这意味着某个使节奸污了一个姑娘，留下一个孩子，自己回去找妻子和情妇。姑娘把孩子交给瓦姐姐小姐，后者看着他的皮肤，每四分之一月用乳酪和羊奶油给他沐浴。她禁止他做任何力气活，让他的肌肉保持纤细，他颧骨很高，臀部比腰宽得多。瓦妲姐小姐把他打造成所有造物中最精致的那个，他知道所有坏人的所有好故事，但更乐意你奋力把每个故事榨出来，直接付一笔费用给他，此外你还必须付钱给瓦妲姐小姐，因为她是整个孔谷尔最优秀的情报贩子。

"看哪，这是狼眼，"他说，"从你之后，没有男人能把我变成女人。"

他的房间闻起来就像我刚刚离开。我从没问过称其为"他"算不算一种侮辱，因为我只叫他"艾科伊耶"或"你"。

"我分不清你和一只麝猫生活，还是把它的香膏涂遍了全身。"

艾科伊耶翻个白眼，笑道："人狼啊，我们必须享用好东西。再说了，要是一个房间里能闻到上一个男人的气味，哪个男人愿意进来？"

他又哈哈一笑。他只需要自己被他说的笑话逗乐，我喜欢他的这一点。不得不忍耐其他人的那些人都有这个特性。对艾科伊耶来说，重要的仅仅是你这个情人是好是坏，你这个男人有没有意思。他首先要取悦的是他自己。你能不能分享那是你的事情。他狭小的房间里摆满了赤陶塑像，比我记忆中上次见到的还要多。还有这个，一个笼子，里面是一只黑鸽子，我误以为它是乌鸦。

"每个男人在离开这个房间之前都会被我变成一只鸟。"他说，从头发里拔出一把梳子。卷发像小蛇般落下。

"是噢。你的表演配得上满场观众。或者至少一名吟游诗人。"

"人狼，你不知道描写我的诗句吗？"

他指了指一把仿佛王座的靠背椅。我记得那是一张分娩椅。

"你的朋友呢？他们叫他什么来着，涅可？"

"尼卡。"

"我想念他。他这个男人有着庞大的光热和声音。"

"声音？"

"每次我把他放在我的嘴里，他就会发出最响亮的声音，有点像猫在大声打呼噜，或者鸽子在咕咕叫。"

说着这些话，他的手抓住了我。

"小骗子。尼卡绝对不会找男孩陪他。"

"我的好狼，你知道我能变成你想要的任何人，甚至是你从未拥有过的姑娘……只需要喝下特定的酒，在特定的灯光下。"

他的袍服落了下去，他从地上的那堆衣物里走出来，骑在我身上。他一向喜欢这么玩。每次我离开时，瓦妲姐小姐都要问他有没有弄伤我。

"操他妈的诸神。"我咬牙嘶嘶地说，蜷起脚趾的力量太大，它们像指节似的咔咔作响。

我把他推倒在地上，骑在他身上。事后，他依然骑在我身上，他说："现在你追随东方之光了？"

"不。"

"西方的鬼魂行者？"

"艾科伊耶，你问的是什么问题。"

"因为啊，追踪者，天底下所有的男人都一个样，尽管他们喜欢认为自己和其他人不一样，也许是为了给征战找个理由。他们认为他们这儿无论有什么烦恼"——他指着他的脑袋——"都能发泄在我身上。这是异域人的念头，我没想到一个来自这些国度的男人也会有。也许你流浪得太久了。接下来你会只向一个神祈祷的。"

"我脑袋里没有东西需要发泄出来。"

"那么追踪者到底想要什么？"

"有了这个，谁还需要别的？"我说，拍拍他的屁股。这个举动感觉很空洞，我和他都清楚。他哈哈一笑，然后向后靠，直到后背贴着我的胸膛。我伸出手臂搂住他。我浑身淌汗。艾科伊耶的身体永远干燥。

"追踪者，我撒谎了。追随东方之光的人从不发泄心事。所以请让我再问一次，追踪者到底想要什么？"

"我在寻求古老的消息。"

"多古老？"

"三年和好几个月。"

"三年，三个月，三次眨眼，对我来说都是一瞬间。"

"我想打听克瓦什·达拉的一名长老。他叫巴苏·福曼古鲁。"

艾科伊耶翻身离开我，起身，走到分娩椅旁。他盯着我。

"所有人都知道巴苏·福曼古鲁。"

"所有人都怎么说？"

"什么都不说。我说他们知道，没说他们会开口。他们应该焚毁那幢屋子，杀死瘟疫，但没有人愿意靠近那里。它是——"

"你认为那幢屋子遭到了疾病的侵袭。"

"或者某个河流恶魔的诅咒。"

"我明白了。付钱让你这么说的那个人，他是不是权势很大？"

他哈哈一笑："你付钱给瓦妲姐姐小姐是为了性爱。"

"而我付给你的钱足以让你开口。你看见我的钱袋了，知道里面有什么。来，说吧。"

他再次盯着我。他环顾四周，像是房间里还有其他人，然后拿起被单裹住身体："跟我来。"

他推开一堆箱子，打开一道门，这道门不会高于我的大腿。

"你不会回这个房间了。"他说。

他先爬进去。里面又暗又热，刚开始地上是窸窸窣窣的尘土，然后是硬邦邦的木头，然后是更硬的泥砖和灰泥，但始终很黑，无法视物。但我听见了许多声音。各个房间里传来男人喊叫和交配的声音，形形色色，各不相同，但年轻男女的呻吟声都一样，都接受过瓦妲姐姐小姐的训练。我有两次想到这也许是个陷阱，艾科伊耶首先出去，示意杀死后面爬出来的那个人。也许有个人拿着恩古卢刀等着砍我脑袋，不过艾科伊耶爬得毫不迟疑。我们爬的这段路很长，长得让我思考它究竟是谁修建的，谁会爬这么长的一段路去上艾科伊耶的床。他前方，黑暗中星辰闪烁。

"你带我去哪儿？"我问。

"见你的处决者。"他说，然后大笑。我们走上一段台阶，台阶通往我不认识的一个屋顶。这儿没有麝猫香的气味，没有瓦妲姐小姐的气味，没有妓院的香味和臭味。

"是的，没有瓦妲姐小姐的气味。"他说。

"你听见我心里在说什么了？"

"看你是不是想得很大声了，追踪者。"

"你就是这么知道人们的秘密的？"

"我听见的东西不是秘密。所有姑娘也都能听见。"

我忍不住大笑。还有谁会更擅长阅读男人的想法呢？

"你在宁姆贝一名黄金商人的屋顶上。"

"我闻到瓦妲姐的香水味在咱们南面。"

艾科伊耶点点头。"有人说那是谋杀，也有人说是魔物。"

"谁？你说到哪儿去了？"

"你朋友巴苏·福曼古鲁遇到的事情。你见到那些人在我们的城市集结了吧？"

"七翼。"

"对，这就是他们的名字。穿黑衣的。住在福曼古鲁家旁边的女人说她见过很多黑衣人在福曼古鲁家里。她从窗户里看见了他们。"

"七翼是雇佣兵，不是刺客。他们不会只杀一个男人和他全家。甚至在战争中也不会。"

"我没有说他们是七翼，是她说的。也许他们是恶魔。"

"奥默卢祖。"

"谁？"

"奥默卢祖。"

"我不认识他。"

他走向屋顶边缘，我跟着他。我们在三层楼顶上。路上有个男人蹒珊而行，皮肤上散发出棕榈酒的气味。除此之外，这条街空荡荡的。

"乌泱泱的一大帮人，他们想要这个男人的命。有人说是七翼，有人说是恶魔，有人说是酋长的军队。"

"因为他们都喜欢黑色？"

"人狼，是你在寻求答案。这是我知道的。有人进入巴苏·福曼古鲁的屋子，杀死了所有人。没人见到尸体，也没有举行葬礼。你想象一下，孔谷尔城的一名长老去世，却没有祭典，没有葬礼，没有皇室成员带着贵族排队瞻仰，甚至没人宣布他的死讯。另一方面，一夜之间他家周围却长满了荆棘树丛。"

"你们的长老怎么说？"

"我没有听到任何风声。你知道吗？他是在骷髅之夜被杀的。"

"我不相信。"

"不相信那天是骷髅之夜？"

"不相信那些碎嘴的恋童癖从来没有找过你。"

"我认为七翼是为国王集结的。"

"我认为你在躲避我的问题。"

"和你想象的不一样。"

"现如今低等人似乎都知道国王行事之道了。"

他咧嘴笑笑。"但我知道这个。有人探访那幢屋子，包括一两位长老。也许还有一两位七翼。有一个不是这儿的人，他们叫他大块贝勒昆，因为这儿的男人喜欢开这种玩笑。他这个人没法闭紧他的任何一个洞，尤其是嘴巴。他是和另一名长老一起来的。"

"三年过后你怎么会还记得？"

"那是去年。他们轮流睡一个聋哑姑娘时说的，瓦姐姐小姐也听见了。他们说他们必须找到它。他们必须尽快找到它，否则处决者的利刃就会砍向他们。"

"找到什么？"

"他们说巴苏·福曼古鲁写了一封对国王不利的长信。"

"这份文书在哪儿？"

"人们屡次闯进他家，却都一无所获，所以应该不在那儿。"

"你认为国王因为一封信杀了他？"

"我什么都没想。国王要来这儿。他的首相在城里。"

"他的首相来拜访了瓦姐姐小姐？"

"不，白痴追踪者。但我见过他。像是国王，但不是国王，皮肤比你的黑，头发红得像新割开的伤口。"

"也许他会来体验你著名的服务。"

"他太虔诚。简直是圣洁的化身。我一见到他就忘记了我第一次见到他是什么时候，就好像我从小到大一直看着他。我这么说是不是很傻？"

黑皮肤的红发人。黑皮肤的红发人。

"追踪者，你好像走神了。"

"我听着呢。"

"如我所说，没人记得他不是首相的时代，也没人记得他是什么时候成为首相的，他在成为首相前是什么人。"

"他昨天还不是首相，但从前往后一直是首相。他们杀死了福曼古鲁家里的所有人吗？"

"这种问题你该去问官员。"

"也许我会的。"

他转身俯视街道，用被单包住脑袋。

"还有一件事。独眼狼，你过来。"

他指着底下的街道。我走到他身旁，他身上的布落了下去。他拱起背部，身体在说我可以在这儿要他。我转身面对他，他露出笑容——全黑的笑容。他把嘴里的东西全喷在我脸上，那是黑色的粉尘。眼影粉，一大团，吹进我的眼睛、鼻孔和嘴巴。眼影粉里混着蛇毒，我能闻出来。他深深地看着我，没有任何恶意，只有巨大的兴趣，像是别人说过接下来会发生什么。我一拳打中他的喉结，然后扼住他的咽喉，使劲一捏。

"他们肯定给了你解毒剂，"我说，"否则你已经死了。"

他咳嗽呻吟。我使劲掐，直到他眼睛突出。

"谁派你来的？眼影粉是谁给你的？"

我使劲推他。他尖叫着跌出屋顶边缘，我抓住他的脚腕。他双手胡乱拍打，嘶喊，险些从我手里滑出去。

"诸神在上，追踪者！诸神在上！放过我！"

"怎么放过你，松手？"

我松开手，他滑出去一段。艾科伊耶尖叫。

"谁知道我会来找你？"

"没人！"

我让他的脚腕又滑出去一段。

"我不知道！是媚药，我发誓。肯定是。"

"谁花钱雇你杀我？"

"不是为了杀你，我发誓。"

"眼影粉里有蛇毒。你这么机灵的一个人，肯定很熟悉媚药，所以你不可能不知道。用金属炼成的所有东西都不可能伤害我。"

"无论是谁来打听，等着他的都是这个。他没说要我杀你。"

"谁？"

"我不知道！一个戴面罩的男人，孔谷尔修女都不如他裹得严实。他在奥博拉迪卡月来，巴沙星群之下[1]。我发誓。他说无论是谁问起巴苏·福曼古鲁，就把眼影粉吹到他脸上。"

"为什么会有人向你打听巴苏·福曼古鲁？"

1　巴沙星群：Basa，奥罗莫历法基于月球与七八个特定星星或星团的联结关系制定，该历法中的奥博拉迪卡月（Obora Dikka moon）即小天狼星月，对应巴沙星群。

"在你之前没人问过。"

"给我详细说说这个男人。他的袍子是什么颜色？"

"黑、黑色。不，蓝色。深蓝色，他的手指是蓝色。不，指甲是蓝色，像是他给大块布料染的色。"

"你确定他不是穿黑衣的？"

"是蓝色。以诸神发誓，蓝色。"

"艾科伊耶，然后会发生什么？"

"他们说会有人来。"

"你刚才还说他。"

"他！"

"他怎么会知道？"

"我要返回我的房间，放出窗口的鸽子。"

"这个故事一眨眼就长出了腿脚和翅膀。还有呢？"

"没有了。我难道是探子吗？听着，我发誓——"

"向诸神，我知道。可是，艾科伊耶，我不相信诸神。"

"不是为了杀死你。"

"听我说，艾科伊耶。倒不是说你在撒谎，而是你不知道真相。你嘴里喷出的毒药足以杀死九头水牛。"

"放过我吧。"他哭泣道。

汗水使得他在我手里滑溜溜的。

"永远干燥的艾科伊耶居然出汗了。"

"放过我吧！"

"我很困惑，艾科伊耶。我换个方式重复一遍，让我也许还有你能听明白。即便巴苏·福曼古鲁已经死去三年多，仅仅一个月前，却有一个穿蓝袍的遮脸男人找到你。他说，要是有人问起巴苏·福曼古鲁——而你没有任何理由会认识这个人——你就服下解毒药，把混合毒的眼影粉吹到他脸上，杀死他，然后送信叫他来收尸。或者不杀死他，只是让他昏睡，我们来带走他，就像收钱做事的垃圾贩子。就这些吗？"

他点头，一下又一下。

"两种可能性，艾科伊耶。或者你不该杀死我，只是让我失去抵抗能力，他们可以从我嘴里挤出事实。或者你应该杀死我，但先问一些更深入的问题。"

"我不知道。我不知道。我不——"

"你不知道。你什么都不知道。你甚至不知道有没有解毒药能抵消这种毒药。因此我认为你是个聪明孩子，只是陷入了不聪明的人生。这种毒药无法抵消，艾科伊耶，只能延缓它的发作。你顶多还能活八年，漂亮脸蛋，也许十年。没人告诉过你？也许你体内的毒剂不太多，你能活十四年。但我还是不明白他们为什么来找你。"

他忽然大笑。笑声响亮而悠长。

"因为啊，追踪者，每个人都迟早会来找欢愉贩子。你忍不住。丈夫、酋长、贵族、收税官、甚至你。就像一群饿狗。迟早你们都会变成原本的自己。因为即便你没有那只眼睛，也本来就是一条狗。你知道我希望什么吗？我希望我有毒药，能杀死整个世界。"

我松开手，他一路尖叫着掉下去。他不会死，因为高度不足以杀人。但他会折断骨头，也许一条腿，也许一条胳膊，也许是脖子。我按原路返回，经过相同的那些声音，男人在湿漉漉的毯子上交配，花掉口袋里的最后一块钱。回到房间里，我插上那扇小门。他把鸽子养在窗口的竹笼里，我抓住鸽子拿出来，轻轻地握在手里。我取下它左脚上的字条，然后在窗口释放鸽子。

字条。象形文字，我曾经见过，但记不住意思。我把分娩椅推到房间最黑暗的角落里，坐下等待。窗户看上去足够大。那扇门意味着还有其他人知道这个安排，其中包括瓦姐姐小姐。我努力思考。除非瓦姐姐小姐知情，否则她的屋顶底下不会发生任何事情。然而孔谷尔人也还有这一面。就算今晚我杀了艾科伊耶，明天她还是会热情欢迎我，说什么快脱掉你的袍子，好让我看看你，我又大又硬的好公子，然后用她最新网罗的小男妓招待我。

　　夜晚越来越深，但炎热依然在周围爬动，我的后背被汗水粘在座椅上。我从木头上剥开身体，险些错过那个声音，脚踢在墙上的声音。有人在爬墙，但不用绳索，很可能使用了咒语，脚碰到的地方都会变成地面。一双手先抓住窗台，指节发白。手把胳膊肘拉上来，胳膊肘把脑袋拉上来。黑色的缠头布包住额头和嘴巴。眼睛是吸鸦片者的红色，视线扫视房间，与我对视，但没有看见我。袍子的肩部是蓝色，左肩挎着一条皮带。一条腿伸进房间，皮带底下挂着两个剑鞘和一把匕首。我等他整个人进入房间，蓝色长袍扫过地面。

　　"好啊。"

　　他跳起来，伸手去拔剑。我的第一把匕首割开他的脖子，第二把插进他的咽喉，杀死了他的脑袋，这时他的腿还不知道他死了。他倒下，脑袋撞在我脚边的地上。我脱掉他的衣服，感觉像在打开包裹。他胸口有疤痕，鸟、闪电、腿很多的昆虫，象形文字，看上去和字条上的是一个风格。两根食指都缺少最顶上的一截。他不是七翼的人。他胯下有一团因暴力而来的虬结疤痕，阉人。我知道我没多少时间了，因为派他来的人不是在等他复命，就是跟随他来了这里。他身上没有气味，只能闻到所骑马匹的汗味，可惜他这趟旅程的终点是死在瓦姐姐小姐妓院里的地上。我把他翻过来，摸着他背上的象形文字，记住它们的形状。两个念头跃入脑海，前一个刚走，后一个就来了。新来的念头：没有血，匕首刺破的位置，鲜血通常会喷涌如温泉。刚走的念头：这个男人确实没有气味。他身上唯一的气味来自马匹和他攀爬的墙壁上的白色黏土。

　　我又把他翻过来。他胸口的两个象形文字也曾出现在字条上。一轮新月和盘卷的大蛇，蛇身旁是一片叶子的叶脉，还有一颗星。这时他的胸膛隆隆作响，但不是垂死的咯咯声。有什么东西在撞击他胸腔的每一根肋骨，鼓动他的胸腔和心脏，让他的双眼猛地睁开。然后他的嘴打开了，但不像是他自己张开的，更像是别人在扯开他的上颚和下颚，他的嘴巴越张越大，直到嘴角撕裂。隆隆声一直传到双腿，腿开始敲打地面。我向后跳，站起来。他的大腿泛起涟漪，向上扩散到腹部，在他胸膛之下涌动，然后从他嘴里吐了出来，那团黑云散发着尸体的腐臭，它死得比那男人早得多。黑云像尘土恶魔似的盘旋，变得越来越庞大，庞大得撞翻了艾科伊耶的几尊雕像。旋风聚集起来，转向窗口。黑云裹着尘土转动，组成一个图案，继而散开变回尘土，那是两只黑色的骨头翅膀。有可能是光线不良造成的错觉，也有可能是某个巫师的符号。盘旋的黑云穿过窗户离开。地上那男人的皮肤变成灰白色，枯萎得像是树皮。我弯下腰。他依然毫无气味。我用一根手指碰了碰他的胸膛，他的胸膛塌陷下去，然后是腹部、双腿和头部，整个人粉碎化作尘土。

我说真的。走遍所有的世界，我从未见过这样的手段或技艺。派遣刺客的人无疑很快就会来。如此怪物背后无论是人还是鬼魂、怪物或神祇，都不是两把匕首甚至短斧能够拦住的。

他的名字就在此刻走进我的脑海：巴苏·福曼古鲁。凶手不但杀了他，还希望他的死亡能永远不被打扰。我有问题，邦什必须回答我的问题。她把孩子留给国王的敌人，但很多人在宫廷、文书和信件里挑战国王的权威，却没有因此被杀。假如孩子是猎杀的目标，那么先前为什么不杀死他？我没听说有任何事情会迫使本来对福曼古鲁没有杀意的任何人除掉他，尤其是国王。就恼人程度而言，他顶多不过是大腿内侧的一小块擦伤。然后一个念头不请自来，你知道你会被扔给这个念头，但你拒绝承认，因为没有人愿意被扔给这么一个念头。邦什说奥默卢祖来杀福曼古鲁，她救下他的孩子，这是他的遗愿。但事实上那不是他的孩子。有人吩咐艾科伊耶，要是有人打听福曼古鲁就通知他们，因为有人知道迟早会有人来打听。有人一直在等待这件事的发生，等待我，或者与我类似的其他人。他们的目标不是福曼古鲁。

他们的目标是那个孩子。

12

在我窗外飘拂的是黑色雀鹰旗。我回归孔谷尔没有惊扰任何人，我醒来时阳光还没有照到任何人，于是我来到室外。旗帜在两百也许三百步之外，宁姆贝区中央的高塔顶端，它猎猎飞舞，就好像它激怒了狂风。黑色雀鹰。七翼。太阳躲在饱含雨水的乌云背后。雨季快到了。于是我来到室外。

院子里有一头水牛，正在啃地上寥寥无几的灌木。雄性，棕黑色，身体比一个半我平躺还要长，双角弯曲到头顶，然后向下再向后生长，像是做了个夸张的发型。但我见过水牛杀死三百个猎人，把一头狮子撕成两半。于是我远远地绕开水牛，走向拱门。他抬起头，走过来挡住我的去路。我再次想到我必须补充两把短斧了，当然无论我用匕首还是短斧都不可能胜过他。我没有闻到尿味，我没有踏入他的领地。水牛没有喷鼻息，也没有用蹄子刨地，而是盯着我看，视线从我的脚向上打量到我的脖子，然后向下，再向上，再向下，再向上，慢吞吞地惹我生气。水牛不会笑，但我向诸神发誓，这头水牛在笑。然后他晃晃脑袋。更像是在点头，先向左一甩脑袋，然后向右，然后向右再向左。我绕开他向前走，但他再次挡住我的去路。我向另一侧移动，他跟着动。他上下打量我，一次又一次，我敢向诸神、魔鬼和河流精怪发誓，他真的笑了。他上前几步，然后后退。假如他想杀死我，我早就去和先祖同行了。他走到近处，用角钩住我身上的帘布，使劲一扯，我原地转圈，倒在地上。我咒骂水牛，但没敢去抢帘布。再说了，反正是清晨，谁会看见我呢？就算被人看见，我也可以声称我在河里沐浴的时候被盗贼抢了。走出拱门十步，我向后看，见到水牛跟着我。

我说真的：这头水牛是最了不起的同伴。在孔谷尔，就连老妇人也睡得很晚，因此清晨的街上只有从不睡觉的那些家伙。喝棕榈酒的醉鬼，灌马苏库啤酒的傻瓜，倒下的次数比起来的更多。每次我们经过这么一个人，我的视线就会扫向他，看他们望着一个几乎全裸的男人与一头水牛并肩而行，那架势不像是人在遛狗，更像人和人同行。平躺在路上的一个男人翻个身，看见我们，跳起来就跑，一头撞上墙壁。

我们来之前，河水漫过堤岸已经四个夜晚，接下来的四个月，孔谷尔将是一个岛。我用河泥在我胸膛和双腿上绘制图案，水牛躺在草地里吃草。我在左眼周围涂绘，上至发际线，下至颧骨。

"你从哪儿来，我的好水牛？"

他把脑袋转向西面，双角上下指点。

"西面？布其河？"

他摇头。

"更远？大草原？水牛啊，那儿有足够的水喝吗？"

他摇头。

"所以你才四处游荡？还有其他原因吗？"

他点头。

"是该死的巫婆召唤你来的？"

他摇头。

"是索戈隆召唤你来的？"

他点头。

"我们死了——"

他向上看，喷鼻息。

"我说的死不是真的死，我是说索戈隆以为我们死了的时候。她肯定去找了其他帮手。你是其中之一吗？"

他点头。

"而你对我应该怎么穿已经有了明确的想法。我不得不说，你这头水牛够特别的。"

他走进树丛，尾巴甩来甩去赶苍蝇。我听见五十步外传来男人踏着草地的沉重脚步声，我在岸边坐下，脚泡在河里。他走近了；我拔出匕首，但没有转身。冰冷的刀刃贴着我的右肩。

"肮脏的小子，日子过得怎么样？"他问。

"日子过得相当好。"我说，模仿他的语言。

"你迷路了？你看着像是迷路了。"

"我看着是这个样子？"

"哎呀，朋友，你在这儿瞎逛，身上没穿袍子，像是发疯了，也可能你喜欢男孩或者是个睡爹的，还是什么？"

"我只是在河里泡脚。"

"所以你在找地方睡男孩。"

"我只是在河里泡脚。"

"所以是在找地方睡男孩对吧，在哪儿来着？等一等。我们这儿没地方可以睡男孩哎。"

"咦？你确定你没弄错吗？因为上次我去找男孩的地方，一眼就看见了你老爸，还有你爷爷。"

他用木棍敲我脑袋的侧面。"起来。"他说。至少他不会直接宰了我，连反抗的机会都不给我。他背上捆着两把斧头。

他几乎比我矮一个头，身穿七翼的白色裤子和黑色上衣。我的第一个念头是无视他的愤怒，问他七翼为何集结，因为就连睿智的索戈隆也不知道。他又对我说话，声音比刚才更加浑厚。

"我们就要这么收拾你这种人吗？"这个七翼说。

"什么？"

"睡男孩的，你要我把你的脑袋送给谁？"

"你错了。"

"我怎么错了？"

"说我是睡男孩的。大多数时候是男孩睡我。"

"我先砍掉你的下体，然后脑袋，然后把剩下的扔进河里。你喜不喜欢这样？等你的碎块顺着河水往下漂，人们会说你们快看那个睡男孩的在河里翻滚，千万别喝河水，否则也会变成睡男孩的。"

"就用那两把斧头砍我？我一直在找这么优质的铁器。是瓦卡迪殊铁匠打造的，还是你从屠夫老婆那儿偷来的？"

"扔下匕首。"

我看着这个男人，他比男孩高不了多少，矮胖但肌肉发达，满嘴喷粪，打搅我平静的早晨。我扔下手里的匕首和绑在腿上的另一把。

"在迎接今天的太阳和与它告别之间，我并不想杀人。"我说，"沙海之上有些人每年召开盛宴时都会留个空座位给鬼魂，曾经活着的一个人。"

他大笑，左手举起木棍指着我，右手拔出一把斧头。然后他扔下木棍，左手也拔出斧头。

"也许我该因为你说疯话而杀了你，而不是因为你倒错的行为。"

他在我面前挥舞斧头，左右挥动，上下转动，但我一动不动。雇佣兵向前迈步，却被一块什么东西击中了脖子。

"滚他驴子的老姨！"

他原地转身，水牛刚好喷出鼻息，一团鼻涕落在战士的脸上。他和水牛大眼瞪小眼，吓得跳了起来。还没等他挥动斧头，水牛就用双角挑起战士，把他远远地扔进草丛。一把斧头落在地上，另一把飞向我，但被弹开了。我咒骂水牛。战士挣扎了好一会儿才坐起来，他摆摆脑袋，站起身，看见水牛再次冲向他，他跌跌撞撞地逃跑。

"你倒是很悠闲，我都可以去烤个面包了。"

水牛小步跑开，经过我时用尾巴抽我。我大笑，捡起我的新斧子。

我回去时屋子已经醒来。水牛趴在草地上，把脑袋搁在地上。我说他懒得像个老祖母，他朝我挥动尾巴。索戈隆坐在中间那扇门旁的角落里，她身边的男人我猜就是屋主。他吐出红没药气味的烟气，这种昂贵的香烟来自沙海之上的国度。一块白布缠着他的脑袋，包住下巴，但薄得足以让我看见他的皮肤。他穿泰米花纹的白色长袍，外面是一件咖啡色的罩衣。

"女孩在哪儿？"我问。

"在某条街上折腾某个女人，因为衣服对她来说还有吸引力。说真的，老朋友，她从没见过这样的衣服。"索戈隆点点头。

男人点点头，我意识到她不是在对我说话。他抽一口烟斗，然后把烟斗递给她。她嘴里吐出来的烟气说是一团云都行，实在太浓密了。她已经用木棍在地上画了六个秘符，此刻在画第七个。

"追踪者在孔谷尔过得怎么样？"他问，但依然不看我。我认为他在对索戈隆说话，有钱有势的男人会当着你的面如此粗鲁地议论你。时间还太早，别让他们这么试探你，我告诫自己。

"他不遵守孔谷尔的风俗，懒得遮住他的大蟒。"索戈隆说。

"确实如此。他们鞭打一个女人……七天前？不，八天。他们发现她没穿外袍走出一个男人的家，但这个男人不是她丈夫。"

"他们怎么对待那个男人？"我说。

"什么？"

"那个男人，他也挨了鞭子吗？"

男人看着我，就像我在用连我自己都听不懂的某种河流方言说话。

"咱们什么时候去那幢屋子？"我问索戈隆。

"你昨晚没去吗？"

"没去福曼古鲁家。"

她转过去不看我，但我才不愿意被这么两个人无视呢。

"这种风平浪静就像走在鳄鱼背上，索戈隆。事情不仅和孔谷尔有关，也不仅和七翼有关。自从王子诞生以来就没打过仗的男人收到消息，说他们必须拿起盔甲和武器，走出家门集结。七翼也在米图集结，还有打着其他名号的其他战士。你离开的马拉卡尔，还有乌沃莫沃莫沃莫沃山谷，此刻都闪烁着盔甲、长矛和刀剑的寒光和金光。"男人说。

"各地的使节在每一个城市走动。满头的汗水并非因为炎热，而是出于担忧。"她说。

"这个我知道。五天前，维米威图的四个男人来谈判，因为所有人都来孔谷尔解决争端。从此再也没人见过他们。"

"他们在争吵什么？"

"他们争吵什么？不像你们聋了耳朵，听不见人们的动静。"

她大笑。

"跟你说真话。这个瘦皮小子的母亲张开两腿把他吐出来之前很多年，就在他们用纸张和钢铁记录和平之前，南方人退回了南方。"

"对，对，对。他们退回了南方，但不完全是南方。"索戈隆说。

"老克瓦什·奈图还给他们一块骨头。征服后的瓦卡迪殊。"

"我刚去过卡林达和瓦卡迪殊。"

"但瓦卡迪殊从来不喜欢这个安排，根本不喜欢。他们说克瓦什·奈图背叛了他们，把他们当奴隶卖回给南方国王。他们年复一年吵闹，而这个新国王——"

"克瓦什·达拉像是能听见似的。"她说。

"而北方的这些动静让南方随之震动。索戈隆，据说疯王的脑袋又被魔鬼侵蚀了。"

我听得越来越烦躁。两个人都在说对方早就知道的事情。他们甚至不讨论，或者说理、争论、重复，只是互相补充念头，就仿佛他们在交谈，但不是说给我听的。

"天和地已经听够了。"索戈隆说。

"你们谈论国王、战争和战争的流言，就好像真有谁在乎似的。你只是个女巫，来这儿寻找一个男孩。所有人都一样，除了他，"我指着屋主说，"他知道我们为什么待在他家里吗？你看，我也可以当着一个人的面说他，就好像他不在似的。"

"你说他鼻子很灵，没说他嘴巴很坏。"屋主说。

"我们在浪费时间谈论政治。"我说，从他们身旁走进去。

"没人跟你说话。"索戈隆说，但我没有转身。

上一层楼，黑豹走向我。我读不懂他的表情，但该来的迟早会来。就让我们解决问题吧，无论用言语、拳头、匕首还是利爪，男孩归剩下的那个所有，你去搞他，我用搅屎棍揍他，把他塞回拉他出来的那个窟窿里。对，咱们干一架吧。黑豹跑过来，险些撞倒走廊里十几尊塑像和雕像中的两尊，然后拥抱我。

"亲爱的追踪者，我觉得我好几天没见到你了。"

"确实好几天了。你从睡梦中醒不过来。"

"确实如此。我觉得我像是睡了好几年。醒来时见到的房间都这么让人讨厌。来，告诉我，这座城市都有什么消遣？"

"孔谷尔？在这座城市里，虔诚就像想结婚的情妇一样少见。"

"我已经爱上这儿了。但我们来这儿还有其他原因吗？咱们在追查一个男孩，对不对？"

"你不记得了？"

"有些记得，有些不记得。"

"你记得暗土吗？"

"咱们穿过暗土了？"

"是你撂狠话非要走暗土的。"

"狠话？对谁？弗米利？你知道他就喜欢看咱们吵嘴。你不饿吗？我看见外面有头水牛，我想宰了它，至少咬掉它的尾巴，但这头水牛似乎很机灵。"

"这太奇怪了，黑豹。"

"咱们桌上说。自从咱们离开山谷，这几天都发生了什么？"

我说我们丢掉了一个月。他说这是什么昏话，然后拒绝听我再说了。

"我听见我肚子里有个大洞。咕咕叫得让人心烦。"他说。

餐桌在一间大厅里，四面墙上是一幅又一幅的版画。我看到第十幅才意识到这些出自铜版画巨匠之手的作品都在描绘交配景象。

"这太奇怪了。"我又说。

"我知道。我听说这座城市没有同性爱同性。这怎么可能是真——"

"不。我说的奇怪是你什么都不记得了。奥格全都记得。"

黑豹就是黑豹，他没有理会椅子，径直跳上桌子，没有发出任何声音。他从银盘里抓起鸟腿，蹲在那儿，一口咬下去。我看得出他不喜欢。黑豹什么都吃，但只要他下嘴的时候没有热辣辣的鲜血涌到嘴里，从嘴唇淌出来，他就会嫌恶地皱起眉头。

"奇怪的是你，追踪者，说话像在猜谜，意思只说一半。坐下，喝点粥，看着我吃——这是什么，鸵鸟？我从没吃过鸵鸟，一直抓不住。你说奥格全记得？"

"对。"

"他记得什么？在魔法丛林里的事情？我也记得。"

"除此之外呢？"

"好一场大睡。我在移动，但自己没动。长长的尖叫。奥格记得什么？"

"似乎全都记得。想起来了他的整个人生。你记得咱们出发的时候吗？你和我有过节。"

"咱们肯定解决了，因为我完全不记得。"

"要是你肯听听你自己怎么说，就不会这么想了。"

"你迷糊了吧，追踪者。我坐在这儿和你吃东西，你我之间有感情，在此之前咱们根本用不着说出口的那种感情。所以你就别抱着那点小矛盾不放了，事情太小，你提示来提示去我都想不起来。咱们什么时候去那个男孩的屋子？现在就出发？"

"昨天你还——"

"科伟西！"他的持弓男孩喊道，扔下手里的篮子。也许我出于厌恶忘了提起他的名字。他跑到桌旁，不看我，甚至不朝我点点头。

"你还没恢复好，不能吃奇奇怪怪的东西。"他对黑豹说。

"这是肉，这是骨头。哪儿奇怪了？"

"回房间去。"

"我很好。"

"你不好。"

"你聋了吗？"我说，"他说他很好。"

弗米利企图用同一张脸怒视我和劝说黑豹，结果是他有一半在劝说我，有一半在怒视黑豹。即便并不好玩，但男孩还是刺激得我放声大笑。他跺着脚离开，出去时抓起地上的篮子。一个小包裹从篮子里掉了出来。熏猪肉，我闻得很清楚。补给品。黑豹坐在桌上，盘起双腿。

"我应该尽快甩掉他。"

"你几个月前就该甩掉他了。"我嘟囔道。

"什么？"

"没什么，黑豹。有些事情我必须告诉你。但不是在这儿。我不信任这些墙壁。说真的，这儿有些奇怪的东西。"

"这话你已经说了四遍。我的朋友，为什么所有东西都很奇怪？"

"能化作一摊黑水的女人。"

"让我心烦的是这些雕像。我觉得有一支军队要观赏我晚上怎么交配。"

他抓住一尊雕像的颈部，咧嘴露出灿烂的笑容，我都不记得上次见到这个笑容是什么时候了。

"尤其是这家伙。"他说。

"收好你的鸟。"我说。

我们裹上缠腰布，走向南边的加隆科贝/马特约贝。自由人与奴隶的居住区，还有贫民窟，欠缺品位的房屋在地面平铺，而不是向高处生长，那是有钱但没有贵族风度的自由人的住所。绝大多数房子只有一个房间或厅堂，这些房子挤在一起，靠同一个屋顶遮风挡雨。连老鼠也钻不进它们墙壁之间的缝隙。宁姆贝区遍布塔楼和屋顶，看上去像个巨型要塞或城堡，但这个区域没有塔楼伸向天空。自由人和奴隶没有监视其他人的需求，但所有人都必须盯着他们。尽管到了夜晚，在这个区域睡觉的男人和女人为数最多，但白天它是最空旷的区域，自由人和奴隶都在另外三个区域劳作。

"邦什几时给你讲了这么一个故事？"

"几时？我的好大猫啊，当时你也在。"

"我也在？我不……哦，我想起来了……记忆会涌上来，然后又溜走。"

"记忆这家伙肯定听见你在床上做的勾当了。"

他吃吃笑。

"可是，追踪者，我的记忆就好像是别人告诉我的，而不是我亲身经历的。我没有任何印象了。真是奇怪。"

"是啊，奇怪。无论那个弗米利叫你抽什么，你都别再碰那玩意儿了。"

我很高兴能和黑豹聊天，我一向如此，我不想提到那个令人痛苦的事实：许多日子已经悄然过去——一个月过去了，每次我说起他都会惊诧莫名。我大概知道原因。时间对所有动物来说都是扁平的；它们靠何时进食、何时睡觉、何时繁殖来衡量时间，因此丢失时间对他来说就像一块木板中央被打出来了一个大洞。

"奴隶主先说男孩是他搭档的儿子，现在又说是孤儿。某些人从一位主妇那儿绑架走男孩，杀死了屋子里的其他所有人。后来他又说屋子属于他姨妈，而不是主妇。后来咱们见到他和恩萨卡·奈·瓦姆皮企图从闪电女人嘴里撬出消息，咱们释放了闪电女人，但她跳下悬崖，掉进了尼卡的笼子。"

"你说的这些事情我都知道。除了笼子里的闪电女人。我记得我在想这个奴隶主肯定没说实话，但不知道关键在哪儿。"

"黑豹，然后邦什就从墙上淌下来，说男孩不是那个男孩，而是另一个人，也就是巴苏·福曼古鲁的儿子，福曼古鲁是一名长老，奥默卢祖在骷髅之夜袭击他家，杀死所有人，但男孩当时还是个婴儿，邦什把他藏在子宫里，救了他一命，她把男孩交给米图的一个盲眼女人，邦什以为她能信任她，但盲眼女人把男孩卖给了奴隶市场。一名商人买走了他，也许因为妻子绝育，但一群手段凶残的男人随即袭击了他们。一名猎手带走男孩，现在没人能找到他了。"

"慢一点，我的好朋友。这些我全都不记得了。"

"这还不是全部呢，黑豹，因为我找到了另一名长老，他自称大块贝勒昆，他说那家人死于河流疫病，这是假的，但他们一家有八个人，这是真的，其中六个是孩子，但没有一个是新生儿。"

"追踪者，你到底在说什么？"

"你还记得我在湖上告诉你这些事情吗？"

黑豹摇摇头。

"贝勒昆一向满嘴谎言，我不得不杀了他，况且他还想杀我。然而他没有理由在这件事上撒谎，因此邦什肯定在撒谎。对，奥默卢祖杀了巴苏·福曼古鲁全家，对，很多人知道此事，包括她，但我们要找的男孩不是福曼古鲁的儿子，因为他没有那么小的孩子。"

黑豹依然满脸困惑。但他挑起眉毛，像是忽然洞察了真相。

"可是，黑豹，"我继续道，"我做了些调查和挖掘，发现这座城市里也有人在打听福曼古鲁，意思是他们告诉探子，要是有人打听福曼古鲁就立刻通知他们，意思是死去长老的事情看似结束了，实际上还没有，因为存在一个破绽，也就是那个失踪的男孩，男孩不是他儿子，然而尽管男孩未必是他儿子，却肯定是其他人寻找他的原因，也是我们寻找他的原因，考虑到福曼古鲁对国王来说顶多是个讨厌鬼，算不上真正的敌人，因此无论是派屋顶行者去他家，目标都不是为了杀他全家，而是那个男孩，而福曼古鲁肯定在庇护他。他们也知道男孩还活着。"

我把这些话说给黑豹听，但是说真的，比起听我说这些的他，讲述这些的我更加困惑。他复述我说的所有话，这时我才明白过来。我们踩在齐踝深的水里，这时他说："你知道咱们说话的时候，水牛就站在咱们背后吗？"

"我知道。"

"咱们能信任他吗？"

"他看上去似乎值得信任。"

"要是他撒谎，我就用利齿撂倒他，把他变成晚餐。"

水牛喷鼻息，用右前腿踢水。

"他开玩笑的。"我对水牛说。

"一小半吧，"黑豹说，"跟我们去那男人的屋子。这衣服蹭得我的蛋蛋痒。"

萨多格坐在他房间的地上，用右拳击打左掌，打得火花四溅。我走进房门，站在那儿不动。他看着我。

"他就在那儿。我抓住他的脖子使劲掐，直到他脑袋爆开。还有她，她也在，我反手就是一巴掌，重得打断了她的脖子。很快主人就开始摆座位，男人和女人用贝壳、玉米和牛只买座位，欣赏我徒手处决女人、孩童和男人。很快他们把座位修成一圈，收钱，投注。不是赌谁能胜过我，因为没有人能胜过奥格，而是赌谁坚持得最久。碰到孩童，我总是一下就拧断脖子，免得他们受苦。主人气得发疯——谁会来看呢，人们要看的不是这个，你不明白吗？你不明白吗？他们要看表演。诅咒诸神，去祂们的耳朵和屁眼，你必须给他们看好戏，我就是这么告诉你的。"

我知道接下来会怎样。我没有理会奥格。他会唠唠叨叨说上一整夜，无论回忆这些会让他多么痛苦。我有一半想听他说，因为他的话里有深度，他把他做过的事情埋葬在了奥格埋葬死者的地方。黑豹和弗米利一起进房间，他已经在挠裤裆了。索戈隆不知去向，女孩和屋主也一样。我想去福曼古鲁的屋子，但不想一个人去。

我没有办法，只能等黑豹完事。楼下，黑夜悄悄爬了上来，我甚至没有注意到。孔谷尔在阳光下是座道貌岸然的城市，但在黑暗中就会变成所有道貌岸然的城市入夜后的样子。远处宾因衮的火光一块一块地照亮天空。鼓声时而跃过屋顶和道路，晃动我们的窗户，掩护着鲁特琴、笛子和号角的乐声偷偷溜进来。一整个白天我都没有看见有人戴着假面。我爬出窗户，坐在窗台上，望向灯光闪烁的少数房间和已经熄灯的多数房间。弗米利披着毯子，提着灯从我身旁走过。他很快回来，又从我身旁走过，拿着一个酒袋。我跟踪他，隔着十二步左右。他没有关门。

"拿上你的弓，或者至少一把好剑。不，还是匕首吧，咱们带上匕首。"我说。

黑豹在床上翻身。他躺在那儿，抢过弗米利手里的酒袋，弗米利不肯看我。

"你现在喝棕榈酒了？"

"只要我愿意，喝血都可以。"他说。

"黑豹，咱们耽搁不起这个时间。科伟西。"

"弗米利，你告诉我。是恶风在窗户底下吹，还是你在用责骂的语气说话。"

弗米利无声地大笑。

"黑豹，你这是怎么了？"

"你到底要干什么？这是怎么了？这是怎么了，追踪者？这是、怎么、了？"

"这是要去那男孩住过的屋子。咱们要去那幢屋子看看。屋子也许能告诉我们他去了哪儿。"

"我们知道他去了哪儿。尼卡和他的婊子已经发现他了。"

"你怎么知道？鼓声告诉你的？还是某个小婊子在日落前咬了你的耳朵？"

一声低吼，但来自弗米利，不是黑豹。

"我只去一个地方，追踪者。梦乡。"

"你打算在睡梦中找他？还是你打算派你的小女仆去。"

"滚出去。"弗米利说。

"不不不。你别跟我说话。我也只和他说话。"

"假如这个'他'就是我，那我要说，你别跟我和他说话。"黑豹说。

"黑豹，你疯了吗，还是你觉得这是什么游戏？这个房间里有两个小孩不成？"

"我不是小——"

"闭嘴，小子，以诸神发誓，我要——"

黑豹跳起来："以诸神发誓，你要……怎么着？"

"你怎么又变回去了？你一会儿热一会儿冷，你一会儿这样，然后一会儿又变成那样。这个小婊子对你施巫术了吗？无所谓。咱们现在先去，回头再吵。"

"我们明天离开。"

黑豹走到窗口。弗米利坐在床上，偷偷看我。

"哦，所以咱们又回到这种状态了。"我说。

"你说话真好玩。"弗米利说。在我的脑海里，我的双手掐住了他的喉咙。

"对。如你所说，那种状态。明天我们用我们的方式去找男孩。要么就不去。无论如何，我们都要离开这儿。"黑豹说。

"我跟你说过那男孩了。我们为什么必须找到——"

"你跟我说了很多话，追踪者。没多少有用的。现在请你从哪儿来就回哪儿去吧。"

"不。我会查出来这到底是什么疯病。"

"发疯的是你，追踪者，以为我还会和你合作。我甚至无法忍耐和你一起喝酒。你嫉妒的恶臭，你知道它在发臭吗？它和你的仇恨一样难闻。"

"仇恨？"

"我曾经被它迷惑。"

"你被迷惑了。"

"但后来我意识到你从头到脚除了恶念什么都没有。你无法控制自己。你和它缠斗，有时候占上风。足以让我允许你领着我走进歧途。"

"操他妈的诸神，大猫，咱们在一起做事。"

"你不和任何人一起做事。你有计划——"

"计划干什么？拿走所有的钱？"

"是你说的，不是我。弗米利，你听见他的话了吗？"

"听见了。"

"小子，你给我闭上你的屁眼。"

"别惹我们。"黑豹说。

"你对他做了什么？"我对弗米利说，"到底做了什么？"

"除了让他睁开眼睛？我不认为弗米利在期待嘉奖。追踪者，他不是你。"

"你说话都不像——"

"不像我自己了？"

"对。你说话甚至都不像一个成年人了，而是被父亲夺走玩具的青少年。"

"这个房间里没有镜子。"

"什么？"

"走吧，追踪者。"

"操他妈的诸神。"

我扑向弗米利。我跳上床，抓住他的脖子。他拍打我，他身体里的小婊子太弱了，只能这么反抗，我用力掐他。"我知道有巫师在帮你。"我说。一个毛茸茸的黑色庞然大物撞倒我，我的脑袋重重地磕了一下。黑豹，通体漆黑，表情阴森，用爪子挠我的脸。我揪住他脖子上的毛皮，我们在地上翻来滚去。我对他挥拳，没有打中。他低头凑近我的脑袋，用上下颚夹住我的脖子。我无法呼吸。他合拢嘴巴，甩动头部，想折断我的脖子。

"科伟西！"

黑豹扔下我。我喘息，咳嗽。

黑豹朝我低吼，然后咆哮，像狮子一样响亮。这个咆哮意思是"滚出去"。滚出去，别回来。

我走向房门，擦拭我湿漉漉的脖子。口水，还有少量鲜血。

"明天别待在这儿了，"我说，"你们两个。"

"我们不受你的差遣。"弗米利说。黑豹在窗口踱步，依然是豹形。

"明天别待在这儿了。"我重复道。

我走向奥格的房间。

宾因衮。这是我听孔谷尔人说的，还有他们为何厌恶赤身裸体。露出皮肤相当于说你只有孩童的头脑，疯子的头脑，在社会中不扮演任何角色的人的头脑，甚至比高利贷者和小饰品贩子更加卑微，因为就连这些人也有他们的用处。北方人借着宾因衮，在生者中为死者辟出地盘。

宾因衮是戴假面者，是鼓手、舞者和伟大颂诗[1]的歌唱者。他们在底下缠着阿索奥克布，这种白布上有靛青条纹，看上去像是我们的缠头布。他们用网布挡住面部和双手，这样他们就戴上了面具，不再有名有姓。宾因衮旋转得像一阵旋风，先祖会占据他们的身体。他们跳得比屋顶还高。

制作服装的人是阿美瓦，也就是美的通晓者，假如你了解孔谷尔人，就会知道他们根据美不美来区分一切事物。不能丑陋，因为丑陋没有价值，尤其是丑陋的性格。但也不能太美，因为那是乔装打扮的骷髅。宾因衮由最优质的织物制作，红色、粉色、金色、蓝色、银色，全都镶嵌着贝壳和钱币，因为美之中存在力量。它存在于图案、编织花纹、亮片、缨穗和能治病的护身符之中。舞蹈中有宾因衮，游行中有宾因衮，用来让人化为先祖。这些都是我在旅途中学到的知识，因为朱巴尽管有假面，但并不是宾因衮。

我把这些都说给奥格听，因为我们跟着游行队伍去那幢屋子，这样他这么高大的人在火炬底下就不会显得太奇怪了。但他看上去还是很奇怪。前排的五名鼓手给舞蹈定节拍——三个人敲筒鼓，第四个敲两头响的巴塔鼓[2]，第五个敲绑在一起的四个小巴塔鼓，发出的声音像乌鸦叫一样高亢。鼓手之后就是宾因衮，其中有先祖之王，他们穿皇室袍服，戴贝壳面纱，还有骗术师，他们的袍子内外翻转就会变成另一件袍子，然后再是罩一件袍子；所有宾因衮都跟着鼓点旋转和跺脚，砰——砰——巴卡拉卡——巴卡拉卡，巴卡拉卡拉卡拉卡——砰——砰——砰。十五个这样的人向左滑步，然后跺脚，紧接着向右滑步，然后跳跃。我对奥格说这些，免得他又开口说他徒手杀了什么人，无论尘世还是冥界都没有任何声音能和颅骨破碎的声音相提并论。黑暗中我看不清萨多格的面容，他站直了比火炬还要高，他在空中随着宾因衮挥舞双手，他们行进他就行进，他们停下他也停下。

---

1 伟大颂诗：Oriki，西非约鲁巴语言使用者的特有赞歌。
2 巴塔鼓：Bata，约鲁巴人的传统乐器，双头鼓，一头大一头小，都可敲击发声。

我说实话。我不知道哪幢屋子是福曼古鲁家，只知道他住在塔罗贝区，宁姆贝边界以北，几乎被疯长的荆棘丛挡得看不见。我说："奥格我的好朋友，咱们去看一看。咱们每条街都走一走，看看哪些屋子里没有灯光，而且藏在会刺痛人割破手的树丛里。"

在第四幢屋子外，萨多格拿起墙上的火把。来到第九幢屋子，我闻到了硫黄的烟火气味，虽然时隔多年，但气味依然新鲜。这条街上的大多数屋子彼此靠得很近，只有这幢屋子孑然孤立，荆棘丛长成了一个孤岛。它在黑暗中看起来比其他房屋都大，灌木丛长得又高又密，一直蔓延到正门口。

我们绕到屋后。奥格依然一言不发。他戴着铁手套，我说它们对死者毫无用处，但他不听我的。你看，它们没能从奥古都咒法手中救下你，我心想，但没说出口。他扯开荆棘丛，直到我们能够安全地爬上去。我们翻过后墙，落在犹如厚地毯的草丛上。杂草长得很高，有些甚至到我腰间。奥默卢祖无疑来过。死亡滋生之处，只有植物才会生长。

我们站在院子里，身旁是谷仓，被许多场雨淋湿的黍米和高粱早已腐坏，覆盖着老鼠屎，幼鼠在此处嬉戏。屋子是一组房间，五个角仿佛一颗星，我没想到会在孔谷尔见到这种结构。福曼古鲁不是孔谷尔人。萨多格把火炬插在地上，照亮了整个院子。

"腐坏的肉，新鲜的屎，死去的狗？我分不清。"奥格说。

"也许三个都有。"我说。

我指了指右边的第一个房间。萨多格点点头，跟我走。第一个房间说明了我会在其他房间找到什么。所有东西都是奥默卢祖离开时的样子。凳子折断，瓶罐粉碎，织锦撕破，地毯和衣物被扯烂，扔得到处都是。我捡起一块盖毯。尘土和雨水之中藏着两个男孩的气味，很可能是最小的那两个，但气味只延伸到墙边就消失了。死亡的气味全都一个样，但有时死者活着的气味能带你找到他们死去的地点。

"萨多格，孔谷尔人怎么埋葬死者？"

"不是埋进土里。用瓮，太大了，这个房间放不下。"

"那是他们有的选的时候。福曼古鲁一家人也许被遗弃在某个地方，连诸神都会震惊。也许烧掉了？"

"在孔谷尔不可能，"他说，"他们认为焚烧尸体会释放出致死之物。"

"你怎么知道？"

"我杀过几个。事情是这样的。我——"

"萨多格，现在先别说。"

我们走进隔壁房间，从那张莫哈维木床来看，这个房间肯定是福曼古鲁的卧室。木头墙壁上刻满了各种景象，其中以狩猎为主。地上扔着书籍和破碎的雕像，还有散乱的纸张，很可能是从书里扯下来的。奥默卢祖不会有兴趣，但探访房间的第三、第四和第五个人就未必了，这几个人里有索戈隆，我们刚走进主卧室我就闻到了，但我没有告诉奥格。我琢磨着她会不会和其他来过此处的人不一样，她找到了要找的东西。

"据说巴苏·福曼古鲁写了很多反对国王的文章。一共有二三十篇，其中有一些坦白了他如何辜负国民、贵族和王公。我和一个男人谈过。他说人们在搜寻那些文章，福曼古鲁就是因此被杀的。然而尽管我对福曼古鲁了解得不多，也知道他绝对不是傻瓜。另外，他肯定不会希望他的证词随他一起死去。"我说。

"这些文章不在这儿？"

"不在。不止如此，我的好奥格，我并不认为那就是人们在寻找的东西。还记得那个男孩吗？邦什说她救了他。"

地上有一把剑闪烁着寒光。我早就不喜欢这种武器了。过于笨重，在风中会受到太大的阻力，而不是与风配合行动，但我还是捡起了这把剑。剑从鞘中拔出了一半。我必须在阳光下回到此处，因为现在能引导我的只有鼻子。房间里弥漫着一个男人的气味，也许是福曼古鲁，还有一个女人的，他们的气味在这个房间里结束，意味着他们死在这里。离开这个房间，我走向旁边的另一个房间，那里是仆人和最年幼的孩子的住所。我闻得出来，埋葬他们的人没有看见或没有理会一名仆人的尸体，她被压在破碎的木头和撕烂的毯子底下。如今那儿只剩下了白骨，骨头还凑在一起，但血肉都被啃噬殆尽。我走进房间，奥格跟着我。他的头顶蹭过天花板。我咧嘴笑笑，却被一个倾覆的瓮绊倒，重重地摔在地上。操他妈的诸神，我说，还好一堆衣物为我提供了缓冲。袍服。即便在黑暗中，我也看得出它们有多么华贵。金丝镶边，但质地轻薄，应该属于福曼古鲁的妻子。这里肯定是仆人洗衣后晾干的地方。薄袍子上有一股香味，无论如何清洗都洗不掉。乳香。我跟着它走出这个房间，回到主人的卧室，然后来到院子中央，回到谷仓旁的大房间里。

"萨多格，他们就在这儿。"

"埋在土里？"

"不，在瓮里。"

这个房间没有窗户，因此异常黑暗，但感谢诸神，奥格真是力大无穷。他搬开最大一个瓮的盖子，我本以为里面是巴苏，但乳香告诉我实际上是他妻子。

"萨多格，你的火把。"

他起身拿来火把。她就在瓮里，身体蜷曲成怪异的角度，后背碰到了脚跟。她的颅骨躺在头发里，白骨在衣服里伸头探脑。

"他们打断了她的后背？"萨多格说。

"不，他们把她砍成了两截。"

第二个瓮比第一个小，但比其他的大，里面是福曼古鲁。他的所有骨头都在，但分离四散。深蓝色的袍子，就像国王的。收尸的人没有偷走任何东西，否则不可能放过这么奢华的袍子，哪怕要从死者身上剥下来。他面部的骨头被砸碎了，奥默卢祖剥掉脸皮给自己戴上时就会这样。另一个大瓮里是两个孩子，一个小瓮里是一个孩子。小瓮里幼童的骨头几乎化为齑粉，只剩下手臂和肋骨尚有形状。和其他人一样，他散发着暴死多时和香膏消散的气味。尸体没有做防腐处理或制成木乃伊，说明感染疫病的说法已经传播开了。我朝萨多格点点头，他正要盖上最后一个瓮的时候，我瞥见了一件小东西反射的光线。

"萨多格，火把再拿过来一下。"

我抬起头，刚好看见奥格擦掉一滴眼泪。他想到了被杀的孩童，但不是这一个。

"他手里拿着什么？"我问。

"羊皮纸？一块黏土？"

我拿起那东西。布料，和阿索奥克布一样简朴，但并不是。我拉了一下，但男孩不肯放手。他和这块布一起死去，这是他最后的反抗，可怜的孩子，勇敢的孩子。我勒住思绪的缰绳，免得它跑得太远。我又拉了一下，布料松开了。一块蓝布，从更大的什么东西上撕下来的。男孩裹在白布里。我把布料放到鼻子上，一年的阳光、夜晚、雷电、雨水，几百天的行走，数以十计的山峰、谷地、沙漠、海洋、房屋、城市和平原。气味过于强烈，变成气息、听觉和触觉。我伸出手就能摸到这个男孩，在脑海里抓住他，但他过于遥远，我头晕目眩。他太远了，我的脑袋驰骋跳跃、沉入海底，继而飞得越来越高、越来越高，闻到了没有浓烟的空气。气味推动我，拉扯我，拽着我穿过丛林、隧道、群鸟、撕开的血肉、吃肉的昆虫、屎尿和鲜血。鲜血涌入我的身体。那么多血液，我的眼睛变得赤红，随后变黑。

"你走得太远，我以为你再也回不来了。"萨多格说。

我翻身坐起来。

"多久？"

"不久，但陷入昏睡。你的眼睛变成乳白色。我以为恶魔占据了你的脑袋，但你嘴里没有喷出白沫。"

"只有在我猝不及防的时候才会这样。我闻了某些东西，某个人的一生一下子全都涌向我。非常疯狂，哪怕是现在我已经学会了驾驭我的能力。不过，奥格，我闻到了一些东西。"

"另一具尸体？"

"不，那个男孩。"

他望向瓮里。

"我说的是咱们在找的男孩。他活着。我知道他在哪儿了。"

13

事实上，说我找到了那个男孩未免言过其实。我发现他在很远的地方。奥格听完我的话，抓起火把跑向左边，然后右边，然后去孩子们的住处，掀开许多块毯子，一大团灰尘腾空而起，即便在黑暗中也能看见。

"男孩在差不多三个月外。"我说。

"这话什么意思？"他说，他还在掀开毯子和挥舞火把。

"远得就像从最东到最西。"

他扔下手里的毯子，掀起的狂风吹灭了火把。

"好吧，至少这么远跑一趟也算有用。"他说。

"不知道对索戈隆能有什么用处。"我嘟囔道。

"什么？"

我忘记了奥格的耳朵很尖。索戈隆不久前来过这儿，也许就是昨晚。福曼古鲁的房间里，乱扔的书本和扯破的纸张之间，她的气味最为浓烈。我朝房间里走了一步就停下脚步。气味忽然从四面八方涌向我。乳木果油混合木炭，用来涂在脸上和身上，让你与黑暗融为一体。

"萨多格，咱们出去。"

他转身走向后墙。

"不，走前门。前门已经打开了。"

我们穿过荆棘丛，径直走向一群全副武装的男人。萨多格在我背后，他吃了一惊，但我没有。他们染黑了皮肤，与暗夜毫无区别。我听见奥格攥紧铁手套的嘎吱声和刮擦声。他们有十五个人，站成半月阵形，缠着湖蓝色的头巾，湖蓝色的面罩盖住五官，只露出眼睛和鼻子。同样蓝色的带子斜挎胸前和背后，底下是黑色上衣和马裤。他们拿着长矛、弓箭、长矛、弓箭、长矛、弓箭等，只有最后一个人除外，他和我一样，身体左侧挂着一把剑，剑在鞘中。我抓住剑柄，但没有拔剑。萨多格上前一步，推开挡路的一名弓箭手，人和箭一起飞了出去。其他人立刻转向他，有的挽弓，有的准备投矛。持剑的男人和其他人打扮不同。红色斗篷盖住右肩，从左臂下穿过，斗篷在风中翻飞，拍打地面。他上衣的胸口敞开，长度到他大腿上沿，腰部用皮带系住，剑也挂在皮带上。他示意其他人放下武器，但眼睛始终盯着我。萨多格摆出准备战斗的站姿。

"你似乎很确定我们不会杀了你们。"剑士说。

"我并不担心我们的死活。"我说。

剑士怒视我们："我是莫西，孔谷尔酋长卫队的第三长官。"

"我们没拿任何东西。"我说。

"这么一把剑不可能属于你。尤其是我三晚前还见过。"

"你在等什么人吗，还是就在等我们？"

"问题由我来问，你们回答就行。"

他走近我，直到站在我面前。他很高，但比我矮，眼睛几乎与我的齐平，面容藏在黑色油彩背后。尽管太阳已经落山，这会儿很凉快，但他戴着葫芦头盔，中央有一道钢铁的缝合线。他脖子上有一条银质的细项链，底下消失在胸毛里。头部形状像箭头一样锐利，鼻子弯曲如鹰嘴，厚嘴唇向上弯曲，就好像在微笑，他双眼透亮，我在黑暗中都能看见。两只耳朵上都有耳环。

"要是你见到了什么让你高兴的东西，记得告诉我一声。"他说。

"那把剑不是孔谷尔的。"我说。

"对。它属于一个东方之光国度的奴隶。我逮住他绑架自由人女性，当作奴隶贩卖。他不肯放开这把剑，除非手和身体分家，所以……"

"你是我遇到的第二个会抢剑的盗贼。"

"抢夺盗贼的东西，连诸神都会微笑。你叫什么？"

"追踪者。"

"看来你母亲最爱的孩子不是你。"

他离我很近，我能感觉到他的呼吸。

"你的眼睛里住着魔鬼。"他说。

他用手指去碰我的眼睛，我躲开。

"还是某天晚上被他打成这样的？"他指着萨多格问。

"不是魔鬼。是一条狼。"我说。

"所以等月亮袒露真身，你会对着它号叫？"

我没说话，而是打量他的手下。他指着萨多格，萨多格依然绷紧双臂，时刻准备进攻。

"他是奥格吗？"

"你试试看去杀他就知道了。"

"无所谓，咱们去要塞接着谈吧。这边走。"他指着东方。

"就是没有囚徒能够离开的那个要塞吗？假如我们选择不去呢？"

"那别看咱们现在聊得亲切又轻松，很快就没这么自在了。"

"我们至少能杀死你们七个人。"

"而我的人对投枪非常慷慨。失去七个人我能接受。你能接受失去一个人吗？你们没有被捕。我更愿意去街上没有耳目的地方谈话。咱们算是有了共识吗？"

要塞在尼姆贝区，离河流的东岸不远，窗口俯视帝国码头。我们走下台阶，进入一个用石块与灰泥垒砌的房间。房间里有两把椅子和一张桌子。桌上有蜡烛，我不禁吃了一惊——蜡烛无论在哪儿都不便宜。我坐得太久，左腿都抽筋了。我站起身，治安官刚好走进房间。他洗干净了脸。他的黑发若是留长肯定松软打卷，但细得就像马鬃。自从我在沙海中迷失，就没再见过这样的头发。皮肤颜色很浅，像晒干的黏土。跟随东方之光的男人就是这个模样，还有奴隶、黄金和麝猫香的买家——但以奴隶为主。现在我理解他的眼睛了，还有嘴唇，嘴唇现在看起来比较厚了，但还是比这些国度的所有居民都要薄。我已经能想象库族和甘加通的女人见到这么一个男人会如何惊恐万状。她们说不定会绑住他，用火烤他，直到他的皮肤变成应有的黑色。他和黑豹一样两腿粗壮，肌肉发达，像是上过战场。孔谷尔的太阳晒黑了他的双腿。我看得出他提起了上衣，下摆比原先的位置高，让我看到他双腿的其余部分有多么白和缠腰布有多么黑。他把衣服从腰带里拽出来，此刻下摆比膝盖还低。

"在等精怪帮你坐下？"他坐在桌角上。

"是鸽子通知你我要来吗？"我问。

"不是。"

"你有——"

"提问的是我。"

"所以被指控抢劫的是我？"

"再像拉肚子似的说话，我就给你塞上。"

我默默地瞪他。他微笑。

"这个回答很聪明。"他说。

"我什么都没说。"

"目前是你答得最好的一次。不。不是抢劫，因为你不是当盗贼的那种蠢蛋。但谋杀就未必了。"

"孔谷尔人的笑话。依然是全帝国最差劲的。"

"假如我不是孔谷尔人，你一定会笑得更厉害。至于那些谋杀。"

"你不可能杀死尸体。"

"你的奥格朋友已经承认了他在许多国度杀过二十个人，而且看上去还没说完呢。"

我大声叹息。"他是一名处决者。他不知道他在说什么。"我说。

"但他对杀人知道得很多。"

他看上去比他在黑暗中更老。不，也许是更大。我真的很想看看他的剑。

"你今晚来福曼古鲁家干什么？"我问。

"也许我只是在碰运气。手上沾血的人往往会去溅血之处洗手。"

"我就没听过这么愚蠢的说法。"

"你们自己犯蠢，跟着游行队伍走，翻过荆棘丛，却指望不被任何人看见。"

"我追踪丢失的人。"

"我们每个都能找到。"

"但有一个就没找到。"

"福曼古鲁有一个妻子和六个孩子。尸体全都清点过。我亲自数的。然后我们派人叫来一位后来搬去马拉卡尔的长老。他叫贝勒昆。他证实他们八个是一家人。"

"他搬走后多久？"我问。

"一两个月吧。"

"他找到了文书吗？"

"什么？"

"他在找的东西。"

"你怎么知道那位长老在找东西？"

"治安官，不止你一个人拥有又大又胖的朋友。"

"你皮痒了吗，追踪者？"

"什么？"

"皮痒。你挠了七次胸口。我猜你是那种不爱穿衣服的河流居民。卢阿拉卢阿拉，还是甘加通？"

"库。"

"更加差劲。你提到文书就好像你知道那是什么似的。你甚至有可能也在找它。"

他坐在凳子上，看着我，哈哈一笑。我不记得有谁，无论是男人、女人、野兽还是鬼魂，能这么惹我生气。连黑豹的男孩都不如他。

"巴苏·福曼古鲁。他在这座城市有多少敌人？"我问。

"你忘了提问的是我。"

"但没问任何明智的问题。我看你不如跳过这些废话，直接严刑拷打，逼我吐出你想要的回答。"

"给我坐下。"

"我可以——"

"你可以，前提是你有你那些可怜的武器。我不会再说第二遍。"

我重新坐下。

他绕着我走了五圈才停步，然后把凳子拖到我旁边坐下。

"咱们不谈谋杀了。你知道你在这座城市的哪个区域吗？你只是眼神奇怪就有可能被拘捕。所以你到底为什么去那幢屋子？是三年前的杀人案，还是你知道有什么东西还在那儿，没被拿走，甚至没被碰过？我可以告诉你我所知道的巴苏·福曼古鲁。他受人民的爱戴。每个男人都知道他与国王的不和。每个女人都知道他与其他长老的不和。但他们出于其他原因杀死了他。"

"他们？"我问。

"那些尸体遭到的残害不可能是一个人做的，甚至未必是人类，或者中巫术的兽类。"

他盯着我看了很久，一声不吭，我不得不张开嘴，但不是为了说话，而只是装得像是要说话。

"我给你看点东西。"他说。

他走出房间。我听见苍蝇的声音。我猜测他们会怎么盘问奥格，当然也可能只是放着他不管，随便他历数他在许多年间杀死的许多人。而我呢？这些会不会只是奥古都咒法——或者森林本身在我身体里留下的什么东西——在等待攻击？除了提醒我有多么孤独，它还有其他用意？另外一点。一名治安官企图诬陷我犯下他早就捏造好的某些罪名，我却在琢磨这种奇怪的念头。

他回到房间里，把一件东西扔向我，他动作很快，我都没看清那是什么就接住了。黑色，填充羽毛，软乎乎的，用阿索奥克布裹着，就是先前我塞进身上这条帘布里的那种布。这次我做好了准备，知道会有什么随着气味而来。

“一个布娃娃。”他说。

“我知道这是什么。”

“三年前我们在最年幼的孩子尸体旁发现的。”

“男孩也可以玩布娃娃。”

“没人会给孔谷尔的孩子这种东西。孔谷尔人认为布娃娃会让孩子养成崇拜偶像的习惯，那是可怕的罪孽。”

“但每幢屋子里都有雕像。”

“他们喜欢雕像。这个布娃娃不属于那幢屋子里的任何人。”

“福曼古鲁不是孔谷尔人。”

“长老会尊重当地的风俗。”

“也许布娃娃属于凶手。”

“凶手只有一岁大？”

“你到底想说什么？”

“我想说那幢屋子里的孩子不止一个。杀死那家人的凶手也许是冲着另一个孩子来的。或者其他什么更加离奇的东西。”他说。

“听上去太离奇了。那个孩子是什么，一个穷亲戚？”

“我们和他们的所有亲戚都谈过。”

“大块贝勒昆也一样。也许你们是一起提问的？”

“你想说长老在自行调查？”

"我想说在福曼古鲁家附近转悠的不只是你和我。我不知道他们在找什么，但我不认为他们找到了。治安官，我怎么觉得这不像是一场审问了？"

"从我们走进这个房间就不是了，追踪者，另外我说过我叫莫西。现在你想告诉我你为什么会突然出现在这座城市里吗？我没找到你的入境记录，而孔谷尔这地方最不缺的就是记录。"

"我穿过一扇门来这儿的。"

他瞪着我，然后哈哈一笑。"下次见到你，我会记住再问你一遍的。"

"你还会见到我？"

"时间还只是个孩子，追踪者阁下，你可以走了。"

我走向门口。

"奥格也一样。我们找不到其他词语来形容他的杀戮了。"

他微笑。他挽起罩衣的下摆，露出整条大腿，这么做更利于奔跑和战斗。

"我有个问题。"我说。

"只有一个了？"

真希望他不是这么急于向我展示他的嘴巴有多么利索。世上有几件事情我特别憎恶，其中之一就是话说到半截被想要炫耀智力的人打断。另外，他身上有某种东西，不讨厌，但比脚底的伤口还要惹人生气。

"七翼为什么集结？在此时此地。"我问。

"因为他们不能在法西西露面。"

"什么？"

"因为他们在法西西出现会引来怀疑。"

"这不是回答。"

"不是你想要的答案，好吧，再赠送你一句。他们在等待国王的指示。"

"为什么？"

"你从哪个地方来的，怎么会没收到消息？"

"没收到你即将告诉我的消息。"

"你似乎很确定我会告诉你嘛。不，没有确实的消息，只有开战的流言，而且已经流传了好几个月。不，也不是开战，是占领。追踪者，你没听说吗？南方的疯王又发疯了。清醒了十五年之后，魔鬼再次占据他的头脑。上个月他派遣四千人去卡林达和瓦卡迪殊的边界。南方国王调遣军队，北方国王调遣雇佣兵。正如我们孔谷尔人常说的：我们找不到尸体，但能闻到臭味。可是，哎呀呀，无论打不打仗，还是会有人偷盗。还是会有人撒谎。还是会有人杀人。所以我的工作永远也做不完。去找你的奥格吧。咱们下次再见。到时候给我说说你的暗淡独眼的故事。"

我走出房间，就让这个家伙去撩拨其他人吧。

我不想和黑豹对质，也不想在搞清楚索戈隆究竟在隐瞒什么样的秘密之前见到她。我看着奥格，心想迟早——也许很快——我会需要一个人张开耳朵，听我从心里倾倒出的所有黑暗东西。另外，我和他都不知道该怎么回我们住的那幢屋子，而这座城市里有太多房屋散发相同的气味。奥格的嘴唇还在颤动，忙着坦白他往日的杀戮，他有话要说，有诅咒要从身体里清除。这条路上有许多树木和仅仅两幢房屋，其中一幢微光闪烁。我看见前方有块石头，我们过去坐下。

"奥格，来，说说你杀过的人。"我说。

他开口了，高喊、低叹、尖叫、大笑、哭泣了一整夜。第二天早晨，我们在阳光下找到了回家的路，但黑豹和弗米利已经离开。

14

奥格告诉我他所有的杀戮，一共一百七十一条命。

你要知道，生下奥格的母亲无一幸存。吟游诗人讲述痴恋的故事，女人爱上巨人云云，但那只是我们喝过马苏库啤酒后交换的故事。奥格的出生就像冰雹。没人知道他们会在何时以何种方式出现，没有任何占卜或科学能够预言。绝大多数奥格刚出生就被杀死，那是他们能够被杀死的唯一时刻，因为奥格在婴儿时期就能捏碎他抓住的任何一根手指。有人偷偷抚养他们，用水牛奶喂他们，他们长大后一个人抵得上十把犁。然而到了十五岁，奥格脑袋里的某根弦会突然断裂，变成命运要他成为的那个怪物。

但并非永远如此。

萨多格出生时害死了母亲，父亲诅咒这个儿子，说他必定是通奸的产物。他诅咒孩子母亲的尸体，把它扔在村外的一个土丘上，任由秃鹫和乌鸦啃噬，他打算杀死孩子，或者把孩子抛弃在一棵箭毒木的树洞里，然而消息已经传播出去，说这个村庄诞生了一名奥格。两天后来了一个男人，那位父亲的茅屋还散发着胎盘、粪便和鲜血的臭味，他用七枚金币和十五头山羊买下婴儿。他给奥格起名，这样他会被当作人类看待，而不是野兽，然而萨多格已经忘了那个名字。萨多格十二岁那年杀了一头尝过人肉滋味的狮子。他一拳打在狮子头上就杀死了它，那时候

314

铁匠还没有为他制作铁手套。

萨多格杀死第二头狮子，而这头狮子还是个变形者时，抚养他的男人说："你无疑是一名杀手，你必定会成为一名杀手。诸神把你造成这样，没有人能够改变，诸神为你塑造的形态无法回炉重铸。你必须挥动斧头，你必须挽弓射箭，但杀什么人由你自己选择。"

那些年这个男人有许多人要杀，萨多格变得越来越强壮和可怖，他任由头发生长，因为谁会命令他理发呢？他从不洗澡，因为谁会命令他洗澡呢？男人抚养他，给他皮衣穿，教他杀戮的技法，他会指着在土地上劳作的随便一个人说，你看看这个人。他有一切机会可以变得强大，但他选择变得弱小。他因此让诸神蒙羞。他的土地和牛只的未来取决于我，就送他去见先祖吧。他就这么抚养奥格。无关善恶，无关公平与否，只服从他主人的愿望。他也这么教导他自己，你只需要考虑你的需要和欲望，无论有什么东西挡路，都会瘫在地上、哭着闹着、打着滚地求你杀了他。

主人要萨多格杀谁，萨多格就杀谁。家人、变成敌人的朋友、竞争对手、不肯卖地的人，因为主人自视为一名酋长。有一天他走进一个固执男人的茅屋，男人不肯把黍米当贡品献出来，只愿意出售，他拧断了男人全家的脖子，包括三个孩子，墙上挂着一块能反光的铁盾，他在其中看见了自己，最后一个死的小女孩像残破玩偶似的挂在手上。他太高，脑袋超出了铁盾，因此他只看见了他庞大的手臂和那个小小的女孩。而他根本不是人，是穿兽皮的野兽，在做连野兽都不会做的事情。这个人不会听着吟游诗人念诗给主人的妻子听，希望自己也会唱歌。这个人不会让蝴蝶和蛾子落在头发上而不去理会，有时候它们会死在那儿，像亮黄色珠宝似的卡在头发里。他比蝴蝶还要卑下，他是谋害孩童的凶手。

他回到主人家，主人的妻子来找他，说主人每晚都打她。要是你杀了他，就可以拿走他的部分钱币和七头羊。他说，这个人是我的主人。

而她说，不存在什么主人和奴隶，只存在你的需要和欲望，剩下的就是碍事的东西。他动摇了，她说你看我，现在依然还算标致，她没法和他睡觉，因为那样太疯狂了，不仅因为他本来就大，还有年轻人的活力，超过普通人十倍，因为他的所有方面都是巨人。那晚他走进主人的卧室，主人压在妻子身上，他揪住主人的后脑勺，撕掉他的脑袋，妻子尖叫：杀人啦！强奸啦！救命啊！他跳窗逃跑，因为主人有许多护卫。

第二个故事。

年月变老，年月死去，奥格成为一名处决者，为南方诸王国中最富裕的维米威图的国王效力。事实上他只是一名酋长，听命于整个南方的国王，国王当时还没有发疯。人们叫他处决者。有一次国王厌倦了第十四个妻子，散播谣言说她睡过许多贵族、许多酋长、许多仆人和或许一名乞丐，甚至还有阉人。流言于是结束。许多人给出不利于她的证词，包括两名送水的奴仆，她们声称一天晚上见到她接纳了好几个男人，她们记不清具体是哪天晚上了，长老和术士组成法庭，国王送给他们每个人新的马匹、轿子和战车，法庭判决她死刑。给她一个痛快，由处决者萨多格用剑斩首，因为诸神大发慈悲。

实际上只是酋长的国王说，带她去城市广场，让所有人从她的死亡中吸取教训，女人绝对不能愚弄男人。王妃在坐上受刑椅之前抚摸萨多格的肘弯，那是最轻柔的抚摸，就像绵软的奶油触碰嘴唇，她说，我心里没有对你的怨恨。我的脖子很美丽，毫无瑕疵，没人碰过。她摘掉金项链，缠在他拿刀的手上，这把刀专门为奥格打造，最阔处比男人的胸膛还宽。她说，看在诸神慈悲的分上，请务必给我一个痛快的。

三根竹竿插在地上。卫兵把她按倒在地，强迫她坐起来，把她绑在竹竿上。她抬起下巴，眼泪顺着面颊流淌。萨多格拿起一根剥掉树叶的树枝，压得它像弓一样弯曲。树枝很生气，它想摆脱束缚，重新变直，但他用草绳捆住它，然后把它绑在王妃的脑袋周围。她畏缩，想抵抗树枝的强大拉力。树枝在她脖子四周勒紧，她疼得惨叫，但萨多格只能看着她，希望他的眼神会说话：我会给你一个痛快的。他的恩古卢很锋利，太锋利了，你光是看它，眼睛就会流血。他的刀锋反射阳光，像闪电似的耀眼。王妃开始喊叫。王妃开始哭号，王妃开始尖叫。王妃开始呼唤先祖。王妃开始乞求。他们全都会乞求，知道吗？他们每天都会说有朝一日去见先祖，他们会多么欣喜，但实际上没有人会欣喜若狂，只会哭叫和吓得失禁。

他抢起长刀，然后吼叫一声，挥动手臂，刀锋砍进她的脖子，但脑袋没有被砍掉。这座城市和它的居民，他们爱看痛快的斩首，会看得放声大笑。但刀锋卡在她的脖子中央，她的眼睛瞪得老大，嘴巴吐出鲜血，发出"噢——啊——咳——"的呻吟声，人们尖叫，人们转开视线，人们厌恶地看着欣赏行刑的人，卫兵高喊你就给她一个痛快吧。但还没等他再次挥刀，不耐烦的树枝就把她只连着一半的脑袋从脖子上扯掉，远远地扔了出去。

这里是一些事实。奥格无论走上哪条路，最终总会来到卡林达。卡林达位于红湖和大海之间，北方之王和南方之王都声称那里属于自己，然而这片土地仅仅占据了这个区域的一半。剩下的部分蜿蜒埋藏于城墙外被遗忘的土地之中，在那些土地上，人们在暗黑技法和血腥活动上赌命。有一天奥格忽然想到，假如我会做的只有杀戮，那么我该做的就是杀戮。他听温暖的风声和秘密的鼓声，知道了哪儿的地下竞技场有这种活动，想登场和想观看的人聚集在哪儿，哪儿的墙壁溅满鲜血，肚肠被扫出去喂狗。人们称之为"娱乐场"。

很快萨多格就来到了这座城市。坐在卡林达城门外的两名卫兵看见他说，你走人类的一百步，然后左转，经过一个坐在红凳子上的盲人后向南走，直到你看见地上的一个窟窿，里面有可以向下走的台阶。

娱乐场主人看见萨多格说，你像是准备好了去死。他领着萨多格来到一个宽阔的地下庭院，指着一个房间让他进去。

"两晚后你上场作战。你睡在那儿。你肯定睡不好，这样才对，你醒来时会脾气暴躁。"他说。

但萨多格的脾气并不暴躁，只是充满了抑郁。训练期间，娱乐场主人让人用木棍揍他，但木棍全都断了，萨多格还没从地上起来，动手的那些人就已经累趴下了。

至于奥格，你要记住。他们绝大多数根本不会感到快乐或忧郁。奥格智力很差，脾气一眨眼就能从冰冷变得炽热。这儿还有两个奥格，会说你杀了他就是杀了我兄弟，但还是会砸烂那个兄弟的脑袋，砸得只剩下一截肉桩。没人训练奥格，因为没有这个必要，你只需要惹他发火或饿他就行。萨多格不和任何奥格交朋友，其他奥格也不和他交朋友，一个奥格比树还高，体格比大象还庞大，另一个很矮，但粗壮如岩石，一个奥格后背和肩膀上的肌肉隆起得超出脑袋，人们说这个奥格是猿猴。一个把自己涂成蓝色，另一个爱吃生肉。

娱乐场主人说，听着，我没有用锁链捆住你们。我不是任何人的主人。你们想来就来，想走就走，无论我押多少赌你们赢，得到的钱都分你们一半，要是我押你们输，就分三分之一，但万一你们赢了，观众会把贝壳和钱币像雨点似的扔下来，那些我只分五分之一。Ko kare da ranar sa. 你要钱干什么，我忧郁的奥格？

"攒钱买一艘能装下我的独桅帆船。"

"然后去哪儿？"

"无所谓。离开这儿，不管去哪儿。"

第一个战斗之夜，七个奥格和萨多格走向杀戮场。那其实只是个地上的深坑，原先是座矿井，深约两百臂长，也许更深。坑洼的地面上搬掉了石块，四周不同高度的壁架上站满了男人、贵族、酋长和少数几个女人。当晚共有四场角斗，他们在每一场上投注。深井底下的积水里垒起一座干土台子。

娱乐场主人让萨多格第二场出战，他说，这个是新人，初出茅庐，我们叫他哭脸。萨多格下场，腰上缠一块红色棉布，站在主人面前。主人说，愿雷霆与食物的诸神赐予他力量，因为你们看，另一个来了，说完他飞快地跑到水里，然后爬上一段壁架。观众喊叫，欢呼，闹腾。人们放下一个桶，桶里的女人负责收取赌注。主人说，哦呵，看哪，他来了，断背者。最低一段壁架上的观众立刻爬向高处。

断背者是最凶残的一个奥格，因为他生撕他杀死的野兽。他嘴里长出獠牙。有人用红色的赭石涂抹他的身体。主人说，各位尊贵的绅士，请下注吧。但他话音未落，断背者就一拳把萨多格打倒在水里。收赌注的女孩尖叫，快把桶拉上去！因为红奥格刚进场就在瞥它。断背者面对观众咆哮。萨多格从水里爬起来，扑倒红奥格，抓起石块砸他脑袋，但他手上有水，断背者挣脱出来，翻个身，一拳打在他下巴上。萨多格啐一口血。红奥格抓起狼牙棒，抡圆了砸向萨多格的脚。萨多格躲开，跳上低处的壁架。断背者挥动狼牙棒，但萨多格跳开，一脚踢中他的下身。红奥格跪倒在地，狼牙棒砸在自己左眼上。萨多格抢过狼牙棒，砸断背者的脑袋，一下一下又一下。然后他举起无头尸体，扔向最低一段壁架上的观众。

他出战六场，用那根狼牙棒打死六个对手。

于是他的名声传遍了卡林达，越来越多的人来看他和下注。矿井太小，容不下所有人，于是他们在井口搭上木梁，好容纳更多的观众，主人收取的费用提到三倍、四倍、五倍，每一场对战都会涨价，即便观众早就交过钱了，但每个人都想得到机会欣赏那个哀伤的奥格，在他身上投注。

"你们看他，看他那从不改变的表情。"他们会这么说。

他面对所有的敌手，杀死他们每一个人，很快这些国度就找不到更多的奥格了。桶里负责收赌注的女孩，她是个奴隶，眼神和他一样哀伤。她送来食物，但许多奥格企图抢劫她。一天晚上一个奥格抓住她，说你看这东西怎么变长，然后按倒她，爬到她身上，萨多格的手抓住他脚腕，把他从房间里拖出去，像抢狼牙棒似的抢起他，一次又一次把他砸在地上，直到这个奥格再也发不出声音。女人从头到尾一个字也没说，但主人发话了："我向诸神诅咒你，悲伤的奥格，一个巨人比那个愚蠢的小姑娘值钱得多。"

萨多格转向他，说："别叫我们巨人。"

女孩来到他的房门口，坐下唱歌，但不是唱给他听。刚才那首来自北方，然后是首来自东方的，她说。

"咱们应该去那儿。"她说。

萨多格说他要走了，主人说："没有人受我束缚，我也不受任何人束缚。杀人让你发财。但你能去哪儿呢？哪儿能成为奥格的家呢？假如奥格真有一个家，我的好奥格，你觉得这儿的这些人为什么还不去呢？"

那天晚上姑娘来找他，说，我唱完了我的诗歌。给我一些新的词句。他走到没有锁的铁门前，说：

　　赠字词于声音，并
　　赠血肉于诗歌
　　木炭与灰烬
　　火光闪动
　　灿烂

她隔着铁门看他。

"我要对你说的是真心话，奥格，你的声音太难听了，这首诗也非常糟糕。吟游诗人的天赋确实来自诸神。"然后她哈哈一笑，"来，告诉我。他们怎么称呼你？"

"我没有任何名字。"

"你父亲怎么称呼你？"

"恶魔的诅咒，睡了我的婊子老婆，要了她的性命。"

她又哈哈一笑。

"我虽然笑，实际上却很伤心，"她说，"我来找你是因为你和其他人不一样。"

"我更坏。我杀的人比最勇敢的斗士还多两倍。"

"对，但只有你看我的眼神不像我就是下一个该死的。"

他走到门口，把铁门推开一条缝。她动了一下，努力假装没有被吓了一跳。

"说真的，我会杀死任何人。切开我的皮肤，翻出我的心脏，会发现它是白色的。白得就像什么都没有。"

她望着他，他差不多有她三倍高。

"假如你真的没有心，就不可能知道自己没心了。我叫拉拉。"

萨多格告诉主人他想离开时，没说他打算去北方，然后向东走，因为一个人既然能说出姑娘背诵的那些词句，就不会在乎他是否俯视块头最大的人类。他没有提出要买下拉拉，但他打算带走她。然而主人知道了他最优秀的收钱人在动这个念头。他们当然不是情人，因为女性再怎么高大也不可能经受住一个奥格，而她娇小得像个孩子，脆弱得像根树枝。这个奥格的想法变得和她类似，说话也越来越像她。

第二天早晨萨多格醒来，看见蓝奥格在院子中央，从她身体里拔出自己，抛下她躺在犹如满月的血泊里，她被揉碎、扯烂，变成一团碎肉。萨多格没有跑向她，也没有哭泣，他没有离开他的房间，也没有对主人谈起此事。

"我会安排你和他对打，这样你就可以为她复仇了。"他说。

那天深夜，另一个奴隶女孩来到他的房间，说，你看看我，我现在负责收赌注了。他们要用桶把我放下去。

"告诉那些老人家，要是赌我输就太傻了。"

"他们已经下过注了。"

"什么？"

"他们早就下好注了，大多数赌你赢，也有人赌你输。"

"什么意思？"

"据说你是个聪明的奥格。"

"奴隶，你说话别兜圈子。"

"娱乐场主人，他从七天前就开始招揽下注，通过奴隶、信使和鸽子传播消息，说你要和蓝奥格血战到死。"

角斗开始前，喧闹声从井底升起，嘈杂而含混，在泥土和岩石之间弹跳。贵族身穿华贵的长袍和金色条纹的拖鞋，因为这是一个特殊的夜晚，有特殊的娱乐节目可看，他们带来了几个贵族女人，她们的脑袋包得像是高秆的花朵，直插天空。他们急不可待，尽管参与者被斩断肢体、砸破脑袋、如小鸡般被扯断脖子的对决也为数不少。有些男人开始咒骂，有些女人也跟着叫喊。快让表情哀伤的那个上场，他们念诵道。悲伤奥格，悲伤奥格，悲伤奥格，他们说，他们大喊：悲伤。

奥格。

萨多格[1]。

萨多格。

蓝奥格脱掉黑色帽衫，从高处的壁架跳进场内。他鼓起胸膛。女人们嘘他，呼唤萨多格。我要拿一根树枝捅进他的屁眼，然后把他架在火上烤着吃，蓝奥格说。

萨多格从西面进场，走了一条从没有人用过的隧道。他用铁条缠住指关节。主人跟着他，开始喊叫。

"电闪雷鸣，连诸神此刻也在偷窥。请牢牢地记住，各位先生。请牢牢地记住，各位妻子和少女。今天注定不会被任何人轻易忘记。还没有下注的人，现在还来得及！已经下注的人，不妨再加一点！"

继任的奴隶女孩坐在桶里被放下来，人们向她投掷钱袋、贝壳和金

1　萨多格：Sadogo，即悲伤（sad）+奥格（ogo）。

币。有些掉进桶里，有些打在她脸上。

萨多格望着继任的奴隶女孩被放到最低的壁架前，然后一个一个壁架提上去，前后左右转圈收取赌注。这时他忽然想到了女孩用他不懂的语言唱出的诗歌。这种语言也许在说，看看我们，我们在谈论忧郁，而无论用什么语言，忧郁永远是同一个词语。蓝奥格的第一拳正中他面颊，他啐掉这个念头。他仰天倒在积水里，水涌进他的鼻孔，呛得他咳嗽。

蓝奥格向人群挥手，有些人欢呼，有些人嘘他，声音在萨多格的耳朵从水里出来时变得清楚，在他又倒在水里时变得模糊。蓝奥格在场地里跺着脚转圈，亮出他的家伙。他低头看萨多格，笑得过于嚣张，甚至咳嗽了起来。萨多格考虑要不要就躺在那儿，他希望水位能升高，掀起潮水吞噬他。蓝奥格弯腰低头，样子像公牛。他狂奔三步，高高跃起。他双手合抱，砸向萨多格的脑袋。萨多格用胳膊肘撑住淤泥，抬起身体，挥动右拳，拳头打穿了蓝奥格的胸膛，从他背后捅出来。蓝奥格的眼睛瞪得老大。人群陷入死寂。蓝奥格倒下，翻身，拽着萨多格爬起来。蓝奥格的眼睛依然瞪得老大。萨多格朝着井壁怒吼，收回胳膊，掏出了蓝奥格的心脏。蓝奥格死死地盯着他，吐出鲜血，倒地而亡。萨多格起身，把心脏扔向中间的壁架，人们纷纷闪避。

娱乐场主人跑出来，对人群说："我的兄弟们，谁曾见过一位冠军如此忧郁？他什么时候才能被击败？什么时候才能被阻止？谁会挡住他的前进？而谁的死亡——听我说，我的兄弟们，谁的死亡——能让他微笑——"

正对着娱乐场主人的观众看得分明。铁指节从他胸口爆了出来。他的眼睛顿时翻白。奥格的手立刻向回收，把他的脊梁骨拽出来。他像一摊烂泥似的倒下。女奴从桶里向下看。整个矿井陷入死寂，直到一个女人尖叫起来。萨多格冲向第一道壁架，用拳头打掉支持它的木梁，男人尖叫着摔向他出击的拳头。第一个，第二个，第三个。第四个企图蹚水逃跑，但萨多格抓住他的腿，把他扔向另一道沾满观众的壁架，把他们全都撞了下来。男人和女人尖叫，向诸神祈祷，手忙脚乱地爬上梯子。踩着别人往上爬的人比爬梯子的人还要多。萨多格抽掉又一根支撑梁，两道壁架倒塌，他一脚、一拳、一撕、一棍，尸体就叠在了尸体上。他一拳打中一个男人，男人飞进淤泥，被淤泥吞噬。另一个男人掉进水里，他使劲踩，直到积水变红。他就这么一段一段抽掉梯子，一道一道拆掉壁架。他跳上所剩无几的壁架之一，横冲直撞，把观众撞下去，然后跳上下一道壁架和下下一道，直到高度足以杀人，他抓起观众直接扔下去。他跳到矿井最顶上，抓住两个企图逃跑的，他揪住他们的脑袋，把脑袋撞在一起。一个少年爬上来，撞进他怀里。这个少年离男人还差得远，和他父亲一样身穿昂贵的袍服，看着他的眼神里好奇比恐惧更多。他用双手抚摸少年的脸，轻柔，温柔，就像丝绸，然后抓起他把他扔进矿井。他像野兽似的嘶吼。桶里的女奴还挂在半空中，她一声不吭。

萨多格几乎一口气跑回我们的住处，冲进房间，一眨眼就开始打鼾。水牛在院子里吃草，这种草有股怪味，但他似乎挺喜欢。他抬起头，看见我披着帘布，对我喷鼻息。我哼了一声，拉扯帘布，假装我脱不掉它。水牛又发出像是嘲笑的声音，但这些长角的动物并不会笑，尽管天晓得哪个神祇附在他身上搞恶作剧。

"我的好水牛，有人来过这幢屋子吗？身穿黑衣或蓝衣的人？"

他摇摇头。

"那血红色的衣服呢？"

他喷鼻息。我知道他看不见血红色，但不知道为什么，我就是想逗这头水牛玩。

"哎呀，好像有人在看我们。"

他扭头张望，然后转过来看我，长长地哼了一声。

"要是有穿黑衣或蓝衣或红色披风的人出现，你就提醒一声。不过你愿意怎么对他就怎么对他好了。"

他点点头，发出咕噜咕噜的声音。

"水牛啊，等太阳下山，咱们就回河边去，那儿的叶子更好吃。"

他咕噜咕噜表示赞同，挥动尾巴。

黑豹的房间里只剩一丝气味。我要是愿意，可以去闻毯子深处的气味，然后就能知道他们去哪儿和将会去哪儿了。然而事实上我并不在乎。房间里只留下了他们的行为，与他们本人无关。另外一个事实。我确实还有一丝在乎，足以让我知道他们朝西南而去。

"他们在日出前离开了。"屋主在我背后说。他穿白色束腰长衣，毫不隐藏他底下什么都没穿的事实。一个老屁精？这个问题我可不想问出口。

他跟着我走向索戈隆的房间。他没有阻拦我的意思。

"怎么称呼你，先生？"我问。

"什么？怎么称呼我？索戈隆说我们不用名字相称……卡夫塔……卡夫塔。叫我卡夫塔吧。"

"卡夫塔主人，非常感谢你给我们的房间和食物。"

"我不是什么主人。"他说，望向我背后。

"但你拥有这幢美丽的屋子。"我说。

他微笑，但笑容迅速离开他的脸。假如我认为他是想进入她的房间，我可以说请带我去她的房间，这里依然是你家。他并不害怕她，他们更像是兄弟和姐妹，或者共同拥有什么古老的秘密。

"我该进去了。"我说。他看着我，望向我背后，然后看着我，抿紧嘴唇，假装不以为然。我走向她的房门。

"你不来吗？"我转过身，却发现他已经走开了。

索戈隆没有锁门。倒不是说这些房间真有门锁，而是我以为她的房间肯定有。也许每个男人都认为一个老妇人拥有的仅仅是秘密，这是我第二次想到她后紧接着就想到秘密。

房间里的气味首先扑向我。有些我知道会把我赶出房间，有些我从没闻到过类似的。房间中央有一块黑红两色的毯子，纹理是东方诸国的卷曲图案，还有一个木制枕头。墙上画着、绘着、涂着和写着各种秘符。有些小如指尖，有些比索戈隆还高。气味从它们而来，有些是木炭，有些是染料，有些是排泄物，有些是血液。我看见毯子和枕头，没有多注意地面。地上也满是秘符，最新鲜的那些是用血液写的。房间里充满了形形色色的符号，我不怎么愿意抬头看天花板，因为我知道我会看见什么。秘符，同时也是一系列圆圈，每一个都比前一个更大。说真的，假如我有第三只眼，肯定会看见空气中也写着秘符。

房间里有一种气味比其他的更新鲜，它随风而来，变得越来越浓烈。

"你吓坏了屋主。"我说。

"他不是我的主人。"邦什说，从天花板流淌到地上。

我僵硬地站在那儿一动不动。看见一团黑色物质从天花板流淌下来还不至于让我烦恼。

"我不认为我想知道谁是你的尊主，"我说，"也许你本身就是其中之一，只是已经没人崇拜你了。"

"你对巨人却那么温柔。"她说。

"叫他奥格，别叫他巨人。"

"多么高尚啊，听着一个男人倒空他的整个良知。"

"河流女巫，你在偷窥我们？"

"狼眼，每个女人对你来说都是女巫？"

"这话什么意思？"我问。

"你对女人的了解仅限于你母亲和你祖父的事，你却为此怨恨全部女性。你父亲死去的那一天就是你母亲这辈子见识自由的第一天，直到你的祖父再次奴役她。而你做了什么？只是看着女人受苦，为此责怪她。"

我走向房门。我不想听她继续说这些。

"这些是保护性的秘符。"我说。

"你怎么知道？哦，对，桑格马。"

"她在树身上涂满了这些东西，有些是刻出来的，有些是烙印的，有些悬在半空中，写在云上和地上。她是桑格马。过她那种生活就必然知道邪恶力量会日夜不休来找你麻烦。还有被辜负的鬼魂。"

"桑格马辜负了谁？"

"我指的是索戈隆，不是她。"

"你真是给她编了一个好故事。"

我走到窗口，抚摸写满窗框的符号："这些不是秘符。"

"是象形文字。"邦什说。

我知道它们是象形文字。就像爬进男妓窗户的刺客身上的烙印。就像包在鸽子腿上的字条。符号并非完全相同，但我无法说清区别何在。

"你以前见过吗？"她说。

"没见过。她书写秘符，防止鬼魂进入房间。但她写象形文字是为了什么呢？"

"你的问题太多了。"

"我不需要答案。我今天就离开，日落之前。"

"今天？你需要我告诉你为时太早吗？"

"太早？已经过了一个月零几天。一个月已经浪费在了谁也不该走进去的森林里。我和奥格今晚离开。还有其他愿意走的人。也许还包括水牛。"

"不行，狼眼。还有其他的事情要在这里搞清楚。还有其他的事情——"

"要干什么？我来是为了找一个孩子，收我的费用，然后去找下一个其实没丢的走失丈夫。"

"还有一些事情你甚至不知道你不知道。"

"我知道孩子去哪儿了。"

"但你没告诉别人？"

"我告诉了我觉得需要知道的人。也许你派我们执行这个任务就指望我们失败。很好……天晓得你是什么，因为我确实不知道……你的这伙人现在怎么样了？尼卡和他女人——"

"她有名字。"

"操他妈的诸神，我才懒得记呢。另外，他们最先出发，那时候我们都还没离开山谷。黑豹走了，带着弗米利，谁知道那个男孩能有什么用处，现在你的索戈隆天晓得溜到哪儿去了。我说真的，我看不出为什么要找一伙人去找一个男孩。我们谁也不知道。尼卡不知道，大猫不知道，你的女巫也不知道。"

"要像男人一样思考，追踪者，而不是一个孩子。另外，这项任务不是一个人能完成的，而是要两个人。"

"而你刚好还有两个人。等索戈隆回来，要是她愿意，我们三个人一起去。"

"一个、三个或者四个，其实和谁也不去是一码事。假如我需要的只是找到男孩，我可以雇用两百个追踪者和他们的狗。两个问题，你可以选择先回答哪个。你认为你走过去说我来了，把孩子交给我，绑架者就会乖乖地交给你吗？"

"他们会——"

"你这个追踪者啊，难道真的蠢到认为只有我在找这个孩子？"

"还有谁在找他？"

"在梦中探访你的那个人。皮肤像沥青，红头发，你见到他就会听见黑色翅膀扇动的声音。"

"我不认识这么一个人。"

"但他认识你。他们叫他阿依西。他为北方国王效力。"

"他为什么会进入我的梦境？"

"那是你的梦境，不是我的。你有他要的东西。他可能也知道你已经找到了男孩。"

"再跟我说说这个人。"

"死灵法师。巫师。他是国王的顾问。他来自一派古老的僧侣，他研究秘法，召唤恶魔，因此被逐出团体。国王在所有问题上都向他咨询，甚至包括该朝哪个方向吐口水。你知道人们为什么叫他'蜘蛛王'克瓦什·达拉吗？因为他无论做什么事都用四条胳膊和四条腿做，但其中两条胳膊和两条腿属于阿依西。"

"他为什么要那个男孩？"

"我们已经谈过这个了。男孩是杀戮的证据。"

"尸体还不足以证明？他们觉得那个妻子把自己劈成了两截？这个男孩是什么人？"

"男孩是十三个王国里最后一个诚实男人的最后一个孩子。我一定要救他，哪怕这是我在尘世和来世做的最后一件事情。"

"我不会再问第三遍了。"

"你怎么敢向我提问！你算什么东西，居然要我向你解释清楚？你难道已经成了我的主人，还是你以为你会成为？"

她的眼珠鼓了出来，脑后长出鱼鳍。

"不。我除了休息什么都没兴趣。我厌倦了这些。"我转身走出房间，"我两天后离开。"

"今天不走了？"

"今天不走。看来事情比我需要知道的更复杂。"

"孩子在哪儿？他离我们有多少个月？"她问。

"别再提我母亲了。"我说。

那天晚上我又走进梦境森林。这是一种全新的梦，我思考我为什么会置身其中，为什么梦中会有树林、灌木和发苦的雨点。我在动，但不是在行走，我知道某种事物会现身，或者在林间空地上，或者在如镜的水塘里，或者在孤独的幽灵鸟的孤独呼号里。出现的会是我已经熟悉的某种事物。桑格马曾经说过，你在梦境森林中能找到隐藏在清醒世界中的事物。隐藏的事物有可能是一种欲望。你要知道的事物藏在树叶、尘土、迷雾和稠密得仿佛鬼魂的热气里，之所以选择森林的形态，是因为只有在森林里，任何东西都有可能等候在大片树叶的遮挡之下。森林会找到你，你无法去寻觅它，因此每一个置身于森林中的人都会思考他们为什么会在这里。然而桑格马还说过，追寻意义会逼疯你。

因此当烟雾女孩出现时，我没有去寻求意义，她奔向我，然后跑过我，她不是不理睬我，而是完全习惯了我的陪伴。森林里还有一个男人，我只能看见他手臂和腿上的汗毛。他触碰我的肩膀，我的胸膛，我的腹部，用额头触碰我的额头，然后抓起两根长矛走开。长颈鹿男孩站在一旁，两条腿叉开，无腿男孩缩成一个球，从他胯下滚过去。树丛中央的一块沙地眨眨眼，然后微笑，白化病人从沙地里起身，像是他就来自沙地，而不仅是躲在那里。然后他也抓起一根长矛，去找我叫不出名字的男人，然而我心里暖融融的，因为我确实知道他的名字。我已经停下脚步，但我依然在行走，烟雾女孩坐在我头上，她说，给我讲个蚂蚁、猎豹和魔法鸟的故事吧，而我听清了她说的每一个字。

15

鬼魂知道该去惊吓什么人。太阳爬到正午的位置，女人和男人抓起孩子跑回家，关上窗户，拉好窗帘，因为在孔谷尔，正午是行巫术的时辰，是野兽的时辰，炎热烤裂大地之时，会释放出七千个恶魔。我并不害怕恶魔。我向南走，然后向西转弯，沿着边界上的道路走向宁姆贝区。然后我向南拐上一条弯弯曲曲的街道，再向西钻进一条小巷，然后再向南拐，最终来到了历史殿堂。

孔谷尔为整个北方王国和大多数独立国家保存记录，历史殿堂向所有能够表明意图的人开放。然而没有人会来这些巨大的房间，足足五层楼，天花板都和孔谷尔的宫殿里一样高，卷轴堆放在架子上，垒了一层又一层。历史殿堂就像天空中的云雾宫殿，人们满足于它的存在，但并不愿意进去，不愿意阅读书籍或文件，甚至不愿意靠近。去那里的路上，我盼望着遇到恶魔或什么人的精怪，好让我的两把新斧头尝尝鲜。我真的很想打一架。

历史殿堂空荡荡的，只有一位驼背的老人。

"我想查看伟大长老的档案，还有税务记录。"我对老人说。他站在巨幅地图前，没有抬头看我。

"那些年轻人啊，脾气太躁，欲望太满。因此这位伟大的国王——他只有声音的回响比较大，也就是说他根本不伟大——他征服了一片土地，说这片土地现在属于我了，地图要重新绘制，而你们年轻人用莎草纸和墨水重新绘制古老的地图，忘记了整片整片的土地，就仿佛冥界诸神在地上撕开一个洞，把整块地域都吸了进去。白痴，看。你看！"

图书馆的看管者把地图上的灰尘吹到我脸上。

"说真的，我不知道我在看什么。"

他皱起眉头。我分不清他的白发来自年纪还是灰尘。

"你看正中央。还没看见吗？你是瞎子吗？"

"那我怎么能看见你？"

"走进这座宏大的殿堂，你的失礼会让你的祖上蒙羞。"

我尽量不笑。桌上有五根粗大的蜡烛，一根高得超过他头顶，另一根烧得只剩一小截，要是放着不管，多半会引起火灾。他背后是一座座高塔，由文书、莎草纸、卷轴和皮革装订的书籍垒砌而成，它们层层堆叠，一直顶到天花板。我很想问，要是他想拿压在中间的一本书怎么办。高塔之间摊着许多成捆的卷轴和散放的文件。灰尘像白云似的落在他头顶上，吃老鼠的肥猫跑来跳去。

"请告诉诸神，这家伙不但瞎，而且聋，"图书馆的看管者说，"米图！地图技艺的主神，我确定祂就是这么自称的，祂已经忘记了米图，这座位于世界中央的城市。"

我再次望向地图："我看不懂这张地图用的语言。"

"有些羊皮纸卷轴比诸神的子嗣还古老。他们说字词是有神性的愿望。除了诸神，谁也看不见字词。因此当女人或男人写下字词，他们就在斗胆凝望神性。啊，何等的伟力！"

"我想查看伟大长老的税务和家庭记录。我该去哪儿——"

他看着我，就像父亲接受儿子的平庸。

"你想查哪一位伟大的长老？"

"福曼古鲁。"

"咦？他们现在也称他伟大了吗？"

"老先生，谁说他不伟大呢？"

"不是我。所有长老和他们所谓的智慧对我来说都无关紧要。智慧在这儿。"图书馆看管者指了指背后，但没有回头去看。

"听上去很异端。"

"确实异端，小傻瓜。但谁会听见呢？你是七个月来唯一的访客。"

老浑蛋就快成为全孔谷尔除水牛外我最喜欢的人了。也许因为不会指着我眼睛吆三喝四的人寥寥无几，而他是其中之一。一本皮革装订的书搁在专用底座上，有半个人那么高大，书突然打开，迸发出光芒和鼓声。别闹，他喊道，书乖乖地自己合上。

"长老的记录在后面。往左边走，向南拐，经过卷轴之鼓，一直到头。福曼古鲁有长老的白鸟和他的姓氏的绿色标记。"

走廊散发着灰尘、霉烂纸张和猫的气味。我找到福曼古鲁的缴税记录。回到大厅里，我坐在一摞书上，把蜡烛放在地上。

他缴税很多，查看包括贝勒昆在内的其他人的记录后，我发现他实缴的数额超过了他应缴的数额。他的遗嘱写在散开的莎草纸上，将土地分给孩子们。这里还有许多本小册子，它们用光滑的皮革和带毛的牛皮装订。他的日记、他的记录或他的日志，也可能三者都是。这儿有一句说在采采蝇肆虐的乡村，养牛毫无意义。那儿有一句说我们该拿我们神圣的国王怎么办？还有这个：

> 我担心我无法留在世上陪我的孩子们，而且我大概很快就不在了。我的脑袋栖息于女神奥兰布拉的屋子里，祂会保护所有品性高贵的人。但我还算高贵吗？

这段让我想扇一个死人的耳光。老人已经安静下来。福曼古鲁说：

阿卜杜勒杜拉之日

于是长老艾贝库阿把我拉到一旁，说，福曼古鲁，我有天空国度和冥界幽室的消息，这些消息让我战栗。诸神已经讲和，养育与丰饶的精怪也与魔鬼讲和，诸天现在一派祥和。我说我不相信，因为这个结果要诸神做到他们力不能及的事情。你看，诸神无法终结祂们自己，连万能的萨贡也不行，他曾经企图夺走自己的生命，结果仅仅转换了。对诸神来说，不存在任何等待被发现的东西，没有任何新鲜的事物。诸神缺少让自己吃惊的天赋，尽管连我们这些在泥土里匍匐的生灵都绝不缺乏。我们的孩子不断让我们吃惊和失望，他们除了是凡人还能是什么？艾贝库阿对我说，巴苏，我不知道这些念头怎么会钻进你的脑袋，但快和它们诀别吧，咱们永远不要再说这种话了。

一本比较小的册子，用鳄鱼皮装订，打开就是这个：

巴萨杜拉之日

唉，我难道该知道克瓦什·达拉的意愿吗？这难道就是他想要的？他难道不知道，就算在我们还年幼的时候，我也只属于我自己？

五页之后：

布法之月

一直往下，这张纸的边缘上，文字险些掉了出去：

向长老征税？粮食税？征像空气般必不可少的东西的税？

奥博拉古达月

马加纳迪贾拉之日到马加纳迪布里迪之日

今天他放我们自由。雨不肯停下。诸神的作为。

我扔下这本册子，捡起另一本，这本用黑白的带毛牛皮装订，而不是亮闪闪的光滑皮革。纸张用亮红色棉线装订，意味着这本是最新的，尽管它插在一摞文书的中间。无疑是被人插在那儿的。他蓄意打乱顺序，这样别人就无法轻易重建他的生平故事了，我确信如此。一只猫匆匆跑过。我头顶上有东西扑腾，我抬头看。两只鸽子飞出我头顶高高的窗户。

难道这个年代就属于疯狂的主上吗？

萨达萨阿之月

比塔卡拉之日

有些人我对他们已经失去了全部的爱，有些文字我会写进永远不会寄出的信件，用他们永远读不懂的另一种语言。

拉马萨之日

对孩子的爱不是痴迷又能是什么呢？我看着我最小的孩子变魔术，我流泪，我看着我最大的孩子展示肌肉和力量，我自豪地微笑，别人警告我们，只有诸神才能如此骄傲。对他们和他们之间的那四个孩子，我拥有的爱令我惊恐。我看着他们，我知道，我知道，我真的知道。任何人敢来伤害我的孩子，我都会杀死他。我会毫无慈悲和他念地杀死他。我会摸到他的心脏，掏出来塞进他嘴里，哪怕这个人是他们的亲生母亲。

六个孩子。

六个。

古拉安德哈拉之月

加达杜马之日

同一个夜晚，贝勒昆留下我一个人。我写了一整夜。然后我听见了这些：一声呜咽，一声粗嘎的回应，一声尖叫被一巴掌扇回去，然后是又一声粗嘎的回应。我的门外，隔着四个门洞。我推开门，滑头阿玛奇在那儿。他的后背被汗水濡湿。我会说那是钢铁之神的作为，但其实我自己的怒火一直蹿进了我的脑袋。他的伊法占卜碗就在他脚边的地上。我抓起它砸在他头上。一次又一次。他倒在女孩的身上，完全盖住了她。

他们很快就会来找我了。阿福姆和杜库对我说，别担心小弟，我们已经做好了安排。我们会来接你的妻子和孩子，人们会认为他们陡然消失，就像一段零散的记忆。

他躲藏在孔谷尔。

六个孩子。

这本册子和底下一本之间夹着一张莎草纸。我能闻出它曾经有一股浓烈的香味，像是寄给情妇的信件。他亲笔写的，但不像日记那么草率和匆忙。上面写着：

> 一个人探寻最深的真相也许会遭受苦难，但绝对不会感到无聊。

巴苏·福曼古鲁肯定去过沙海的北方。我这么猜测是因为他们热衷于谜语、游戏和双关，有时候在某些邪恶城市的边境上，你要是猜错了就会被当场斩杀。这句话是说给谁听的？他本人还是读到它的其他人？福曼古鲁知道总有一天会有人读到。他知道有某种势力要来找他，于是提前运走了这些东西。没有人能从历史殿堂拿走任何东西，连国王也不行。有人会来寻找，也许是找那些信件，但没有人能找到，它们甚至未必存在。大家开口闭口都在说那些不利于国王的信件，就好像从没有人写过任何东西反对国王似的。然而这些日记底下没有信件，只有一沓接一沓的缴税存根，每年记录他前一年增加了多少头牛。还有马拉卡尔的庄稼收成记录。还有他父亲的土地记录，还有他帮助亲戚女儿筹集的嫁妆。

直到我翻到一张古老的莎草纸，上面有线条、方框和姓名。烛光变得更亮了，说明外面已经更暗了。看管者没有发出任何声音，我不由得怀疑他是不是走了。

蜡烛烧得很慢。这张纸最顶上用很大的字体写着克瓦什·莫凯。这是国王的曾祖父的父亲。莫凯有四个儿子和两个女儿。长子是克瓦什·莱昂戈，他继任国王，他的名字底下有四个儿子和五个女儿。莱昂戈的名字底下，第三个儿子克瓦什·阿杜瓦莱成为国王，他底下是克瓦什·奈图。奈图底下有两个儿子和一个女儿。长子是克瓦什·达拉，现任国王。我不知道国王的姐妹叫什么，直到在这张纸上看见。丽思索罗。她全心全意侍奉一位女神，我不知道具体是哪一位，但这位女神的侍奉者要舍弃原先的名字。我的女房东曾经说过，风传她不是修女，而是个疯子。因为她的脑袋太小，无法处理一件可怕的大事。这件可怕的大事是什么？她不知道。只知道很可怕。他们送她去山里的堡垒生活，那儿没有进去或出来的路，因此服侍她的女人们也会永远幽闭。我放下族谱，福曼古鲁的谜语依然让我困惑。

国王族谱底下是他写下的文字。更多的账目和记录，还有其他人的账目和记录，所有长者的食品供应的清单，访客名单，他的另外几本日记，有一些的年份比顶上那些早好些年。甚至还有他写的两本情感建议小册子，写这东西的时候他和国王似乎除了情爱什么都不追求。还有空无一字的册子，带有气味的纸张，船只、建筑物和比马拉卡尔更高的塔楼的图画，还有一本书，封面说它讲述了前往姆韦鲁的禁忌旅程，我打开却只见到象形文字，可惜和我先前见过的那些不一样。

然后还有这些，一本又一本，一页又一页，长老的智慧和教导。谚语，天晓得是他听来的还是自己想的。还有长老会议的记录，有些甚至不是他写的。我长时间地咒骂他，骂得很难听，然后我忽然想通了。

我在忍受无聊的折磨。

就像他写过的一样。然后我突然意识到他这么做有多么聪明，就像一阵风忽然把一朵花吹到了我脸上。你必须熬过无聊的折磨，才能抵达真相的彼岸。不，熬过无聊的折磨，抵达真相的深处。揭穿最深处的真相。

我抱起两摞册子和文件，它们都高得顶到我的下巴，我把它们放到一旁，地上还剩下一本册子。红色皮革装订，上面打着绳结，我的好奇心被激发了起来。里面的纸页是空白的。我再次咒骂，险些把它扔到房间的另一头去，这时册子的最后一页扬了起来。上面写着：飞鸟进来之处。我抬头看那扇窗户。当然了。就在那儿，窗台有两块木条是松开的。我爬上去，搬开木条，底下有个红色皮革的小包，里面都是没有装订的大张纸页。我吹掉第一页上的灰尘，上面写着：

此文书谨呈国王大人
自他最谦卑的仆人，巴苏·福曼古鲁

我看着这东西，已经有人为此丧命。这东西引出了阴谋和诡计，这几张脏兮兮臭烘烘的零散纸张，目前已经改变了许多人的生命轨迹。有几段提议用金钱代替惩罚，不再因为轻罪而上肉刑。有一段要求将死者的财产划归第一任妻子。但有一段这么说：

各处土地上所有的自由人，生来自由者和被赐予自由者，都永远不会被奴役或被再次奴役，他们在战争中献身也必须按照其价值获得补偿。如此自由同样适用于他们的后代和后代的后代。

我不知道国王是不是因为这段要杀死他，但我知道很多人会。但接下来还有这段：

> 任何一个普通人都有权起诉国王，法律必须保护他，不得伤害他或他的亲属。假如诉讼判决国王没有责任，不得伤害这个人。假如诉讼判决这个人获胜，同样不得伤害他或他的亲属。

说真的，福曼古鲁是最睿智也是最愚蠢的梦想家。他大概寄希望于国王内心更美好的一面。有些段落离叛国只差一口气。最大胆也是最愚蠢的段落放在最后：

> 诸王的家族应回归诸神定下的道路，而不是六代国王所走的这条腐朽邪路。这是我们的请求：国王当遵循天空诸神和地下诸神规定的自然秩序。回归亡故多年的吟游诗人和早被遗忘的语言所规定的纯洁路线。除非北方的诸王回归纯净之路，否则他们就违背了有关对错的一切意志，没有任何事物能阻止这个家族继续堕落或被他人征服。

他居然说皇室腐朽。要他们回归国王的正确路线，而六代国王都走错了方向，否则诸神就会让阿库姆家族灭亡。福曼古鲁签下了自己的死刑命令，这些话都不用传到国王耳朵里去，他就必定会遭受处决，然而信件被藏在这个秘密地点。是希望谁去找到它呢？

就这样，我读完了他的大部分日记，翻看了所有内容，包括他在死前不久写下的文字。我得知：最后一篇日记写于他遇害的前一天，然而这本册子出现在了历史殿堂。但只有他才会把册子放进属于他的这一摞文书里，其他人没有这个权力。我该如何解开这个不解之谜呢？日记里没有诀别词，没有遗嘱，甚至没有一个人知道死期临近但不喜欢如此命运的那种苦涩语调。

然而这里确实有什么东西不对劲。他没有提到那个男孩。完全没有。假如男孩就是他和他全家被奥默卢祖猎杀的原因，那男孩就必定会留下些什么痕迹——更庞大、更深远、更重要的某种事物的碎片，确凿得就像我在布娃娃上闻到的，但更加庞大。但这里一个字也没提到男孩的价值、男孩的亲属，甚至男孩的用途。福曼古鲁把他当作真正的秘密，连本人的日记里也没有他的踪影。从这个角度说，他甚至瞒住了他自己。在各种气味之中，我闻到这些纸张散发出某种酸腐气味。某种液体泼洒后风干，但并非来自动物身上，也并非来自土地、棕榈树或葡萄藤。乳汁。早就看不见了，但依然存在。我记得一个女人哺育一个婴儿，她以最怪异的方式传递消息，请我从她的丈夫和囚禁者手中拯救她。我伸手去拿蜡烛。

"更小的火苗也曾引起更大的火灾。"他说。

我跳起来，去拔斧头，但他的剑已经放在我脖子上了。我闻到了没药，但以为气味来自图书馆看管者背后的古老瓶子。

那位治安官。

"是你跟踪我还是你派人跟踪我？"我问。

"你是想问你必须杀一个还是两个人吗？"

"我从不——"

"你还裹着这块帘子？即使都两天了？"

"诸神在上，要是再有人说我裹着一块帘子……"

"看上面的图案，那是富人的窗帘布。你难道不是河流居民吗？为什么不只用赭石和果油涂身子？"

"因为你们孔谷尔人对穿不穿衣服的看法很古怪。"

"我不是孔谷尔人。"

"你的剑抵着我的喉咙。回答我的问题。"

"我自己跟踪你的。我看见巨人打算对你哭诉一整夜就厌倦了。他的故事很有意思，但我忍受不了他的哭喊。我们东方不是这么哀悼的。"

"你又不在东方。"

"而你也不在库族人的地盘上。来，说说你为什么要烧掉那张纸？"

"从我脖子上拿开你的剑。"

"我为什么要拿开？"

"因为我的两个大脚趾之间有一把刀。杀了我，我也许会立刻倒地死去，但也可能最后一踢，把你变成阉人。"

"你给我放下。"

"你以为我大老远跑到这儿来就是为了烧掉它？"我说。

"我什么都不以为。"

"对治安官来说倒是不稀奇。"

他胳膊一用力，抵着我脖子的剑陷得更深了。

"那张纸。放下。"

我放下那张纸，抬头看他。"你看着我，"我说，"我想用火烤这张纸，因为我觉得也许能出现点什么。我不了解你，也不知道你有多蠢，但这话我没法说得更简单了。"

他收回剑。

"我怎么知道你在说实话？"他问。

"你必须信任我。"

"信任你？我甚至都不喜欢你。"

我们互相瞪了好一会儿。我拿起一张纸，酸腐味最浓重的那张。

"你，还有你当衣服穿的帘子。"他说。

"我脱光了你是不是能少说两句？"

我等他给我一个尖酸的回答，但一直没有等来。我本来可以多想一下，搞清楚为什么没能等来尖酸的回答，或者在他掩饰表情之前看清楚他，但我没有。

"你到底——"

"请安静。要么去帮我盯着点看管者。"

他停止说话，摇摇头。福曼古鲁用红墨水写下这些文书，颜色虽然艳丽，但色调很淡。我把蜡烛拿过来，将这张纸放在火苗上方。

"是莫西。"

"什么？"

"我的名字。被你忘记的名字。是莫西。"

我降低火苗，直到我能隔着纸张看见它的闪烁，手指能感觉到它的热量。符号开始成形。象形文字，从左向右读还是从右向左，我不知道。象形文字是用乳汁写的，因此一直隐藏到现在。我的鼻子领着我找到另外四张散发乳汁气味的纸。我用烛火烤它们，直到象形文字呈现，一行接一行，一列又一列。我微笑，抬头看治安官。

"这是什么？"他问。

"你说你来自东方？"

"不，洗掉所有颜色，我的皮肤会变白。"

我茫然地看着他，直到他再次开口。

"北方，然后东方。"他说。

我把第一张纸递给他。

"这些是沿海地区的象形文字。人们称之为'无情字符'。你能看懂吗？"

"不能。"我说。

"我能看懂一部分。"

"上面……说……什么……"

"我不熟悉古老的文字。你认为是福曼古鲁写的？"

"对，而且——"

"出于什么目的？"他问。

"错误的人就算走到水边，也永远喝不到水。"

"我居然理解你的意思，这让我感到非常难过。"

"象形符号应该是诸神的语言。"

"假如诸神又老又蠢，无法理解现代人的词语和数字。"

"你说话像是已经不信诸神了。"

"我只是觉得你们的诸神都很可笑。"

我望向他，见到他看着我，我不由得无明火起。

"我的信仰并不重要。他相信诸神在对他说话。是什么吸引你来找福曼古鲁？"莫西说。

有一瞬间我在想，此刻我该编造什么说法，又要基于它搭建多少谎言？这个念头本身就让我疲惫。我对自己说，我只是厌倦了相信存在某种秘密，要保护它不落入未知敌人之手，但事实上是我厌倦了没有人可以诉说这些事。我说真的：这会儿我有可能会告诉任何人。真相就是真相，不归我所有。对我来说，是谁听见都无所谓，因为他听见了真相也无法改变事实。真希望黑豹在我身边。

"我可以向你提出相同的问题。他全家死于疫病。"我说。

"没有任何疫病能把一个女人砍成两截。治安官的首领宣布已经结案，他建议诸位酋长接受这个结果，而他们建议国王接受。"

"而你在这儿，就站在我面前，因为你不相信那个说法。"

他把剑靠在一摞书上，自己坐在地上。他的长衣从膝头滑落，他没穿内衣。我是库族人，看见男人光溜溜的并不稀奇，我把这句话对自己说了三遍。他没有看我，拉起衣服下摆，挡住两腿中央。他伏在那几张纸上，开始阅读。

"你看。"他说，我凑近他。

"或许他的脑子有点癫狂，或许他的意图就是迷惑你。但你看这个，秃鹫，鸡和脚，全都指着西方。这是北地人的书写文字。有些发出一个声音，就像秃鹫的叫声，那是长嗯。有些是一整个词语，甚至传达一个念头。但你往下看这儿，第四行。看见区别了吗？这是海岸。去南方王国的海岸，或者特指一个地方，我忘了它叫什么。东方的那个岛，叫什么来着……？"

"利什。"

"你在利什仍旧能找到这种书写文字。每一个都发一种声音，拼全了就会——"

"我知道词语是什么，治安官，他说什么？"

"耐心点，追踪者。'神……天空诸神。他们不再对地上的灵魂说话。诸王的声音在成为诸神的新声音。打破诸神的沉默。当心屠神者，因为他盯上了诸王的杀戮者。'你觉得这话有意义吗？因为我觉得傻乎乎的。'有黑翼的屠神者。'"

"黑翼？"

"他就是这么说的。没有一句话顺畅得像波浪。我觉得他是存心的。国王成为国王，因为王后而非国王。但男孩——"

"等一等。你坐着别动。"我说。

他抬起头，点点头。他大腿的肤色比身体其他部位更浅，汗毛直得过分。我径直走向图书馆看管者的桌子，但他已经无影无踪。我猜他埋头于日志册和国王与皇室的记录之中。我沿着梯子爬了两级，环顾四周，看见了镏金犀牛头的标记。我从最后一页向前翻，灰尘直冲鼻孔，害得我咳嗽。翻了几页，我找到克瓦什·莱昂戈的家族，与福曼古鲁在纸上涂写的几乎相同。前一页是莱昂戈、他的兄弟姐妹和他的前任国王克瓦什·莫凯，他二十岁成为国王，统治到四十五岁。

"黑翼有什么消息？"

我知道我吓了一跳。我知道他看见了我。

"没什么。"我说。

我抓起那几张纸，平摊在阅读桌上。蜡烛投下的色彩仿佛微弱的阳光。

"这是阿库姆家族，"我说，"五百多年以来的统治者，一直到克瓦什·达拉。他父亲是奈图，他在这儿。他上面，这儿，是猎豹王阿杜瓦莱，他排行老三，王储去世，他哥哥被驱逐。他上面是莱昂戈大帝，他统治了近七十年。谁不知道伟大的莱昂戈王呢？然后这一页的这儿，还是莱昂戈，他上面是莫凯，他父亲，少年国王。"

"往前翻。"

"我翻了，前面什么都没有。"

"你没——"

"你看，"我指着空白的纸页说，"这儿什么都没有。"

"但莫凯不是阿库姆王朝的第一任国王，到这儿谱系只延续了两百五十年。"

"两百七十年。"

"继续翻。"莫西说。

"族谱。法西西·克瓦什·达拉。阿库姆。王座所在地，他的谥号，他的帝号，还有他的家族。"

再往前翻三页，另一张族谱，用更深的蓝色墨水绘制。这一页最顶上是阿库姆。最底下是克瓦什·卡加尔，莫凯的父亲。但他上面的内容很奇怪，再往上就更奇怪了。

"这是一条新谱系吗？我是说，更古老的谱系？"治安官说。

"阿库姆家族只追溯到莫凯的父亲。你注意到了什么？"

"卡加尔之上的谱系指向提埃芙露？那是个女人的名字。他母亲。"

"看她旁边。"

"克瓦什·刚。"

"你再看刚的上面。"

"另一个女人，另一个姐妹。追踪者，没有一个国王是国王的儿子。"

"直到莫凯。"

"有很多王国按妻子的谱系传位，或者姐妹。"

"但北方王国不是。从莫凯往下，每个国王都是上一代国王的长子，而不是他姐妹的儿子。你拿着这些。"

我回到象形文字前，他跟着我，眼睛在看地图，而不是我。

"你说诸王和诸神怎么了来着？"我说。

"我没说过诸王和——"

"你无论如何都要这么烦人吗？"

他把那几张纸扔在我脚边，拿起福曼古鲁的文书。

"国王成为国王，因为王后而非国王。"他说。

"给我。你再看这份文书。"

他俯身凑近我。这会儿我没空琢磨没药了。他读道："'诸王的家族应回归诸神定下的道路，而不是六代国王所走的这条腐朽邪路。这是我们的请求：国王当遵循天空诸神和地下诸神规定的自然秩序。回归亡故多年的吟游诗人和早被遗忘的语言所规定的纯洁路线。'这是他的原话。"

"因此北方诸王的谱系在六代之前从国王姐妹的儿子变成了国王的儿子。这些是事实，任何人肯去查就会知道。不构成杀害一名长老的理由。至于这些信件，它们确实呼吁回归古老传统，有人会说是发疯，有人会说是叛国，但绝大多数人甚至懒得去查诸王的谱系。"我说。

"假如他们去查，你认为会发生什么？"

"大概是生气吧。"

他大笑。真讨厌。

"时代是时代，人毕竟是人。那么久以前的往事？人们会耸耸肩甩掉，就像对待发臭的毯子。"他说。

"这儿缺了什么，或者——"

"你还有什么没告诉我的？"他问，眯起眼睛，凶恶地皱起眉头。

"我看见的你也看见了，我知道的已经告诉你了。"我说。

"你怎么认为？"

"我没有义务要告诉你我怎么想。"

"就随便说说呗。"

他在我和那些文件旁边蹲下。他那双眼睛啊。周围近乎黑暗，它们却绽放精光。

"我认为事情与那个男孩有联系。就是福曼古鲁家里的男孩。"

"就是你认为凶手带走的那个男孩？"

"带走男孩的不是他们。你别问我怎么知道，反正我就是知道。我认识的一个人声称那晚她救了那个男孩。派遣刺客去杀福曼古鲁的人肯定知道孩子被救走了。"

"他们想从世上洗掉他的存在，掩饰他们的痕迹。"

"我就是这么认为的。但发生的事情太多了。没有理由要杀死福曼古鲁，除了他们，原先并没有人在追查那个男孩。现在有这么多人对这起陈年旧案感兴趣，男孩大概就是原因。两天前我找到一个或许知情的人，问他有没有听到任何像福曼古鲁这样的人的消息。他说有两个长老睡一个聋哑女孩，他们声称他们必须找到那些信件，否则就会有人丧命。会死的也许就是他们。其中之一是大块贝勒昆。你该知道是我杀了他。"我说。

"什么？"

"但原因是他想杀我。在马拉卡尔。他的手下也企图杀我。"

"比他更愚蠢的人显然还没生出来呢。追踪者，你继续说。"

"总而言之，另一个是个叫艾科伊耶的男妓。他说咱们换个地方谈谈，于是我们经过隧道爬上一个屋顶。他先说还有很多人经常去福曼古鲁家。包括你们当中的一些人。"

"当然。"

"还有穿你这身制服的一些人。"

"我只去过两次。单独去的。"

"那就是其他人。"

"没有我的命令不可能去。"

"他说——"

"比起主持正义的人，你更相信男妓的话？"

"你维持的是秩序，不是正义。"我说。

"你继续说。"

"你会搞混这两者也不奇怪。"

"我说了，你继续。"

"他说依然有很多人去福曼古鲁家，但他不知道他们在找什么。然后他企图用混蛇毒的眼影粉对我下咒。"我说。

"而你还活着？吸一口就能杀死一匹马。或者把你变成活尸。"

"我知道。我把他扔下了屋顶。"

"诸神在上，追踪者。他也死了吗？"

"没死。但你说得对。他企图把我变成活尸，带我回他的房间。然后他会用鸽子告诉某个人说他抓住了我。我自己释放了那只鸽子。相信我，治安官，没多久就有一个男人带着武器来他的房间，但我认为他来是为了抓我，而不是杀我。"

"带你去哪儿？见什么人？"

"我杀了他，没来得及搞清楚。但他穿得像个治安官。"

"你一路上留下了多少尸体啊，追踪者。很快整座城市都要被你害得发臭了。"

"我说了，他穿得像个——"

"我听见了。"

"他没有留下尸体。具体情况以后再说。但有一点，他死的时候，我见到某种像是黑色翅膀的东西离开他的身体。"

"当然了。一个故事怎么能缺少美丽的黑色翅膀？这和那个男孩又有什么关系？"

"我在寻找那个男孩。我来这儿就是为了找他。一名奴隶主雇用我和其他人来搜寻男孩，我们在你的城市是陌生人。我们刚开始一起出发，但大多数人已经分道扬镳。然而还有其他势力在寻找男孩。不，不是奴隶主雇用的。我不确定他们在跟踪我们还是先我们一步。他们已经尝试过杀死我们了。"

"说到杀人，追踪者，你可真是一点也不含糊。"

"雇主派我们来这儿是有原因的。为了勘察男孩被掳走的场所，对，但更多是为了看他们去向何方。"

"哦。看来还有很多事情你没告诉我。比方说这个'他们'是谁？当初有人来杀他，但也有人来救他？假如来救他的人带走了男孩，你又有什么目的？他和他们待在一起不是比和你待在一起更安全吗？"

"救他的人弄丢了他。"

"好极了。也许就是他们把他卖给了巫师。"

"不，他们只是信错了人。但有一点，我认为我知道他是谁，这个男孩——"

"依然说不通。我有个不一样的看法。"

"是吗？"

"对，是的。"

"全世界都洗耳恭听。"

"你相信福曼古鲁参与了某种非法活动或交易，具体是什么不重要，两者的结果都是无辜百姓被出卖、强奸或杀死。他给自己挖了个洞，可惜挖得太深太大，结果自己掉了下去。那场杀戮很干净，很彻底，只有男孩逃生。只要男孩还活着，事情就还没清账。因此那些人必须追杀你的那个男孩。"

"说得好。除了一点，绝大多数人不知道男孩的存在。要是我不说，连你也不知道。"

"所以呢？"

"他在保护那个男孩。隐藏他。男孩那时候仅仅是个婴儿。你应该明白，我知道这个男孩是谁。我没有证据，但等我得到证据，他就会是我认为他是的那个人。在此之前，你看看这是什么？"

我把我从鸽子身上拿到的字条递给他。他拿到鼻子前看，然后从面前拿开。"和文书上的象形符号是同一种语言。上面说，有男孩的消息，速来。"

"企图杀死我的治安官的胸口烙着这东西。"

"什么东西？"

"当然不是这句。但肯定是这种语言的字符。"

"你记——"

"不，我不记得了。但福曼古鲁会说他们的话。"

"何等的谜团，追踪者。你说得越多，我知道得就越少。"

"难道不都是这样吗？福曼古鲁写的所有东西？"

他再次翻看那几张纸。还有两张也散发着乳汁的气味。他用手摸着每一个符号的线条，我顺着他的视线看。

"这是指示，"他说，"'带他去米图，交给独眼者守护，步行穿过姆韦卢，让沙漠吞吃你的足迹。'上面写着这些。"

"没人能从姆韦卢回来。"

"是真的吗？还是老妇人都这么说？这段文字的最后一段我读不懂。"

"他为什么派他去那儿？他现在该是个男人了。"我说。

"谁该是男人了？"

"我在自言自语。"

"没人教过你这么做很没礼貌吗？你说你知道这个男孩是谁。他是谁？"

我望着他。

"那就告诉我是谁在追杀他和为什么。"

"那就等于告诉你他是谁。"

"追踪者，你这么做我可帮不了你。"

"谁要你帮我了？"

"你靠你自己走了这么远，诸神肯定在对你微笑。"

"听我说。有三个人雇我来找这个男孩。一个奴隶主、一个河流精怪和一个女巫。为了解释男孩的身份，他们加起来一共讲了五个故事。"

"五个谎言，是为了找他还是救他？"

"都是。都不是。"

"他们希望你救他，但不希望你知道你救的是谁。你打算出卖他吗？"

"我想知道一个治安官为什么这么关心一个收钱办事的人。"

"不，你想知道我为什么关心你。"

他起身绕着书堆转圈，走到一面书墙背后。我听见一只脚轻微的拖曳声，他有一条腿行动不便，但掩饰得很好。

"这是历史殿堂，对吧？"他说。

"这儿是你的城市。"

"历代国王的起居由谁记录？"

我转身指着看管者的书桌背后。他今晚肯定不会回来了。这本书有许多页，线缝得很粗糙，参差不齐，用皮革封套装订，比其他书更脏。叙述克瓦什·达拉的生平，直到当天。他的名字与两个弟弟和一个姐姐齐平。一个兄弟娶了都林戈女王的女儿，是两国之间的联姻。另一个娶了一个酋长的孀妇，她没有多少土地，但在草原有巨量财富。最年长的姐姐列在所有女性的最顶上，此处只说她在丈夫去世后献出一生侍奉瓦帕，土地、生殖与女性之神，她丈夫是朱巴的王子，自杀身亡，带走了两人的所有孩子。书里没说她的去向，没提到山中堡垒。

"更老的国王呢？这个纪元之前的那些纪元的国王？"莫西问。

"吟游诗人。即便有写下来的文字，国王的真实记录也只会是人们托付给记忆的故事，当众念诵的长诗，或者是人们聚集起来所听取的伟人赞歌。这是我的猜想。用文字记叙诸王的起居仅仅从克瓦什·奈图的时代开始。其他人只存在于吟游诗人的声音之中。但问题就在这儿。歌唱诸王事迹的那些人都受国王的雇用。"

"哦。"

"还有其他问题。记录国王不知道的诸王事迹的吟游诗人，写下秘密歌词的人，唱这些歌的人，他们会被处决，歌曲会被禁止。"

"他们能唱给谁听呢？"

"他们自己。有些人认为真相只需要为真相服务。"

"哎呀，那就必死无疑了。"

"大多数吧。但有两三个人，他们的歌曲能追溯到千年之前。"

"他们的人也声称能追溯到千年之前吗？"

"你为什么腿脚不便？"

"什么？"

"没什么。"

"哦，命运如此多舛的孩子。知道吗，追踪者，你在这件事里冒险走了这么远，却一点也没有走漏任何风声。"

"风什么声？"

"你说了很多与国王有关的阴谋，但他依然是你的国王，而作为一名治安官，我为他效劳。"

自从我看见他的剑，时间已经过去了很久。先处理敌人，他就应该这么做。然而他转过去背对我，站在那儿看一摞书册。

"福曼古鲁搞出这份反对国王的鬼玩意儿，他被人杀害，因此你觉得他就是清白的好人了。请你像我们治安官一样睁眼看看这个世界吧。你要问我是什么意思了对不对？我就是这个意思。很多时候，坏事找上一个人的家门，都是被他请来的。"

"所以每个受害者都是活该受死的。你这个治安官确实不赖。"

"有朝一日你倒是会讨个好老婆。"

我都懒得瞪他。

"所以你就学着你上司的样子，只当这事早就结束了吧。你听我说。这儿是片荒地，任何人都能进来，而我没有牵涉任何犯罪行为，因此你就做一个孔谷尔酋长卫队的好士兵，从哪儿来回哪儿去吧。"

"你给我——"

"治安官，咱们还没谈完吗？有个孩子，你不相信他活着，有份文书，你认为它毫无意义，事情与你侍奉和坚信清白的国王有关，与一系列从未发生过的怪事毫无联系，这些怪事即便发生过，也没有任何意义。所有事情都围绕着一个男人发生，他的全家被杀，因为他把一条毒蛇带回家，他以为那是宠物，结果反而被咬。治安官，难道不就是这样吗？你居然还站在这儿，我非常吃惊。快拉开你我之间的距离。走远点。"

"我才不受你差遣呢。"

"唉，操他妈的诸神！那你留下。我走。"

"你忘记这个房间里谁是权威了。"他说着拔剑。

"你在你的同胞面前是权威。他们在哪儿，你穿黑衣和蓝衣的活尸？"

他伸直长剑，扑向我。我们两人之间忽然嗵的一声，我和他各自向后跳，一根长矛钉在地上。黑色与蓝色的标志。

"你们的。"我说。

"你闭嘴！"

我和他之间光芒一闪，一支箭插在垒成高塔的书册上，我们这才看见那是火光。窗口有个黑影，在朝底下的我们发射火箭。火苗拔地而起，闪烁摇曳。它向左扭动，继而向右，然后又向左，就像蜥蜴见到了太多能吃的东西。火焰跳上一摞书册，其中每一本都迸发出火苗，一本接一本，然后又是一本，一直向上蔓延。从窗口又射来三支箭。火焰让我踌躇，引诱我停下脚步，思考为什么一整面墙都在烈焰中咆哮。一只手抓住我的手，打破了魔咒。

"追踪者！这边走。"

浓烟熏得我眼睛疼，不停地咳嗽。我不记得桑格马能不能保护我不受火烧了。莫西拽着我跑，咒骂我动作不够快。我们跑过由火焰构成的拱廊，它们随即在我们背后坍塌，燃烧的纸张击中我的脚跟。他跳过一摞书册，穿过一堵烟墙，消失得无影无踪。我扭头张望，险些放慢脚步去思考火焰的速度，我跳起来穿过浓烟，落下时几乎压在他身上。

"贴在地面上。烟比较少。等咱们出去，他们也不容易发现我们。"

"他们？"

"你认为只有一个人？"

殿堂的这个部分浓烟滚滚，火焰吃光了食物，比先前更加饥饿。它从一摞书册跳向另一摞，吞噬莎草纸和皮革。一座书山倒下，火焰穿过烟墙扑向我们。我们连滚带爬。我不记得该去哪儿找门。他抓住我的袍子，继续拽着我跑。我们向右转，从两面书墙之间跑过，然后左转，然后右转，然后似乎向北跑，但我没法确定。莫西的手一直抓着我的袍子。热风逼近我们，灼烧我的汗毛。我们来到门口。莫西打开门，向后跳，四支箭插在地上。

"你扔斧头能扔多远？"

我拔出一把短斧："够远。"

"很好。从箭的角度看，他们在右边的屋顶上。"

他跑回浓烟里，拿着两本在燃烧的书册回来。他朝窗口点点头，然后指了指房门。别给他们机会再抽一轮箭。他把书扔出窗户，四支箭破风而来，两支箭击中窗户。我跑，卧倒，滚出房门，跳起来，扔出手里的短斧。短斧旋转着飞向弓箭手，在半空中拐弯，割断一个人的喉咙，砍中另一个人的太阳穴。我跳进黑暗，躲开两支箭。更多的箭继续飞来，有些带着火，有些带着毒，像雨点般落下，好一阵才停止。

殿堂的每一面墙和每一个房间都在燃烧，人群开始在街道上聚集。屋顶上没有更多的弓箭手在等候。我从人群中溜走，跑到建筑物的背后。莫西在屋顶上，用一具尸体的筒裙擦剑，把剑插进剑鞘。天晓得他怎么会比我还快。另外，屋顶上躺着四具尸体，而不是两具。

"我知道你会说什么。别——"

"这些人是治安官。"

他走到窗口，望着烈火。"死了两个。"他说。

"不是全死了吗？"

"对，但咱们杀人前就已经死了两个。胖的一个叫比沙，高的一个叫斯沃科。两人都失踪了十三个月还多，但没人知道他们发生了什么。他们——"

我在黑暗中听见了他们的声音，知道刚才发生了什么。死者的嘴巴被撕开。从脚趾到头顶发出隆隆声和嗒嗒声，就好像尸体在发痉挛。即便在黑暗中，也能看见涟漪从大腿而起，扩散到腹部和胸部，然后从嘴里飞出去，飞出去的黑云暗如夜色，我们几乎看不清，它盘旋几圈，消失在空气中。周围的阴影太多，但我知道黑云和灰尘在旋转中形成了翅膀，因为我们都听见了振翅声。我们呆站在那儿，面面相觑，谁也不想首先开口，提到我们刚刚目睹了什么。

"你碰一下，他们就会粉碎成尘土。"我说。

"那就最好别碰。"一个男人说，我跳了起来。莫西微笑。

"马扎姆贝齐，是火焰把你引来了还是你太想念我的气味？"

"真的，一个人和屎尿过活，就会习惯它的芬芳。"

另外两名治安官爬上屋顶，两人没有对莫西说话，而是望着烈火，捂住口鼻，因为浓烟开始飘向我们。

"眼睁睁地看着历史在燃烧，咱们该怎么做？"马扎姆贝齐说。

"你的话里有那么多失望，马扎姆贝齐，可以拿去填满新的殿堂了。"莫西说。

"火是怎么烧起来的，你知道吗？"

"你不知道吗？你的人——"

"有些人打扮成酋长卫队，"莫西说，打断我的话头，"我亲眼看见的，火箭射进殿堂。也许是反叛者。选择这儿动手是因为能伤害大众。"

"这些话同样需要记录下来，但该存放在哪儿呢？"马扎姆贝齐笑道。

"你给我好好看一眼这些人，马扎姆贝齐，黑色术法毒害了他们的整个身体。"莫西说，再次望向那些尸体。刀刃一闪，反射火光，我大喊："莫西！"

他猫腰躲开，马扎姆贝齐的剑贴着他的头皮划过。猫腰害得他脚下不稳。一名治安官掏出小弩瞄准我。我卧倒，趴在脑袋吃了我一飞斧的尸体旁。我拔出短斧，一支箭飞过来，取代了斧头。我跳起来，投出短斧，短斧旋转成一团模糊的影子，正中他的胸膛中央。马扎姆贝齐和一名治安官在和莫西斗剑。马扎姆贝齐冲向他，剑像长矛似的举在胸前。莫西躲开，跳起来用双膝顶中他的胸膛。马扎姆贝齐用手肘击打他的侧肋；莫西倒下，旋身躲开另一名治安官的攻击，那一剑在地上劈出火花。这个治安官再次举起剑，但莫西从地上挥剑，砍掉他一只脚。治安官倒地惨叫。莫西跳起来，把剑插进治安官的胸口。他停下喘息，马扎姆贝齐的剑划破他的后背。我跳到他们中间，抢起斧头砍他。他的剑刃碰到我的斧刃，蛮力撞得他飞了出去。他爬起来，震惊，困惑，莫西跳到我和他之间。

"别发疯了，马扎姆贝齐，你不是说你廉正不阿吗？"

"你还说你英俊非凡呢，但我看不出女人怎么会看上你。"

莫西举起剑，马扎姆贝齐也一样，两人互相绕圈，像是要再次交锋，我跳到他们两人之间。

"追踪者！他会——"

马扎姆贝齐挥剑，在一根头发丝的宽度外擦过我的脸，我抬手抓住剑。治安官震惊了。他拔剑，想割断我的手指，但连一滴血都没看见。

马扎姆贝齐站在那儿，惊诧莫名。两把剑插进他后背，从腹部捅出来。莫西拔出双剑，治安官轰然倒地。

"我很想问个为什么，但——"

"桑格马。魔咒。他用木刀就能杀死我。"我说。

莫西点点头，并没有信服，但也不想追问下去。

"还会有更多的人来。"我说。

"马扎姆贝齐和其他人不一样。他会说话。"

"他只侵占了部分人的身体，收买了其他人。"

莫西转身望向人群，火光照亮了他们。他咒骂一声，从我身旁跑过。我跟着他跑下后楼梯，和他一样一步三级台阶。他冲进人群，我跟着他，但人群时而向前涌，时而向后撤，就像波浪。有人高喊孔谷尔陷落了，因为没有了过去，我们怎么能有未来？人群让我头昏脑涨，我听不见也看不清，直到我想起来我现在能闻图书馆看管者的气味了。莫西在黑暗中扇他耳光，不停地扇他，直到我抓住他的手。图书馆看管者蜷伏在地上。

"莫西。"

"婊子养的不肯开口。"

"莫西。"

"他们屠杀了我的书，他们屠杀了我的书。"图书馆看管者说。

"我来替你说吧。有人来找你，说，要是有人来查福曼古鲁的记录，你就通知我。我来了，问你福曼古鲁的记录在哪儿，你用鸽子通知他。"

他点头表示对。

"谁？"莫西喊道。

"你们的人。"我对他说。

"追踪者，把你的假话塞回你屁眼里去。"

"只有你的眼睛还在对你撒谎。"

"他们为什么要屠杀我的书？为什么要屠杀我的书？"图书馆看管

者哀号道。

"咱们看看他知道什么，不知道什么。"

我走到莫西面前。

"听我说。他和艾科伊耶没有区别。别人只说了他们能够知道的东西，其实什么都没说。而且是通过信使告诉他们的，不是真正发出消息的人。也许是酋长卫队，也许不是。有人既领先我们一步，等待咱们自投罗网，也落后我们一步，等待咱们采取行动，他好照着做。过去这一个小时里，咱们在某个地方被人看见了，而那个人听到了很多秘密。"

"追踪者。"

"你听我说。"

"追踪者。"

"怎么了？"

"看管者。"

我咒骂一声。看管者不见了。

"一个老人不可能跑得很远。"莫西说，忽然听见几个女人尖叫，还有一个男人大喊，不，老人，不。

"他并不打算跑。"我说。

就在这时，图书馆的屋顶塌陷了，压灭了部分火焰，但整个广场炽热而明亮。

"咱们必须离开这个地方，就现在。"我说。

莫西点点头。我们拐进一条空荡荡的小巷，尽管雨早就停了，但这儿还有积水，野狗正在争夺人们扔掉的垃圾。一条狗看上去很像鬣狗，吓得我一抖。索戈隆不在眼睛能看见的任何地方，那女孩也是。我只知道索戈隆的气味是柠檬草和鱼，闻起来像这样的女人成百上千。我从没闻过女孩皮肤的气味，而奥格几乎没有气味。我从没考虑过要记住屋主或水牛的气味。

"咱们应该向东走。"我说。

"这是南。"

"那你带路吧。"

他拐进右边最近的巷子，里面同样空无一人。

"我们孔谷尔人肯定缺乏娱乐，否则一场小火怎么能引走所有的人。"

"这场火哪儿小了？"我说。

他转向我："他们会首先考虑罪犯是外国人。"

"但实际上是你们自己卫队的人。"

他拍拍我的胸口："你必须甩掉这个念头。"

"而你必须看看身边都有什么人甩掉了你。"

"他们不是我的人。"

"但他们穿你的制服。"

"但他们不是我的人。"

"你认识其中两个。"

"你是不是听不见我说话？"

"不，我听得见。"

"别那么看我。"

"你看不见我的眼神。"

"我知道你有什么眼神。"

"什么眼神，孔谷尔酋长卫队的第三治安官？"

"就那个眼神，意思是说他很傻，或者他太慢，或者他不肯承认他见到了什么。"

"你看，咱们可以逃跑，也可以吵架，但没法同时做两件事。"

"既然你的眼神比我强这么多，那就劳烦你瞅一眼背后，看看他是敌人还是朋友吧。"

他走得很慢，像是在忙自己的事情。我们停下。他也停下，落后我们两百步左右，但不在巷子里，而是在这条巷子与另一条南北弄堂相交的路口。这不可能是我第一次注意到天已经黑了，我心想。莫西在我身旁，呼吸急促。

他的短发是红色的，两个耳垂闪闪发亮。我在暗土的水塘里见过这个人。邦什叫他阿依西。他的黑斗篷像翅膀似的拍动，唤醒晚风，吹起灰土。莫西拔剑，我没有拔出匕首。他四周的灰土不肯落下，时起时落，围绕他旋转，变幻出状如蜥蜴、高如院墙的怪兽，重新变成灰土围绕他旋转，然后变成四个和奥格一样高大的身影，随即化作灰土落回地面，然后再次升起，像翅膀似的拍动。治安官抓住我的肩膀。

"追踪者！"

莫西转身就跑，我紧随其后。他跑到巷尾，然后冲了出去。说真的，他跑起来不比黑豹慢。我扭头看了一次，见到阿依西仍旧站在原处，风和尘土绕着他转动不休。我们跑上一条街道，这儿有一些人。他们全都走向同一个方向，而且走得很慢，像是从火场往回走。要是咱们跑得比其他人都快，他就会看见我们的，莫西像是听见了我的心声，放慢脚步。但他们——女人，有几个孩子，大多数是男人——走得太慢了，就像是认定他们离开时床是什么样，回去时还会是那个样。我们超过他们，时而回望，但阿依西没有跟上来。一个穿白袍的女人拖着儿子走，儿子扭头看，企图从她手里挣脱。孩子抬起头盯着我。我以为他母亲会拉开他，但她也停下了。她和男孩一样盯着我，眼神和死人一样茫然。莫西转过身，也看见了。街上的每一个男人、女人和孩子都盯着我们。他们站得一动不动，就像木头的雕像。没有一条肢体在移动，连一根手指都不动。只有他们的脖子在动，纷纷转过来盯着我们。我们继续慢慢地走，他们继续一动不动地站着，视线继续跟随我们。"追踪者。"莫西说，但声音很低，我几乎听不见。他们的视线继续跟随我们。一个老人走在街对面，他转动得太多，脚扎根在地上，我觉得他的脊梁骨会折断。莫西依然抓着剑柄。

"他侵占了他们的身体。"我说。

"他为什么不侵占我们？"

"我不——"

母亲扔下孩子的手，尖叫着冲向我们。我躲开，抬起腿绊倒她。她的儿子跳上我后背，一口咬住，直到被莫西拽开。孩子挤出嘶嘶的声音，嘶嘶声唤醒了人群。他们全都冲向我们。我们逃跑，我一肘捣在一个老人脸上，把他打翻在地，莫西用剑身拍开另一个。

"别杀人。"我说。

"我知道。"

我听见嗡的一声。一个男人用石块砸我后背。莫西一拳打开他。我踢倒两个人，跳上另一个人的肩膀，跃过他们的头顶。莫西拍开两个孩子和他们紧随而至的母亲。两个年轻男人扑向我，我们全都摔在泥地里。莫西揪住一个人的领口拖开他，把他摔在墙上。诸神原谅我，惩罚我也行，我说，然后一拳打倒了另一个。但更多的人扑向我们。有些男人拿着剑、矛和匕首，但没人使用武器。他们全都企图抓住我们，把我们按在地上。我们只跑到这条街的一半，从街道尽头传来了隆隆声，然后是女人和男人飞上半空时的惨叫，左边，右边，又左边，又右边，周而复始。许多人跑开。太多的人径直奔向水牛，而水牛径直穿过他们，用脑袋和双角撞飞他们。他背后是两匹马，索戈隆和女孩一人骑一匹。水牛为我们辟出一条路，看见我时使劲喷鼻息。

"他会侵占所有经过这条路的人的身体。"索戈隆策马跑向我们。

"我知道。"

"这些是什么人？"莫西问，水牛对他哼了一声，他向后跳开。

"没时间解释了，咱们快走。莫西，他们不会趴着不动的。"

他扭头去看。有些人已经在爬起来了。两个人猛然转身，盯着我们。

"我能应付他们，不需要别人救。"

"对，但你拿着剑，很快就要有人来救他们了。"索戈隆说，对他指了指女孩的马。索戈隆跳下她的马。许多男人和女人正在起身，而孩子们已经站了起来。

"索戈隆，咱们走。"我说，爬上她的马，抓住缰绳。

人们聚集在一起，彼此拥挤，变成黑暗中的一团阴影。她弯下腰，开始在地上绘制秘符。操他妈的诸神，我们没时间搞这些了，我心想。但我望向莫西，他搂着女孩，一言不发，看上去很狰狞，看上去很冷静，但两者都是伪装。人群化作一体，朝我们奔来。索戈隆在地上画出又一个秘符，甚至不抬头看一眼。人群越来越近，大约还有八十步远。她直起腰，望向我们，人群现在更近了，我能看见他们尽管在喊叫，但眼神茫然，面无表情。她跺了一脚地面；狂风拔地而起，吹走了一些人，吹倒了剩下的人。狂风把男人压在地上，把穿长袍的女人刮到半空中，把孩子吹得无影无踪。狂风扫过街道，一直吹到这条路的尽头。

索戈隆回到马上，我们策马穿过这块区域，跑得像是有人追杀，实际上并没有。她抓住缰绳，我抱住她的腰。我们来到边界上的那条路，我知道了我们的方位。屋子在东北方，但我们不是要去那里。我们沿着宁姆贝和加隆科贝/马特约贝两区之间的那条路向前走，最终来到涨水的河边。索戈隆没有停下。

"女巫，你要淹死我们不成？"

索戈隆大笑。"这儿是河水最浅的地方。"她说。水牛和她并排奔跑，女孩与莫西在她背后。

"我们不能抛下萨多格。"

"他在等我们。"

我没问在哪儿等。我们过河，我知道我们来到了米图。米图是富饶的草原，是农夫、地主和牛只所有者的聚集之处，不是一座城市。索戈隆领着我们走上一条泥土小径，只有月光为我们照亮。我们骑马从树下跑过，水牛带路，治安官一言不发。他让我吃惊。

来到第一个路口，索戈隆叫我们下马。萨多格从一棵比他矮的树背后爬出来，然后站直。

"萨多格，这个晚上过得如何？"我问。

他耸耸肩，微笑。他张开嘴要说话，忽然停下了。连他自己也知道，他只要一开口就能说到天亮。他望向女孩，看见莫西下马，皱起眉头。

"他叫莫西。明早我会解释的。咱们生堆火吧？"

"谁说咱们要待在这儿了？这是个路口。"索戈隆说。

"我以为你们女巫格外喜欢路口呢。"我说。

"跟我走。"她说。

我们站在两条路交会之处的正中央。我望向萨多格，他在扶女孩下马，时刻挡在女孩和治安官之间。

"我知道我不需要向你解释那十九道门。"索戈隆说。

"我们就是这么来孔谷尔的。"

"其中一扇就在这儿。"

"老女人，所有老女人都是这么说交叉路口的。就算没有门，也有另外某种黑夜的魔法。"

"你这个白痴，这儿看着像是黑夜吗？"

"你害怕他。我好像从没在你身上见到过恐惧。让我看看你的脸。我说真的，索戈隆。我分不清究竟是你情绪不好还是你一直这个长相。我知道他是谁。我说的是那个男孩。"

"Aje o ma pa ita yi onyin auhe."

"母鸡根本不知道她要被做成菜，所以也许她该听听蛋怎么说。"我说，朝索戈隆使个眼色，她恶狠狠地瞪我。

"所以他是谁？"她问。

"一个那个叫阿依西的用尽全部力量也想在你之前找到的男孩。也许是为了杀死他，也许是为了盗取他，但他和你一样急于找到男孩。另外，所有线索都指向国王。"

"假如我告诉你这些，你会相信吗？"

"不会。"

"国王想抹掉骷髅之夜，那个孩子——"

"他从一开始在追杀的就是那个孩子。也许阿依西在为他寻找，也许红发魔鬼在独自行动。我读过了福曼古鲁的信件。"

"不存在什么信件。"

"你太老了，不适合玩花样。"

"没人能找到它们。"

"我却读过了。小女孩的把戏里都有更多的悖逆言辞。"

"这个地方不合适。"

"但时间正适合。你的巫术那么厉害，却没读过文字之上的文字。"

"白痴，有话直说。"

"他用牛奶在文字之上写字。他说带那个孩子去姆韦卢。你瞪着我干什么？你怎么这么安静？步行穿过姆韦卢，让沙漠吞吃你的足迹，这是他的原话。"

"对。对。人类从未绘制过姆韦卢的地图，神祇也没过。孩子肯定会很安全。"

"他下了地狱也一样安全。"

"追踪者，这儿有一扇门。"

"这个话题已经谈过了。你打开嘛。"

"我做不到，永远也做不到。只有桑格马的旨意才能打开那些门。你已经用过两次了，别想骗我。"

"第一次只是女巫躲藏的一道门。和来孔谷尔的那道门不是一码事。那个男孩是什么人？"

"你说你知道。你其实不知道。你只是在脑袋里烙了个猜想。打开这道门，我会说明你在图书馆里到底读到了什么。快开门。"

我从她身旁走开，扭头望向看着我的其他人。我捧起双手，放在嘴巴底下，像是在接水喝，我轻声说出桑格马教我的那个词。我吹一口气，半个脑子认为冷漠的夜晚会让我像傻瓜似的站在那儿，另外半个脑子认为火焰会在我面前组成一道门。我头顶上的树木高处迸发出一点火花，两把剑互击时的那种火花。火苗在高处朝两个方向蔓延，像圆周似的弯曲，直到两端碰到路面。火焰随即熄灭。

"你看，女巫，火苗灭了，根本没有门。因为咱们只是站在交叉路口，本来就不存在什么门不门的。我知道你出身不好，但仅仅几天前，你也肯定见过我们称之为门的那东西。"

"他就不能闭嘴吗？"莫西对女孩说。她哈哈笑。我很生气。我没料到他会这么嘲讽我。愤怒，但无法表现出来，我气得抬腿就走。才走了十五步，我就发现路面不是泥土而是石块了。黑暗变得明亮，像是有银色的月光在照耀，空气感觉寒冷而稀薄。树木比米图的更高大和稀疏，远处比云层更高的是黑暗的群山。其他人跟着我。我看不清莫西的面容，但能想象他有多么震惊。

"一个男桑格马偶尔不像没吃饭的婊子那样哼哼唧唧，就也能做出点了不起的事情。还不如干脆点呢。"她说，跳上马，从我身旁跑过。

水牛从我身旁走过，然后是女孩。莫西瞪着我，但我只能看见他的眼睛，见不到他的表情。我追上索戈隆。她等着我上马，坐在她背后。我们越向前走，空气就变得越寒冷，我不得不尽量用帘布裹住身体。

"今晚可别睡过去了。"她低声说。

"但睡意已经爬上来了。"

"阿依西会跳进你的梦境寻找你。"

"我会永远也醒不来吗？"

"你会醒来，但他会通过你见到晨光。"

"我不认识这儿的空气。"我说。

"你在都林戈，骑马到堡垒还要四天。"她说，我们继续爬山。

"上一扇门直接带我来到城里。"

"门可不会依从你的意愿。"

"我知道你要找的男孩是谁了。"我悄声说。

"你以为你知道。所以他是谁？"

16

"让女孩和你交换，否则咱们到这儿就不往前骑了。"索戈隆说。

"我还以为你会喜欢年轻男人这么靠近你的屁股呢。"

"你难道靠近过我这种屁股？狼眼，你又想愚弄我们些什么？"

她气得我七窍生烟，我立刻跳下马去。

"你。女巫要你和她骑一匹马。"我对女孩说，她跳下马。

"想骑还是想被骑？"莫西对我说。

"今晚只差老天不对我说脏话了。"

他对我伸出手，拽我上马。我想用双手抓住马屁股，而不是抱住他，可是我的手总是滑开。莫西伸出手，到背后抓住我的右手，拉到前面放在他的腰上。然后又伸出另一只手，把我的左手也拉过去。

"当治安官就必须涂没药？"

"当什么人都必须涂没药，追踪者。"

"时髦的治安官。孔谷尔的钱币肯定很值钱。"

"唉，诸神在上，一个裹着帘布的人居然在抱怨我太时髦。"

路面散发湿地的气味。马匹的步伐偶尔像是陷进了泥里。我越来越疲倦，开始感觉到孔谷尔留给我的所有割伤和擦伤，前臂有一道伤口似乎特别深。我睁开眼睛，他的两根手指戳在我脑门上，把我从他肩膀上推开。我脑袋里只有一个念头：操他妈的诸神，我没把口水淌在他身上吧？

"他绝对不能睡着，这是她说的。你为什么绝对不能睡着？"莫西问。

"老巫婆和她的巫婆老传说。她担心阿依西会跳进我的梦境。"

"我应该知道的事情是不是又多了一件？"

"除非你真的相信。她认为他会在梦中找到我，夺走我的意识。"

"而你不相信？"

"要我说，假如阿依西想抢占你的意识，你有一部分心思肯定想交给他。"

"你们对彼此的评价还真是高。"他说。

"哦，我们对彼此就像蛇对鹰。但你看看你对你那些治安官的爱带来了什么。"

随后他再也没说过话。我觉得我大概伤害了他，这让我感到苦恼。我父亲说的每句话都让我苦恼，但没有一句能让我坐下来好好想一想的。哦，我指的是我祖父。

地面刚开始变干，我们就停下了。瘦弱的草原树木围着这片空地。索戈隆捡起一根长树枝，围绕我们画了一圈秘符，然后命令我和治安官去找木柴生火。我走进比较浓密的树林，看见她和萨多格交谈，她指着天空。莫西从一棵树上折了两根树枝。他转过身，看见我，走过来，直到离我很近的地方才停下。

"那个老女人，她是你母亲？"

"操他妈的诸神，治安官，你瞎了吗，看不见我讨厌她？"

"所以我才这么问你。"

我把我手里的树枝塞进他怀里，气冲冲地走开。我走到她背后停下，她依然在画秘符。这些只是为了你一个人的吧，我心想，但没开口。萨多格抱住一棵树，一使劲从地里拔出来，平放，请女孩坐下。莫西企图爱抚水牛，但水牛朝他喷鼻息，治安官连忙向后跳开。

"索戈隆。女巫，咱们必须谈一谈。你希望从哪个谎言开始说？男孩是福曼古鲁的骨血？还是奥默卢祖追杀福曼古鲁？"我说。

她扔下树枝，蹲在圆圈里，轻轻吐出一口气。

"索戈隆，咱们必须谈一谈。"

"那一天还远着呢，追踪者。"

"哪一天？"

"你能主宰我的那一天。"

"索戈隆，你——"

我都还没看见她吹气，一股狂风就击中我的胸口，把我卷上半空，扔到了空地的另一头去。奥格跑过来扶起我。他想拍掉我身上的灰土，但他的每一下都让我觉得像是在揍我。我说我够干净了，走过去坐在莫西生的篝火前。女孩盯着我看了一会儿，然后张嘴开始说话，"再招惹她一次，她就会毁了你。"她说。

"那她怎么找那个男孩？"

"她是索戈隆，十九道门的主宰者。你亲眼见过的。"

"但她需要我来开门。"

"她不需要你，这个我很清楚。"

"那我为什么还待在这儿？你知道什么？仅仅几天前，你还高高兴兴地想被佐格巴奴吃掉呢。"

夜晚依然很寒冷。萨多格拔的那棵树比较细，我可以把脑袋枕在上面。火焰升上天空，烧暖了地面，尽管还在噼啪作响，却变得越来越弱，直到黯然熄灭。

一个巴掌拍得我的脸生疼，我立刻睁开双眼。我抓起短斧准备砍人，却看见女孩站在我面前。

"抵达都林戈堡垒前不许睡觉。这是她说的。"

我拍水牛的耳朵，直到他用尾巴抽我。我搜肠刮肚琢磨问题去问奥格，逼着他唠叨到天亮，但他只想推开我。后来他打个哈欠睡着了。女孩爬到他身上，在他胸口睡觉。要是奥格翻个身，她会被压得连个渣都不剩，但她似乎已经习以为常。索戈隆在她的秘符圈里蜷缩得像个婴儿，睡得鼾声大作。

"和我走。我听见河水声。"莫西说。

"假如我没兴趣——"

"天一黑你就会变成一个爱发牢骚的丈夫吗？你要么跟我走，要么待在这儿，反正我要走。"

我在一片稀疏的树林里追上他，这些树的枝杈像荆棘一般扎人。他走在我前面，迈步跨过倒伏的树干，劈开树枝和灌木。

"你能感应到那个男孩？"他说，语气像是我们一直在交谈。

"从一定角度说是的。据说我鼻子很灵。"

"谁说的？"他问。

"每个人吧。只要我记住一个男人、一个女人或一个孩子的气味，我的鼻子就会带我去他去的任何地方，无论多远，直到他死亡。"

"甚至去其他国度？"

"有时候吧。"

"我不相信你。"

"你们这里没有神奇野兽？"

"所以你自认是野兽？"

"而你用问题回答我的每一个问题。"

"我这辈子一直这样，你说得像是认识我很久了。"莫西咧嘴笑笑。他被绊了一下，我在他摔倒前抓住他的胳膊。他点头表示感谢，继续道："他此刻在哪儿？"

"南边。也许是都林戈。"

"我们已经在都林戈了。"

"也许在堡垒里。我不确定。有时他的气味特别浓烈，我觉得他就站在你旁边，然后几天过去，他会消失得无影无踪，就好像他的气味是我从中醒来的梦境。他的气味从来不会从浓烈变得稀薄，或者从稀薄变得浓烈，只会这样有时候存在好几天，然后完全消失。"

"确实是神奇野兽。"

"我是人。"

"追踪者，我看得出来。"

他停下脚步，贴近我的胸口。"蝰蛇。"他说。

"有人说你耳朵特别灵吗？"

"这话一点也不好笑。"

夜晚掩盖了我的笑容，我很高兴。我绕过他指点的地方。我没听见河水声，也没闻到河水的气味。

"追杀福曼古鲁的奥默卢祖是谁？"

"要是我告诉你，你会相信吗？"

"半天前我还在我的房间里喝啤酒兑茶水。现在我来到了都林戈。骑马十天的路程，不到一个晚上就走完了。我见过一个男人侵占许多人的身体，仿佛烟尘的东西从死者身上升起。"

"你们孔谷尔人不相信魔法和鬼魂。"

"我不是孔谷尔人，但你说得没错，我确实不相信。有些人相信女神对枝叶说话，所以它们才会生长，相信低语说出的魔咒能让花朵绽放。也有人相信只要给予阳光和水，这两样东西就能让它们生长。追踪者，世上只有两种事情：一是人类智慧现在能解释的，一是以后能解释的。当然了，你并不同意。"

"你们这些博学的人啊，世上的事情到最后都能分成两种。不是这个就是那个，假如这个那么那个，要么是要么否，要么黑要么白，要么好么坏。你们相信所有东西都只能分成两种，我不得不怀疑你们到底会不会数到三。"

"多么尖刻。然而你本人也不是信徒。"

"也许我对两方面都毫无兴趣。"

"也许你对信仰毫无兴趣。"

"我们还在谈奥默卢祖吗？"

他笑得太多了，我心想。几乎听见什么都会笑。我们走出灌木丛。他伸出手拦住我，不让我继续向前走。悬崖，不过并不高。这片天空中阴云密布。我不禁想到巡行九界制造雷霆的天空诸神，但我不记得我上次听见天空传来雷声是什么时候了。

"你的河。"他说。

我们望着底下的河水，水面静悄悄的，看上去很深，你能听见河水在上游远处拍打石块。

"奥默卢祖是屋顶行者。由女巫或与女巫为伍的人召唤而来。然而仅仅召唤还不够；你必须把女人或男人的血液抛向屋顶。鲜血或干血都行。血能唤醒他们，他们渴求血液，他们会杀死拥有血液的人并喝光血液。许多女巫丧命就因为她们以为奥默卢祖只喝所抛血液的主人。然而奥默卢祖的饥渴是无法满足的——吸引他们的是血液的气味，而不是喝血的欲望。他们一旦被召唤出来就会在天花板上奔跑，就像我们在路上奔跑那样，他们会杀死奥默卢祖之外的一切东西。我和他们战斗过。"

"什么？在哪儿？"

"在你们智者认为不存在的另一个地方。他们一旦尝过你的血液，就不会停止追杀你，直到你来到另一个世界。或者反过来。你永远不能在屋顶或雨棚下生活，甚至不能从桥下走过。他们漆黑如夜晚，浓稠如沥青，出现在天花板上时声音仿佛雷声和浪涛。关于他们，有一点很重要。假如你的巫术够强大，那他们就不渴求血液了，但你必须是女巫之中的佼佼者，最强大的死灵法师，或者至少是他们当中的一员。还有一点。他们从不接触地面，哪怕是跳起来的时候；天花板会把他们拉回去，就像地面会把我们拉回来。"

"就是这些奥默卢祖杀死了福曼古鲁长老和他妻子和他所有的孩子？甚至还有他的仆人？"他问。

"还有谁能一下把一个女人砍成两截？"

"少来了，追踪者，你我似乎都是博学而非盲信之人。所以你尽管睡吧，假如你不相信她的话。"

"你我都见过阿依西，知道他能做到什么。"

"恶风吹起尘土。"

我打哈欠。

"信仰不信仰的先不说了，追踪者，你快输了和夜晚的这场战斗了。"

莫西扯开他的两条腰带，剑鞘落在地上。他弯下腰，解开两只鞋的鞋带，解开上衣的蓝色肩带，然后从颈部抓住上衣，拽到头顶上脱掉，随手扔到一旁的架势像是再也不会穿上了。他站在我面前，他的胸膛像一对铁桶，腹部的肌肉高低起伏，底下的一团阴影挡住你继续向下看的视线，他从悬崖边向回跑，拉出助跑的距离。我还没来得及说你这是发什么疯，他就从我身旁跑过并跳了出去，他一路尖叫，直到溅起的水声截断叫声。

"操你们的诸神，太冷了！追踪者！你还磨蹭什么？"

"因为月亮没有让我发疯。"

"月亮，可爱的姐妹，认为你才是比较疯的那个。天空张开双臂，你却不敢飞翔。河流分开双腿，你却不敢扎猛子。"

我能看见他在银色的河水里扑腾和潜泳。有时候他像黑影，但每次浮上来就和月光一样明亮。他翻身潜入水底，两个月亮朝我微笑。

"追踪者。别把我抛弃在这条河里。你看一看，河流恶魔在袭击我。我会当场死于疫病。或者被水中女巫淹死，好让我当她的丈夫。追踪者，要是你不下来，我就一直喊你的名字。追踪者，你不是想保持清醒吗？追踪者！追踪者！"

现在我确实想跳下去了，就为了砸在他脑袋上。但睡意像情妇似的拥抱我。

"追踪者，你想也别想裹着那条该死的帘子跳下来。看你的样子，衣服就好像是库族人的第二天性，当然了，我们全都知道是不是。"

你这两天一直在企图让我脱光衣服，我心想，但没说出口。我跳下去，溅水的声音太响了，我还以为是其他人弄出来的，直到我沉到水里才回过神来。寒冷来得迅猛而剧烈，我忍不住呛了一口，浮出水面时咳嗽不止。治安官放声大笑，直到他也跟着咳嗽。

"至少你会游泳。谁也说不准北方人究竟怎么样。"

"你觉得我们不会游泳。"

"我觉得你们对水中精怪过于执着，因此绝对不会下水。"

他翻个身，潜入水底，双脚朝我泼水。

我坐在河岸上，他继续游泳、潜水、泼水、大笑，朝我喊叫，要我回水里去。我的衣服在悬崖上，我必须去穿上，但不是因为寒冷。他走出河水，从湿漉漉的皮肤上甩掉闪光的水珠，在我身旁坐下。

"我在那地方生活了十年。我说的是孔谷尔。"他说。

我望着河水。

"十年，我住在那座城市里；十年，我生活在它的居民之中。也挺有意思的，追踪者，在同一个地方居住十年，周围的人是迄今为止我见过的最开放的，但也是最不友善的。我对我的邻居说早上好，兄弟，请远离废墟，他绝对不会对我微笑。他只会说，我母亲死了，她活着的时候我很恨她，她死了以后我会继续恨她。假如他的水果太多，也许会在我门口放几个，但绝对不会敲我的门，让我跟他打招呼，说谢谢，或者请他进去坐坐。这是一种粗鄙的感情。"

"也可能他不和治安官交朋友。"

我不看也知道他在皱眉头。

"你到底想说什么？"我问。

"我觉得你很快要问我杀死我亲近的人有什么感觉了。对，从某个角度说，他们确实很亲近。事实上，我感到懊悔的是我居然没有觉得懊悔。我问我自己，这些人对我的感情始终保持在一臂之外，我该怎么为他们而悲伤？这让我厌烦。只让我厌烦。你还想睡觉吗？"

"你再说这些我就想了。"

他点点头。

"咱们可以聊天到天亮，或者我可以在群星中指出伟大的猎手和凶猛的野兽。你也可以说，操他妈的女巫和她古老的信仰，我这个人相信科学和数学。"

"讥讽一文不值。"

"恐惧一文不值。勇气价值千金。"

"所以我不敢睡觉就是懦夫了。你是这个意思吗？"

"多么奇怪的一个夜晚。亡灵的正午快到了吗？"

"好像已经过去了。"

"哦。"

他沉吟片刻。

"你们来自东方之光的人，只崇拜一个神。"我说。

"'东方之光'到底是什么意思？光既照亮那个地方，也照亮这个地方。本来就只存在一个神。生性推崇报复，而且残酷无情。"他说。

"你怎么知道你选对了神？"

"我不明白你什么意思。"

"假如你只能信仰一个神，你该如何做出正确的选择？"

他大笑："选择主宰就好像选择风向。不，是祂选择创造我们。"

"所有的神都会创造。没有理由去崇拜祂们。我母亲和我父亲造出了我。但我不会为此崇拜他们。"

"所以你是自己抚养自己长大的？"

"对。"

"真的。"

"对。"

"无论东方还是西方，没有父母的孩子要长大都很艰难。"

"他们没死。"

"哦。"

"你怎么知道你的神至少是良善的？"

"因为祂就是。祂说祂是。"莫西说。

"因此你唯一的证据就是祂声称自己是良善的。我好像忘了告诉你？我是二十九个孩子的母亲。哦，对了，我今年六十岁。"

"你说的不合逻辑。"

"我说的太合逻辑了。祂说，我是良善的，但没有证据，只有祂的话作证。"

"也许你该睡觉了。"

"你想睡就睡吧。"我说。

"然后让你欣赏我的睡姿？"

我摇摇头："假如咱们在都林戈，那么离孔谷尔也只有十天的马程。"

"孔谷尔没有东西值得我回去。"

"没有离家时要带上的妻子、孩子或兄弟姐妹？没有家里的两棵树和装满黍米与高粱的小谷仓等你回来？"

"没有和没有。我来这儿就是为了逃避那些人里的几个。而我能回哪儿去呢？一个我租来的房间。一座居民喜欢揪我头发，让我不得不剃个干净的城市。我杀死了酋长卫队里的同伴。那些同伴现在想杀死我。"

"但是在都林戈，没有任何东西值得向前走。"

"有冒险。有你寻找的那个男孩。我娴熟的剑法还能派上用场。另外还有你的后背，显然需要有人替你守护，因为其他人都不会这么做。"

我笑得很短暂。

"我小时候，我母亲说我们睡觉是因为月亮害羞，不喜欢我们看着她脱衣服。"我说。

"别闭眼睛。"

"我没闭眼睛。现在闭着眼睛的是你。"

"但我从不睡觉。"

"从不？"

"睡得很少，有时候完全不睡。夜晚来去如闪电，我也许会睡沙漏翻转两次的时间。早晨我从不感到疲惫，因此我猜我是根据身体需要来睡觉的。"

"你在夜里看什么呢？"

"星空。在我的故乡，夜晚是人们对敌人做坏事的时辰，但白天他们会互称朋友。这是妖鬼和精怪活跃的时辰，是人们商量阴谋诡计的时辰。孩子从小害怕夜晚，因为他们认为有怪物作祟。他们建立了一整个体系，关于夜晚、黑暗甚至黑色，然而在这儿黑色连颜色都不算。是的，不算。在这儿，邪恶会毫不犹豫地选择正午出击，反而不会去滋扰夜晚，让夜晚看上去美丽、感觉起来凉爽。"

"你说的都快赶上吟诗了。"

"我是混迹于治安官队伍里的诗人。"

我想说点什么，关于轻风在河面上吹起涟漪。

"这个男孩，他叫什么？"他悄声说。

"我不知道。我不认为有人动过心思给他起名。他就是男孩。在许多人眼里异常宝贵。"

"但没人给他起名？甚至他母亲？他现在究竟是谁？"

我讲前因后果给他听，直到贩卖香水和银器的商人。他用胳膊肘撑着身体。

"不是这个奥默卢祖？"

"不是。他们猎取的不是男孩的血。事情不一样。商人、他的两个妻子和三个孩子都被吸光了生命力。和奥默卢祖一样。你见过尸体。无论他们是谁，他们会整治得你生不如死。我自己也不相信，直到我看见一个女人，她过得像活尸，闪电像血液似的流窜在她身体里。我来孔谷尔寻找男孩的气味。"

"我明白你为什么需要我了。"

我知道他在坏笑，尽管我看不见。

"你只有鼻子很灵，"他说，"而我有一整个脑袋。你想找到这个孩子。我会在四分之一个月内找到他，比长翅膀的男人更快。"

"七夜？你说话像一个我以前认识的家伙。你知道我们找到他之后要做什么吗？"

"我只管追踪，抓人的事情交给其他人。"

他在草地上伸懒腰，我看着我的脚趾。然后我望向月亮。然后我望向云朵，它们顶上是发光的白色，中央是银色，底下是黑色，仿佛孕育着雨水。我努力思索我为什么从没考虑过这个男孩，尽管他是我们来到此处的原因，但我没思考过他有可能是什么长相，说话是什么声音。我是说，我追溯所有往事的时候想到过他，但我更关注的是福曼古鲁、大块贝勒昆的谎言、索戈隆与邦什用消息耍弄的游戏，更关注寻找这个男孩的各方势力，而不是男孩本身。我想到一屋子女人准备为一个迟钝的情人大打出手。叫阿依西的那家伙在抢夺男孩，这件事闪耀出的火花甚至比男孩本身更加显眼。然而我确定国王本人希望男孩变成尸体。这位北方的国王，这位四手四脚的蜘蛛王。我的国王。莫西嘟囔了一句什么，声音介于叹息和呻吟之间，我望向他。他的脸对着我，但他闭着眼睛，月光照在他脸上时高时低。

第一缕晨光浮现之前，轻风带来了某种气味，那是远处的动物气味，我不由想到黑豹。怒火在我胸中灼烧，但愤怒转瞬即逝，只留下悲哀和我该说却没说的许多话。他的笑声会响彻那段悬崖。我也不愿意思念他。在酒馆重聚之前，我们好几年不曾见面，但在此之前，我一直觉得只要我需要他，我都不用开口他就会出现在我面前。可憎的弗米利壅塞了我的思绪，害得我想呕吐。但我还是忍不住思索他在何处。他的气味对我来说绝不陌生，我可以凭借记忆找到他，但我没有去找。

我们在破晓前出发。水牛一次又一次朝他后背摆头，直到我爬上去趴下，然后迅速坠入梦乡。我醒来时面颊在摩擦奥格那粗糙的胸毛。

"水牛他厌倦了背着你。"萨多格说，他巨大的右手挽着我的背部，左手从我的膝盖后面穿过。

索戈隆在前面和女孩骑一匹马，莫西单独骑另一匹。太阳快要落山了，天空变成黄色、橙色和灰色，没有云。左右两边远处都是山峰，但地面平坦，长满绿草。我不想像孩子似的被抱着，但也不想和莫西骑同一匹马，我下来走会拖慢所有人的步伐。我假装打个哈欠，闭上眼睛。但就在这时，他从我的鼻子前掠过，我跳了起来。那个男孩。我险些从萨多格的手里掉下去，但他接住我，把我放在地上。南方，正在朝北方去，非常确定，就像我们正在从北向南走。

"那个男孩？"莫西说。我没看见他下马，也没注意到所有人都停下了。

"南边，我说不清具体多远。也许一天，也许两天。索戈隆，他在向北走。"

"而我们在向南走。我们会在都林戈遇见他。"

"你似乎非常确定。"莫西说。

"现在是的。十天前我不太确定，但后来我去做了我该做的事情，而追踪者也去做了他该做的事情。"

"我和你做个交易吧。你告诉我你是怎么知道你那些事情的，我就告诉你我是怎么知道我那些事情的。"我说。

"行，男孩一时间很显眼，然后就消失了。显眼了一天，然后就那么突然消失。从来不会慢慢暗淡下去，懂吗？和男孩跑得太远不一样，他的气味就这么消失了，就好像他跳进河里摆脱野狗。不，追踪者，我没有在和你打哑谜，你明白其中的理由。"

"对。"

"前面有幢屋子，屋主亏欠我很多东西。咱们去那儿歇脚。然后……还有一幢屋子……"

风把她从马上撞下来，卷着她飞上高空，然后将她平摔在地上。气息从她嘴里喷出来。女孩跳下马，跑过去，但空气中看不见的东西扇她耳光。我听见扇耳光的声音，湿乎乎的皮肤拍打皮肤的声音，但我什么都看不见，女孩的脸向左摆，然后向右。索戈隆抬起一只手挡在面前，就像有人拿着斧头扑向她。莫西跳下马，跑过去，但风同样把他吹开。索戈隆跪倒在地，抱住肚子，尖叫，惨叫，然后用我不懂的某种语言喊叫。我见过这一幕景象，就在进入暗土之前。索戈隆站起来，但空气一耳光扇得她又跪下。我拔出双斧，但知道它们毫无用处。莫西又跑向她，风再次打倒他。风中传来各种声音，一瞬间是尖叫，一瞬间是狂笑。天晓得那是什么，但无疑扰乱了桑格马的魔咒，我感觉到我身上和体内的某种东西企图逃跑。索戈隆又用那语言喊叫，而风抓住她的脖子，把她按倒在泥土里。女孩在地上找木棍，找到一块石头，开始在沙地上画秘符。女孩时而书写，时而勾线，时而挖掘，用手指刷开灰土，直到她写的秘符围绕索戈隆转了一圈。空气咆哮，渐渐地只剩下风声，最终什么都没了。

索戈隆站起身，还在喘息。莫西跑过去想搀扶她，但女孩跳到他们之间，拍开莫西的手。

"男人不能触碰她。"她说。

这是我第一次听说这种事。但她让奥格把她抱上马背。

"还是在暗土外的那些精怪吗？"我对她喊道。

"是长着黑色翅膀的男人，"索戈隆说，"是这个——"

我也听见了，断裂的巨响沿着小径从左右两侧传来，就仿佛大地正在分崩离析。水牛停下脚步，猛地转身。女孩站在索戈隆身旁，抓起手杖扯开，露出投枪的尖端。大地继续裂开，女孩抓着索戈隆，重新爬回马背上。水牛开始小跑，萨多格想抱起我，把我扛在他肩膀上。裂开的地缝中涌出热量和硫黄，呛得我们咳嗽。随之而来的还有许多老妇人的咯咯笑声，越来越响，最终变成某种嗡嗡响声。

"咱们应该逃跑。"莫西说。

"明智的建议。"我说，我们一起跑向那匹马。

萨多格戴上铁手套。断裂声和怪笑声越来越响，直到某种东西在路中央喷薄而出，发出一声尖啸。一根柱子，一座塔，先弯曲，继而开裂，然后成块剥落。右边又有三根这种东西拔地而起，仿佛一座座方尖碑。索戈隆太虚弱了，无法驾驭马匹，于是女孩用膝盖夹紧马腹。马想飞奔，但扭曲破裂的柱子自行展开，改变形状，那是一个女人，比马还高大，从腰部以下完全漆黑，长满鳞片，她从地面冉冉升起，就仿佛她身体的其余部分是一条蛇。她有两棵树那么高，惊吓了索戈隆的马，马用后腿立起来，把两个人摔在地上。她的皮肤仿佛月光，但那是白色粉尘像云雾似的悬浮在半空中。道路两侧又站起另外四个怪物，他们细长的肋骨贴着皮肤，乳房丰满，脸上长着漆黑的眼睛，狂乱的发辫像火焰似的指着天空。右边的怪物浑身泥土，左边的怪物浑身鲜血。翅膀的扇动声响彻全场，但这些怪物都没有翅膀。其中一个扑上来，撞倒莫西。她举起手，钩爪长了出来。没等莫西翻身，她就要把他切成碎片。我跳到他前方，挥动斧头砍她的手，从手腕砍掉了那只手。她惨叫后退。

"玛瓦娜女巫，"索戈隆说，"玛瓦娜女巫，他……在控制她们。"

其中一个抓住莫西的马。萨多格奔过去挥拳打她，但她只顾抓住那匹马，马太大了，她没法一口吃掉，但足够被拖进地上的窟窿。萨多格奔跑，起跳，落在她肩膀上，用双腿缠住她的脖子。她上下前后左右摇晃，企图甩掉萨多格，但他不停地捶打她的额头，直到我们听见咔嚓一声，她终于扔下那匹马。玛瓦娜女巫抓住萨多格，把他扔出去。萨多格在地上打滚，最后停下，爬起来。他气得发疯。一个浑身鲜血的女巫抓住牛角，企图拖走水牛，但这头水牛不为所动。他拽着她后退。我跳到他背上，挥斧砍她，但她低头退开，几乎是畏缩了。萨多格跳到浑身泥土的一个女巫背上，他整个人加起来只有女巫在地面上的块头那么大。她转动身体，左右乱抽，企图攻击，但他趴在她背上。她蹿上去，荡下来，像落水狗似的使劲抖动身体，但萨多格就是不放手。他用胳膊锁住她的脖子，用力挤压，直到她难以呼吸。她无法用力，于是蹿高、下坠和抖动，直到萨多格的两腿被甩出来，她的钩爪插进他的右大腿。然而他还是不肯放手。他掐住她的脖子，直到她倒下。另外两个怪物冒出来，分别扑向索戈隆和女孩。我奔向她们，从莫西身上跳过去，招呼水牛跟我来，女孩举起投枪，径直插进女巫下压的巨手。她惨叫，我跳上牛角，让他把我高高地抛向她。我抢起双斧砍出去，它们击中她的脖子，剁掉了她的脑袋。脑袋靠一点皮肤连在身上，前后摇晃。另一个女巫见状后退。莫西望向我。一个女巫从他背后扑向他。我向他扔出一把短斧，他接住，使出浑身的力气转身，把力量送给斧头砍出去，一下子切断了她的喉咙。不，他的喉咙。这个怪物留着长胡子。最后两个，一个浑身泥土，一个浑身鲜血，他们耸立于半空中，像是要从泥土里拔出身体飞走。但两个怪物都扑了下来，我跑向他们，他们却分开钻进土地，就像水鸟扎进大海。

"我不知道女巫也会攻击女巫。"我说。

索戈隆依然躺在地上，她说："他们不会攻击你。"

"什么？女人，我和他们每一个都动了手。"

"别告诉我你没看见他们见到你就后退。"她说。

"那是因为我依然有桑格马护佑。"

"他们是血肉之躯，不是钢铁或魔法。"

"也许他们害怕男人生下来的库族人。"我说。

"你昨晚睡觉了？"

"你觉得呢，女巫？"

"别管我怎么想。你睡觉了没有？"

"就像我说的，你觉得呢？"

女孩抓住投枪，举过肩膀。

"你昨晚一直醒着？"

我直视女孩："小女人，你这是在干什么？索戈隆教了你两堂课，你就觉得你能朝我扔投枪了？来，咱们看看是投枪先刺破我的皮肤，还是我的斧头先劈开你的脸。"

"他整晚都醒着，索戈隆，我一直陪着他。"莫西说。

"你不需要向我保证什么。"

"而你也不需要对你身旁的人充满敌意。"他说。

他摇摇头，从我身旁走过。女孩搀扶索戈隆起身。萨多格走回来，伸着两只手，像是丢失了什么东西。

"你的马被折断了两条腿，"他说，"我没办法，只好——"

"假如阿依西没有跳进你的梦，那他肯定找到了其他方法跟踪我们。"索戈隆说。

"除非我做的奥莫罗罗王子和他更漂亮的表弟的白日梦也算梦，那我就必须同意了。"

"治安官怎么样呢？"

"我怎么了？"莫西说。

"索戈隆，他先攻击的是你。"我说。

"但他完全没有攻击你。"

"也许我的秘符比你的管用。"

"你能跟着气味找到男孩。他也许需要你。"

我们穿过浓密的灌木丛，直到看见群星在开阔的大草原之上闪烁，不远处的一幢屋子就属于索戈隆说对她有所亏欠的那个人。莫西和我并排行走，不时龇牙咧嘴。他的左右膝盖都有瘀伤，我的胳膊肘也是。

"我不知道你为什么会知道。"莫西对我说。

"我为什么会知道什么？"

"男孩的踪迹为什么变得显眼，然后一眨眼就消失，然后又变得显眼。"

水牛走在我们背后，再后面是萨多格。

"他们在使用十九道门。"我说。

17

　　把孔谷尔那位屋主的房子切成六份，假设一幢屋子只是一个房间，有一道拱门，墙壁用黏土和灰泥垒砌。然后在这个房间顶上摞一个房间，然后再一个、再一个、再一个，然后再一个，顶上再一个，最后盖上屋顶，屋顶的曲线就像月亮把自己切成了两瓣。这个男人的屋子就是这个模样，这幢屋子仿佛一根柱子被分离出来，然后插在都林戈的山间道路上。这位屋主在门外等待，他嚼着恰特叶，见到我们走近并没有吃惊。我们离开孔谷尔后已经过了三晚。索戈隆下马时险些摔倒。男人指了指屋里，女孩搀扶索戈隆进去。他坐回门廊上，继续嚼恰特叶。

　　"抬头看天空，woi lolo。你们看见了吗？看见东西了吗？"

　　莫西和我一起抬头，他和我一样摸不着头脑。

　　"你们没看见神圣的鳄鱼吃月亮？"

　　莫西抓住我的胳膊，说："你就不认识不是疯子的人吗？"

　　我没有回答他，就算我问他也未必知道，但我在琢磨难道只有我注意到了这个男人与孔谷尔那位屋主长得一模一样吗？黑豹肯定会注意到。他会这么告诉我。

　　"你在北边有个兄弟吗？"我问。

　　"兄弟？哈，我母亲，她会说一个男孩都嫌多。我母亲，她还活着，还在看我会不会先死。他对她下手很重，对吧？他狠狠地打倒了她。比她所有的血灵都重。"

"血灵？"

"他狠狠地打倒她，说明他很近了，说明他就在你们背后。知道我在说谁吗？"

"你说的血灵是谁？"

"无论在这个世界还是另一个世界，我都不会提到他的名字。长着黑色翅膀的那个人。"然后他哈哈一笑。

那天上午，女孩用白色黏土在索戈隆的门上画秘符。

"这是你们单独离开后她教你的？"我问她，但她不理我。

我想说她藐视我纯属浪费精力，但我没有开口。她看见我走向门口，挡住我的去路。她抿紧嘴唇，眯起眼睛盯着我，看上去像个被差遣看护婴儿的孩子。

"小女人。无论蛮力还是巫术都无法阻止我走进这个房间。"

她拔出匕首，但被我一把拍掉。她拔出另一把匕首，我盯着她说："你试试看拿刀捅我。"她瞪着我看了很久。我看着她的嘴唇颤抖、眉头紧锁。她忽然用匕首捅向我，但手直接滑过我的胸膛。她再次捅向我，匕首反弹回去。她捅了一刀又一刀，瞄准我的胸膛和颈部，但匕首就是不肯和我接触。她瞄准我的眼睛，匕首掠过我的头部。我抬手抓住匕首。她企图用膝盖撞我下体，但我抓住她的膝盖，把她推进门里。她踉跄后退，险些跌倒。

"你们两个嫌时间太多了对吧？"索戈隆在窗口说。

我走进房间，看见一只鸽子从她手里飞走。她从笼子里掏出又一只鸽子。鸽子的脚上缠着红布。

"给都林戈女王传信，通知她我们要来。他们对不请自来的人不怎么客气。"

"两只鸽子？"

"这儿的天上有老鹰。"

"你今天怎么样？"

"我挺好。谢谢你的关心。"

"假如你是桑格马而不是女巫，那就不需要走到哪儿就把秘符画到哪儿了，万一少画一个就得硬抗攻击。你必须同时记住好几件事情。"

"所有女人的脑子都有这个本事。都林戈，我忘记了它有多么广阔。你从这儿只能看见山隘。我们还要走一天才能抵达它的树——"

"操他妈的一百遍都林戈。女人，咱们必须谈谈。"

"你又要和我谈什么了？"

"我们要谈的事情太多了，先从男孩开始如何？假如阿依西在追杀他，而阿依西站在国王背后，那么国王就也在追杀他。"

"所以大家才叫他蜘蛛王。我一个月前就告诉过你了。"

"你什么都没告诉我，是邦什说的。男孩的一切秘密都在那些文书里。"

"男孩的任何东西都不在任何文书里。"

"那么，女巫，图书馆焚毁前我在那儿找到的是什么？"

"你和那位好看的治安官？"索戈隆说。

"随你怎么说。"

"但你还是逃掉了。要么你太难杀，要么他杀得不是很认真。"

她看着我，然后回到窗口。

"这是你我之间的事情。"我说。

"来不及了。"莫西说，走进房间。

莫西。索戈隆背对着我们，但我看见她的肩膀陡然收紧。她挤出微笑。

"我不知道别人怎么称呼你，除了治安官。"

"当我是朋友的人叫我莫西。"

"治安官，事情和你没关系。你最好转身出去——"

"我说过了。来不及了。"

"你们别再打断我了，让我把话说完。治安官，我们的任务不是去找喝醉酒的父亲或者走丢的孩子并把他们送回家。你回家去吧。"

"但早就不可能了，谢谢你们大家。那儿对治安官来说算什么家？酋长卫队会认为屋顶上的死人都死在我的剑下。你不像我这么了解他们。他们已经烧毁了我的家。"

"没人叫你多管闲事。"

他插到我们中间，一屁股坐在地上，两腿分开，拉起剑鞘搁在两腿之间。他两膝都有伤疤。

"然而无论你们要不要，我都很有本事。你们有谁擅长剑术？我收钱办事。我丢了工作都是你们的错。但我没有怨恨。男人绝不该拒绝盛大的战斗或伟大的冒险，这是我的看法。另外，你们需要我多过我需要你们。我不像奥格那么孤僻，也不像女孩那么单纯。谁知道呢，老女人。假如你们的任务能够让我兴奋，我甚至可以免费加入。"

莫西从包里掏出一把叠成小方块的莎草纸。我还没看见就闻到了它们是什么。

"你带上了那些文书？"我说。

"它们带着很重要的那种气息。当然也可能只是馊牛奶的味道。"

他微微一笑，但我和索戈隆都没有笑。

"你们这些沙漠以南的人就是不爱笑。那么，你们在找的男孩究竟是谁？他此刻在谁手上？我们该怎么找到他？"

他打开那一沓莎草纸，索戈隆转了过来。她走近我们，但没有近到像是想看清文字的地步。

"这些纸像是烧过。"她说。

"叠起来又打开，就像没被碰过一样。"莫西说。

"不是灼烧的痕迹，而是象形文字，"我说，"前两行是北方的风格，底下是海边的。他用羊奶书写文字。你肯定认识。"我说。

"不，我不认识。"

"你在孔谷尔的房间里到处都是这种象形文字。"

她飞快地瞪我一眼，但面无表情。"不是我写的，你必须去问邦什。"

"谁？"莫西说。

"回头解释。"我说，他点点头。

"我不懂北方或海边的象形文字。"索戈隆说。

"那就操他妈的诸神了，总算有你不会做的事情。"我用下巴指了指莫西，"他能看懂。"

房间里有一张床，但我确定索戈隆不会在床上睡觉。女孩走到她身旁，两人耳语片刻，女孩回到门口。

"治安官手上的文书只是其中一份。福曼古鲁一共写了五份，有一份去过我待的地方。他说君权想前进就必须先后退，于是我就很想读一读其他的了。你读过完整的文书吗？"

"没有。"

"也没必要。他说完了国王就变得很无聊。后面就只是一个男人在教女人做这做那。然而看完他说国王的那些内容，一天夜里我找到了他。"

"你为什么会在乎长老和国王的事情？"我说。

"根本不是为了我。追踪者，你觉得为什么男人不能触碰我？"

"我——"

"算了，不想听你耍嘴皮子。我拜访他不是为了我自己，而是为了别人。"

"邦什。"

她哈哈一笑。"我去找福曼古鲁是因为我侍奉国王的姐姐。从他写的内容看，他似乎是个明白事理的男人。这个人的视线能越过他肥壮的肚皮，看见帝国和皇权出了什么问题，知道从一个孩子知道北方王国的存在以来，邪恶、不幸和恶意就如何在这里肆虐。你看完了他讲述国王家史的部分吗？国王的传承血脉，这个我很清楚。莫凯成为国王后，继任者发生了变化。他不该成为国王的。他之前的每个国王都是国王长姐的儿子。几百年的历史都是这么书写的。直到克瓦什·莫凯当上国王。"

"他是怎么当上国王的？"莫西问。

"他杀了他姐姐和她屋顶下的所有人。"我说。

"后来等时机成熟，莫凯送长女进入古老的修女会，这个组织里的女孩不会成为母亲。就这样，他的长子莱昂戈继承国王。然后年复一年，纪复一纪，等到克瓦什·阿杜瓦莱登基，所有人都忘记了谁会继任国王和谁能继任国王，于是连远方的吟游诗人也开始唱颂这就是万古之道。这片土地从此就遭受了诅咒。"索戈隆说。

"但吟游诗人只会唱颂获胜的战争和征服新的国土。诅咒是从什么时候开始的？"

"你去看宫殿的墙壁背后。历史只会记录所有活下来的孩子。你觉得上面会记录所有死去的孩子吗？死去的孩子太多，说明皇室血统衰败。历史说过克瓦什·奈图有过三个妻子，直到第四个才给他生下王子吗？克瓦什·达拉的第一个兄长死于疫病。还有三个智力低下的姐姐，她们成了他父亲养育后代的姘妇。还有一个叔父，和南方国王一样疯癫，没能生下儿子的妻子几乎都死于非命。哪本书里写过这些内容？腐朽贯穿了他们整个家族。我有个问题，你用心回答。你最后一次见到法西西下雨是什么时候？"

"但那儿有树。"

"败退不是问题，胜利才是。"

听到这儿，连莫西都凑了过来。索戈隆终于转身，坐在窗台上。我觉得邦什随时都有可能顺着墙壁流淌而来。

"对，北方的伟大诸王发动战争，屡次获胜，但他们总想发动更多的战争。无归属的土地，有争议的土地。不肯支持特定一方的城市和村镇。他们无法控制自己，男人而非女人养大的男人就是这样。女人不像男人，她们不会贪得无厌。每一个王国越是扩张，每一个国王就变得越糟糕。南方诸王变得越来越疯癫，因为他们永远近亲繁殖。北方诸王有另一种疯病。邪恶诅咒了他们，也因为他们的整条血脉来自最恶劣的一种邪恶，因为什么样的邪恶会杀死自己的骨血？"

"我更感兴趣的是另一些问题，它们的答案是那个男孩。"我说。

"你说你知道他是谁？告诉我，你知道什么。"索戈隆说。

我转向莫西，他在看我们，视线扫来扫去，就好像一个人还没决定要相信谁，要跟随谁。他揉了揉刚长出来的胡须，它们比我记忆中更长也更红，他望向他拿在手里的那些莎草纸。

"莫西，你读一下。"

"天空诸神——不，天空的主宰者。他们不再对地上的灵魂说话。诸王的声音在成为诸神的新声音。打破诸神的沉默。当心屠神者，因为他盯上了诸王的杀戮者。有黑翼的屠神者。剩下的也读？"

"谢谢。"

"带他去米图，交给独眼者守护，步行穿过姆韦卢，让沙漠吞吃你的足迹。不要休息，直到戈城。"

索戈隆摇摇头。她没读过也没听过这些，她知道我知道这一点。

"因此福曼古鲁说带男孩去找米图的独眼者，步行穿过姆韦卢，然后去戈城，一座只存在于梦境中的城市。阿依西就是屠神者？也许我选巴苏是选错了人。"索戈隆说。

"现在你居然敢这么说？是你的选择导致了他的死亡。"我说。

"说话小心点。"女孩说。

"我难道拿刀指着他的喉咙说，福曼古鲁，你必须怎样怎样？不，我没有。"

"当心屠神者，因为他盯上了诸王的杀戮者。"我说。

"所以？"

"索戈隆，装傻的任务就交给女孩吧。屠神者就是阿依西。诸王的杀戮者是那个男孩。"

索戈隆笑了起来，刚开始是轻声嗤笑，然后放声狂笑。

"这些是预言，对吧？说的是某个孩子——"

"什么样的预言会寄希望于一个孩子？哪个人的预言会这么愚蠢？库族出身的婊子女巫？说的是一个活不到十年的小东西？有个地方的人没完没了宣扬什么魔法孩童，你好看的治安官就来自那儿。命运之子，人们把全部希望都寄托在他们身上。全部希望所寄托的那个东西喜欢把手指塞进鼻孔，吃他掏出来的东西。"

"但比起你和那条鱼企图兜售的狗屁东西，还是这个预言比较说得通。"我说，"我和你走上这条路，因为我觉得它能通向某个地方。说什么男孩能证明国王杀死了福曼古鲁，还不如驴子屁股上的一个破口有说服力呢。真相，你依然锁在心里不肯放手。索戈隆，我知道你企图阻挡我去发现真相，包括你去过福曼古鲁家，企图用符咒掩盖真相。我知道你一直想自己找到男孩，这样就不需要我插手了。你甚至用了一整个月去自己找，但最后我们还是来到了这儿。你说得对，邦什不是你的主人。然而她不擅长撒谎骗人。我逮住她一口两舌，她险些发疯。另外，这个女孩算是怎么一回事？你钻进某个秘密门洞，留下长矛和匕首给她玩，现在她自认是个战士了？这是你想眼睁睁看着她死的又一个人吗？我也看到了，女巫，你可以为此责怪桑格马。她去世后比在世时更加强大。"

"我只说真话。"

"所以要么你撒谎，要么有人对你撒谎。索戈隆，你一路上走的每一步我都闻得清清楚楚。邦什对我说福曼古鲁与其他长老有过冲突的那天夜里，我去见了一位长老。他企图杀死我，反而被我杀死。他还想知道这些文书的事情。他甚至知道奥默卢祖。你那条鱼对我说男孩是福曼古鲁的儿子，但福曼古鲁有六个儿子，其中没一个是那男孩。我们见到你的前一天，黑豹和我跟踪奴隶主去了马拉卡尔的一座废塔，他在那里关押了一个体内有闪电肆虐的女人。比比当时也在，还有恩萨卡·奈·瓦姆皮。因此要么是你沿路扔坚果给鸟儿捡取和跟踪，要么是你所谓的掌控等于没有，你什么都不掌控。"

"当心你的嘴巴。你以为我需要一个男人？你以为我需要你？我熟悉十九道门。"

"但你依然找不到他。"

莫西走过来站在我背后。索戈隆瞪着我们，蹙眉片刻，继而微笑。

"他有什么用处，你看见黑豹的男孩时曾经问我。你这样的女人会留下谷粒，烧掉糠皮。"我说。

"那就给我肉吧，而不是肥油。"

"你需要我。否则一个月前就甩掉我了。不，你不但需要我，而且等了我一整个月。因为我能找到这个男孩；你的门只能加快速度。"

"他和你是一起的？"

"莫西自己说了算。索戈隆，我们一起走了很长一段路。比我愿意在半真相和谎言里走得更远，但这个故事里有些东西……不，这不是重点。你和那条鱼塑造这个故事的方式——你们插手的痕迹过于明显，咱们每个人都看得很清楚——这已经变成了我愿意来的唯一原因。现在也是我要离开的唯一原因。"

我转身离开。莫西迟疑片刻，望着索戈隆，然后也开始转身。

"就在那里。你自己读吧。所有线索都在那里。怎么，你还等着我拼出来给你看，就好像你的名字是幼儿一样吗？"

"那就当一个好母亲吧。"

"好看的治安官，你再读一遍那句话。"

莫西从包里又掏出那几张纸。

"天空的主宰者。他们不再——"

"跳过。"

"如你所愿，当心屠神者，因为他盯上了诸王的杀戮者。"

"停。"

索戈隆望着我，像是她已经说清楚了一切。我险些点头，心想我肯定是个傻瓜，怎么会一直没看到真相。我几乎也略过了这句话。

"你的小男孩是预言中会杀死国王的刺客？"莫西抢在我之前开口，"你要我们找到一个男孩，某个傻瓜说他命中注定要犯下一个人能犯下的最恶劣的罪行？这些话光是说出口就算叛国了。"

即便到了此刻，他也依然遵从他那身制服。

"不。就算这是真的，也会需要至少十年。一个糟糕的奴隶和恶劣的情人？你说信里为什么要说带他去姆韦卢，一个从没有人活着回来的地方？还有去戈城，一个从没有人亲眼见过的地方？诸王的杀戮者意味着他会杀死诸神厌弃的那条堕落谱系，否则蜘蛛王为什么会和屠神者联手？男孩的存在不是为了杀死国王。他就是国王。"

莫西和我都默然呆立，治安官比我更加震惊。我对索戈隆说："而你把这个王子托付给一个女人，她一有机会就卖掉了他。"

索戈隆转过去对着窗户。

"人类比一切东西都会骗人。我能怎么办？"

"给我们说说这个男孩。我们想听。"

以下是索戈隆在房间里告诉我们的。女孩站在门口，就像在守卫。但后来老人也出现在房间里，然而我和莫西都不知道他是什么时候从女孩身旁走过的。索戈隆讲的故事如下：

埃维[1]鼓手想告诉你潮位高低的时候，他会把鼓弦绷紧在鼓身上，拉高或降低音调。消息通过拨弦、音调和节拍传递，只有能听懂的人才

1　埃维：Eve，非洲的一个民族群体，生活在现在的多哥、加纳和贝宁。

能听见。巴苏·福曼古鲁写下文书也一样，他决定把第一份寄到商会，第二份寄到智慧殿堂，第三份寄到长老堂，第四份寄给国王，然而他又写了第五份，第五份要寄给谁呢？没人知道。没人收到这些信件，也没人知道信里说什么。连他说过他要寄信给他们的那些人也一样。我们只知道我们这些侍奉国王姐姐的姐妹要去西方殿堂，倾倒奠酒敬拜土地诸神，因为我们活在土地里，天空诸神对我们不管不问。而飘向我们的就是鼓声。

曼萨。法西西以西七天路程、朱巴以北的山峰。从远处看，在战士、旅行者和陆地盗贼的眼中，曼萨是一座山，仅仅是一座山。它高耸入云就像一座山，遍体岩石就像一座山，灌木疯长就像一座山。悬崖、山岩、石块、泥土，全都没有任何规划。你必须多花一天时间，绕到山背后去，再攀爬半天，才能看见那八百零八级台阶，它们从岩石上雕凿出来，就仿佛是诸神为了诸神行走而打造的。在比如今更古老的一个时代，曼萨是一座堡垒，驻扎此处的士兵能看见敌人逼近，但敌人不知道他们在监视。因此，没人能靠突袭抢夺这里的土地，也从没有人入侵过这里。九百多年以后，曼萨从监视敌人的场所变成了藏匿敌人的地点。克瓦什·利库德，他属于现今王室之前的旧王室奈胡家族，每次他迎娶了新妻子，就会送旧妻子去曼萨，假如妻子生不出儿子或生出丑陋的儿子，结果也一样。在阿库姆王朝之前，国王一旦加冕，就会把所有兄弟和男性近亲遣送至此，这是一所皇家监狱，他们会在这里死去，不过万一国王先死，他们也有希望登上宝座。然后到了阿库姆王朝，国王做的事情与前朝如出一辙。克瓦什·达拉和克瓦什·奈图毫无区别，而奈图与他的曾祖父毫无区别，后者颁布皇家法令称国王的长女必须加入神圣修女会，侍奉安全与丰饶女神。就这样，所有的国王都遵循克瓦什·莫凯定下的规矩，破坏国王传承的真正谱系，将王座传给儿子。

国王的长姐在他成为国王和她十七岁之前，按理说必须将自己奉献给神圣修女会，但这个姐姐没有去。让没有男人想要的丑女人去当神圣修女吧，她说。我为什么要摒弃鲜肉、浓汤和面包，在余生中一直吃黍米喝清水，身穿白袍，和一群皱皮老狗过日子？没有人回答她的诘问，包括她的亲生父亲。这位公主忘记了她是公主，开始像王子似的行动。不，王储。她骑马，持剑刺挡，给弓上弦，演奏鲁特琴，取悦她父亲，但吓坏了她母亲，因为她从小到大见多了有自主意识的女人的下场。公主也不例外。父亲啊，送我去瓦卡迪殊当一个女战士吧，或者送我去东方宫廷做人质，我会担任你的间谍，她对国王说。我该做的是送你去见一个王子，让他把你的厚脑壳打成肉酱，国王对她说；而她说，可是啊，伟大的国王，等我杀死这个王子，你准备好开战了吗？而国王说，我不会送你去瓦卡迪殊或东方国度；而她说，我知道，我的好父亲，但为什么让传统阻拦你呢？她足智多谋，北方男人认为这种天赋只会出现在男人身上，国王对她说了不止一次，你比我现在这个儿子更像我的儿子。

因为这是事实。在他成为克瓦什·达拉之前，他好战、记仇，会因为琐碎的小事生出巨大的恶意。然而他不是傻瓜。是丽思索罗向他建言，父亲，考虑一下把瓦卡迪殊还给南方国王吧，而长老们在朝会上说明智的国王打完仗后会留下所有战利品，不给敌人任何好处，否则敌人会认为他软弱可欺。瓦卡迪殊对我们毫无意义，她说。那里不出产上等的水果、纯净的清水和强壮的奴隶，那里几乎全是沼泽地。另外，这么一来，我们就播撒下了许多反叛的种子，咱们连一根手指都不需要动，敌人就会输掉。国王听见如此睿智的主意，点头道，你对我来说就像一个儿子，比我现在这个强多了。与此同时，克瓦什·达拉无论白天还是黑夜都拒绝愿意依从他的五十个女人，去强奸和杀死不愿依从他的一个女孩。或者鞭打在赛马中赢过他的任何一个朋友或王子，命令他们烹煮获胜的马匹。或者在朝会上对父亲说，诸神用悄悄话告诉了我，但我要听你说实话，父亲，你会很快死去吗？他说这种话是因为有很多人阿谀他，说他是最美丽和聪明的男人。

于是国王改变了规矩。何等的巨大变化！他无法忍受见到他的王国失去他的女儿，因此他说，你，我亲爱的丽思索罗，永远都不要去加入神圣修女会。你必须找个丈夫。一位贵族，或者王子，但不能是酋长。于是她找了一个王子，卡林达诸多王子之中的一个，没有自己的封地。但他的生殖力很强，她在七年间生了四个孩子，依然陪伴在国王身旁，而克瓦什·达拉在大战结束后三天才去追赶军队，抱怨说他的马匹太慢，害得他再次错过战斗。

咱们长话短说吧。国王去世，据说是被鸡骨头呛死的。克瓦什·达拉就在军营里从父亲头上抢过王冠，说，我是国王了。来觐见你们的国王，崇拜我吧。国王的将领说，尊敬的陛下，你只有在死后成神之时才会得到崇拜。克瓦什·达拉对他吼叫，你敢在其他将领面前这么对我说话。这位将领不到一个月就死了。毒药。一年还没过完，帝国臣民开始疑惑，发疯的究竟是南方国王还是北方的这个新王？当时我还没有为她效力，因此不知道事情是如何开始的，首先是流言，随后是谴责。流言传来传去，最后飘进国王的耳朵，几天后他在朝会上忽然从王座上起身，转过来，指着他的姐姐说，你，我最亲爱的丽思索罗，今天是我登基一年的纪念日，而你的图谋被揭穿了。你以为你能逃过一位国王和一尊神祇的视线吗？丽思索罗总喜欢嘲笑她弟弟当消遣，他一边说她一边笑，因为诸神在上，这种话除了是开玩笑还能是什么呢？

他走到她面前，说，姐姐，神圣的国王到处都有耳目；而她回答，你指的是哪个国王，丽思索罗不知道，因为神圣的国王应该是他们的父亲，他现在与先祖同在了。丽思索罗嘲笑他，说，你还是躺在皇家卧床上的那个男孩，说什么我的是我的，你的也是我的。连讨厌他的贵族和酋长也知道这种话是对克瓦什·达拉的大不敬。国王即王权，王权即国王。嘲笑一个就是嘲笑另一个。他一耳光扇在她脸上，她在王座所在的平台上踉跄后退，险些掉下去。

"哦，你的王子配偶来了，谁在乎他出身的那片土地。"他对卡林达王子说，王子向前走了一步，想到下一步意味着什么，又缩了回去。

"你以为我不知道父亲最喜欢的是你？你以为我不知道他打算割掉我的下体，用宝贵的巫术粘在你身上，让你成为他希望我成为的那个人？你以为我不知道吗，我最亲爱的姐姐，你在他身上施了那些巫术，说服这位最伟大和最强壮的国王不要送你去神圣修女会，因而破坏了我们所有人——包括你在内——侍奉的诸神的神圣传统？假如就连我，你的国王，你的克瓦什·达拉也必须向诸神的意愿低头，你凭什么能例外？"他对姐姐说。

"我只侍奉值得侍奉的。"她说。

"你们听见了吗，廷中的各位尊贵人士，你们听见了吗？似乎连国王和诸神都必须证明自己值得丽思索罗公主的侍奉。"

丽思索罗只是瞪着弟弟。这个男孩一向不太聪明，肯定有人给了他这些聪明的点子。

"只有诸神了解我的心意。"

"这个我们都同意。不过，姐姐，我当然了解你的心思。好了，咱们说够了，现在该吃饭了。来，奉上甘甜的美酒、肥厚的鲜肉、河流部落爱喝的蜂蜜与牛奶兑小牛血，还有啤酒。"

以下是流亡南方的人们讲述的事情经过。巨大的餐桌摆在王座前，女仆和男仆端来各种各样的肉类、各种各样的蔬菜和水果，还有金杯、银杯、琉璃杯和皮袋盛着的饮料。皇室餐桌和殿堂里的其他餐桌上，人们大吃大喝，欢天喜地。没有哪个杯子会不斟满蜂蜜酒或啤酒，否则奴隶就会遭到鞭笞。桌上，生熟两种的羊肉和牛肉，还有鸡、秃鹫和填料的鸽子。面包、奶油和蜂蜜。空气中弥漫着大蒜、洋葱、芥末和胡椒的香味。

国王走下王座，坐在皇室餐桌的桌首，身旁是将领、顾问和男女贵族。丽思索罗想坐在他右边，和平时一样，与他相隔三个座位，他却说："姐姐，去桌尾坐着，因为咱们流着相同的血液。我从我的肉上抬起头，除了你还想见到什么人呢？"

所有餐桌前的所有人停下等待，直到国王挥手，他们继续吃喝。他们抓肉，抓水果，抓发酵面包，抓面饼，叫蜂蜜酒和达罗啤酒，吟游诗人弹奏科拉琴和手鼓，唱诵伟大的克瓦什·达拉仅仅统治一年就变得更加伟大。国王抓起一根鸡腿，但他没有吃，而是望着姐姐。他拍拍手，两个手臂和腿粗壮的男人绕到桌边，他们抬着一个用布盖着的大篮子。国王转向他身旁的人，压低声音说话，就像在讲不能被太多人听见的笑话。

"来，听我说。我带来了一种特别的珍馐，两个都来自南方的贵族家庭。"

他提高嗓门说："献给你，我的姐姐。你我之间再也没有怨恨，咱们这就算是扯平了。"

两个男人掀开盖布，翻转篮子，两个血淋淋的人头落在餐桌上。人们向后跳开，许多女人尖叫，丽思索罗也跳了起来，但不像国王希望的那样惊恐，她随后坐下，望向南方王国的两个贵族，一个是一位长老，另一个是一位酋长和国王的顾问，两颗脑袋被割下来，在她面前的桌上滚动。女人们依然在尖叫，两名贵族起身。

"坐下，优雅的男人和女人。给我坐下！"

整个宫殿陷入死寂。克瓦什·达拉起身走到他姐姐面前。他抓住头发拎起一个人头，举到他的脸前。死人还睁着眼睛，棕色皮肤几乎发青，头发浓密而蓬乱，胡须残缺不全，像是被他揪掉了一部分。

"来看这个人，这个爱男孩的畜生。他爱男孩对不对？他肯定是个爱男孩的，否则怎么会认为我姐姐，一个公主，也能成为国王。他们究竟对他施了什么样的巫术，让他参与阴谋和诡计，你记得吗，姐姐？听你睿智的国王给你个明智的建议吧。假如你要拖一个人参与阴谋，就该把他妻子也拖下水，否则她会认为这是个针对她的阴谋。下次等你犯了密谋病，姐姐，请尽量不要传染给别人。去下巴沃棋比较好。"

他把人头扔在桌上，丽思索罗向后一跳。

"给我把她带走。"他说。

现在有个切实的难题了。国王依然不敢杀死他姐姐，因为既然神圣的血脉流淌在他身体里，那么肯定也流淌在她的身体里，她是神祇的后代，谁有资格杀死她呢？

他把她关进地牢，牢房里的耗子比猫还大。丽思索罗既不叫喊也不哭泣。她日复一日待在地牢里，他们给她吃皇家餐桌上的残羹冷炙，因此尽管她只能吃到骨头和泔水，她也知道泔水是从哪儿来的。卫兵戏弄她，但不敢碰她。有一天他们给她端来一碗水，说水里有最高级的特别调料，他们放下碗，她看见水里漂着一只老鼠。她转身时说，我这儿也有特别调料，然后朝他们洒她的尿。两名卫兵冲到铁栏杆前，她说："来，动手啊，看谁敢碰一下我这神圣的身体。"

丽思索罗不知道她在地牢里已经待了十四天。她弟弟来找他，他身穿红色袍服，头缠白布，在其上戴着王冠。牢房里没有椅子，克瓦什·达拉指了指卫兵，他犹豫片刻就趴在地上，像驴子似的四脚着地，让国王坐在他背上。

"我想念你，姐姐。"他说。

"我也想念我。"她说。她总是聪明过头，但又不够聪明，不知道什么时候该吹灭火苗，免得在男人周围显得过于耀眼，哪怕这个男人是她的弟弟。

他对她说："你我有争端，姐姐，以后也还是会有。血亲就是这样，然而当麻烦到来，当厄运到来，哪怕仅仅当低潮到来，我也必须站在我的血亲这一边。即便她背叛了我，我的悲痛也还是她的悲痛。"

"你无法证明我背叛了你。"

"所有真相都与诸神同在，而国王拥有神性。"

"那要等他死去，而且诸神接纳他的陪伴。"

"现在亦然，诸神受祂们自己的法则束缚。"

"你宠信的躲在后面阴影里的懦夫是谁？"

他从暗处走进火把的光芒底下。他的皮肤黑得像墨汁，眼睛白得在发光，头发红得像火球花。他不需要开口，她知道他叫什么。

"你是阿依西。"她说。和地上的所有女人、所有男人、所有孩童一样，在她见到他的那个瞬间，她觉得阿依西似乎一直站在国王背后，但没人记得他是什么时候取得这个位置的。阿依西就像空气和诸神，没有起始也没有结束。

"我们带来了一些消息，姐姐，不是好消息。"

国王在士兵背上向后仰身。阿依西走近栏杆。

"你的丈夫和孩子全都死于疫病，因为现在是瘟疫横行的季节，他们去了病气主宰的地方。他们明天下葬，当然会有与王公相称的仪式，然而不能靠近皇家陵园，因为尸体也许还携带疾病。你将——"

"你以为你坐在那儿像个国王吗？你其实只是驴子屁股上一块尾巴扫不掉的屎星子。你来这儿干什么？想听我尖叫？听我为孩子求情？看我趴在地上，好让你嘲笑？来，你到栏杆前面来，把耳朵放在这儿，听我好好给你叫一声。"

"我就不打扰你的哀悼了。过一阵我再来看你。"

"干什么？你想要什么？你操你老婆的时候是不是也要叫我的名字，还是你让这位替你代劳？"

国王跳起来，抢起权杖砸栏杆，然后转身离开。阿依西转向她，说："明天你离开去加入神圣修女会，那是诸神为你规定的命运。整个王国会为你哀悼，希望你能得到平静。"

"你要是早点来，我就把我刚拉在那个桶里的平静给你了。"

"我们就不打扰你的哀悼了，姐姐。"

"哀悼？我永远不会哀悼。我弃绝哀悼，用愤怒代替。我对你的愤怒比任何哀痛都要高阔。"

"我也会杀了你，姐姐。"

"也？你真是低能儿典范里的低能儿。他们死掉，太阳还没下山，你就承认是你杀了他们。地下吟游诗人说你从娘胎里掉出来，脑袋先着地。他们说错了。母亲肯定是存心把你挤出来的。行了，走吧，滚出去，懦夫，应该来几个人，像河谷里对女孩那样割了你。记住，弟弟。从今天开始，我每天都会诅咒你和你的孩子。"

血亲的诅咒吓坏了克瓦什·达拉，他迅速离开，但阿依西站在原处望着她。

"你依然能成为某个人的妻子。"他说。

"你依然能不当国王的屎盆子。"她说。

卫兵刚关上门，她就倒在地上，哭号得昏死过去。第二天早晨，他们送她去曼萨堡垒加入神圣修女会，愤怒和悲痛都已经消失。

咱们长话短说。水女神见到了这一切，知晓这一切。我当时是瓦卡迪殊一座神庙的女祭司，我走下台阶来到水边，邦什跳了出来。尽管我看见她有一条黑如深渊的鱼尾，我却毫不畏惧。她派我去曼萨，除了皮裙、凉鞋和瓦卡迪殊神庙的印记别无他物。丽思索罗公主待在她的房间里，日落时弹奏科拉琴，不和任何人交谈。神圣修女会里不存在权力、阶级和等级，因此她的皇家血统没有任何意义。然而所有姐妹都明白她需要独处。据说她夜里在月光下四处行走，向正义和女童之神诉说她有多么憎恨袘。

过了一年，我走向圣堂去倒奠酒，她指着我说："你是干什么的？"

"带你去实现你皇家的目标，公主。"

"我的目标与皇家无关，而我也不是公主。"她说。

两个月后，她把我留在她身边。这里人人平等，但都知道她是皇家的人。又过了两个月，我告诉她，水女神为她规划了更大的目标。又过了三个月，我召唤露水将我抬离地面，高过她的脑袋，她终于相信了我。不，不是相信我，而是相信她的人生还有其他出路，而不是仅仅当一个失去孩子的寡妇，向她憎恨的女神献上祈祷。不，不是相信，因为她说，相信会害死她身边的其他人。我对她说，不，我的女主人，只有相信爱才会得到这个结果。接受爱、回报爱、珍视爱，但绝不相信爱，这就能做到除爱之外的所有事情了。这一年尚未结束，邦什在她面前现身，那是当年最后一个炎热的夜晚，几乎所有女人——共计一百二十九人——去瀑布与水妖一起沐浴，邦什向她讲述她的血统真相，她为什么会成为拨乱反正的那个人。我们会送来一个男人，全都安排妥当了，邦什如是说。

"看看我的人生。全都围绕着如何被男人拥有、命令和安排。现在女人也要这么对待我了？你对姐妹情谊一无所知，你只是男性的苍白回声。真正的国王应该是个私生子？这个水怪出生时也是脑袋着地的吗？"

"不，尊敬的殿下。我们找到了一位王子，来自——"

"卡林达。又一个？卡林达这些没有领地的王子，就像虱子一样，似乎哪儿都能见到他们。"

"与王子结婚能保证你的孩子有正统身份。等国王更替的真正谱系恢复，他可以在所有贵族面前要求取得王位。"

"操他妈的诸神。所有这些国王都是从女人的子宫里生出来的。有什么能阻止这个男孩不像其他男人一样胡作非为？所有男人都该死。"

"那就统治他们吧，公主。通过他统治他们，也离开这个地方。"

"要是我喜欢这儿怎么办？在法西西，连风都会密谋反对你。"

"假如你愿意待在这儿，殿下，那就待着吧。然而只要你的弟弟还是国王，地上和地下的瘟疫就会肆虐世间，连这个地方也不会例外。"

"瘟疫还没来过这儿呢。这场疫病什么时候才会开始？为什么不是现在？"

"也许诸神给了你时间去阻止它，尊贵的殿下。"

"你的舌头太滑溜了。我并不完全相信你的话。至少也要让我见一见这个男人。"

"他会假扮成阉人来见你。假如他能取悦于你，我们就会去找一位认同我们理念的长老。"

"一位长老？那咱们就注定会被出卖了。"她说。

"不会的，殿下。"我说。

我从卡林达带来了那位王子。一百年来从未有男人涉足过曼萨，但来过不少阉人。这些女人不会命令阉人撩起袍子，展示可怕刀技留下的伤疤。有一个大块头的守卫站在大门口，她来自法西西最高大的女性血脉，她会抓住访客的裤裆揉捏。进门前，我对王子说，你必须这么做：忘记那极大的不适感觉，不要露出丝毫难受的神情，否则她们会在门口斩杀你，就算你是王子也无济于事。我会教你如何完全伪装成女人，守卫会摸你的下体，但我教你的方式让你不会暴露，她甚至不会看你的脸。王子顺利地来到丽思索罗的房间，然后摘下面纱，脱掉长袍。他高大，黝黑，头发浓密，棕色眼睛，嘴唇厚而黑，眉骨上方和双臂向下都有由疤痕构成的图案，比她年轻许多岁。他只知道面前这位是女王储，他会得到封号。

"他可以。"丽思索罗说。

我不需要去找长老。七个月后，长老找到了我。福曼古鲁写完他的文书，然后用埃维鼓送出消息，只有虔诚的女性才能听见这个消息，因为他像献身的狂信徒一般演奏，他说他有话要对公主说，内容也许好也许不好，但无疑是正确的。我骑马七天去找他，对他说，他的愿望、他的预言，也许是真实的，但她的儿子不能生下来就是个私生子。我们又骑马七天回曼萨，我、长老巴苏·福曼古鲁和卡林达的王子。有些姐妹知情，有些不知情。有些知道无论在发生什么都必定非常重要。其他人认为陌生人来违背了曼萨的神圣戒律，尽管这座堡垒曾经被男人占据了许许多多年。我请一部分人不要泄露究竟发生了什么，威胁另一部分人别乱说话。然而男孩刚出生，我就知道他并不安全。对他来说，唯一安全的地方是姆韦卢，我对公主这么说，这样她就不会再次失去孩子了。把他留在这儿，几乎可以肯定你会失去他，因为必定有一个姐妹会出卖我们，我对她说。我的话没有说错。这个姐妹在夜里离开，没有去步行十五天才有可能抵达的地方，而是仅仅走出了能放出鸽子的距离。她在我追上去之前就放出了鸽子，我从她嘴里问出鸽子会飞向她在法西西的主人。然后我割了她的喉咙。我回去对公主说，没时间逃跑了。消息已经传向王公。那天夜里，我们带男孩去找福曼古鲁，我知道这段路要走七天，我们把公主留给忠于都林戈女王的另一个女教派。男孩和福曼古鲁生活了三个月，福曼古鲁对他就像亲生儿子。后面的事情你都知道了。

我们坐在上午的房间里感受寂静。莫西在我背后，呼吸变得缓慢。我琢磨奥格去了哪儿，还有这个上午已经过去了多少。索戈隆望着窗外看了很久，我走过去看她究竟在看什么。男孩前一瞬间在我的鼻子里很显眼，下一瞬间就消失得无影无踪，这就是原因。他有时离我们四分之一个月，有时五个月，这就是原因。

"我知道他们在使用十九道门。"我说。

"我知道你知道。"她说。

"这个'他们'是谁？"莫西问。

"我只知道其中之一的名字，而且只是因为被他残害过的那些人，他们中以女性为主。魔魅山里的人叫他伊鹏都鲁。"

"闪电鸟。"老人喃喃道。他声音嘶哑，像是在低声咒骂。索戈隆朝他点点头，然后转回去面对窗户。我望向窗外，但只看见中午越来越近。我正想说，老女人，你到底在看什么，老人忽然说："闪电鸟，闪电鸟，女人啊，当心闪电鸟。"

索戈隆转身说："兄弟，你这是要给我们唱歌吗？"

他皱眉道："我在说闪电鸟。传说仅仅是传说。"

"你该把那个故事说给他们听。"她说。

"伊鹏都鲁是——"

"用你先祖的方法说，用你从小学到的方法。"

"歌者已经不再唱歌了，女人。"

"你说谎。南方的吟游诗人依然在唱。数量很少，而且偷偷摸摸，但依然在唱。我对他们说过你。世界命令你忘记的事情，你如何保留在记忆之中。"

"世界逼他编造名字。"

"还有很多人在唱。"

"但有很多人再也不唱了。"

"我们一定要听。"

"你现在能管得了我了？你要对我发号施令？"

"不，我的朋友，我只是提出我的希望。南方吟游诗人——"

"不存在南方吟游诗人了。"

"南方吟游诗人反对国王。"

"南方吟游诗人讲述事实！"

"老人，你才说过不存在南方吟游诗人了。"索戈隆说。

老人走到一堆袍服旁搬开它们，底下是一把科特琴。

"你们的国王，他找到了六个我们这种人。你们的国王，他杀了他们所有人，而且没有给他们一个痛快。索戈隆，你记得巴布塔吗？他找到六个我们这种人，其中有你认识的伊克德，他说，我们无缘无故躲藏在地洞里，够了，我们唱的是诸王的真实故事！我们并不拥有事实。事实就是事实，就算你隐藏它、杀害它或者甚至讲述它，也不可能改变事实。用不着你张开嘴说'有一件真事'，事实就已经是事实了。事实就是事实，哪怕统治者派遣有毒的吟游诗人散播谎言，直到谎言在每个人的心里扎根。巴布塔说他认识朝廷里的一个人，他侍奉国王，但忠于事实。那个人说国王知道了你们的存在，因为他在地上有蛇虫，在天上有鸽子。因此他要召集吟游诗人，用车队送去孔谷尔，让他们安全地生活在历史殿堂的书本之间。因为声音的年代已经过去，我们活在书写符号的年代了。石板上的文字、羊皮纸上的文字、布匹上的文字，文字比想象文字更加伟大，因为文字能在嘴里激发出声音。等你们到了孔谷尔，让抄录者从嘴唇记录下文字，这样一来，就算他们杀死吟游诗人，也永远无法杀死文字。在散发硫黄臭味的红色地洞里，巴布塔还说，我的兄弟们，这是一件大好事啊。听上去我们应该相信这个人的话。然而巴布塔出身的那个时代，字词能像房间里的瀑布似的流淌，甚至左看右看都像真话。这个人说，等鸽子落在这个地洞的洞口，也就是两天后的傍晚，你们取下它右脚上的字条，依照象形文字的指示行动，字条会告诉你们该去哪里。你们知道鸽子的品性吗？它只会朝一个方向飞，只会飞回家里。除非它们受到巫术的束缚，认为家是另外某个地方。巴布塔对这个人说，看看我，这儿没有人考虑过学习阅读，而这个人说，等你们看见象形文字就会明白的，因为象形文字像世界一样说话。巴布塔走向众人，巴布塔走向我，说这是一件好事，我们不能再像狗一样过日子了。所以我们要去书本的殿堂，像老鼠一样过日子吗，我说。连半傻子都知道绝对不能相信国王宫廷里的任何一个人。他说，你说我是傻子，去舔鬣狗吧，我离开地洞，因为我知道它被盯上了，我开始流浪。巴布塔和另外五个人在洞口等待，夜以继日。三晚过后，鸽子落在洞口。没有鼓声响起过。没有鼓声说过巴布塔和五个人去了哪儿。但再也没有人见过他们。因此，南方吟游诗人不存在了。存在的只有我。"

"真是个好长的故事，"索戈隆说，"不是诗歌胜似诗歌。给他们讲讲闪电鸟吧。还有谁与他同行。"

"你见过他们如何行事。"

"你也见过。"

"你们别再盯着那坨旧屎了，给我们讲讲究竟发生了什么。"莫西说。要是他说话时不盯着我看，这大概是他第一次开口而不惹恼我。

男人坐在索戈隆从没睡过的床上，他说："十四晚之前，西方传来了可怕的消息。红湖旁的一个村庄。一个女人对邻居说，左手边隔着三家的那个茅屋，咱们好像四分之一个月没见过人进出了。他们生性安静，喜欢自己待着，另一个女人说。但就连风里的鬼魂也不会这么安静，再一个女人说，于是她们去那个茅屋一探究竟。茅屋周围弥漫着死亡的恶臭，臭味来自死亡的动物，来自被屠杀的牛羊，但屠杀它们不是为了吃而是为了鲜血和取乐。渔夫、第一个和第二个妻子连同三个儿子都死了，但他们并不发臭。该如何形容这个诸神都会觉得奇怪的景象呢？他们像物神似的被堆在一起，垒起来像是要焚烧。他们的皮肤犹如树皮。就好像血肉、体液、生命的河流，诸如此类的东西被吸光了。第一个和第二个妻子的胸膛被切开，心脏被挖掉。但凶手先咬开她们全身，强奸她们，把死亡的种子留在子宫里腐烂。你们已经知道凶手是谁了。"

"伊鹏都鲁。他的女巫是谁？他到处乱跑，像是已经不听指挥了？"索戈隆问。

"确实如此。控制他的女巫在把所有权交给女儿之前就死了，因此伊鹏都鲁变回闪电鸟，用爪子抓住女儿，飞到最高最高的顶点，然后松开爪子。她被砸烂在地上。你怎么知道他的种子在两个妻子身体里呢？因为即便尸体开始腐烂，也有闪电一滴一滴地淌出她们的下体。伊鹏都鲁是最英俊的男人，皮肤雪白像黏土，比这个人还白，但和他一样好看。"

他的手指着莫西。

"Ayet bu ajijiyat kanon." 莫西说，所有人都吃了一惊。

"对，治安官，他是一只白鸟。但他不是好人。他和人们想象中一样邪恶。不，更邪恶。伊鹏都鲁非常英俊，身穿和皮肤一样白的长袍，觉得女人都会忘乎所以扑向他，他一走进房间就会毒害她们的心灵。他张开袍子，那实际上不是袍子，而是他的翅膀，他不穿任何衣服，他强奸她们，一个然后两个，他杀死大多数，偶尔留下活口，但她们并不是活人，而是活着的死人，闪电在血液曾经奔涌的管道里流淌。有传闻说他也会转变男人。假如遇到闪电鸟，你们一定要当心，他会变成巨大而狂暴的怪物，他扇动翅膀时会释放雷霆，震颤大地，震聋耳朵，震塌一整幢房屋，闪电会沸腾你的血液，烧得你只剩下焦黑的外壳。

"事情发生在尼基奇的一幢屋子里。一个炎热的夜晚。一个房间里有一男一女，苍蝇像乌云似的笼罩床垫。他是个英俊的男人，长脖子，黑头发，亮眼睛，厚嘴唇。他太高了，房间容不下他。他对乌云般的苍蝇咧嘴笑。他朝女人点点头，女人赤身裸体，肩膀流血，走了过来。她翻着白眼，嘴唇只会颤抖。她浑身湿漉漉的。她走向他，僵硬的双手垂在两边，她踩过自己的衣服、打碎的碗和洒了一地的高粱粥。她走近他，他的嘴里还有她的血。

"他用一只手抓住她的脖子，另一只手在她肚皮上摸孩子的征兆。他嘴里伸出犬牙，长得超过了下巴。他的手指在她两腿之间舞动，但她一动不动。伊鹏都鲁用一根手指点了点女人的胸脯，钩爪从中指弹出来。他的手指捅进她的胸脯，鲜血顿时涌出来，他切开她的胸部，寻找心脏。乌云般的苍蝇嗡嗡涌动，吸饱了鲜血。苍蝇一时间散开，床垫上有个男孩，浑身像是恙螨咬出来的痘洞。从痘洞爬出蠕虫，十条，几十条，几百条，钻出男孩的皮肤，展开翅膀飞走。男孩睁着眼睛，血淌到床垫上，同样爬满苍蝇。咬开，钻进去，吸血。他的嘴巴张开一条缝，发出痛苦的呻吟声。男孩是个马蜂窝。"

"阿德泽？他们一起行动？"索戈隆说。

"不止他们两个。还有其他人。伊鹏都鲁和阿德泽，他们都会吸取生命，但不会把肉体吸得只剩一个外壳。那是草巨魔艾洛库干的。他以前只单独捕猎，或者和同类合作，但自从国王烧毁他的森林，种植烟草和黍米，他们就愿意和任何人搭伙了。一个闪电女人，这是她的故事。伊鹏都鲁吸走所有血液，但在吸光生命力之前停下，然后在她体内种下闪电，抛下她一个人发狂。一位南方吟游诗人从她嘴里问出了这些事情，但他从未据此撰写诗歌。除了这三个，还有两个和另外一个。这就是我要告诉你们的。他们一起行动，领头的是伊鹏都鲁。还有那个男孩。"

"那个男孩做了什么？"索戈隆问。

"你明知故问。他们利用男孩进入女人家里。"

"男孩受他们逼迫。"

"都一样，"他说，"还没完呢。三四天后另一个人循踪而来，这时候的腐烂尸体和恶臭体液对他来说是绝佳的美味。他用钩爪切开尸体，喝恶臭的腐液，然后饱食烂肉。他曾经有个兄弟，但被别人在魔魅山里杀死了。"

我望着他们，眼神不可能更无辜了。

"索戈隆，他们利用那个男孩。"男人说。

"我说过了，没人问——"

"他们转变了那个男孩。"

"你看着我。"

"他们把男孩变成了——"

一股狂风忽然从地面吹起，猛烈得仿佛暴风，把所有人压在墙上。愤怒的风嗖嗖作响，然后飞出窗户。

"没人把男孩变成任何东西。我们找到男孩，然后——"

"然后如何？"我说，"这个男人说了什么惹你不高兴了？"

"你没听见吗，追踪者？男孩失踪了多久？"莫西问。

"三年。"

"他说男孩是他们当中的一员。就算不喝血，也受亡灵法术的控制。"

"别刺激她了。下一次她会吹飞屋顶的。"老人说。

莫西用眼神对我说，这个矮小的老女人？我点点头。

"追踪者说得对。他们在使用十九道门。"索戈隆说。

"你曾经穿过了多少道门？"莫西问。

"一道。我这样的人不太适合穿过那种门。我的神召来自绿色世界，那种旅行违背了绿色世界。"

"说那些门不利于女巫太轻描淡写了，"我说，"你需要我和我的桑格马技艺为你打开它们。就连穿过这么一扇门也会削弱你的能力。"

"什么样的男人啊，他比我更了解我自己。追踪者，替我写一首我的歌吧。"

"冷嘲热讽往往用来掩盖其他的情绪。"莫西说。

"黑豹这么快就被人取代了。"

"索戈隆，你给我闭嘴。"

"哈，现在我的长舌要淌出一条河了。"

"女人，我们在浪费时间。"老人对她说，她顿时安静下去。他走过去，从柜子里取出一大张羊皮纸。

莫西说："老先生，我没认错那是什么吧？我以为这些土地没人勘测过呢。"

"你们在说什么？"

老人打开卷轴。一大张图画，用的是棕色、蓝色和骨白色。我见过类似的东西；智慧殿堂里有三张，但我不知道它们是什么和有什么用处。

"地图？这是我们土地的地图？谁绘制的？技艺这么高超，细节这么丰富，连东面的海洋都有。是东方商人带来的吗？"莫西问。

"外邦人，这片土地上的男女也拥有高超的技艺。"索戈隆说。

"那是当然。"

"我们和狮子一起奔跑，和斑马一起拉屎，所以你就认为我们不会绘制地图和描画水牛？"

"我不是这个意思。"

索戈隆哼了一声，放过了他。但看着这张地图，他笑得像个刚偷到可乐果的孩子。老人把地图拿到房间中央，用两个瓶子和两块石头压住四角。蓝色吸引我陷了进去。浅蓝色仿佛天空，深蓝色的涡卷仿佛大海。不像真正的大海，更像梦中的大海。大大小小的动物——有美丽的鱼类，也有吞噬帆船的八尾怪兽——跃出海面，就仿佛在陆地上腾跃。

"我一直在等待机会向你展示这东西，变成沙海之前的沙海。"老人对索戈隆说。

这些海洋都叫什么？我问自己。

"地图只能描绘陆地，描绘一个人见到的东西，让我们许多人都能见到。我们根据它规划路线。"莫西说。

"感谢诸神，这位先生说出了我们早就知道的情况。"索戈隆说，莫西闭上了嘴。

"你用红色标出它们？根据什么样的智慧？"索戈隆问。

"数学和黑色术法的智慧。沙漏掉转一次的时间里，没有人能走出四个月的里程，除非他们像诸神一样移动，或者使用十九道门。"

"而他们就是这样。"我说。

"他们全都是。"

索戈隆单膝跪下，莫西蹲下，男人很兴奋，女人皱着眉头不说话。

"你最后一次得到他们的消息是在哪儿？"她问。

"魔魅山。二十四晚之前。"

"你在魔魅山画了个箭头，指向……这条线指向哪儿，利什？"莫西说。

"不，从尼基奇山。"

"这条线从都林戈指向米图，离孔谷尔不算远。"我说。

"对。"

"但我们是从米图去都林戈的，在此之前是从暗土去孔谷尔。"

"对。"

"我不明白。你说他们在使用十九道门。"

"当然了。一旦你穿过一道门，就必须沿着同一个方向走，直到穿过所有的门。你无法反过来走，除非走完一遍。"

"硬要尝试会怎么样？"我问。

"你亲吻一道门，烈火会烧掉门的伪装，你应该知道的，门会用烈火吞噬你，把你烧成灰，连伊鹏都鲁都会害怕这种事。索戈隆，他们使用十九道门肯定有两年了。这就是难以发现和不可能追踪他们的原因。

他们待在十九道门的路线上，直到完成一趟旅程，然后反过来走。这就是我画每条线两端都有箭头的原因。这么一来，他们可以夜晚杀人，只杀一幢屋子里的人，也许两幢甚至四幢，总之就是他们在七八天之内能杀的那么多人，然后消失得无影无踪，不留下任何切实的痕迹。"

我走过去，指着地图说："假如我从暗土来到孔谷尔，然后这儿，不用走多远就可以从米图到都林戈，然后我必须骑马穿过瓦卡迪殊去尼基奇的下一道门。假如他们反过来走，那他们就已经穿过了尼基奇的那道门。然后他们要穿过瓦卡迪殊，去——"

"都林戈。"莫西说。

他把手指压在地图上，指着地图中心之下群山中的一颗星。

"都林戈。"

白科学与黑数学

WHITE SCIENCE
AND BLACK MATH

Se peto ndwabwe pat urfo.

都林戈

18

我们所在的这个世界仿佛大瓢，大母神将万物捧在她的双手里，因此圆弧底下的东西才不会掉出去。然而世界在纸面上是平的，土地的轮廓犹如血块渗过麻布，形状稀奇古怪，有时候仿佛天生畸形者的颅骨。

我顺着地图上的河流查找，直到手指领着眼睛看见库，然而它没有在我的心中激起任何火花。我感到困惑，成为库族人曾经是我超乎一切的愿望，但现在我甚至不记得原因了。我的手指领着我过河来到甘加通，我刚触碰到象征他们茅屋的符号，就听见咯咯的笑声从记忆深处传来。不，不是记忆，我无法分辨那个地方究竟是记忆还是梦境。咯咯笑声不是声音，而是一团蓝色的烟雾。

白昼正在过去，我们决定晚上出发。我走到另一扇窗前。治安官在外面跑上一座土丘，在夕阳的映衬下变成黑色。他脱掉我从没见他穿过的吉拉巴长袍，只裹着缠腰布站在一块大石头上。他俯身拔出两把剑。他攥住剑柄，盯着一把剑看，然后另一把，他在手指中转动剑柄，直到完全握紧。他举起左手，抬剑做出防守姿势，单膝跪地，然后挥动右手的剑，敏捷得像是在挥动光刃。他让这一下带着他飞身而起，在空中转身劈砍，然后左膝着地。他再次跳起来，右剑进攻，左剑防守，左剑横向划到右侧，右剑划到左侧，他把两把剑插在地上，身体弹起来，蹲伏落地，轻盈得像一只猫。随后他回到石块上。他停下来，望向我这儿。我看见他胸膛起伏。他不可能看见我。

老人又窸窸窣窣走来走去。他取出一把科拉琴，这东西比我想象中大一圈。圆形的底部是葫芦比较大的那一半，他把乐器在双腿之间放稳。它长长的颈部和一个小男孩一样高，左右两侧都有琴弦。他抓住琴的bulukalos，也就是双角，在窗口坐下。他从口袋里掏出一个东西，它看上去像个银质的大号舌头，边缘镶着耳环。

"中土的伟大乐手，他们把尼延耶莫[1]卡在琴桥上，这样音乐声能跃过建筑物，穿透墙壁，然而咱们在开阔的天空下，谁还需要音乐跃过建筑物和穿透墙壁呢？"

他把尼延耶莫扔在地上。

左手十一根弦，右手十根弦，他拨动琴弦，嗡嗡乐声深入地板。我有很多年没有这么近距离接触音乐了。科拉琴像许多音符同时奏响的竖琴，但又不像竖琴。科拉琴像鲁特琴，但奏出的曲调没那么尖细，也没那么安静。

索戈隆和女孩在外面，她骑马，女孩骑水牛，两人向西而去。楼上的脚步震动地板，说明奥格在走来走去。我能感觉到地板在他脚下颤抖，直到听见一扇门砰然打开——也可能是屋顶。我继续研究地图。老人用右手弹出节奏，左手弹出旋律。他清清喉咙。他吟唱时比说话声高亢。高亢得仿佛惊呼警示，不，还要更高亢，舌尖在上颚弹出嗒嗒的节拍。

> 哎各位请听我的唱诵
> 我是南方的吟游诗人
> 我们现在寥寥无几，我们曾经遍布天下
> 我躲藏在黑暗中，现在走了出来

---

1 尼延耶莫：Nyenyemo，科拉琴上的可选配件，形状如描述，用来放大声音。

我躲藏在荒野中，现在走了出来
我躲藏在地洞中，现在走了出来，我看见

我在寻找的
一个爱人
我想得到的
一个爱人
我曾经失去
另一个爱人
我想得到

时间啊，把每个男人变成鳏夫
每个女人变成寡妇
在他里面
黑暗如他
黑暗，吸取穿过世界的窟窿

而世界上最大的窟窿
就是孤独的窟窿
男人放弃灵魂，因而失去灵魂

因为他在寻找
一个爱人
他想得到
一个爱人
他曾经失去
另一个爱人

他想得到

一个男人狼吞虎咽
仿佛一个饥肠辘辘的男人
告诉我你该如何分辨两者
你白昼贪食
然后夜晚饥饿，对
看着你，愚弄你

你想找到
一个爱人
你想得到
一个爱人
你曾经失去
另一个爱人
你曾经失去
另一个爱人
你曾经失去
一个爱人
你曾经失去
另一个爱人
你曾经失去

　　然后他拨动琴弦，让科拉琴单独讲述，我在他继续唱诵前离开房间。我跑到外面，因为我是个男人，琴弦和歌曲不该如此令我沉醉。外面，没有任何东西能吸走一个地方的所有空气。外面，我可以说是风吹得我眼睛流泪，说真的，就是风。外面，治安官站在石块上，风吹过他的身体，撩动他的头发。科拉琴还在演奏，音乐骑着空气，沿着我们一路走来的小径散播悲哀。我讨厌这个地方，我讨厌他的音乐，我讨厌这阵风，我讨厌想到敏吉孩童，因为那些孩子对我来说是什么，我对他们又有什么用处呢？不，不是这样，根本不是这样，因为我从来不会想到孩子们，他们也从来不会想到我，但他们为什么会忘记我，而我为什么要在乎他们忘不忘记？因为就算他们记得又有什么用处，而我为什么要记住，而此时此刻我为什么会想起来？我尝试阻挡这个念头。我感觉到它涌了上来，我说，不，我不会去想我已经死去的兄长、已经死去的父亲和实际上是我祖父的父亲，为什么一个人会想要任何一个人呢？不，我什么都没有，我不需要任何东西。操他妈的诸神，为了所有这些。我希望白昼尽快结束，夜晚尽快到来，然后新的一天到来，斩断以往的一切，就像沾了屎的棉布洗干净捞出来。莫西依然站在那儿，他依然不看我。

"萨多格，你要去睡觉？白天的太阳都还没下山呢。"

他微笑。他在屋顶上用毯子、盖毯和衣服搭了个铺位，用几个靠垫充当枕头。"过去这几天我目睹的只有噩梦，"他说，"我最好睡在这儿，免得一拳打穿墙壁，震塌这幢屋子。"我点点头。

"奥格，这儿到了晚上会很冷。"

"老人给我找来了毯子和盖毯，再说我对寒冷没什么感觉。你对维宁怎么看？"

"维宁？"

"那个女孩。和索戈隆骑一匹马。"

"我知道她是谁。我认为咱们找到那男孩了。"

"什么？他在哪儿？你的鼻子——"

"不是用鼻子闻到的。还没闻到。我们和他之间隔着很远的距离。此刻他太远了，我无法猜测他的方位。他们有可能在尼基奇，正在前往瓦卡迪殊。"

"两个地方都在一个月的旅程外。从其中一个去另一个要走好几天。我也许不如索戈隆那么聪明，但就连我也知道。"

"奥格，谁敢质疑你的脑子？"

"维宁说我头脑简单。"

"小姑娘快被佐格巴奴吃掉的时候好像没这么骄傲。"

"她不一样了。和仅仅三天前不一样了。以前她从不说话，现在她像豺狼似的哼哼，一开口就没好话。而且不听从索戈隆了。你见到了吗？"

"没。另外，你的头脑肯定不简单。"

我走到他身旁蹲下。

"他功力很深。"奥格说。

"谁？"我问。

"治安官。我看着他操练。他是某种技艺的大师。"

"是啊，最擅长逮捕百姓和骚扰乞丐。"

"你不喜欢他。"

"我对他没有任何感觉，谈不上喜欢不喜欢。"

"哦。"

"萨多格，我告诉你他们说了什么。那个男孩，他身边的那些人不属于这个世界，或者好人的任何世界。"

他望着我，挑起眉毛，眼神茫然。

"那些人不是人，但也不是魔鬼，然而有可能是怪物。其中之一是闪电鸟。"

"伊鹏都鲁。"

"你知道他？"

"他不是一个真的'他'。"他说。

"你怎么知道？"

"伊鹏都鲁，很多年以前，他企图挖出我的心。当时我在孔谷尔为

420

一个女人效力。他花了七个夜晚去诱惑她。"

"所以你在孔谷尔生活过。你从没告诉过我。"

"伊鹏都鲁，他用了整整十四天。他慢慢折磨她，从那些日子里得
到乐趣。每天夜里他都会占有她，但这天夜里我只听见他发出的声音。
我走进去一看，他已经杀死了她，正在吃她的心脏。这是他的原话：你
会变成多么大的一顿大餐啊，他飞起来扑向我，挥舞钩爪，想割开我的
皮肤。然而我的皮肤很厚，追踪者，他的爪子被卡住了。我抓住他的脖
子使劲捏，直到他的脖子开始断裂。说真的，我会揪掉他的脑袋，但他
的女巫出现在窗外。她对我施巫术，我的眼睛瞎了十六次眨眼的时间。
然后她帮助他逃跑。我看见他消失在天空中，他翅膀雪白，颈部低垂，
但依然载着她。"

"他不再受那个女巫或任何女巫指挥了。她没有继承人，因此他现
在只听自己的。"

"追踪者，这可不是好事。他受她控制的时候都会撕开孩童的喉
咙。你说他现在会做什么？"

"男孩还活着。"

"连我都觉得事情没那么简单了。"

"假如他在利用男孩，那么男孩就会活着。你见过血管里流淌闪电
的人。他们不可能掩饰事实，而且他们都会发疯。"

"你说得对。"

"还没完呢。他和其他人一起行动，四个或五个。我们听到了传
闻。他们全都吸血，似乎喜欢去孩子很多的家庭。男孩先敲门，说他在
躲怪物，好心人放他进门。深夜时分，他放他们进门，吃掉全家人。"

"但男孩不是他们当中的一员？"

"不是，但你了解伊鹏都鲁，他肯定蛊惑了男孩。"

"这些土地上的人知道他会蛊惑女孩，但他不碰男孩。我要亲手砸烂
他的脑袋，都不给他扇翅膀的机会。你知道吗？他的翅膀能掀起雷电。"

"什么意思？"

"他扇动翅膀就会吹出雷鸣闪电的风暴，比索戈隆用魔法制造的风更猛烈和邪门。"

"那咱们该剪掉他的翅膀。回头我告诉你其他的情况。"

"至于翅膀，那个有着黑色翅膀的人是谁？"

"阿依西？他也在寻找那个男孩，除非找到男孩，否则他不会善罢甘休。然而他不知道我们在哪里，不知道男孩在谁手上，不知道那十九道门，否则他肯定会使用那些门。事情很简单。咱们救出男孩，把他还给母亲，他母亲住在一座山中堡垒里。"

"为什么？"

"她是国王的姐姐。"

"我都听迷糊了。"

"我来说得简单一点。"

"像我这么简单？"

"不。不是的，萨多格。你不简单。听我说，事情和简单不简单无关。别人告诉我的一些事情，我不知道该怎么告诉你，就这样。总之你记住，这个男孩是一件更大的大事的一部分。真的很大的大事，等我们找到他，假如我们能保证他的安全，这件事会震动所有王国。但我们必须在那些人杀死他之前找到他。我们也必须在阿依西之前找到他，因为他也想杀死他。"

"我记得你说过，只有傻瓜才会相信有魔法的小子。"

"我现在依然这么认为。"

我起身，探头看墙的另一面。治安官已经走了。

"萨多格，我喜欢简单。我喜欢分得清清楚楚，比方说这是我吃的东西，这是我能挣的钱，这是我该去的地方，这是我打算睡的人。我依然会选择这个处世之道。但这个男孩，我对他其实并不关心，只是咱们已经陷得太深了，所以就快点干完吧。"

"驱动你的就只有这个吗？"

"还应该有其他原因吗？"

"我不知道。但我受够了被叫去打莫名其妙的仗。奥格不是大象，也不是犀牛。"

"我不知道该怎么跟你说。钱是个好理由，但我觉得这个孩子——这个男孩——与世上的公义有关系。尽管我不关心这个男孩，甚至也不关心这个世界，但我毕竟依然在世间走动。"

"你不在乎世间的任何东西吗？"

"对，我不在乎。不，我在乎。唉，我不知道。我的心一会儿跳一会儿停，在戏弄我。亲爱的奥格，我能跟你说句实话吗？"

他点点头。

"我不是父亲，但我有孩子。我在这儿没有孩子，但他们围绕着我。我了解他们还不如我了解你，但我在梦中见到他们，我想念他们。其中有一个女孩，我知道她恨我，我因此而烦恼，因为我站在她的角度去看，我知道她是对的。"

"孩子？"

"他们住在甘加通，甘加通是个河流部落，与我的部落打仗。"

"除了这个女孩，你还有其他孩子？"

"对，还有其他的，其中一个和长颈鹿一样高。"

"你让他们和甘加通人住在一起，但你是库族人，甘加通人和库族人打仗。库族会杀了你。"

"如你所说，对。"

"你让我觉得吧，当个头脑简单的人也没什么不好的。"

我哈哈一笑。

"亲爱的奥格，你似乎没说错。"

"你说男孩或许在尼基奇或瓦卡迪殊。"

"他们也在使用我们用来逃离暗土的那些门，但他们反过来走。我们收到消息，魔魅山脚下有一家人遭到袭击，连他们的神圣魔法也失效了。那是二十四天前，快一个月了。他们在一个地方待七八天，杀人和进食，意味着他们已经使用门去了尼基奇。他们会从尼基奇出发，杀人，去瓦卡迪殊。"

"他们快到那儿了。"

"应该已经到了。从尼基奇步行去瓦卡迪殊需要五天，顶多六天，他们确实是步行的。我估计没有任何动物能忍受他们的污秽，因此他们无法骑马。他们去了瓦卡迪殊只会再待两天，顶多三天。然后他们会步行去下一道门，通过我们曾经穿过的那道门去都林戈。"

"我们可以不去那儿拦截他们吗？"

"他们会穿过堡垒。他们会想要进食，谁能抵抗都林戈人那么尊贵的滋味呢？另外，萨多格，我们人手不足。我们需要帮助。"

"所以我们要去砍死他们？"

"对，咱们去砍死他们。"

他猛拍巴掌，响声在天空中回荡。他张开手臂，我走向他，像是要拥抱他。他畏缩了一下，不确定我在干什么。我伸出胳膊搂住他，脑袋扎进他的腋窝，深吸一口长气。

"你在干什么？"他问。

"记住你。"我说。

然后萨多格问我觉得那个女孩漂不漂亮。

"维宁，我说过她叫维宁了。"他说。

"她算是个漂亮姑娘吧，但她嘴唇太薄，头发太细，皮肤只比治安官黑一丁点，治安官的肤色那叫一个骇人听闻。你觉得她漂亮吗？"

"我觉得我只有一半是奥格。我母亲生我的时候死了，这挺好，否则她活下来也只会成天诅咒我和我的出生。然而我觉得我和奥格在许多地方不一样。"

"你说得对，你说得好，我亲爱的奥格。另外，对，她很漂亮。"

剩下的话我留在了自己脑袋里，因为说出来就是个残忍的笑话。他点点头，抿紧嘴唇，满足于我的回答，在毯子上垂下脑袋。

回到楼下，我经过治安官的房间。"追踪者，时间还早，不过先说声晚安了。"他对从门口走过的我说。

"晚安。"我嘴里挤出这两个字。

直到这时我才注意到老人已经停止演奏，他坐在房间里，也许在凝视黑暗。我回到底楼，等待索戈隆。

"你那位老人，他在唱歌。"

首先出现的是女孩，她气喘吁吁。索戈隆抓住她的手，女孩却推开她，把她按在墙上。我跳将起来，女孩却放开了手，咆哮一声，跑向楼梯。索戈隆关上门。

"维宁。"她叫道。

女孩用我听不懂的语言诅咒回应。索戈隆用相同的语言回答她。我熟悉索戈隆的这种语气：这儿我说了算，你给我听着。我想象女孩祝她被一个浑身肉疣的男人侮辱一千次，或者同等恶毒的什么念头。她咒骂着跑上两段楼梯，狠狠地摔上门。

"这屋子里就没人知道夜晚是干什么的。"索戈隆说。

"交配？或者施行女巫的魔法？索戈隆，只有年迈的诸神和祂们的追随者才需要睡眠。你那位老人在唱歌。"

"胡扯。"

"老女人，我骗你有什么好处？"

"但也许是个好消遣。今天他拒绝唱歌的时候，你也在同一个房间里。自从克瓦什·奈图成为国王，那些歌曲就只待在他嘴里，从不出来溜达了。"

"我知道我听见了什么。"

"他三十年不唱歌了，甚至更久，但他在你面前唱歌了？"

"事实上，他背对着我。"

"一个沉默的吟游诗人不会随随便便就张开嘴。"

"也许他等你离开等得不耐烦了。"

"你的刺不如一个月前那么尖锐了。也许什么人给了他可以歌唱的新素材。"

"他唱的歌与我无关。"

"你怎么知道？"

"因为我什么都不是。你难道不同意？"

"等他醒来，我要找他聊聊。"

"也许他在唱他自己？你问问是不是。"

"他不会回答这个问题。"

"但你没有问。"

"吟游诗人不会解释歌曲，只会反复吟唱，也许会添加新的内容，否则他给予世间的就不是歌曲，而是解释了。唱的不是国王吧？"

"不是。"

"或者男孩？"

"不是。"

"那他到底唱了什么？"

"也许是所有男人都会唱诵的东西。爱。"

索戈隆哈哈大笑。

"也许这个世上还有人需要它。"

"你呢？"她问。

"没有人爱任何人。"

"现任国王之前的那位，克瓦什·奈图，他从不学习。有什么必要呢？关于国王和女王，这是绝大多数人都不知道的一点。许多个纪元之前，学习是有目标的。我学习黑巫术是为了应用和抵御。你在智慧宫殿学习，因此你爬得比你父亲更高。你学习武器是为了保护自己。你学习看地图是为了掌握旅程。无论在什么事情上，学习都能送你从你所在之处去你想去之处。然而国王已经在终点了。国王和女巫有可能是整个王国最无知的人，这就是原因。这个国王的脑袋和天空一样空荡荡的，直到听见别人说有些吟游诗人唱的歌曲比他的孩提时代还要久远。你能想象吗？他从不相信任何人能够记得他出生前发生的任何事情，因为国王就是这么教育他们的孩子的。

"这个国王不知道有些吟游诗人在唱诵他之前的国王。他们是什么人，他们的所作所为。从克瓦什·莫凯的恶行开始。国王甚至没听过任何一首歌。他身旁的男人说，尊贵的陛下，有一首歌能煽动人们反对你。于是他们抓住了通晓克瓦什·莫凯时代之前那些歌曲的几乎所有人，然后杀死他们。至于那些漏网之鱼，他们杀死吟游诗人的妻子、儿子和女儿。杀死他们，烧毁他们的家，命令所有人忘记那么歌唱的所有歌曲。是的，他们杀了这个人的全家。他侥幸逃生，但每天都在思考为什么他们没有杀死他。他们用不着杀死九个人也能让他住嘴。然而北方的国王就是这么做事的。等他醒来我会找他聊聊，我会知道你的话是真是假。"

日出之前，啜泣声惊醒了我。刚开始我以为是风声，或者从梦中钻出来的什么东西，但斜对着我睡觉的床，奥格蜷缩在南窗旁的角落里，他在哭。

"萨多格，怎么——"

"就好像他以为他能走上去或者骑上去。他看上去就是那样。他能骑上去吗？他为什么不能骑上去？"

"骑什么，亲爱的奥格？还有你在说谁？"

"吟游诗人。他为什么没能骑上去？"

"骑什么？"

"风。"

我跑到我的北窗，向外看了一眼，然后跑向南窗，萨多格就蜷缩在这扇窗旁边。我看见索戈隆，我跑下去。今天清晨她穿白衣，而不是平时那身棕色皮衣。吟游诗人躺在她脚边，四肢弯折得像是火烧过的蜘蛛的长腿，断成了十七八截，他死了。索戈隆背对着我，袍服在风中翻飞。

　　"大家都还在睡？"她问。

　　"除了奥格。"

　　"他说他径直从他身旁走过，跳下屋顶，就好像走在马路上。"

　　"也许他踏上了通向诸神的那条路。"

　　"你觉得现在适合开玩笑吗？"

　　"不。"

　　"他对你唱了什么？昨天他到底唱了什么？"

　　"说真的？爱。他唱的完完全全就是爱。寻找爱。失去爱。就像莫西家乡的诗人那样谈论爱。他曾经失去的爱。他从头到尾就在唱这个，他曾经失去的爱。"

　　索戈隆抬起头，视线越过屋子，飞向天空。

　　"他的灵魂还在踏风而行。"

　　"当然了。"

　　"我不在乎你同不同意，你听见我——"

　　"我同意，女人。"

　　"其他人没必要知道。甚至包括水牛，让他另外找个地方吃草好了。"

　　"你打算把老人拖到茂密的草丛里？你想让他成为鬣狗和乌鸦的食物？"

　　"还有蠕虫和甲虫。现在已经无所谓了。他与先祖同在。要信任诸神。"

　　奥格出来走到我们身旁，他的眼睛依然通红。可怜的奥格，倒不是说他有多么柔弱，而是目睹一个人以如此暴烈的方式自杀吓住了他。

　　"萨多格，咱们把他弄到草丛里。"

这儿依然是大草原。没多少树木，但黄色的草秆长到我鼻子那么高。萨多格抱起他，把他像婴儿似的搂在怀里，不顾他的脑袋满是鲜血。两人走向外面更高的草丛。

"死神依然凌驾于我们之上，对吧？祂依然能选择什么时候带走我们。有时候连我们的先祖都还没安顿好呢。也许他这个人就想挑战终极君王的权威，奥格，也许他的意思很简单，操他妈的诸神，我要选择我什么时候去见先祖。"

"也许吧。"他说。

"真希望我有些更好听的话，就像他以前唱诵的诗篇。不过他肯定认为无论他的目标是什么，他都履行了职责。接下来没有任何——"

"你相信目标？"萨多格问。

"假如有人说他相信目标，那我就愿意相信他。"

"奥格对天空或冥界的诸神都毫无用处。等他死了，就只是一堆喂乌鸦的肉。"

"我喜欢奥格的想法。假如——"

一个东西掠过我的面门，快得我以为是错觉。然后又一个从我头顶上掠过。第三个朝着我的面门而来，像是瞄准了我的眼睛，我抬起胳膊挡开，钩爪划破我的手。一只扑向奥格的肩膀，他一把拍开，动作既快又重，它炸成了一团血雾。鸟群。两只扑向他的脸，他扔下吟游诗人。他拍开一只，抓住另一只，整个儿碾成肉泥。一只挠破我的后脖颈。我从背后抓住它，企图拧断它的脖子，但它脖子很硬，它扇翅膀，挥动钩爪，啄我的手指。我松开手，它绕了一圈，再次扑向我。萨多格跳到我面前，一巴掌拍死它。尸体落在地上，我看清了那是什么。犀鸟，白色的头部，顶上有一抹黑色羽毛，灰色的长尾巴，巨大的红色弯喙比脑袋还大，红色意味着雄性。另一只落在吟游诗人身上，扇动翅膀。奥格过去抓它，我抬头眺望。

"萨多格，当心。"

就在我们头顶上，鸟群犹如乌云盘旋尖啸。三只犀鸟俯冲扑向我们，然后四只，然后更多只。

"快跑！"

奥格起身搏斗，他拳打掌拍，用指节碾碎鸟，扯掉翅膀，但它们前赴后继。两只扑向我的脑袋，撞在一起，在我头顶上打架。我逃跑，用手挡住面门，它们撕扯我的手指。奥格打累了，跟着我跑。快到门口的时候，它们不再追赶我们。索戈隆走出来，我们转过身，望着数以百计甚至更多的犀鸟用钩爪抓住吟游诗人，缓缓离开地面一小段距离，带着他离开。我们一言不发。

我们收拾东西，索戈隆告诉其他人说老人去荒野与精怪交谈了，这不完全是在撒谎，她说我们必须尽可能多带东西。我说我们离都林戈堡垒顶多只有一天的路程，为什么需要这么做？她皱起眉头，命令女孩多拿些食物。女孩啧了一声，说你要食物就自己去拿。我琢磨莫西是不是在转同一个念头，不过这会儿我不想去问他。他找了块布，包扎我脖子上的抓伤。索戈隆骑一匹马，女孩爬上萨多格的后背，坐在他的右肩上。莫西爬上水牛，我迈开腿开始走，他们全都扭头看我。

"别傻了，追踪者，你会拖慢我们的。"莫西说。

他伸出手，把我拉上牛背。

白昼变红，继而变暗，都林戈堡垒还不见踪影。我打瞌睡，趴在莫西的肩膀上睡着了，惊醒时陡然后退，随后再次坠入梦乡。这次我睡得很踏实，醒来时发现我们还没到地方。有些地方看上去很小，但要花两辈子时间才能走完，都林戈大概就是其中之一。这是我第一次醒来时硬邦邦的。说真的，所以我才必须向后退。肯定是因为做梦，但我一醒来就忘记梦见了什么。做梦嘛，总是这样的。对，总是这样的。我改变坐姿，尽量远离他，因为我跟你说实话，我能闻到他的气味。对，我能闻到所有人的气味，但不是每个人的呼吸都比其他人缓慢那么多。我暗自咒骂自己居然趴在莫西的肩膀上睡觉，希望我没有流口水或者捅他后面，不过我硬起来总是往上翘，而不是向外突。希望自己睡着了别硬起来的结果自然只会让我醒着变硬，于是我转而去想犀鸟、夜空、臭水，什么都行。

"好水牛，要是你背累了我们，我们可以下来走。"莫西说。

水牛哼了一声，莫西认为意思是你们待着好了，但我很想跳下去。我希望此刻我穿的是厚重的袍服。倒不是因为那种袍服能隐藏男人的欲望。不，那不是欲望，而是我的身体抱着我的脑袋早已放弃的一个梦不放。我们在爬上缓坡，夜风越来越凉，我们经过小丘陵和大石块。

"索戈隆，你说我们在都林戈。都林戈到底在哪儿？"我问。

"白痴，蠢货，只会追踪的弱智。你以为我们已经翻过山峰了吗？你往上看。"

都林戈。自从离开吟游诗人的家，我们似乎没走多远，草丛和树林渐渐地变得茂密，我以为我们在绕过巨大的山岩，省得劳神费力攀爬。要不是莫西抓住了我的手，我会从水牛背上一头栽下去。

都林戈。那些东西不是庞大的石块——尽管它们和山峰一样巍峨，绕一圈要走一千、六千甚至一万步——而是树干，细小的枝杈在它们低处萌发。和世界本身一样高大的巨树。我向上望去，刚开始只能看见光线与绳索，某些东西伸展得比云层还要高。我们来到一片如战场般宽广的空地，此处开阔得足以让我看清其中两棵树。第一棵生长得和这片空地一样广阔，第二棵稍小一点。两棵树都穿透云层直插天空。莫西抓住我的膝盖，我知道他不是存心的。有一幢建筑物包裹着第一棵树的树干，也许是用木头或灰泥或两者建造的，它共有五层，每层高八十到一百步。有些窗户里微光闪烁，另外一些灯火通明。树干暗沉沉地向上延伸，爬升到极高之处，继续穿过云雾，像叉子似的分开。左手边仿佛一个庞大的要塞，平坦的巨型墙壁上开着高窗和门洞，一层楼叠着另一层，上面又叠着再一层，就这样一直摞到六层高，第五层上有个露台，底下挂着一个平台，由四根足有马颈那么粗的绳索固定。最顶上的建筑物能看见绮丽的高塔和壮丽的屋顶。右手边的树杈在要塞高度上朴实无华，但最顶上有一座宫殿，这座宫殿有许多层，楼板、露台和屋顶都金光闪闪。云朵飘动，月光变得更加明亮，我看见巨树有三个分杈，而不是两个。第三个分杈与前两个一样粗，满是已经建成或正在建设的建筑物。有一个露台延伸得比其他露台更远，远得我担心它说不定会断裂。这个露台底下挂着几个平台，绳索拉着它们上上下下。拉动这么一个平台需要多少个奴隶？人们把建筑物修得高大而不是宽阔，这算一个什么样的现在、什么样的未来呢？农场在哪儿，牛群在哪儿，没有这些东西，这里的居民吃什么？开阔地的更远处，另外七棵巨树傲然耸立，其中一棵有着亮闪闪的庞大楼板，看上去仿佛翅膀，其中一座塔楼状如船帆。另一棵树略朝西方倾斜，但建筑物略朝东方移位，就仿佛所有建筑物都在滑离基座。树枝与树枝之间、建筑物与建筑物之间拉着绳索，滑轮、平台和悬挂车来来往往，上上下下。

"这是什么地方？"莫西说。

"都林戈。"

"我从未见过这样的奇景。诸神生活在这里吗？这里是诸神的家园？"

"不，这里是人类的家园。"

"我不确定我想不想认识这样的人类。"莫西说。

"他们的女人也许会喜欢你的没药香味。"

金属嘎吱嘎吱摩擦，齿轮彼此咬合。钢铁与钢铁碰撞，一个平台降了下来。它周围的绳索纷纷抽紧，滑轮开始转动。平台从上方徐徐下降，它挡住月光，投下的阴影笼罩了我们。它的长度和宽度都像一艘船，落地时大地为之震动。

莫西的手依然抓着我的膝盖。索戈隆和女孩跑向前方，知道我们会跟上来。平台已经开始上升，水牛跳上去，刹不住滑了一小段。莫西松开我的膝盖。他跳下牛背，平台冉冉升起，他有点立足不稳。高处的一座塔楼上有人转动一大块玻璃或圆盘，它捕捉月光，然后射向平台。我们听见嵌齿、传动轴和轮盘发出的声音。平台逐渐升高，随着我们接近高墙，我看清了墙上的图案，菱形接着菱形，上下交错，还有类似排列的圆形，还有古代象形文字、条带和似乎会动的狂野线条，仿佛是艺术大师用风绘制的。我们升得越来越高，超过了树干，超过了所有桥梁和道路，来到三条枝杈的分杈点。有人在右手边枝杈的侧面绘制了一个男人的黑色头部，它足有四层楼高，头顶上的缠布甚至还要更高。

平台升到与一块楼板平行，随后就停下了。索戈隆首先下去，维宁紧随其后，两人向前走，不看左边右边或上面，上方有几个光球，但没有绳索挂着也没有源头。萨多格和水牛跟上去。他们来过这里，但我没来过。莫西依然惊魂未定。索戈隆和维宁把马留在一旁。我们走上右侧的枝杈，也就是顶上有宫殿的那一条，离我最近的墙上有个标牌，我似乎认识这种语言，标牌的每个字母都和人一样高。

"这是姆库罗罗，第一棵树，女王的王座所在地。"萨多格说。

月亮离我们太近了，像在偷听我们的交谈。我们走上一座宽阔的石桥，拱桥底下是河流，过桥后是一条不打弯的路。我想问什么样的科学能让一条河在高空流淌，然而宫殿矗立在我们前方，就仿佛它刚刚拔地而起，就仿佛我们是仰望大树的老鼠。月亮把所有墙壁照成白色。最低的一层，高墙，左侧有一座桥越过一道瀑布。往上一层，我只在沙海之地见过这东西。输水管道。再往上，底楼，有着亮灯的窗户和两座塔楼。它们之上是更多的厅堂、房间、走廊、塔楼和壮丽的屋顶，有些屋顶仿佛葫芦的拱形，有些仿佛飞箭的尖头。一个载人的平台在右方升起，把阴影投在我们底下，我们走向一道三人高的双开门。两名卫兵守在门口，他们身穿绿色盔甲，护喉拉到鼻子下方，单手持矛。他们抓住把手拉开门。我们从他们身旁走过，我的手抓着斧柄，莫西抓着剑柄。

"不要侮辱女王的款待。"索戈隆说。

进门二十步是护城河，横跨其上的小桥还不到三人宽，通往桥的另外一侧。索戈隆走在最前面，然后是奥格、维宁、水牛、莫西和我。我望着莫西环顾四周，连最轻微的溅水声、头顶的飞鸟嘎嘎叫和外面升降平台的齿轮转动声都能让他陡然惊跳。我的注意力更多放在他身上，而不是我们在往哪儿去，反正索戈隆显然知道。水面热气蒸腾，但鱼和水兽游得挺畅快。我们过桥，走向台阶，我见到了男人、女人、四足站立的兽类和我从未见过的动物，它们身穿铁甲和锁子甲、长袍、斗篷和插着长羽毛的头饰。男人和女人拥有我见过的最黑的皮肤。每级台阶上站着两名卫兵。最顶上的一级台阶，宫殿的大门升向我无法估量的高度。

我说真的。我见识过大地之上和大海之下许多壮美的王廷，但我该如何形容这座宫殿呢？莫西震惊得站在那儿一动不动，我同样站着一动不动。厅堂的天花板高得难以想象，我以为这里的男人和女人肯定也很高。主厅里有三十名卫兵靠墙站立，还有六名卫兵面对我们。他们都佩双剑持单矛，露出面门，他们的脸都是深蓝到极点的黑色。他们的手也一样。人们在主厅里走来走去，包括那些身穿五颜六色袍服的人，他们都拥有我这辈子见过的最黑的皮肤，只有黑豹变成豹形后的毛皮颜色能够媲美。我们所在的码头也有两名卫兵。我很想看一看他们佩剑的款式。主厅的每根柱子都装饰黄金，每件铠甲的边缘都镶着黄金，然而黄金用来铸剑就太不合适了。主厅的地面向下沉陷，比我们的平台低，王座所在的地面却升得极高，那是一座金字塔，四面各有一道横台或梯级，上面坐着几个女人，她们之上是王座本身和女王本人。

她的皮肤和她的男人们的皮肤一样，都是从最深的深蓝色过渡而来的黑色。她的王冠像一只金色鸟儿，栖息在她的头顶上，用双翅裹住她的面颊。金色勾勒出她双眼的轮廓，双唇上各有一小块闪烁金光。金丝织成的吊带薄衣挂在她的脖子上，她向后仰时乳头显眼地突出。

"听朕说，"她说，她的声音比僧侣的吟唱还要低沉，"朕听说了传闻。传闻说有沙色皮肤的男人，有些的皮肤甚至是乳白色，但朕是女王，愿意相信什么就相信什么。因此朕不相信他们的存在。但你看看我们面前的这个人。"都林戈的语言听上去很像马拉卡尔的。清晰的短音说得很快，长音蓄意拖得很慢。莫西皱起了他的眉头。

他捅捅我："她说什么？"

"你不会说都林戈语？"

"怎么可能，我四岁时有个胖阉人教过我。还用说吗，我当然不会了。她说什么？"

"她在说她从未见过的男人。也就是你。我几乎可以肯定。"

"朕该叫他沙人吗？"她说，"嗯，朕就叫他沙人好了，因为朕觉得这很好玩……朕说了，朕觉得这很好玩。"

整个主厅响起笑声、掌声、呼哨声和呼唤诸神的叫声。她挥挥一只手，他们眨眼间就安静下来。她招手示意莫西过去，但他不懂。

"追踪者，他们在笑。他们笑什么？"

"她叫你沙小子或者沙人。"

"他们觉得很好笑？"

"他聋了吗？朕命令他过来。"女王说。

"莫西，她在说你。"

"但她什么也没说啊。"

"她是女王，她说她说了那就是说了。"

"但她真的没说啊。"

"操他妈的诸神。快过去！"

"不。"

两根长矛戳在他的后背上。卫兵迈步向前走，假如莫西不动，矛尖就会刺破他的皮肤。他们走向我们所在平台的台阶，穿过宽阔的主厅，经过王廷的女人、男人和野兽，在王座脚下停步。她示意莫西上去，挡在王座台阶前的两名卫兵让开。

"首相，你去过的地方比所有典籍里记载的还要多。来，告诉我，你见过这样的一个男人吗？"

一个高大瘦削、长发稀疏的男人在底下出列，回答女王的问题。他先鞠了一躬。

"尊贵的陛下，请允许我回答您的问题。他——"

"你怎么会一直没买一个送给朕呢？"

"陛下，请原谅我。"

"还有肤色比他更浅的男人吗？"

"陛下，有的。"

"真是吓人，但又多么可口。"她对莫西说，"你叫什么？"

莫西傻乎乎地望着她，就像一个真正的聋子。索戈隆说他不懂都林戈的语言。

一名卫兵上前，把莫西的剑递给首相。首相端详刀锋，细看剑柄，然后用孔谷尔的语言说："你从哪儿得到这么一把剑的？"

"它来自一块奇异的土地。"莫西说。

"哪块土地？"

"家乡。"

"你的家乡不是孔谷尔吧？"

首相面对女王，对莫西说："肯定有人给你起过名字。叫什么？名字，你的名字？"

"莫西。"

"嗯？"

"莫西。"

"嗯？"

首相点点头，一根长矛戳了戳莫西的侧肋。

"尊贵的陛下，莫西。"莫西说。

首相重复给女王听。

"莫西？只有莫西吗？你这样的男人都是从天上掉下来，随便捡起一个名字就用吗？莫西先生，你的出身？哪个家族？"首相问。

"阿扎尔家族的莫西，来自东方之光的国度。"

首相用都林戈语重复，女王发出一声轻笑。

"来自大海之东的男人为什么会在这里生活？是什么疾病烧掉了你皮肤上的所有颜色？快告诉我，因为假如你惹恼女王，这座宫殿里的所有人都会生气……明白吗，假如你惹恼女王，这座宫殿里的所有人都会生气。"

主厅里爆发出一阵"不行""没门"和呼唤诸神的叫声。

"而他的头发黑得像火炭。拉起袖子……对，对，对，这是怎么一回事？肩膀比胳膊的颜色浅？我看得清清楚楚，你的胳膊是别人缝上去的吗？我的智慧顾问快来研究一下。"

我望着这一切，琢磨是否只有南方才盛产疯狂的国王和女王。我以为索戈隆会说些什么，但她退回原处。我想看懂她的表情，但她的脸毕竟不是我的脸。假如我讨厌你，我对你说声早上好你就立刻会知道。女王在取乐，什么能带给她快乐呢？奥格站在那儿一动不动，但他的拳头攥得太紧，指甲咔咔作响。我抚摸他的手臂。莫西同样不擅长从脸上隐藏情绪。但莫西站在那儿，他望着所有人，什么都不明白。

他看见我的脸，他开始担心。怎么了？他对我比嘴型，但我不知道该对他说什么。

"朕还没看够。脱掉。"女王说。

"脱掉你的袍子。"首相对莫西说。

"什么？"莫西说，"不。"

"不？"女王说，尽管她不懂孔谷尔语，但听懂了这个字，"一位女王难道还要问一个男人同不同意？"

她点点头，两名卫兵抓住莫西。他一拳打在一名卫兵的脸上，但另一个用匕首抵住他的喉咙。他转向我，我比嘴型说，平静，治安官，平静。卫兵把匕首插进衣服和肩膀之间，割开了衣服。另一名卫兵扯开他的腰带，他的全身衣服落在地上。

"没有倒吸气？我怎么没听见倒吸气？"女王说，宫殿里爆发出惊叫、咳嗽、喘息和呼唤诸神的叫声。

莫西在想，这些事既然要发生那就发生吧，他挺直脊梁，抬起头，傲然站立。坐在女王脚下的女人、男人和阉人纷纷爬过来仔细看。到底有什么没见过的，真是天晓得。

"奇怪，真是奇怪。首相，那儿为什么比他其他部位更黑？来，挑起来，让朕看看袋子。"

首相的手伸向莫西的下体，莫西险些跳起来。从头到尾，索戈隆一言不发。

"也是黑的？嗯，首相，多奇怪啊。"

"确实奇怪，我的陛下。"

"你这个人是用其他人拼凑起来的吗？你的胳膊比肩膀黑，脖子比胸口黑，屁股比腿白，你的，你的……"她转向首相，"你的娟妓是怎么叫它的？"

说真的，我笑出了声。

"陛下，我这个人从不寻求娟妓的陪伴。"首相说。

"怎么可能，她们四脚着地，没法说话，但当然是你的娟妓。这个先不说了，朕想知道他那儿为什么比其他部位更黑。远方国度的男人都是这样吗？假如朕娶了一个卡林达王子，朕见到的会是这个吗？东方人，为什么会有这么一个肤色的男人站在索戈隆身旁？"

首相说怪哉怪哉，这个男人的肤色这么浅，下体却那么黑。

莫西看见我捂住嘴笑，他皱起眉头。"是诸神在戏弄我，我尊贵的女王。"他说。

莫西话音刚落，首相就把他的话说给了女王听。

"祂们到底在戏弄哪个人，把他的东西卸下来装在这个男人身上？朕想了解这些事情。快说。"

莫西又是满脸困惑，呆呆地望着人们看他。他一言不发。

索戈隆清清喉咙："我最尊贵的女王，还记得我们为什么来都林戈吧。"

"朕的记性好得很，索戈隆。尤其是朕在施恩的时候。尤其是你是如何乞求我帮忙的。"

莫西望着他们，无法像我一样掩饰震惊。

"你看看你颤抖的嘴唇。朕，最睿智的女王，为什么不说野蛮的北方语言，尤其是朕必须常常和野蛮人打交道？一个孩子一天之内就能学会……我的臣子为什么不哦哦啊啊？"

首相为廷臣翻译，宫殿里爆发出哦哦啊啊和呼唤诸神的叫声。

她挥挥手，卫兵用长矛戳了戳莫西。他抓起衣服，回到我们身边。我从头到尾一直看着他，但他只看前方。

"你告诉了朕你的意图，因为你以为我们算是姐妹。然而朕是女王，而你还不如一只扑火的飞蛾。"

"是的，陛下。"索戈隆说，深深鞠躬。

"朕确实同意了帮助你，因为丽思索罗和朕理当同为女王。也因为你们的国王连恶魔见了他都要摇头。他居然认为都林戈应该被他征服。朕知道他在夜里动什么念头。他希望有朝一日他能忘记都林戈保持中立，强占堡垒为他所用。他希望有朝一日他能试一试。但今天绝对不行，朕还是女王的时候绝对不可能。另外，朕非常厌倦。你这个拼凑男人是几个月来唯一还算值得让朕开眼的东西。上次朕有点兴致还是把一个米图的王子切成两半那次，就是想看看他的人是不是和他说话一样空洞。你，身上有标记的那个，你见到我们的天空车队了吗？"

她在对我说话。

"尊贵的陛下，刚才上来觐见的时候见到了。"我说。

"常有人思考是什么样的术法或魔咒能让它们悬浮在空中。不，既不是术法也不是魔咒，而是钢铁与绳索。朕没有魔法师，但朕有钢铁匠师、玻璃匠师和木头匠师。因为朕的智慧殿堂里的人真的拥有智慧。朕厌恶听天由命的那些人，他们从不提问，从不修正，从不改善事物，也不会让自己做得更好。告诉朕，朕让你害怕吗？"

"不，女王陛下。"

"朕会让你害怕的。卫兵，送这两个人去芒衮加，带奥格和女孩去他们的房间。留下我们女人讨论重要的事情。喂水牛吃象耳草。肯定有很多个月没人喂他吃像样的食物了。现在你们全都出去吧。只留下这个以为她是姐妹的女人。"

"治安官，你该教教我这些词语。"我笑着说。莫西用母语没完没了地咒骂，他在车厢里踱来踱去，步伐重得让车厢微微晃动。他使得我暂时忘记了我们悬挂在高空中，由传动装置牵动着穿行于巨树之间。他越是咒骂，我就越是不去想象绳索忽然崩裂，我们掉下去摔死。他越是咒骂，我就越是不去想象女王把我们送上远离地面的高空是要杀死我们。

"再高一点，咱们就能亲吻月亮了。"我说。

"操他妈的月亮，还有崇拜她的所有人。"他说。

他还在踱来踱去。来来回回，走到窗口又回来；视线跟着他，我能看清车厢的每个角落。这里非常高，月光无比明亮，绿色是绿色，蓝色是蓝色，他的皮肤近乎白色，他把撕破的衣服缠在腰间，赤裸着胸膛。这是何等的一节车厢；刚开始我以为他们把马车翻了过来，轮子位于顶部，然后把轮子嵌在拉紧的绳索上。后来我看见车厢像大鱼肥胖的肚子一样鼓胀，我觉得它是一艘在天空中航行的船。它像船一样，也有船首和船尾，中部最宽阔，但四周装着家里房屋的窗户，顶部是用沥青固定在一起的圆木。地面平坦而光滑，凝结着露水，甚至有点湿滑。另外，这里太高了，吹进来的风很冷，而上一个乘客曾经流过血。莫西踱来踱去咒骂，他从我身边走过，我抓住他的胳膊。他想挣脱，想甩开我的手，想推开我，但我就是不松开，直到他停止怒气冲冲的咒骂。

"怎么了？"

"停下。"

"她羞辱的又不是你。"

"几晚之前你还不穿衣服呢。那会儿你怎么不生气？"

"因为我知道我在哪儿，我和谁在一起。我和你们这些人生活在一起，不等于我就不是一个东方人了。"

"你们这些人？"

他叹了口气，走到侧面窗户前向外看。一团银色的云雾，那么稀薄，随时都有可能化作虚无；另一节车厢在远处经过，火光照亮那节车厢。

"你猜他们是什么人？为什么有人要在夜里出去办事？他们去哪儿？"

"像治安官一样思考？"

他微笑："他们的卫兵没有跟着我们。"

"这位女王不认为男人有什么威胁。也可能他们会在我们抵达另一头之前砍断绳索，让咱们掉下去摔死。"

"追踪者，这两个念头都不会让我露出微笑。把咱俩单独放在半空中，他们也许认为咱们会交谈，也许他们找到了什么魔法来偷听。"

"就这个时代而言，都林戈人很先进，但不可能先进到这个地步。"

"也许咱们应该假装在交配，就像两条疯狂的鲨鱼，免得他们没东西可听。快把它插进来，你那条攻城锤一样的大屌！哦我的屁眼，已经张开变成了深渊！"

"你可真是博学，鲨鱼是这么交配的？"

"天晓得。那是我想到的第一种猛兽。神灵在上，追踪者，你就不会笑一个吗？"

"有什么值得笑的呢？"

"首先，有我作伴是多么令人愉快。还有这地方的华美，我说真的，诸神都会来这儿休息。"

"我以为你只崇拜一个神呢。"

"但不等于我看不见其他神的存在。这片土地以什么而闻名？"

"金银，还有远方国度热爱的透明石子。我猜堡垒在高处，因为他们已经毁坏了地面。"

"你觉得这些巨树是活着的吗？"

"我认为这里所有东西都是活着的，但天晓得帮助他们存活的是什么。"

"这话什么意思？"

"奴隶在哪儿？他们是什么样子？"

"问得好。我——"

叫喊声从车厢前方迎面而来，这次离我们非常近，我们能闻到烈酒和烟雾的气味，真的很近，鼓声径直扑向我们的耳朵和胸膛，还有人使劲弹奏科拉琴和鲁特琴，像是恨不得拔掉琴弦。车厢继续前进，直到我们和他们面对面。鼓声不仅是敲鼓，还有男人和女人跳起来跺脚的声音，就仿佛库族或甘加通人的求偶舞蹈。一个男人的脸涂成红色，油光闪亮，他把火炬拿到嘴边，吐出一条火龙，火焰在我们之间陡然迸发。我跳开闪避，莫西一动不动。车厢没有停下，而是继续前进，到最后鼓声听上去就像残存的节拍。我们在接近远离宫殿的那根枝杈，也就是第三根。

"车厢里有血，一个年轻人的血。"我说。

"这儿的男人和女人似乎很散漫。也许他们杀了个孩子当消遣。"

"散漫是什么意思？我以前听你们这种人用过它。"

"我们这种人？"

"只信一个可悲神灵的人。你表现得就像忘记了自己也年轻过的老妇人。你们独一的神祇，祂认为快乐是可鄙的。"

"咱们能换个话题吗？咱们就快到另一头了。追踪者，咱们的计划是什么？"

"我又不是她，宣称自己能够统治我们。"

"假如我想听她的命令，早就自己去问她了。你告诉我。咱们到底有没有计划？”

“我反正不知道有。”

“太疯狂了。所以要我说，计划就是咱们耐心等待，直到你闻到那个会魔法的男孩接近，那群吸血怪物或者天晓得什么东西现身，然后呢，咱们怎么做？战斗？抢男孩？像舞男似的转圈？咱们难道只能干等？就不能用点什么计谋？”

“你在问我不知道的事情。”

“我们该如何从监禁男孩的邪恶力量手中拯救他？就算咱们成功了，然后呢？”

“也许咱们应该定个计划了。”我说。

“证明你嘴皮子利索的节目还是留给索戈隆吧。”

“想听真话？”

“乐意之至，只要你能说出来。”

“从来就没有什么计划，目标就是战胜强占男孩的那些人，把他抢回来。要杀人也在所不惜。但没有技巧，没有策略，没有手段——如你所说，没有计划。然而这不完全是真相。我认为确实存在某种计划。”

“什么计划？”

“我不知道，但索戈隆知道。”

“那她为什么需要我们？尤其是看她的表现，似乎根本不需要。”

我环顾四周。有人在监视我们，偷听我们，或者读我们的唇。

“和我去暗处。”我说，他跟着我走到阴影里。

“我认为索戈隆有计划，”我说，“我不知道，奥格不知道，先前和我们同行的其他人也不知道。但这就是计划的一部分。”

“什么意思？”

“我们没有计划是因为并不存在‘我们’。派我们去和吸血怪物战斗，被他们杀死也无所谓，她和女孩趁机去救男孩。”

“这个团伙里不是也有你的一分子吗？”

"对，但当索戈隆知道我们要去都林戈后，某些事情就发生了改变。我不知道具体情况，但我知道我肯定不喜欢。"

"你不信任她。"莫西说。

"我们离开老人住处时她放飞了两只鸽子。鸽子送信给女王。"

"你信任我吗？"他问。

"我……"

"你在用心寻找答案。很好。"

他微笑，我忍住没有笑，只露出和悦的表情。

"为什么不拿把刀架在她脖子上，命令她回答问题？"他问。

"在东方就是这么让女人俯首帖耳的吗？那个索戈隆，威胁吓不住她。你见过了，她只会用狂风吹走你。"

"我见到的是有人在追杀她。"莫西说。

"有人在追杀我们所有人。"

"但追杀她的人只在追杀她，不达目的誓不罢休。"

"你好像只信一个神和一个魔鬼。"我说。

"你重复这个似乎存心想惹怒我。追踪者，我见识过许多怪事。她的敌人为数众多。也许他们全都有正当的理由。我指的是另一方。"

车厢撞上什么东西，摇晃起来，震得治安官倒向我，他的脑袋撞在我的胸口上，我扶住了他。他抓住我的肩膀，重新站直。我想评论两句没药，或者他吹在我脸上的气息。他刚站好，车厢就再次晃动，他抓住我的手臂。

五名卫兵在平台上迎接我们，说你们来到了芒衮加，也就是第二棵巨树。他们领我们走过一座陡峭的石桥，这条路两侧都有瞭望哨，他们先送我去我的房间，然后大概是去莫西的房间了。我的房间似乎用绳索挂在巨树的树身上。我不知道他们带治安官去了哪儿。这里无非是又一个有床睡觉的房间，我已经开始习惯在床上睡觉，不过为什么会有人喜欢睡软床我就不得而知了。你的床睡起来越像云朵，你就睡得越不警醒，万一有危险把你从梦中唤醒怎么办？可是，能在床上睡觉，这是何等美妙的念头。房间里有水可以洗脸，还有一罐牛奶供我喝。我走到门口，还没伸手门就开了。我立刻停下，环顾四周看了两圈。

外面的阳台是个狭窄的平台，宽约两步，踩上去有点松，胸部高度拉着绳索，免得喝醉的人失足去见先祖。这棵巨树背后还有两棵树，它们背后是另外几棵。我搜肠刮肚寻找比"巨大"更大的词语，这个词能够用来形容一座和朱巴或法西西一样大的城市，但所有东西都层层堆叠，朝着天空生长，而不是左右相接，在平面上扩张。这些树还在生长吗？许多窗户里火光闪烁。有些窗户里传来音乐，风也送来了各种杂乱声响：吃饭，男人和女人吵架，交媾，哭泣，叫声盖过叫声最终变成噪声，没人在睡觉。

还有一座没有窗户的封闭高塔，但无数绳索带着车厢进进出出。女王说得对，都林戈不靠魔法运转，但它肯定要靠某种东西运转。夜晚慢慢过去，只留下我们，留下不肯睡觉的人们，留下我思索索戈隆在和女王说什么，还有她此刻在哪儿。也许正因为这些，我过了好一阵才闻到我早该闻到的气味。没药。我搓了搓胸口，抬起手罩在鼻子上，就像喝酒似的吸入气味。

梦里，丛林猴子抓着藤蔓荡来荡去，但树木长得太高，我看不见天空。白昼和夜晚混在一起，暗土也永远是这个样子。我听见声音，笑声，偶尔像哭泣。我希望能见到治安官，期待着见到他，但一只双脚走路的猴子扯了扯我的手，放开，跳着离开我，我跟着他，我在一条路上，我在走路，然后奔跑，然后走路，天气非常寒冷。我担心会听见黑色翅膀的声音，还好并没有听见。随后西面爆发出火光，大象、狮子，许多野兽，还有名字早被忘记的各种野兽从我身旁跑过。一只尾巴着火的疣猪在尖叫，是那个男孩，是那个男孩，是那个男孩。

某种气味唤醒了我。

"欢迎来到宏伟之地都林戈，无法征服之地都林戈，使得天空诸神降临世间的都林戈，因为天上找不到像都林戈这样的地方。"

他站在我身旁，矮小而肥胖，皮肤在白昼中是都林戈人在夜晚中的那种蓝色，我险些说要是我和平时一样睡觉，斧头垫在枕头底下，他就已经是一具无头尸体了。但我没有这么说，而是揉揉眼睛坐了起来。他凑得太近，我几乎撞在他脑袋上。

"先洗个澡？好不好？然后吃起床饭？好不好？当然了，先洗个澡？好不好？"

他戴着金属头盔，但缺少战士头盔上护住鼻梁的部件，头盔镶着金边，他看着像个很快会一五一十全告诉我的人。

"头盔很漂亮。"我对他说。

"你喜欢？对不对？南方矿山里开采出来的黄金，辗转来到我的头上。你看见的可不是黄铜，而是只有黄金和钢铁。"

"你打过仗吗？"

"打仗？没人会和都林戈开战，不过，对，你看得出我是个非常勇敢的男人。"

"我是从你的打扮看出来的。"

没错，他身穿战士的厚棉甲，然而他的肚皮向前突出，活像一个怀孕的女人。两点。首先，"洗澡"意味着他叫来了两名仆人。房间侧面的两扇门自己打开，仆人拉出用木头和沥青做的浴盆，里面盛满带香料的热水。直到这时我才知道那儿有两扇门。他们用石块给我搓澡，后背，面部，甚至我的下体，擦洗下体时和擦洗我脚底时一样粗暴。其次，"吃饭"意味着一块平坦的木板从墙里自己伸出来，墙上先前根本没有槽口，男人指了指本来就在那儿的凳子，然后用瓦卡迪殊那些轻浮男人钟爱的用具——刀和勺子——喂我吃东西，害得我觉得自己像个孩子。我问他是不是奴隶，他哈哈一笑。木板又自己缩回墙里。

"所有智慧和所有答案都与我们光芒四射的女王同在。"他说。

他们走了，我出门在寒风中走了十步，回房间里去穿他们留下的袍

446

服。我很少会穿袍服，穿上了也只会更加讨厌这些东西。我在门口听见房间里有脚步声和喘息声。是该冲进去还是先偷看呢？我拿不准主意，等我最终选择猛地拉开门，房间里却空空如也。我估计是密探。然而他们会在找什么呢？我不知道。阳台方向，我还没走到那儿，门就自己开了。我后退两步，门自己关上。我上前两步，门开了。

我再次出门，沿着楼面边缘的小径向前走。小径铺着像是从山上挖来的泥土和石块。这是接下来发生的。我向前走，来到边缘上的一个缺口前，缺口上悬着用木板钉成的平台，四个角用绳索固定。我踏上平台，一个字都没说，周围也见不到任何人，平台就自己下降了很长一段距离，来到底下的一层楼面。我走下平台，沿着这条新的小径前行，这实际上是一条道路，有两条小径那么宽。隔着这条路，我能看见宫殿和第一棵巨树。这棵树的最底下一层有一幢小屋，它有三扇黑黢黢的窗户和蓝色的屋顶，屋顶似乎是从其他地方搬来的。事实上，没有任何阶梯或道路通向它。它位于瞭望平台的庞大阴影之中，瞭望平台宽阔得仿佛战场，卫兵在上面正步走。这些楼层似乎连接在一起，最底下一层有吊桥和红得仿佛草原地面般的围墙。接下来一层有环绕半圈的挡墙。第三层很高，底下有巨大的拱形架子和散乱的树木，然后又是一层，这层的围墙最高，比门和窗户高七倍甚至八倍。这一层建有多个金顶塔楼，另外还有两层爬向更高处。右边对面是另一棵树，与我眼睛齐平的高度上是宽阔的台阶，台阶向上通往一个大厅。台阶上有很多人，他们三五成群，蓝色、灰色和黑色的外衣扫过地面；他们有的站着有的坐着，似乎在讨论严肃的问题。

"那些该死的阉人刷得太用力，我觉得我可怜的下体都要流血了。"莫西看见我劈头就说。他们把他送到了这一层。我忽然想道：他们为什么要分开我们？

"我说，先生们，又不是我割了你们两个，你们别拿我可怜的小骑士撒气。怎么，听见我受苦受难，你笑得这么开心？"莫西说。

我没注意到我在笑。他咧嘴露出灿烂的笑容。然后他的表情变得严肃。

"咱们走一走，我有话要和你说。"他说。

我很好奇，在一座向上而不是平面生长的城市里，道路究竟是如何连通的。那条瀑布究竟落向何方。

"追踪者，我真为你抱歉。要是混在人群里，我估计就找不到你了。"

"什么？"

他指了指我身上的衣服，我和他一样，也和周围经过的许多男人与男孩一样，身穿长套衫和只在颈部扣住的斗篷。然而颜色只有我见过的那几种：灰色、黑色和蓝色。有些比较老的男人在光头上戴着红色或绿色的帽子，腰上缠着红色和绿色的腰带。偶尔也有女人在拖车或敞篷车厢里经过，她们有些身穿白色罩袍，罩袍长袖阔如翅膀，顶部分开以托起胸部，她们缠着几种颜色的头巾，头巾像高塔似的巍然耸立。

"我从没见过你穿得这么整齐。"他说。

两头驴拖着的一辆车经过我们，车里坐着一个老人和一个少年。他们来到我视线尽头的楼层边缘，一转眼就消失了。刚开始我以为车上的人掉下去摔死了。

"这是一条盘旋路，时而进入、时而开出树身。到了一些地方，假如他们想离开堡垒，可以走带咱们上来的那种桥下去。"莫西说。

"一夜之间你忽然成了都林戈的百科全书。"

"只要不睡觉，一夜之间你就会学到很多。你听这个。都林戈人把城市建在高处是因为有个古老的预言说大洪水有朝一日还会再来，许多人依然坚信如此。这是一位老人告诉我的，不过也许半夜不睡觉满街乱逛害得他发疯了。大洪水淹没了所有土地，包括魔魅山和孔谷尔之外的无名山脉。大洪水杀死了陆地上的巨大野兽。你要知道，我去过许多国度，所有人似乎都认同的一点是大洪水曾经来过，有朝一日还会再来。"

"所有国度似乎都认同的一点是诸神既小气又善妒，宁可摧毁整个世界，也不愿见到世界抛弃祂们而前进。你说咱们必须谈谈。"

"对。"

他抓住我的胳膊，加快步伐。"我认为咱们不妨认为有人在监视甚至跟踪我们。"他说。我们走过一座桥，从一座宽阔的塔楼下走过，蓝色的石砌拱道比十个人还高。我们继续向前走，他的手依然抓着我的胳膊。

"没有孩子。"我说。

"什么？"

"我没见到任何孩子。昨晚没见到，当时我以为是因为太晚了。然而白天已经开始了这么久，我还是一个孩子也没见到。"

"你有什么不满意吗？"

"你见到哪怕一个孩子了吗？"

"没有，但我有其他事情要告诉你。"

"还有奴隶。都林戈有了魔法就不是都林戈了。奴隶在哪儿？"

"追踪者。"

"刚开始我以为给我擦澡的仆人是奴隶，但他们似乎很擅长他们的技艺，尽管所谓的技艺是擦背和刮下体。"

"追踪者，我——"

"但有些地方不——"

"操他妈的诸神，追踪者！"

"怎么了？"

"昨天夜里。我在女王的寝宫。卫兵带你去你的房间，但带我去我的房间只是为了给我洗澡，然后把我带回王宫。"

"她叫你回去干什么？"

"都林戈人是非常直接的一群人，追踪者，而她是一位非常直接的女王。你知道答案了，又何必非要问呢？"

"但我不知道啊。"

"他们带我去她的寝宫，坐的还是咱们来的那节车厢。这次有四名卫兵陪着我。要不是他们拿走了咱们的武器，我都要拔剑了。女王要再次接见我。我似乎迷住了她。她依然认为我的皮肤和头发是魔法的结果，而我的嘴唇，她说我的嘴唇像开放的伤口。她要我躺在她身边。"

"我没问你。"

"你应该知道。"

"为什么？"

"我不知道！我不知道我为什么觉得我必须告诉你，尽管这事情对你来说没有任何意义。真是该死。她冷冰冰的，追踪者。我的意思不是说她很冷漠，没有表现出任何感情，包括快感在内，我的意思是说她摸上去冷冰冰的，皮肤比北方还冷。"

"她要你做了什么？"

"你非要问我这个吗？"

"你以为我会问你什么，治安官，问你感觉怎么样？我认识许多可以去请教这个问题的女人。"

"我不是女人。"

"当然不是。女性会把这种事视为理所当然的发展。男人，男人会跪倒在地，哭喊多么恐怖，何等的贬损。"

"难怪你这人交不到朋友呢。"莫西说。

他气冲冲地走开，我不得不跑上去追他。

"你问我要耳朵，我却给了你一拳头。"我说。

他走了几步，忽然停下，转过身："我接受你的道歉，就算你在道歉吧。"

"你仔细说说。"我说。

芒衮加正在苏醒。打扮得像长者的男人在去长者该去的地方。没有人拿的瓶罐在窗口把昨晚的剩饭倒进深入树干的排水沟。穿袍服戴帽子的男人夹着书籍和卷轴步行经过；驴子或骡子拖、但没有缰绳的车里坐着穿斗篷和长裤的男人。女人推着满载丝绸、水果和饰品的小车。右手边树枝的侧面，人们悬在挡墙外面，带着染料、木棍和刷子，继续绘制女王的壁画。火烧鸡油和炉烤面包的芬芳气味从看不见的地方飘来，到处都能闻到。还有，各种各样的声音无所不在，反而变成了一种新的静谧：齿轮转动、绳索受力、巨大轮盘的撞击和搏动，然而眼睛看不到这些声音都来自何方。

"他们甚至不让我自己洗澡，说女王闻得出肮脏的气味，最细微的一丁点也会害得她像下暴雨似的打喷嚏。我说，那么你和这些国度的许多人一样，也闻不到自己胳肢窝底下的怪味了。然后他们给我涂上一种香膏，说这是女王最喜欢的，那气味就像庄稼底下的屎尿，呛得我龇牙咧嘴。在我的头发里，在我的鼻子里，现在也还有，你难道闻不到吗？"

"闻不到。"

"那就是早晨洗澡又刷掉了，连同我全身的皮肤和大部分头发。追踪者，索戈隆也在。"

"索戈隆？在旁边看？"

"好大一帮人看着呢。女王可不会单独交媾，国王也一样。她的女仆，她的巫师，两个看着像顾问的男人，一个医生，索戈隆，还有女王的所有卫兵。"

"这个王国有什么地方不对劲。你真的——一个人怎么可能——"

"是啊，是啊，真该死。我认为老巫婆向女王承诺了我身上的什么东西，而且没有征求我的意见。"

"她要你做了什么？"

"什么？"

"到处都看不见孩子，你来的第一个晚上，女王就要你侍寝。你有没有——"

"有，你想知道的就是这个吧？我把我的种子留在她身体里了。看你的模样，就好像勃起有任何意义似的。它甚至不等于有兴趣。"

"我又没问。"

"你的眼睛在问，而且还在评判。"

"我的眼睛根本不在乎。"

"随你怎么说。然后我当然也不在乎。然后她的巫师和夜间看护说行了，我的种子在她身体里了。巫师确保了万无一失。"

"一个女王为什么要和她刚认识的外国人睡觉，还要确定他把种子留在了她身体里？为什么整个宫廷都觉得这件事很重要？我跟你说，莫西，这片土地有什么东西不对劲。"

"而且女王冰冷得仿佛山巅。她一言不发，他们警告我不得直视女王。她的样子甚至不像在呼吸。所有人都注视着我们，我感觉就像在戳地板上的一个洞。"

"谁警告你？"

"给我洗澡的卫兵。"

"他们看上去像她吗？皮肤黑得发蓝？"

"我们见到的每个人不都是这样吗？"

"我们既没见到奴隶也没见到孩子。"

"你说过了。对了，追踪者，她有个笼子。笼子里有两只鸽子。真是奇怪的宠物。"

"没人养这种恶心的动物当宠物。阿依西使用鸽子。索戈隆也用。我问她的时候，她说她要送信给都林戈女王。"

"他们逼着我在她身体里留了两次种。"

"索戈隆对你说什么？"

"什么都没说。"

"咱们应该去找其他人。"

我抓住他的手，把他拖进一个门洞，然后抱住他。

"追踪者，这他妈是搞——"

"有人跟踪我们，两个。"

"哦，你说的是我背后一百步的那两个男人吗？一个穿蓝斗篷和白袍子，另一个像骑手，穿开襟马甲和白裤子。两个人尽量假装不是一伙的，但显然是同路人，对吧？追踪者，我认为他们在跟踪我。"

"咱们可以把他们引到那块楼板上，然后把他们推下去。"

"你的人生乐趣都这么暴躁吗？"

我推开他。我们继续向前走，走过数不胜数的许多级台阶，我注意到小径带着我们绕树干转了两圈，小房子的屋顶、塔楼和宏伟的厅堂在身边经过。几乎每次拐弯，我都能在远处多看见一棵树。每次拐弯，我对莫西的怒火就烧得更旺了一点，但我不明白为什么。

"一座没有儿童的城市，一个渴望怀孕的女王，哪怕是借你的种。被她选中是不是挺荣幸的？"

"这么低劣的风俗，荣幸从何而来？"

"但你还是脱掉袍子，竖起来迎上去了。"

"你生什么气？"他问。

我看着他："我似乎迷路了，我不知道我在这儿干什么。"

"你怎么能迷路？我跟着你走，所以我也迷路了。"

那两个人不再等我们前进，而是走向我们。

"也许你寻找的不是一个去开战或拯救男孩的理由，而仅仅是一个理由。"莫西说。

"操他妈的诸神，我听不懂你的意思。"

"我这一辈子都花在追捕别人上。不是急着去做什么的人，就是急着想逃跑的人，但你呢？你似乎只想斩断尘缘。你不在乎这件事，你为什么会在乎呢？但你在乎任何事吗？或者任何人？"

听到这里，我只想挥动拳头，把他的下一句话打回他肚子里。

他望着我，眼神锐利，等我回答。我说："咱们该怎么处理这两个人？我们没有武器，但有拳头。还有腿脚。"

"他们——"

"别回头，他们追上来了。"

两个男人看上去像僧侣，高，非常瘦，一个留长发，像阉人似的修过脸；另一个不如这一个高，但同样很瘦，他盯着我们看了不到一眨眼的工夫，视线随即越过我们。莫西去拔剑，但他没带佩剑。他们从我们身旁走过，两人身上都散发着浓重的香料气味。

回我房间的路上，连想到诸神在此休憩也无法阻止我咒骂。

"真是没法相信，你居然睡了她。"

他转身瞪着我："什么？"

我停下脚步，转过去。单独一辆拖车从我们身旁驶过。街上空荡荡的，但你能听见小巷里的店铺传来买卖叫喊的声音。

"你听见我说什么了。感谢诸神，我只是个卑贱的丛林小子，"我说，"她肯定以为你是东方的王子。"

"你觉得事情是这样的？你太卑贱，所以不配被利用和灭口？"莫西说。

"假如她怀孕了，你可以感谢诸神，你能成为一大群孩子的父亲。就像老鼠。"

"听着，你这个搞树丛的。你别拿换了你一样会做的事情来评判我。难道我有的选吗？你以为我愿意吗？你会怎么做，在女王盛情款待你的夜晚羞辱她？我们会得到什么下场？"

"这对我来说太新鲜了。从来没有男人为了我去睡其他人。假如她怀孕了，这儿的女人都会来找你的。"

"假如她怀孕了，她们会去找任何一个人。"莫西说。

"不，只会找你。"

"那就让她们来呗。她们会发现都林戈至少有一个男人不是懦夫。"

"我现在可以狠狠地揍你一顿。"

"你，两条腿猎狗，以为你能打败一名战士？尽管来试试看。"

我径直走向他，攥紧双拳，但就在这时，几个穿学者袍的男人走出一条小巷，从我们身旁走过。其中三个人转过身，脚和其他人一起向前走，但背着身子看我们。我转身走向我的房间。我不希望也不指望莫西跟我走，但他还是跟我走了，他刚进门，我就狠狠地把他按在墙上。他想推开我，但做不到，于是他提膝撞我侧肋，我的肋骨顿时移位，像是被他撞断了一根。剧痛跳进我的胸口，向上跑到肩膀。他使劲推开我。我跟跄后退，被绊了一下跌倒。

"操他妈的诸神。"他叹息道。

他伸出手，拉我起来，我却顺势拽倒他，挥拳打中他的胃部。他倒下，惨叫，我扑到他身上，企图用拳头砸他，但他抓住了我的双手。我向后拉，我们滚了几圈，撞在墙上，又滚向露台门，门开着，我们险些掉下去。我翻到他身上，掐住他的脖子。他从我背后抬起双腿，交叉搭上我的肩膀，一发力推开我，我摔在地上，他扑到我身上。他给我一拳，但我躲开了，他打在木头地板上，惨叫一声。我再次扑到他身上，用手臂缠住他的脖子，他向后翻倒，重重地砸在地上，而我垫在他底下，气息从我鼻子和嘴巴里被挤出去。我无法动弹，什么都看不见。他翻身钻到我底下，一条胳膊扼住我喉咙，双腿固定住我的双腿。我挥舞我还能动弹的那条胳膊，他一把抓住。

"住手。"他说。

"去搞刺棕榈树吧。"

"住手。"

"我要杀了——"

"住手，否则我就扭断你的手指。你到底住不住手？追踪者，追踪者！"

"我听见了，婊子养的。"

"不许说我母亲是婊子，道歉。"

"我要说你母亲和你父——"

我剩下的话变成了一声惨叫。他使劲拉我的中指，我觉得皮肤马上要爆裂了。

"我道歉，从我身上起来。"

"我在你底下。"他说。

"放开我。"

"诸神在上，追踪者。灭掉你的满腔怒火吧。还有更大的麻烦等咱们解决呢。到此为止了？可以吗？"

"行，行，行。"

"你向我保证。"

"我他妈向你保证！"

他松开手。我想转身揍他，没法握拳就扇他耳光，没法扇耳光就踢他，没法踢他就用头槌，他挡住我的脑袋我就咬他。但我还是站了起来，揉搓那根手指。

"断了。被你弄断了。"

他坐在地上，不肯起来。

"你手指和你肋骨一样，都没断。但手指很麻烦。要是扭伤了，一整年都好不了。"

"我不会忘记这个的。"

"不，你会忘记的。你和我打架是因为在我认识你之前很久，其他什么人欺骗了你。也有可能是因为我睡了一个女人。"

"我是最大的大傻瓜。你们全都这么看我，鼻子很灵的那个傻瓜。如你所说，我只是一条猎狗。"

"我说过头了。追踪者，打架时候的气话。"

"我是来自河流地带的猎狗，我们那儿用牛粪砌茅屋，因此我对你们这些人来说只是野兽。所有人都有两套计划，甚至三套四套，只希望自己获胜，其他人统统失败。治安官，你的第二套计划是什么？"

"我的第二套计划？我的第一套计划是查清楚是谁谋杀了一位长老和他全家，结果遇到了一群非要打扰他们尸骨的怪人。我的第二套计划肯定不是跟踪一个嫌疑犯去图书馆，结果看着图书馆被烧毁。我的第二套计划肯定不是杀死我自己的手下。我的第二套计划肯定不是跟着一帮连一起过街都做不到的浑球逃跑，全都是因为我的弟兄见到我就会杀死我。我的第二套计划，信不信由你，肯定不是因为无处可去而必须和这么一帮倒霉蛋待在一起。"

他站起身。

"滚你的吧，还有你的自怨自艾。"我说。

"我的第二套计划是救出这个男孩。"

"你又不在乎这个男孩。"

"不，你错了。一夜。一夜之间我就失去了一切。然而这一切失去得这么快，也许它们本来就什么都不是。现在只有这个男孩能让我过去这几天的人生像是有点意义了。既然我要失去一切，那就操他妈的诸神和群魔吧，我非要让我的人生有点意义不可。我现在只剩下这个男孩可以在乎了。"

"索戈隆想自己去救男孩。也许还会带上女孩和水牛，为了保护他们返回曼萨。"

"操他妈索戈隆想怎么怎么一千遍。她还需要你去找男孩。事情非常简单，追踪者。别告诉她任何消息。"

"我不——"

他看着我，竖起手指放在他嘴唇上。他朝肩膀背后摆摆头。他悄无声息地走向我，直到嘴唇碰到我的耳朵，他耳语道："你闻到了什么？"

"各种气味，没什么特别的。木头、皮肤、腋臭、体臭。怎么了？"

"你我都被洗刷得干干净净。"

"你闻到了什么陌生的气味？"

我和他交换位置，缓缓退到房间的另一头。我的小腿碰到凳子，我把它搬开。莫西跟着我慢慢地走，用腿挑起凳子。来到侧墙前——就是从里面伸出桌板的那面墙——我停下脚步，转过身。粥、木油、干草绳、汗水，还有很久没清洗过的身体的臭味。墙背后？墙里面？我指了指木墙板，莫西脸上的表情也在问同样的问题。我拍了拍木板，有什么东西像老鼠似的跑开。

"应该是老鼠。"莫西悄声说。

我用手指顺着木板上沿摸，摸到一个三指宽的卡槽后停下。我用手指抓紧木板，使劲一扳。我又扳了一下，木板从墙上断开。我伸手抓住缺口，把木板扯了下来。

"莫西，诸神在上。"

他向里看，倒吸一口凉气。我们站在那儿看呆了。我们手忙脚乱地抓住木板，把它们拆掉，这些木板和我们一样高，拆不下来的我们就抬脚踢进去或者踢开。莫西几乎疯狂地抓住一块块木板，就好像在和时间赛跑。我们又是拽又是扯又是踢，在墙上弄出的窟窿和水牛差不多宽。

这个男孩既不是站着也不是躺着，而是靠在干草铺的床上。他双眼圆睁，满脸惊恐。他很害怕，但无法说话；他想逃跑，但做不到。男孩无法尖叫，因为像动物内脏似的某种东西从他嘴里一直塞进喉咙。他无法动弹是因为绳索。他的所有肢体——双腿、双脚、脚趾、胳膊、双手、脖子和手指——全都绑在绳索上，能够牵动绳索。他圆睁的双眼淌出眼泪，仿佛盲目的河流，瞳仁的灰色犹如阴天。他似乎是瞎子，但他能看见我们，因为我们的凑近而惊恐万状，他向后缩、叫喊、手舞足蹈，想挡住面部不受伤害。房间因而发狂，桌板伸出来又收回去，大门打开又关上，阳台绳索松弛又收紧，马桶自己倒空。绳索绑着他的腰部，将他固定在位置上，但有一块木板上有个小洞，宽度足以容纳他的眼睛，因此，对，他能看见。

"孩子，我们不会伤害你。"莫西说。他向男孩的脸伸出手，男孩的脑袋一下又一下撞在草垫上，他转过去，以为会挨打，泪水淌成小河。莫西抚摸他的面颊，他对着嘴里的东西尖叫。

"他不懂我们的语言。"我说。

"看看我们，我们不是蓝皮的。我们不是蓝皮的。"莫西说，缓慢而长久地抚摸男孩的面颊。男孩还在手舞足蹈，桌子、窗户和房门还在开开关关、出出进进。莫西继续抚摸他的面颊，直到他的动作越来越慢，最终停下。

"他们肯定是用魔法绑住这些绳子的。"我说。

我解不开绳结。莫西把手指插进他右脚凉鞋的一个小槽里，抽出一把小刀。

"卫兵一般不会搜查踩过屎的鞋。"他说。

我们割掉男孩身上的所有绳索，但他依然站在那儿，靠着干草床，他赤身裸体，浑身汗水，他双眼圆睁，像是除了惊吓就没有过任何情绪。莫西抓住插进他嘴里的管子，带着巨大的悲哀看着男孩，他说："对不起，真的对不起。"

他抽出管子，动作不快，但很坚定，直到完全抽出来才停下。男孩反胃呕吐。所有绳索都切断了，门和所有窗户全都紧闭。男孩望着我们，皮肤上带着绳索磨出的疤痕，他的嘴唇在颤抖，像是想说什么。我没有对莫西说他们很可能割掉了他的舌头。莫西在北方最乱的一座城市里担任治安官，也算见过世面，但从未见过如此残忍的事情。

"莫西，每一幢房子，每一个房间，那些缆车，全都是这样的啊。"

"我知道。我知道。"

"为了寻找那个男孩，拯救那个男孩，无论我走到那里，都会遇到比他现在的命运更加恐怖的事情。"

"追踪者。"

"不。这些魔鬼不会杀死他。这个男孩没有受到伤害。完全没有。我闻得很清楚；他活着，身上没有腐败或死亡的气味。你看看你怀里的这个男孩，他甚至站不起来。他在那面墙里面待了多少个月？从出生开始？你看看这地方，简直是最污秽的噩梦。吸血怪物难道能比他们更坏？"

"追踪者。"

"怎么能这样？莫西，你和我是一类人。别人召唤我们，我们知道我们会见到恶事。撒谎、欺骗、殴打、受伤、杀人。我的忍耐力很强。但我们总是以为怪物有钩爪、鳞片和毛皮。"

男孩望着我们，莫西抚摸他的肩膀。他不再颤抖，他的视线越过阳台门，像是从未见过外面是什么样子。莫西把他放在凳子上，转身面对我。

"你在想你能做什么。"他说。

"你不说我也知道。"

"我绝对不会教你该怎么想。只是……听我说，追踪者。我们为了那个男孩来到这里。我们只有两个人，却要和一个国家作对，连原先的同伴都有可能变成敌人。"

"我认识的每个人都对我说，追踪者，你不为了任何事物而生或而死。你这个人就算一夜之间忽然消失，其他人的生活也不会变得更糟糕。也许这就是我愿意为之而死的那种事……行了，你说吧。"

"说什么？"

"说这事情不是我和我们管得了的，说这不该是我们的战斗，说这是傻瓜而不是智者的行为，说这么做也无济于事……行了，你到底想说什么？"

"这些狗娘养的长蛆孙子，咱们从哪儿杀起？"

我瞪大了眼睛。

"你想想看，追踪者：他们本来就不打算放咱们走。那咱们就留下吧。这些胆小鬼很久没直面过敌人了，多半以为佩剑和首饰是一码事。"

"他们的人成百上千，甚至还要翻倍。"

"我们不需要担心成百上千的人。只需要担心宫廷里的那一小撮。

从可憎的女王开始好了。先赔笑脸，装傻瓜。他们很快就会召唤我们去宫里，比方说今晚。现在咱们该喂这个——"

"莫西！"

凳子上空了。通往阳台的门来回摆动。男孩不在房间里。莫西冲上阳台，他速度太快，我必须抓住他的斗篷，否则他肯定会摔下去。莫西的嘴里没有发出任何声音，但他在尖叫。我把他拉回房间里，但他依然想冲出去。我搂住他，抱得越来越紧。他停止挣扎，任凭我抱着他。

我们等到天黑才去找奥格。喂我们吃饭的白痴来敲门，请我去宫里赴晚宴，但不是和女王一起。等鼓声敲响，我就该去码头等缆车。懂不懂？莫西拿着小刀躲在门背后。肯定有人见到男孩跳下去摔死，尽管可怜的孩子掉下去的一路上没发出任何声音。也可能在都林戈，奴隶掉下去摔死根本不稀奇。我还在想这些的时候，他企图把脑袋伸进房门，直到我说先生，要是你进来，当心我连你一起做了，他蓝色的皮肤变成绿色。他说那就明天吃早饭见吧，好不好？好。

我闻到萨多格在姆卢玛也就是第三棵巨树上，这棵树更像一根杆子，张开宽大的羽翼捕捉阳光。莫西担心会有卫兵监视我们，但都林戈人过于傲慢，没人将两个未来的播种机器视为威胁。我对他说，咱们的武器在他们眼里肯定很有趣，不，不仅是我们的武器，而是所有武器。他们就像没有刺但不知道有动物吃它们的植物。男人和女人盯着我们看，莫西忍不住去掏他藏在衣服里的小刀，我拍拍他的肩膀，压低声音说，你猜他们见过多少个男人有你的肤色？他点点头，平静下来。

缆车来到姆卢玛的第五层楼停下。萨多格在第八层。

"我不知道她为什么那么凶。到这座城市之前就变凶了。"萨多格说。

"谁？维宁？"我问。

"别再叫我那个肮脏的名字。这是她的原话。但这就是她的名字啊，否则我该怎么叫她？她说'我叫维宁'的时候你也在，对吧？"

"嗯，她对我一直很凶，所以我——"

"她从来不凶。我让她坐在我的肩膀上，对她也从来不凶。"

"萨多格，还有更重要的事情，咱们必须谈谈。"

"维宁，他们为什么把我们和其他人分开？我只说了这一句，然后她就说维宁不是她的名字，尖叫着要我拿开我的怪物胳膊和怪物脸，你绝对不能靠近我，因为我是想焚毁世界的恐怖战士。然后她叫我肖加。她变了。"

"萨多格，也许她看待事物的方式和你不一样，"莫西说，"谁知道女人的心思呢？"

"不，她变了，而且——"

"你别提索戈隆。她的瘦巴爪子插进了天晓得多少个碗里，咱们不可能一次全谈清楚。这儿有阴谋，萨多格，女孩很可能和索戈隆是一伙的。"

"我提到索戈隆，她却啐了一口。"

"谁知道她们为什么吵架呢。奥格，咱们有更严重的问题。"

"这么多绳索，不知道都连着哪儿，却能牵动所有东西。可怕的魔法。"

"是奴隶，奥格。"莫西说。

"我不明白。"

"其他的事情改天再说，萨多格。女巫有其他的计划。"

"她不想找男孩了？"

"找男孩依然在她的计划里，但我们已经不在了。她打算先让我找到男孩，然后在女王的帮助下单独占有男孩。我猜女王和她谈了某种交易。也许等索戈隆救出男孩，女王会开放前往姆韦卢的安全通道。"

"但咱们要做的不就是这个吗？为什么要欺骗我们？"

"不知道。这个女王很可能要留下我们，为他们邪恶的科学服务。"

"所以这儿每个人都是蓝色的？邪恶的科学？"

"不知道。"

"维宁，她用一只手把我推出门。我做了什么，让她这么讨厌我。"

"她把你推出门？用一只手？"我问。

"我不就是这么说的？"

"我见过一个被激怒的女人推翻一辆满载金属和香料的马车。也许那辆车就是我的，也许她就是我激怒的。"莫西说。

"萨多格，"我提高嗓门说，让莫西闭嘴，"我们必须提高警惕，我们需要武器，我们必须逃出这座堡垒。你对那个男孩有什么看法？咱们应该去救他吗？"

萨多格看看我和莫西，然后望向门外，他皱起眉头："咱们该去救男孩。他又没做错什么。"

"那么这就是咱们要去做的了，"莫西说，"咱们等他们抵达都林戈。咱们自己拿下他们，不告诉女巫。"

"咱们需要武器。"我说。

"我知道他们把武器放在哪儿，"萨多格说，"没人能搬动我的铁手套，所以我自己把它们拿给了武器保管人。"

"哪儿？"

"这棵树上，最底下一层。"

"索戈隆呢？"莫西问。

"那儿。"他指着我们背后。宫殿。

"很好。等吸血怪物来了咱们就去。在此之前——"

"追踪者，怎么了？"莫西问。

"什么怎么了？"

"你的鼻子到底还灵不灵啊？空气中的这股甜味。"

他话音未落，我就闻到了。气味变得越来越甜、越来越浓。房间是红色的，因此没人看见橙色烟雾从地面升起。莫西首先倒下。我趔趄两步，跪倒在地，看见萨多格跑向房门，愤怒地捶打墙壁，然后一屁股坐在地上，随后躺了下去，房间为之颤抖，再然后房间里的一切都变成了白色。

19

　　我知道我们离开孔谷尔已经七天了，自从踏上这趟征程已经过了四十三天，经历了一次满月。我之所以知道，是因为只有计算数字才能让我保持冷静。我知道我们在某棵巨树的树干里。铁箍锁着我的脖子，连着一根沉重的长链。我的手臂被铐在背后。我的衣服没了。我必须转身才能看见长链铆接着的大球。两者都是石头的。有人告诉了他们，金属对我不起作用。索戈隆。

　　"我说，告诉我们，男孩在哪儿。"他说。

　　首相。女王肯定在楼上等消息。不，不是女王。

　　"要是索戈隆想知道男孩的消息，你叫那个女巫自己下来问。"我说。

　　"小子，小子，小子你最好乖乖地告诉我你闻到了什么。要是我出去，就会有其他人带着工具回来，是的。"

　　上次我待在一个黑屋子里，会变形的女人钻出阴影扑向我。这段记忆使得我为之畏缩，但面前的白痴以为是因为他威胁要拷打我。

　　"你现在能闻到男孩吗？"

　　"我只和女巫谈。"

　　"不，不，不，那是不可能的。你——"

　　"我闻到了某些气味。山羊，山羊的肝脏。"

"库族的男人，你真是厉害。早餐确实是羊肝，还有我自家地里的高粱，还有北方商人带来的咖啡，非常别致，是的。"

"但我闻到的羊肝味是新鲜的，首相啊，为什么气味从你裤裆里飘出来？你的女王知道你施行白科学吗？"

"我们伟大的女王允许施行所有的术法。"

"只要不在你们伟大的女王面前就行。你看，首相，你必须拷问我，或者至少杀了我。你知道这是真的，什么也无法阻止我把实情告诉任何一个愿意听的人。"

"除非我割掉你的舌头。"

"就像你们对待奴隶那样？你的女王不需要我们这些离家在外的男人完好无缺了？"

"我们的女王只需要你们的一个部件完好无缺。"

我不由自主地夹紧双腿，他放声大笑。

"男孩在哪儿？"

"男孩不在任何地方。他才从瓦卡迪殊出发，这段路难道不需要走好几天吗？你可以去瓦卡迪殊找他。"

"但你们来到都林戈等他。"

"但他还没到都林戈。女巫在哪儿？她在听吗？你是她的耳目，还是说你不过是某些更重要的嗓子的肥硕回声？"

他咬牙切齿。

"对，人们都说我鼻子很灵，但没人告诉你我嘴巴也很利索。"我说。

"要是我走了，等我回来就——"

"就会带着你的工具。你的话真吓人，比上次还可怕。"

我站起身。即便我脖子上拴着石链，我哪儿也去不了，首相还是吓得退了退。

"我不和你也不和你的女王谈，我只和女巫谈。"

"我有权——"

"只和女巫谈，要么你就开始拷打吧。"

他扬起阿格巴达袍，露出双脚，走了，留下我一个人。

尽管我闻到她来了，她依然来得出乎我的意料。牢房另一头的门打开，她走进牢房。两名卫兵在几步之外跟着她。一名卫兵拿着钥匙，打开房门，尽量远离她。卫兵努力掩饰他们对月亮女巫的畏惧。她在黑暗中坐下。

"我知道你在困惑，"她说，"你困惑为什么你在都林戈连一个孩子都见不到。"

"我困惑我有机会的时候为什么不杀了你。"

"有些城市养牛，有些种麦子。都林戈培育人，而且不是用自然的方式。没必要向你解释，花上好几年才能说清楚。你只需要知道这个，月复一月，年复一年，许多年复许多年，都林戈的种子和子宫渐渐变得毫无用处。倒不是贫瘠的种子养出相貌无法描述的怪物。坏种子进入坏子宫，相同的家族之内，循环往复，都林戈的孩子从最聪明变成了最愚笨。他们花了五十年才终于彼此承认，看看我们，我们需要新的种子和新的子宫。"

"请告诉我，这个无聊的故事里有怪物。"

"其中的力量超过了魔法。假如她能怀孕，他们就会抓住他，把他带进树干。他就像泉眼，他们会抽干这眼泉水。抽干他，直到他丧命。但仅限于拥有皇室血脉的人。他们抓住的其他男人，会供其他人去抽干和丧命。甚至包括你的奥格，他的种子毫无用处，但他们的科学家和巫师会让它发芽抽穗。"

"那么这座堡垒应该到处都是孩子才对。他们把孩子全藏起来了？"

"他们会在孩子出生前取出孩子，放进集体子宫，喂养并培育他们，直到他们和你一样大。直到这时，他们才会出生。但他们身体健康，能够长寿。"

"一个我这么大的男人只会哇哇哇哇说话，每天两次把屎拉在自己身上。不愧是伟大的都林戈。"

"已经两天了。男孩在哪儿？"

"没有孩子，没有奴隶，也没有旅客。你很清楚。地图说下一道门通往都林戈之前你就知道得清清楚楚了。"

"没人能安全出入都林戈，"她说，"你知道他们的脑袋里除了算计什么都没有。哪怕只是走过主大道，也需要无数的乞求、文书往来和签订协约。你看看这座城堡有多么神奇。你以为他们会允许所有人自由出入，偷走他们的秘密吗？不可能，白痴。走上他们街道的外人会被抓去配种，派不上用场的只有死路一条。"

"你让鸽子通知她说你要来，还带着礼物。"

"他们为什么在瓦卡迪殊待那么久？"

"我、治安官和奥格。"

"他们为什么还不来？"她问。

"也许瓦卡迪殊的女人的血肉比较充盈。你难道不是一个南方的女人吗？"

"阿依西已经带领车队来都林戈了。"

"有人出卖了你？索戈隆，你对此有什么看法？"

"你除了会开玩笑还会什么？"

"你除了会出卖人还会什么？"

"存在两个都林戈。就像马拉卡尔之前还有一个马拉卡尔。老都林戈不存在女王或国王，只有一个大议事会，成员全是男人。为什么要把整个国家的命运放在仅仅一个人手里呢？他们说这是人民的决议，但这是撒谎，因为他们从不问人民的意见。这些男人，他们说，为什么把我们的未来放在一个人的手心里呢？你们把权力放在一个人的手里，他迟早会攥起拳头。忘记国王和女王吧，由我们最睿智的男人组成一个议事会。很快，这些最睿智的男人就只听最睿智的男人的话了，很快，他们变得愚蠢。很快，所有事情都变得无比缓慢，包括该去哪儿搜集粪便、该派谁上战场，最后粪便在街道上流淌，他们和南方四姐妹开战也险些输掉。十二个男人，他们意见统一的时候，没人能看穿他们的傲慢。他们意见不统一的时候，就会争战不休，人们饥饿而死，而他们依然那么傲慢，以为这意味着他们的睿智。都林戈的人民终于认清了一点。有十二个脑袋的野兽并不会聪明十二倍，而是一头在吼叫中衰竭而亡的野兽。因此，都林戈杀了其中十一个，让剩下的一个当国王。"

"他们还在害怕一场永远也不会来的大洪水呢。"我说。

"现在他们是九界嫉妒的对象。每个国王都想和他们结盟，每个国王都想征服他们。但国王的第一条睿智法令是什么？都林戈不会和任何人开战，也不视任何人为敌。他们和好人也和坏人做生意。"

"这个故事既不好也不短。"

"我告诉阿玛都，他不需要你们任何人。随便拼凑的五六个战士和一条猎犬。我只需要你一个人，但就连你也是白痴。你们每一个都是白痴。把那么多时间花在争吵上，咆哮得像是饥饿的鬣狗，你们连找自己屁眼的时间都没有，更别说找那个男孩了。你想知道孔谷尔对我来说是什么？我在孔谷尔认清了男人的真正用处，而他们唯一有用的地方，连一根蜡烛都比他们好用。"

"然而你帮忙寻找的男孩还是会长成男人。"我说。

"然而你知道我会怎么做吗？知道我会怎么做吗？我会制造最盛大的报复。我要埋葬你们中的每一个人。每一个男人。我是每个人的丧钟、每一个厄运、每一场恶灵的瘟疫。见到每个死亡的转折我都会放声大笑。要是匕首只捅进去一半，那我就把它插到底。我会在风中游荡，侵蚀你们的思想。而我依然活着。我会埋葬你、你的儿子、你儿子的儿子。而我依然活着。我……我……"她停下来，环顾四周，像是第一次见到这间牢房。

"无论你刚才拐到哪儿去了，差不多就回来吧。"我说。

"这是什么日子，一个——"

"一个男人居然敢教你该怎么做。你脑袋里不是已经有足够多的恶灵在这么做了吗？"

"我们在说你。"

"你在说除我之外的所有人。你看看你们都做了什么。队伍在山谷里还没集结就四分五裂。你们三个跑进暗土，另外一个不得不跟着进去，因为你是男人，男人永远不听劝。害得我们耽搁了一整个月。"

"于是你就出卖了我们。"

"省得你们碍事。"

"但你看看我，再看看你。你我之一有个好鼻子，另一个依然需要它。"我说。

"你我之一被锁链锁着，另一个没有。"

"你就没学过怎么求人帮忙吗？"

"女王会比娼妇更热情地款待你、治安官和奥格。"

"她会给我们每人一座她从来不去的宫殿吗？"

"我这一辈子啊，男人总对我说这会是人上人的生活。很好，都林戈的女王说了，只要你们活着，就能享受这样的生活。就男人的说法而言，这该是最美好的礼物。"

"假如男人有的选，那就更美好了。"

"女人在所有事情上不就是这样嘛，现在你也是了，感觉如何？"

"去让吟游诗人歌颂你战胜男人的伟绩吧。"

"男人？你只是个好鼻子。"

"但这个好鼻子对你依然有用。"

"对，这个好鼻子对我依然有用。你的其他部件却很碍事。等我找到那个男孩，你知道你帮助北方恢复了自然的秩序，你在这里度过余生的时候，不妨拿这来安慰一下自己。"

"这儿就没有任何东西是自然的。北方这是要被恶魔干了。"

"你好好看着我，小子。因为你根本没看清过我。你难道没去过孔谷尔？你难道没看见七翼在集结？你以为这个国王在动什么念头？南方国王连王座和屁眼都分不清楚，没心思发动战争，那你说他们为什么集结？不仅是孔谷尔的雇佣兵。马拉卡尔和瓦卡迪殊边界上的兵团一个月前也受召返回。法西西的骑士全被召进兵营。南方国王是一种疯狂。北方国王是另一种更可怕的疯狂。你记住我的话，他首先会破坏和约，对瓦卡迪殊动手。但这还不够，对这条有毒血脉的任何人来说都远远不够。然后他会去征服他能在地图上找到的所有地方。都林戈。"

"他最好能把都林戈烧成白地。"

她走近我，但依然在锁链允许我活动的范围之外。

"哈。你以为他会止步于都林戈和所有自由国家？你以为他会怎么对待库、甘加通和卢阿拉卢阿拉？更大的王国需要更多的奴隶。你以为他会从哪儿搞来这些奴隶？他才不会在乎他们的腿是不是像长颈鹿或者根本没有腿。"

"满嘴喷粪的女巫。"

"这个满嘴喷粪的女巫知道你那些孩子唯一能指望的就是法西西重新成为真正的北方。他已经开始从卢阿拉卢阿拉抓走男人和所有健康的男孩了。这个世界偏离正轨运转得太久了，一切都在失去平衡。你眼前这个皱巴巴的老婊子呢？没有什么东西和什么人是她不敢碰的，尤其是个还不如牢房墙上的一块屎斑重要的男孩，只要能够让姐妹的真正血脉回到王座上就行。真正的北方。北方的未来就在那个男孩的眼睛里。到时候诸神或许也会回归。未来比我更重要，比你更重要，甚至比法西西更重要。我不指望你能理解，你还在沉睡，你这种男人永远不会从那种睡梦中醒来。"

"那么，老婊子，你就去睡梦中寻求我的帮助吧。"

"女王希望她的新配种人保持完好，这是真的。她已经选中了她的配种人，却不是你。漂亮的治安官搞得她很舒服，我就在现场看着。太舒服了，她甚至不在乎他喜欢的是男人。他会过得很好，直到他的种子耗尽或者变坏，或者他变老，或者她厌倦了，打发他去烧火室派其他的用场。但你呢？他们根本不在乎要不要碾碎、弄断或者割掉你的哪个部位，反正女王想要的不是你。听我说，白痴。你和这件事本来就没关系，你自己也清楚。你什么都不会失去，能得到的无非是一笔小钱。那点钱还不如我施舍街边乞丐的呢。现在你有很多东西要失去了。你看见那些人了，他们靠控制奴隶过着整个生活。你觉得他们会不知道该怎么整治你？"

"有个问题，月亮女巫？他们是这么称呼你的吗？"

"女人本来就有名字，但男人就喜欢给她们另起一个。"

"你说话倒是像个女人，仿佛你能替任何女人代言似的。仿佛你来自某个修女会。但是，请问你出卖了多少个姐妹？"

"法西西的未来比你能说出的任何事情都重要。"

"我还有个问题。"

"什么问题？"

"等我最终死在都林戈人的手上，你每天夜里要画多少个秘符才能阻挡我找你？"

她从我面前走开，在我能看清她的脸之前就躲进了暗处。但她垂下了双手。

"你在麦勒勒克。按照他们说的做，你能活得很久。"

"你应该很熟悉我了，知道我绝对不会按照别人说的做。等我杀死十名卫兵，他们就会必须杀死我。到时候你和我，咱们会在你的脑袋里跳舞，直到永远。"

她走向门口，厌倦了看着我。

"法西西的未来比任何东西都重要。"

"这话你说两遍了。说真的，索戈隆，你该带着你的皱巴——"

索戈隆忽然走出明暗的分界线，但还是不够近，我没法抓住她。她环顾四周，然后望向我，微笑道："男孩。他来了。"

"说出梦想不等于梦想就会成真。"

"但他在你的鼻子里。你的脑袋猛地向右转，用力太大，你的脖子很快就要抽筋了。因此他在东面。告诉我他在哪儿，现在就告诉我，这样就不需要认识痛苦了。"

"痛苦是我的好姐妹。"

"告诉我他在哪儿，你很快就会回到自己的房间里，想吃什么就吃什么。都林戈不适合你和你这种男人，但他们甚至有可能会给你找个男孩。或者阉人。"

"我会杀了你。你以为我需要向诸神赌咒吗？操他妈的诸神，操他妈的女巫，操他妈的巫师。我向我自己发誓。我会找到你，我会在这辈子或下辈子杀了你。"

"那我就去死呗。我已经活了三百一十五年，连死神都没能杀了我。在你死前，我希望你能明白。真正的北方比一切都重要。比其他一切都重要。"她说。

她抬起手，风咔咔摇晃我们对面的房门。两名卫兵跑进来，站在栏杆旁。维宁女孩紧随其后。她直勾勾地盯着我。

"你的国王，尽管他放逐自己的姐姐去了曼萨，尽管他说她必须在那里度过余生，却依然每隔一个月派一个刺客去杀她。最后一个刺客，我们让邦什从嘴巴进入他的身体，从内部煮沸了他。我亲自杀了四个。一个刺客险些割断我的喉咙，另一个误以为他能把我先奸后杀。我用匕首捅他，从下往上给他开了个肉洞，一直到他咽喉。国王后来不再派遣刺客，开始送来毒药。我们拿水果喂牛，牛被毒死了。大米烧掉了山羊的舌头。葡萄酒毒死了一个想确认温度适不适合的年轻女仆。"

她指着卫兵说："你在麦勒勒克。日出前说出男孩的位置，否则你的身体就会派上新的用场。"

她转身离开，但女孩留下了。我想问她是不是就是来看这个的。但

472

她看我的眼神里没有轻蔑——我见过太多轻蔑的表情，所以我知道——只有好奇。我盯着她，她盯着我，我不打算转开视线，哪怕卫兵打开了牢门。

"他们要你干干净净的。"一名卫兵说。

"什么——"

水桶，我都还没看见，一桶水就泼在了我脸上。两名卫兵大笑，但女孩毫无反应。

"他现在干净了。"一名卫兵说。

维宁转身要走。

"你要走了？好戏就要开场了，对不对啊，先生们？她走了，先生们，她走了。她撇下我们不管了。咱们该怎么办？"

一名卫兵走向我，绕到我背后。我懒得转身。

"尊贵的先生们，我们在麦勒勒克？麦勒勒克是什么？"我问。

卫兵一脚踹在我腿弯上，我跪倒在地，惨叫一声。他用膝盖顶我后背，把我压在地上，想把我翻过来。另一名卫兵跑过来抓我的腿，但他跑得太快了。我挥动一条腿，踢中他的下体。他倒地缩成一团，压住我脖子的卫兵向后跳开，他多半从没见过这样的打斗。他犹豫片刻，又打个哆嗦，两眼瞪大，然后挥动棍子。

我睁开眼睛，不知道过了多久。门打开了，两个男人走进来，他们身穿黑色袍服，用兜帽遮挡面容。其中一人拿着一个口袋，抓着口袋的双手颜色浅如石粉。他们来到牢房门口，卫兵向后退，直到贴在墙上。两个男人进来，卫兵出去，尽量不拔腿就跑。他们走到我身旁，弯下腰去。

白色科学家。

有人说他们会叫这个名称是因为他们使用魔法、术法和药剂，长时间地用蒸汽灼烫，烧掉了皮肤上的棕色。我却一直认为这个名称来自他们无中生有制造诡异的东西，而虚无就是白色。人们看见他们，误以为他们和白化病人是一码事。但白化病人的肤色是诸神的旨意，而白色科学家身上没有任何东西与神有关。两人露出头部，头发像一把尾巴似的倾泻而出。头发是皮肤一样的白色，他们的眼睛是黑色的，他们的胡须和头发一样斑驳。他们脸很瘦，颧骨很高，粉红色的嘴唇很厚。右手边的一个只有一只眼睛。他捏住我的脸，强迫我张开嘴。我挣扎着从脑袋里吐出的每个字都像还没到嘴边就消散的水波。独眼男人把手指插进我的一个鼻孔，然后另一个，他看看手指，让同伴也看，同伴点点头。他的同伴用手揉搓我的耳朵，他的手指粗糙得就像动物的皮肤。两人互视，点点头。

"我还有一个洞没被检查过。你们不瞅一眼吗？"我问。

独眼男人把他的包拿过来。

"你将感受到的痛苦，肯定不会很小。"他说。

我还没来得及说话，他的同伴就用石球塞住了我的嘴。我想说你们这些白痴也太蠢了，不过绝对不是都林戈的第一个白痴。我被塞住嘴，该怎么招供？男孩的气味再次飘进我的鼻孔，这次异常浓烈，就好像他就在牢房门外，但正在逐渐远去。独眼科学家拉动脖子上的绳结，脱掉兜帽。

坏伊贝基。我听说有人在魔魅山脚下发现过一个，尽管发现时已经死了，但桑格马还是烧掉了它们。尽管已经死了，无法动摇的女人依然因此而动摇，因为这是她见到就会杀死的那种敏吉。坏伊贝基不该出生，但与未出生的都阿达不是一码事，后者在鬼魂世界游荡，像蝌蚪似的在空中扭动，偶尔通过新生儿溜进这个世界。坏伊贝基是子宫受压后碾碎的双胞胎，子宫企图融化它们，但无法完全做到。坏伊贝基靠它的恶意成长，就像肉体自身喂养出的魔鬼，会破开女人的胸部冲出来，毒害女人的血液和骨髓而杀死她。坏伊贝基知道它永远不会受到喜爱，因此会在子宫里袭击另一个双胞胎。假如头脑不发育，坏伊贝基有时会在生产时死去。假如头脑发育，它也只知道求生。它会咬开另一个双胞胎的皮肤，从后者的血肉中汲取食物和水。它和另一个双胞胎一起离开子宫，它会紧紧地贴着后者的皮肤，母亲会以为它是婴儿的血肉，但没有成形，丑陋得像烧伤，离好看得差得远，母亲有时会把两者都扔在荒地里等死。它肿胀的肉体满是皱纹，有着怪异的皮肤和头发，独眼巨大，口水流个不停，一只手长钩爪，另一只手像缝上去似的贴在腹部，无用的双腿像鱼鳍似的扇动，阳具细长，硬得像根手指，屁眼像喷岩浆似的拉屎。它憎恨另一个双胞胎，因为它永远无法成为后者，但它需要另一个双胞胎，因为它没有喉咙，无法进食和喝水；它的牙齿长得到处都是，甚至在眼睛上方。寄生虫。肥胖，浑身疙瘩，就像扎成一团的牛内脏，而且无论爬到哪儿，都会留下黏液。

坏伊贝基张开一只手，按在独眼科学家的脖子和胸口上。他松开每一个钩爪，每个破洞都淌出一小股鲜血。另一只手从科学家腰部展开，留下一道条痕。我颤抖，对着石球尖叫，在镣铐的束缚下踢腿，然而我只有鼻孔是自由的，我从鼻孔哧哧出气。坏伊贝基从双胞胎的肩膀上抬起头，独眼蓦地睁开。这个脑袋上肿块叠着肿块又叠着肿块，遍布肉赘和血管，右脸上隆起一团肉，上面有个像手指似的东西胡乱摆动。他从嘴角抿紧的嘴巴陡然张开，身体抽搐一下，随即瘫软得就像摔在案板上的面团，从嘴里发出婴儿般的咯咯声。坏伊贝基离开科学家的肩膀，蠕行于我的肚皮上，爬向我的肩膀，散发着腋臭和病人的屎尿味。另一个科学家从左右抓住我的头部并固定住。我使劲挣扎、摇晃，尝试摆头，尝试踢腿，尝试尖叫，但我能做到的只有眨眼和呼吸。坏伊贝基爬到我胸口上，身体像河豚似的膨胀成一个球，然后吐出一口气。他伸出两根瘦骨嶙峋的长手指，手指爬过我的嘴唇，在我的鼻孔前停下。坏伊贝基哀伤地眨了眨眼睛，然后把两根手指捅进我的鼻孔，我尖叫了一次又一次，泪水涌出我的眼睛。他的手指，他的钩爪，划破皮肤，插进鼻孔，从骨头之间穿过，继续穿过血肉，离开我的鼻子，我的双眼之间开始灼痛。他的手指经过我的眼睛，穿透进入我的前额，我的太阳穴搏动抽痛，我失去意识，醒来，再次失去意识。我的额头像是着了火。我能听见他的钩爪在我脑袋里切割，像老鼠似的乱爬。火焰从额头向下蔓延到后背，顺着双腿一直到脚上，我像脑袋被恶魔占据的人那样颤抖。黑暗笼罩我的眼睛，钻进我的脑袋，然后亮光一闪。

索戈隆走进外门，来到牢房前，卫兵开门，她走进来，俯身看了看，然后站直，她倒退着离开我，点点头，倒退着走出牢房，倒退着走上楼梯，卫兵倒退着走到牢房前锁门，索戈隆倒退着走出外门，外门关上。她出去后又重新进来，维宁站在牢房里看着我，她倒退离开，我尖叫，受缚的男孩从坠落中跳起来，回到阳台上，坐在椅子里，从阳台收回视线，我们绑住他，把他塞回干草垫上，墙壁自己愈合，收回每一块折断的木板，莫西和我在地板上滚回去，我挥舞我能动的那条胳膊，他抓住，他松开锁住我双腿的双腿，不再用一条胳膊锁住我喉咙，然后把我翻到他底下，用一条胳膊锁住我喉咙，用双腿锁住我双腿，他吼叫，从墙上收回拳头，我躲开他的那一击，站直身子，然后我收回揍他的拳头，仰面倒在地上，他收回向我伸出的手，但我把他拽倒在地，一拳打在他胃部，我祖父在家里睡我母亲，垫着她买来做丧服的蓝色床单，我母亲不再望向别处，而是看着他，树里的鬼魂不是我们的，但鬼魂是我父亲，他对我感到愤怒，我祖父和每个活物发出的声音都像在吸气，呼吸倒转，闪电从外面跳回室内，反向经过我和黑豹和我永远记不住名字的那个男孩，黑豹在森林里攻击一个身涂白土的男孩，我认识他，但记不起他叫什么了，然后黑豹袭击我，我们一起穿过一道火门到孔谷尔，再一道门到都林戈，老人收起他的碎肉和浆液，从地面跳起来，但我看不见他飞向何处，巴苏·福曼古鲁家的院子里现在是夜晚，瓮里的尸体，妻子只剩下衣服和骨头，她被砍成两截，另一个瓮里是个抱着布娃娃的男孩，布娃娃凑近我的鼻子，男孩在我面前爆开，他的脚闻起来像沼泽苔藓和粪便，他的气味走远了，不见了，在魔魅山以东出现，气味越过山岭，来到西方群山的谷地里，气味消失，在利什的码头出现，男孩的气味越过大海，我努力阻止我脑袋里驰骋的思路，因为我知道坏伊贝基在搜魂，我唤出我母亲，我唤出用疫病杀人的河流女神，两个牧民挑战我，要我在他们的帐篷里一次睡两个，一个坐在我身上，另一个在地上分开双腿，但坏伊贝基烧掉这个场景，我的前额着了火，我对着石球尖叫，我闻到了男孩，男孩跨越河湾从利什去奥莫罗罗，他们走了许多天、许多四分之一月、许多月，越过我不认识的土地，翻过魔魅山，来到卢阿拉卢阿拉，他的气味消失了，在地图之外的南方出现，我不知道男孩是徒步还是骑马，气味消失，在尼基奇出现，或者步行或者奔跑或者骑马，气味在城市里停下，我闻到他向前走，然后拐弯，然后掉头，然后转过路口，待了很久，也许直到夜幕降临，早晨他的气味离开了，向南去岩洞或其他什么地方，然后天黑了，他的气味深入城市，在西方停下，待到夜幕降临，早晨再次离开，几天匆匆过去，男孩的气味朝着西方腹地而去，然后继续向西，他出发去瓦卡迪殊，他离开瓦卡迪殊去都林戈，我要想我的父亲，不，祖父，还有黑豹，还有金色与黑色，还有河流与海洋与湖泊与更多的河流，还有蓝色女孩和长颈鹿男孩，和我待在一起，待在我的脑袋里成长，你们肯定在成长，你们肯定长大了，看，你们沿河奔跑，嘴里说着什么，说你们恨我一直不来，但你们不记得我了，所以你们什么都没法恨，你们恨空气，你们恨你们无法确定的记忆，就像无法确定出处但知道确实存在的气味，因为它会带你去一个地方，你在那里是另一个人，不会抛弃孩子们，但坏伊贝基从我脑袋里烧掉这个场景，我的脑袋在沸腾，这段记忆永远消失了，我能感觉到，我知道，他想跟踪男孩，但我不会去跟踪男孩，但他的钩爪插得更深了，我无法感觉到割伤，但我能听见，我的脚趾在燃烧，在腐烂，会掉下来，他想找到男孩，他在路上和我一起，我只能闻到气味，但他能看见，现在我也能看见了，一条路，身穿袍服的人们在说都林戈的男人只会动嘴，我们走过一座桥，因为他的气味变得越来越浓烈，气味向右转，现在坏伊贝基能看见了，我也看见了，那是一条小巷，就像开设店铺和酒吧的那种小巷，但这条小巷其实是一幢屋子的背面，气味移向缆车，我在缆车里，缆车带我去第七棵树，他们称之为麦勒勒克，五层楼以下快到树干但还没进树干之处，到处都是小巷和隧道，很少有人经常见到阳光，男孩的气味走过这条宽阔的街道，他拐弯又拐弯，他走过一座桥，他向右转，然后右转，然后左转，然后直行，然后向下，他待在其他什么地方，坏伊贝基带来视力，我能看见男孩了，我的脑袋在燃烧，一只白色的手拍了拍男孩的肩膀，用指甲很长的手指指点方向，男孩走到那幢屋子的门前使劲敲，他在哭，他在说什么，但我听不见，我闻到他，就仿佛他在我面前，他在喊叫，他很害怕，一个老妇人开门，他没有跑进去，而是向后退，就好像他也害怕她，她想弯腰和他说话，但他伸手摸她，他忽然向后看，就好像有人跟踪，他从她身旁跑过，她用裹身布裹紧肩膀，向四周张望，然后关上门，我的思维就此中止。等我睁开眼睛，感觉它们似乎还闭着。没有我的意愿指挥，它们睁开又闭上。坏伊贝基像螃蟹似的离开我的身体，爬上独眼人的肩膀。两个白科学家都在俯身看我，独眼人皱起眉头，另一个挑起眉毛。然后他们走到牢房栏杆前。然后他们又凑近我的脑袋。然后他们走向外门。他们要去向索戈隆报告。她会去搜索并找到男孩。我依然能看见他和他跑进去的那幢屋子，坏伊贝基的影响还在我脑袋里。鲜血淌出我的鼻孔，打湿我的嘴唇。这个女王会出卖她。我的脑袋太沉重了，无法带着这个念头前进，我的脑袋里依然在燃烧，我以为淌出我鼻孔的是鲜血，不，其实是我的脑浆，我的大脑融化成了汁液。我的手肘失去力气，我向后倒下，但等我的脑袋碰到地面，我感觉自己掉进了水里，我向下沉。

　　我向下沉，继续向下沉，我脑袋里的烈火渐渐冷却，不断有人进来出去，对我耳语，对我喊叫，就好像所有先祖都在前院大树的枝杈上集合。我的脑袋就是静不下来。什么东西轰的一声，然后又是轰的一声，一段记忆或一个白日梦开始尖叫，随后是喊叫，随后咣当一下砸在我脑壳上。这一下唤醒了我，我意识到我没在睡觉。有什么东西砸在门上，然后摔倒在地。然后又是轰的一声，在外门上留下一个指节印记，就仿佛有人在捶打面团。再一拳，外门飞出去，撞在牢房栏杆上。我跳起来，随即倒下。萨多格气势汹汹地进来，他戴着铁手套，掐着一名卫兵的脖子。他把卫兵扔到一边。维宁紧随其后，接下来是莫西，他拿着什么明晃晃的东西，照得我脑袋疼。他们说的每一句话都在我脑袋里弹跳，没等我明白过来就飞了出去。奥格抓住牢房门锁，一把整个扯掉。维宁拎着一根有她半身高的木棒，我在谵妄中看见她挥舞它就像挥舞一截小树枝，她朝我旁边的牢房挥动木棒，砸掉了门锁。这间牢房非常暗，我都不知道这儿还关押着其他囚徒，但想一想也理所当然。念头套念头害得我脑袋抽痛，我低下头，靠着搂住我的那双手。莫西。我觉得他在问，你能走路吗？我摇头表示不行，摇头怎么都停不下来，直到他按住我的前额，定住我的脑袋。

"奴隶起义了，"他说，"咱们待过的姆卢玛，还有穆彭古洛和其他巨树。"

"我在这儿待了多久？我不能——"

"三个晚上了。"他说。

两名卫兵拿着剑冲进来。一个抡圆了长剑砍向维宁，维宁闪开，然后抡圆木棒打回去，碾碎了他的整张脸。我的震惊迷失在了萨多格行云流水般的动作里，他捞起我，把我扔在左肩上。一切动作都无比缓慢。另外三名卫兵冲进来，也可能四个或五个，但这次迎接他们的是囚徒，这些囚徒不是都林戈人，皮肤不是蓝色的，身体既不瘦削也不皱缩。他们捡起武器、残缺的武器、萨多格拔出来随便扔在地上的栏杆。我的脑袋一下一下磕着萨多格的后背，天旋地转得更加厉害。他转过身，我看见囚徒淹没了卫兵，就像海浪扑向沙滩。他们嘶喊，他们集结成群，从我们身旁冲出牢房，他们全都从窄小的门洞挤出去，犹如沙漏里的沙粒。

"男孩，我知道他在哪儿。我知道他……"我说。

我不知道我们要去哪儿，直到我们穿门而出。随后阳光抚摸我的后背，我们停下脚步。我在空中飞翔，我落在草地上，水牛的鼻子贴着我的前额。莫西蹲在我旁边。

　　"男孩，我知道他在哪儿。"

　　"咱们必须忘记男孩，追踪者。都林戈血流成河。奴隶割断了他们的绳索，在第三和第四棵巨树上攻击卫兵。势头只会蔓延。"

　　"男孩在第五棵树上。"我说。

　　"姆瓦里甘萨。"萨多格说。

　　"男孩和我们毫无关系。"莫西说。

　　"男孩就是一切。"

　　嘈杂的声音跑进跑出我的脑袋。隆隆声，砰砰声，破碎声，嘶喊声，尖叫声。

　　"索戈隆那么对待你，对待我们，你居然还会这么说。"

　　"难道是男孩的错吗，莫西？"

　　他转开视线。

　　"莫西，我会为她做的事情杀了她，但这个、这个和她这么做的原因是两码事。"

　　"操他妈的神性孩子的屁话。谁该上位，谁该统治。我来的国度到处都是孩童救世主的预言，然而从中产生的除了战争什么都没有。我们不是骑士。我们不是公爵。我们是猎人、杀手和雇佣兵。我们为什么要在乎国王的命运？让他们自己照顾自己去吧。"

　　"国王若是倒下，就会砸在我们头上。"

　　莫西捏住我的下巴。我拍开他的手。

　　"现在住进这个脑袋的是什么人？你怎么变得和她一样了？"他指着维宁说。

　　"男的他。"

　　"随便你。追踪者帮助女巫——"

"我们不是在帮助她。我跟你说实话，假如我见到他们之中的一个抓住她去杀掉，我会兴高采烈地看着。然后我会杀了他。而我……我……我根本不在乎国王和女王正不正统，不在乎北方有什么灾祸，什么是正义和公平，我只想送一个孩子回到母亲身边。"我说。

阳光嘲笑我。第二棵巨树上，浓烟从一座塔楼上升起，示警的鼓声敲得震天响。缆车全都一动不动，因为奴隶不再推动它们。有几节车厢悬在半空中，里面的人嘶喊尖叫。每一个响动都会惊动萨多格；他向左跳，向右跳，又向左跳，他攥紧拳头，关节咔咔作响。一声巨响惊起了水牛，他喷鼻息，意思是我们该离开了。我坐起来，推开莫西想搀扶我的手；维宁走近我，依然像抓玩具似的拎着木棒。

"我要走了。我和索戈隆还有账要算。"

"维宁？"莫西说。

"你叫谁？"维宁说。

"什么？不就是你吗？自从我遇见你，你叫的就是维宁。假如你不是她，那还能是谁？"

"不是女的她。"我说。

她身体里的他盯着我。

"你从很久以前就这么想了吧。"他或她说。

"是，但我无法确定。你是索戈隆用秘符强召的鬼魂之一，但你挣脱了她的束缚。"

"我叫贾克武，统治奥莫罗罗的巴图塔王的白人卫兵。"

"巴图塔？他去世一百多年了。你是……无所谓。把老女人留给吸血怪物好了。她会喜欢和他们作伴的。"莫西说。

"所有的鬼魂都想做你想做的事情吗？"我问。

"报复月亮女巫？对。有些还不止这个。我们并不是都死在她手上，但她要为我们所有人的死负责。她驱赶我离开我的躯体，为的是安抚一个愤怒的鬼魂，现在她觉得她已经安抚了我。"

他依然用维宁的声音说话，但我在附体中见过这个情况。声音不变，但音调、音高和选用的词汇迥然不同，听上去就像另一个声音。维宁的声音变得沙哑，听上去仿佛雷声，就像一个度过了许多岁月的男人。

"维宁在哪儿？"

"维宁。那个女孩。她离开了。她再也无法回到这具躯体里了。就当她死了吧。尽管她的情况不是这样，但也差不多。现在的她就像以前的我，在冥界游荡，直到她想起来她如何来到这个地方。然后她会和我们其他人一样，出来搜寻索戈隆。"

"她连马都不太会骑，他现在能挥舞木棒。你呢？你连站都站不起来。"莫西说。

这条路尽头，从拐弯的另一头传来喊叫声。都林戈的贵族男女在快步行走，以为这样就够了。他们回头看一眼，继续加快步伐，走在最前面的男女看不见背后的人，背后的人却跑了起来，奔跑的一群人，也许二十个，也许更多，他们推开前面的一些人，撞倒一些人，践踏一些人，他们跑向我们。隆隆声从他们背后传来。莫西、萨多格和卫兵在我周围就位，我们拔出各自的武器。贵族尖叫着分开绕过我们，仿佛两条河流。追赶他们的是奴隶，奴隶手持棍棒剑矛，像活尸似的脚步跟跄，但依然越追越近。追赶这些贵族的奴隶有八十个或更多人。矛尖刺穿一个女贵族的后背，从她腹部捅出来，她倒在地上。起义者跑过我们时没来招惹我们，只有一个跑得太近，被萨多格的靴子踢成两截，还有一个自己撞在莫西的剑上，另外两个脑袋迎上了维宁挥舞的木棒。其他人从我们身旁跑过，很快就淹没了那些贵族。血肉飞舞。萨多格领头，我们沿着他们的来路向前跑，萨多格的战吼吓得掉队的起义者纷纷避让。

缆车全都停止运行，很多车厢里困着乘客，升降平台送我们下去，操纵平台的奴隶尚未获得自由。回到地面，我们跳下平台，我依然摇摇晃晃、磕磕绊绊，莫西依然搀扶着我，芒衮加到处都在爆炸，火光四起。火焰跳上绳索，顺着绳索爬上一节车厢，烈焰立刻包裹了它。里面的人跳出车厢，有些已经着火。芒衮加根部有一道门，三人高，十跨步宽，它从铰链断开，轰然倒下，掀起漫天灰尘。赤身裸体的奴隶跑出来，随后放慢步伐，踽踽而行，有些拿着棍棒和金属器具，他们刚开始都只能蹒跚慢走，使劲眨眼，举起手臂遮挡阳光。他们割断脖子和肢体上的绳索，拿着他们能拿起来的各种武器。我无法分辨他们的性别。卫兵和奴隶主，他们习惯了无人反抗，已经忘记如何战斗。他们从我们身旁跑过，不计其数，有些拖着主人的完整尸体，有些抓着手脚和首级。

奴隶还没跑干净，优雅的身躯忽然从天而降。绳索固定的露台上，奴隶把主人推下巨树。贵族的身体砸在奴隶的身体上。双方同时丧命。更多的身躯落在他们身上。

姆瓦里甘萨，升降平台带我们来到第八层。周围似乎静悄悄的，就好像骚乱还没蔓延到这么远的地方来。我骑着水牛，其实是趴在他身上，抓住他的双角，免得掉下去。

"就是这一层。"我说。

"你怎么能确定？"莫西问。

"是我的鼻子带我们来这儿的。"

我没有说是我的眼睛，坏伊贝基把钩爪插进我鼻孔时，我看见了老妇人居住的房间，灰色墙皮已经剥落，露出底下的橙色基土，靠近屋顶处开着几扇小窗。他们跟着我和水牛，贵族和奴隶跳开避让。我们向左转，跑过一座桥，踏上一条干燥的土路。男孩在我鼻子里。但还有一股活死人的气味，我熟悉这种气味，足以让我陷入彻底的惊恐和厌恶，我觉得我都快吐了。然而我无法叫出它的名字。气味未必每次都能打开记忆，我只会记住我应该记住的。

一小群奴隶和囚徒跑过，拖着贵族赤裸的蓝色尸体。他们在一扇门前停下，我没亲眼见过它，但我已经认识了它。老妇人的房门敞开着。门口有两名死去的都林戈卫兵，脖子扭向脖子不该转向的角度。刚进门的地方是从一层去另一层的阶梯，从楼上传来尖叫声、破碎声、金属与金属的碰撞声、金属与灰泥的碰撞声、金属与皮肤的碰撞声。我只勉强跑到门口，向后倒进莫西的怀里。他把我拖到一旁，靠着窗户扶我坐在地上，他没征求我的意见，我也没有表示反对。

然后他、萨多格和维宁-贾克武从我身旁跑上楼梯，又有两个人落在地上，在摔断骨头前就死了。有人呼喝下令，我抬起头，看清了这一层有多么宽阔。我头顶上的火把明灭闪烁。房间里一声霹雳，震得所有东西颤抖。霹雳再次响起，仿佛风暴就在我的一息之外。天花板吱嘎作响，灰尘落下来。我坐在厨房的地上。做好的饭菜也倒在地上，墙边锅里的脂肪在凝结，罐子里盛着棕榈油。我爬起来，伸手去拿火炬。楼板上到处都是死去的卫兵，其中许多只剩下空壳，被吸干了所有体液，干枯得仿佛树桩。房间外吊着一个阳台，阳台上挂着尸体。鲜血在向下滴。一个一动不动的男孩，双手垂在身体两侧，他飞出阳台，御风而行。他悬在那儿，睁着眼睛却什么都看不见，苍蝇成群飞舞，在他整个身体上爬动。我举起火炬，看见他的整张脸、整个双手、整个腹部和整个双腿上的皮肤都爆开了种子大小的孔洞。男孩的皮肤仿佛马蜂窝，浑身鲜血的红色小虫钻进去、爬出来。苍蝇从他嘴里和耳朵里飞出来，肥胖的幼虫从他全身的皮肤上蹿出来，掉在地上，展开翅膀，又飞回男孩身上。很快苍蝇就聚集成了一个男孩的形状。蝇群聚成一个球，男孩掉出来，像面团似的落在地上。蝇群围得越来越紧，落得越来越低，最后就悬停在地板上方，离我六步远。小虫、幼虫和卵荚彼此挤压，渐渐化出形状，两条肢体，然后三条，然后四条，还有一个脑袋。

阿德泽，眼睛明亮如火球，皮肤黑得消失在黑色的房间里，驼背，双手很长，手指的钩爪刮破地板。他踩着蹄足走向我，我向后闪避，朝他挥舞火把，他发出呼呼的笑声。他继续接近，我步步后退，踢翻了一个油罐。油在地上扩散，他尖叫，失足，向后跳，散开变成虫群，飞回楼上。我听见奥格吼叫，然后是什么东西碎了，木头断裂。莫西跳回阳台上，挥舞一把剑，旋身剁掉一个被闪电侵染的卫兵的脑袋。他跳回去，重新加入战局。

我握着火把，抓起另一罐棕榈油，开始上楼。才爬五级台阶，我的脑袋就开始砰砰跳，地板自己移位，我只好靠在墙上。我经过一个男人，他胸口有个窟窿一直捅穿后背。来到楼梯最上面，我放下油罐，晃晃脑袋，想清醒过来，一抬头却看见黄色的眼睛、枯瘦的长脸、红色的皮肤和涂到额头的白条。耳朵向上竖起，手臂和肩膀上的毛发绿如青草，白色条带往下一直涂到胸口。他直立起来比我高半个人，他在微笑，锋利的尖牙像是长在大鱼嘴里。他右手握着磨成匕首形状的大腿骨。他叽里咕噜地一遍又一遍叫着什么，然后扑向我，但两道寒光闪过，他的腹部爆出黑色血浆。莫西向后跳开，两条持剑的手臂完全展开。他挥动胳膊，双手在胸前交叉，左剑切开怪物的后背，右剑切开他半个脖子。怪物倒地，顺着楼梯滚下去。

"伊洛克，伊洛克，他一直在说这个。我猜他叫伊洛克——活着的时候叫，"莫西说，"追踪者，你去底下待着。"

"他们下来了。"

他跑回战局里。这里是学校。这就是他们选择这儿的原因，也是男孩能够轻易骗过应门者的原因。但这儿找不到孩童的踪迹。房间另一头靠近窗户的地方，维宁-贾克武微笑面对两个冲锋的伊洛克——一个从地板上，一个从天花板上。一个伊洛克抓着一截悬垂的植物，荡过去跳向他或她，但他或她用木棒的钝头迎接他，正好击中他的胸口。伊洛克挥舞白骨长刀，但维宁-贾克武弯腰躲开，用木棒的手柄捅他鼻子。另一个伊洛克从他或她背后挥动匕首，割破了他或她的大腿后侧。维宁-贾克武惨叫倒地，但顺势下扑闪避，然后从下往上挥动木棒，砸在伊洛克面门上。第三个伊洛克从他或她背后偷袭。我大喊，但我叫的是"贾克武！"他或她向左挥动木棒，伊洛克却是从右边来的。维宁-贾克武刚转过去，他或她止住木棒迅猛的势头，手向下压，因此木棒向上飞起，擦着他或她右侧过去，正中伊洛克的双腿之间。他尖叫跪倒。维宁-贾克武一下接一下砸他脑袋，直到脑袋完全消失。又是一声霹雳，灰泥从天花板掉落。

"你的腿。"我指着流淌的鲜血说。

"你打算用那东西杀谁？"

我低头看手里的火把和油罐。维宁-贾克武跑开。我跟上去，我的力气恢复了一点，脑袋里不再像是在刮风暴，但脚下依然踉跄。阿德泽以驼背怪物的形态从一根房梁上荡下来，但化作蝇群扑向萨多格。他攻击萨多格的左臂和左肩。萨多格赶开许多只，拍死许多只，但阿德泽的数量太大了。有些虫子开始钻进他的肩膀和手肘，萨多格疼得惨叫。我把油罐扔过去，油罐撞碎在他胸口，棕榈油洒遍他全身。他望向我，怒火中烧。

"搓胳膊……用油……搓胳膊。"

苍蝇在他的皮肤里打洞。萨多格抓起淌下腹部的棕榈油，在胸口、手臂和脖子上揉搓。虫子立刻爬出来，划开犹如伤口的血窟窿，然后纷纷掉在地上。其余的蝇群发狂般地乱飞，彼此噗噗碰撞，紧紧挤压出一个形状，这个形状渐渐降低，最后落在地上，变回阿德泽的样子，但只有一只手和半个脑袋了，构成头部的虫子和幼虫像蛆一样蠕动。维宁-贾克武比闪电还敏捷，把怪物剩下的半个脑袋砸成地上的一摊红色浆液。

"索戈隆呢？男孩呢？"

萨多格用完好的手臂指了指另一个房间。维宁-贾克武跑向那里，用木棒砸倒闪电在身体里流窜的卫兵。她跑到门口，径直撞上一声霹雳，她被劈得从拱门口退开，我被震得失去平衡。房间里，莫西从一堆翻倒的木架和陶罐里爬起来。

他背对着我，双脚离开地面：伊鹏都鲁。他头发里白色条纹，后脑勺上的长羽毛像匕首般竖起，向下一直延伸到后背。白色翅膀，顶部是黑色羽毛，展开后和房间一样宽。他白色的身体上没有羽毛，瘦削但肌肉发达。黑鸟的脚悬在黏土地面之上。伊鹏都鲁。他抬起右臂，钩爪抓住索戈隆的脖子。我看不出她是否还活着，但她底下的地上洒满鲜血。闪电喀啦一声，在他全身皮肤上跃动。伊鹏都鲁从肩膀上拔出一把匕首扔向莫西，莫西跳开，举起双剑，盯着伊鹏都鲁。索戈隆嘴唇发白，一只眼睛睁开一半望着我。维宁–贾克武在我背后的地上翻滚，尝试爬起来。闪电从伊鹏都鲁的皮肤上跳向索戈隆脸上，她从咬紧的牙关里呻吟。莫西不确定该如何发动攻击。也许有人告诉过我，也许我是瞎猜的，反正我将火把径直扔向闪电鸟。火把落在他后背中央，他的整个身体爆成火球。他扔下索戈隆，像乌鸦似的怪叫，翻滚抽搐，企图起飞，但烈火焚烧羽毛和皮肤的势头是那么迅猛、那么贪婪。伊鹏都鲁撞在墙上，但没有停下脚步，他挥舞腿脚，不停怪叫，烈焰吞噬羽毛、吞噬皮肤、吞噬脂肪，他变成一个火球。房间里充满了烧灼血肉的浓烟和怪味。

伊鹏都鲁倒在地上。莫西跑向索戈隆。

闪电鸟没死。我能听见他在喘气，他恢复人形，身上火烧过的地方变得焦黑，皮肤皲裂的地方变得血红。

"她活着。"莫西说。他大步走向伊鹏都鲁，后者躺在地上抽搐和喘息。

"他也活着。"他说，把剑刃架在伊鹏都鲁的下巴底下。

某些东西吸引我的视线，我望向倒下的架子——盘子、瓶罐、缸里正在晾干的鱼——然后望向一把椅子底下。椅子底下有双眼睛也在看我，眼睛瞪得很大，在暗处闪闪发亮，盯着我盯着他。我脑袋里的声音说：找到他了。找到那个男孩了。他头发蓬乱，没有母亲梳理和修剪，一个孩子的头发还会是其他什么样子吗？他跳起来，惊慌失措，刚开始我以为他害怕的是房获他的那帮家伙，因为有哪个孩子会不害怕怪物呢？然而他进过几十幢房屋，见过几十场屠杀，相比之下，杀死一个女人并吃掉她和再杀死一个孩子并吃掉他简直是儿戏。假如你一辈子一直和怪物生活在一起，那么怪物又怪在哪儿呢？他盯着我，我盯着他。

"莫西。"

"也许你该跳过都林戈的。"他对伊鹏都鲁说。

"莫西。"

"追踪者。"

"男孩。"

他转身去看。伊鹏都鲁企图用手肘撑起身体，但莫西持剑的手更用力了。

"他叫什么？"莫西问。

"他没有名字。"

"那咱们叫他什么？男孩？"

维宁-贾克武和萨多格走到我背后。索戈隆依然躺在地上。

"要是她不快点醒来，她那些鬼魂就会知道她变得虚弱了。"我说。

"咱们怎么处理这家伙？"莫西说。

"杀了他，"维宁在我背后说，"杀了他，抓走女巫，带上男——"

他破窗而入，撞掉一块墙壁，墙壁碎成石块，击中萨多格的头部和颈部。他飞到我背后，黑色长翼拍在维宁-贾克武身上，他或她飞出去撞在墙上。

这股气味，我认识这股气味。我转过身，他的翅膀拍得我飞起来，然后翻过来拍在我面门中央。他落在房间里，莫西手持双剑冲向他。莫西的一把剑捅进他的翅膀，被卡住了。他拍掉莫西手里的另一把剑，转而扑向莫西。

他扇动蝙蝠般的黑色翅膀，将身体抬离地面，他荡起双腿，踹在莫西胸口上。莫西重重地撞在墙上，他重重地撞在莫西身上。他带钩的手爪插进莫西的头皮，从他额头顶端向下割，划破眉头，继续向下移动。

"萨萨邦撒！"我叫道。他的气味和他兄弟的一样。

他拍开莫西，转过来面对我。

我的脑袋依然比腿脚动得慢。他扑向我，就在这时，索戈隆动了动，唤来一阵风，吹得他离开地面，把我按倒在地。他与狂风搏斗，索戈隆落了下风。他蹒跚前进，来到足够近的地方，用钩爪抓住她高举的双手。我尝试起身，却只能单膝跪地。莫西依然倒地不起。我不知道维宁–贾克武在哪里。这时萨多格爬了起来，他对他的怒火记忆犹新，迈着沉重的步伐跑向房间中央，萨萨邦撒抓住伊鹏都鲁的腿，铁爪像蛇似的盘在那条腿上，男孩从椅子底下爬出来，萨萨邦撒用另一只手捞起男孩，他飞出屋子，窗框、碎玻璃和墙壁碎块漫天飞舞。一名浑身流淌闪电的卫兵追赶他的新主人，在萨萨邦撒腾空而起之处摔了下去。我跌跌撞撞地跟着萨多格过去，看见萨萨邦撒扇动蝙蝠翅膀飞上天空，伊鹏都鲁的重量压得他俯冲两次，随后他的翅膀扇得更加用力、更加响亮，渐渐地越飞越高。

只能如此了。萨多格、维宁–贾克武、莫西和我站在房间里，环绕索戈隆。她尝试着站起来，怒视我们所有人。外面，倾覆的拖车、被杀的尸体、折断的棍棒扔得满街都是。浓烟从两棵叛乱巨树升向天空。更远处，但并非很遥远，战斗的隆隆声清晰可辨。那是一场什么样的战斗？都林戈卫兵根本不适合打斗，更别说战争了。女王所在的那棵树上，宫殿依然屹立。来往宫殿的所有绳索似乎全割断了。我用心灵之眼看见女王，她像孩子似的蜷缩在王座上，命令廷臣相信她的话，她说反叛一眨眼就会被镇压和扑灭，而他们欢呼、尖叫、呼唤诸神。

我们走向她，索戈隆不知道如何是好，她前后移动，然后躲开我们。她抬起左手，但抬手导致她胸部流血，只好又放下手。她怒视我们所有人，眼睛一瞬间瞪大，下一瞬间变得朦胧，几乎沉眠，再一瞬间又警醒。她转向莫西。

"配偶，她打算像配偶一样对待你。只要能充盈她的子宫，她就不会在乎。"

"直到她厌倦，打发他进树干。"我说。

"她对待英俊男人比国王对待姬妾还要好。这是真的。"

"你说的就没一句真话。字词里没有，意义里没有，连音韵里都没有。"

我们继续走近她。萨多格攥紧左拳，垂着血淋淋的右手。维宁-贾克武用一块布裹住他或她腿上的伤口，抓着一把匕首。莫西半张脸全是血，双剑指着索戈隆。索戈隆转向我，只有我没拿武器。

"我能刮起风暴，把所有人吹出那扇窗。"

"然后你就会虚弱得止不住血液流出身体，只能看着其他人来找你算账。就像维宁身体里的这个。"我说。

她后退，靠在墙上。"你们全都是白痴。你们没有一个做好了准备。你们以为我会把北方的真正命运留给你们这些人？没有手段，没有头脑，没有计划，你们来这儿只是为了金钱，没有一个人在乎你们拉屎的这块土地的命运。能够如此无知或愚蠢，真是何等的福气和天赋。"

"索戈隆，这儿没有谁欠缺手段。或者大脑。唯一的问题是你有其他的计划。"莫西说。

"我告诉你们，我告诉你们所有人，别从暗土走。别让裤裆领着你们走进房间，要听头脑的指挥。要么就退下去，跟着领头的人走。你们以为我会把男孩托付给你们这种人？"

"所以你的男孩在哪儿，索戈隆？你把他绑在胸口，扎得太紧，我们都看不见了？"莫西说。

"没有手段，没有头脑，没有计划，然而离了我们，你早就死了。"我说。

"河流与洪水的女神啊，请听你女儿的祈祷。河流与洪水的女神啊。"

"索戈隆。"我说。

"河流与洪水的女神啊。"

"你还在呼唤那个蠕行的婊子？"维宁-贾克武说。

"邦什。你在呼唤你的女神？"

"你不配说邦什的名字。"索戈隆说。

"你还以为你有资格发号施令，"维宁-贾克武说，"这个月亮女巫，一百年来没有任何变化。我跟你说实话。曼萨的女人依然称你为先知，但她们迟早会看清你只是个盗贼。"

"我们必须救那个男孩，你知道他们要去哪儿。"她对我说。

维宁-贾克武慢慢地绕着她走，就像一头狮子，腿上的布几乎全被染红，他或她开口道："所以这个月亮女巫是怎么向你们描述她自己的？因为只有索戈隆才会讲述索戈隆的故事。她告诉你们说她曾经是米图以南瓦坦吉的战士？还是瓦卡迪殊的河流女祭司？她是国王姐姐的保镖和顾问，但实际上只是一名送水女仆，踩过许多人的脑袋才走进她的房间？看看她，又在执行一项使命了。拯救国王姐姐的儿子。她告诉你们说出发执行找到男孩的使命，说她不再是整个曼萨的笑柄。一个何等的笑话。月亮女巫通晓的一百个秘符其实只是一条咒语，她终于找到机会证明自己。也许她以后会告诉你们。听我说，我告诉你们这个。月亮女巫确实三百一十五岁了，我可以证明。我遇到她时她才两百岁。她告诉你们她为什么能活得这么久了吗？没有？她把这个秘密藏在干瘪胸脯的最里面。两百年前我还是一名骑士，只有一个肉洞，而不是两个。知道我是什么人吗？只要她忘记书写一个强大得足以束缚我的秘符，我就会把她从马上撞到地上。"

索戈隆依然望着我。

"还有她的小女神，你们见过她了？她最近有没有从墙上爬下来？假如她是女神，那我就是神圣的象蛇了。那个小小的河流精怪，声称她曾力敌奥默卢祖，但你们用海水就能杀死她。她的女神只是个小鬼。"

"你们没有人值得活着，一个都没有。"索戈隆说，依然盯着我。

"那是我们和诸神之间的事情，和你没关系，偷躯体的窃贼。"维宁-贾克武说。

"贾克武，你这坨臭烘烘的狗屎，永远这么不知感谢。你杀死和强奸女人。你说我为什么会给你那具躯体？有朝一日，你做过的坏事都会落在你身上。"

"这具躯体是有主人的。"我说。

"每天日出前，她都要跑回树林里，好让佐格巴奴吃掉她。无论我们带她去哪儿，无论我怎么训练她。与其让她浪费这具躯体，还不如给它找个好去处。"索戈隆说。

"你只想阻止我再把你从马上撞到地上，"维宁–贾克武说，"就像你这么多年以来一直在做的：把人们从自己的躯体里撞出去。"

"怎么做到的？"莫西问。

"别问我，问她。"

"时间在奔跑在飞驰，男孩还在他们手上。追踪者，你知道他们去哪儿了。"

索戈隆扫视我们所有人，对所有人说话，却无法说服任何人。

"她没有企图杀死我们。"萨多格说。

"你只代表你自己。"维宁–贾克武说。

"我们赞成救那个男孩。"莫西说，走向我。

"你们不了解她。我认识她两百年了，她最爱做的就是盘算该如何利用别人。她不会问你有什么用处。我没有向你们任何人应承过任何事情。"维宁–贾克武说。

"有没有都无所谓。但我们会去救男孩，我们也许还需要爱骗人的月亮女巫。"

"死去的月亮女巫对你们不会有任何用处。"

"企图突破我们三个人去杀死她的一个死女孩也一样。"

维宁–贾克武怒视我们每一张脸。他或她用脚尖把一名倒毙卫兵的佩剑挑到手里，他或她攥紧剑柄，似乎很喜欢这个感觉，对我们微微一笑。

"我是男人！"他说，"我叫——"

"贾克武。我知道你叫什么。我知道你肯定是个非凡的战士，有一身惊人的技艺。帮我们救出男孩，挣到的钱也有你一份。"我说。

"钱能帮我长出一个阴茎来？"

"阴茎，一个严重过誉的器官。"莫西说。我不知道他是不是在尝试活跃气氛。索戈隆心口上方的胸部红通通的。伊鹏都鲁切开她的胸膛，企图扯出心脏，但她宁可让我们看着她倒在地上，也不会开口承认此事。

"看看你的心吧。"我对她说。

"我的心好得很。"她说。

"都快从你胸口掉出来了。"

"伤口并不深。"

"看着不像。"莫西说。

水牛和两匹马在树底下等待。我想用嘴巴问的问题全写在了眼睛里，因为水牛点点头，喷鼻息，指了指那两匹马。贾克武骑上第一匹马。

"带上索戈隆。"我说。

"我不带任何人。"他说，策马跑开。

莫西走到我背后。"他会走多远？"他说。

"然后意识到他不认识路？用不了多远。"

"索戈隆。"

"她可以坐在牛背上。"

"如你所愿。"莫西说。

我抓起莫西的罩衣，擦拭他的面部。血已经不流了。

"小小的抓伤而已。"他说。

"抓伤你的是铁爪怪物。"

"你叫了它的名字。"

"给我用一下。"我说着拿过他的一把剑。我割开他的罩衣边缘，撕下一长条布。我用这块布给他包扎头部，在后脑勺打结。

"萨萨邦撒。"

"我在老人家里好像没听见过这个名字。"

"是的。萨萨邦撒和他兄弟住在一起。他们从树上高处杀害过路人。他兄弟吃肉，他喝血。"

"这世上倒是不缺少树。他为什么和这伙人待在一起？"

"我杀了他兄弟。"我说。

两个细节。萨萨邦撒的翅膀挨了一剑。他带着男孩和伊鹏都鲁，伊鹏都鲁至少和他一样重。

在地面上看，两棵燃烧的巨树似乎远隔几百又几百步，事实上也的确如此。我们正要离开，女王的一群卫兵——十九名，甚至更多，全都徒步，挡在我们面前——命令我们停下。

"尊贵的陛下说她没有允许任何人离开。"

"尊贵的陛下有更严重的问题要操心，而不是考虑谁要离开她尊贵的屁股。"莫西说，策马从他们中间穿过。水牛用前蹄轻轻刨地，他们连忙跳开。

"可惜非走不可。这场叛乱我看得津津有味。"莫西说。

"直到奴隶发现他们宁可要熟悉的镣铐，而不是陌生的自由。"我说。

"提醒我有空再和你吵这个。"他说。

我们彻夜驰骋。我们经过老人曾经的住所，但他的屋子现在只剩下了气味。什么都没留下，包括开裂泥墙和粉碎砖块的瓦砾堆。说真的，我不由得怀疑根本不存在什么老人和屋子，而只存在两者的一个梦。然而只有我注意到了，我没告诉其他人，我们像一阵风似的经过那片虚无。贾克武尝试在最前面跟着我们，但三次勒马退到后面。然而我对路线毫无记忆，与莫西不同，他策马穿过黑夜。我只是紧随他的左右。索戈隆尽量挺直身体坐在牛背上，水牛奔跑得几乎和马一样快，她两次险些掉下去。我们穿过玛瓦娜女巫出没之处，但只有一个怪物爬出地面来看我们，她见到是我们，连忙一低头钻回土里，就好像那是大海。

就在太阳赶走黑夜之前，男孩离开了我的鼻子。我跳起来。萨萨邦撒一口气飞到门口，穿了进去。我知道。莫西说什么我的额头在敲他的后脖颈，于是我向后坐直。我们来到土路上，他放慢速度。门还没完全关上，在搅动周围的空气，发出某种嗡嗡声，但门缝正变得越来越响。我能看见黄色阳光下通往孔谷尔的道路。

"等他们来——"

"门不会自己打开，索戈隆。他们已经穿过去了。我们来迟一步。"我说。

索戈隆跳下牛背，摔倒在地。她想尖叫，但只发出嘶哑的咳声。

"都怪你，"她指着我说，"你从来就不够格，根本没做好准备，面对他们什么都不是。你们没人在乎。你们没人看到整个世界将失去什么。两年来第一次追上他们，你们却放他们逃掉了。"

"我们做了什么，老女人？"莫西说，"被卖给奴隶主？那是你干的好事。我们可以掀翻整个都林戈，拯救那个男孩。我们却浪费时间去救你。平安无事个屁。你把你伟大使命的整个命运压在一个女王身上，但她更在乎和我交配，而不是听你说话。这就是你干的好事。"

门缝越来越小，现在还够一个人进去，但奥格和水牛都不行。

"去孔谷尔需要好几天时间。"她说。

"那你就削根拐棍准备走着去吧，"莫西说，"我们就送你到这儿了。"

"奴隶主会加倍给钱的，我保证。"

"是奴隶主还是国王的姐姐？还是被你伪装成女神的河流精怪？"我问。

"只有那个男孩最重要。你们这些傻瓜还不明白吗？都是为了那个男孩。"

"女巫，我怎么觉得都是为了你呢？你总说我们毫无用处，却一次又一次地利用我们。至于那个女孩，可怜的维宁，你把她踢出她自己的躯体，因为这个贾克武的用处更大。失败的责任完全在你身上。"莫西说。

贾克武跳下马，走向那道门。我不认为他曾经见过这种东西。

"透过这个窟窿，我看见的是什么？"

"去米图的路。"萨多格说。

"我走这条路。"

"你未必能安全通过，"我说，"贾克武从没见过十九道门，但维宁见过。"

"什么意思？"

"他的意思是，尽管你的灵魂是新的，但你的身体也许会被焚毁。"莫西说。

"我走这条路。"贾克武说。

索戈隆一直在盯着门看。她跌跌撞撞地走到门口。我知道她在想什么。她在想她已经活了三百一十五年，也许曾经遭遇过更可怕的困境，另外，没有一个活人能证明古老传说是否真实，谁有时间在乎那些呢？

"嗯，你们似乎都有诸神的微笑加持，但这儿没有任何东西值得我留下，"贾克武说，"也许我该去北方，请坎帕拉的变态给我做一个木阳具。"

"愿好运降临在你身上。"莫西说，贾克武点点头。

他走向那道门。索戈隆让开。

莫西抓住我的肩膀说："现在去哪儿？"我不知道该对他说什么，或者怎么告诉他只要能和他作伴，无论去哪儿都行。

"我不在乎这个男孩，但你去哪儿我就去哪儿。"他说。

"哪怕是孔谷尔？"

"嗯，我这人喜欢找乐子。"

"人们企图杀你也算乐子？"

"我在更倒霉的事情前也曾放声大笑。"

我转向萨多格。"伟大的奥格，你打算去哪儿？"

"谁在乎一个被诅咒的巨人？"索戈隆说，"你们哀怨得就像一群小婊子，因为这个老女人的智力胜过你们。你们生下来就不该这样对吧？一样东西只要闻不到、摸不到、尝不到、睡不到，对你们来说就等于不存在。没有任何东西比你们自己更重要。"

"索戈隆，死亡属于凡人，而你永远也不会得到，你就继续哀叹下去吧。"我说。

"我告诉你们所有人。无论你们要多少钱都行。与你们等重的银币。等男孩在法西西登上王位，你们甚至可以把金粉赏赐给奴仆。你说过你为的是男孩，而不是我。为了让一个男孩重新见到母亲。你喜欢看一个女人跪倒在地吗？你希望我胸口贴地向你恳求吗？"

"女人，别羞辱你自己。"

"我早就超越了荣誉和羞辱。言辞仅仅是言辞。男孩意味着一切。整个王国的未来就是……那个男孩，他将——"

门已经缩小得只有我一半高，悬浮在半空中。贾克武的手从门里伸出来，手上火焰熊熊，他抓住索戈隆衣服的颈部，把她拽了进去。贾克武还没把她完全拽进门里，她的脚就爆发出了火焰，火焰蔓延得快极了，神都来不及眨一下眼睛。莫西和我冲向那道门，但开口已经比我们的脑袋还要小了。索戈隆在从此到彼的路途中惨叫，我们只能想象是何等恐怖之事让她如此惨叫，直到洞口彻底封闭。

20

　　强风吹在船帆上，推动这艘独桅帆船。船长说除了在风暴里，他从没见过它跑得这么快，但他不认为这是河流女神或风神的功劳。他不确定究竟是为什么，但你只要肯去下层甲板看一眼就会见到答案。一天前，我们登上这艘前往孔谷尔的帆船，理由如下：我们无法穿过都林戈去孔谷尔，因为没人知道暴乱是在继续蔓延还是被女王的士兵镇压下去了。都林戈的山脉比马拉卡尔还要高，翻山越岭需要五天，接下来还要花四天穿过米图，然后我们才能抵达孔谷尔。然而乘船从河上走只需要三晚加半天。上次我坐的船长度不到十六步，宽度顶多七步，乘客只有我们五个人。但这艘船长度比得上半块高粱地，宽度超过二十步，有两块帆，一块与船等宽，高宽相同，另一块只有这块一半大，两块都裁切成鲨鱼鳍形状。下层甲板共有三层，全都空着，因此船可以开得很快，但也更容易倾覆。一艘运奴船。

　　我选中了停泊在河边的这艘船，莫西问我："那艘船，你见过类似的吗？"

　　我们步行半天，来到河畔的这片空地上，这条河从都林戈以南远处而来，从左侧流经都林戈，蜿蜒绕过米图，然后分成左右两股流过孔谷尔。河对岸，巨树和浓雾遮挡了姆韦卢。

　　"我见过类似的。"我向他描述这种船。

我们全都筋疲力尽，连水牛和奥格都不例外。我们全都浑身酸痛，当天晚上，奥格的手指僵硬得无法动弹，他想拿啤酒杯，却一连拍飞了三个。我不记得有什么东西砸得我后背疼痛难忍，但等我泡在河水里，每一个伤口、擦痕和痛处都在尖叫。莫西同样浑身酸痛，他尽量掩饰他的腿脚不便，但每次迈出左脚都直皱眉头。前一天晚上，他额头上的伤口又绽开了，鲜血从面门中央汩汩淌下。我从他的罩衣上又割了一条布，把野草捣成泥，抹在他的伤口上。他抓住我的手，疼得骂骂咧咧，然后他松开手，双手垂到我的腰间。我为他包扎额头。

"所以你知道它为什么停在都林戈城外的边缘地带。"

"莫西，都林戈购买奴隶，并不贩卖。"

"什么意思？这艘船是空的？堡垒里发生了那种事，不可能还是空的吧？"

我扭头看莫西，然后望向水牛，水牛对着河面喷鼻息。

"你看船漂在水面上的样子，肯定是空的。"

"我不信任奴隶贩子。一夜之间我们就会从客人变成货物。"

"奴隶贩子能拿我们这种人怎么办？我们需要去孔谷尔，这艘船要去的不是孔谷尔就是米图，就算去米图，也比咱们现在离孔谷尔近。"

我去找船长，那个肥胖的奴隶贩子把光头涂成蓝色，我问他介不介意搭几名乘客。船员站在左舷前，低头看我们，我们衣衫褴褛，浑身瘀伤和泥土，但带着我们从都林戈抢来的武器。莫西说得对，奴隶贩子打量我们，他三十人的船员队伍也打量我们。但萨多格没有摘掉铁手套，看一眼他，船长就免除了我们的费用。不过那头母牛，给我拉到棚子里，和其他没脑子的动物关在一起，他说，奥格不得不抓住水牛的角，否则水牛非得冲上去和他算账。水牛占据了一个空畜栏，旁边的畜栏里关着两头猪，它们应该更胖一点才对。

第二层甲板有窗户，奥格住进那里，他发现我们似乎要和他睡在一起，于是皱起了眉头。他会做噩梦，不希望其他人知道，他嘀嘀咕咕地抱怨，我告诉了莫西。船长说暴乱之神肆虐都林戈前的两个晚上，他把货物卖给了一个瘦削的蓝皮贵族，那家伙从头到尾都只用下巴指指点点。

这艘船要驶向孔谷尔。船员都不在下层甲板睡觉。有个我没看清长相的船员说什么底下闹鬼，死在船上的奴隶很愤怒，他们依然被锁在船舱里，无法进入冥界。鬼魂是恶意和欲望的操纵者，把每一个白昼和每一个夜晚花在怨恨虐待他们的人身上，把那些思绪磨砺成匕首。我们和他们没有任何仇怨。假如他们需要耳朵来听取他们的冤屈，我反正听过死者讲述更可怕的故事。

我顺着楼梯下到第一层甲板，楼梯陡峭得出奇，等我来到最底下，我背后的台阶都消失在了黑暗中。我在黑暗中看不见多少东西，但鼻子带着我走向莫西休息的位置，除了我，没人还能闻到他皮肤上的没药气味。他把一块旧船帆上的破布卷成枕头，靠着舱壁躺在那儿，这样他就能听见河水的声音了。我过去在他身旁躺下，但我睡不着。我翻身侧躺，面对着他，盯着他看了很久，然后我吓了一跳，因为我发现他也在看我，我们目光相接。我还没来得及反应，他就伸出手抚摸我的面颊。他似乎根本不会眨眼，他的眼睛在黑暗中是那么明亮，几乎闪着银光。他的手不肯离开我的脸。那只手揉搓我的面颊，向上移动到额头，勾出一侧眉毛，然后另一侧，继而回到面颊上，就仿佛一个盲女在感受我的面容。他把大拇指放在我嘴唇上，然后我下巴上，其他的手指爱抚我的脖子。我躺在那儿，不记得自己何时闭上了眼睛。然后我的嘴唇感觉到了他。库族人之间不会接吻，甘加通人也一样。孔谷尔和马拉卡尔没有任何人会用舌头如此温柔地嬉戏。他的一个吻让我想要另一个。他把舌头伸进我的嘴里，我诧异得瞪大了眼睛。但他又来了第二次，我的舌头也对他做出相同的事情。他的手抓住我，我再次颤抖，我的手掌拂过他的额头。他吃痛畏缩，随即微笑。夜视能力在黑暗中勾勒出他灰色与银色的轮廓。他坐起来，从头顶脱掉罩衣。我呆呆地望着他，他胸膛上有一块块紫色的瘀斑。我想抚摸他，但担心他会再次吃痛畏缩。他骑上我的大腿，抓住我的双臂，我因此咬牙吸气。疼痛。他说什么我们是两个倒霉的受伤老家伙，掺和到一点关系也没有——后面的话我没听见。

第二天早晨我醒来时，一个男孩在俯视我。我并不吃惊，我在等待他和他的其他同伴。他挑起眉毛，一脸好奇，挠着脖子被镣铐箍住的位置。莫西嘟囔一声，惊吓了男孩，他消失在木头里。

"你以前救过孩子。"莫西说。

"我没看见你醒着。"

"你以为没人在看你的时候很不一样。我一直认为男人之所以是男人，就是因为他占据了那么多空间。我坐在这儿，剑在那儿，水囊在那儿，罩衣在那儿，椅子在过去那儿，两条腿分得很开，因为，嗯，因为我就喜欢这样。但你不一样，你会尽量让自己变小。我在想会不会是因为你的眼睛。"

"哪只眼睛？"

"傻瓜。"他说。

他坐在我对面，靠在舱板上。我揉搓他毛茸茸的双腿。

"我说的就是那一只，"他说，"我父亲的两只眼睛不一样。本来都是灰色的，直到他小时候的敌人把一只打成了棕色。"

"你父亲对他的敌人做了什么？"

"他叫他苏丹，尊贵的阁下，来吧。"

我大笑。

"有些孩子对你来说非常重要。我考虑过这种事情，关于孩子，可是……嗯。一个人永远也没法变成鸟，又何必去琢磨飞翔呢？我们东方人有着奇异的热忱。我父亲——嗯，我父亲就是我父亲，和他之前的先祖一个样。倒不是说我……因为我不是长子……甚至不是第一个继承他姓氏的……另外，我还没出生，就被安排好了来自一个贵族家庭的妻子，接下来都会按部就班，因为我们就是这么生活的。重点不在于我做了什么，而在于先知是否允许别人发现我们，他很穷，所以他……

我……他们送走了我，命令我不得再返回他们的海岸，否则就会处以死刑。”

“你有妻子？还有孩子？”

“四个。我父亲带走他们，交给我姐姐抚养。让我的污秽远离他们的记忆为妙。”

操他妈的诸神，我心想。操他妈的诸神。

“后来我漂离了航线。也许是诸神的旨意。有些孩子让你念念不忘？”

“你不会吗？”

“有些夜晚永远不会过去。”

“怪不得咱们刚一喷发，偷情的妻子就要赶我们滚蛋。提到孩子让人心情沉重。”

他微笑。

“你知道敏吉吗？”我问。

“不知道。”

“有些河流部落，甚至像孔谷尔这样的大地方，他们会杀死不配出生的新生儿。天生体弱的孩子，或者缺少肢体的，或者上排牙齿比下排先长的，或者有奇特天赋的，或者外形怪异的。我们救了五个这样的奇异孩子，他们在梦中回来找我——”

“我们？”

“不重要了。那五个孩子在梦中回来找我，我试过去探望他们，但他们所生活的部落是我那个部落的仇敌。”

“怎么会？”

“我把他们交给了我那个部落的仇敌。”

“追踪者，你说的每件事到头来都和我想象中不一样。”

“我那个部落想杀死我，因为我拯救敏吉孩童。”

“哦。你，还有这些人，你们的河流没一条是笔直行进的。带我们去找这个男孩。我们和这个男孩之间不存在直线，只有一条又一条蜿蜒小河通往其他的蜿蜒小河再通往蜿蜒小河，有时候——我说错了请纠正我——你彻底迷失在这些蜿蜒小河里，而男孩早已消失，连同你寻找他的原因。就像刚刚消失在船身里的那个男孩。"

"你看见他了？"

"事实不取决于我们相不相信，对吧？"

"你说得对，有些时候我忘记了我们在找谁。我甚至忘记了报酬。"

"那么是什么在驱使你？不是让孩子与母亲团聚吗？仅仅几天前你还这么说过。"

他爬到我身旁，光束在他皮肤上化作条痕。他把脑袋搁在我大腿上。

"这就是你想问的？"

"对，这就是我想问的。"

"为什么？"

"你知道原因。"

我望着他。

"我走得越远——"

"如何？"

"就越感觉我没有理由要回去。"我说。

"你过了多少个月才想到这个？"

"治安官，出现这种念头只有一个可能性，那就是太晚了。"

"说说你的眼睛。"

"来自一条狼。"

"你管那些豺狗叫狼？也许你和豺狗打赌输了。这不是玩笑话，对吧？你想先回答哪个问题，如何，还是为什么？"

"一条会变身的母鬣狗化作女人，把我的眼珠从脑袋里吸了出去，然后一口咬掉。"

"我该先问为什么的。毕竟咱们有了昨晚。"他说。

"昨晚怎么了？"

"你……没怎么。"

"昨晚可不能保证还会有其他什么东西。"我说。

"对，你说得对。"

"咱们能换个话题吗？"

"咱们本来就在瞎聊天。除了你的眼睛。"

"一群暴徒挖掉了我的眼睛。"

"一群鬣狗，如你所说。"

"事实不取决于你信不信，治安官。我在沙海和朱巴之间的荒野上流浪了几个月，我不记得具体几个月了，但我记得我想死。但首先我要杀死罪魁祸首。"

这里有个我那只狼眼的小故事。那个男人把我出卖给一群鬣狗，事后我找不到他了。然后我四处流浪，内心的仇恨就快满溢，但无处发泄那么多的恶意。我回到沙海，这个地方的甲虫比鸟还大，蝎子能蜇死人，我坐在一个沙坑里，秃鹫落地打转。这时桑格马出现在我面前，尽管没有风，但红衣飘拂，蜜蜂围着她脑袋飞舞。我还没看见她就听见了嗡嗡声，等我看见她，我说，我肯定热昏了在做梦，中暑的谵妄，因为她早就死了。

"鼻子灵的男孩有可能鼻子失灵，但嘴巴利索的小子不可能嘴巴不利索。"她说。它一溜小跑来到她身旁。

"你带了一条豺狗？"我问。

"不许侮辱狼。"

她抱住我的脸，坚定但并不用力，说出我听不懂的字词。她抓起一把沙子，朝里面吐口水，揉捏直到沙子黏在一起。她撕掉我的眼罩，我疼得抽搐。然后她说，闭上你的好眼睛。她把沙子填进我的眼窝，狼凑到近处。狼嚎叫几声，她呜咽几声，然后又呜咽了几声。我听见刺戳的声音，狼又嚎叫了几声。然后没有声音了。桑格马说，数到十一再睁开。我开始数，她打断我。

"等你快死了，她会回来取走的。你多留意她。"她说。

就这样，她让我借用了一条狼的眼睛。我猜我能看到远处，能在黑暗中辨认出人影。确实如此。但我闭上另一只眼睛就会失去颜色。有朝一日狼会来要走这只眼睛。我甚至笑不出来。

"我可以。"莫西说。

"滚你一千遍。"

"咱们靠岸前再多几遍也没关系。你说不定还能变成一个好情人呢。"

哪怕他开玩笑也会惹我生气。他开玩笑的时候尤其惹我生气。

"再给我说说女巫。你为什么那么恨她们？"他说。

"谁说我恨女巫了？"

"你自己的嘴巴。"

"好几年前我在紫城病倒。险些病死——某个丈夫出钱让拜物祭司诅咒我。一个女巫找到我，说假如我能为她做些事情，她就会对我施治愈咒。"

"但你恨女巫。"

"闭嘴。她说她不是女巫，只是一个没有男人就生了孩子的女人，这座城市评判这种事情时很凶残。他们抢走她的孩子，她说，送给一个有钱但生不出孩子的女人。你能让我好起来吗，我问，她说，我能让你摆脱欲望，两者听起来似乎不是一码事。不过我还是跟着鼻子找到她的孩子，在夜里从有钱女人身边带走她，没有惊扰任何人。接下来我不知道发生了什么，但第二天早晨等我醒来，嗯，地上有一摊黑色的呕吐物。"

"那为什么——"

"闭嘴。孩子确实是她的孩子。但她身上有股气味。两天后我追到法西西找到她。她在等其他人。其他人想买两只婴儿的手和她留在桌上的一副肝脏。女巫的咒法对我不起作用，尽管她尝试了。她还没来得及念咒，我就一斧剁在她额头上，然后砍掉她的脑袋。"

"然后你就开始仇恨女巫了。"

"哦，我从很久以前就开始仇恨她们了。我更仇恨的是我自己，居然会相信一个女巫。人们到最后总会屈服于天性。就像树胶，无论你拉得多长，一松手它总会弹回去。"

"也许你仇恨的是女性。"

"这话怎么说？"

"我从没听你说过任何一个女人的好话。她们在你的世界里似乎全都是女巫。"

"你又不懂我的世界。"

"我懂得够多了。也许你不恨任何女人，甚至包括你母亲。但要是我说错了就纠正我，你一直认为索戈隆会做出最坏的事情。还有你遇到的所有女人。"

"你什么时候见过我说这种话了？你为什么要这么说我？"

"我不知道。你进入我的心灵，我不可能不进入你的。你能思考一下这个问题吗？"

"我没什么可思考的——"

"操他妈的诸神，追踪者。"

"好吧，我会思考一下莫西为什么认为我憎恨女性。我要回甲板上去了，还有什么要说的吗？"

"还有一点。"

一天半以后的中午，我们停进港口。他额头的伤口似乎已经愈合，我们不再浑身酸痛，包括水牛在内，我们全都浑身疮痂。那天的大多数时间我都待在奴隶船舱里，和莫西在一起，我回到甲板上去察言观色，看有没有人传我的闲话。他们要么不知道，要么不在乎——到处的水手都差不多——就连莫西不再抓住我的手去压抑他的叫声也一样。其余的时间里，莫西给了我太多的东西去思考，所有问题都能归结到我母亲身上，而我连一秒都不愿意去想她。还有黑豹，我几个月没想过他了，还有莫西说的我内心深处仇恨所有女性。这个念头太刺人，肯定是谎言，而我总是一次又一次地撞上女巫。

"也许你会吸引最坏的那些人。"

"你是最坏的那种人吗？"我问，很生气。

"希望不是。但我想到你母亲，或者你向我描述的那个母亲，她甚至未必真的存在，或者就算存在，也不一定就是你说的那样。你说话像是我家乡的那些父亲，会责骂遭到强奸的女儿，说什么你难道没有腿，不会逃跑吗？你难道没有嘴巴，不会喊叫吗？你的想法和他们一样，以为受难或逃跑关系到选择或手段，但实际上是权力。"

"你说我应该谅解权力？"

"我说你应该谅解你母亲。"

我们靠岸前的那天夜里，他说，追踪者，你从早到晚都是个精力充沛的情人，然而我不认为这是赞许，而且事后他总要问我陈年往事，已经死去的旧事。问得实在太多了，因此，唉，我有点厌倦了治安官和他没完没了的问题。第二天早晨，船员修理奥格在舱壁上一拳打出来的窟窿，没有提出任何疑问。他说他做噩梦了。

孔谷尔中午时分的街道空无一人，非常适合我们溜进城市，消失在小巷里。除了塔罗贝、宁姆贝和加隆科贝/马特约贝的聚居区街道，人们在他们买到、骗到、继承得到或自行占据的土地上建造房屋，中午时分意味着绝大多数人待在室内，整座城市看上去就仿佛躲在了高墙背后。连平时站在城界上放哨的卫兵也不再看守海岸。莫西和我用贝壳换了两名船员的衣服，其中一名船员惊讶地说，我曾经为了更少的钱杀过人。我们身穿被海水侵蚀的兜帽水手袍和长裤，模样就像来自东方的旅客。

自从我们上次见到这座城市，时间已经过去了七天多。也许更久，反正我不记得了。没有喧闹的阴影，没有宾因衮假面狂欢留下的任何痕迹，只有干草、衣物、红绿两色的棍棒乱糟糟地扔在街上，没有主人认领。

奥格看着我，我用两只眼睛分别望向奥格和治安官，但没找到任何异常。说起来，奥格说的话比他在一个月里说的都多，话题无所不包，从令人愉快的天空到这头最令人愉快的水牛，我险些对他说，唠唠叨叨的奥格会引来别人的主意。我猜莫西大概也这么想，所以他才一直走在我们背后，但我注意到他的视线在上下扫，前后扫，左右扫，每次经过十字路口，他就会握住剑柄。我放慢脚步，和他并排走。

"酋长卫队？"

"来商人居住的街道？不，他们给我们丰厚的酬劳，这样就不需要来这些地方了。"

"那你在提防谁？"

"任何人。"

"莫西，什么敌人在等我们？"

"不是地面上的敌人。让我担心的是天上的鸽子。"

"我知道。我在这儿没有朋友。我——"

我必须就在这里停下，就在我们行走的这条街上停下。我捏住鼻子，后退靠在墙上。这么多气味同时袭来，换了以前的我，肯定会发疯，此刻它们拍得我的意识团团转，同时向前推我、向后拉我、从四面八方拽我。我的鼻子害得我头晕目眩。

"追踪者？"

我能走进由我不认识的上百种气味组成的陌生土地。我能走进由许多种我认识的气味构建的场所，假如我知道这是这些气味应该在的地方，我就能决定让意识跟从哪一个气味。然而假如有六种甚至四种气味出其不意地伏击我，我就会近乎发狂。上次这种事发生还是许多年以前。我记得那个男孩训练我如何把注意力集中在一个气味上，我不得不杀死的那个男孩。此时此地，所有气味同时扑向我，我记忆中的所有气味，而且在我的记忆中，不是每一个都存在于孔谷尔。

"你闻到了男孩。"莫西抓住我的胳膊。

"我不会倒下的。"

"但你闻到了男孩。"

"不止这个男孩。"

"是好事还是坏事？"

"只有诸神知道。我的鼻子是个诅咒，而不是赐福。有许多其他东西踏入了这座城市，比我上次来的时候更多。"

"追踪者，你说清楚点。"

"操他妈的诸神，我像是在发疯吗？"

"安静。安静。"

"那只该死的大猫最爱这么说。"

他抓住我，把我拉到他面前。

"你的脾气只会火上浇油。"他说。

奥格和水牛还在向前走，没发觉我们停下了脚步。他抚摸我的面颊，我立刻退缩。

"没人看见我们，"他说，"另外，这也能让你换点东西去操心。"他微笑。

"我觉得有人跟踪。宁姆贝的街道还有多远？"我问。

"不远，从这儿往西北走。但这两个家伙藏不起来。"他指着水牛和奥格说。

"我们应该待在海岸边。我们要去找男孩吗？"莫西问。

"他们现在只有三个人，伊鹏都鲁受了重伤。没有女巫母亲能加速他的恢复。"

"你的意思是等待？"

"不。"

"那你是什么意思？"

"莫西。"

"追踪者。"

"闭嘴。我的意思是我们在追踪别人，别人也在追踪我们。阿依西很可能还在孔谷尔。我觉得他在监视我们，等我们掉进他的陷阱。还有其他人也在寻找我们。"

"等他们找到我们，我的剑早已饥渴难耐。"

"不。咱们应该去找他们。"

我们在黄昏前偷偷穿过空无一人的街巷，向西而去。我们经过一条仅容一人进出的窄巷，莫西忽然冲进去，回来时剑上有血。他没说，我也没问。我们继续向东北走，穿过一条又一条小巷，最终来到宁姆贝区和通往老者家的那条蜿蜒街道。

"上次我在这儿的时候，街上挤满了七翼。"我说。

他指了指三百步外依然在高塔上迎风飘飞的黑色雀鹰旗。"那面旗还挂着呢。而且到处都是法西西国王的印记。"

我们来到那门口，它可疑地敞开着。

"这面墙上有个我认识的标记。"我说。

"还以为你会先评论尿呢。"

莫西向后一跳，但我没有动，不过我很希望我带着短斧。他从屋子深处出来，跑过通往门外的狭窄门厅，径直扑向我，把我撞倒在地。水牛喷鼻息，奥格跑向我身旁，莫西拔出双剑。

"不，"我说，"他是——"

黑豹舔我的额头，用脑门蹭我右脸，从我下巴底下钻过去，又蹭我的左脸。他用鼻子蹭我的鼻子，把额头贴在我额头上。他呜呜叫，咕噜咕噜叫，我坐起来。他改变形态。

"从狮子那儿捡来的吧，你这头豹子也太可悲了。"我说。

"小狼，难道咱们要讨论一下你捡到的脏东西了吗？因为它们就是

510

很脏。但很快我就会听见你用舌头亲吻它了。"

嗤之以鼻的是我，而不是水牛。

"你有狗眼，我有猫眼。追踪者，咱们刚好凑成一对儿，对不对？"

黑豹跳起来，拉我起身。莫西依然握着双剑，但奥格走到黑豹面前，把他抱了起来。

"我喜欢你超过绝大多数猫。"他说。

"萨多格，你到底认识几只猫？"

"就一只。"

黑豹摸摸他的脸。

"哎呀，水牛，你还没被人吃掉吗？"

水牛跺脚跺得尘土飞扬，黑豹放声大笑。萨多格放下他。

"这位手持两把利刃的是谁？敌人？"

"我跟你说实话，黑豹，我也想过拔出我的匕首。"

"为什么？"

"为什么？黑……那小子和你在一起吗？"

"当然在……哦，等一等。对，对，对。我自己都恨不得拔出匕首对着我，实话实说。有个故事我必须告诉你。有人被戳了屁眼，所以你肯定会喜欢。你有多少个故事要告诉我？不过先告诉我，这位不愿意把剑收回去的好人到底是谁？"

"莫西。他以前是酋长卫队的人。"

"我是莫西。"

"他已经说过了。我见识过几个酋长，可惜都没什么首领气质。你怎么会和这些……我该怎么称呼你，不对，称呼咱们？"

"说来话长。但现在我也在找那个男孩。和他一起。"莫西说。

"所以你把男孩的事情告诉他了。"黑豹说，望向我。

"他知道所有事情。"

"不是所有事情。"莫西说。

"操他妈的诸神，治安官。"

黑豹看看他，又看看我，咧嘴坏笑。操他一千遍，最讨厌他这么笑。

"索戈隆呢？"

"说来话就更长了。比你的还长。我要和这幢屋子的主人谈一谈。都林戈有个人看上去和他一模一样。"

"你们怎么去了都林戈？呃，我们来到这儿，迎接我们的只有蜘蛛，屋子空空如也。每个房间、每扇窗户，甚至连一棵植物都没留下。进来吧，我的好奥格和治安官——无论你叫什么。"

"莫西。"

"哦，对，你叫这个。水牛，咱们里面的蔬菜比这片污秽土地上生长的任何东西都要好。你到后面去，让他们隔着窗户喂你。"

水牛发出某种我敢发誓就是大笑的声音，我很久没听见过这个声音了。

"莫西，你看着像个剑客。"黑豹说。

"对，然后呢？"

"没什么，不过我有两把剑，对四肢着地的野兽来说没用。南方锻造的优质武器。原先的主人被我剁掉了脑袋。"

"你，还有这家伙，就不会给人留个全尸吗？"

黑豹看看我，又看看莫西，哈哈一笑。他猛拍莫西的后背，说"都在里面"，把他推开。我无法想象莫西有可能喜欢他这样，正如我不喜欢看见这一幕。

"追踪者，她也在这儿。"

"谁？"

他摆摆头，示意我跟他走。

"咱们明天夜里去救男孩。"他说。

我们刚进门，弗米利——我很久没见到过他了——跑向我们，但黑豹咆哮一声，他立刻放慢脚步。

"回头我要问问这是怎么一回事。"我说。

"咱们要做咱们经常做的事情，追踪者。让故事和故事比拼。我相信这次赢的还是我。"

"等你听完我的故事再夸口吧。"

他扭头面对我，胡须从鼻子底下伸出来，毛发似乎更长更乱了。我太想念这家伙了，他稍微做个动作，我的心脏都险些停跳。他坏笑着转过去。他隔着袍服挠裆部，他和我一样厌恶衣物。

"肯定比不上我的，我可以保证。"他说。

黑豹领着我走上六段楼梯。我们走向一个我没见过的房间，这时河流的气味扑面而来。气味并非来自室外，而是我认识但不喜欢的五六种气味之一。其中一种在房间里，其余的不在，但就在附近。

"我闻到那个男孩了，"我说，"离这儿不远。咱们应该立刻去找他，免得他们再次转移。"

"有人与我所见略同嘛。同样的话我说过三遍了。但他们说追杀他们的人太多，还有一整支军队在追杀我，因此我们必须在夜里行动。"

我不认识这个声音。

"这位是追踪者。他能告诉你凭心血来潮乱搞计划会有什么下场。"

这个声音我认识。我走进去，先寻找那个陌生的声音。她躺在靠垫和毯子上，手里拿着杯子，杯子里是法西西咖啡豆煮出来的强劲饮料。她戴着帽子，顶部宽阔如皇冠，但质地不是黄金，而是红色织物。或许是丝绸质地的面纱卷起来，露出她的面部。她的耳朵上戴着两个巨大的碟饰，一圈红色，然后一圈白色，然后又是红色，然后又是白色。她的长袍同样是红色，衣袖遮住手臂，但露出肩膀。衣服前襟有个蓝色的巨大图案，状如两个箭头针锋相对。我险些说，我没见过这样打扮的修女，但我的嘴巴给我惹来的麻烦已经够多了。两个女仆站在她背后，身穿索戈隆喜欢穿的那种皮裙。

"你就是他们说的那个追踪者。"国王的姐姐说。

"他们就是这么称呼我的,尊贵的阁下。"

"我有很多年不知道尊贵是怎么一回事了,阁不阁下的更是无从谈起。我的弟弟管得很严。索戈隆没有和你一起来。她已经过世了吗?"

"她得到了她应得的结果。"我说。

"索戈隆,热爱计划的那个人。说说发生了什么。"

"她穿过一道她不该穿过的门,多半被烧死了。"

"就我对死亡的了解而言,真是一种可怕的死法。希望你能化悲痛为力量。"

"我对她没有任何悲伤。她把我们当奴隶卖掉,换取她能安全穿过都林戈。她还抢夺了一个女孩的躯体,供她多年前盗取的一个男人的灵魂使用。"

"你对此一无所知!"邦什叫道。我还在琢磨她什么时候会开口呢。她从国王姐姐右侧地上的一摊液体里冉冉升起。

"那谁会知道呢,水女巫?也许他为了复仇,拖着她跳进了十九道门之中的一道。听说你必须穿过全部十九道门,然后才能反过来走向某一道。假如你有所怀疑,那么我不得不说她证明了这个说法是真的。"我说。

"是你纵容他的。"

"事情发生得太快,邦什。谁也来不及反应。"

"我该淹死你。"

"你是什么时候知道她改变了计划的?她难道没告诉你?你是骗子还是傻瓜?"我问。

"请允许我。"邦什对国王姐姐说,但她摇了摇头。

"在某个时候,她认为我们全是无能之辈,无法救出你宝贵的孩子。尽管我们这些无能之辈不但自己脱出困境,还从名叫伊鹏都鲁的怪物手上救了她。"我说。

"她——"

"犯错弄丢了孩子？对，这就是她的所作所为。"我说。

"索戈隆只是想服侍她的主人。"邦什对国王姐姐说，但面对着我。

"追踪者？你的本名是什么？"国王姐姐说。

"追踪者。"

"追踪者。我理解你。这个孩子对你来说什么都不是。"

"我听说他是王国的未来。"

她起身。

"你还听说了什么？"

"太多了，但还不够多。"

她大笑，说："力量、计谋、勇气，拥有这些品质的男人，我们需要他们的时候，他们在哪儿呢？你们伤害和抛弃的女人，她又在哪儿呢？"

"她是自作自受。"

"那她肯定是个比我更有力量和手段的女人。我的每一道伤疤都是其他人制造出来的结果。这个女人是谁？"

"他母亲。"黑豹说。我恨不得当场宰了他。

"他母亲。她和我有许多共同之处。"

"你们都抛弃了自己的孩子？"

"也许我们的人生都被男人毁坏，害得我们的孩子长大了都为此责怪我们。请原谅我的见解；我一直住在一座隐修院里，对面就是仓库。你想一想，我，国王的姐姐，躲在老女人堆里，就因为他把我囚禁在堡垒里，然后又派刺客来杀我。七翼已经开拔，去法西西加入国王的联军。他们即将首先入侵卢阿拉卢阿拉，然后甘加通和库，把所有人的男人、女人和孩童变成奴隶。不，不是即将，而是已经。卢阿拉卢阿拉已经被占领。战争机器不会自己建造自己。"

"愿国王都能跪拜你。然而你站在那儿，想让普通男女在乎王子和国王的命运，就好像你身上发生的事情能改变我们遇到的任何事情。"我说。

"黑豹说你把几个孩子寄养在甘加通人那里。"

"我似乎还没在哪个逼里待得久到能播种孩子的地步。"我说。

"你们提醒我注意的就是这张嘴吗？"她说，望向邦什和黑豹。黑豹点点头。邦什重新变成一摊液体。

"你肯定拥有一个非常美妙的家庭，失去一个儿子对你来说什么都不算。"

"不是我的——"

"追踪者。"黑豹说，摇摇头。

"假如你是被遗弃的孩子，尊贵的阁下，看法就不一样了。到时候你只会认为是父母辜负了你。"我说。

她哈哈一笑。

"追踪者，我在你眼中难道很冷静吗？你认为你眼前是个被伊图图[1]附体的女人吗？怪物和坏人抢走了她的孩子，国王的姐姐怎么可能这么冷静？也许这只是又一次侮辱。也许我累了。也许我每晚洗澡是为了在水下尖叫，让水带走眼泪。我居然会认为你会关心这些事。消息已经传进几名长老的耳朵，我不但有孩子，而且是和一名王子合法联姻生下的孩子。他们知道我会去法西西，我会向长老、王廷、先祖和诸神声明继承王位的权利。我弟弟以为他杀死了所有南方吟游诗人，但我手上还有四位。他们能够讲述真正的历史，任何人都无法质疑他们的叙事。"

"凭什么靠这些就能把一个男人送上王座？不，一个男孩。"

"这个男孩由他母亲抚养长大。而不是男人，他们只会把男孩养成另一个他们。我弟弟的军队两天前开向河流地带。你在那儿没有血亲吗？"

1　伊图图：Itutu，约鲁巴语里的冷酷、冷静，更多的是一种概念。

"没有。"

"河对面就是甘加通。有些孩子太小，不适合做奴隶，他会怎么对待他们？你听说过白科学家吗？"

我用上全部力气才尽快吐出答案，但还是说得太慢了。

"没。"

"感谢你的诸神吧，为了你从没遇到过他们。"她说，但她挑起一侧眉毛看着我，放慢说话的速度。

"白色是因为就连他们的皮肤也要反抗他们的邪恶，因为一个人的皮肤只能接受一定分量的毒化。白色就是最纯粹的邪恶。他们夺走孩童，与野兽接合在一起，还有恶魔。有两个袭击过我本人，一个的蝙蝠翅膀和那面旗帜一样巨大。我的同伴用箭杀死它，却发现那只是个男孩，翅膀已经成为他皮肤与骨头的一部分，连血液也会流经翅膀。他们做他们的邪事，把三个女孩变成一个，把舌头与舌头缝在一起再缝在男孩身上，好让他像鳄鱼似的捕猎，同时还给他鸟类的眼睛。你知道他们为什么要抓幼小的孩子吗？追踪者，你想一想。把成年人变成杀手，他有可能变回去，甚至杀了你。把一个小孩养成杀手，杀戮就成了他唯一的本能。他为流血而生，内心毫无悔恨。他们抢夺孩童，像对待植物一样培育孩童，使用白色科学的每一种邪恶技艺，假如孩童生来就有天赋，情况就更可怕了。现在他们为我弟弟和都林戈的那个婊子效力。"

"索戈隆说你们是盟友，是携手的姐妹。"

"我和那个女人绝对成不了姐妹。索戈隆知道得很清楚——曾经知道。"

"那我就去甘加通。"

"你认识一些，对吧？有天赋的孩子。"

"我去甘加通。"我重复道。

"什么？这儿没人说过你带着自己的军队。或者你的雇佣兵？或者两个探子？一名巫师掩护你接近？你打算怎么救他们？你为什么会在乎任何一个孩子的命运？黑豹说他们甚至都是敏吉。你说实话。有一个蓝色的没有皮肤，有一个的双腿就像鸵鸟，还有一个根本没有腿？士兵里有很多人相信古老的传统。那些孩子就算不被杀，也会被送进施行白科学的屋子。毫无价值，毫无用处。"

"他们比毫无用处的狗屁王座上的毫无用处的狗屎国王有用得多。谁敢碰他们，我就宰了谁。"

"但你不在他们身边，他们也不是你的孩子。你的长辈感情是从哪儿冒出来的？你居然还以为你能评判我。"

对此我无话可说。她走向我，却经过我走向窗口。

"你说索戈隆被烧死了？"

"对。许多鬼魂在纠缠她。"

"确实如此。其中有一些还是她本人的孩子。死去的孩子。我厌倦了孩童横死，追踪者，这些孩子并不是非死不可。你说到在乎不在乎。我不知道该怎么才能让你在乎。但此时此刻，两个怪物抓走了我的孩子，因为索戈隆犯下的一个错误，尽管她疯狂地尝试补救。我不需要一个人有使命感，也不需要一个人相信国王或诸神，就像我不需要一个人认为自己拉屎能拉出金块。我只需要一个人言行一致，他说我会把你的孩子带回来，就一定会把他带给我。"

"我做这事依然为了钱。"

"我也不指望别的。"

"为什么不从一开始就告诉我们真相？"

"什么是真相？"

"这就是你的回答？假如你的河流魔怪从一开始就把话说清楚，我肯定会更用心一点。"

"你听到的那些事情还不足以让你用心？"

"我听到的和我见到的是两码事。"

"我以为你信任的是你的鼻子。你和你的同伴似乎还有伤口要处理。"

"我和我的同伴都很好。"

"随便你。明晚去救我的孩子。"

"我有东西要给你。"黑豹说。

我住进顶层的一个房间，房间面对那条蜿蜒的街道。地上铺着毯子，弥漫着麝猫香，有一块供人睡觉的搁头板，我只在我父亲家里见过这东西。不，我祖父家。他朝我扔来一把短斧，我在半空中抓住它。他点点头，表示赞许。第二把短斧插在套里，我把斧套挎在肩上。

"我还带来了其他东西。"他说，给我一罐气味像树胶的东西。

"石墨混在乳木果油里，完全适合你。你可以与黑暗与阴影化为一体，不需要套上那些破布，蹭得乳头和屁眼发痒。和我走走。"

来到外面，我们走到河边，沿着河岸走。

"你和这个弗米利的关系不一样了。"我说。

"什么？"

"也可能是我。你朝他吼叫得更多了，但我没那么在乎了。"

他转身面对我，倒退着向前走。

"追踪者，你必须告诉我。我到底有多坏？"

"就像一条长疥癣的恶狗被抢走了嘴里的食物。你很奇怪，黑豹，某一天你是个没药般的男人，比任何人都会逗我开心。第二天你却只想伤害我，咬我的脖子。"

"不可能，追踪者。就算在我最糟糕的时候，我也绝对不会——"

"你看伤疤，"我指给他看，"是你的牙印。你的恶意极为猛烈。"

"好吧，好吧。亲爱的追踪者，现在我非常难过了。当时我不是我自己。"

"那当时你是谁？"

"我答应过你要讲个奇怪的故事。弗米利，我想到了自己都会放声

519

大笑。但这事情，这小子，操他妈的诸神。你听我说。"

我们继续沿着河岸走，我和他都身穿献身给诸神的那些人的衣服，而且拉上了兜帽。这些衣物属于那位年老的屋主。

"弗米利，他以为他应该拥有我，其他人都不配。尤其是你，追踪者。不知道为什么，你作为朋友比其他人作为情人更让他害怕。当然了，他也同样害怕后者。于是他对我施了奇异的魔咒，让我每时每刻都认为自己属于他。巴巴库普。"

"恶魔耳语？这种药剂味道很大，任何葡萄酒都盖不住。啤酒也不行。黑豹，他怎么让你从嘴里喝下去的？"

"他不是让我从嘴里喝下去的。"

"哪怕是蒸汽，也会灼伤鼻腔。"

"也不是从鼻子。追踪者，我该怎么说呢？弗米利，他用手指蘸了恶魔耳语，然后他……再然后，沙漏还没倒转一次，他叫我做什么我就会做什么，要我相信什么我就会相信什么，命令我恨什么我就会恨什么。药效能持续好几天，我什么都不会记得，每次他都把更多的恶魔耳语塞进我的屁眼。"

"你是什么时候发现的？"

"他多塞了一根手指。"

我爆发出一阵大笑。

"我抓住他。我看见他的手，我问这是什么？追踪者，我跟你说实话，我把他打个半死，直到他告诉我，然后等他告诉了我，我又把他打个半死。"

我笑得过于用力，捧腹倒在河滩上。我笑得停不下来。我看见他的脸，一阵大笑，我看见他的腿，一阵大笑，看见他挠屁股，又是一阵大笑。笑到最后，我听见我的笑声从河上反弹回来。他也在笑，但没我这么喧闹。他甚至说："别这样，追踪者，没这么可笑吧？"

"不，黑豹，就有这么可笑。"我说，喘口气又开始笑。我笑得直打嗝。"知道有句老话怎么说吗？Hunum hagu ba bakon tsuliya bane."

"我不懂这种语言。"

"左手对肛门来说不是新事物。"

我再次笑得倒在地上。

"等一等。那他为什么还在你身边？"我问。

"黑豹自己没法背弓箭啊，追踪者。另外我必须承认，他在这方面比我厉害得多，尽管我已经很厉害了。我想起来我是谁以后，立刻抽他屁股，直到他告诉我你们都去了哪儿。于是我们骑马回到孔谷尔，我一直在这幢屋子里等你们。我们来到尼姆贝时邦什发现了我们，带我们来到这儿。不过，要是你再不回来，我大概也要离开了。"

"你的屁眼被下毒，这事情能让我笑上一整个月。"

"笑吧。别放过我。现在唯一能让我不杀他的原因就是否则谁来背我的弓箭呢？追踪者，还有其他东西我要给你看，尽管你未必想看。"

我们离开河岸，走进一条我不认识的弄堂。尽管中午早已过去，但街上依然没多少人。

"关于你的女王，我还有一些疑问。"我说。

"我的女王？邦什用油瓮把她偷偷运进城。别以为她藏匿在这儿就等于她不在发号施令。我曾经以为水女巫不为任何人效力。"

我停下脚步。"黑豹，我想念你。"

他抓住我的手腕。"许多事情发生在了你身上。"他说。

"非常多。"

"你在寻找那个男孩？"他问，"弗米利控制了我，所以我没有。他不可能更不在乎那个男孩了。我发现他的毒药时，我们住在孔谷尔一幢废弃房屋的最顶层。他总是做好准备，我一感到困惑他就给我下毒。每次都是这样的，我说，诸神在上，我们在哪儿？他说，你不记得了？来，再来一次。"

"愿这段经历给每个被下体蛊惑的人上一课。"

"或者其他男人的手指。"

我们笑得过于响亮，其他人纷纷侧目。

"国王的姐姐呢？"

"她怎么了？"

"她说你们正在返回孔谷尔，而且没有带来好消息。但男孩在这儿。追踪者，这是仅仅几天前的事情。"

"我带你去的地方，你肯定不会喜欢。但咱们去找男孩之前必须先走一趟。"

我对他点点头，意思是说我信任你。另一方面，假如多个气味汇聚在一起，即便我认识它们的主人，也会搞混究竟是谁在散发哪一个气味，这比各个气味彼此远离时更加糟糕。走在这条狭窄的街道上，我们经过彼此不相接的一幢幢房屋，最后来到面对道路尽头的一幢屋子前，这时有一个气味脱颖而出。

恰特叶。

我伸手去拔短斧，但黑豹碰了碰我的手臂，对我摇摇头。他敲了三下门。有人打开五道门锁。门缓缓打开，就仿佛木头疑心重重。我们走进室内，我看见了她。恩萨卡·奈·瓦姆皮。她看见我，对我点点头。我站在那儿，等待她的俏皮话，但她脸上除了疲惫什么都没有。她的头发脏得都结成块了，黑色长裙上满是泥土和灰尘，嘴唇干枯皲裂。恩萨卡·奈·瓦姆皮似乎很久没吃东西了，而且并不在乎。她沿着一条走廊向前走，我们跟着她。

"咱们今晚出发？"她问。

"再等一个晚上。"黑豹说。

她打开门，蓝光闪烁，照亮墙壁和我的脸。闪电先噼里啪啦地流经他的手指传向头部，然后向下流往腿部、脚趾和阳具顶端。他周围扔着狗和老鼠的骨头，用葫芦瓢盛的食物没有动过，正在腐烂，还有血迹和屎尿。他身上的皮肤成片剥落，形成他的印记。

尼卡。

一个墙角里有一堆毯子。他看见恩萨卡·奈·瓦姆皮，朝她吐口水。尼卡一跃而起扑向她，系在脚上的锁链叮当碰撞，他跑到铁链允许他去的最远的地方，停下时离她仅有一指之遥。

"我在这儿就能闻到你的婊子味儿。"他说。

"吃你的饭吧。老鼠知道你要吃它们，已经不肯出来了。"

"你知道我会吃什么吗？我要啃我自己的脚腕，撕开皮肤，咬掉血肉，掰断骨头，直到镣铐脱落，然后我要扑向你，在你胸口挖个深深的洞，等他闻到就会来找你了，我会说，主人，看我为你准备了什么。然后你知道他会怎么做吗？他会喝你的汁液，我会一直看着。然后我再喝他的汁液。"

"你有他那样的钩爪和牙齿吗？你只有害得你母亲丢脸的肮脏指甲。"她说。

"这些指甲会挖开你长痘的脸，抠出你的女巫眼睛。然后我……我……求求你，求你打开镣铐吧。它弄得我又疼又痒，求你了，以诸神伟力的名义，求你了。求求你，我的甜心。我什么都没有，什么都没有……我对，对，对对对对，对对对！"

他转向背后那面墙，径直跑向墙角。我听见他的脑袋撞上墙壁。他向后摔倒在地上。恩萨卡·奈·瓦姆皮转开视线。她在哭吗？我想知道。闪电再次流遍他全身，他在痉挛中颤抖。我们默默看着，直到这次发作过去，他不再用脑袋撞地面。他不再气喘吁吁，呼吸变得缓和。直到这时，他才望向黑豹和我，但依然躺在地上。

"我认识你。我亲吻过你的脸。"他说。

我一言不发。我琢磨黑豹为什么带我来这儿，琢磨这是他的主意还是她的。见到他这个模样，仇恨离开了我。不，这不完全是实话。仇恨依然存在，但以前的仇恨来自他也关于他，就像爱。此刻的仇恨对象是个可悲的倒霉家伙，虽说我依然想杀他，但这种感觉就像你见到一只快死的动物在吃屎，或者一个强奸犯被揍得濒临死亡。他依然盯着，寻找我脸上的某些东西。我朝他走了一步，恩萨卡·奈·瓦姆皮拔出匕首。我停下脚步。

"你没听见吗？你没听见他在叫喊吗？他甜美的声音，他处于多么巨大的痛苦之中。那么巨大。剧烈的痛苦。啊，他在受苦。"尼卡说。

恩萨卡·奈·瓦姆皮望向黑豹，说："这些话他说了好几个晚上。"

"吸血鬼受伤了。"我说。

"追踪者？"黑豹说。

"我朝他投掷火焰，他着火了。尼卡，他爆成火球。"

"你企图杀他，对，你企图杀他，但我的主人，他不会死。没人能杀他，你走着瞧，他会杀死你，你们所有人，也包括你，女人，你们全都等着看吧。他会——"

闪电再次噼噼啪啪流遍他全身。

"只有恰特叶能让他平静下来。"她说。

"你应该杀了他。"我说，转身要走。

"我记得你的嘴唇！"他对我的背影喊道。

我都快走到门口了，一只手抓住我的手腕，把我拖了回去。是恩萨卡·奈·瓦姆皮，黑豹从她背后跑过来。

"没人能杀他。"她说。

"他已经死了。"

"不。不可能。你在撒谎。你撒谎，因为你和他之间有巨大的仇恨。"

"我和他之间没有仇恨。只存在我对他的仇恨。但现在我连仇恨都没有了，只剩下悲伤。"

"怜悯对他毫无用处。"

"不是对他，我对他只有厌恶。我怜悯的是我。他已经死了，我再也没法杀他了。"

"他没死！"

"无论从死亡的哪个角度衡量，他都已经死了。他没有发臭完全是因为他身体里的闪电。"

"你以为你有资格评判他的情况？"

"当然。有个女人。你们一伙人坐在那辆漂亮的马车里跟着她。女人，给我们消息。结果是不是带着你们掉进陷阱？有一点很奇怪。据我所知，伊鹏都鲁以转变孩童和女人为主，他为什么会转变尼卡，而不是杀了他？"

"他也会转变士兵和警卫。"她说。

"但尼卡不是这两者。"

恩萨卡·奈·瓦姆皮在门口坐下。她以为我愿意留下听她说故事，这让我生气。

"对，看起来很简单。我们骑着马，骄傲地离开，撇下你和另外几个傻瓜。都是傻瓜，尤其那个老女人。去孔谷尔，为什么？他的闪电奴仆跑向北方，我们为什么要去孔谷尔？我们离开时我很高兴，很高兴能把他和你分开。"

"这就是现在的他吗？闪电奴仆？黑豹，你为什么带我来这儿？"

黑豹望着我，面无表情，一言不发。

"我说实话，"我说，"好几年来我一直在想象这个。好几年了。他的毁灭。我太仇恨他了，谁敢在我之前毁灭他，我就要杀死谁。现在我什么都没有了。"

"他说你把他带给一伙鬣狗，但他逃掉了。"

"他这么说吗，这个尼卡。他是怎么说我这只眼睛的？说我从死狗身上把它抠出来，然后塞到自己脸上？可怜的尼卡，他应该去当吟游诗人，但他甚至会欺瞒历史。"

"你这么恨他。"

"恨？我找不到他，你知道我做了什么吗。我找到他的姐姐和他的母亲。我想杀了她们两个。两个人我都找到了。你听见了吗，尼卡。我找到她们了。甚至和母亲聊了聊。我本来要杀了她们，但我没有，知道为什么吗？不是因为她告诉了我她如何以各种方式辜负他。"

"我希望他变回来。"恩萨卡·奈·瓦姆皮说。

"伊鹏都鲁的女巫死了。不可能变回来的。"

"假如我们杀死伊鹏都鲁呢？你说过他受伤了，很虚弱。假如我们杀死他，尼卡就会变回来了。"

"没人杀死过一个伊鹏都鲁，所以我操他妈的一千遍，哪个灵魂会知道能不能？"

"假如我们杀死他呢？"

"假如我不在乎呢？假如你的男人死了，我绝对不会失眠呢？假如我深深地感到悲伤，但悲伤是因为没能亲手杀了他呢？假如我他妈一千个不在乎你的'我们'呢？"

"追踪者。"

"闭嘴，黑豹。"

"这对你来说是件喜事，能带给你快乐。"

"什么能带给我快乐？"

"看见他这么惨。"

"你这么想，真的这么想？我憎恶他，连耳聋的神祇都听说了我没有爱可以分给你。但是，不，这对我来说不是喜事。如我所说，我感到厌恶。他甚至不配吃我一斧。"

"我希望他变回来。"

"那就让他变回来吧，可以让我杀死一个活人，而不是你关在那儿的东西。"

"追踪者，她和我们一起去。她去杀闪电鸟，我们去救男孩。"黑豹说。

"你知道他是谁，黑豹。与男孩同行的另一个怪物。我们杀了他兄弟。你和我。记得灌木丛里的那个食肉怪物吗，在魅惑森林里，当时我们和桑格马在一起，你还记得吗？他把我和那些尸体一起捆在那棵树上。那会儿我们还是孩子。"

"邦撒。"

"阿桑波撒。"

"对，我记得。那东西的恶臭。还有那个地方。我们一直没找到他的兄弟。"

"我们一直没去找。"

"我赌他被箭射死了，就像他的兄弟。"

"我们有四个人，却没能杀死他。"

"也许你们四个——"

"大猫，别瞎猜你不知道的事情。"

"听你们两个交谈，就好像我从房间里消失了，"恩萨卡·奈·瓦姆皮说，"我要加入，你们去救男孩，我去杀这个伊鹏都鲁。我要让我的尼卡变回来。无论他对你来说是什么，对我来说他都不是，我想说的就这些。"

"他伤了你的心多少次？四次？六次？"

"他对你做的那些事情我感到很抱歉，但他从没那么对待过我。"

"随你怎么说。然而他现在这么对待你，他以前也同样这么对待过我。"

她看着我，我看着她。我们理解了彼此。

"假如经过这些你还想找他，还想找我们，我们会等着你的。"她说。

这时我们再次听见尼卡撞上墙壁的砰然响声，恩萨卡·奈·瓦姆皮深深叹息。

"去外面等我。"我对黑豹说。尼卡再次撞上墙壁，她闭上眼睛，喟然长叹。我琢磨她如何与尼卡搏斗，弄得她如此疲惫。

"他曾经引诱我爱他，这就是他的行径，"我说，"不会有谁比他更认真地引诱你爱他，但等你爱他了，也不会有谁比他会更认真地辜负你。"

"我是我自己的女人，我的感情由我掌控。"她说。

"没人需要尼卡。不会需要真正的他。"

"他变成这样是因为我。"

"那他已经偿清了欠债。"

"你说他出卖了你。他是第一个没有出卖我的男人。"

"你怎么知道？"

"因为他还活着，不像出卖我的其他男人。有个男人当我是他的奴隶，每晚打发我出去挣钱，让男人为所欲为。当时我十四岁。那还是他和他的儿子们不强奸我的时候。一天夜里他们把我卖给尼卡。他把匕首塞进我手里，把手放在他喉咙上，说今晚你为所欲为。我以为他在说外国话。于是我去前主人的房间，割了他的喉咙，然后去他儿子们的房间，杀了他们所有人。多么可怕啊，你失去了父亲和所有继兄弟，城里人这么说。他让全城以为是他在夜里杀了他们，然后逃之夭夭。"

"索戈隆说过一个很像的故事。"

"你对曼萨修女会的作为有什么看法？"

"你是——"

"对。"

"你对他不是爱，而是在还债。"

"我找到有可能成为我的那些姑娘，从凌虐她们的男人手中拯救她们。然后我带她们去曼萨。我宣誓效忠的是她们。尼卡，我总说我什么都不欠他的。"

"你为什么不杀她？"走出房间，黑豹问。

"谁？"

"尼卡的母亲。为什么？"

"我没杀她，是为了告诉她他死了。慢慢地说。不放过任何细节，包括把他的脖子剁成三段都能听见什么声音。"

"走吧，你们两个。"她说。

我们走回老贵族的屋子，黑豹说："你的眼睛依然不知道嘴巴什么时候在撒谎。"

"什么？"

"就像现在。提到尼卡母亲的那番表演。不，那不是你不杀她的原因。"

"说真的，黑豹，你告诉我。"

"她是个母亲。"

"所以！"

"你依然渴望母爱。"

"我有过了。"

"不，你没有。"

"现在你能替我发言了？"

"是你自己说'有过'的。"

"你为什么带我去那儿？"

"恩萨卡·奈·瓦姆皮恳求国王的姐姐。追踪者，我认为她希望你能同情她。"

"她没开口。"

"你觉得她会开口吗？"

"她要果子既待在树上又咬在她嘴里。"

"宽恕，追踪者。"

"我不在乎。我不在乎恩萨卡·奈·瓦姆皮，不在乎这个女王，另外，无论多少个月过去了，我依然不在乎这个男孩。"

"操他妈的诸神，追踪者，你到底在乎什么？"

"我们几时出发去甘加通？"

"我们会去的。"

"我们的孩子是我的责任也是你的责任。你怎么能让他们待在那儿等死？"

"我们的孩子？哦，现在你觉得你能评判我了。国王的姐姐说起白色科学家之前，你上次见到他们是什么时候？提到他们一个字？甚至想到他们？"

"我经常想到他们，超过你的想象。"

"上次咱们聊天的时候你可没说过。再说了，你光是想有什么用处？光是想可没法让孩子亲近你。"

"所以现在怎么办？"

我们拐上来时的路，穿过那些街道。两个看似卫兵的男人骑马经过。我们跳进一个门洞躲藏。门口的老妇人打量我，皱起眉头，就好像她在等待的正是我。黑豹看上去一点也不像黑豹，连唇须都消失得无影无踪。他摆摆头，示意我们继续走。

"明天夜里，我们抢回男孩，一劳永逸地解决问题。后天咱们去河流地带救咱们的孩子。大后天？只有他妈的诸神才知道了。"黑豹说。

"黑豹，我见过那些白色科学家。我见过他们做事。他们不在乎其他人的痛苦。甚至不是因为邪恶，他们只是视而不见。他们只是痴迷于他们邪恶的术法。不在乎它代表着什么，只在乎它看上去有多么新奇。我在都林戈见过他们。"

"国王的姐姐依然有党羽，依然有人相信她的事业。让她帮助我们。"

我停下脚步："我们忘了一个人。阿依西。他的人肯定跟着我们去了孔谷尔。那些门，他知道它们的存在，尽管他自己不会使用。"

"当然了，那道门。我没有记忆。"

"复数的门。十九道门，吸血怪物这些年一直在使用它们。男孩的气味这个瞬间还在我面前，下一个瞬间就在半年路程外了，这就是原因。"

"阿依西，他有没有跟着你穿过这道门？"

"我刚说了，没有。"

"为什么？"

"不知道。"

"那么这个母鬣狗养的或者在米图或都林戈追杀你，或者这个可怜的傻蛋和他的队伍根据诸神在姆韦卢屙出来的天晓得什么东西，找到了他在找的东西。追踪者，孔谷尔没有国王的任何人马——没有皇家车队，没有军队。我们抵达的那天，城市传报员宣布称国王离开了。"

"你忘了那个男孩？"我问。

"这场对话里的天气变得倒是很快。"

"你想继续听白科学家如何切开和缝合我们的孩子？"

"不想。"

"所以弗米利不和我们走？"

"他敢去别的地方吗？"

"我们应该另选一条路。"我说。

"你和邦什一样多疑。"

"我和邦什不一样。"

"咱们别聊她了。我想知道都林戈发生了什么。还有这个迷住了你的眼睛的治安官。"

"你想知道我和这个治安官有什么关系。"

"'关系'？你听听你说的是什么话。这个男人打掉了你身上所有的粗鄙。好得惊世骇俗的床伴——还是说他还不止这些？"

"谈这个只会让你高兴，黑豹，而不是我。"

"操他妈的诸神，追踪者。'谈这个只会让你高兴。'我谈起男人进出我的屁眼时你也相当高兴。我告诉了你一切，你却什么都不告诉我。这个治安官，我得盯着他。他占据了你心里的好大一块空间。我不说，你自己都没看到。"

"别说这个了，否则我转身就走。"

"现在咱们只需要给奥格找个女人，她不会看一眼他的那什么就哭——"

"黑豹，你等着看我的背影吧。"

"聊这些是不是让你不那么担心孩子们了？你说实话。"

"我不理你了。"

"追踪者，别有负罪感。"

"现在你开始指责我了。"

"不，我是在坦白。我也感觉到了。请记住，他们首先是我的孩子，然后才闻到你的气味。你还不知道你是库族人的时候，我就在树丛里拯救他们了。我还有一样东西要给你看。"

"操他妈所有活着和死去的诸神，什么东西？"

"那个男孩。"

黑豹领着我走向加隆科贝/马特约贝区的尽头，住宅和酒馆渐渐稀疏，最终变得寥寥无几。我们经过奴隶的窝棚和自由人的住所，来到另一种技艺的操持者的聚居之处。没人会来这段街道，除非为了送东西去埋葬秘密的坟墓，或者购买只在马兰吉卡才能买到的东西。我告诉黑豹，我在这条街上闻到亡灵法术的气味。我们拐上一条半截沉入水下的街道。这些豪宅曾经属于贵族，后来被洪水淹没，而贵族向北迁去塔罗贝区。大多数房屋早被掠夺一空，有些塌陷进了烂泥塘。但有一幢房屋依然矗立，它三分之一泡在水里，屋顶上的塔楼已经断裂，窗框被挖走的窗户黑洞洞的，一面侧墙向内塌陷，四周的树木全都枯死。正门已被卸掉，像是在恳求劫掠，但黑豹说这正是他们的意图。若是有哪个愚蠢的乞丐见到洞开的大门，进去寻求一个遮风挡雨之处，就会从人间消失得无影无踪。我们站在一百步外的几棵死树背后。一个黑乎乎的窗洞里，蓝色亮光一闪而逝。

"这就是咱们的目标。"黑豹说。

"不过，先给我说说都林戈。"

第二天的夜晚来得很快，风在河面上吹起和缓的涟漪。我琢磨黑豹给我的这种黑色油脂究竟是什么，泡在水里都洗不掉。没有月亮，没有篝火，几百步外的住宅点着灯。我背后是宽阔的河流，我前方是那幢屋子。我泡进水里，在黑暗中摸索。我的手插进后墙，后墙早已泡酥，我用手能挖出大块的泥土。我继续向下摸索，直到双手穿过被河水掏空的地方，那个洞口与我展开双臂等宽。只有诸神才知道这座建筑物为什么还能矗立。底下的水更冷，因为有东西腐烂而变得更难闻和更黏稠，我很高兴我看不见，我将双手伸在面前，因为与其让可怕的东西碰到我的脸，还不如交给我的双手。来到室内，我停止踏水，慢慢升向水面，刚开始只露出额头，然后鼻梁。木板从我身旁漂过，还有些东西我凭气味就知道应该闭紧嘴唇。它径直朝我而来，几乎撞在我面颊上，我这才看清那是一个男孩的尸体，但腰部以下全都没了。我改变方向，水下有什么东西蹭过我的右大腿。我猛地咬紧牙关，险些咬掉舌头。屋子里的寂静异常稠密。茅草屋顶，我知道它在头顶上，但眼睛看不见。我右侧的楼梯通往楼上，但楼梯是用河泥和黏土砌的，台阶已被冲走。蓝色光芒在上方闪烁。伊鹏都鲁。蓝光照亮了三扇位于屋子半高处的窗户，两扇很小，一扇足以让人进出。此刻我脚下是坚实的地面，我能站起来，但我还是蹲着，只有脖子以上露出水面。离我不远处的墙边，一个男人的双腿和臀部在水里浮浮沉沉。树上的那些尸体浮现在我眼前，还有它们的腐臭气味。萨萨邦撒没吃完的尸体漂漂在我前方的水里。他本来就是吸血的，而不是吃肉的。我反胃，连忙捂住嘴。黑豹在外面，从屋顶向下爬，他会从中间那扇窗户跳进室内。我听着他的动静，但他确实是一只大猫。

有人在窗口呜咽。我立刻钻回水里。她再次呜咽，走进水里，手持火把，光线照亮了水和墙壁，但没投下多少阴影。门口的水位不像房间其他各处那么高，门洞歪斜，像是即将滑进河里。我猜屋主是商人，这里很可能是餐室，它比我居住过的任何一个房间都宽敞。萨萨邦撒的气味飘过我的鼻子，还有伊鹏都鲁，但男孩的气味消失了。翅膀在我上方扇动了一次，位置靠近天花板。伊鹏都鲁再次照亮房间，我看见了萨萨邦撒，他宽阔的翅膀减缓他下落的速度，他伸出双腿去抓那个女人，假如钩爪深深地插进去，她多半会当场毙命。他再次拍打翅膀，女人转向房门，像是听见了声音，但以为也许来自外面。她举起火把，但没有向上看。我看着他再次扇动翅膀，笨拙地降低高度，以为他的行动足够鬼祟。

他拍打着翅膀降落，背对窗户，而黑豹用脚腕夹紧从墙上突出来的角塔，从上面荡下来，直到他和他的弓箭来到窗框之内。他射出第一支箭，立刻拔出第二支，射出第二支箭，又拔出第三支，射出第三支箭，三支箭齐刷刷地落在萨萨邦撒的背上。他像乌鸦似的嘎嘎叫，拍打翅膀，撞在墙上，然后掉进水里。他跳起来，我同时起身，抢起一把短斧砍进他后背。他敏捷地转个身，不像是受了伤，不像感到疼痛，只是很生气。那个女人，也就是恩萨卡·奈·瓦姆皮，她拿起火把凑到嘴边，吐出一条火龙，火龙蹿上萨萨邦撒的头发。萨萨邦撒怪叫、尖啸，张开他的双翅，右翅撞掉了一段阶梯，左翅撞裂墙壁。黑豹跳进窗户，朝水里射箭，我险些大喊我在底下。他脚趾着地落在台阶最顶上，立刻起跳，撞进萨萨邦撒拍打的翅膀，撞得他摔成一团，发出的声音仿佛枯枝折断。我游到楼梯底下，跳上一级台阶，它在我脚下塌陷。我再次起跳，恩萨卡游向我。萨萨邦撒企图拔出背上的箭，他抓住她的头发，拖着她甩过水面。恩萨卡·奈·瓦姆皮双手各持一把匕首，捅进他的右大腿，但他抓住她的左手向后拉，打算拧断这条胳膊。她尖叫。我拔出我的第二把短斧，打算从楼梯上跳向他，这时萨多格冲进来，一拳砸在萨萨邦撒的太阳穴上。他向后倒下，松开了恩萨卡·奈·瓦姆皮。萨萨邦撒号叫，躲开了萨多格的第二拳。他兄弟更狡猾，而他更能打。他企图挥动巨大的翅膀拍开萨多格，但萨杜克一拳在他翅膀上打出一个洞，顺势撕开一大片。萨萨邦撒尖叫。他似乎要向后倒下，却忽然起跳，双脚踹在萨多格的胸口上。萨多格旋转后退，踉跄几步，摔在水里。萨萨邦撒扑向他。莫西天晓得从哪儿跳进室内，在水里斜着竖起长矛，等待萨萨邦撒撞上来，长矛戳进他的侧腹部。萨多格跳起来，对着水里就是一通猛捶。

"男孩！"莫西叫道。

他蹚水跑到楼梯旁，我把他拽上去。恩萨卡·奈·瓦姆皮从我身旁跑过，但我知道她不是去救男孩的。莫西拔出双剑，跟着我。楼梯顶上有两个房间。恩萨卡·奈·瓦姆皮站在一个房间的门口，掂量着手里的匕首，直到蓝光在右侧亮起。我首先跑到门口。伊鹏都鲁躺在地上，身体焦黑，半个身子变成人形，但手臂只剩下两截残桩，那是他被烧剩下的翅膀。他看见我，跳起来，张开手臂，男孩就靠在他胸口。他重重地推开男孩，男孩踉跄跑开，蜷缩在墙角里。恩萨卡·奈·瓦姆皮和莫西同时从我身旁跑过。他们望着伊鹏都鲁，恩萨卡大喊她要宰了他，因为他把邪魔疫病传染给了尼卡。莫西伸出双剑，但望向背后，听着萨多格与萨萨邦撒搏斗，国王姐姐的手下已经赶到，也加入了战局。我望向男孩。我敢向任何一个神祇发誓，伊鹏都鲁推开他之前，男孩在吸吮闪电鸟的乳头，就像他在喝母乳。也许这个孩子与母亲分开得太早，现在依然渴求乳房，也许伊鹏都鲁在对男孩做什么下流的勾当，也许我的眼睛在黑暗中欺骗了我。

伊鹏都鲁躺在地上，嘴里吐出液体，胡言乱语，呻吟，身体颤抖，就像在发烧痉挛。我看着他，看着莫西和恩萨卡·奈·瓦姆皮逼近他，我感觉到了某种情绪。不是怜悯，而是其他什么东西。外面传来萨萨邦撒的尖叫声，我们全都扭头去看。伊鹏都鲁跳起来跑向窗户。他一瘸一拐，但依然比我想象中强壮。莫西还没转身追上去，恩萨卡·奈·瓦姆皮的第一把匕首就插进了伊鹏都鲁的后脖颈。他跪倒在地，但没躺下去。莫西跑过去，挥动利剑，砍掉他的脑袋。

男孩在角落里哭喊。我走过去，思考该对他说什么暖心的话，比方说年轻人，你的苦难结束了，或者看哪，我们要带你去找你母亲了，或者来吧，你还很小，但我会给你dolo，你好好睡一觉，在你的短暂人生中，你会第一次在自己的床上醒来。但我什么都没说。他在哭，轻轻啜泣，盯着伊鹏都鲁先前睡觉的毯子。这就是我见到的。从他嘴里吐出了孩童的悲伤，哭声变成咳嗽又变成哭声。他眼睛里什么都没有。他面颊和眉头上什么都没有。连他的嘴唇也仅仅在微微翕动。他用同样空洞的表情看着我。恩萨卡·奈·瓦姆皮从他腋下搂住他，把他抱起来。她把男孩抱在肩膀上，走出房间。

莫西过来问我怎么样，但我没有回答他。我毫无反应，直到他抓住我的肩膀说，咱们走吧。

萨多格和萨萨邦撒还在博斗。我跑下台阶，呼喊黑豹，把我的短斧扔给他。萨萨邦撒直勾勾地看着我。

"我认识这个气味。"他说。

黑豹抓住萨多格的腰带，爬上他的后背，翻身踏上他的肩膀，跳向怪物的头部。萨萨邦撒转向我，黑豹直奔他的脑袋而去，挥动短斧，砍中他的面颊，横向劈开他的脸部，鲜血和唾液喷上半空。萨萨邦撒惨叫，捂住脸。萨多格把他踹倒在水里，在他抵抗前抓住他的左脚，把他甩起来摔在墙上。萨萨邦撒破墙而出，飞了出去。在他掉进河水之前，弗米利射出的两支箭落在了他腿上。他完好的那一侧翅膀拍起河水，如洪流般撞倒弗米利。萨萨邦撒转身想爬起来，迎面而来的却是水牛，水牛用双角挑起他，把他扔出去一百步远。他掉进河里，待在水下，假装被淹死或者被激流冲走了。萨萨邦撒从水里一跃而起，拍打翅膀，朝受伤的翅膀怪叫，将身体从水里提起来。他一下又一下地拍打翅膀，每下都惨叫一声，但越飞越远，他下坠一次，掉进河里一次，他飞得很低，但总算是飞走了。我们蹑手蹑脚地离开屋子，还好它没有倒塌。男孩的气味再次消失，但我望向恩萨卡·奈·瓦姆皮的肩膀，他依然在。

回到贵族家里，我们爬楼梯来到六楼，莫西和抱着孩子的恩萨卡·奈·瓦姆皮走在前面，黑豹问我索戈隆的事情。

"我对她没有好话可说。"我说。我还没走进房间，却有人说："好话就留给我说吧。"

六楼房间的中央，国王姐姐挣扎着想起身，就仿佛有人一次又一次把她踢倒在地。邦什双眼紧闭，一把惨绿色几乎发光的匕首抵着她脖子，另一条胳膊横过她胸口，压着她贴在一个男人身上。

阿依西。

21

"我跟你们说实话，希望你们能听进去。你们碰到玛瓦娜女巫的时候，我赌你们肯定会丧命。但你们看，你们活下来了。无论好坏。"阿依西说。

外面，一团模糊的乌云化作鸟群。一百只，两百只，三百零一只。这些鸟像鸽子，像秃鹫，像乌鸦，它们落在窗台上，朝房间里窥伺。其他的黑色翅膀飞过窗户，我听见它们落在屋顶上、角塔上、壁架上和地上。外面，行军的脚步声越来越近，但这座城市里不该有士兵或雇佣兵。国王姐姐坐起来，但不肯看我。

"你知道它们先于这个世界而来吗？后来诸神才降临，见到他们，连诸神都不敢冒犯。所有孩子都来自母亲的意愿，而不是与父亲的交合。世界还只是个葫芦的时候，六位女巫如一，她环绕世界，直到嘴巴碰到尾巴。"

"我见过的一个探子曾经称你为神。"我说。

"那我该祝福他，尽管我还算不上一个神。"

"他也算不上一个探子。"

邦什无法变成水，从他手里溜走。她在萨多格手里同样无法变形，但他身上没有魔咒的气味。萨多格在我背后，攥紧金属包裹的巨手，钢铁与钢铁摩擦，迫不及待地想投入另一场战斗。莫西想拔剑，但阿依西把邦什脖子上的匕首又向下压了压。

"你高估了她对我们的价值。"我说。

"也许吧。但她恐惧的不是我对她的估计。所以，假如你不愿恳求我饶她一命，我就让她恳求你。"

男孩的脑袋搁在恩萨卡·奈·瓦姆皮的肩膀上，似乎在睡觉，然而她转过来以后，我看见他睁着眼睛，直视前方。

"人啊。"阿依西压低声音对邦什说，语气像是就希望被别人听见，"你的命换男孩。我觉得应该为此恳求的是你。因为这些勇敢的男女外加一个傻瓜渴望战斗，不会听我的。人啊，你已经一千多岁了，要让他们看看你其实也会死吗？女神，他们的耳朵听不进我的声音，而这把匕首已经饥渴难耐。"

阿依西望向我。

"有时候我很需要一个追踪者。不，许多时候，许多地方。尤其是一个擅长杀戮的追踪者。"

"我不是杀手。"

"但你从马拉卡尔到都林戈到孔谷尔的路上铺满了尸体。你知道我是谁吗？"

"你曾经尝试在梦中杀我。"我说。

"你确定你在梦中遇到的真的是我？你还活着。"

"你是蜘蛛王的另外四条肢体。"

他大笑："对，我听说过你们在国王背后就是这么称呼他的。国王只听他自己的，从头到脚。我没有力量。"

"从没见过哪个国王自己动脑子思考。"莫西说。

"你出身的土地不敬拜国王。"

"是的。"

"当然了，东方之光。那里的人只信奉一个神，其他一切不是神的奴仆就是邪恶的鬼怪。每个信仰都成双成对，由此得出的神也有两面。

他行事疯狂，爱记仇，把怒火发泄在女性身上。你那个神是所有神里最愚蠢的。他的思想没有章法，他的行为不讲技巧。我听说你们认为先祖频繁拜访的人是疯子。"

"或者被恶灵附体。"

"何等的土地啊。称附体是坏事，称鬼怪为邪恶，那么爱呢？爱，尽管你的心灵呼唤它，却使得人们逼迫你离开。我闻一闻你，就闻到了追踪者的一缕气味。不，不止一缕，实在太浓了。你父亲会怎么想？"

"我凭我自己的意愿做事。"莫西说。

"那你肯定是个国王。至于他，这只小苍蝇，你们的小国王，趴在这个女人的脖子上淌口水，尽管他今年已经六岁。追踪者，据说你鼻子很灵。我们闻到的屎尿难道不是他的？"

"这个房间里有好大一坨黑乎乎的屎，毫无疑问。"我说。

"你要告诉他们你是谁，那就直接说你是谁吧。"国王的姐姐说。

她依然坐在地上，看上去很虚弱，像是被抽干了力气。她终于望向我们。

"这个，这个阿依西，蜘蛛王的这四条肢体。把你的预言告诉他们。告诉他们，你如何忽然出现在我们的心灵和意识里，就好像从一开始就存在，但没有一个男人或女人记得你何时到来。"国王的姐姐说。

"我为国王的利益着想。"阿依西说。

"你为你自己的利益着想。只不过现在那就是国王的利益。另一方面，没人注意到你和二十年前甚至更早一模一样。用你的名字称呼自己吧，死灵法师。巫术与邪法的施行者。你就是你。你不建造任何东西，却破坏所有东西，摧毁所有东西。你知道他怎么做吗？他等所有人都睡着了，然后穿过虚空或途经地下而来。他去洞窟里的女巫集会，奸污母亲奉献的婴儿。用姐妹与兄弟生下的姐妹培育孩童，但他们全都死了。生吃人类的血肉。我见过你，阿依西。我见过你是野猪，是鳄鱼，是鸽子，是秃鹫，是乌鸦。你的邪恶很快就会吞噬自己。"

在她刚好碰不到的地方扔着一个用破布缝成的口袋，袋口紧系，一尊雕像从里面戳出来。Phuungu。这是一种护身符，类似恩基希，用于抵御巫术。她伸手去抓它，但她的脑袋撞在地上，护身符滚开了。

"我为国王的利益着想。"阿依西说。

"你应该为王国的利益着想。两者不一样。"我说。

"看看你们，贵族男女和一个傻瓜。你们在这个房间里都没有利害关系。你们有些人受伤了，有些人已经死去，这个男孩对你们来说仅仅意味着金钱。说真的，我不明白男女为何会为了其他人的孩子牺牲肢体，金钱在这个时代也无非如此。现在我希望你们都能乖乖离开，因为这是家庭争端。"

国王的姐姐哈哈一笑。"家庭？你胆敢自称是我的家人？你在某个洞窟里娶了我的哪个弱智表亲吗？怎么，你不和他们说说你的宏伟计划吗，逢迎国王的人？屠神者？哦，这个词打动了你。屠神者。屠杀诸神的人。索戈隆知道。她告诉了我的仆人。她说，我去瓦卡迪殊的神庙。我去曼萨的石阶。我去北方、东方和西方，我没能感觉到诸神的存在。一个也没有。但那也是你的伎俩，对不对，屠神者？没人知道他们失去了什么，因为没人记得他们曾经拥有什么。今晚你要断绝国王，就像你断绝诸神那样？对不对？对不对？"

我们听见巨大的翅膀拍打了一次。

"留下孩子，离开。别犹豫，慢慢放下他。扔下他，快走。"阿依西说。

他的目光锁定了恩萨卡·奈·瓦姆皮。

"他是你的国王。"国王的姐姐说。

他们一言不发。虚无抓住国王的姐姐，左右扇她耳光。黑豹跑向她，但虚无一脚踢开他。他滚了几圈，在我身旁停下。他蹲伏下去，准备出击，但我弯下腰，抚摸他的后脖颈。虚无拎起国王的姐姐，把她按在凳子上。

"国王？这东西也能算国王？你们看见他的脸了吗？你们知道他嘴里的滋味吗？比这位剑客的屎还臭。这就是你们的国王？我们要叫他Khosi吗，我们的头狮？为他尊贵的脑袋戴上kaphoonda。给他的脚踝套上三个铜环。咱们应该召集演奏moondu和matuumba以及各种鼓的乐手。要木琴吗？要叫来全天下的酋长，让他们在红土地上鞠躬吗？要我拔下一根头发，插在他头上吗？河流水妖，你在这里有什么利害关系？是这个假女王找上你的，还是你找上这个假女王的？她是不是说等王位回归光荣的母系，一切将变得多么光荣？噢，妈妈，我敲响我的豁鼓[1]，好让他讲述秘密给我的阴户听，nkooku maama, kangwaana phenya mbuta. 你相信了错误的神谕，国王的姐姐。你的ngaanga ngoombu欺骗了你。给你脑袋里灌满了邪恶的黄金。你该找人为你占卜才对，却纠集了一群连女人都不愿记住的女人。看看他，你们居然愿意奉他为王。他比一个'它'还要卑贱。"

阿依西用绿色匕首指着我。

"我的孩子将成为国王。"国王的姐姐说。

"北方已经有了一位国王。你看清过你的儿子吗？不，不可能，你甚至不认识你的儿子。现在把你的视线放在他身上吧。假如魔兽长着乳头，他也会抓住吮吸。你，追踪者，还有白皮的那个，你们答应过交付这个男孩，你们已经送到地方了。你们想要什么？钱币？与体重相同的贝壳？这个女人和她的河流水妖欺骗了你们多少次？来，跟大家说实话。你们相信她们的任何一个故事吗？不。否则你至少会尝试扔出那把短斧。她脖子上的匕首，就算我现在宰了她，你们也不会多看我一眼。索戈隆知道不能信任没有东西可失去的男人。真可惜，她死了。真希望我能亲自目睹。"

我听见外面的行军脚步声，队伍撞开大门，走进这幢屋子。莫西也

---

1 豁鼓：Slit drum，非洲传统乐器，中空，有狭缝。

听见了。他抬头看我，我点点头，意思是我也不知道。

"留下孩子，你们离开，我保证等下次见到你们，我会用dolo款待你们，还有美味的汤羹，也少不了没药。"阿依西说。

"我恐怕不认为你身上有没药。"莫西说。

"我很愿意和你谈谈你们的一神教信仰。我见过那么多神祇。"

"见过并杀了祂们，屠神者。"国王的姐姐说。

阿依西哈哈一笑。"你的朋友追踪者，他说他不相信信仰，我也这么看。你认为他会相信有人屠杀诸神吗？那他必须首先相信诸神的存在。你注意到了吗，追踪者，人们已经不再敬拜？我知道你不相信诸神，但你知道有许多人相信。你有没有注意到，地上越来越多的男人变得和你一样，当然女人也是？你经常见到巫师和拜物祭司，但你上次见到献祭是什么时候？牺牲呢？神龛呢？女人聚集起来唱颂歌？操他妈的诸神，你说过。我听见了。对，操他妈的诸神，现在是诸王的时代。你不相信信仰。我屠杀信仰。我们是一样的。"

"我去告诉我母亲她多了个儿子。她会放声大笑的。"我说。

"要是你祖父堵着她的嘴，她就没法笑了。"

我的眼前变得血红。我从黑豹手里抢过短斧，黑豹怒吼一声。

"你肯定很伤心，因为索戈隆死了，没人能看穿你。"我说。

"索戈隆？一个老月亮女巫的眼睛有什么用？上百个愤怒鬼魂的眼睛死死地盯着她呢。离开孔谷尔那天夜里你没有睡觉，肯定有人说过我能进入梦境。"

"我不睡觉。"

"我知道。但你，他背后的人，你睡得比一个聋孩子还沉。"

他的手指指着奥格。萨多格看看我们，看看他的手，望向窗外，又打量他自己，像是听见了什么并非字词的声音。

"奥格的梦境丛林那么宽阔，那么丰饶，充满了无数的可能性。有时候他不知道我在他脑袋里旅行，在他睡觉时打开他的一只眼睛。有时候他在梦里和我搏斗。他在船上不是打出了一个窟窿吗？有时候他嘴里吐出的是我在他梦里说的话，有时候人们会听见。不是这样吗，亲爱的奥格？真可惜，你这些朋友告诉你的事情不像我希望的那么多，否则我在都林戈就会知道你们的计划。也许他们并不信任巨人？"

萨多格咆哮一声，环顾四周，寻找阿依西说话的对象。

"还有我通过你的眼睛看见的东西，通过你的耳朵听见的东西。你的朋友们，这些东西会逗得他们开怀大笑。我通过你的嘴巴说话都已经一个月了吧？你根本不记得。我说话时你开口，那个男人，屋顶上的老人，他听见了。我。他听见的是我说的话，但你，亲爱的奥格，是你抓住他，捏碎他的喉咙，不让他喊叫，然后用你可爱的双手把他扔下屋顶。"

我知道萨多格会张望，看有谁在看他。因此我没去看他。萨多格握紧拳头，我听见钢铁扭曲的声音。黑豹没有扭头。莫西转向奥格。

"萨多格，他是谎言之父。"莫西说。

"谎言？多杀一个人对奥格来说算什么？至少他没杀那个佐格巴奴女孩，而是让她坐在他的小奥格上。在他的白日梦里，她无数次地坐在那上面。她在你的梦境丛林里发出了什么样的怪声啊。害得我本人都两次射出了种子。但这位奥格，他的精液险些射穿屋顶。然而哪个梦更加狂野呢？是你进入她的身体，还是你叫她妻子？你以为你能生出一个半奥格？我在场。我就在那儿，你——"

"萨多格，别听他的。"莫西说。

"别打断我。你想过她有没有可能爱上一个奥格，你是第一个不只是野兽的奥格吗？"

"他企图刺激你，萨多格，他肯定有什么阴谋，否则就不会企图激怒你了。"莫西说。

萨多格咆哮。我扭头看他，但视线落在恩萨卡·奈·瓦姆皮怀中的男孩身上，他张大嘴巴，像是要咬她，他发现我在看他，又闭上了嘴巴。他瞪大的茫然双眼是那么黑，几乎发蓝。

"刺激？假如我想刺激他，为什么不叫他半巨人？"阿依西说。

萨多格怒吼。我转身，见到他捶打墙壁。他攥紧拳头，冲向阿依西，但就在这时，一团黑暗突然跳出阴影，抓住他的四肢，不顾他大喊大叫，把他拖出房间。黑豹扑向国王的姐姐，一口咬住压在她肩膀上的虚无。他嘴里喷出红色液体。虚无惨叫。

"真是操他妈的诸神了。"阿依西说，匕首划开邦什的喉咙。她倒在地上。

莫西拔出双剑冲向他。我扔出短斧。狂风吹起，把莫西重重地摔在墙上，短斧反过来飞向我的面门，但金属无法触碰我，短斧被弹开了。恩萨卡·奈·瓦姆皮带着孩子跑出房间，国王的姐姐号哭。阿依西转身追赶恩萨卡·奈·瓦姆皮，但立刻停下脚步，他用左手抓住一支箭，没让它落在他脸上。他用右手抓住另一支箭。他的双手满了，第三支和第四支落在他额头上。我看见弗米利，他弯弓搭箭，手指之间夹着两支箭。阿依西向后倒在地上，两支箭像旗杆似的竖在额头上。虚无失去咒语的保护，死了，化作一个托克洛希[1]。群鸟拍打翅膀，嘎嘎叫着飞离窗口。

"咱们快走。"黑豹对国王的姐姐说。

他抓住她的手，拖着她离开。我听见萨多格和隐形怪物搏斗，撞破一面又一面墙壁。我盯着躺在地上的阿依西，但想到的不是他，而是奥默卢祖，他们永远从上方发动袭击，而不是背后。我跑向萨多格。杀死阿依西，他的隐形咒语失效了。那些家伙漆黑如沥青，但不是奥默卢祖。眼睛血红，但不像萨萨邦撒。暗影生物，但依然能被伤害，就像萨多格刚拧断的脖子。我跑进黑暗，挥动短斧劈开阴影，感觉像是剁肉和斫骨。两团暗影扑向我，一个踢我胸口，一个企图踹倒我。我抽出匕首，捅进他应该长着下体的地方。他叽叽尖叫。也可能是她。我躺在地

1　托克洛希：Tokoloshe，祖鲁族/科萨族神话中可以被人驱使，通过梦境害人的精灵。——编注

上挥动短斧，砍掉一根根脚趾，然后又跳起来。暗影在奥格身上爬上爬下，彻底激怒了他，他向黑暗伸出巨手，右手捏碎一个脑袋，左手拧断一根脖子，抬脚踩死两个，力量大得把地板踩出了一个窟窿。我翻身滚出阴影，一只手抓住我的脚踝，我砍断那条胳膊。

"萨多格！"

他们爬遍他的全身。他把一个扯下来，另一个又爬上来。他们爬遍他的全身，只剩下他的脑袋还露在外面。他望向我，他挑起眉毛，眼神迷茫。我盯着他，想看清他的哪怕一个眼神。我起身握住短斧，但他缓缓闭上眼睛又睁开，再次望着我。我看不清他的眼神。然后一只暗影生物爬上他的脸。

"萨多格。"我说。

他踩脚，踩脚，再踩脚，直到地板上的裂缝越来越宽，带着身上的暗影生物一起掉了下去。我听见一层楼板塌陷，然后又一层、又一层、又一层、又一层。然后万籁俱寂。我走到洞口向下看，但只看见一个窟窿套着一个窟窿，最终归为黑暗。走到楼梯尽头，大门就在前方，我转身望向那堆灰泥、砖块、尘土和黑影，有东西在微微发光。他的铁手套。萨多格。他知道他以邪恶的手段谋杀了老人，尽管凶手并不是他，但他依然无法面对这样的人生。不，不是真的。我站在那儿，观望，等待，并不抱希望，但依然在等待，然而毫无动静。我知道就算有动静，也肯定是来自黑暗的怪物。而且很快就会有了。

莫西跑进来，喊叫人如何如何鸟如何如何。我没听见他在喊什么。我望着黑暗，默默等待。

莫西抚摸我的面颊，把我的脑袋转向他的脸。

"咱们必须离开。"他说。

来到外面，城里的居民站在两百步之外看我们。恩萨卡·奈·瓦姆皮和国王的姐姐骑上马，黑豹和弗米利共骑一匹。国王的姐姐把男孩放在她身前，一条胳膊搂着他，另一只手拿缰绳。人们站得很远。鸟儿成群集结，在天空中黑压压的，时而分散，时而聚拢。

"黑豹，抬头看。他们被附体了？"我问。

"不知道。阿依西死了。"

"我没看见任何武器。"莫西说。

"咱们偷了这些马就走吧。"黑豹说。

莫西骑上他的马，把我拽上马背。人群发出怪声，冲向我们。国王的姐姐没有等待我们，策马狂奔而去。恩萨卡·奈·瓦姆皮骑马离开，扭头对我们喊道："快走！白痴。"

我们起步时人群开始投掷石块。我失去了男孩的气味，尽管我依然能看见国王的姐姐。

"我们去哪儿？"他说。

"姆韦卢。"我说。

尽管我们骑着马，但人群紧追不舍，我们跑上边界道路，然后向西和向南，沿着加隆科贝/马特约贝的边界走，也就是重新向西，直到看见码头和河岸。我们继续向南跑，不敢停下，我们终于跨过运河，离开城市。一群鸟在天空中跟着我们。我们跑过森林和草原，它们依然跟着我们，天空开始变成白昼的颜色。我们终于不再能看见孔谷尔了。有些鸟俯冲扑向我们的脑袋。鸽子。恩萨卡·奈·瓦姆皮尖叫，国王的姐姐大喊，快跑！恩萨卡·奈·瓦姆皮领着她穿过一片树丛，树木挡住了鸟群，但我们刚跑出树丛，鸟又开始扑向我们。

我们前方有某种白色的东西在移动，不知是云还是尘土。国王的姐姐策马径直奔向那里，我们紧随其后。鸟群再次俯冲扑向我们。一只鸟径直撞上莫西的脑袋。他喊我把它弄走，我抓住它随手抛开。弗米利用弓拍开鸟，黑豹紧紧跟随那两个女人。水牛奋蹄狂奔，超过了我们。我们不顾一切地逃跑，直到冲进浓雾——对，那是浓雾——我才发现鸟没有跟进来。我无法形容这种气味。不臭，但也不香。也许有点像饱含雨水的乌云被闪电烧灼过。我们骑到国王的姐姐身旁停下——幸好如此，因为她停在陡峭的悬崖前。莫西捅捅我，示意我下马。我们脚下一段距离之外，那片土地在等待敢于涉足的傻瓜。

"索戈隆说带他去姆韦卢，"国王的姐姐说，"他在姆韦卢会不受所有魔法和白科学的伤害。我们至少可以在这一点上相信她。"

听她说话的语气，我无法分辨她在叙述还是询问。我转向她，看见她望着我。

"信任诸神吧。"我说。

她指着蜿蜒向下的小径，哈哈一笑，没说任何表示感谢的话就策马离开了。我能看见男孩，却闻不到他的气味。那匹马刚离开，他的气味终于飘进我的鼻孔，随即再次消失。不是散去，而是消失。恩萨卡·奈·瓦姆皮转向我，点点头，骑马返回孔谷尔。

"黑豹。"我说。

"我知道。"

"伊鹏都鲁死了，她回去会发现什么？"

"不知道，追踪者，但无论是什么，都不会是她想要的……那么，追踪者。"

"什么？"

"十九道门。有地图吗？你见过吗？"

"我和他都见过。"莫西说。

"从这儿去甘加通，我们必须过河去米图，然后绕过暗土，穿过宽阔的雨林，沿着两姐妹河向西走。至少是十八天的路程，而且还没考虑到盗贼、库族战士和正在袭击河流居民的国王军队与雇佣兵。"我说。

"走那些门如何？"黑豹说。

"我们必须逆流而上去尼基奇。"

"你要我们重新穿过都林戈？"莫西说，声音很响，但显然不是针对我。

"走水路去尼基奇要六天。在尼基奇进门，我们会来到魔魅山，离甘加通只有三天。"

"那就是九天，"黑豹说，"但尼基奇属于南方王国，追踪者，咱们还没靠近那道门，他们就会逮住我们，把我们当探子杀掉。"

"除非我们悄然行动。"

"悄然？咱们四个？"

"从暗土到孔谷尔，孔谷尔到都林戈。我们只能走一个方向。"我说。

他点点头。

"当心，"我对所有人说，"像小偷一样悄悄溜进去，在任何人——包括夜晚——发现之前溜出来。"

"去河边。"黑豹说。

弗米利策马，他们飞驰而去。我转身望向姆韦卢。黑夜之中，深蓝色的天空下，我只能看见朦胧的暗影。山丘隐约升起，轮廓过于圆润和精确。也可能是高塔，或者在人类之前施行邪术的巨人留下的东西。

"萨多格，"我对莫西说，"我爱那个巨人，虽说有人叫他巨人他就会暴怒。假如那天夜里你没有盯着我，我睡着了，就会是我把老人扔下屋顶。你知道杀人让他多么痛苦吗？一天夜里他向我讲述了他所有的杀戮。每一个，因为他的记忆是一种诅咒。他一口气讲到破晓。绝大多数杀戮不是他的错——行刑人只是一份工作，不比每年加税的人更加恶劣。"

热泪滚滚而下。我听见自己号啕，因此感到震惊。这是个什么样的黎明？莫西站在我身旁，默默等待。他伸出双手放在我肩上，直到我停止哭泣。

"可怜的奥格。他是唯一——"

"唯一？"

我挤出微笑。莫西温柔地抓住我的脖子，我靠进他的掌心。他擦拭我的面颊，把我的额头贴上他的额头。他亲吻我的嘴唇，我用舌头寻找他的舌头。

"你的伤口全都崩裂了。"我说。

"接下来你要说我难看了。"

"那些孩子不想看见我。"

"也许是，也许不是。"

"操他妈的诸神，莫西。"

"但他们不会比现在更需要你了。"他说，骑上马，把我拉到他背后。马开始小跑，继而扬蹄飞奔。我想向后看，但没有回头。我也不想看前方，于是把脑袋贴在莫西的背上。光线从我们背后照向前方，像是来自姆韦卢，但实际上只是旭日初升。

一首颂诗

HERE IS ONE ORIKI

O nifs osupa. Idi ti o n bikita nipa awsn iraws.

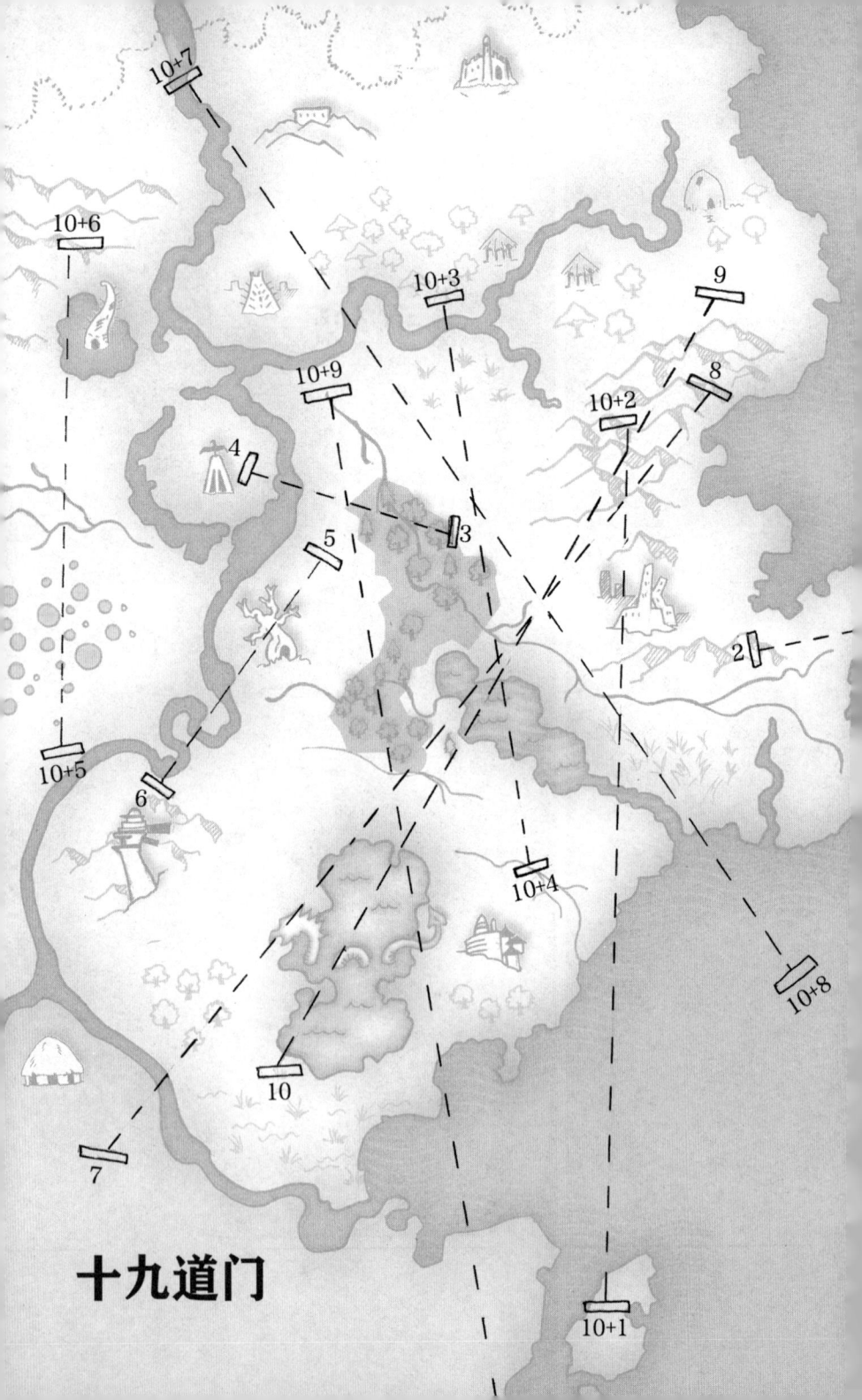

10+7

10+6

10+3

9

10+9

10+2

8

4

3

5

2

10+5

6

10+4

10+8

10

7

10

十九道门

10+1

22

　　这就是全部经过，全都是真话，伟大的审讯官。你想要一个故事，对吧？从起始到结束，我已经给了你这个故事。你说你想要证词，但其实你真正想要的是故事，没错吧？现在你说话就像我听说过的一些人，他们从西方来，听说过奴役活人的事情，他们会问，这是真的吗？等我们知道了这个，我们难道不会继续探究吗？你要的东西叫什么来着，完整的真相？但这东西总是在胀大和缩小，它算是什么样的真相呢？真相只是另一个故事。现在你又在问我米图发生了什么。我不知道你希望在这里面找到谁。你是谁，你怎么敢说我拥有的东西不是一个家？你，你不也企图和一个十岁孩子成家吗？

　　哦，你没话说了。你没法继续逼我了。

　　对，如你所说，我在米图待了四年五个月。从我们把男孩留在姆韦卢算起过了四年。战争的传闻变成真正的传闻时我就在那儿。在那里发生了什么，你不妨去问诸神。问祂们为什么你们南方没有在战争中获胜，但北方也没有。

　　男孩死了。没什么可说的了。否则你去问他好了。

　　哦，你没有其他问题了？咱们就到此为止了？

　　这是干什么？走进来的那是谁？

　　不，我不认识这个人。我从没见过他的背影或者他的正脸。

　　别问我有没有认出你来。我不认识你。

　　至于你，审讯官，你请他坐下了。对，我看得出他是个吟游诗人。

你以为他带着科拉琴是要卖琴吗？这会儿为什么忽然要我听颂歌？

这个吟游诗人要唱关于我的歌。

怎么可能有关于我的歌？

对，我知道我说过，说这话的就是我。那是吹牛——我算老几，怎么可能出现在一首歌里？哪个吟游诗人会在你付钱之前先写歌？行吧，让他唱；对我来说毫无意义。他唱什么我都不可能听懂。所以，唱吧。

> 雷神，神秘的兄弟
> 祝福我的舌头，赠我科拉琴为礼物。
> 这是我，伊克德，艾刻德之子，
> 我曾经是住在猴面包树上的吟游诗人。
>
> 我曾经走过许多个白昼和许多个夜晚，一次我来到，
> 河畔的一棵树前
> 我爬上去，听见鹦鹉、乌鸦和狒狒叫
> 我听见孩童
> 欢笑，尖叫，扭打，让诸神闭嘴
> 树顶上有个男人躺在毯子上。
> 这是个什么样的男人？
> 他不像维米威图、奥莫罗罗甚至米图的任何一个男人。
>
> 而他说，
> 你在寻找美吗？
> 我说我觉得我找到了
> 啊哈，男人大笑，他说
> 米图的女人认为我丑得可怕，
> 我带孩子去市场，她们会说

看那丑陋的一家，看那扭曲的乳房，

但这个khita, ngoombu, haamba，他的头发像马鬃。

但我说，美丽的睿智的慷慨的女人啊

你们胸部丰满，笑容灿烂

我不是活尸，我就像瓷土

而她们笑得前仰后合，她们给我喝啤酒，玩我的头发

我告诉你，我在这些行为里没有发现任何冒犯。

而我对他说

这棵树，你住在上面吗？

他说，不存在你我，只有我们，我们是奇特的一家。

和我们待在一起，愿意多久就多久。

于是我穿过一个树洞爬上去，坐在那儿

见到他过来，带着肉

我说，这个凶巴巴的男人是谁，为什么有一只狼眼？

谁诅咒他变成这样？

但孩子们，小孩子，大孩子，浑身是毛的孩子

跑下大树，簇拥着他

不在乎他骂骂咧咧得能惊走猫头鹰。

而他们跳上他的后背，坐在他头上，靠在他胳膊底下

而我觉得这些孩子对这个男人有着深厚的感情，

而他的凶相不见了。

而狼眼爬向树顶，看见我，停了停，

然后继续爬。

等他爬到树顶，他看见另一个男人，

他们的唇凑到一起，张开各自的嘴，

我知道了。

有狼眼的男人，就是他会说，

黑夜都快老了，你为什么不睡觉？

太阳都上天了，你为什么不醒来？

食物准备好了，

你打算什么时候吃？

诸神诅咒我，逼我当个母亲吗？

不，祂赐福于我，让你成为我的妻子，

名叫莫西的人说，

孩子们大笑，狼眼怒视

再怒视，再怒视，最后怒视变成笑容。

我在场，我见到了。

我看见他们把所有孩子赶出去，说滚吧，

去河边吧，

待到阳光变色再回来

孩子全都走了，他们以为我也走了

因为莫西用狼眼的语言说话

Se ge yi ye do bo，他说

Se ge yi ye do bo

咱们来爱彼此吧

于是他们两个，他们彼此拥抱，亲吻嘴唇

然后两个都是女人，两个都是男人，

然后两个都不是女人或男人。

他们就那么躺着，望着彼此，

眼睛注视眼睛。

面容安详

也许他们在做同一个梦。

一天，狼眼把所有人叫到一起。

孩子们，他说，从河边过来

都来和客人打个招呼

抚养你们的不是豺狼或鬣狗。

各个孩子向我报上姓名，

但他们的名字我已经全部忘记。

以下是狼眼的话。

他说，莫西，我是库人，

一个库人只能是一种男人

而莫西对他说，你怎么可能不是男人

我在你两腿之间捏住的是什么

莫西开玩笑

狼眼不开玩笑。

他说

我在逃跑，我在躲藏，我在追寻

某种我不明了的事物，但我知道我在追寻它

虽然我不知道，但每个库人都会找到它

但我和库人之间有血仇

我永远不能回去。

于是他呼唤甘加通人

而甘加通酋长说，没人会等这么久，

我这辈子一直在等待，狼眼说。

于是狼眼撩起罩衣说，

看看我，看我那里是个女人，

等我割掉，我就会是男人了

莫西大惊失色，因为他认为也许这就是狼眼爱他的原因，

但狼眼说，你和我之间的一切，

东方人，不在底下，而是在上面，

他说着指了指心口。

于是酋长说，

你要的东西不是传统，

你要的东西闻所未闻。

你是库人

而你没有父亲。

这么做你会激怒诸神。

狼眼回答：

成为男人的仪式

是为了颂扬诸神，因此

为什么会有任何神祇生气呢？

于是狼眼，

甘加通人刺母牛，接血

到一个碗里

狼眼喝了一碗，然后第二碗

他喝完，擦擦嘴。

第二天到了，

他要跳公牛。

他们把公牛排成一排，二十头强壮的公牛

再加十头，因为他成为男人的时候拖得太晚

你必须踩着公牛的脊背跑过去，不能掉下来，

因为要是掉下来，诸神就会大笑

于是狼眼，

他赤裸身体，涂油脂和乳木果油。

然后赞颂诸神，他开始跑

从牛背跳向牛背，一二三四

五六七更多

人们欢呼雀跃。

长者说在所有的月份，你处于中间的位置

没什么可羞愧的，

但中间两头不靠。

有些长者却说

他没有经过enkipaata[1]。

他没有流浪四个月

那是男孩成为男人前应该做的事

他身上哪儿有搏杀雄狮的标记？

而酋长说，看看他

你会看见搏杀雄狮和其他一切的标记。

于是那些长者，他们闭嘴坐下，但有几个还在嘟囔，

酋长对狼眼说

你从未流浪过四个月

那就在荒原上待四夜吧

和牛在一起，睡在草丛里，站在泥土上。

到了第五天早晨

他们来找他

用水桶给他沐浴，里面有把斧头用来冷却水

1　Enkipaata：肯尼亚人和马萨伊人的成年仪式。

男人们说，接下来这是风俗，

大男人充满男孩的皮囊

以成为男人，但你看他是个傻瓜。

因为那就是风俗，男人们说，

看他男孩的小鸡鸡，还没准备好成为男人呢。

他没法进入女人的阴户，还是去挖蚂蚁窝吧。

因为那就是风俗，男人们说。

这就是你有丈夫而没有妻子的原因吗？

因为你是妻子？

要坚强，狼眼。愤怒是弱点。

操刀手来了，为仪式做好准备

拿着一把锋利的匕首

狼眼，他没有母亲，

于是酋长的妻子，她扮演母亲。

她拿来牛皮供他坐下

这样不会让诸神蒙羞。

他们领着他，对，他们领着他

走过牛栏

走过大长老的屋子

爬上一座小山丘，顶上有一间茅屋

而他说

你踢开匕首，我们会杀了你。

你躲避匕首，

我们会驱逐你

操刀手，他用白垩画线

从额头到鼻子。

操刀手，他拿起牛奶，浇遍狼眼全身。

操刀手，他揪起要割的皮，拉，使劲拉

他说，就一刀！

你踢开匕首，我们会杀了你。

你躲避匕首，我们会驱逐你。

他说，就一刀！

而狼眼，他抓住刀手的胳膊

而他说，不。

听我说，他说，不。

山上的男人和河里的女人

听见他的耳语如雷鸣般落下

所有人都那么安静。

狼眼说，我的人生只在做一件事

就是割掉我的女人

把她从我身上割掉

把她从我母亲身上割掉

把她从背负这个世界的所有人身上割掉

而他低头看着自己的雄性象征

顶端是雌性的象征

他说

凭什么这就是错误的，

这为什么不能是诸神的愿望

假如这不是诸神的愿望

那就是我的愿望

他望向莫西，说

你告诉我，我割掉所有的女性

从我母亲到掌管那个家的任何人
然而是我离开了我的母亲
现在又是我要割掉我的自我

说完他站了起来
说完他离开了刀刃
他走了
人们不敢说话，因为他依然是个凶猛的男人

但莫西继续烦他
他们回到树上后
他说，
别以为你的内心就平静了
你明白我的意思
而狼眼说他不明白。你就闭嘴吧
而莫西说，既然你不明白，为什么要我闭嘴
莫西就这么唠叨追踪者
唠叨，唠叨，天哪，他真唠叨
追踪者抬起手要打莫西
而莫西说，没人比我更会爱你
但你那只手敢碰我，你就看着它被砍掉
然后塞进你的嘴里。
行吧，追踪者说，我走
只要能堵住你的鸡婆嘴就行。

白天到了，他准备走
他踉跄一下，他跌倒了，他说

跟我说，否则我会倒在树丛里

于是莫西走了，孩子们也走了

连我都走了，因为追踪者说，别假装你不属于这个家

就这样

追踪者和他的亲人出发去找他母亲

我们在朱巴会是多么惊人的一景！

但故事不是这么发展的

因为我们还没走到大门口，追踪者就跟跄了十次

而莫西十次用力扶住了他

于是他们来到门口

一个女孩打开门，她看上去很像他

这是我和莫西的想法

而她一言不发，但放他们进去了

皮球男孩滚过来时她跳开让路

长颈鹿男孩必须弯腰

她坐在

一个蓝色的房间里

看上去年老体衰，但眼睛还年轻

他什么时候死的？追踪者问。

一个祖父应该死的时候，她说。

他望着她，仿佛有话想说

他的嘴唇在颤抖，仿佛有话想说

莫西开始驱赶我们走出房间

仿佛他有话想说

但追踪者又是一个跟跄，这次他摔倒了

她弯下腰，抚摸他的面颊

你有一只眼睛不是我生下来的，她说

从他嘴里发出来的是哭号

他为母亲而哭

他为他的母亲而哭

夜晚在白昼之后到来

白昼在夜晚之后到来

他依然在哭

现在听我说，

我在猴面包树上待了十九个月。

我离开的那天，孩子们哭泣

莫西垂下他的脑袋

连狼眼都说，你为什么要离开你的家？

但我这样的男人，我们就像野兽，

我们必须漫游，

否则就会死。

现在听我说。

我离开的前一天，

一头黑豹爬上了树。

让他停下。

给我让他停下。让他停下，否则我就想办法在今晚结束这一切。然后你就不可能知道事情的结局了。

我告诉你后来发生了什么。

我全告诉你。

死狼

DEATH WOLF

Mun be kini wuyi a lo bwa.

23

我要你知道是你逼我这么做的。我要看见这句话用我认识的语言写在纸上。给我看。你不给我看我就不开口。你打算怎么写？你会写下我的话，我刚刚说的话吗？说这位囚犯这么说？别说什么真相了——我一直在告诉你真相，但如我所说，你想要的其实是故事。我给了你很多故事，但我现在要给你最终的一个。然后你可以去报告她，送我们去烧死。

在这个故事里，我见到了她。她走得像是在被人跟踪。

你为什么阻止我？

你没听见吟游诗人怎么说吗？

黑豹来找我，用冒险引诱我。他当然很狡猾，他毕竟是豹子嘛。于是我和他走，去找一个失踪的愚蠢胖子，他出售黄金和盐，身上有鸡屎味。但他并没有失踪。操他妈的诸神，审判官，你到底想听哪个故事。算了，我两个都不告诉你。你看着我。

我两个都不告诉你。

就这样。

她走路的样子就像一个人认为自己被跟踪了。来到每个巷口都向前窥探，来到每个巷尾都向后张望。顺着寂静街道向前走的时候，她从一个暗处蹿向另一个暗处。头顶上飘来鸦片焚烧的刺鼻气味，地上流淌着满溢的粪水。她被绊了一下，紧紧抱住怀里的物品，宁可摔跤也不肯放手。这地方的天空有个屋顶，部分地方高一百步，开有孔洞，允许白色的阳光和银色的月光照进来。她在一扇门旁的火把底下弯腰，改变姿势，重新起身，贴着墙像螃蟹似的蹭到拐角处。

马兰吉卡。隧道之城，位于血沼以西，瓦卡迪殊以东，在地表以下约三百步，有法西西三分之一那么大。几百年前，人们书写记叙之前，来自地表的先人与天空诸神因为雨水而争斗，大地诸神给了他们这个地方以躲避天空的愤怒。他们把隧道挖得又宽又深，洞窟高得足以容纳三层、四层甚至五层的建筑物。他们用伐倒的树木和石头制造支撑柱，所以隧道永不塌陷，但有两段隧道塌陷过两次。建造者在隧道各处挖掘通往地面的孔洞，让阳光和月光照亮街道，就像朱巴的路灯。有人说，最早解开金属之谜的就是马兰吉卡的居民。他们既自私又贪婪，成为最初的铁匠国王。他们抱着他们的钢铁与白银死去。有些人研习其他的技艺与术法，将洞穴挖向地下的更深处。这座城市的居民很快就绝灭了，城市本身被世界遗忘。只有被世界遗忘的地方，新的城市才有可能崛起，这座城市无人掌管，这座城市是一个市场。这里出售的东西无法在地上世界出售，哪怕在深夜也不行。秘巫市场。

市场已经清空。有人施行了强大的魔法，使得所有人忘记这条街道。商铺的背面占据了绝大多数的小巷，这些商铺有无人入住的客栈、无人离开的酒馆和出售用途各异之物的店铺。黑暗在这条小巷里压得很低。她走了许多级台阶才停下，正在环顾四周，两条鬼影从一面墙上剥离出来，悄悄摸向她。另一个从地面升起来，跌跌撞撞像是喝醉了。她飞快地拿起悬在双乳之间的护身符。鬼魂吱吱怪叫着退开；地面的鬼魂钻回地下。她举着护身符走完小巷里剩下的路，声音嘎嘎叫、喃喃低语、咬牙切齿。他们异常饥饿，但敌不过他们对她脖子上的恩基希的恐惧。她穿过浓雾，来到巷尾，靠在右侧新砌的泥墙上，然后拐过转弯，迎面而来的是我的利刃。

她跳了起来。我抓住她的手，扭到她背后，匕首抵着她的颈部。她想尖叫，但我手上用力。她开始喃喃念诵我听到过的某种东西。我低声回应，她停下了。

"我有桑格马的保护。"我说。

"你挑这儿抢劫一个可怜的女人？就挑这儿？"

"姑娘，你手里拿的是什么？"我问她。

因为她是个女孩，而且很瘦，面颊证明她的饥饿。她的手依然被我握着，这只手瘦得只剩下骨头，我稍微一拧就能扭断。

"要是我失手弄掉了，那就诅咒你去死。"她说。

"你会失手弄掉什么？"

"把你的眼神从我胸口移开，拿了我的钱包滚蛋吧。"

"我想要的不是钱。告诉我，你手里拿着什么，否则我就捅穿它。"

她吓得一缩，还没等吐奶干结的气味飘到我鼻子里，还没等它发出咯咯的声音，我就知道那是什么了。

"在马兰吉卡，多少个宝螺能买一个婴儿？"

"你以为我要卖我的孩子？什么样的女巫会出卖自己的孩子？"

"我不知道。我只知道什么样的女巫会买孩子。"

"放开我，否则我要叫了。"

"女人的叫声在这些隧道里有什么用？每条街上都是。告诉我，孩子是从哪儿来的？"

"你聋了吗？我说——"

我把她的手臂拧到背后，向上提到接近脖子，她尖叫了一声又一声，想方设法不扔下孩子。我稍微松了松她的手。

"滚回你老妈的肚子里去。"她说。

"谁的孩子？"

"什么？"

"这个婴儿的母亲是谁？"

她盯着我，皱起眉头，想编造一个谎言，但婴儿醒来了，包裹他的粗布弄得他很难受。

"我的。是我的。这是我亲生的孩子。"

"连妓女也不会带着亲生孩子来马兰吉卡，除非打算卖掉它。卖给——"

"我不是妓女。"

我放开了她。她转过去，像是想逃跑，我从背后拔出一把短斧。

"你跑不出五十步，这东西就会劈开你的后脑勺。想试试就跑吧。"

她望向我，揉搓手臂。

"我在找一个男人。一个特别的男人，哪怕在马兰吉卡也算是特别。"我说。

"我不和男人瞎搞。"

"但你说这是你亲生的孩子，因此你肯定和男人搞过。他饿了。"

"他和你没关系。"

"但他饿了。喂他吧。"

她撩开婴儿头上的布。我闻到婴儿呕吐物和尿干结的气味。没有乳木果油，没有油脂，没有丝绸，没有东西用来润滑婴儿娇嫩的臀部。我点点头，用短斧指了指她胸口。她撩开袍子，袒露右乳，贫瘠消瘦的乳房悬在婴儿脸上。她把乳头塞进婴儿嘴里，婴儿开始吮吸，用力很大，她疼得龇牙。婴儿吐出乳头，哭泣变成尖叫。

"你没有奶。"我说。

"他不饿。你又没养过孩子，你知道什么？"

"我养大了六个孩子，"我说，"你打算怎么喂他？"

"要是你不跳出来，我们早就回到家了。"

"家？最近的村庄步行要走三天。你会飞？孩子到时候都饿死了。"

她从衣服里掏出钱袋，一方面抱着婴儿，另一方面试图用双手打开钱袋。

"来，天晓得什么东西。钱给你，去给自己买个女孩，杀了吃她的肝脏吧。放过我，还有我的孩子。"

"你就嚷嚷这种话吧。我想说应该换个好人家来养你的孩子，只可惜那不是你的孩子。"

"别烦我！"她吼道，一把扯开钱袋，"来，你看看。全拿去吧。"

她作势要把钱袋给我，但一挥手扔了出来。我挥动短斧挡开，钱袋撞在墙上，落到地上。小蝰蛇钻出钱袋，迅即变大。她逃跑，但我追上去，几步赶上，抓住她的头发，她疼得尖叫。她扔下孩子。我使劲推她一把，她踉跄跌倒，我趁机捡起孩子。她甩甩脑袋，晃晃身体，我把男孩从肮脏的裹布里取出来。婴儿的身体黑如茶水，她用白色黏土画过符号。一条线环绕颈部。胳膊和腿的关节各一条线。肚脐一个叉，圆环包围乳头和膝盖。

"你为自己准备了什么样的一个夜晚。你不是女巫，不，还不是，但这个孩子会让你变成女巫，甚至是一个强大的女巫，而不是继续当某个人的学徒。"

"让毒蝎蜇你下面吧。"她说着坐起来。

"就切割孩童的技艺而言，你不是专家，因此他在应该下刀之处画了线。把婴儿卖给你的男人。"

"从你嘴里喷出来的全是屁。"

男孩在我怀里扭动。

"马兰吉卡的男人，他们出售堕落的物品，无法言喻的物品。女人也从事这个行当。一个活生生的婴儿，完好无损，可不是那么容易找到的东西。这不是私生子或弃婴。只有最纯洁的孩子才能赋予你最强大的魔法，因此你出钱买了个最纯洁的孩子。从一位贵妇那儿偷来的。买他可并不容易，这儿到最近的城市要走三天。因此你肯定给了人贩子非常有价值的东西。不是黄金，不是贝壳。你给了他另一条生命。雇佣兵只接受有价值的事物，因此生命对你肯定是可以用价值衡量的。一个儿子？不，女儿。幼童新娘在这儿比新生儿还值钱。"

"诅咒你一千——"

"我早就超过这个数了。把婴儿卖给你的奴隶主在哪儿？"

她依然坐在地上，对我怒目而视，用右手揉搓额头。我抬脚踩在她左手上，她尖叫。

"再问一遍，那就是砍掉这只手以后了。"

"卖淫的北方狼婊子的杂种。居然要砍掉一个手无寸铁的女人的手。"

"你刚刚才用蝰蛇魔咒保护过自己。他的哪只脚要做成护身符，左脚还是右脚？"

"你这么了解女巫和巫师。你肯定是个真正的巫师。"

"也可能我专杀女巫。当然是为了钱。谁能离得开钱呢？不过主要还是为了消遣。人贩子，他在哪儿？"

"白痴，他每晚都会改变地点。连大象也记不住路，连乌鸦也找不到他。"

"但婴儿是你今晚买下的。"

我更使劲地碾压她的手，她再次尖叫。

"午夜之街！走到尽头，然后右转经过死树，然后走下三段台阶，一直到黑暗深处。那儿黑得你什么都看不见，只能用手摸索。他在一名巫师的家里，羚羊的心脏挂在门上腐烂。"

我松开她的手，她把手抱在怀里，低声咒骂我。

"你不会遇到任何好事。找到他之前，你要倒霉两次。"

"你真是善良，居然会提醒我。"

"提醒一声又救不了你。我告诉你没有任何用处。"

我揉了揉婴儿的肚皮。他饿了。参与贩卖儿童的某个人，无论是卖家、巫师或女巫，肯定有羊奶。我可以踹开旁边一扇门，问他们要羊奶或牛奶，砍掉他们的手，直到他们乖乖奉上。

"说话啊，猎人。"她说。女巫依然坐在地上，开始撩裙摆。"这个婴儿对你有什么用处？对他母亲有什么用处？你永远也找不到他的家人，他们也永远找不到你。还不如让他派上用场呢。想一想，伟大的猎人，等我拥有力量能给你什么。你要钱？要最富有的商人看你一眼就会送上优质丝绸和最丰满的女儿？我能做到。把婴儿给我。他那么可爱。我能闻到他将会派上的用场。我能闻到。"

她爬起来，向孩子伸出手。

"这是我打算给你的。我会从一数到十，然后扔出短斧，你的后脑勺会像坚果似的炸裂。"

年轻的女巫咒骂一声，皱起整张脸，就像一个男人被夺走了鸦片。她转身要走，但又转过身，吼叫着要她的婴儿。

"一。"我说。

"二。"

她开始逃跑。

"三。"

我扔出短斧，短斧旋转着追上她。她跑过四个门洞，听见呼呼声越来越近。女巫转过身，短斧击中她的面门。她直挺挺地倒下。我走过去，从她头上拔出短斧。

我走过两条小巷，第三条小巷里飘来香气，我走了进去。香气不是真实的，这条小巷也不是。这条街为邪恶但愚蠢的人准备，这条街引诱人们走进再也无法返回的门扉。我敲了敲我经过的第三扇门，香气从此处飘出来。一个老女人打开门，我说，我闻到奶的气味，请给我一些。她掏出乳房使劲捏，说，随便你喝吧，灰烬男孩。向前走十步，一个穿白色阿格巴达袍的胖男人打开门，见到我的短斧。奶，我说。屋里算不上屋里，他的房子没有屋顶。山羊和绵羊跑来跑去，咩咩叫，吃草，拉屎，我没问他养它们干什么。我把孩子放在桌上。

"我会回来领孩子的。"我说。

"这屋子里的哪个声音说你可以留下他了？"

"喂他喝羊奶。"

"你把一个男孩留给我？很多女巫来来往往，很多女巫在找婴儿皮。我凭什么不喂饱我的钱包？"

胖子伸手去抱男孩。我砍掉他的那只手。他尖叫，咒骂，哀号，用我不懂的语言哭叫。我拿起那只手。

"沙漏翻转三次之内我会把这只手还给你。要是孩子不见了，我就用你的手找到你，把你砍成碎片，一天割一刀。"

午夜之街得名于巷口的牌子上标着"午夜"。人们遇见我会见到我这个模样：赤身裸体，只涂白色黏土，从颈部到脚踝，双手和双脚。用系带背着短斧，用刀鞘装着匕首。眼睛四周涂黑，弱者会见到一个骨头人走向他。我是虚无。

十五步之后，空气变得寒冷和凝滞。我走出这团奇异的空气，继续前进，直到酸涩的露水碰到我的脸。魔咒如耳语般离开我的嘴，然后我默默等待。等待了很久。我背后有东西跑过，我立刻拔出匕首，转过身看见老鼠逃开。我继续等待。正要接着向前走，头顶上的空气噼啪作响，火花四射，喷出一道火焰，环绕我的手臂飞速蔓延，旋即熄灭。空气不再那么凝滞和酸涩，但这条路依然如故。出现在前方的不是那十九道门，而仅仅是一道门。向内走了七步，地面忽然消失。我企图向后跳，但我掉了下去，我在半空中转身，把匕首插进身旁的泥土。我脚下只有空气。掉下去不会落向世界的核心，而是充满尖刺或毒蛇的陷阱。我爬回地面，向回跑，冲到边缘处，跃上半空，却没有落对地方，我撞在坑壁上，把匕首插进泥土，免得再掉下去。

小街结束于一面树墙。我向右转，经过女巫提到的死树，悬崖出现在前方，但崖面上挖出了三段向下的台阶。来到最底下，另一条小街通往一间茅屋，屋子嵌在岩石里，上面开着两扇窗，透出闪烁的黄色火光。我用鼻子搜寻酸涩的气味，双手各抓一把匕首。我把匕首插进刀鞘，拔出一把短斧。门没锁。不会有人来这么远的地方。我走进屋子，它里面比外面看上去至少大五倍，就像我见过的人们在猴面包树里建造的大厅。房间四周，书籍在架子上亮出书脊，卷轴和文书摆在桌上。玻璃罐里存放着多半来自尸体的各种部件。一个比较大的罐子里，黄色的液体泡着一个婴儿，长蛇似的脐带悬浮在身旁。右手边，笼子层层叠叠，关着五颜六色的鸟类。不，并非全都是鸟类，有些像是长翅膀的蜥蜴，有一只长着麝猫的脑袋。

一个男人站在房间中央，他矮小如孩童，但很老，眼睛上绑着厚实的玻璃片，因此每只眼睛都有一只手那么大。我慢慢走向他，踢开沾着粪便的纸张，有些粪便还很新鲜。头顶上有东西哈哈笑，我抬起头，看见两只疯猴用尾巴挂在天花板的绳索上荡来荡去。它们面容像人类，但绿得像腐尸。两只白色的眼睛向外鼓出，右眼小，左眼大。它们没穿衣服，但身上裹着破布。它们的鼻子像猿猴似的下陷，一笑就露出参差不齐的长牙。其中一只比另一只小。

小猴子跳下来，我没来得及拔出第二把短斧。他跳上我的胸口。他企图咬掉我的鼻子，我一把推开他。两只疯猴咿咿怪叫。男人跑进另一个房间。小猴子甩尾巴，企图抽我，但我单手抓住他脖子，抬起斧头，尾巴刚好迎上斧刃。他尖啸，号叫着向后翻倒。我拔出第二把短斧，两把斧头一起砸向他的身体，但大猴子用尾巴拽开了他。大猴子朝我扔罐子，我躲开，罐子砸在墙上。他猛拍小猴子，命令后者闭嘴。我跑向一个架子，玻璃罐噼里啪啦地砸在我周围。然后一片寂静。

我的脚边有一只湿漉漉的手。我捡起来扔向右边。一个接一个罐子砸在墙上。我攥紧短斧跳起来，扔出第一把。大猴子躲开第一把，却刚好迎上第二把，短斧剁进他的前额。他倒在一个架子上，拖着架子和他一起倒下。小猴子捡起尾巴，钻进两个架子之间的黑窟窿跑掉了。我搬开书籍和卷轴，直到看见斧柄。我抡起双斧砍疯猴的脑袋，他的血肉溅在我脸上。

房间里我的背后就是那扇门，羚羊的腐烂心脏上挂着裂开的伊法碗。

走进房间，男人和一个女人还有孩子坐在桌前。女人和男孩梳着奇怪的发型，我没在我去过的任何土地见过这种发型，树枝像鹿角似的竖在头上，干牛屎把头发和树枝粘在一起。女人用发光的眼睛看我，孩子——应该是男孩——微笑，树枝上的一朵花忽然绽放。男人抬起头。

"你没穿衣服，只涂着白土。你在哀悼谁？"他说。

他看见我望着他妻子。

"她擅长性爱，但诸神在上，她不会做饭。屁也做不出来。咱不知道咱能请你吃个啥。我跟你说，都煮得太久了。你听我说，女人，你不能煮这么久。眨眼三次，胡椒胎盘就做好了。朋友，来一块吗？布居布居的一个女人刚生出来的。她没埋掉，不在乎先祖会不会生气。"

"只有胎盘没有婴儿吗？"我问。

他皱眉，然后微笑。"陌生人，他们总是带着笑话和笑话来找医生。对吧，妻子？"

妻子看看他，又看看我，一言不发。男孩用刀切了一块胎盘塞进嘴里。

"所以你来了，"他说，"你是谁？"

"你派了两个手下欢迎我。"

"人人都要接受他们的欢迎，既然你能站在这儿，那他们——"

"没了。"

我收起短斧，拔出匕首。他们继续吃东西，假装我不存在，但不时望向我，尤其是女人。

"你卖婴儿？"

"我交易很多东西，向来诚心诚意。"

"诚心诚意，所以你才能待在马兰吉卡。"

"你想要什么？"

"你的皮肤什么时候能回到身上？"

"你在胡言乱语说蠢话。"

"我找一个在马兰吉卡做生意的人。"

"每个人在马兰吉卡都做生意。"

"但他买的东西,只有包括你的少数几个人卖。"

"那就去找少数几个人呗。"

"我找过了。你之前四个,你之后一个。前面四个都死了。"

男人顿了顿,但仅仅一瞬间。女人和孩子继续吃东西。他面对妻子,但视线紧随我。

"别当着我的妻子和孩子。"他说。

"妻子和孩子?这个妻子和这个孩子?"

"对,你别——"

我扔出两把匕首,一把插在女人的脖子上,另一把插在男孩的太阳穴上。两人颤抖抽搐,又颤抖抽搐,趴下去脑袋砸在桌上。老人尖叫,跳起来跑向男孩,抱住男孩的头部。男孩头上的花朵凋谢了,黏稠的黑色液体淌出他的嘴。老人号哭、尖叫、怒骂。

"我找一个在马兰吉卡做生意的人。"

"诸神啊,请开眼!"

"现在你连孩子都杀了。"我认识的一个声音说。

"他购买的东西,你是知名的出售者,"我对老人说,"Sakut vuwong fa'at ba."我对内心的念头说。

"诸神啊,我的悲痛。我的悲痛。"他哭叫道。

"商人,要是有哪个神祇真的开眼,他会对你和你污秽的家庭说什么?"

"有些声音,你听见它们说咱们是一个污秽的家庭。"我认识的那个声音说。

"他们是我的唯一。他们是我的唯一。"

"他们是白科学。两个都是。再培育一个呗。或者两个。下次也许能弄出两个会说话的。就像草鹦鹉。"

"我要召唤黑心人。我要叫他们追捕你，杀了你！"

"Mun be kini wuyi a lo bwa，老东西。我给死亡之屋带来哭声。你知道我要的是什么吗？"

我走近他。细看之下，女人的脸很粗糙，男孩的也是。并不光滑，而是充满了沟壑，仿佛彼此交织的藤蔓。

"两个都不是血肉之躯。"我说。

"他们是我的唯一。"

我拔出短斧。

"听你说的，你似乎很想去陪他们。需要我满足你的愿望吗？就——"

"住手。"他说。

他向他的诸神哭求。他也许真的爱这个女人。还有这个男孩。但没到愿意去陪他们的地步。

"不是每个男人都能坦然面对自己。不是每个男人都能找到爱情和忠诚。不是每个男人都能说诸神保佑了他。有些男人甚至连诸神都嫌弃他们的丑陋，连诸神都说你不该期望传承血脉。但她对我微笑！孩子对我微笑！你怎么敢妄自评判一个不愿寂寞孤老的男人。天空的诸神啊，裁决这个男人吧。裁决他的行径吧。"

"这儿没有天空。还不如呼求地底的诸神。"我说。

他搂紧他的儿子，嘘嘘作声哄孩子，像是他在哭泣。

"可怜的人贩子，按照你的说法，你从没得到过美丽女人的亲吻。"他抬头看我，双眼润湿，嘴唇颤抖，他浑身上下透着悲哀。"所以你才不断杀死她们吗？"我问。

悲哀离开他的面庞，他回到座位上。

"还有男人。你猎杀他们。不，你的双手不沾鲜血。你太懦弱，不敢自己猎捕目标，于是派人替你动手。他们用药剂麻醉目标，因为你想要完整的猎物，体内不能有毒药，否则会毁坏心脏。然后你杀死其中一部分，卖给各种各样的秘密巫师和白科学家。另一些你留下性命，因为活男人的脚或活女人的肝在市场上能卖出五倍价钱。甚至十倍。你刚刚卖给一个年轻女巫的婴儿值多少？”

“你想要什么？”

“我在找一个男人，他向你购买心脏。女人的心脏。你有时候给他男人的心脏，以为他不会发现。但他知道。”

“你和他有什么关系？”

“和你没关系。”

“我出售金粉、河流区域的造物和北方的水果。我不卖你说的那种东西。”

“我相信你。你住在马兰吉卡是因为这儿的租金令人愉快。每九个晚上卖一颗心脏，还是两颗？”

“去找十个魔鬼弄死你吧。”

“马兰吉卡的居民都对我的屁眼想入非非。”

他坐在桌首的位置上：“让我埋葬我的妻子和孩子。”

“埋进土里？你不打算缝好他们了？”

我走到他身旁站住。

“你知道我说的是谁。你知道他不是人类。皮肤白皙如瓷土，就像他滚黑边的白色斗篷。你见过他一次。你心想，哈，他的斗篷像是羽毛。你认为他很美丽。他们全都很美丽。告诉我，他住在哪儿。”

“我说滚出去——”

我按住他的手，剁掉他的手指。他惨叫。眼泪像小河似的流淌。我揪住他的脖子。

“你给我放聪明点，小个子。你心怀恐惧，我知道。但你不该被闪电鸟吓住。他是个野兽，会带来巨大的惨事，会来挖你的心脏，把你变成永远不知平安为何物的怪物。”

我站起来，把他拎起来，直到他的双眼几乎与我眼睛齐平。

"但你听好了。我会剁掉你的手指、胳膊、腿和脚，一块一块慢慢剁，直到你没有手指、胳膊、腿和脚。然后我会割开你的头顶，剥掉头皮。然后我会把你的下体切成碎条，直到它变得像是草裙。我会拿起那个火把，灼烫每个伤口，保证你能活着。然后我会放火烧你的树枝儿子和藤蔓妻子，这样你永远也没法把他们培育回来了。这才只是开始。听明白了吗，小个子？咱们要换个游戏玩吗？"

"我……我从不碰活人，从不碰他们，从不，从不，我只经手刚死的。"他说。

我抓住他的手，手指的残桩在流血。

"盲豺之路！"他喊道，"盲豺之路。那儿的隧道已经坍塌，各种东西活在废墟里。从这儿向西走。"

"路上有什么邪法吗？就像你希望我掉进去的陷阱？"

"没有。"

"一个巫师对我说过，没有男人需要他的右手中指。"

"不！"他喊道，吼出每一个字，"那条路上没有邪法，至少没有我设置的。为什么需要呢？除非一个人想要送命，否则他就不会走上那条路。连女巫都不会去，连幽灵狗都不会去。连回忆都不会住在那儿。"

"但我会在那里找到他……"

我在这个房间和外间里站了很久，已经熟悉了各种各样的气味。但就在我转身要走的时候，一种新的气味擦过我的鼻子。和平时一样，我并不知道那是什么气味，只知道它与其他的气味不同。一种臭味，活物散发出的体味。我扔下人贩子的手，走向左侧的一面墙，推开顶上有蜡烛熔结的瓶子。人贩子说那儿除了墙什么都没有，我扭头看见他把手指塞进手里。墙边的气味更加浓烈。尿，很新鲜，刚刚才产生。里面有我能闻出来的东西，险恶的矿物质，温和的毒药。我低声对墙说话。

"那儿什么都没有，除了这间茅屋所在的土地。我说了，那儿什么都没有。"

墙壁顶端冒出火花，一分为二，沿着边缘向两侧延伸，继而顺着墙壁向下，在底部连接在一起，四方形燃烧殆尽，一个房间出现在眼前。它和我们所在的房间一样大，墙上挂着五盏灯。地上铺着四块草垫。草垫上有四具躯体，一具没有手臂也没有腿，一具从颈部到阳具切开，肋骨戳在外面；一具完整，但毫无动静；最后一具睁着眼睛，手脚用绳索捆绑，胸口用瓷土画了个叉。这个男孩尿在了自己的肚皮和胸口上。

"他们有病。你想在马兰吉卡找个会治病的女人，就尽管去找吧。"

"你在收割他们。"

"不是真的！我——"

"人贩子，你向诸神号哭，喊叫得像个女祭司在偷偷指奸自己，但你的门上挂着一个损坏的伊法碗。诸神不仅早已离开，你更是希望祂们永远不要回来。"

"胡说八道！马——"

我的短斧剁开他的脖子，鲜血泼洒在墙上，他的脑袋掉下来，靠一块皮挂在身上。他躺倒在地。

"你杀过孩童。"我认识的那个声音说。

"既然一个人已经决定要杀人，哀求也不可能阻止他。"我说。

除了恐惧，没有东西会走上盲豺之路。两个鬼魂尖叫着扑向我，寻找它们的身躯，但再也没有什么能在我心中激起恐惧了。我不会被激起任何情绪，甚至包括悲伤。甚至包括冷漠。两个鬼魂径直穿过我，瑟瑟颤抖。它们望着我，尖叫，消失。它们确实该尖叫。我连死者都会杀。

入口太小，我只能爬进去，还好里面又变得开阔，隧道和先前一样高，但四周只有尘土、砖块、开裂的墙壁、折断的木头、腐烂的肉体、昔日的鲜血和风干的粪便。岩石中雕出一个仿佛王座的座位。他盘踞在上面，望着两束光线落在他的腿和他的脸上。顶端为黑色的白色翅膀展开，懒洋洋地悬在那儿，他的眼睛似睁非睁。一道小闪电跳下他的胸口，消失得无影无踪。伊鹏都鲁，闪电鸟，像是已经懒得扮演伊鹏都鲁这个角色了。我踩在某种松脆的东西上，它在我的脚下四分五裂。蜕下来的皮肤。

"你好，尼卡。"我说。

24

"你是你这一族的最后一个，尼卡。伊鹏都鲁选择转变你，而不是杀死你。他把如此荣耀赐予受他奴役的人和被他睡的人，你究竟是前者还是后者？"

"伊鹏都鲁只能是男人，女人无法成为伊鹏都鲁。"

"只有被他的闪电血液侵占的身体才能成为伊鹏都鲁。"

"我说过了。伊鹏都鲁只能是男人，女人无法成为伊鹏都鲁。"

"我问的不是这个。"

"他咬但没有杀死的最后一个人，这个人会成为下一个伊鹏都鲁，除非碰到女巫母亲的孩子，而他没有母亲。"

"这部分我知道。尼卡，你逃避问题的手段既不高明也熟练。"

"他会强奸和杀死我的女人。他抓住她的脖子，钩爪已经插进她的胸口。我对他说，放开她，带走我。我对他说，带走我。"

他望向别处。

"我认识的那个尼卡会把自己的女人切成块送给他。"我说。

"你认识的那个尼卡。我不认识这个尼卡。另外我也不认识你。"

"我是——"

"追踪者。对，我知道你叫什么。连巫师和魔鬼也都知道。他们甚至会交头接耳，当心追踪者。他从红色变成了黑色。你知道这么说是什么意思吗？麻烦围绕着你这个人。我看着你，见到的是个比我还黑的男人。"

"是个男人就比你黑。"

"我也能看见死神。"

"你变成了一位深刻的思想家，尼卡，甚至开始吃女人的心脏。"

他大笑，望着我，像是这才看见我。然后他又哈哈一笑，这个笑声属于疯子，或者见识过世间所有疯狂的一个人。

"然而，这个房间里有心脏的人是我。"他说。

他的话没有惹我生气，但我想到了以前会被这种话打动的那个我。我问他怎么会变成这样，以下是他告诉我的。

他和恩萨卡·奈·瓦姆皮与我们分道扬镳，原因不是我，因为他能应付我，因为我和他之间尽管有着暴虐的仇恨，但底下还有汹涌的爱。他和她单独离开，因为他不信任女人鱼，他厌恶月亮女巫，唆使姐妹们驱逐恩萨卡·奈·瓦姆皮的正是她。

"你见过罗盘吗，追踪者？"尼卡问，"东方之光来客携带的工具，有些和凳子一样大，有些小得能装进口袋。那个闪电女人，她会跑，跑向绳索的尽头，然后被狠狠地拽回去，力量很大，用不了多久她的脖子就会折断。因此恩萨卡用毒箭射她，这种毒药不会杀死她，只会让她变慢。接下来我们遇到的事情是这样的。闪电女人一直朝西北跑，于是我们往西北走。我们见到一间茅屋。恐怖故事不都是这么开始的吗，我们来到一间无人居住的屋子？我听从本能，跑上去踹开门。我首先看见的是一个孩子。我随后看见的是一道闪电击中我的胸口，烧穿我的每一个毛孔，打得我飞出茅屋。恩萨卡从我身上跳过去，朝茅屋里射了两支箭，一支击中一个红皮绿发的。另一个怪物从侧面扑向她，抓住她的弓，但她一脚踢中他的下体，他倒地哀号。但那个虫子人——他的整个身体都是苍蝇——虫子人变成乌云般的一团苍蝇，包围她，隔着她的罩衣叮咬她后背，我看得清清楚楚，苍蝇像回家似的钻进她后背，我的恩萨卡尖叫倒地，想压死虫子，它们叮她咬她吸她的血，我爬起来，伊鹏都鲁发出又一道闪电，但劈中了她，而不是我，闪电让她浑身冒火，但同时也烧到了虫子人，虫子人尖叫燃烧，收回所有苍蝇。虫子人冲进茅屋去找闪电鸟，他们打了起来，翻来滚去，小男孩看着。伊鹏都鲁变成大鸟，拍飞虫子人，再次用闪电劈他，虫子人就飞走了。我听见其他人在赶来，于是跑进屋里，伊鹏都鲁的注意力放在虫子人身上，我挥剑捅穿他的后背，他挥动翅膀转身，我猫腰躲开。他放声大笑，你能相信吗？他拔出剑，和我对打。我连忙拔出恩萨卡的剑，刚好挡住他的攻击，我挥剑砍他，但他挡开我的剑。我蹲下，挥剑砍他的腿，但他跳起来，拍打翅膀，脑袋撞破了屋顶。他跳下来，抓起泥块扔向我脑袋，砸在我额头上，我单膝跪下。他从上面扑向我，我捞起凳子，挡住他的攻击，从底下出剑，刺中他的侧腹。他踉跄后退。我抽身后撤，然后瞄准他的心脏突刺，但他挡开我，踢中我的胸口，我滚出去，脸朝下摔倒，我不动弹，他说，你，我以为你有多大本事呢。他转身背对我，我拔出匕首——追踪者，你还记得我多么擅长用匕首吧？教你挥舞匕首的不正是我吗？闪电女人跑到他身旁，他爱抚她的脑袋，她呜呜叫，在他的手底下拱起脊背，就像一只猫，然后他用双手拧断了她的脖子。我跪在地上，我拔出两把匕首，接下来的事情，追踪者，我永远不会忘记。男孩对他大喊。不是字词，但男孩在提醒他。我说实话，接下来除了闪电我什么都不知道了。

"再次醒来，我见到两个草绿头发的魔鬼。他们撕开恩萨卡的袍子，分开她的双腿，伊鹏都鲁站在一边。我恳求他蹂躏我，我不知道他为什么会听我的。也许他觉得我更美丽吧。我太虚弱了，他们压在我身上。他是怎么伤害我的啊，追踪者——没有水，没有唾沫，他直接往里刺，直到我皮开肉绽流血。然后他咬我，直到能吸血，他喝了一口又一口，其他人也喝，然后他亲吻我脖子上的伤口，闪电从他身上钻进我的血脉。从头到尾他都逼着她看。然后一切变成白茫茫的，就像正午时

585

分。我说实话，接下来我什么都不记得了，直到我在孔谷尔作为伊鹏都鲁醒来。某种事情在发生，就像老鼠的啃噬，还有锁链松开的声音。我望向双手，见到白色，望向双脚，见到鸟爪，我后背发痒，痒极了，直到我发现我坐在翅膀上。而我的恩萨卡。敬爱的诸神，我的恩萨卡。她和我在同一个房间里，也许她看见了我的转变。诸神的行径未免过于邪恶。她肯定非常爱我，因此……因此……没有抵抗……敬爱的邪恶的诸神啊。等我回想起我是谁，却看见她躺在地上，脖子断了，心口有个血淋淋的大窟窿。敬爱的邪恶的、邪恶的诸神啊。追踪者，我每天都在想她。我害死过许多灵魂。那么多灵魂。但这个女人的死亡多么深刻地烦扰我的心啊。"

"确实。"

"我杀死了我的——"

"独一位。"

"你怎么能——"

"今晚这种话特别流行。"

"我没心思杀人。"他说。

他抬起双腿贴在胸口，用手臂抱住膝盖。我鼓掌。他叙述时我坐在地上，此刻我起身鼓掌。

"所以你让其他人替你杀人。你忘了是什么带领我找到你。掏心窝的话就留给下一个被你掏心的悲伤女孩吧，伊鹏都鲁，你依然是杀人狂和懦夫。还有骗子。"

凶狠的表情回到他英俊的脸上。

"嗯。假如你是来杀我的，早就扔出手里的火把了。你到底要什么？"

"蝙蝠翅膀的那家伙，他和你在一起吗？"

"蝙蝠翅膀？"

"翅膀像蝙蝠。脚和手一样，都长着铁爪，而且很大。"

"不，没这么一个人。我说的是实话。"

"我知道。假如他在他们之中,他绝对不会允许你活下来。"

"你到底要什么,老朋友?我们是老朋友,对吧?"

"长着蝙蝠翅膀的怪物,人们叫他萨萨邦撒。你提到的男孩,五年前我们让他和母亲团聚了。萨萨邦撒和男孩又走到了一起。"

"他抢走了男孩。"

"这是他母亲的说法。"

"你不这么认为。"

"对,而你刚刚说了原因。"

"是啊。那个男孩很奇怪。我觉得他至少该试着跑向来救他的那些人。"

"但他提醒了劫走他的那些人。他不像他这个年纪的孩子。"

"这话很虚浮,追踪者。不像你说的。"

"如你所说,你已经忘了以前的事情,又怎么可能知道呢?"

我走向他残破的王座,在他近处坐下,面对他的脸。

"你没能救下他,但我们做到了。然而即便我们所有人一起动手,也仅仅伤害了萨萨邦撒,无法阻止他逃跑。男孩有些地方不对劲。他的气味时而浓烈,时而稀薄得像是跑出去了几百天,时而又会回到我面前。

"跟你说个故事。我们追踪他们前往都林戈。找到他们的时候,我看见伊鹏都鲁把男孩从胸口推开。小男孩在吸他的乳头。你能相信我的想法吗?我想到一个孩子和他母亲,有些孩子永远不会停止渴求母乳。但这个母亲没有阴户。然后我心想,这算什么样的淫邪,真是太污秽了,他一直在奸污这个男孩,时间久得他以为这就是理所当然的。然后我看清了事实。不是奸污。吸血鬼的血。他的鸦片。"

"常有女人和男孩来找我,就仿佛我是他们的鸦片。有些从太远的地方跑来,跑得太久,脚都磨没了。但没人在马兰吉卡找到我。他对它的渴求胜过他对自己母亲怀抱的渴求。"

"萨萨邦撒在姆韦卢找他。"

"没人能离开姆韦卢。一个人为什么要进去呢？"

"他不是人。算了，不重要。我认为男孩是出于自己意志出走的。"

"也许他给出的东西比玩具或母乳更好。"尼卡大笑，"追踪者，我记得你。你说话总是半真半假。所以你们找到的蠢男孩又被一个蝙蝠翅膀的魔鬼偷走了。没人请你去找他。没人付你钱。无论你能不能找到他，太阳都还是太阳，月亮也还是月亮。"

"你刚说过你不认识我。"

"他对你什么都不是，蝙蝠男人也一样。"

"他夺走了我的东西。"

"谁？所以你要夺走他的东西？"

"不，我要杀死他。还有他的所有同类。还有帮助他的所有人。还有帮助过他的所有人。还有挡在他和我之间的所有人。甚至这个男孩。"

"感觉依然像一场游戏。你要我帮你找到他。"

"不，我要帮他找到你。"

于是我回去找男孩，我们三个人一起离开马兰吉卡。我们通过盲豺之路尽头的一条隧道返回地面。我下去时地上在打仗，回来时已经不打了。伊鹏都鲁没带任何东西，只是用翅膀紧紧地裹住身体，看上去像个奇异的贵族，身穿厚阿格巴达袍的下级小神。太阳已经落山，把天空照成橘红色，其余一切都暗沉沉的。

"要我帮你抱你带在身边的那个孩子吗？"他问。

"敢碰他，我就把火把扔到你脸上。"

"我只是想帮忙而已。"

"你光是想一想，眼珠就要从脑壳里蹦出来了。"

隧道出来是个小镇，我把孩子和一皮囊羊奶留在我认识的一个产婆门口。小镇之外，血沼以北，是莽原。我开始走，但尼卡站着不动。

"一旦离开马兰吉卡，男孩就会感应到并奔向你。"我说。

"所有的闪电女人和血奴也都一样。"他说。

他希望如此的忠诚能让他感到欢喜，但他们忠诚的对象不是他。

"他们忠诚于我血液的味道，"他说，"说真的，我以为还会有其他人在地面等待。我猜会有巨人。也许会有月亮女巫。当然了，肯定会有黑豹。黑豹在哪儿？"

"我又不是黑豹的饲养员。"我说。

"但他在哪儿呢？你对那只猫有着巨大的爱。你难道不知道他去哪儿了？"

"不知道。"

"你们两个不交谈？"

"你是我老妈还是我祖母？"

"没有比这个问题更简单的问题了。"

"你想了解黑豹的情况，去问黑豹好了。"

"下次见到他，你的心难道不会生出欢喜？"

"下次见到他，我会宰了他。"

"操他妈的诸神，追踪者。你打算宰了所有人吗？"

"我倒是想屠杀整个世界。"

"这个任务太重了。比杀大象或水牛还麻烦。"

"你想念身为人类的时候吗？"

"我渴望热血还在身体里流淌、皮肤不是所有疫病之色的时候吗？不，我的好追踪者。我喜欢一睁眼就感谢诸神，我现在是个魔鬼了。前提是我还能睡着觉。"

"现在我看着你，我认为像你这么一个男人，这是你的形态能得到的唯一未来。你以为男孩这些年来一直在吃什么？当然是你的血了。"

"这种血是他的鸦片或药物，不是他的食物。"

"既然你已经回到地面，他们会来找你的。"

"假如他在一年之外呢？"

"他有翅膀。"

"你为什么不找他的气味？"

我们顺着垂死的阳光前行，也就是向北走。夜幕会在我们到达血沼前降临。

"你为什么不找他的气味？"

"我们向北走。和伊鹏都鲁不一样……你……以前的你。萨萨邦撒厌恶城镇，从不在城镇歇脚。他没法像伊鹏……像你那样隐藏身形。他更愿意藏在旅客的必经之路上，一个接一个劫走他们。他和他的兄弟。在我杀死他兄弟以前。黑豹杀了他兄弟。杀他兄弟的是黑豹，但他在尸体上闻到我的气味，认为是我杀的。"

"黑豹为什么要杀他？"

"为了救我。"

"那你为什么怨恨黑豹？"

"我又不是因为这个而怨恨他。"

"那为——"

"闭嘴，尼卡。"

"你的话——"

"我他妈管你怎么想我的话。你喜欢这么做，一直喜欢这么做。问个没完没了，然后你就知道了。等你知道了有关一个人的一切，你就用这些情况去出卖他。你自己也忍不住，这是你的本性，就像鳄鱼的本性是吃掉幼崽。"

"巨人在哪儿？"

"死了。另外，他不是巨人，他是奥格。"

我们来到血沼的边缘。我听说过这种湿地有畸形生物出没，乌鸦那么大的昆虫，树干那么粗的巨蛇，渴求血肉和骨头的植物。就连热气也会获得形体，仿佛水妖发疯出来毒害世界。但野兽不敢靠近我们，它们感觉到这两个怪物更加可怕；直到沼泽的污水淹到我们腰间，它们也没

590

出现。我们继续走，水位降低到膝盖，然后脚踝，最终我们踏上泥地和硬草。我们周围，粗大的藤蔓和细瘦的树干七扭八歪，彼此纠缠，织成的墙壁和甘加通茅屋一样结实。

我们还没走到那儿，我就闻到了气味。开阔的草原，寥寥无几的树木，零星的草甸，但散发着死亡的恶臭。往昔死亡的恶臭，腐败早在七天前就开始了。我一脚踩在上面，低下头这才看见，它在我脚下变成烂泥。一条胳膊。两步开外是个头盔，脑袋还装在里面。十几步开外，秃鹫拍打着翅膀，扯出尸体的内脏，已经吃饱的一群秃鹫呼啦啦地飞走。一个战场。这些都是战斗的产物。我抬起头，视线所及的范围内，鸟在尸体上空转圈，落地啄食人肉，尸体在金属铠甲里炙烤，尸体浮肿成球状，人头像是脖子以下都埋在土里，鸟已经吃掉了它们的眼睛。气味太多，我无法一一辨认。我继续向前走，寻找北方和南方的颜色。我们前方，只有长矛和剑站在那儿。尼卡跟着我，同样在看。

"你觉得会有一个士兵坚持八天，就为了让你掏出他的心脏？"我问。

尼卡一言不发。我们继续向前走，直到草原上见不到尸体和尸体的碎块，鸟落在我们背后。树木很快彻底消失，我们站在伊科沙的边缘上，横穿这片盐碱平原需要策马两天半，眼前的土地如干泥般皲裂，银白如月光。他走向我们，就仿佛忽然从虚无中走了出来。尼卡张开翅膀，但他看见我毫无反应，于是又合上翅膀。

"追踪者。提醒你一句，带上我是你的主意。"

"不是我的主意。"

"这个主意的主人其实是我。"他说着走近了。

这就是他的话，说话的方式也和我想象中完全相同。我们追猎了两个月又九天。他盯着我们，双手叉腰，就像要责备孩子的母亲。

阿依西。

尼卡用闪电击打干树枝。火焰立刻苏醒，他向后跳开。我从沼泽深处回来，带着一头幼年的疣猪。我切开它的身体，支在火坑上，我挖出它的心脏，扔给尼卡。这会儿他顾不上羞愧。有我和阿依西看着，他本来是不会吃的，但我和阿依西都没转过去。他从齿缝里嘶嘶出声，坐在地上，一口咬下去。鲜血迸发，染红他的口鼻。

我打量他们，两个人都是我曾经试图杀死的对象，两个人都以有翅膀而闻名，一个的翅膀是白色的，另一个黑色。以前见到他们就会拔出短斧的那个我，天晓得他去了哪儿。

"待在南方很危险。正在打仗，这是敌方领土——你的计划都这么疯狂吗？"阿依西问。

"你又不是非来不可。"我说。

"他的计划是什么？"尼卡问，嘴唇周围全是红色。

我割下肉块，递给两人。两人都摇头拒绝。尼卡说烧烤血肉的气味现在对他来说很难闻，我不禁想到黑豹，唉，我不愿想到黑豹。

"我们在找男孩和他母亲。"阿依西说。

"他已经告诉我了。"尼卡说。

"我在找男孩。他在找母亲。怪物在此处以北攻击了一个篷车队；有人说他用脚把一头牛撕成两半，然后带着两块尸体飞走。男孩在他肩膀上，就像孩子陪着父亲。他们飞进了这里和红湖之间的雨林。"阿依西说。

"你依然跟随北方之王吗？我的记忆，她有时候回来，大多数时候不在，但我记得我们的目标曾经是找到男孩，从你手里拯救他。现在你们两个都在找男孩，想杀死他？"

"此一时彼一时。"我抢在阿依西之前开口，然后咬下一块疣猪肉。我瞪着阿依西。

"他们确实救了他。追踪者，对吧？"阿依西说，"从男孩的不死者团伙手上救下他，带着他和母亲前往姆韦卢。三年过后，你……要我说下去吗？"

"我管不住别人的嘴巴。"我说。

阿依西大笑。他用黑袍裹住身体，坐在枯枝和苔藓垒成的小丘上。

"还记得你躲避我的那时候吗，追踪者？你在梦境丛林里躲过了我。但我找到了奥格。可怜的家伙。力大无穷，但头脑简单。"

"别提他。"

阿依西垂首道："请原谅我。"然后对尼卡说："追踪者知道必须保持清醒，因为我在梦境丛林里漫游，寻找他。但许多年以后——要算一算多少年吗？——一天夜里他找到了我。那个男孩，只要你帮我找到我在找的人，我就把男孩交给你，他甚至都没问候一声就这么说。只要你帮我杀死他，他说。真奇怪，我当时心想，因为追踪者的这个梦来自姆韦卢。"

"没有男人能离开姆韦卢。"尼卡说。

"但男孩可以。预言说的正是一个男孩将走出那片土地，成为国王头上的乌云。但谁有时间理会预言呢？"阿依西说。

"谁有时间唠叨这些呢？"我说，切下两块疣猪肉，用树叶裹起来，"萨萨邦撒袭击了一个前往北方的篷车队。我们应该沿着巴康加小路向北走，别再像孩子似的围着篝火讲他妈的故事。"

"萨萨邦撒不爱四处流浪，追踪者。他朝雨林去了。他会筑巢——"

"我们结伴同行，但你的消息为什么总和我的不一样？他会选择一条小路，杀死走这条路的所有傻瓜。有翅膀的这个和他兄弟不一样。他不会等待食物送上门来，而是会去捕猎。他看见人们去哪儿他就会去哪儿，哪儿的人没有防护他就会去哪儿。"

"他依然在去森林的路上。"

"你们两个都是白痴，"尼卡说，"你们说的是一件事的两个方面。他会带着男孩去雨林。但他一路上都会吃东西和积累尸体。"

"阿依西忘了说不止我们在找男孩，"我说，"既然没人需要休息，那咱们就出发吧。"

"北方在哪儿，追踪者？"

"在我装满屎尿的屁股的另一侧。"我说。

"黑夜已经受够了你。"阿依西说。

"希望黑夜尝试——"

"够了。"

"说到战争，季风才是真正的敌人。"阿依西说。

太阳在虬结的枝杈间跃动，伤害我的眼睛。我闭上眼睛，轻轻揉搓，直到感觉发痒。

"我们的国王希望战争在雨季开始前结束。雨季会带来洪水，洪水会带来疫病。他需要胜利，而且越快越好。"

"他不是我的国王。"尼卡说。

我坐起来，听着河水哗哗流淌。他们肯定拖着我来到了盐碱平原的边缘，因为我翻个身就看见了开阔的草原。草长得很高，颜色发黄，渴求他正在说的雨季。长颈鹿的脑袋在远处上下晃动，左右摇摆，啃吃树木高处的叶子。珍珠鸡、猫和狐狸飒飒穿过灌木丛。一群沙鸡在头顶上召唤全家去水边。我闻到狮子、牛和羚羊的排泄物。我的小腿在摩擦某种硬东西，再一使劲也许就会被割破。

"黑曜石。这片土地不出产黑曜石。"我说。

"肯定是你之前的人留下的。还是说你以为你是第一个来这里的人。"

"你对我做了什么？"

阿依西转向我："你的大脑着火了。你会把自己烧死的。"

"再对我做这种事，我就宰了你。"

"你试试看。还记得吗，许多个月之前在孔谷尔的市场街上，我追杀了你一路？那条街上的所有意识都是我的，除了你和……他……

你的——"

"我记得。"

"你的意识与我接近，因为桑格马。你也感觉到了，对吧？她的魔咒在离开你。你离开姆韦卢的时候失去了它。"

"我依然能打开门锁。"

"有这种门，也有那种门。"

"那以后我也直面过刀剑。"

"因为你是羔羊，存心寻找屠夫。"

"你为什么不侵占莫西？"

"好玩。昨夜你必须冷静下来，否则就会失去用处。"

这是实话，我的每一块肌肉、每一个关节都疼痛难忍。前一天夜里我没有感觉到疼痛，因为愤怒在我的血液里流淌。但此时此刻，连跪下都会伤害我的双腿。

"你说得对，追踪者。我们在浪费时间。我只能再陪你七天，然后就必须从国王手上拯救他自己。"

巴康加小路。算不上道路，甚至不是小径，只是车轮、马蹄和人脚常年碾压践踏，草木不再生长。左右两侧，荆棘丛瑟瑟奏响幽魂的音乐，摇曳树木的枝杈比我的手臂还细。小路变成尘土、干泥和石块，一直延伸到地平线，消失在地平线的另一头。左右两侧，枯黄的草丛里偶尔有成块的绿色，矮树像月亮一样浑圆，高树叶子宽阔，顶部平坦。我听见尼卡说最大最胖的神祇在上面蹲得太久，所以树顶才那么平坦。我转身望向背后，见到他和阿依西交谈，意识到他没对我说话。那是以前的记忆。小路曾经闹哄哄地充满了动物，但现在静悄悄的。没有沼泽附近的长颈鹿、斑马和羚羊，没有狮子猎杀斑马或羚羊。没有大象的隆隆脚步声。甚至没有蝰蛇的嘶嘶警告声。

"这地方没有野兽。"我说。

"有东西吓走了它们。"阿依西说。

"所以我们同意他是个东西。"

我们继续向前走。

"我见过他这个样子，"尼卡对阿依西说，他只对阿依西说话，但希望我能听见，"我记得最奇怪的事情。"

阿依西一言不发，尼卡向来认为沉默就等于让他继续说。他说追踪者不在乎任何东西，也不爱任何人，但每次受到深刻的伤害，他的整个自我、自我以外的自我，都只寻求毁灭。"我曾经见过他这个样子。不，甚至不是见过，而是听说。他渴求报复的欲望就像燃烧的猛火。"

"使得他寻求报复的人是谁？"阿依西问。

我了解尼卡。我知道他停下脚步，转身面对阿依西，眼睛看着眼睛，然后说，我。他的语气甚至称得上自豪。但另一方面，无论尼卡说出什么最恶劣的话，做出什么最恶劣的事，随之而来的声音听上去都像他会温柔地亲吻你无数次。

"他会杀死这个萨萨邦撒——你是这么叫它的吧？仅仅因为憎恨，他也会杀死他。这个禽兽做了什么？"

我等待阿依西回答，但他一言不发。阳光离开我们，但时间依然是白昼，顶多接近傍晚。

灰色的厚实云层填满天空，尽管雨季还有一个月才到。黄昏过去之前，我们来到一个村庄，我们谁也不熟悉这个部落。小径两侧用树枝筑起的围栏长达三百步。十八间茅屋，另有两间我一开始没看见。大多数在小径左侧，右侧只有五间，不过样子没有区别。茅屋用泥土和树枝建造，有些开着一扇窗，有些两扇。厚实的茅草屋顶用藤蔓捆扎。其中三间比其他的大一倍，剩下的都大小相同。茅屋五六成群地建在一起。有些茅屋外扔着葫芦瓢，地上有新鲜的脚印，手忙脚乱扑灭的炉火冒出袅袅青烟。

"人都去哪儿了？"尼卡说。

"也许他们看见了你的翅膀。"阿依西说。

"或者你的头发。"尼卡说。

"你们不如找个树丛去吧？"我说。阿依西说什么我忘了我在队伍里的地位，身为王公贵族的顾问，他应该扔下我，去忙他的大事，还有别忘了，不知感恩的野狼，是我把你从姆韦卢救了出来，因为走进姆韦卢的男人都无法离开。

"他们在这儿。"我说。

"谁们？"尼卡说。

"居民。不会有人扔下牛羊逃出村庄。"

一组茅屋之间，牛懒洋洋地卧在地上，羊在树桩和木板上蹦跳。我走向左侧的第一间茅屋，推开房门。里面黑洞洞的，毫无动静。我走向第二间，同样空无一人。第三间里，地上有毯子和干草，陶罐里有水，东墙上糊着新鲜的牛粪，甚至还没干。回到外面，尼卡正想开口，我举起手，重新进屋。我抓起一大块毯子掀开。两个小女孩尖叫起来，母亲连忙捂住她们的嘴。地上，孩子蜷缩着躲在她怀里，就像尚未出生的婴儿。一个女孩在哭，母亲眼睛湿漉漉的，但没在哭，另一个女孩皱着眉头瞪我，气呼呼的。她这么小，却很勇敢，准备和我搏斗。别怕我们，我用八种语言说，直到母亲听够了，坐起来。她的女儿从她身旁径直跑向我，踢我的胫骨。另一个女儿我可以抱在怀里，哈哈笑，抚弄她的头发，但这个女儿我允许她踢我的胫骨和小腿，直到我抓住她头发，把她推开。她踉跄退回母亲怀里。

我这就出去，我说，母亲跟着我。

阿依西把斗篷给了尼卡。这个村庄肯定听说过伊鹏都鲁，也可能如他所料，他们惧怕任何有翅膀的人。更多的男人和女人走出各自的茅屋。一个老人说了些什么，我听懂了一点，好像是他会在夜里到来。他们听说古怪的人会从路上走来，其中有个男人白如瓷土，所以他们躲了起来。他们躲躲藏藏已经很久了。老人说，恐怖之物以前会在中午到来，但最近在夜晚到来。说话的老人似乎是长老，有点像阿依西，但更高，也瘦得多，戴珠串耳环，后脑勺有个绘着骷髅头的陶盘。这位勇士杀过许多生命，现在生活在恐惧之中。他满脸皱纹，眼睛仿佛两道刀口。

他走向我们三个，坐在茅屋旁的凳子上。其余村民慢慢靠近，心惊胆战，就好像最细微的动静也能吓得他们尖叫。他们现在全都走出了茅屋。有些男人，女人更多，孩子更多，男人袒露胸口，一小块布围在腰间，女人穿兽皮衣服，从脖子到膝盖遍布珠子，乳头从衣服两侧露出了，孩子有的腰间缠着珠串，有的一丝不挂。女人和大多数孩子都一样，眼神茫然，因恐惧而心力交瘁，只有刚才茅屋里愤怒的小女孩除外，她依然瞪着我，要是她能做到，我大概已经死在她手上了。

越来越多的人走出茅屋，东张西望，脚步缓慢，从头到脚打量我们，但看尼卡的眼神和看另外两人没什么区别。阿依西先和老人交谈，然后对我们说话。

"他说他们会切开牛腹扔着不管，他会带走一头牛，有时候一头羊。有时候他当场吃肉，把剩下的尸体留给秃鹫。一次有个男孩，他从不听母亲的话，他以为他已经是男孩了，因为没多久他就跑进灌木丛，然后跑了出来，只有诸神才知道原因。萨萨邦撒带走男孩，但留下他的左脚。但两晚前……"

"两晚前怎么了？"我问。阿依西继续和他交谈。我能听懂老人说的一些话，因此阿依西望向我之前我就知道了，阿依西说："那天夜里他撞倒房那边一幢屋子的墙，他闯进去，想抢走两个男孩，女人尖叫，我总是流产，诸神只给了我这两个孩子，他企图抢走孩子，男人们先前吓得浑身发软，此刻胳膊和腿上有了些力气，跑出来，朝他扔大小石块，击中他的头部，他用翅膀拍开石块、尘土和粪便，企图带着两个男孩飞走，但他做不到，于是放开了其中一个。"

"问在场的人有没有和怪物搏斗过。"

阿依西眨着眼睛看我，不喜欢这种奇怪的感觉，居然有人对他发号施令。

两个男人走上前，一个的头上缠着珠串，另一个戴着涂成黄色的骷髅陶盘。

"他比尸体还臭，"缠珠串的男人说，"就像腐肉的浓烈气味。"

"黑发，就像猿猴，但他不是猿猴。黑色翅膀，就像蝙蝠，但他不是蝙蝠。耳朵像马的。"

"他的脚像手，像手一样抓握，和他脑袋一样大，他从天而降，想飞回天上去。"

"这条小路上有许多会飞的兽类。"我说。

"它们也许从暗土飞越白湖而来。"尼卡压低声音对我说。

我想说你必须钻进黑洞洞的小巷，男人在那儿捅墙洞，管墙洞叫姐妹，才有可能找到比这更蠢的说法。

"太阳女王刚回家，"戴骷髅陶盘的男人说，"十晚前他第一次来的时候，太阳女王刚走。他从天而降，我们先听见翅膀拍打，然后看见黑影遮住了最后的阳光。有人抬起头，吓得尖叫。他企图抓走她，她掉回地面上，所有人逃跑哭叫，我们跑进茅屋，但有一个老人，他走得太慢，弯腰驼背，怪物用腿上的手抓住他，咬掉他的面门，然后一口吐掉，就像他的血是毒药，他去追最后一个跑向茅屋的女人，我亲眼在灌木丛里看见的，她没来得及跑进茅屋，他抓住她的脚，带着她飞走，我们再也没见过她。从那以后，他每两晚来一次。"

"我们有些人想离开，但牛走得慢，我们也走得慢，他在小路上发现我们，杀死所有人，喝干血液。把每个男人、女人和动物都撕成两半。有时会吃掉脑袋。"

"问他上次来是什么时候。"我说。

"两晚前。"老人说。

"我们必须找到男孩。"阿依西说。

"我们已经找到男孩了。我在等他来找尼卡。不过我们已经找到他了。"

"但这儿没人提到男孩。"阿依西说。

"可爱的人啊,你们议论我时就好像我不在场。你们想把我留在空地上,让你们的男孩来找我?"尼卡问。

"没这个必要。萨萨邦撒今晚来的时候会带着男孩。男孩会缠着他,直到他无法拒绝。"我说。

"我不喜欢这个计划。"阿依西说。

"没有什么计划。"我说。

"我不喜欢的就是这个。"

"上次我们六人合力才打败他,但依然没杀死他。问问他们有什么武器。"

"要我说,咱们让该发生的事情发生,然后跟着他去他的藏身之处。"阿依西说。

"他的藏身之处有可能需要步行两天。"

"他太精明,不会拿男孩冒险。"

"今晚我会杀死这个怪物,否则就操他妈的诸神。"

"我能说几句吗?"尼卡说。

"不能。"我和阿依西异口同声。

"问问他们有什么武器。"

四把斧头,十个火把,两把匕首,一条鞭子,五支长矛,一堆石块。说真的,这些人放弃打猎,改行种地,他们太蠢了,居然会忘记这片土地充满了凶恶的野兽。人们拿来武器,扔在我们脚边,然后慌慌张张跑回茅屋里,就像发疯的蚂蚁。我并不吃惊——这些人都是懦夫,聚在一起只会让恐惧加上恐惧再加上恐惧。黑暗攫取天空,鳄鱼吃掉了半个月亮。我们躲在村庄北部的围栏旁。阿依西伏在地上,手持我没见过的一根棍子,他闭着眼睛。

"你们认为他会召唤鬼魂吗？"尼卡问。

"大声点，吸血鬼。我觉得他听不见你说话。"

"吸血鬼？你的话真是难听，我和我们追猎的对象不一样。"

"你让巫师替你猎杀他们。咱们别再讨论这个了。"

"你们两个要是能安静一点，夜晚会感激涕零的。"阿依西说。

但尼卡想说话。他一向如此，需要没完没了的闲聊。他用闲聊来掩饰他内心的盘算。

"我今天还没杀过人。"我说。

"我认识你这么多年，你说过许多次了，你是猎人，不是杀手。"

"要不是萨萨邦撒，我会杀死这儿的所有男人，因为他们太软弱、太可悲了。"

"当心点，追踪者。听你说话的是吸血鬼和……天晓得这位阿依西是什么，你却燃烧着一肚子最恶劣的念头。就算这是开玩笑，你以前也有趣得多。"尼卡说。

"哪个以前？你出卖我之前还是之后？"

"我没有这个记忆。"

"记忆里却有你。你从没问过我的眼睛。"

"也是我造成的？"

我瞪着他，却发现看着他只会让我看见我自己，我转过头去。我告诉他那只狼眼的由来。

"我以为别人一拳打在你眼睛上，然后就变成这样了，"他说，"看来我也要为这个负责。"

他转开视线。我不知道该怎么对待尼卡的悔恨，只想挥拳痛殴他的面门。真希望我戴着萨多格的铁手套，一拳就能打飞他的脑袋。萨多格。我有许多个月没想到过他了。尼卡又张开嘴，但被阿依西抬手捂住。

"听。"他悄声说。

声音穿透黑暗而来，行走，跳跃，奔跑，越过围栏，踩断树枝。向我们而来。没有振翅的声音。没有咯咯声、汩汩声和孩童无法掩盖的哧哧声。一个人撞在我胸口上，把我撞倒在地。然后又一个人。他膝盖压住我胸口，他抬起头，使劲嗅闻，然后扭头去看其他人，他们淹没了尼卡和阿依西，尖叫，咕咾，嘶喊，抓挠。闪电男人和女人。多得数不胜数，有些只有一条胳膊，有些只有一条腿，有些没有脚，有些腰部以下什么都没有。他们全都扑向尼卡。两个块头比较大的男人踢开阿依西。尼卡惨叫。闪电女人和男人一直在搜寻伊鹏都鲁，他是他们唯一的欲望和目标，他们永远渴求他的身体。我见过他们奔向主人，绝望而饥饿，但我从没见过他们真的找到主人后会发生什么。

"他们在吃我！"尼卡叫道。

他扇动翅膀，发出闪电，打在其中几个身上，但他们汲取力量，吞噬闪电，变得更加疯狂。我拔出两把短斧。阿依西不停地用手摸太阳穴，然后向他们挥动双臂，但什么也没发生。闪电男女把尼卡变成了蚁丘。我后退，助跑，起跳，落在其中一个的背上，左右开弓砍他。左，右，左，右，左。我踢开一个，剁掉他半个脑袋。一个用胳膊扼住尼卡的脖子，我砍她的肩膀，直到手臂与身体分家。他们不放开他，我就不会停下。

一只脚不知从哪儿飞来，踹中我的胸口。我飞出去，腹部着地。两个闪电人冲向我。我握紧一把短斧，拔出匕首。一个跳起来扑向我，我就地一滚躲开，他落在地上。我抓着匕首，又一滚回到他面前，匕首插进他胸口。第二个冲向我，但我旋身砍断了她的腿。她倒下，我踩掉她的半个脑袋。他们依然压在尼卡身上。阿依西扯开两个，像扔石子似的把他们丢出去。尼卡不断推开他们，但无暇攻击。我跑回人堆里，抓住一只脚把一个人拖出来，捅穿他的脖子。我又拖出来一个，他一拳打中我的腹部，我倒地惨叫。现在我要发狂了。阿依西抓住另一个。我抓着一把短斧爬起来，找到另一把。有一个趴在尼卡胸口吸他脖子，我剁开他的后脖颈。闪电在他们身上流淌，但他们甚至不肯从他身上转过来。

我的短斧像雨点似的落在他头上，我踢开他身旁的一个女人。她滚了几圈，起身又跑回来。我弯腰，挥动斧头，迎面砍中她的心口，我挥动另一把斧头，砍在她额头上。我用斧头砍倒了他们所有人，直到只剩下尼卡，他浑身咬伤，淌出黑色的血液。最后一个是个孩子，他跳到尼卡头上，对我龇出牙齿。闪电闪亮他的眼睛。我把匕首插进他的喉咙，他倒在尼卡的大腿上。

"是个男孩。"

"什么都不是。"我说。

"这儿有什么不对劲。"阿依西说。

我刚跳起来，就听见村庄里的一个女人发出尖叫。

"在后面！"

阿依西率先跑出去，我紧随其后，我们跃过遍地尸体，有些尸体还在迸发闪电。我们跑过隐藏在黑暗中的茅屋。尼卡想飞起来，但他只能蹦跳。我们来到村庄的外围，见到萨萨邦撒用脚抓着一个女人飞走。女人还在尖叫。我扔出一把短斧，短斧击中他的翅膀，但只留下很浅的一个伤口。他甚至没有转身。

"尼卡！"我叫道。

尼卡拍打翅膀，雷声隆隆，他身上迸发出闪电，但闪电射向西方和南方，没有朝着怪物而去。萨萨邦撒拍打翅膀，越飞越远，女人还在和他搏斗。她使劲挣扎，直到他用一只脚踹她的头部。草原上没有树丛能供他躲藏。我的短斧在地上闪闪发亮。

"他在向北飞。"阿依西说。

远处一群我先前没看见的鸟忽然改变方向，径直飞向萨萨邦撒。它们三三两两冲击他，他试图用手和翅膀挡开。我看不太清楚，但有一只撞在他脸上，他似乎一口咬了上去。更多的鸟飞向他。阿依西闭着眼睛。群鸟扑向萨萨邦撒的面部和手臂，他开始胡乱挥舞手臂。他扔下女人，女人从高处掉下去，落地后没再动弹。萨萨邦撒挡开许多只鸟，它们划破天空而去。阿依西睁开眼睛，剩下的鸟散开飞走。

"我们永远也抓不住他。"尼卡说。

"但我们知道他要去哪儿。"阿依西说。

我不停地奔跑，跃过灌木丛，砍断树枝，跟着天空中的他，眼睛看不见我就追随气味。这时我忍不住琢磨，全知全能的阿依西为什么没有带上马匹。他自己甚至不奔跑。我可以把怒火发泄在他身上，但那纯属浪费时间。我不停地奔跑。一条河出现在前方。萨萨邦撒飞向河对岸。河面宽五十步，或者六十，我无从猜测，月光在河面上疯狂舞动，意味着水流湍急，而且很可能非常深。我对这段河流一无所知。萨萨邦撒越飞越远。他没看见我，甚至没听见我的声音。

"萨萨邦撒！"

他甚至没有回头看。我攥紧两把短斧，就好像我憎恨的是它们。他让我想到阴暗的念头，他的行为不会给他带来喜悦或自豪，而是只有虚无。什么感觉都没有。我的敌人甚至不知道我在找他，哪怕我的气味就在他面前，我这张脸和其他朝他扔短斧的人也毫无区别。虚无，什么都没有。我对他大喊。我收起短斧，跑进河水。我的脚趾踩在尖锐的石块上，但我不在乎。我被石块绊倒，但我不在乎。地面忽然从我脚下消失，我沉下去，呛水咳嗽。我把脑袋伸出水面，但脚找不到地面。这时有东西抓住了我，像是鬼魂，但其实是冰冷的河水，它把我拖到河中央，然后把我拽到水下，嘲讽我游泳的能力，翻转我头下脚上，带我去月光无法照亮之处，我越挣扎，它的力量就越大，我没有想到应该停止挣扎，我无法思考，我累了，我没感觉到水越来越冷、越来越黑。我伸直手臂，以为会摸到空气，但我已经在很深的水里了，而且还在下沉、下沉、下沉。

这时一只手抓住我的手，把我拽了上去。尼卡，他企图飞起来，但跌跌撞撞，最后又掉回水里。他想带着我再次起飞，但实在做不到，只能把我的肩膀拉出水面，同时与水流搏斗。他就这么把我拖到岸边，阿依西在那里等待。

"河水险些带走你。"阿依西说。

"怪物飞走了。"我喘息着说。

"也许是你的乖戾吓跑了他。"

"怪物飞走了。"我说。

我调整好呼吸，拔出斧头，抬腿就走。

"一点也不感谢伊鹏——"

"他走了。"

我开始奔跑。

河水洗掉了灰土，我的皮肤黑如天空。地势依然是草原，依然干枯，灌木和荆棘簇拥在一起，我不认识这个地方。萨萨邦撒拍打了两次翅膀，听上去很遥远，就好像那不是振翅本身，而仅仅是回音。前方三百步开外，高大的树木拔地而起。尼卡在喊叫，但我没听见。翅膀再次拍打，像是来自树林里，于是我朝那个方向奔跑。我被石块绊倒，但愤怒战胜疼痛，我爬起来继续跑。地面变湿。我跑过干涸的池塘，跑过刮破我膝盖的草丛，跑过像肉赘般分布的荆棘，有些我跳了过去，有些我踩了上去。没有振翅的声音，但我的耳朵在跟踪他；我很快就会听见他的动静；我甚至不需要动用鼻子。树木在做树木的事情，也就是碍事。没有山谷小径，只有荆棘和树丛，每次想绕过去就会直接撞上。

骑马的人，我估计有上百人。我研究马匹的特征。脊状头部护甲盖住长脸。保暖的布匹盖在身上，但不像朱巴马衣那么长。尾巴没有修剪。马鞍底下垫着厚布，垫布四角是我好些年没见过的北方徽记。也许半数马匹是黑色的，其余是棕色和白色的。我该看那些战士才对。厚实的衣物，足以阻挡投矛，手持双尖的长矛。全都是男人，只有一个除外。

"报上名来。"她看见我就说。我一言不发。

七名战士围住我，压低矛尖。我通常不会在乎刀剑和长矛，但有什么东西不一样了——是围绕他们和我的空气。

"报上名来。"她重复道。我毫无反应。

月光下，他们羽毛招展，盔甲闪亮。他们的盔甲在黑暗中闪烁银光，头饰上的羽毛随风起舞，就像群鸟聚会。他们黑色的手臂拿着长矛对准我。他们在黑夜中看不出我是谁，但我看得出他们是谁。

"追踪者。"我说。

"他不会说我们的语言。"另一名战士说。

"法西西的语言没什么特别的。"我说。

"所以你叫什么？"

"我叫追踪者。"我说。

"我不会再问一遍了。"

"那就别问。我说了我叫追踪者。你难道叫聋子？"

她走到队伍前列，用长矛戳了戳我。我踉跄后退。我看不见她的脸，只能看见她亮闪闪的战士头盔。她哈哈一笑，又戳了戳我。我握住斧柄。惊恐似乎在一天的脚程之外，但立刻来到了我背后，随后钻进我的脑袋，我紧闭双眼。

"也许你叫不死之身，因为你似乎不害怕我杀死你。"

"随你便吧。只要我能带你们一个上路，就算死得不亏了。"

"猎手，这儿没有人会憎恨死亡。"

"你们有人憎恨谈一谈吗？"

"你长得像河流居民，嘴巴倒是很利索。"

"只可惜我不懂法西西乱党的语言。"

"乱党？"

"法西西军队从没到过瓦卡迪殊的南部边界，否则你们早就是战场上的尸体了。法西西军队里没有女人。还有，法西西卫队来不了南面这么远的地方，尤其是这儿没有打仗。你在法西西出生，但不忠诚于克瓦什·达拉。国王姐姐的卫队。"

"你很了解我们嘛。"

"该了解的我全都了解。"

矛尖继续移向我。

"要是我面对七十一支长矛，恐怕不会这么没礼貌。"她说。

她指着我说。

"男人和他们该诅咒的傲慢。你们咒骂、拉屎、号哭、打女人。实际上做的无非是抢占地盘。男人一向如此，他们控制不住自己。因此坐下时要分开双腿。"她说。

男人们放声大笑，天晓得这是什么笑话，反正他们都听过。

"你这帮男人真是了不起，脑子里只有男人分开双腿。"

她怒目而视，我在黑暗中都能看见。男人们恨恨地说："我们的女王——"

"她不是女王，她是国王的姐姐。"

战士的首领再次放声大笑。她说什么我要么在找死，要么就是以为自己不会死。

"和你同行的那个家伙，他没教过你吗？你必须想办法让他陪在你的身边，因为他那种人喜爱从背后扑杀猎物。"我说。

他骑着马来到最前边，在战士首领身旁停下。他和他们一样，戴着镶羽毛的头盔，蓬乱的头发被压得服服帖帖，他骑在马上显得很奇怪，他自己也知道。就像一条狗骑在牛背上。

"过得如何，追踪者？"

"似乎永远也走不远，黑豹。"

"据说你鼻子很灵。"

"你身披铠甲，味道比他们还难闻。"

他攥紧缰绳，他没必要这么使劲的，马猛地抬起脑袋。他的唇须在黑夜中闪闪发亮，他变成人形时唇须很少会显露。他摘掉头盔。没人移动长矛。我有话想问他。一个对长期雇用从来不感兴趣的人为什么会找到一个长期雇主。他们怎么会让他穿上这样的铠甲，还有肯定会拖地、扯破、摩擦、让人发痒的长袍。雇用条件里怕不是有一条禁止他恢复真正的天性。但这些问题我连一个字也没问他。

"你看上去很不一样了。"他说。

我一言不发。

"头发比我还蓬乱，就像没人愿意听他宣讲的先知。瘦得像女巫的手杖。怎么没有库族的记号？"

"在河里洗掉了。我遇到了很多事情，黑豹。"

"我知道，追踪者。"

"你看上去还一样。也许是因为没遇到任何事情。包括你引发的那些。"

"你这是去哪儿，追踪者？"

"我们要去你来自的地方。我们来自你要去的地方。"

黑豹盯着我。他肯定知道我在寻找什么。除非他是傻瓜。或者以为我是。

"告诉他们你要回家，追踪者，为了你好。"

"我有家？告诉我，黑豹，我的家在哪儿。给我指个方向。"

黑豹盯着我。战士首领清清喉咙。

"允许我把话说清楚了，我试过帮助你。"他说。

"'允许我把话说清楚了'？你从哪儿学到这种语气的？你的帮助比诅咒还可怕。"我说。

"够了。你们吵得像是上过床的两口子。你遇到了我们，旅行者。接着走你的吧……那两个家伙又是谁？"

尼卡和阿依西在我背后至少百步之外出现。阿依西用兜帽盖住头发。尼卡用翅膀紧紧地裹住身体。

她继续道："你和你的伙伴继续走吧。你们已经拖累了我们。"

她勒紧缰绳。

"不行，"黑豹说，"我认识他。你不能放他走。"

"我们要找的不是他。"

"但既然追踪者在这儿，他就已经找到了他。"

"这个人。他只是你的老熟人。你认识的人似乎很多。"她说。

我希望她在黑暗中微笑。真的希望。

"白痴，你怎么可能不知道他是谁？他都报上了自己的名字。就是他侮辱了你的女王。他来杀她的儿子，但他已经跑掉了。就是他——"

"我知道他是谁。"然后，她对我说，"你，追踪者，你和我们走。"

"我不和你们的任何人走。"

"你是第二个以为我给你选择的男人。带上他。"

三名战士下马走向我。我攥紧两把短斧。我刚割开一个孩子的喉咙，把女人的脑袋劈成两半，因此我会杀死这儿的所有人。我想着这个，眼睛却盯着黑豹。三个人走向我，忽然停下。他们压低矛尖，继续接近。我再也闻不到金属对我的恐惧了。以前我能傲然挺立，就像风暴中从来不会被冰雹击中的人。此刻我左顾右盼，思考我该先躲避谁的攻击。我抬起头，看见黑豹望着我。

"追踪者？"他说。

"我的人到了夜里难道就会变成聋子？拿下他！"

那些战士无法移动。他们浑身颤抖，受到束缚，企图逼迫嘴唇说话、臀部转动，说他们想执行她的命令，但做不到。

尼卡和阿依西走到我背后。

"这两个家伙是谁？"

"我确定他们自己有嘴。你问他们吧。"我说。

持矛的男人纷纷掉转矛尖。首领震惊地环顾四周，吓住了她的坐骑。她抚摸马的面颊，尽量让它保持平静。

"这是谁……"黑豹说，但后面的话消失了。

阿依西在我身旁站住。他用双手掀开兜帽。

"杀了他！杀了他！"黑豹喊道。

战士首领尖叫："他是谁？"阿依西的眼睛变成白色。所有马匹跳腾乱踢，后腿直立，把骑手掀翻在地，马蹄飞向它们能踢到的每一个人。一名战士头部挨了一下。勉强留在马上的战士惊恐大叫，他们的坐骑彼此冲撞，攻击落地的那些人。三匹马跑出去，践踏脚下的两个人。

"这是他的意志！这是他的意志！"黑豹对首领喊道。

她抓住黑豹的手臂，两人双双落马。大多数马已经跑掉了。有些战士跟着跑，但忽然停下，然后转过身，拔出剑，彼此攻击。很快每个人都陷入战局。一个人把剑捅进另一个的胸口，杀死了他。一名战士背后插着剑倒下。黑豹出拳打昏首领。他爬起来，朝阿依西咆哮。阿依西望着他走近。他按住太阳穴，想用意识控制大猫，但黑豹变成野兽，冲向阿依西。他扑向阿依西，但几匹马跑过来，有的挡住他，有的撞倒他。尼卡展开翅膀，穿行于交战的人们之间，在一个倒地不起的战士身旁停下，战士受了致命伤，流血不止。我知道他在说他很抱歉，说他会给他一个痛快。他一拳打穿战士的胸膛，扯出心脏。他以同样的方式又料理了两名伤员，然后所有人无论死活全都坠入梦乡。只有首领除外，她的肩膀受了剑伤。阿依西在她身旁蹲下。她向后退缩，企图打他，但她的手在半空中停下。

"等你的兄弟们明早醒来，他们会看见这儿发生了什么。他们会知道兄弟在疯狂中向兄弟举起利剑，许多人因此丧命。"阿依西说。

"你是活着的恶鬼。我听说过你。你是所有女人和男人的仇敌。蜘蛛王邪恶的那一半。"

"咦，勇敢的战士，你不知道吗？两半都是邪恶的。睡吧。"

"我要杀——"

"睡吧。"

她倒在地上。

"祝你在梦境丛林玩得开心。那将是你这辈子的最后一个美梦。"

他站起身。看哪，我唤来了三匹马，他对我说。

血沼有一道门，但那道门通往卢阿拉卢阿拉，向北偏离得太远。刚开始我以为阿依西对十九道门一无所知，但实际上他知道，只是存心不去使用。以下是我的猜测：穿过一道门会削弱他的力量，就像削弱月亮女巫的力量一样。魔鬼和屈死的海量冤魂在每道门的门口等他，他们在等待一个时刻，他变得和他们一样，只有灵体而没有肉体，他们可以趁机抓住他、制服他、对抗他，甚至杀死他。以下是我的想法：有些东西是我们看不见的，或许是许多只手，摸索着想抓住他的任何一个部位，血液曾经流淌的管道如今充满了复仇的欲望。

"追踪者！你发什么呆？我叫了你三次。"尼卡说。

他已经骑上一匹马。马似乎焦躁不安，背上那个悖逆自然的东西使得它心惊肉跳。它腾起前腿直立，企图甩掉尼卡，但尼卡抓住它的脖子。阿依西转向那匹马，马顿时安静下来。

我们在黑暗中策马奔驰，摸黑走了一夜，然后沿着草地向西而去，直到看见雨林。这片森林没有名称，我不记得曾在地图上见过。阿依西打先锋，领先我们几大步，我不知道我为什么这么想，但他似乎想逃跑。或者率先进入森林。他在姆韦卢找到我的时候，我对他说他愿意怎么对待男孩都随他便，用割礼刀把男孩整个身体切成两半我也无所谓，只要你帮我杀死那个长翅膀的恶魔就行。但我也想杀死那个男孩。更确切地说，我想杀死整个世界。我身旁的过客总是说我们在打仗。我们在打仗。那就杀戮吧，那就传播死亡吧。咱们一起去冥界，让死亡诸神裁断正义。黄铜在黑夜中变成白银。

蹄子落在地上，马匹掀起雷霆。前方是更浓的黑暗，密集得仿佛群山。我们隔着平地就能看见，但赶到那里时将会是黎明。我骑马穿过黑夜，想着邪恶的念头，我闻到他，但没有想到他，我没看见黑豹，直到他出现在一个身长之外，催促马匹，企图追上我。我整个人伏在马背上，催促马匹扬蹄飞奔。我的鼻子回忆起他的气味，我能感觉到他越来越近了。他朝他的马咆哮，吓唬它，慢慢地他的马头贴近我的马尾，他的马头贴近我的马身，他的马颈与我的马颈平行。他从他的马背起跳，落在我身上，把我撞了下去。我在下坠时翻身，落地时压在他身上。我们重重地摔在草地上，翻滚了一圈又一圈，滚出去好几步，他牢牢地抓着我。一个死蚁丘终于挡住我们，他从我身上飞出去。黑豹背部着地，立刻跳起来，我的匕首却已经抵在他喉咙上了。他向后一缩，我拿匕首的手微微用力。他举起手，我继续用力，鲜血涌了出来。暗淡的月光照亮他的脸，他圆睁双眼；眼神里肯定有震撼，也许有懊悔，他轻轻眨眼，像是在恳求我做些什么。也许以上这些全都没有，我因此气得发疯。我许多个月没见过他了，想到我们再见面时我会怎么收拾他，我的脑子就会燃起烈火。我应该骑在他身上，应该慑服他，应该用短斧还是匕首。就像此刻抵着他喉咙的这把匕首。连神祇也数不清这一幕我想过了多少遍。我要从他身上挖掉我的恨意，我的匕首能插多深就插多深，能割多宽就割多宽。

说话啊，黑豹，我心想。比方说，追踪者，你和我，这就是咱们现在的消遣——这样我就可以用匕首让你闭嘴了。但他只是瞪着我。

"动手吧，"伊鹏都鲁·尼卡说，"动手吧，黑狼。无论你在寻找什么样的平静，你都永远也找不到。它也不可能找到你，所以你就动手吧。忘记平静。寻求报复。撕开一个一百年那么宽的大洞。动手吧，追踪者。动手吧。他难道不是你受苦的原因吗？"

黑豹望着我，眼睛湿润。他想说什么，但发出的仅仅是声音，有点像抽泣，但他太勇猛了，不可能抽泣。我发疯般地想找个东西开膛破肚。他身体底下忽然响起了隆隆声。泥土粉碎，把他拖向地下。我向后跳开，呼唤他的名字。他勉强把一只手伸出地面，踢腿挣扎，但大地很快吞噬了他。我抬起头，看见阿依西用兜帽遮住头部。

25

"你杀了他！"

我拔出短斧。

"操他妈婊子养的，你杀了他。"我叫道。

"追踪者，你真是让人厌烦。这么多个月，你一直想杀死这只野兽。你在梦境丛林里割断他的喉咙。你把他捆在树上，放火烧他。你把各种各样的利器插进他的每一块躯体。你的匕首抵着他的脖子。你称他为你所有苦难的根源。等你终于得偿所愿了，却开始大呼小叫。"

"我没说过那是我的愿望。"

"你不需要开口说。"

"你敢再进入我的脑袋，你就——"

"我就会如何？"

"放开他。"

"不行。"

"你知道我会杀了你。"

"你知道你做不到。"

"你知道我会尝试。"

我们站在那儿。我跑向黑豹先前所在之处。地面隆起成一座新坟。我正要用双手把他刨出来，背后忽然响起哨声，那是一股冷风，看上去仿佛烟雾。它钻进土丘，挖出我拳头那么大的窟窿。

"现在他能呼吸了，"阿依西说，"他不会死。"

"把他弄出来。"

"追踪者，你最好想一想过去这些日子你的愿望。是爱还是复仇。你不可能两者都要。让他自己把自己挖出来吧。需要他花几天时间，但他有足够的力气。也有足够的愤怒。走吧，追踪者，萨萨邦撒白天睡觉。"

他和尼卡上马。土丘一动不动。我走开了，但依然望着它。我以为我听见他的声音，但听见的其实是黎明时分动物的响动。我们骑马离开。

早晨的诸神播洒阳光。森林出现在视野内，但还有一段距离。马匹开始疲惫，我能感觉到。我没有叫阿依西停下，但他主动放慢速度。萨萨邦撒应该去睡觉了。我追上他。

"马匹需要休息。"我说。

"等我们赶到森林就不需要它们了。"

"我不是在问你。"

我勒住马，跳到地上。尼卡和阿依西对视一眼。尼卡点点头。

我睡着了，不知道睡了多久，但最后是温暖的阳光晒醒了我。不，不是中午，而是下午。我们都一言不发，各自上马，继续前进。只要马匹匀速奔跑，我们就能在傍晚前进入森林。下午的空气依然炎热而潮湿，我们穿过又一片战场，这场战斗发生于多年前，地上散落着头骨与骸骨，还有没被捡走的零散铠甲。头骨与骸骨向一座小山汇集，它有两层楼的屋子那么高，位于我们右侧两百步开外。矛柄、其他破损的武器、凹陷崩裂的盾牌和刮除了筋肉的骨头垒成这座小山。阿依西勒马停下。

他望着小山。我没有问他，尼卡也一样。长矛小山背后升起一个头饰，然后是一个脑袋。一个人爬上了山顶。白色黏土遮蔽他的面容，只露出眼睛、鼻孔和嘴唇，她的头饰是枯干的水果和种子，还有白骨、獠牙和长羽，羽毛垂下来，扫过她的肩膀。白土涂满她赤裸的胸部，向下延伸到腹部，条带花纹仿佛斑马，撕破的皮裙围着臀部。

"咱们在森林入口处会合。"阿依西说，策马奔向她。尼卡咬牙说出我说不出口的骂人话。女人转身，沿原路回去。我策马前进，过了一会儿，听见尼卡追了上来。

我们已经在森林里跑了一阵，两个人这才注意到。树丛过于浓密，野草和倒伏的树木使得马匹难以前进，于是我们下马步行。

"咱们要等阿依西吗？"尼卡说，我不理他，继续向前走。

这片森林的某种气氛让我想起暗土。不是树木朝着天空伸展的样子，也不是野草、灌木和蕨类从树干如花朵般扩散的方式。不是浓厚得仿佛细雨的雾气。带我回到那片森林的是死寂。让我烦恼的正是这种寂静。有些藤蔓像绳索似的在我们前方垂下。有些藤蔓像毒蛇似的蜿蜒缠绕树枝。有些藤蔓就是树枝。黑暗尚未降临，但阳光无法穿透这些枝叶。然而这里不是暗土，因为暗土有许多幽魂野兽。有动物在咕咕叫、嘎嘎叫、吱吱叫、呜呜叫。但这儿没有动物低吼，没有动物咆哮。

"这鬼东西。"尼卡说。我转过身，看见他从脚上刮掉蠕虫。"蠕虫碰到朽败也会尝到厉害。"他说。

我翻过一棵倒伏的巨树，树干的宽度比我还高，我继续向前走。那棵树离我很远了，我才注意到尼卡没有跟上来。

"尼卡。"

但他也不在那棵树的另一侧。

"尼卡！"

他的气味无所不在，但我找不到通向他的道路。他变成了空气——无所不在的虚无。我转过身，却看见两条分得很开的灰色长腿，我还没看清两腿之间有什么，某种白色的黏稠东西就击中了我的面部。

他把那东西从我头部、面部和眼睛上撕开，这东西也进入了我的嘴巴，感觉像丝线，但没有味道。丝线离开我的眼睛，我看见它亮晶晶的，紧紧地包裹着我，我隔着它能看见自己的皮肤。我就像茧里的蝴蝶。我的手和脚，无论我如何抬腿、跺脚、撕扯、翻滚，都连一丝一毫也没法动弹。我被粘在随我弯曲的一条柔软树枝上。我不由得想到阿桑波撒，萨萨邦撒的兄弟，他没有翅膀，在满是腐烂男女尸体的树枝上蹦跳。但这儿没有任何腐烂的东西。我觉得这是好事，直到我听见他在我头顶上出现，意识到他喜欢吃鲜肉。他咬掉一只小猴子的脑袋，它的尾巴无力地耷拉下来。他吃得只剩下尾巴了，这才注意到我在抬头看他，他把尾巴吸进嘴里，发出湿漉漉、滑溜溜的怪声。

"昂昂昂，它们只能这么叫。我，我甚至都不饿。认识这只漂亮的猴子，等妈咪奇庞吉[1]来找小奇庞吉，我会连她一起吃掉。搞得乱七八糟，这只奇庞吉搞得乱七八糟，乱七八糟，他们荡来荡去找水果，把我家里搞得乱七八糟，对他们总这么瞎搞，在树叶上拉屎，到处都是，对他们到处拉屎，我妈咪她会说，她要说，不，我妈咪没法说，她死了——噢，但她会说家里一定要打扫干净，否则坏女人就会打你主意，她就会这么说，kippi-lo-lo，她就会这么说。"

他沿着树干向下爬，佝偻着腰，样子像蜘蛛，肚皮摩擦树皮。刚开始我心想戈密德不可能长这么大。肩部像是属于肌肉发达的瘦削男人，上臂长如树枝，前臂伸展得很长，因此他的整条手臂比我整个人都长。腿和手臂一样长。他是这么爬向我的：他先伸直右手，钩爪插进树皮，抬起右腿，从背后翻上来，抬得比肩膀和头部还要高，然后抓住树干。随后是左手和左脚，他的腹部与树身摩擦。他向下爬到我头顶上方，后退几步，抬起上半身，转动身体，几乎完全转了过来，朝着离我最近的树枝伸出手脚，先左手，再右手，然后左脚和右脚，他依然从腰部转动身体，因此现在上半身底下对着臀部，而不是裆部。他的一条手臂向后甩，像是要折断它去挠后背。他蹲在我前方的树枝上，膝盖高于头部，手臂几乎碰到地面。他两腿之间有个毛茸茸的鞘状东西，模样就像狗的

1　奇庞吉：Kipunji，坦桑尼亚高地森林的一种猴子，会发出奇特的昂昂雁叫声。

那玩意儿，里面喷出他射在我脸上的液体。液体落在树干上，立刻变成丝线。他爬到那棵树上，回身朝树枝射出又一根丝线。然后他爬上那两根丝线，用手脚编织图案，直到制造出结实得足以支撑身体的座位，然后坐在上面。他皮肤是灰色的，覆盖着鳞片，像河流居民一样涂着标记，肤色非常浅，你能看见四肢的血脉。他光头顶端有一撮毛，眼睛只有眼白没有瞳仁，黄色的尖牙从嘴里戳出来。

"找个故事说给我听，行吗？找个故事说给我听。"

"我不认识你这样的怪物。"

他打嗝，嘶嘶怪笑。他望着我，擦擦嘴。

"找个故事说——"

他忽然把双腿甩到肩膀背后，从鞘里向树顶高处射出丝线。他用手臂抓住丝网，把母猴拽了下来。她昂昂叫，他把她提到面前。面对面，母猴害怕得呜呜叫。她身高不如我的臂长。他张开大嘴，咬掉她的脑袋。他吭哧吭哧吃完她的身体，把尾巴吸进嘴里。他舔舔嘴唇，再次望向我。

"找个故事说给我听，行吗？找个故事说给我听。"

"我听说过你的同类，你们会说故事。还有谎言。还有花招。"

"我的同类？同类？我没有同类。不，不，不，没有。我会有故事的，但我自己没有故事了。找个故事让我吃下去，行吗？否则我就只好吃其他东西了。"

"你会玩花招，你会讲故事。你难道不是一个莱西吗？这难道不是你的一个花招吗？"

他跳到我头顶上，脚趾插进树皮，手臂抓住树枝，裆部对着我的脸。他压低脑袋，我以为他要舔自己，但他直勾勾地看我。

"这是你的愿望，我看得出来。不是杀人就是被杀，反正死亡总是死亡。两者你都欢迎，两者你都想要。我可以给你。但谁是莱西？"

"你到底是什么？"

"告诉我，猎手，你看见了我苍白的肤色。我和你的同伴是一样的。"

"你杀了他吗？"

"他撇下了你。"

"不是第一次了。"

"他不知道你去了哪儿。这片森林有无数魔咒。"

"哪片森林不是呢？"

"你给我记住，我不属于森林，我不属于莱西。不是，对，我不是。我拥有渊博的知识，了解科学与数学。"

"白科学与黑数学。你曾经是白科学家。现在你只剩下'曾经'了。"

他点点头，过于用力，过于长久。

"你推测出了什么？"

"我装在脑袋里的知识。超越了拜物祭司，超越了先知。超越了预言家。甚至超越了诸神！真正的智慧永不缺位，而是在内，永远在内。在内永远。"

"现在你变成了野兽，吃猴子和猴子的母亲，用自己的精液织网。"

"你内心曾经有恐惧。现在没了，不见了，消失了。我渴求故事。这些野兽没一个会说话，没一个懂魔法。"

"我在找会飞的怪物和他的男孩。"

"会飞的怪物？你会杀死他吗？你会慢慢杀吗？你打算怎么对待他们？"

"他从你身旁经过。"

"没有东西能从这儿经过。"

"这是森林，而萨萨邦撒在森林里休息。"

"这片森林属于活物，他处在世间的死物之中。"

"所以你知道他。"

"我又没说我不知道。"

他从头顶上摘了个什么东西塞进嘴里。

"我要找到他们。无论在荒原还是在沼泽。或者沙海。甚至这里。"

我试图拔出双手，但丝线紧紧地抓着我。我朝白科学家吼叫。我向前冲，企图让我的茧与树身分开，但它一动不动。他微笑，看着我挣扎。见到我向前冲，他甚至咧开了嘴。我再次咒骂他。

"让我杀了他，他还有那个男孩，我会回来让你杀我。砸开我的脑袋，吸干我的脑浆。切开我的身体，告诉我你想先吃哪一块。你愿意怎样都行。我发誓。"

他回到树枝上。

"有人叫我卡米夸约。"

"你在何处研习白科学？"

"研习？研习是学徒做的事情。"

"都林戈的白科学家进入人们的脑袋，他们渴求悖逆自然的东西。"

"都林戈人是屠夫。那些人只配开肉店。肉店！我不是科学家也不是巫师。我是艺术家。瓦卡迪殊大学诞生的最优秀的学生——连最睿智的预言家、教师和大师都无法教我，因为我比他们所有人都聪明。他们说，你，卡米夸约，必须把你剩下的人生奉献给智力的事业。他们就是这么说的，他们当着我的面这么说。去瓦卡迪殊的智慧殿堂。我研究蜘蛛，揭开精细蛛网的秘密。你脑袋不好用，多半是甘加通人，所以你无法像科学家那样思考，但你想一想蛛网，想一想它能延伸多远才会断开。想一想，想一想，你给我想一想。我对他们所有人说，想象一下能粘住人的蛛丝，就像能粘住苍蝇的蛛网。想象一下像棉布一样柔软的护甲，但能挡住长矛甚至利箭。想象一下能跨过河流、湖泊甚至沼泽的桥梁。想象一下这些东西和其他的东西，只要我们能像蜘蛛一样织网就行。你听我说，河流居民。这位科学家不但能织网。我混合了许多种蜘蛛，我碾碎它们的身体，品尝里面的浆液，分离各个成分，但它依然滑腻腻地从我嘴里溜走。溜走了！但我白天黑夜不停地工作，夜以继日，终于造出一种药剂，我制造出一种仿佛树胶的黏液，我扯出一条，像口水似的拉得很长，等它变干冷却，就成了固体。我召唤我的兄弟们，说，看哪！我造出了蛛网。他们纷纷惊叹。他们说，兄弟，我们看惯了科学和数学，却从没见过这样的奇迹。但它忽然开裂，然后破碎，他们大笑，天哪，他们放声大笑，有一个人说，它碎在地上的样子就像我脑袋里的样子，他们笑得更厉害了，他们羞辱我，然后回各自的房间去睡觉，讨论能让女人忘记被奸污的药剂。

"我和你说实话。我超越了忧伤，超越了悲痛。这种科学在毒害我，于是我抓起瓶子，喝掉了毒药。我想一睡不起。然后我睡着了。醒来时我浑身发烫，怎么也不退烧。我醒来，看见自己睡在天花板上，而不是底下的床上。我揉眼睛，看见怪物的灰色长手伸向我的脸。我惊叫，但发出的是一声尖啸，我落到地上。我的胳膊变得这么长，腿变得这么长，我的脸，天哪我的脸，我还是要和你说实话，我曾经是最英俊的一名科学家，对，我就是，男人会带着下流的念头来找我，比他们对娼妓做的事情还下流，他们说，漂亮的人儿，把你的肉洞给我，你的脑袋毫无用处。我狂吼，我尖叫，我哭号，直到我毫无感觉。对，毫无感觉，虚无是最好的。我喜欢虚无。到了中午，我爱上了我的虚无。我在天花板上爬行。我坐在墙上吃东西，不会掉下来。我以为我要撒尿或射精，但射出来的却是一种黏糊糊的可爱东西，我可以挂在墙上了！

"我那些兄弟，他们不理解。我那些兄弟，他们都毫无勇气可言，他们不敢冒险，因此没有任何成就。有一个大喊，恶魔！朝我扔瓶子，我自己都不知道我能伏得那么低，只有手肘和膝盖留在半空中。我喷出蛛网覆盖他的脸，直到他无法呼吸。你给我听好了，因为我不会说第二遍。第一个人还没发出警报我就杀了他。其他人在另一个房间里，在乡下姑娘身上操练科学，于是我上楼去内间，一只手拿火油，另一只手拿火把。我在天花板上行走，踹开房门，房间里的一个人说，卡米夸约，这是发什么疯？快从天花板上下来。我想最后说点俏皮话，然后邪恶地狂笑。但我无话可说，于是我打碎油罐，扔下火把，然后出去关上门。是的，我就是这么做的。他们惨叫，天哪他们拼命惨叫。这个声音让我愉悦。我跑向树丛，我在大森林里可以自由自在地思考各种大事小事，但谁会来告诉我动听的故事呢？"

他指着我，咧嘴怪笑。

"好猎手，你从我这儿掏出了一个故事。现在你该讲个故事给我听了。我受够了人类的陪伴，但我又感到无比孤独。光是这个就能证明我有多么孤单了，因为只有孤独的人才会这么说。我知道这是真的，我很清楚。找个故事说给我听。"

我望着他，他双腿并在一起摩擦，瞪大眼睛，狞笑使得他面颊凹陷。假如他皮肤的白色不是来自白科学家的浅灰颜色，说他是个白化病人或长大的敏吉孩童也行。

"要是我说了故事，你会放我自由吗？"

"故事必须让我非常高兴，或者非常悲伤。"

"哦，肯定能打动你。否则就让你咬掉我的脑袋，五口吃完我。"我说。

他震惊地看着我。我以为他要说什么他不知道猴子是我亲戚，但他喷蛛丝的洞口淌出丝线。

"不。我是人，我是兄弟。我是人！"

他跳向我，抓住我的脖子。他咆哮，嘶吼，扯开我周围的丝线，撕烂我的衣服，用一只钩爪刮我的脖子。

"我不是人吗？我问你。我不是人吗？"

他眼睛变红，呼吸带着恶臭。

"什么样的人会吃其他的人？我不是人吗？我不是兄弟吗？告诉我，我不是人吗？"

他的声音变得越来越响，仿佛尖啸。

"你是兄弟。你是我的兄弟。"

"那么，我叫什么？"

"卡米……卡米……卡米……考拉。"

他确实基本上还是人。我看不懂他的表情。怪物无法在一张脸底下隐藏另一张脸，只有人能这么做。

"找个故事说给我听。"

"你想听故事？我给你说个故事吧。有个女王，男人和女人向她鞠躬，就好像她是女王。但她不是真正的女王，只是北方国王克瓦什·达拉的姐姐。国王把她流放到曼萨，也就是法西西以西山中的隐秘堡垒，违背了他父亲希望她留在宫廷中的意愿。但他父亲违背了其父亲的意愿，因为每一代国王都必须把长女送去曼萨，以免她把正统的血脉推向王座。但我要说的故事不是这个。"

国王的姐姐以为她是女王，她名叫丽思索罗。她和另外几个人密谋推翻国王，克瓦什·达拉惩罚了她。他杀死她的配偶和孩子。他无法杀死她，因为家庭成员再怎么不肖，彼此残杀也会带来可怕的诅咒。于是他放逐她去隐秘堡垒，她将作为修女度过余生，但这位国王的姐姐，她没有放弃。这位国王的姐姐，她继续密谋。卡林达有几百个没有领地的王公，她找到其中之一，与他秘密结合，这样生下来的孩子就不是私生子了。她把孩子藏起来，以免被愤怒的国王杀害，国王听密探报告婚姻和生子之事后，确实大发雷霆。他派人去杀死那个孩子。但我要说的故事不是这个。

国王的姐姐弄丢了孩子，更确切地说，有人偷走了孩子，于是她雇用我和其他人去找孩子。我们找到了他，他被吸血怪物俘虏，其中有一个的手长得像脚，翅膀犹如蝙蝠，呼吸仿佛腐尸，他的兄弟钟爱吃人，而他更喜欢喝血。尽管我们找到孩子带回去，但这个孩子不太对劲，他的气息既在那儿但又不在那儿。国王的部下在追杀孩子和国王的姐姐，我们骑马和他们一起来到姆韦卢，预言说他们到了那里就能得到安全，但另一个预言说没有人能离开姆韦卢。但我要说的故事不是这个。

我和你说实话。那男孩的问题能难住诸神和希望自己内心永远平静的任何人。只有我一个人看见了，但我没有声张。于是他和母亲待在姆韦卢，他母亲的私人卫队和叛军的士兵守在那片土地之外，因为进入姆韦卢的人永远无法离开。我们没能杀死的怪物——长着蝙蝠翅膀的那个，人们叫他萨萨邦撒——他来找男孩，抢走了他，人们是这么说的，以后也会这么说。他带着男孩飞走，男孩能够尖叫，但没有尖叫，他见到许多东西会惊呼，但他没有惊呼，尽管他母亲猜到会有入侵者，但男孩根本没有发出警报。你没法唤醒装睡的人。蝙蝠人和男孩，他们做了许多可怕的坏事。非常卑劣，令人反胃，最凶狠的神祇和最邪恶的女巫见到了都会义愤填膺。有一天他们来到一棵树上……他们来到一个他们喜欢生活的地方。男孩和他在一起，有人用血在沙地上写字。一只漂亮的手在沙地上用血写字。但我要说的故事不是这个。

有个男人住在充满爱的屋子里，他见到了用血书写的消息，写字的人已经死了。他的心情无法用语言表达，他内心充满了痛苦和愤怒，因为他们死了。他们全都死了。他们有些人只剩下半个身子，有些被吃掉了一半，有些被喝光了血。这个男人他哭泣，他哀号，他诅咒诸神的静默，然后他诅咒诸神本身。这个男人他埋葬了他们，但无法埋葬仿佛幽魂的那个人，因为他们无法杀死她，杀戮逼疯了她，她一路流浪到沙海，呻吟唱着幽魂的歌。这个男人在难言的悲痛、巨大的绝望和可怕的哀伤中九次跪倒在地。这个男人在悲伤中度过了一个又一个季节，让哀痛沉淀、变得坚硬，转为目标。因为他知道男孩与谁同行，或者谁与男孩同行。他知道凶手就是那只野兽，黑豹杀了野兽的兄弟，野兽却来报复了他。他对他的朋友说，这些死亡都算在你的手中。他磨利短斧，用蝰蛇毒液浸泡匕首，出发前往姆韦卢，因为男孩从那儿来，也将回那儿去。告诉你实话，这个男人没有认真思考过，因为他依然无法思考。告诉你更深一层的实话。他要杀死男孩和保护男孩的所有人，还有蝙蝠人和挡路的所有人。他对蝙蝠的本性一无所知，但他了解孩子的本性，只要是孩子就会回到母亲身旁。

男人骑着一匹马跑过泥土，另一匹马跑进沙地，再一匹马跑进树林，又一匹马来到姆韦卢。夜幕笼罩整个姆韦卢，士兵驻扎在这片土地之外。天晓得有多少士兵吃饱了肚子变得懒散，或者已经坠入梦乡？他策马奔向他们，手持火把穿过他们，踢翻瓶罐，踩倒一名士兵，他们朝他投矛，但没有击中，他们去拿弓箭，但他们太疲惫或醉得太厉害，甚至朝彼此射箭，有几个总算能爬起来的拿着长矛、弓箭和棍棒追赶，看见他的去向，纷纷停下脚步。他们里面肯定有人说，既然他那么热爱找死，咱们凭什么要阻止他呢？

这个男人，他除了愤怒和哀伤还有什么？他策马穿过姆韦卢的荒芜土壤，这土壤比沙子轻，比泥土黏，他经过能煮熟人肉、散发硫黄臭味的喷泉。他经过没有东西生长的原野，陈年的人骨在脚下折断和破碎。有一片土地，太阳从不升起。他遇到一个湖，黑色、棕色和灰色的湖水蚕食湖岸，他骑马绕过去，因为天晓得那里住着什么怪物。他想朝湖水大喊，他会斩杀胆敢出来拖慢他的所有怪物，但他还是绕了过去。

姆韦卢的十条无名隧道。就像翻覆的诸神的十个大瓮。他在一条隧道外勒马停下，它高达四百步加四百步，甚至更高，比一片战场的宽度都高，比一个湖的宽度都高，高得顶壁都消失在了暗影和雾气之中。宽度也和一片田野差不多。站在这么一条隧道的入口处，他的马就像蚂蚁，而他还要更小。最深的隧道有着最宽阔的入口，旁边的隧道尽管最高，但入口比一个人站在另一个人肩上还要小。再旁边的一条隧道尽管同样高，但入口沉下地面，他可以骑马进去。再过去的隧道入口比马高不了多少。等等。每一条隧道进去后都比入口高得多，与其说是像翻覆的大瓮，不如说是像沉睡或倒下的巨型蠕虫。侍奉神祇的匠人或其他人将隧道底部的墙壁装饰成紫铜色或锈红色。也可能是铁或铜，由只有诸神才通晓的技艺烧焊在一起。隧道的外墙从地到天镶着金属板，有的锈迹斑斑，有的亮闪闪的。

尖厉的叫声。大鸟，有尾巴、粗壮的大脚和厚皮的翅膀。苔藓和棕色野草遮蔽所有隧道的顶壁，将它们连成一片。不良的生长掩盖了它们原先的形状。所有东西全都变成棕色。他骑着马穿过中央隧道，走向尽头的光芒，那其实不是阳光，因为姆韦卢没有阳光，只有会发光的东西。

隧道尽头是宽阔的平地，密密麻麻地遍布圆孔，积水散发出硫黄的气味，荒原的起始处有一座状如大鱼的宫殿。来到近处仔细看，它像是一艘搁浅的船，但完全由风帆组成，风帆足有一百五十面，甚至更多。风帆叠着风帆，有脏分分的白色，有染红的棕色，就像泼洒的鲜血。从两扇门像两条长舌似的伸出两条阶梯。没有岗哨，没有卫兵，没有魔法或科学的痕迹。

他走到门口，扔掉火把，拔出双斧。门洞高如五个人脚踩肩膀垒起来，宽如一个人展开双臂，光球无拘无束地飘飞，蓝色、黄色和绿色，如萤火虫般亮着。两个男人，蓝色的皮肤仿佛都林戈人，他们从两侧走向我，说，朋友，有什么能为你效劳的吗？两人同时慢慢拔出长剑。他跳起来，抡圆了胳膊劈向左侧的卫兵，一下接一下砍在他脸上，最后一斧砍断脖子。右侧的卫兵扑向他，他闪开第一下攻击，原地旋身，砍向卫兵的膝盖。卫兵跪倒在地，男人砍他的太阳穴、脖子和左眼，然后踹倒他。他继续向前走，然后开始跑。更多的卫兵出现，他跳跃，落地，劈砍，放翻他们所有人。他躲开一把剑，肘击剑手，抓住他脖子，把他两次砸在墙上。他继续飞奔。一名没穿铠甲的卫兵拿着剑，叫喊着冲向他。他用一把斧头挡开剑，跪倒在地，砍断卫兵的小腿。卫兵扔下剑，他捞起来，刺死卫兵。

一支箭擦着他脑袋飞过去。他抓住脑袋几乎被砍掉的卫兵，把他转过来，挡住第二支箭。他向前跑，感觉到每一支箭都刺穿了卫兵，直到他近得能够扔出第一把短斧，短斧砍中弓箭手鼻子和额头之间。他捡起弓箭手的剑和腰带。他跑出走廊，来到宽阔的大厅里，这儿只有光球飘浮在空中。一个巨人走向他，他想起奥格，那是他往日的好友，他不是巨人，而是一个永远悲哀的人类，他在愤怒中狂吼，助跑，跳上巨人的后背，朝着巨人的头部和颈部一通乱砍，直到再也看不见脑袋和脖子，巨人倒在地上。

"国王的姐姐！"

大厅里空无一人，只有他的喊声在墙壁和天花板之间回荡，继而消失。

"你要杀死所有人吗？"她说。

"我要杀死整个世界。"他说。

"巨人是个舞蹈家，喜爱看护孩子。他在这个世界上从未做过坏事。"

"他在这个世界上。这就足够了。他在哪儿？"

"谁在哪儿？"

他抓起一支长矛，扔向他认为声音的来源。长矛击中木板。光球变得更加明亮。她坐在镶嵌贝壳的黑色王座上，长矛插在头顶以上几掌之处。两名手持长剑的女卫兵站在她身旁，另外两名手持长矛蹲在旁边。她脚下有两根象牙，背后是高如树木的精雕立柱。她的头饰是厚布，缠了一圈又一圈，形状仿佛火焰花。长袍如瀑布从胸口流向双脚，黄金胸甲护住心口，就仿佛她是一位战士女王。

"多么艰苦啊，在这个没有生命之处的流放生活。"他说。

她盯着他，放声大笑，他顿时暴怒。他不是在开玩笑。

"我记得你总是涂成红色，哪怕在黑暗中也很显眼。赭石，就像河流部落的女人。"她说。

"你儿子在哪儿？"

"而你很会用斧头。还有一头黑豹与你同行。"

"那个男孩在哪儿？"

"邦什，她说，他们能找到你的孩子，尤其是那个叫追踪者的。据说他鼻子很灵。"

"你该死的儿子在哪儿？"

"我的儿子和你有什么关系？"

"我有事情要和他了结。"

"我的儿子和我不认识的男人没话可谈。"

男人闻到他从黑暗中摸近，企图在暗处悄无声息地移动。从右边靠近。男人甚至没有转身，只是扔出短斧，短斧击中黑暗中的卫兵。卫兵惨叫倒下。

"叫他们来。召唤你的所有卫兵。让我在这儿用尸体垒成山。"

"你要对我的儿子做什么？"

"叫他们来。叫你的卫兵，叫你的刺客，叫你最优秀的男人，叫你最精良的女人。看着我在你的王座前用鲜血积成湖泊。"

"你想对我的儿子做什么？"

"我要伸张正义。"

"你要报复。"

"我想要的东西，我爱叫什么就叫什么。"

他走向王座，两名女卫兵抓着绳索荡向他。第一个持剑，没击中他；第二个拿棍，撞翻了他。他沿着光滑的地面滑行。他跑向死去的卫兵，捡起卫兵的剑，第二名女卫兵还没来得及挥棍打他。她挥棍的力气很大，但他旋身躲开的速度更快。他从她背后踹倒她。他扑上去，女卫兵向上挥动木棍，击中他的胸口。他仰面倒下，她跳起来。他正要挥剑，但被她踩住了手。他一脚踢中她的下体，她重重地跪倒在他胸口，压得他难以呼吸。卫兵戴着硬皮手套，捶打他的面部，一拳接一拳，打得他失去知觉。

你听好了。他醒来时关在牢房里，牢房像个笼子，挂在半空中。不，就是个笼子。房间黑暗发红，不是先前的王座大厅。

"他要我给他喂奶。要是有吟游诗人住在这片土地上，他们会唱出何等的讽刺歌谣。你想说没有吟游诗人的土地会是什么样。记住，尽管他已经六岁多了，是个很快就要成人的男孩。但他还没看我的脸，就扑向我的胸口。"

男人转向声音的来源。他右边的墙上有一排五个火把。火把底下有个黑乎乎的影子，也许是个王座，但他只能看见雕成鸟儿形状的两根细柱，再往上就看不清了。

"放一个男人的一只手自由，他会抚摸你的全身。放一个男孩……唉，他不会拒绝的。诸神会怎么评论呢，一个女人拒绝喂养她的孩子？她的儿子？对，他们肯定又聋又瞎，但有哪个神祇不会评判一个母亲如何养育未来的国王？看看我，这对乳房里怎么可能有奶水？"

她停顿片刻，像是在等待回答。

"但成年的男人，你们都必定会吸吮乳房。还有我宝贝的孩子。他扑向乳房就像去打仗。我该不该告诉你呢，他险些咬掉我的乳头？先是左边，然后右边？撕开皮肤，切割血肉，一直不停地吸吮。唉，我是个女人。我朝他喊叫，他却不肯停下，他闭着眼睛，就像男人接近射精的时候。我的孩子，我必须掐住他的脖子，这样他才会停下。我的孩子，他看着我，他微笑。微笑。牙齿被我的鲜血染红。于是我给他一个女仆。她脑袋不笨。她每晚割开肉体，供他吸吮。这事情奇怪吗？我们奇怪吗？你是库族人。你们割开母牛的喉咙喝血，这么做奇怪吗？"

男人没有回答。他抓住囚笼的栏杆。

"你的想法全写在脸上。你看着我，眼神里有厌恶和你的判断。但你知道一个人有了孩子是什么样的吗？知道你会为此做什么吗？"

"不知道。或许是遗弃他，让别人杀死他。不，卖掉他。不，被偷走，由吸血怪物养大。或许是永远可以命令手下去找人帮忙找那个孩子，一个谎言套着另一个谎言，这样就不会有人知道你还有这么一个儿子了。一个人有了孩子就是这样的吗？"

"闭嘴。"

"你肯定是天底下最好的母亲。"

"我不会允许你靠近他。"

"这位好母亲，是你赶走了他，还是你再次弄丢了他？"

"你似乎认为我儿子做了邪恶的坏事。"

"你儿子就是邪恶本身。魔鬼——"

"你什么都不知道。魔鬼是天生的。所有吟游诗人都这么唱。"

"你又没有吟游诗人。另外，魔鬼是造就的。是你造就的。你把他扔给喜爱——"

"你胆敢揣测我脑袋里在想什么？你居然在评判我，一位女王？你算老几，有什么资格对我说我该怎么对待我的孩子？你没有孩子。一个也没有。"

"不止一个。"

"什么？"

"不止一个。"

男人讲故事给她听：

"他们没有名字，因为甘加通人从不给他们起名，因为他们在甘加通人眼里过于奇异。倒不是说甘加通人见到怪事会有多么大惊小怪。但若是一个人提到长颈鹿男孩，村里的所有人都知道他在说谁。我和你不一样，他们没有一个是我的血脉。但我和你一样，我让其他人养育他们，说这是为了他们好，其实都是为了我自己。有人说北方国王把河流部落变成奴隶，为他发动的战争效力，因此我们回去找他们，因为战争就像热病，所有人都会被传染。我们带着他们离开甘加通，但他们有几个人不愿意走。我对孩子们说，咱们走吧，其中两个说不，然后三个，然后四个，因为他们为什么要跟一个他们不认识和一个他们不喜欢的人走呢？另一个人是我的伴侣，他说你们看这个，他拿出一枚钱币给他们看，握紧拳头，然后再张开手掌，钱币消失了，他再次握紧拳头，问钱币在哪只手里，长颈鹿男孩指了指他的左手，他张开左手，一只蝴蝶飞出来。说实话，他们跟随的是他，而不是我。就这样，我们所有人跟着他来到米图，我们一起住在一棵猴面包树上。我们对孩子说，你们需要名字，因为长颈鹿男孩和烟雾女孩不是名字，而是别人对你们的称呼。他们一个接一个失去了对我的怒气，最后一个是烟雾女孩。就这样，白化病人，他已经不是男孩了，而是高大得像个男人，我们叫他卡曼古。长颈鹿男孩，他从小就很高，我们叫他尼古力，因为他其实根本不像长颈鹿。他身上没有斑点，长的是他的双腿，而不是脖子。我们给没有腿的男孩起名叫科苏。他像球似的滚来滚去，身上总是沾着泥土、粪便、草叶或——要是他疼得尖叫——荆棘。刚开始我们给连体双胞胎起了一个名字，他们像两个老寡妇似的咒骂我们。你和他分享一切，但你们有不同的名字，他们对我和莫西说。于是比较吵闹的一个，我们叫他洛姆比；比较安静但依然很吵闹的那个，我们叫他恩坎加。还有烟雾女孩。属于我的那个人说，必须有个孩子根据我的出身来起名。提醒我记住我的身份。于是他给烟雾女孩起名叫凯姆辛，那是会连吹五十天的热风。你给我说孩子——你儿子叫什么名字？就叫那个男孩？你给他起过名字吗？"

"闭嘴。"

"女王啊，万里挑一的母亲。"

"安静！"

她在座位上扭动，但依然待在暗处："我不会坐在这儿任凭男人评判我。听你对我的孩子做出各种各样的指控。是愤怒带你来到这儿的吗？因为肯定不会是智慧。咱们该怎么做？我把我儿子带出来，然后给你一把刀？爱是盲目的，对吧？我为你的损失感到痛心。但你向我讲述群星的灭亡也没什么区别。我儿子不在这里。你从一开始就拒绝将他视为另一个受害者。那天我醒来就听说我儿子不见了。被绑架了。那么多年和那么多月，我儿子无法依照他或我的意志生活，他怎么可能知道除此之外的任何事情？"

"一个魔鬼，块头有三个男人那么大，翅膀张开比独木舟还宽，悄悄溜进你的宫殿，却没有被人发现。"

"带他出去。"她对卫兵说。

一块布盖在笼子上，他陷入黑暗。笼子落在地上，男人摔在栏杆上。他们把他在黑暗中扔了长得无与伦比的一段时间——天晓得多少个夜晚。等他们再次掀开笼子上的布，他在另一个房间里，这个房间的屋顶有个开孔，红色烟雾通过开孔涌向天空。国王的姐姐站在另一把椅子旁，这把椅子的椅背很高，不像她的王座。

"我的分娩椅向我展示我的过去。你知道我见到了什么吗？他先出生的是脚。假如我相信预兆，一定会认为这是个预兆。索戈隆怎么说你的来着？据说你鼻子很灵。也许不是她告诉我的。你想找到我的儿子。我也想，但原因与你的不同。我儿子也是受害者，尽管他出于自己的意愿离开，走进姆韦卢。你为什么就是不明白呢？"

他没有对她说：因为我见过你儿子。我见过他以为没人在看他时显露的本相。

"我的yeruwolo说我应该把寻找我儿子的任务托付给你。你也许甚至能从蝙蝠人那里救出他。我认为她是个傻瓜，但另一方面……我自己都不相信我要这么说。"

她朝追踪者摆摆头，她的一名送水女仆拿着一块绿白相间的布走向他。天晓得是从什么东西上撕下来的。

"据说你鼻子很灵。"她说。

她指着他，送水女仆跑向笼子，扔出那块布，然后逃开。他捡起那块布。

"这个能告诉你他去了哪儿吗？"她说。

他攥紧那块布，但没有去闻，而是拿得离鼻子远远的，他盯着国王的姐姐，她期待地睁大双眼。他扔开那块布。他们再次盖上笼子。他在王座大厅里醒来，他知道自己昏睡了好几天。他们肯定用毒气或睡眠魔法放倒了他。大厅比上次明亮，但依然暗影幢幢。她坐在王座上，背后还是那几个女人，左右墙边站着卫兵，一个脸色惨白的老女人走向他。他们放开了他的双手，但用粗糙如树皮的黄铜颈圈锁住他的脖子。两名卫兵站在他背后，他想走动，他们逼近他。

"追踪者，我愿意再和你做个交易。找到我儿子。你没看见他需要被拯救吗？你没看见他没有罪责吗？"

"仅仅几天前你还说，我不会允许你靠近他。"他说。

"对，靠近。但似乎只有追踪者才知道该怎么接近我的儿子。"

"你没有回答我。"

"也许我在向寻求报复的那颗心求助。我的呼求同样出自真心。"

"不。你只是没人手了。只能向发誓要杀死他的人求助。"

"你什么时候发誓的？对谁发誓？这肯定是男人说的那种大话，就像他们说这是最好的，这是我最喜欢的。我从不相信誓言，也不相信发誓的男人。我要你向我保证，假如我释放你，你会找到我的儿子，带他回到我身边。要是有必要，就杀死那个怪物。"

"你有一支军队。为什么不派他们去？"

"我派过了，所以现在才在请求你。我可以命令你去。我是你的女王。"

"你才不是女王呢。"

"我在这儿就是女王。等这片土地的风向转变，我会成为国王的母亲。"

"一个被你弄丢两次的国王。"

"所以为我找到他吧。我该如何抚平你的悲怆？我做不到。但我知道失去的滋味。"

"是吗？"

"当然。"

"知道这个倒是让我有点高兴。来，告诉我，不是只有我回到家发现一个儿子丢了半个脑袋。另一个儿子只剩下一只手。而他最亲爱的人，他的胸膛和腹部变成一个窟窿。还有一个吊——"

"我们要比较谁的爱人和孩子死得更惨吗？你就靠这个评判压倒了我吗？"

"你的孩子只是受了伤。"

"我其他的孩子被我弟弟杀害。"

"你非要较这个劲，看谁能获胜吗？"

"我没说过这是一场竞赛。"

"那就别总想胜过我。"

他不说话了。

"你愿意去寻找你的国王吗？"

他犹豫了。他在等待。他知道她料到他会等待，会犹豫，会思考，甚至会天人交战，最后得出结论。

"愿意。"他说。

老女人抬头看他，侧着脑袋，像是这样才能了解一个人的本性。

"他撒谎。毫无疑问，他会杀死他。"她说。

他一胳膊肘捣在背后卫兵的鼻子上，顺手推开他，抓住卫兵的佩剑拔出来，深深地捅进卫兵的腹部。他看也不看地猫腰闪避，知道另一个卫兵会攻击他的颈部。卫兵的佩剑贴着他的头皮划过去。他从下方挥剑，砍中卫兵的小腿。卫兵倒下，他把剑捅进他胸口，然后抢过他的佩剑。其他卫兵冲向他，像是从墙上弹出来的。两个卫兵率先赶到，他化身莫西，莫西来自东方，善使双剑，自从他用自己的鲜血在地上写字以来，就没造访过追踪者的脑海或灵魂。莫西此刻也没来找他。追踪者只是想象他站在石头上练习双剑。他踢中第一个卫兵的下体，卫兵倒地，他跳到他身上，然后扑向另外两个卫兵，左手剑打掉他们的长矛，右手剑割开一个的腹部，砍中另一个的肩膀。但是，该死，他后背喷出鲜血，击中他的卫兵向前冲。他就地一滚，闪开卫兵的第二招。卫兵再次挥剑，但犹豫了——他得到的命令是不许杀人，这一点非常明确。卫兵犹豫得太久，追踪者的剑刺穿了他。

士兵围住了他。他扑向他们，他们后退。箍住他脖子的颈圈越收越紧，就像一只手在拉紧套索。两把剑脱手落下。他想咳嗽，但无法咳嗽；他想咆哮，但无法咆哮。颈圈越来越紧，他的脸开始肿胀，他的脑袋即将炸开。他的眼睛。惶恐。不，不是惶恐，而是震惊。你似乎还不知道。恶人，你肯定知道。桑格马的魔咒在逐渐失效。你不再能够掌控金属。空气无法进入他的鼻子，也无法出去。他单膝跪下。卫兵退开。他抬起头，眼泪模糊了视线，老女人伸出右手，攥成拳头。她没有微笑，但看着像是想到了什么愉快的念头。他再次尝试咳嗽；他几乎看不见她了。他在地上乱摸，找到一把剑。他抓住剑柄，像长矛似的投出去，动作既快又狠。剑不偏不倚地插在老女人心口上。她陡然瞪大眼睛，张开嘴，黑血淌出来。她倒下，颈圈从他脖子上断开。一个卫兵用剑柄砸在他后脑勺上。

追踪者醒来，国王的姐姐对他说："你闻一闻。"天晓得这是哪个房间，他回到了笼子里，同样的一块布扔在他脚边。

"这是他的。他最喜欢的被子。他每四分之一个月让仆人洗一次，它曾经色彩缤纷。我可以和你另外做个交易。找到他，带他回来，另一个随便你怎么处理。不过前提是你能离开姆韦卢。进来的人很多，但从没有人离开过。"

"巫术？"

"什么样的巫术能强迫人留下？不过你可以试试看离开。闻这块布。"

他捡起那块布，拿到鼻子底下，深吸一口气，气味充满他的头脑。他的鼻子还没飞向气味的源头，他就已经知道了；他抓住这条线索，它将他引向她的两腿之间。

"你看看你。你想知道他去向何方，我却给了你他的来处。"

她笑得既响亮又长久，笑声回荡在空旷的大厅里。

"你。就是你要杀死这个世界？"她说，扔下他走了。

那天夜里，追踪者在梦幻丛林里醒来。追踪者穿过矮如灌木的树木和高如大象的灌木，寻找他。他遇到一池死水，其中没有活物。他先看见的是自己。然后他看见云，然后山，然后一条路，大象在路上奔跑，然后羚羊，然后猎豹，它们经过另一条路，这条路通往城墙，墙顶上是个塔楼，塔楼里有个人，这个人在向外看，随后望向他，两人目光交汇，他在找的就是这个人。这个人听见追踪者的召唤，并不感到吃惊，不等追踪者开口，他就全都知道了。

"你知道我可以在你的睡梦中杀死你。"他说。

"但你会琢磨我为什么召唤你，我最可怕的敌人，"追踪者说，"我不说假话。没人能离开姆韦卢，但你不是人。"

他微笑道："是的，除非死去或发疯，否则你不可能离开姆韦卢，那是一个想要报复我的女神的作为，除非有个超越魔法的人能领你出来。但我这么做能得到什么呢？"

"你要这个男孩的首级。只有我能找到他。"追踪者说。

这是撒谎，因为他几乎闻不到男孩的气味了，以后他会得知男孩已经没有气味了，真的，完全没有，但他和阿依西还是达成了协议。

"你搞清楚你在宫殿的哪个位置，然后告诉我。"阿依西说。

实际上不是人的这个人找到了他；他花了一个半月才做到这件事，北方早就向南方投出了第一支长矛。瓦卡迪殊与卡林达。

接下来的事情是这样的。人们倒下的声音惊醒了追踪者。一名卫兵走进牢房，一言不发，朝他点点头，示意他跟上。两人跨过死去的卫兵，继续向前走。他们沿着走廊走，经过一个大厅，下了几级台阶，爬上一段台阶，又继续向下走。走进另一条走廊，他们经过许多死去的卫兵、沉睡的卫兵和倒地不起的卫兵。来到通往外面的宽大台阶前，一言不发的卫兵指着底下的一匹马，追踪者转过身，想说什么他也不知道，却看见卫兵睁大眼睛，但什么也看不见。卫兵随即倒下。追踪者跑下台阶，跑到一半时停下，捡起一名死去卫兵的佩剑，他上马离开，经过冒烟的湖泊，穿过隧道，来到姆韦卢的边缘。马蹄忽然插进地面，把他掀飞出去，还好他飞出去时抓住了缰绳。马转过身，扬蹄而去。

追踪者向前走了一阵，看见暗处有个戴兜帽的身影。这个人盘腿而坐，悬浮在半空中，像索戈隆那样凭空写字。追踪者走向他，男人伸出手，命令他停下。他指了指右边，追踪者向右走，他走出十五步，烈火在他前方喷出地面。他向后跳开。男人示意追踪者向前走了十步，然后打手势要他停下。大地在他脚下裂开，隆隆移动，像地震一样震撼地面。男人放下双脚，揉搓右手里某种黏糊糊的东西。他把那东西——一颗心——扔进地缝，地缝咝咝响，咳嗽几声，继而合拢。他招手让追踪者过去。他又扔出某种东西，那东西在空中像闪电似的冒火。火花扩散，继续扩散，然后轰隆一声，追踪者被打倒在地。

"起来，跑吧，"男人说，"我控制不住他们了。"

追踪者转过身，看见滚滚烟尘在接近。骑兵。

"快跑！"男人吼道。

追踪者逃跑，骑兵逼近，来到男人所在之处，两人都站住了，追踪者颤抖着看着骑兵冲向他们。他注意到男人有多么冷静，于是有样学样，尽管他内心只想尖叫，我们会被踩成肉酱，操他妈的诸神，我们为什么不逃跑？一名骑兵来到一息之外，却撞在一堵看不见的墙上。人和马一个接一个撞在墙上，成群结队，有些马折断了脖子和腿，有些骑手飞上半空，摔在墙上，有些马立刻停下，把骑手掀翻在地。

阿依西昏了过去，追踪者接住他，带着他离开。

"这就是我能找来说给你听的故事。"我说。

"可是，可是……可是……可是……这不是故事啊。连半个故事都算不上。你的故事只有一半动听，我该把你杀个半死吗？另外，这个不是人的人到底是谁？故事里的'他'又是谁？我要名字，我必须要名字？"

"你还不明白吗？他们叫他阿依西。"

白色的人变成青色。他的下巴险些掉下去，他抱住肩膀，像是感到寒冷。

"屠神者？"

我没有从睡梦中醒来。但当时当地，我忽然置身于另一片森林之中，不再是先前所在的那片森林了。我眨了几下眼睛，然而这就是另一片森林。没有任何活物，没有任何动静。没有生命的气味，没有刚绽放的花朵，没有近期的雨水，没有新鲜的粪便，蜘蛛消失得无影无踪，就像一个追悔的念头。我脚下有一堆浅灰色和白色的东西，薄得几乎透明，仿佛蜕下来的皮肤。我的两把短斧和背短斧的肩带扔在旁边的草丛里。我把一根手指插进我在皮革上划出的开口之一，拔出嵌在里面的东西，尼卡的羽毛。我拿起羽毛拂过鼻孔，他的整个踪迹出现在我眼前。

我背后，大约三十步，然后向右，然后转弯，然后向下，应该是下山，然后过山谷，然后上坡，也许是一座小丘，但依然覆盖着森林，然后进入一个地方，他一直没有离开那里。这也可能是某种梦幻丛林。我在马拉卡尔的酒吧里听醉汉说过，假如你迷失在梦境中，分不清自己是睡是醒，你可以看一眼自己的双手，因为你在梦中只有四根手指。我的手有五根手指。

我捡起武器就跑。我跑过潮湿的青草和泥土，跑过刺痛我小腿的蕨类，四十步后我向右转，险些撞上一棵树，我左右左闪躲树木，跨过一具野兽的尸体，然后放慢脚步，因为森林过于浓密，难以奔跑，每一步都会遇到灌木或大树，我拐过仿佛河流的弯道，然后下山，直到我先闻到河水的气味然后听见瀑布冲刷岩石的声音。我爬过那些石块，我走得很慢，但依然被绊倒，小腿磕在锋利的岩石边缘上，鲜血横流。但谁会停下来看流血呢？我向下爬到河边，蹚进河里，清洗伤口，我蹚水走了好一阵，河岸的地势越来越高，于是我跑上河岸，我拔出短斧，砍开愈加浓密的灌木丛。自始至终，尼卡的气味都变得越来越强烈。我挥动短斧，穿过潮湿而浓密的树叶和枝杈，最后来到一个地方，这儿不是林间空地，只是比塔楼还高的巨树聚集之处，它们彼此相距甚远。他就在附近，非常近，我甚至抬头张望，以为萨萨邦撒会把他挂在高处。或者他和萨萨邦撒已经合伙，一个吸血怪物遇到另一个吸血怪物，两人商量好了，打算把我拽到一棵树上，然后撕成两半。我只能寄希望于尼卡那颗或许还能称之为心的东西里还有良知了。

我向前走。我听见我穿过树林的脚步声。我前方有个人在走，领先我几步，天晓得刚才我为什么没看见他。他走得很慢，似乎毫无目标，只是在游荡。他的卷发很长，他用斗篷裹紧身体时，手臂的肤色浅如黄沙。某种东西跳进我的心里。我跑向他，但又停下，我也不知道为什么。在近处看，湿漉漉的头发、从颌骨到下巴的分明棱角、红色的胡须、高挺的颧骨，足以让我认为那就是他，但不足以让我说，不，不可能是他。斗篷遮住他的双腿，但我认识他矫健的步伐，脚前掌比脚跟先着地，穿皮靴也一样。我等待他的气味，但没有闻到。斗篷落下来，掉进树丛里。我首先看见他的脚，绿色的草汁，棕色的泥土。然后他的小腿，依然那么粗壮，和这片土地的人完全不同。然后他的膝盖后侧，他的臀部，永远那么光滑和白皙，他一直不喜欢脱光了像猴子似的趴在树顶上晒太阳。他的臀部之上是树木和天空，他的肩膀之下是树木和天空。他的臀部之上是个窟窿，是虚无，他从腹部到后背被吃得一干二净，留下一个比世界还大的窟窿。血肉滴淌，他却还在向前走。

但我走不动了。我的腿从没这么无力过，我跪倒在地，呼吸沉重而缓慢，等待伊图图来攥紧我的心脏。但它没有来。我脑袋里只有一个景象，我爬到他头顶上，抱住他的脑袋，因为他全身都是苍蝇，我哭泣，我号啕，我尖叫，我对着树木和天空尖叫，尖叫。我读他用他的鲜血写在沙地上的文字：

男孩，男孩和他在一起。

我哭喊，美丽的男人啊，我不该迟到的。我该在你离开尘世之前回来，哄骗你的灵魂进入一个恩基希，然后把它挂在我的脖子上，我轻轻摩挲就能感觉到你。一位神秘术士，他有个狗形的恩基希，他说，狼眼，有一条受尽折磨的灵魂想和你谈谈，但我想要的并不是说话。我呼唤他的名字，发出的却是一声呜咽。

这个莫西走进树丛深处。道理我早就明白。悲伤到最后会变得只剩下恶念，而我已经受够了恶念。我愤怒咆哮，怪物和吸血鸟的气味同时出现，我起身奔跑，拔出两把短斧，朝着虚无喊叫，挥斧乱砍虚无。我在逃离某个新东西，肯定有个女巫首领用针线穿过堆积如山的尸体，企图把它们缝在一起。我从没见过的父亲，我不愿复仇的兄弟。还有莫西，还有许多其他人。不，不是女巫首领，而是冥界之神，祂在说我必须为冤魂讨回公道，就好像我是他们死亡的原因。追踪者凭什么能活下去？谁像他那样亲眼见过那么多死亡？难道那些死亡的责任都在于他吗？我的脑袋和我的脑袋争辩，害得我步履蹒跚。黑豹此刻肯定就在这儿，我要用刀刺穿他的心脏。我的脚碰到一棵倒伏的树木，我摔倒在地。

抬起头，我看见了脚。站起身，脚依然悬在高处。腿像瓷土一样惨白，黑色的脚软绵绵地荡来荡去。胸部没有肉，肋骨贴着皮肤，黑色的血液淌下腹部，已经变干。乳头曾经生长之处只剩下两块黑斑，流出的鲜血已经干结。他胸部、颈部和左脸上遍布咬痕。曾有人在寻找柔软之处下嘴。他的下巴贴着胸口，手臂展开，用藤蔓捆住。他的翅膀展得更开，陷在枝杈和树叶里。

"尼卡。"我轻声说。

尼卡没有动弹。我用更响亮的声音叫他。底下的树丛里传出吃吃的笑声。我望向树丛，树丛望着我。他和以前一样盯着我看，眼睛瞪得很大，其中没有理性，没有喜悦，没有恶意，没有关心，甚至没有好奇。只是瞪着眼睛看。他长大了，也长高了。只看他的眼睛和他瘦骨嶙峋的面颊我就知道。我更希望他能大笑。我更希望他能说，看着我，我是你的仇敌。或者呜咽恳求，看着我，我是你真正的受害者。但他没有，而只是盯着我。我看着他的眼睛，看见莫西失去生气的眼睛，永远瞪视，却看不见任何东西。我的短斧还没招呼到他脸上，他就已经跑出了那块草地。我冲进树丛，我听见野兽般的嘶吼声，以为是其他人发出的，其实来自我的嘴里。我撞开树枝，扯开树叶，跑进更黑暗的树丛。什么都没有。咬乳房的吸血食尸鬼，还在像婴儿似的吃吃笑。但不见了。

尼卡在我头顶上呻吟。我刚走出树丛，萨萨邦撒像手一样的脚就踹中了我的面门。

我的脑袋和后背摔在地上。我翻身，先跪在地上，然而一跃而起。他拍打翅膀，却缕缕击中树木，于是他落下来，望着我。萨萨邦撒。我从没仔细打量过他的长相。他巨大的白眼睛，豺狼般的耳朵，疣猪般戳在嘴唇外的下排尖牙。他全身长满黑毛，只有惨白的胸膛和粉色的乳头除外，他戴着象牙项链，还裹着缠腰布，我不禁大笑。他咆哮一声。

"你的气味，我记得。我跟踪它。"他说。

"闭嘴。"

"跑来跑去寻找它。"

"安静。"

"你不在。于是我就吃。小家伙，他们的味道很怪。"

我扑向他，在他挥动翅膀前猫腰闪躲。我就地一滚，来到他左脚旁，用双斧砍它。他跳开，像乌鸦似的哇哇叫。记住要瞄准脚趾，一个很像我说话的声音说。短斧几乎没碰到他。他企图用手拍开我，但我躲开了，我跳上他的膝盖，跳开时挥斧砍他面门。短斧的钝面落在他颧骨上，他惨叫一声，然后挥臂打我。他的手没击中我，但钩爪在我胸前划出四道血痕。我单膝倒地，他踢开我。我后背撞在一棵树上，一时间无法呼吸。

我翻了白眼。我什么也看不见。我的下巴擦过胸口，我看见我的乳头和腹部。我的脑袋变沉，我的眼睛不听使唤。尼卡呻吟，扯动双手。我的下巴再次落在胸口。我抬起头，萨萨邦撒的指节迎面而来。

"他们六个换你一个。看看你的德行。"他说。

他还在说话，但血淌出我的右耳，我听不见了。他朝我的脸挥拳，我一低头，他的拳头击中树身。他咆哮，扇我耳光。我吐出的血沫落在腿上，我的腿不听使唤。

"我的法头在哪儿，最小的那个说。"

他扼住我的喉咙。

"小肉球，最小的那个，他企图滚走。想知道他滚了多远吗？就是他说，等我父亲回来，他会杀了你的。他会用两把法头砍死你。"

"科苏。"

"他叫你父亲。父亲？你怎么不像球那么滚。你现在没有法头了。看看你的德行。"

"科苏。科——"

他又给我一拳。我吐出两颗牙齿。他用细长的手指钩住我的脑袋，把我拽起来。

斧头，他说的是等父亲回来，会用斧头砍死他。

"他连一声都没叫。我咬了他很多口。"

"科苏。"

从他粗壮发臭的手指之间，我只能看见几个光点。他的钩爪刮破我的脖子。

"我咬到他的脊梁骨，他还是没有哭叫。然后他死了。我咬掉他的后脑勺，吸——"

"操他妈的诸神。"

他把我扔出去，宁静在半空中笼罩了我，直到片刻之后我落在枝杈和树叶上。他抓住我的脚踝，我踢开他。他吃吃笑，又抓住我的腿，吃吃笑着把我从树枝之间拖出来。我的后背和头部撞在地上，我开始移动：他拖着我走。

"你是白痴，她也是白痴。她穿金披红，却只会坐着。我隔着窗户看见她。我只认识那个男孩。我去古怪的地方找他，他跟我走。他甚至召唤我，因为白皮人教过他怎么召唤。我根本不想要这个男孩，因为他不要我，他只要会发闪电的那个，但他召唤我，我去找他，夜里我下手很快，我带他飞走，他说我听见母亲讨论那条狼和他的幼崽，她想说服他为她卖命，他们住在一棵猴面包树上，我说就是他杀了我兄弟，据说他这么说，男孩说让我骑着你飞，我能带你去，于是他带我去了。"

我说，闭嘴，但声音还没出口就消失了。我不知道他要拖我去哪儿，我的后背刮过杂草、泥土和水里的石块，我的脑袋沉到水下，他拖着我走过一条河，我的后脑勺撞在一块石头上，我失去了知觉。醒来时我还在水下，我咳嗽呛水，直到他拖着我走上草地，回到树林里。

"白皮的那个人，英俊的那个人，我使劲捏他，直到看见鲜血在他皮肤底下流淌，多么美味，他是个斗士，比你厉害。他受过善使双剑者的训练。他们两个，我破门而入，他们两个从树上荡下来，说要和我战斗。他们扑向我，发动攻击，用双剑那个扔出一把剑给白皮的那个，这个男孩他冲向我，他跳起来，他击中我的头部，很疼，男人刺我侧腹这儿，就这儿，剑刺进来，但就在我胸腔这儿被挡住，我用拳头揍他，他向后倒下，白皮男人跑向我，在我用翅膀扇他之前猫腰闪躲，他抓住我的翅膀，一剑捅穿，你看窟窿还在这儿，那是白皮男人捅出来的，我用这只脚抓住他，另一只脚也抓住他，把他扔到树上，一根树枝砸得他没声音了。对，对。然后那个肉球人，他从我背后滚过来，撞得我两脚离地。我倒下，他大笑，但他还没跑我就抓住他，我咬他，扯出血肉，甜美的血肉，多么甜美的血肉，我又咬了一口，然后再一口，浑身长毛的

642

男人大喊。他把几个人架上马，使劲拍马屁股。他们骑马逃跑，他冲向我，他很愤怒，我喜欢愤怒，他和我搏斗、搏斗、搏斗，他用剑直戳横砍，瞄准我的眼睛，我抓住剑身，白皮人一剑捅进我屁眼，这下我可生气了，对，非常生气。"

他拖着我从阳光下的草丛走进暗处，我头顶上同样很暗。我又踢他的手，他把我甩起来，狠狠地砸在草地上。鲜血再次淌出我的耳朵。

"我抓住白皮人，把他往地上摔，一下，又一下，再一下，使劲摔他，直到他流光了血液。浑身长毛的那个狂呼乱喊，活像一条疯狗，但他战斗起来像个战士，他的双剑用得比你的斧头强。我对他说，你别动，让我也摔死你，但他像苍蝇似的蹦来蹦去，砍在我后背上——他割破了我的皮肤！没人能割破我的皮肤，我有很多个月没见过自己的血了，然后他绕着我兜圈，动作比你麻利，他刺我的腹部，他盯着我，而我停下来，诱使他看我，因为很多人以为那底下长着东西，但其实那儿只有血肉。我用这只手打飞了他。"

他扔下我，给我看他的手。

"然后我用这只手拔出剑。我不擅长用剑，但他伸手去拔匕首，于是我一剑捅穿他胸口这儿，轻松得就像手指插进烂泥。我挥动长剑，割开他的喉咙。然后我扑到他身上，先吃最好的部位。天哪，腹部，然后红色的部位，天哪，脂肪，就像一头肥猪。他们以为我兄弟喜欢吃肉，我喜欢喝血，不，其实我什么都吃。"

我希望我能发出声音，可以哀求他停下，真希望他有耳朵，能听见我的哀求。

"然后我去追逃跑的那几个，对，没错。我比马快，他们怎么可能逃掉？双头人。"

"他们是两个人，狗娘养的，两个。"

"其中一个头哭着喊他的兄弟。你知道我对鸵鸟人说什么吗？"

"尼古力。他叫尼古力。"

"味道很奇怪。你喂他吃奇怪的东西吗？他哭喊。我说，哭吧，孩子，哭吧。我来找的不是你，应该被吃掉的不是你，而是他。"

"不。"

"撒谎。撒谎。撒谎。我骗你的。我会先吃掉你，然后吃他们。他们叫你父亲？"

"我是——"

"他们没一个是你亲生的。你没有看护好他们任何一个。你打开羊圈，放狼进来。"

"黑豹。是黑豹杀了你兄弟。"

他又掐住我的喉咙。

"鬼魂姑娘，我抓不住她。她就像风中的尘土。"萨萨邦撒说。

他把我扔在地上。黑暗在白天笼罩了我。等待被杀，等待死亡，它们在你的头脑里是同一个颜色，通往其中之一的门也通往其中另一个。我想说他杀死我不会得到任何乐趣，我在这片土地上从北走到南，我曾经穿过两个正在交战的王国，我走过箭与火和人们的杀戮计划，我根本不在乎，所以我不在乎你是现在杀我还是以后杀我，是给我个痛快还是从脚趾到手指到膝盖再往上慢慢折磨我，我一点也不在乎。但我没这么说，而是说：

"你不认识吟游诗人。"

萨萨邦撒的耳朵放平了，他皱起眉头。他踩着脚走向我。他站在我面前，我躺在他两腿之间。他展开翅膀。他弯下腰，直到面部正对我的脸，眼睛盯着我的眼睛。他齿缝里嵌着腐肉。

"我知道小男孩的滋味。"他说。

我拔出两把匕首，插进他的两只眼睛。

他喷出的鲜血几乎弄瞎了我。他咆哮得像十头雄狮，身体向后倒去，压在他右侧的翅膀上，骨头顿时折断。他惨号得更响了，他双手乱摸，直到抓住匕首拔出来，每拔一下就尖叫一声。他冲出去，撞上一棵树，倒地，跳起来，再次冲出去，撞上另一棵树。我抓起一根木棍扔向他背后。他跳起来，转身，冲出去撞上又一棵树。萨萨邦撒企图挥动翅膀，但只有左翅能动。折断的右翅用不上力气。他乱跑撞树，我四处寻找匕首。他再次咆哮，使劲跺脚，双手掠过青草和地面，摸索着寻找我，抓起土块、树叶和杂草，他喘息、咆哮、尖啸。然后他抬起手摸眼睛，再次号叫。

我找到一把匕首。我望着他的脖子、他惨白的胸膛和粉色的乳头。我望着他无论碰到什么都惊得跳起来。我望着他后退压住右翅，右翅再次折断。

他倒在地上。

我爬起来，险些倒下，单膝跪地。我再次爬起来，一瘸一拐地溜走。

我重新穿过树林，下山，过河，萨萨邦撒还在吼叫、尖啸、咆哮。后来他安静了。

换了许多个月以前的我，我会探究两种命运对我来说为何没什么区别。现在我不在乎了。尼卡还在树上，还在尝试挣脱。我在他那棵树底下的灌木丛里找到一把短斧，几步之外找到另一把。我先听见他的声音，然后才看见他，他手脚并用爬下那棵树，就像先前的白色蜘蛛，他爬向尼卡，去散发芬芳之处吸血。那个男孩。我扔出一把短斧，但我腿上受伤，因此没有击中，短斧离男孩的脸还差一掌。他飞快地爬回树上。我朝尼卡右侧扔出第二把短斧，割断绑住他的手的藤蔓。他挣脱了那只手。我以为他会说些什么。我认为无论他说什么我都没兴趣去听。我支撑不住了，单膝跪地。他突然喊我的名字，我听见翅膀拍打的声音。

我转过身，看见萨萨邦撒在空中挥舞双手，在地上乱抓，嗅闻空气。就像我闻别人气味那样寻找我的气味。我向后一跳，被一根枯枝绊倒。

突然间，雷霆响起，然后是闪电，一道，接着三道，全都落在萨萨邦撒身上，闪电不停地落下，轰击他，在他全身扩散，钻进他的嘴巴和耳朵，从他眼睛和嘴巴冒出来，火、血、烟和某种声音涌出他的嘴巴，不，不是尖叫，不是号叫，也不是啸叫。而是哭号。烈火炙烤毛发和皮肤，他踉跄几步，单膝跪下，闪电依然轰击他，雷霆依然落向他，萨萨邦撒终于倒下，身体燃起熊熊大火，然后同样迅速地熄灭了。

尼卡从树上掉了下来。

他对我说话，但我没去听。我抓起短斧，冲向被烧黑的萨萨邦撒，挥动斧头砍他脖子。我拔出斧头，再次砍下去，如此周而复始，直到短斧砍穿皮肤和骨头，落在地面上。我跪倒在地，忘乎所以地喊叫，直到尼卡触碰我的肩膀。我推开他，险些对他挥动短斧。

"拿开你恶心的手。"我说。他后退，双手举在半空中。

"我救了你的命。"尼卡说。

"你也取走了我的命。尽管算不了什么，但被你取走了。"

我在离萨萨邦撒不远的地上用双手挖了个洞，把用孩子们的牙齿穿成的项链放进去，然后重新盖上这个洞。我慢慢拍打泥土，直到地面变得平坦，但我依然不愿离开，不愿拍打和抚摸地面，感觉就仿佛我在制作什么美丽的物件。

"我没有埋葬恩萨卡。我醒来时看见她死了，我知道我必须逃跑。因为我已经改变，你明白的。因为我已经改变。"

"不，因为你是个懦夫。"我说。

"因为我睡了很久，醒来时我的皮肤变成白色，身体长出了翅膀。"

"因为你是个没骨气的懦夫，只会欺骗。假如要我猜，战斗肯定全是她一个人的事。你是怎么从你心里剔掉的？"

"剔掉什么？记忆？"

"愧疚。"我说。

他大笑："你想听我说我后悔，不该出卖你。"

"我什么都不想听。"

"但你还是问我了。"

"是你自己回答的。你没有悔恨需要剔除。你不是人，我还没见到你蜕掉的皮肤就知道了。你表现得像是旧皮让你浑身发痒，但蜕皮对你来说不是新鲜事。"

"有道理，我还是人的时候就更接近蛇或蜥蜴，甚至鸟。"

"你为什么出卖我？"

"所以你还是想找到悔恨。"

"操他妈的诸神，去你的悔恨。我想知道实情。"

"实情？实情是那个念头蹦进我心里，亲爱的朋友，我完全被它迷住了。你还想知道什么？理由？我如何说服自己这么做是正当的？也许为了钱币，或者贝壳？事实是我用这个念头填补了内心的空缺。你想到我背叛你的那一次？你怎么没想到我没背叛你的那许多次。布尔吞吉追杀了我十三个月。那十三个月我想的不是我自己，而是你。"

"现在你要我夸奖你了？"

"我什么都不想要。"

他转身走出树丛，暮色将世界染成蓝色。光线变得昏暗，他的皮肤和羽毛开始发光。我不知道他要去哪里，我竖着耳朵等待蹚水的声音，但什么都没听见。

"阿依西释放我的时候，他向我讲述未来的新纪元，"我说，"除了正在打的那场战争，一场更大的战争即将到来，摧毁一切的一场战争。这场战争的核心就是这个男孩。这个可憎的、邪恶的怪物。"

"但你让他活了下去。"尼卡说。

"那仅仅是个猜想。一时间的心血来潮，而不是我的头脑。他身上出了差错；我见到他的时候就发现了。他已经因此发疯。也为此疯狂。伊鹏都鲁的血。我发现了，我当时就发现了。"

"但你让他活了下去。"

"因为我不知道。"

"男孩带着萨萨邦撒去你家，杀死——"

"我说过了，当时我不知道。"

我们继续走了几步。

"我没法帮你剔除。"他说。

"剔除什么？"

"你的愧疚。"

"召唤男孩来，让我杀了他。"我说。

"他叫什么？我不知道。"

"就叫他男孩好了，或者发一道闪电引他来，从你的乳头或者屁眼或者随便哪个地方。"

尼卡笑得很响亮。他说他不需要召唤男孩，因为他知道男孩在哪儿。我们步行穿过灌木丛和矮树林，最后来到湖畔的一片空地上。我猜这是白湖，但没法确定。它看上去很像白湖，一头有个水泊，不算很宽，但非常深。他们望着我们，像是在等待我们现身。黑豹、男孩和先前小丘上的女人。她手持火把，面部和胸部涂抹瓷土，戴着羽毛和石块做的头饰。索戈隆。

看见她出现在对面湖畔上并没有让我震惊。先前我没有认出她来也没什么好奇怪的，也许因为这片土地的女人变老后都会变成一个样。她涂瓷土也许是为了掩盖可怖的烧伤疤痕，不过从我们所在之处，我分辨出了鼻子、嘴唇甚至耳朵。我琢磨她是怎么活下来的，但她活下来并没有让我吃惊。另一方面，黑豹站在她背后，尘土弄得他灰扑扑的，男孩站在两人之间。男孩看看他们，然后望向我。他看见尼卡，转身想跑，但索戈隆抓住他浓密的头发，把他拽了回来。

"红狼，"她说，"不，你已经不红了。狼。"

我没说话。我望向黑豹。他重新披上铠甲，像是受到某种理念的束缚，但这种理念不属于他。他甚至不是雇佣兵，而只是一个士兵。我对自己说，我不想知道有什么东西钻进并占据了他的心灵，不为任何人而活的男人为什么转而为国王的癫狂想法而战。还有国王的母亲。我看着你，我们曾经说你鲁莽不顾一切，语气中充满爱和羡慕。你现在变得多么卑下，比羞愧还要低三下四，你的脖子耷拉到了肩膀底下，就好像铠甲压得你抬不起头。男孩还在挣扎，想脱离索戈隆的掌握，索戈隆扇他耳光。他的反应和我先前见到的一样：尖啸，然后呜咽，但脸上没有表情。他已经长大，几乎和索戈隆一样高，但在暮色中我看不清更多的细节。他看上去很瘦，像个已经长大但还没有成人的男孩。他身段苗条，只裹着缠腰布，腿和手臂都长而细。他看上去不像国王或未来的国王。他盯着尼卡，舌头伸在外面。我攥紧斧柄。

"Edjirim ebib ekuum eching otamangang na ane-iban，"她说，"黑暗降临之时，人当拥抱他的仇敌。"

"你翻译给我还是给他听？"

"你背叛了你为之奋斗那么久的事业？"索戈隆说。

"你看看你，月亮女巫。你看上去都不像三百岁了。不过话也说回来，gunnugun ki ku lewe. 你反向穿过那扇门，究竟是怎么活下来的？"

"你背叛了你为之奋斗那么久的事业。"她重复道。

"你在对我还是对黑豹说？"我问。

他直勾勾地看我。索戈隆和男孩站在水边，尽管光线昏暗，我还是能看见他们的倒影。男孩看上去还是那个男孩，火把勾勒出他大大的脑袋的轮廓。索戈隆看上去像一道影子。没有瓷土，比周围的夜晚还要黑，她的头部也一样，倒影中的头部既没有羽饰也没有头发。

"哎呀，黑豹，身边终于没人了？没人能让你辜负了？"我问。

他没有说话，而是拔出佩剑。我一直在看水里的黑色人影，看她手里的火把。水面平静，被即将来临的夜晚映成深蓝色。我在倒影中看见黑豹跑向男孩。我抬起头，看见他挥剑砍向男孩的脑袋。索戈隆甚至没有转身，眨眼间就吹起一股强风，强风把黑豹刮倒在地，将他掀到半空中，重重地摔在一棵树上。风把他的剑吹到空中，从背后飞过来，像闪电似的插进他的胸膛，把他钉在树身上。他的脑袋耷拉了下去。

我对着黑豹高呼，朝月亮女巫扔出短斧。短斧切开狂风，她低头闪躲，避开了斧刃，但斧柄打在她脸上，她的整个身体开始闪烁。瓷土消失，继而出现，再次消失，再次出现，最终消失。尼卡和我绕过宽阔的湖面。索戈隆被火烧得不成人形，皮肤漆黑，手指粘在一起，眼睛和嘴巴只剩下孔洞，她的咒语恢复力量，瓷土、皮肤和羽毛头饰重新出现。她依然抓着男孩。黑豹一动不动。

男孩开始笑，刚开始是低声咯咯笑，随后是响亮的窃笑，笑声回荡在水面上。索戈隆扇他耳光，但他不停地笑。她又扇他耳光，但他用牙齿咬住她的手，使劲咬紧。她推男孩，但男孩不肯放开。她又扇他耳光，他还是不肯放开。他咬得足够狠，索戈隆再也无法维持狂风，小型的风暴渐渐地变成轻风，最终消失殆尽。

地面隆隆抖动，像是即将裂开。湖面掀起大浪，拍在岸边，打倒了索戈隆和男孩。索戈隆挥舞双手，想重新唤起狂风，但地面陡然分开，把她吸了下去，一直埋到颈部，然后重新合拢。她尖叫，咒骂，企图挪动身体，但做不到。

阿依西出现在岸边，像是从古到今一直就在那儿。阿依西站在男孩面前，打量男孩的眼神就像是见到了白色长颈鹿或红色狮子。好奇超过了其他情绪。男孩以同样的方式看他。

"怎么会有人认为你能当上国王？"他说。

男孩从齿缝里发出嘶嘶声。他从阿依西面前退开，就像一条逃跑的毒蛇，蠕动、扭摆，仿佛随时会躺在地上打滚。

"我摧毁了你。"索戈隆对阿依西说。

"你拖慢了我。"阿依西说，从她身旁走过，抓住男孩的耳朵。

"住手！你知道他是真正的国王。"她说。

"真正的？你想将母系制度带回来，对不对？王位通过国王的姐姐而非国王传承？你，月亮女巫，声称自己三百岁，却对你发誓守护的这个制度一无所知，你认为所有的土地都犯了大错，你必须将整个世界引回正轨？"

"你只会花言巧语和欺骗。"

"真正的谎言是认为这个可憎的东西能成为国王。他连话都说不清楚。"

"不，他告诉了萨萨邦撒我住在哪里。"我说，捡起短斧。

"会叫唤和呜咽，就像一条野狗。咬开他母亲的乳房吸血，他甚至不是吸血鬼，只是在模仿。即便如此，我还是为这个孩子感到惋惜。这些事情都不是出自他的选择。"阿依西说。

"死亡也不会出自他的选择。"我说。

"不！"索戈隆尖叫。

阿依西说："你肩负使命，索戈隆，你已经履行了职责。但你已经蒙羞。看看你的牺牲吧。看看你烧黑的脸，你烧毁的皮肤，你的手指变成了一个鳍。全都为了这个男孩。全都为了女性传承的传说。国王的姐姐有没有说过这种做法的历史？这些姐姐的父亲与她们交合，然后生下国王？每个国王的母亲同时也是他的姐姐？你知道这就是南方的疯王总是发疯的原因吗？同样的污秽血脉年复一年、纪复一纪地通过他们传承。连最野蛮的兽类也不会做这种事。名叫索戈隆的女人想恢复的就是这种制度。你的三百年都活在谁身上了？"

"你就是纯粹的邪恶。"

"而你就是纯粹的单纯。索戈隆，最后这一任疯王，我们说他是最疯狂的，因为他挑起了他不可能获胜的战争，因为他想统治所有王国。他也许疯狂，但并不愚蠢。女巫，威胁确实在逼近，但不是来自南方、北方甚至东方，而是西方。烈火、疾病、死亡和腐朽的威胁将跨海而来——所有大长老、拜物祭司和yerewolos都预见到了。我用第三只眼睛见过他们，那些人红得像血、白得像沙。只有一个统一的王国才有可能抵御他们以月、以年、以纪元计算的攻击。只有一个强大的国王才有可能率领我们，他不能是个疯子，也不是一个喝血上瘾的怪物，有个利欲熏心的母亲，否则就无法征服也无法统治，更不可能维持一个完整的王国。姆韦卢的女王，她不知道阿库姆家族为什么要结束那种传承吗？他说了一整夜。威胁即将到来，那是一股恶风。这个男孩，这个可憎的小怪物，他必须被毁灭。你只是一个生活在谎言中的可怜虫。"

"谎言，谎言，谎言。"男孩说，咯咯笑。我们全都望向他。在此之前，我从未听见过他开口说话，他依然在蠕动，在地上扭成一团，摸自己的脚趾，阿依西已经放开了他的耳朵。

"他要在今夜死去。"阿依西说。

"他要被我的斧头砍死。"我说。

"不。"索戈隆说。

"谎言，谎言，谎言，哈哈哈。"男孩又说。

"谎言，谎言，谎言，哈哈哈。"尼卡说。我已经忘记了他。他走近男孩，两人一遍又一遍重复这句话，直到两个声音变成一个。尼卡在男孩面前停下。

男孩跑向他，跳进他的怀抱。尼卡搂住他，紧紧拥抱他。男孩趴在他胸口，像羊羔似的拱着他。尼卡忽然猛地一抖，我知道男孩在咬他。男孩像喝母乳似的吸血。尼卡用手臂抱住他。他拍打翅膀，双脚离开地面。他升得越来越高，越来越高，这次他没有掉下来，没有失去力气，没有因为负重或虚弱而下坠。尼卡再次拍打翅膀，比阳光还白还亮的闪电划破天空，打在两人身上。雷声震撼地面，响亮得淹没了男孩的叫声。闪电没有熄灭，而是轰击他们两人，尼卡紧紧抱住踢打尖叫的男孩，直到漫长的闪电点燃火焰，火焰在他们身上蔓延，很快熄灭，天空中没有留下任何痕迹，只有几个小小的光点消逝在黑暗中。

"天哪，被诅咒的国王，天哪，被诅咒的国王！"索戈隆哀号。

她号哭了很久，声音越来越轻，最终变成呜咽。我闻到烧灼血肉的气味，等待情绪淹没我——不是平静，不是满足，不是复仇带来的均衡感，而是我不了解的某种情绪。然而尽管我在等待，却知道它不会到来。黑豹咳嗽了一声。

"黑豹！"

我跑向他，他像醉汉似的点着头。我知道他已经流光了血液。我从他胸口拔出长剑，他轻轻喘息。他从树上倒下，我抱住他，和他一起摔倒在地。我用手按住他的胸口。他一直希望能作为一只豹子死去，但我无法想象此刻他还有变身的力气。他抓住我的手，拉到他的脸上。

"你的问题在于你从来就只是个糟糕的弓箭手。因此你和我，咱们才会遭遇这么糟糕的命运。"他说。

我抱住他的脑袋，爱抚他的后脖颈，就像对待一只猫，希望这样能够安慰他。他依然想变形，我能在他的皮肤底下感觉到。他额头变厚，唇须和牙齿变长，眼睛在黑暗中发亮，但他无法更进一步了。

"下辈子咱们交换身体吧。"我说。

"你讨厌生肉，甚至无法忍受一根手指戳进屁眼。"他笑道，但笑声很快变成咳嗽。咳嗽让他浑身颤抖，鲜血从我指间渗了出来。

"我不该去找你，不该把你从那棵树上叫走。"他咳嗽着说。

"你来找我是因为你知道我会去。这是事实。我一方面在恋爱，一方面过得很无聊，两者都是真的，同一间屋子有两个主人。我都快发疯了。"

"是我逼着你离开的。还记得我怎么说吗？Nkita ghara igbo uja a guo ya aha ozo。"

"假如狼不肯嗥叫，人们会给它换个名字的。"

"我骗你的。其实是假如狗不肯汪汪叫。"

我大笑，他想笑。

"我离开是因为我想走。"

"但我知道你一定会走。法西西有人问我，你怎么能找到这个人？他……他已经死了二十个月。我说……我说——"他咳嗽，"我说，我认识一个追踪者，他永远无法拒绝带劲的消遣。他声称他为钱做事，但工作本身就是他的报酬，只是他永远不会承认。"

"我不该离开的。"我说。

"是啊，你不该离开的。我们过的是什么生活啊。为我们不该做的事情而懊丧，为我们应该做的事情而后悔。我怀念当豹子的时候，追踪者。我怀念根本不懂该不该的时候。"

"但现在你要死了。"

"豹子不懂死亡。它们从来不会去想它，因为没什么可想的。追踪者，咱们为什么要这样？为什么要去想不存在的东西？"

"我不知道。因为咱们必须相信点什么吧。"

"我认识的一个人说过，他不相信信仰。"他大笑，咳嗽。

"我认识的一个人说过，没有人爱任何人。"

"两个人都只是傻瓜。只有傻……"

他的脑袋向后倒在我怀里。

别让他们过得安稳，大猫。祝你在冥界玩得开心，羞辱地下的诸神，我心想，但没有说出口。他是第一个我愿意说我爱过的人，但不是第一个我会对他这么说的人。

我不知道我能不能不再回想这几年，我知道我做不到，因为我会尝试为所有事情寻找缘由、前因后果，甚至某种理念，就像我在那些伟大传说里听到的。那些故事与野心和使命有关，但我们什么也没做，只是努力寻找一个男孩，为了一个被证伪的理念，为了一群虚妄的人。

也许所有故事都是这么结束的，只要故事里有着真实的女人和男人，真实的尸体负伤倒下和死去，真实的鲜血徒然喷洒。我们听到的伟大传说与此迥然不同，也许这就是原因。因为我们向生者讲述故事，那种故事需要一个目标，因此那种故事必定是谎言。因为真实故事到了结尾，除了荒芜什么都不会有。

索戈隆朝着尘土唾骂。

"希望我的眼睛从未见过你的脸。"我说。

"我也希望我的眼睛从未见过你的脸。"

我捡起黑豹的剑。她的脑袋就在那儿，我可以挥剑斩落，像切瓜似的劈开她的头骨。

"你想杀死我。那就快点动手吧。因为我这辈子过得——"

"操他妈的诸神和你的臭嘴，索戈隆，我对你的女王说你死了，她甚至不记得你叫什么。另外，假如我杀了你，谁会去向国王的姐姐报告说她的小毒蛇死了呢？女巫，咱们的队伍现在怎么样了？黑豹应该见到杀死他的凶手紧跟着他去了冥界。诸神会开怀大笑的，对吧？"

"不存在什么诸神。阿依西没告诉你吗？哪怕到了现在，你的脑袋还是这么不开窍，看不清究竟发生了什么。"

"真相和你不可能住在同一个屋顶底下。你和我，咱们已经走到这个故事的尽头了。"

"他是屠神者？"

"很新鲜吗？月亮女巫，重点是咱们已经走到这个故事的尽头了。记住这个新消息，等着饥饿的野兽来啃你的脸吧。"

索戈隆咽了口唾沫。

"生存向来是你唯一的技能。"我说。

"狼孩，给我点喝的。给我点喝的！"

我望着她的脑袋，它在地上像一块黑色石头，左右转动，企图爬出地面。我寻找短斧，但短斧不知去向。我的匕首早就丢掉了。失去武器让我想到失去的其他一切。我告别的一切。我解下背后的斧套，扯开腰带，脱掉罩衣和缠腰布。我开始向北走，跟着月亮右侧的那颗星辰。他来了又走，迅速得就像一丝追悔。阿依西。他陡然出现，就好像他一直存在；他陡然消失，就好像他从不存在。鬣狗会处理黑豹的尸体。这是丛林的法则，也是他一向的愿望。

到了这个份上，也许脑袋更聪明、心胸更开阔的人会去研究鳄鱼如何吞吃月亮，世界如何围绕天空诸神旋转，尤其是逝去的太阳神，不再去关心男人和女人在世间的作为。从中也许会诞生某些智慧的见解，或者听上去像是的东西。然而我却只是向前走，没有终点，也没有起点，只是向前走。背后传来叫声："给我点喝的！给我点喝的！"

索戈隆不停地喊叫。

我继续向前走。

我在地上走了许多天，穿过湿地和干地，最后来到奥莫罗罗，你们疯王的掌权之处。人们当我是乞丐阻拦我，当我是窃贼捉拿我，当我是叛徒折磨我，国王的姐姐听说她的孩子死了，又当我是杀人犯逮捕我。

现在看看你和我，我们在尼基奇城邦，咱们没人想待在这儿，但也没有其他地方可去。

我知道你听过她的供词。那么，了不起的索戈隆都说了什么？

她有没有说过，不要相信从追踪者嘴里说出来的哪怕一个字？关于那个男孩，关于那场搜寻，关于孔谷尔，关于都林戈，关于谁死了、谁被救了，关于十九道门，关于他所谓的朋友黑豹，关于他所谓的来自东方的情人莫西，甚至他的名字，甚至他们曾经相爱，他说的一个字也不能相信？还有那些并非他亲生的宝贝敏吉孩子？她有没有说过，从狼眼嘴唇里吐出来的话，连一个字都不能相信？

来，告诉我。

致　谢

　　好故事不是作家的创造，而是发现。因此感谢所有允许我倾听并寻找超越文字的世界的人。

　　就无所不在的支持、指引、慷慨和有时盲目的信任而言，我想感谢Ellen Levine，我伟大的代理人；Jake Morrissey，我同样伟大的编辑；Jeff Bennett，作家、资料搜集者、助理、好朋友和美好的人类；Jynne Dilling Martin、Claire McGinnis、Geoffrey Kloske和Riverhead的所有工作人员；Martha Kanya-Forstner、Kiara Kent和Doubleday Canada的所有工作人员；Hamish Hamilton的Simon Prosser；玛卡莱斯特学院的英语文学系；Robert McLean；不知疲倦、有时吃力不讨好地在非洲历史与神话学方面从事研究和档案工作的所有研究人员和学者，包括廷巴克图那些坏脾气的图书馆员；Fab 5 Freddy，他在脸谱上的那个帖子激发了一百万个点子；Pablo Camacho，他绘制了令人赞叹的绝妙封面。我只允许我母亲阅读这本书的两页。